中上古漢語音韻論文集

龍宇純 著

五四書店
利氏學社 聯合出版

本著作初由五四書店出版，
今承同意納入全集，謹此致謝。

先母蕭綺霞女士遺像

（公元1902～1981）

吾家寒素，世居望江。抗日期間， 母氏獨力撫育我姐弟二妹四人，備極艱辛。感念隨成長以彌增，未得盡一日之烏哺，恨憾何如！今當百歲冥誕，奉薦所業，用申永懷。

二〇〇二年宇純謹誌

前　言

此集收有關古漢語音韻論文二十篇，合計五十餘萬言。除十二、二十兩篇作於近半年未發表，第十一篇係去歲應北京大學為紀念王力先生百歲冥誕之邀而作，將由大會刊出外，餘並見學術專刊或會議、紀念文集，自一九六五至今，歷時三十六年，依內容性質分為中古音、上古音兩部分。〈李登聲類考〉一文，於時既兩不相合，亦無關音韻討論；因個人所見，其書按四聲分作五卷，下立韻目以統字，語其規模，確然為韻書之祖，與前賢所論不同，選置中古音諸文之末，俾言《切韻》體制，知其源頭所在。其他諸文，悉依撰作先後，分列兩類之中。

已發表諸文，都經重新審定。遠者已逾一世，不愜意處不能免。為保存原始面目，以見其治學歷程，非有顯著錯誤或命意不清，大都仍之不改。其或意見先後齟齬，或問題必須澄清，或論據有可增益，則隨文加注，或於篇末說明，並稱“補案”以別。亦有資料之補充，如原文為條舉形式，則逕入正文，不細加區分。

學者所言中古音，無論為聲類、為韻類，一言以蔽之，都從系聯《切韻》系韻書反切以出；其理論基礎，則為陳澧所闡釋之反切結構，上字表聲，下字定韻，各司其職，互不相牽。然反切之起，雖嘗受梵文影響，究非如拼音文字，以上下二字為聲或韻之截然分工，初不過易直音為拼音形式，上字於中為主幹，但以下字為弼輔。是故今所見反切，或為自《切韻》至《廣韻》之韻書，或為音義書字書如《經典釋文》、原本《玉篇》、《萬象名義》，或《廣雅》曹憲音、《說文繫傳》朱翱音，上字與被切字之間，不僅同介音同韻母者習見，甚且有等第開合不憑下字而憑上字，陳氏謂之「切韻之疏」、今人謂之「例外反切」者。如《廣韻》送韻鳳字馮貢切，支韻為字薳支切，前者等第相異，後者開合不同，然而馮鳳互為平去，為薳相為平上，是不僅適可於上字取介音，幾可視但以貢字支字改易聲調，與《切韻》「伽音噱之平」、「拯取蒸之上」，略無不同。陳氏不悟於此，謂後者用支字為「偶疏」，憑其“分析條例”定為字讀合口；前者則因“分析條例”無所可用，終至誤認鳳、諷、賵三字與貢字韻同一音。又如魚韻葅字側魚切，諸字章魚切，苴字、余字子魚、以諸切，通魚韻之字無不可系聯，於是名之為「三等韻」者，其字則韻圖多不在三等之內。更如支、脂諸韻脣、牙、喉音重紐，兩者並以舌、齒音為下字，間且互為下字，遂致部分學者視作同音，至今不改。反觀認其音相異者，則明與反切系聯之立場相左，除以為聲調相承諸韻所同有，事不尋常之觀點外，即為韻圖之分等而居，與視魚韻為一類之裁量南轅北轍；究其音孰與舌、齒音相同，則較量用舌、齒音為下字之多寡，定韻圖置四等者與舌、齒音同音，謂之 A 類，韻圖置三等者別為音，謂之 B 類，是既與韻圖相乖，且不合反切系聯之理則。

以上自反切下字系聯言之。至於上字，如類隔切之易致混亂，此雖與反切結構無關，其不能直取上字，必依下字等第改易聲類，固與陳氏之系聯法，植基於上下二字之絶對分工已不相侔。至若正齒音與喻母之兩類上字，其本質本與見、溪、疑、影、曉五母正切系聯所得之兩類相同，學者則莫不以為異音，不唯與字母家言相枘鑿，亦與視見、溪五母兩類正切上字同音自為矛盾。倘以為「又切」相通即為同音，則支、脂諸韻之脣牙喉音重紐，雖「正切」亦既系聯，而必認作兩音不同，又將何以自圓其說！由以知《切韻》系韻書中反切，假使不能切實掌握個別結構之差異，但憑目視，以「同用、互用、遞用」之法貿然予以系聯，縱有“分析條例”之職司監督，終有如鳳字之馮貢切，無以展其功效之時，將使異音牽屬，同音分離，而真相無以盡顯。

學者於此，自亦不患無說。凡聲類與字母家說異，輒謂字母後起，音有變易；凡韻類與韻圖列等不合，即云韻圖為格式所限，不得不假二、四等以居。然此終為解辯之辭，究竟字母與《切韻》聲類是否不同，韻圖與《切韻》韻類有無差異，皆須證明，並非字母韻圖與反切系聯不合，即為音變、借位之說。況字母縱晚，要在《廣韻、集韻》之前。《廣韻》反切大抵沿襲《唐韻》之舊，或不盡合其時語音，姑置勿論。《集韻》反切率由自造，其正齒與喻母兩類上字之分，竟亦與《切韻》不殊。凡已混同之音，欲求分之使與上世相合，不唯不可得，理亦不應有此無謂舉措，則當為字母無音變之證。至謂韻圖列字受制於格式，則尤不近情理。韻圖之作，專為布陳韻書之字，其設計自當符合實際所需，何至削足適履遺人誤解而不知戒！藉令其無端設限，欲強以齒音四等為六分，亦不難於二、四等採虛線當間平隔，或即以實線對角斜分，示人真假之別，何竟並此而不為，豈謂古人之明，雖此亦不能見？

然則於今之世，假令有人言中古音，以不同模式看待《切韻》反切，不若陳氏之一槩相量，使其聲類數合於字母家言，三十字母，即為三十聲母，三十六字母，亦即三十六個不同讀音，無可增減；其韻類數亦適同於韻圖各韻之列等，不稍懸殊，則時有先後，音有變革之說不須有，圖式所限，借等列字之說無自生，庶幾可以袪眾惑，而歸趨一途。

我之於中古音，其始即注意「例外反切」，以為凡所謂例外，如非偶一見之，常能憑窺奧秘，發掘蘊藏。於是作〈例外反切研究〉，從知反切結構如陳氏所言者，不過為模式之一，或當謂演變後之標準式。早期反切則由變化直音以出，憑上字以定等第、開合，不可以為「用字偶疏」而等閒視之。其後因不滿較量下字用舌、齒音之多寡，以定支、脂諸韻脣、牙、喉音重紐孰為 A 類 B 類，作〈廣韻重紐音值試論兼論幽韻及喻母音值〉，楬櫫韻圖列等原則，必是同等同音，異等異韻，不得違拗。力陳中古音韻類之探究，系聯韻書下字不必可信，應以早期韻圖為準。惜其時囿於「大三等韻」觀念，所論不能徹底。但其互易 A、B 二類之稱，主其異在介音，不在韻腹，認幽韻、喻四與四等重紐韻母形態相同，自信說皆不刊。

此後即本兩文所見，作〈論照穿牀審四母兩類上字讀音〉，倡言兩類上字之分，原與見、溪、疑、影、曉五母正切上字分類之本質不異，皆聲母相同，不同在介音，為等第之別。由是而貫通守温「兩字同一韻，憑切定端的」之例，亦即後來《四聲等子》之「正音憑切」說，定中古凡韻圖列二等之字同具 e 介音，凡列四等之字同具 i 介音，改正其先擬四等重紐介音為 ji 之誤。但彼時於知系字二等三等之別未有所悟，據其上字僅一類，擬其介音同為 e，明與韻圖列等相違，而不慊於心。

越一年，作〈從臻櫛兩韻性質的認定到韻圖列二四等字的擬音〉，據《經典釋文》臻、櫛二韻字幾全以真、質韻字為下字，定臻、櫛為真、質莊系字，其分韻既不得為聲母相異，當是介音不同。於是正齒音兩類上字異讀說之不可從，明若觀火。

又數年，成〈切韻系韻書兩類反切上字之省察〉，悟正齒音上字所以分類，因有時同一韻中二等僅一字，如東韻之崇，送韻之剝，無韻母相同下字可用，不得不採憑上字定等第之法，以救其困窮。喻母兩分，理亦同此。

又浸假而至〈論重紐等韻及其相關問題〉之作，擴大重紐一詞之涵攝面，抉發上字分類之秘，原但為區分重紐，與聲母之顎化不顎化，或介音 j 與"非 j"之不同，皆略無所關；正齒與喻母上字之分類，初不過為區分重紐之一端。是故凡具重紐之字母，上字皆兩分，而不具重紐之字母，上字僅一類。確認四個等韻之不同韻母形態，一等無介音（合口介音不計在內），二、三、四等介音順次為 e、j、i，等與等韻無歧義，凡字所在之等，即其所屬之等韻。於是如東韻，通常視作一、三等合韻，實為一、二、三、四等合韻，而「大三等韻」錯誤觀念幾近三十年之束縛，至此方始解除。長久盤據於心，知系字二等三等之別，乃恍然原為介音 e 與 j 之不同；所謂「三等韻」無匣母，固不礙真與東有若礥與雄之匣母字；羣母不僅見於四等，其上字且因重紐而有分類之迹；幽之為四等韻，由是亦益加彰顯，更援《集韻》上字以證，並論其脣音及曉母諸字為四等音。其尤足以沾沾自喜者，早年讀《觀堂集林・天寶韻英考》，知《韻英》有《切韻》「舊有四百三（疑為二之誤）十九韻」之說，與《切韻》一百九十三韻，及系聯反切所得三百二十一韻類之數，並相去遙遠，茫然不解其故；各家言《切韻》韻類，亦不見引述。今依韻圖各韻列等計之，得韻類凡四百一十七，倘古人所計小有誤差，兩數實已合符。不意靜安先生所不知，竟由區區獲得答案。然則陳氏闡釋反切結構之以偏概全，其所創系聯法之不足為用，不啻若獲明徵。

至此，我於中古音聲類、韻類之探求，乃抵於成。其後作〈中古音的聲類與韻類〉，即據上述各文作結而略有申述。〈支脂諸韻重紐餘論〉一文，則於反切結構詳加剖析，獲見凡用精系字為下字，必屬重紐B，為據反切系聯言重紐學者之所不知，益證韻圖同等同韻類說之不可易。

其間曾作〈從集韻反切看切韻系韻書反映的中古音〉，發現《集韻》之上字，凡屬支、脂諸韻脣、牙、喉音重紐，四等與純四等韻為一類，三等與普通三等韻別為一類，兩者幾至絕不相通，以見其於上字之使用，深致用心，非無條理可言。據此觀《切韻》以來見等五母上字之分類，其古類、苦類、五類、烏類、呼類，大抵同《廣韻》，罕用於三等韻；居類、丘類、魚類、於類、許類，則用於三等韻及用於一、二、四等韻無分軒輊，由知自《切韻》至《廣韻》二類之分，與聲母之顎化不顎化無所關，亦無涉於介音 j 與“非 j ”之不同。又前此所作〈陳澧以來幾家反切系聯法商兑並論切韻系韻書反切系聯的學術價值〉，一面指陳諸家反切系聯法之失，謂陳氏所創系聯法但具歷史意義；一面則以上字之分類，係為區分介音 j 與“非 j ”之不同，定為反切系聯學術價值之所在。後者説誤，除於〈論重紐等韻及其相關問題〉論及外，更作〈陳澧反切系聯法再論〉，加詳説明。該文並指出陳氏由於不真知等韻，於牙、喉音兩類反切上字之歸屬，多所誤置；諸家之言上字分類，亦並渾然不曉。

新撰〈內外轉名義後案〉，主內、外轉作用，在告曉列二、三兩等字之如何辨識其屬韻的問題。內轉之名，其始專為模虞、唐陽、登蒸三轉而設，列二、四等之字，內與三等字同屬虞、陽、蒸，是以謂之內轉；外轉之名取與內轉相對，初則為三十三及三十四兩轉所專立，意取三等字外與二等字同屬於庚，四等字亦不內與三等字同韻，而別屬於清，是以謂之外轉。又為各圖體例之整齊，按前述內、外轉圖不同特質，於《切韻》屬同一大韻類之各轉分注內外，故四十三轉莫不有內轉或外轉之稱。合計之，注內轉者九類，注外轉者七類，依後世十六攝之名，前者：通、止、遇、臻、果、宕、曾、流、深，後者：江、蟹、山、效、假、梗、咸。此文之作，基本由於「大三等韻」觀念之突破，知韻圖等與等韻無歧義，乃不得不取内子杜其容教授〈釋内外轉名義〉有所更張；不意遂得通解内、外各轉圖，然則此文無異為對上述認知之檢驗。

我之論上古音，大要言之，以我所知之中古音為礎石，無絶對理由，不改易中古音面目，即以中古音為上古音。其所涉時代，以周為上限。甲骨卜辭確知商音之異乎周音者未之見；學者所論，凡無漢語資料可證者不敢妄從。簡述各篇内容於次。

〈上古清脣鼻音聲母說檢討〉，指出凡與明母相關各曉母字，皆同時與牙、喉音字關係牽聯不絕，且並為合口音，《說文》中一百二十餘開口曉母字，則無一與明母發生關聯。前者明其原為喉音，後者顯示合口成分即為二者之媒櫱。至於清舌尖鼻音、清舌根鼻音說，則以為諧聲之法，發音部位相同，未必不可「取譬」。若必堅持與透母諧聲之泥母原為清音，則如無聲之撫、冒聲之賵等，其始不得不與膴、悔等字同聲，其後則不同讀曉母，便將無說。

〈有關古韻分部内容的兩點意見〉，主張其一，凡《說文》諧聲與古韻分部不相合，如朝從舟聲，而舟與朝古韻不同部，宜從文字學觀點，利用古文字清除許君誤說，以降低兩者間矛盾。其二，周代亦必有其時之古今音變，及方言音異，同一字不必僅能見之於一韻部，但須有確證，即可兩部兼收，以減少通韻、合韻、借韻之說，使古韻分部不因種種藉口，而任情通轉，而疆界蕩然。（近年於東海大學指導謝美齡君博士論文《詩經韻部說文字表》，即按此意撰述，頗見成績。）

〈上古陰聲字具輔音韻尾說檢討〉，大致包含下列數端。一，-g、-d、-b 尾說，基本由誤認中古入聲但配陽聲，見上古陰聲多與入聲叶韻，以為必是兩者性質有別；中古陰聲為開尾音，故擬上古陰聲具塞尾。實則中古入聲與陰聲陽聲皆相配，如中古之開尾陰聲，固可與入聲相叶；且所謂上古陰聲與入聲叶韻，初不過因去與入同調而多有往來，平、上與入之間則所見稀罕。二，極言上古陰聲字不得有塞尾。三，試擬諸韻部音值，以解釋各部間之諸多交往現象。其中 -b 尾說之檢討不盡周詳，故別有〈再論上古音 -b 尾說〉之作。

〈上古音芻議〉，此文大抵針對李方桂先生〈上古音研究〉而作，於上古音聲類、韻類及音值始為通體思量。聲類方面，以三十字母為基礎，考其上古四等俱全者為上古聲類，餘並後世音變，得幫、滂、並、明、端、透、定、泥、來、見、溪、羣、疑、影、曉、匣、精、清、從、心、邪，凡二十一個單一聲母，其音值與中古同；別有喻四一類，擬作 zɦ 複聲母。其餘複聲母問題，除言乙類韻具 r 介音，及正齒音之發生，有所涉及外，未專作討論。知系聲母由端系變出，二、三等之不同，為受介音 r 或 j 不同影響之結果。三等照、穿、牀大部分出於帶 s 或 z 音之端、透、定，小部分出於精、清、從，及帶 s 或 z 音之見、溪、羣，並受介音 j 影響之故，其音值分別為 tʃ、tʃh、dʒh。此音之見於漢語，較之由精、清、從受介音 r 影響變出之二等 tʃ、tʃh、dʒh 音為早；學者論中古正齒二類反切上字不同音，至此益見其言之不得立。審、禪二母則無論為二等三等，俱為心、邪之變音。韻類方面，肯定周代已開、合兩分，不取以“ ua ”為複合元音及圓脣舌根音聲母等相關學說。據中古四個等韻，推為上古四韻類，甲類韻無介音（合口介音除外），乙、丙、丁三類韻分具介音 r、j、i。採二十二部古韻之分；入聲與陰聲，其分不若其合。論侵、談原自有陰聲，周代已混入幽或宵部。擬韻腹 e、ə、ɑ、u 四元音，改正其先〈上古陰聲字具輔音韻尾說檢討〉所擬之失；e、ə、ɑ 後可有 i 韻尾，ə、ɑ 後尚可有 u 韻尾；以不具韻尾及具 u 韻尾之陰聲配 -ŋ、-k，具 i 韻尾之陰聲配 -n、-t；別擬歌部收 r 尾，以與元部、祭部之 -n、-i 相配，其意猶今國語之“ ㄦ ”化韻，與他家之擬 -r 者不同。列舉四十餘組周代自幽部轉入微或文部之字，使 -g、-d 尾說益見辭窮。此外，於說明語音之演變，著眼於方言音異及統合，提出音有正、變說，以濟歷史語言法則之有時而窮。

〈古漢語曉匣二母與送氣聲母的送氣成分〉，從觀察同字異音、同源詞、連緜詞及諧聲字結構，主上古全濁塞音及塞擦音為送氣讀法。

〈古漢語四聲三調說證〉，以《集韻》平、上、去三聲字又讀入聲出現之頻率相較，證上古去聲與入聲同調值。

據上來說明，我於中古音之認知，對自陳澧以來眾口一辭基於反切系聯獲致之“ 切韻音系 ”而言，無疑為一大反動。上古音方面，亦由於所了解之中古音不同，以及觀念、方法、取材之相異，而與主流顯學大相逕庭。孟子說：「予豈好辯哉，予不得已也。」我則本不具辯才，任物自鳴，遂呈別調，是亦不能已於言者。然而蔽覆不見必不能免，方家肯惠而教之，不勝感激之至。

辛巳元宵後一日宇純於絲竹軒

此書之梓行，一切由五四書店發行人何志韶學弟盡心力策劃。封面設計，則出自中研院史語所李宗焜學弟之巧思。國立師範大學國文研究所季旭昇教授，為小學、

《詩經》學著名學者，熱情相助，主動撥冗覈校一過，有所諟正，感紉之至。並於此致以無上之謝意。

壬午元宵前一日宇純謹誌

（本集所收第十四、第十六、第三、第十三、第五、第六、第七、第八、第十及第十八各文，先後獲行政院國家科學委員會研究獎勵。其中第八文〈論重紐等韻及其相關問題〉，所獲為一九八七、八八兩年度傑出獎。謹此致謝。）

目　　次

中古音部分

例外反切研究

(壹)引　言

對於反切結構最早而有極清晰說明的，當推陳澧的《切韻考》。他在卷一“論《廣韻》之反切”說:

> 切語之法，以二字為一字之音。上字與所切之字雙聲，下字與所切之字疊韻。上字定其清濁，下字定其平上去入。

這是正確的對於反切的瞭解，當然便是反切本身所顯示的。如果用現代的術語說得更清楚些即是: 反切以二字定一字之音，上字定所切字的聲母，下字定所切字的韻母，上下二字又共同定所切字的聲調。聲母的發音部位和方式，上字必須完全相同。韻母的介音、元音和韻尾及聲調的平上去入，下字亦必須絶對相合。

但這只是就一般反切而言，或者可以說上述只是反切的一般原則（案這話仍有問題，參結語），其間非無例外。等韻書中所載的許多門法，除「音和」一項，多係為例外反切所設。由此可以想見例外反切情形的複雜，而且也一定佔相當份量。

我於一九六〇年秋至一九六二年夏，從事唐寫全本王仁昫《刊謬補缺切韻》[1]校箋工作，發現各韻書中不少這類的反切[2]。大抵自《切韻》至《廣韻》，時代愈早而此類反切亦愈多。《集韻》一書雖然晚出，因為它收集了許多前代字書、韻書和經傳注釋中的音切，情況亦便特別顯著。這些反切有許多是一般人所不能了解的，譬如有人說它們是「切韻之疏」或「用字偶疏」[3]，有人說它們是「糊塗反切」[4]。但是在我看來，這只是反切本身結構到底是什麼的問題。反切的創造者既沒有預先為此下一定

1　此書於 1947 年發現，為故宮博物院所藏。《廣韻》以前韻書之完好者僅此一種，簡稱《全王》。〔拙著《唐寫全本王仁昫刊謬補缺切韻校箋》1968 年 9 月由香港中文大學出版。2000 年宇純補案。〕

2　就在同時，內子杜其容女士為〈毛詩經典釋文音切疏證〉，也有一些發現。

3　前者見陳澧《切韻考》，後者見羅常培《漢語音韻學導論》。

4　見陸志韋〈古反切是怎樣構造的〉，《中國語文》（1963. 5）。

義，清楚說明上下二字的作用，後人的了解便難免没有偏差。事實上所謂例外反切，如果能換一個方式去看，它們的音值與例内者固無絲毫差異。現在將我所見到的材料分類說明如下。但必須聲明，這些材料主要便是《全王》，其他韻書、字書等差不多都只是因為校箋《全王》時接觸及之，並不曾專意收集；《集韻》方面不少是平日翻檢所得，相信其中還有不少好的材料，一時却不易完全輯出。至於《全王》方面，如果我没有什麼疏忽，應該盡在於此了。

（貳）上字與下字的相互影響

據一般反切的顯示，上下字的功用是絕對的：上字管聲母，也只管聲母[5]；下字管韻母及聲調，也只管韻母及聲調。但有不少反切，上下字相互影響：有時只看上字並不能確知其屬於何母，或只看下字亦不能確知其屬於何韻或其洪細開合如何；必須同時參考下字或上字才能肯定。請分別討論。

一、憑下字定聲母

所謂憑下字定聲母，這意思並不新鮮；等韻門法中的〈類隔門〉和〈精照互用門〉等說的便是這點。所以舊調重彈而又換一個新的標題，只是覺得舊有的還有補充說明的必要；新增的其性質與舊有的一脈相通，不如統一起來，為能提綱挈領。

劉鑑《經史正音切韻指南》所載《門法玉鑰匙・類隔門》說：

> 類隔者，謂端等一四為切，韻逢二三，便切知等。知等二三為切，韻逢一四，却切端等。為種類隔阻而音不和也，故曰類隔。如都江切椿、徒減切湛字之類是也。

上古無舌上音，端知本是一個，後來演變成兩類聲母，而反切中遺留了端知不分的痕迹，此所以有〈類隔門〉的創立。然而其舉例只限於「端等一四為切，韻逢二三便切知等」的一類，通常所見到的也只屬於此類，所以先師董同龢先生在其〈等韻門法通釋〉[6]中說：

> 把所有的「類隔」例子看一過，就會發現我們只要“端等一四為切，韻逢二三便切知等字”這兩句就夠了。因為這底下的“知等二三為切，韻逢一四便切端等字”兩句非但無此事實，而且是要發生問題的。門法上所謂四等通常

---

5 見上引陸文。

6 見中央研究院《歷史語言研究所集刊》第十四本。

都是指韻圖上的第四等，而非真正的四等韻，那麼〈窠切〉說：「知等第三為切，韻逢精等影喻第四，並切第三。」豈不與此相反？「爹」字「陟邪切」便是一個好例證。

但理論上是應該有「知等二三為切，韻逢一四便切端等」一類的，反切中亦確乎有這一類例子。如：

一、《全王》魚韻直魚反涂字下云：「水名，在堂邑。又直胡反，水名，在建寧。」而模韻度都反涂字下云：「水名，在益州。又直魚反。」二韻互注，魚韻的「又直胡反」即模韻的「度都反」。

二、《全王》魂韻徒渾反哼字下云：「口氣，又粅孫反。」同韻他昆反哼字下云：「口氣，又徒孫反。」二者為互注，粅孫即他昆。

三、《集韻》齊韻末隄（又作堤）字下云：「直兮切，防也。《春秋傳》『弃諸隄下』沈文何讀。」案《左傳》襄公二十六年《釋文》云：「徐丁兮反，沈直兮反。」韻書隄字見齊韻端定兩紐（《集韻》同），是直兮切即定母之音，《集韻》不能了解而已。

四、《漢書・地理志》遼東郡沓氏下顏注引應劭云：「沓，水也。音長答反。」各韻書沓字讀合韻定母，而《集韻》達合切下注云遼東有沓縣，是長答即達合。

《釋文》此類例子更多，如《易・履》「不咥人」咥字直結反，《廣韻》見屑韻徒結切；《詩・小戎》「竹閉緄縢」縢字直登反，《廣韻》見登韻徒登切；〈載芟〉「有嗿其饁」嗿字粅感反，《廣韻》見感韻他感切；《周禮・大宰》「眡滌濯」滌字直歷反，《廣韻》見錫韻徒歷切；《莊子・逍遙遊》「大相逕庭」庭字粅定反，《集韻》見徑韻他定切；《爾雅・釋鳥》「鶨，鶂老」鶨字粅亂反，《集韻》見換韻吐玩切；並其例。顯然《玉鑰匙》這兩句話仍是必須保留的，儘管《玉鑰匙》的作者未必見到這類例子。也儘管它與〈窠切〉意義上發生混淆，那自然是另一回事。

又《門法玉鑰匙》解釋〈精照互用門〉說：

> 精照互用者，謂但是精等字為切，韻逢諸母第二，只切照一字[7]。照等第一為切，韻逢諸母第一，却切精一字。故曰精照互用。如士垢切鯫字，則減切斬字之類是也。

所謂精照互用，謂精母與照母二等的交互使用。這是因為齒頭音精、清、從、心與二

7 〈正音憑切門〉註云：照等第一即四等中第二。

等正齒音照、穿、牀、審上古同屬一類，所以反切中保留了一些精切照二或照二切精的特例。然而在早期反切中也有一些精與照三或照二與照三混亂的例子。

一、《全王》談韻笘字下云：「倉甘反，竹箠，又都頰反。」而怗韻丁篋反笘下云：「竹箠，又充甘反。」二韻互注。然倉屬清一，充屬穿三，「充甘反」是以穿三切清一。

二、《集韻》覃韻徂含切撏字下云：「《方言》衛魯揚徐荆衡之郊謂取曰撏。」根據《集韻》的通例，凡言《博雅》，其音本之曹憲，凡稱《方言》，其音即從郭璞。然郭氏《方言注》撏字音常含反，《廣韻》音昨含切，《廣雅》曹憲音才含反，可見郭氏的常含反等於諸家的從母讀音。禪母本與邪母相當，因為一等韻例無邪母，邪母即同於從母（詳下文叁之一），〔**邪母原有一等音，後混同於從母，說詳〈上古音芻議〉。2000 年宇純補案。**〕所以禪三便等於從一。

三、《集韻》談韻末增笝字音市甘切。談韻屬一等，例不得有禪母。其字又見覃韻徂含切下。除下字不同韻外[8]，市和徂的歧異與上例正同。又《集韻》覃韻末增顧字，注云：「常含切，顜顧俯首貌。」雖然其徂含切無此字，由於顜顧為疊韻詞，顜字音盧含切屬一等，有理由相信顧也是一等字，其音常含切與《方言》撏字音同。

四、《切三[9]、全王》宵韻餘（余）招反軺下云又似焦反[10]，各韻書宵韻及其上去聲各韻無邪母字，《全王》字又見市招反下；《廣韻》餘昭切軺下不云有邪母一讀，而注云「又音韶」，市昭切下云「又音遙」，亦不及邪母之音，可知《切三、全王》「又似焦反」與「市招反」之音相當。

五、《全王》清韻市征反盛下云又似逕反。逕字屬四等徑韻（《全王》徑韻無逕字，《王二、唐韻》收，與徑同音，《集韻》逕徑同字。），徑韻各書無此字。字見三等勁韻，音承政反。《全王》逕當是勁之誤，而似字與禪母同。《廣韻》清韻同紐云又時正切，是其證。

六、《集韻》帖韻末增挾蜨二字，音尸牒切。尸字屬審三，而帖是四等韻，

8 覃與談雖不同韻，其間出入容或不免。《集韻》緂字一音充甘切，一音充含切，即其例。又《集韻》合盍二韻收字與一般韻書錯見者甚多，覃與談的關係正同合盍。

9 見《十韻彙編》。

10 《全王》似誤為以。

> 不得「音和」。挾字雖未見與此相關之音和切，蜨字又見於同韻悉協切下，可知尸字以審三切心四。

除此之外，也有照三與照二接觸的。例如洽韻簉字小韻《全王、王一[11]、王二[12]、唐韻、廣韻》並音士洽反（切），而《集韻》音實洽切[13]。洽韻屬二等，不得有牀三，當以實字切牀二。又《全王》緝韻阻立反戢下云「俗呼之洽反」，洽韻亦不得有照三，疑以之字切照二。《集韻》洽韻字正見側洽切。關於這類現象的解釋，《顏氏家訓・音辭篇》「《字林》音伸為辛」周祖謨說[14]:

> 伸《切韻》音書鄰反，辛息鄰反，伸為審母三等，辛為心母，審心同為摩擦音，故方言中心審往往相亂。《字林》音伸為辛，是審母讀為心母矣。此與漢人讀蜀為叟相似。錢大昕《十駕齋養新錄》卷五〈翻切古今不同〉條，釋此文謂古無心審之別，非是。蓋此僅為方言之歧異，非古音心審即為一類也。

要說心審古無分別，必須能說明後來在什麼樣的條件下分別為二，這點目前似乎還不能指明，暫時我採取周氏的看法。〔**審實爲心的變音，說詳〈上古音芻議〉。2000 年宇純補案。**〕《集韻》旨韻末有林字，注云：「之誄切，閩人謂水曰林。」現在閩南話水字的讀音為“tsui”，似乎便是很好的說明。另外皵字《爾雅・釋文》云郭音雀，而《字林》音灼，前者將略切，後者之藥切，可與音伸為辛合看，亦似乎《字林》作者呂忱是不分精照的。但同龢先師《上古音韻表稿》中討論照三系和精系字的諧聲行為說:

> 從音理方面講，舌面音就說是塞音的話，總難免帶一些塞擦音的色彩。由這一層關係，照三系字可以較多與精系接觸，不是很自然的嗎？

如果我們說：也正因為這一層關係，所以反切中往往精系與照三或照三與照二互用，也便自然可以。〔**照二照三兩系本同音，說詳〈論照穿牀審四母兩類上字讀音〉。2000 年宇純補案。**〕然則以為方音之故，亦不是絕對的解釋。不過這類現象似乎不甚為學者留意。譬如同龢先師在《上古音韻表稿》中說:

> 反切中倒是有不少正齒音跟齒頭音借用的例。可是實際上那些正齒音只完全

---

11 見《十韻彙編》。

12 見《十韻彙編》。

13 各韻書並以簉為首字，而《集韻》首字為蓮，為各書所無，則《集韻》此處非承襲上列諸書，因不得云實為士之聲誤。

14 見周法高先生《顏氏家訓彙注》引。

是照二系字，却没有一個是屬於照三系的。

所以特地將這些資料表而出之。

二、憑上字定韻母等第洪細

在等韻門法中，有好幾個門類是為反切上下字另一些不調和現象而設立的，如〈寄韻憑切〉、〈日寄憑切〉和〈就形〉。名稱雖不相同，實際都是説有時反切下字所代表的韻母，其等第洪細要憑上字來決定。簡單説便是「憑上字定韻母等第洪細」。也許由於所接觸的此類反切太少，不足以啟發門法作者從中得出一個共同的抽象概念，而只知就個别情形創立名目。但此抽象概念的有無，影響於對例外反切的解釋的幅員却極大。先且了解上述〈寄韻憑切〉和〈日寄憑切〉的內容。（〈就形〉一門因行文的方便稍後再談。）

《門法玉鑰匙》説：

> 寄韻憑切者，謂照等第二[15]為切，韻逢一四並切照二。言雖寄於别韻，只憑為切之等也，故曰寄韻憑切。如昌來切犨字，昌給切茝字之類是也。

所謂昌來切犨字、昌紿切茝字，一見《廣韻》咍韻[16]，一見《廣韻》海韻[17]。昌字屬穿母，例只見於三等韻，而咍、海為一等韻，這兩個反切顯然不能「音和」。門法作者根據韻圖犨茝二字排在穿三，所以創立了這個門法。後來釋真空的《直指玉鑰匙門法》又指出「成攜切移字」[18]一例，以為移字雖屬齊韻，實際應該憑切確定為三等禪母字。

《門法玉鑰匙・日寄憑切》説：

> 日寄憑切者，謂日母下第三為切，韻逢一二四並切第三，故曰日寄憑切。如汝來切荋字、儒華切捼字、如延切然字之類也。

「如延切然字」延字韻圖雖見四等，其實屬於三等韻，仍是音和切，這可以説是等韻門法之失，且不去理會[19]。〔**本文所稱三等韻，屬一般觀念，與自〈論重紐等韻及其相關問題〉以後所稱不同，下不贅。門法此無失。2000 年宇純補案。**〕「汝來切荋」

15 照等第二，即四等第三。

16 《廣韻》以前韻書如《切三、全王、王一、王二》咍韻雖無犨字，然豪韻吐高反下並云又昌來反，與《廣韻》正合（《全王》昌字誤高）。〔**葛信益《廣韻叢考》疑來爲求字形誤，其説可從。《集韻》字又見尤韻蚩周切。2000 年宇純補案。**〕

17 《切三、王二》音昌待反，《全王》音昌殆反，並與《廣韻》合。

18 《廣韻》齊韻移字音成臡反（臡字音人兮切，自成一類），《切三》音成栖反，《全王》音成西反。

19 説參同龢先師《等韻門法通釋》。

和「儒華切捼」汝儒並屬日母，日母例只見於三等韻，而來字屬一等咍韻，華字屬麻韻二等，所以門法說荋和捼應憑上字定其等第，即二者仍是三等字[20]。通常所見，還有「如亥切疓」和「人兮切臡」[21]屬於此類。

在我所接觸到的反切中，還有相當多的這類情形。如《廣韻、集韻》敢韻澗字音賞敢切，賄韻髵字音陟賄切[22]，《集韻》覃韻緂字音充含切，又談韻緂字音充甘切，盍韻譫字音章盍切，《全王》馬韻䩜字音車下反，並與犡茝同例。《廣韻、集韻》髶字音而轄切，《集韻》談韻蚺字音汝甘切，銜韻顄字音而銜切，並與荋捼同例。（以上諸例差不多下文還會討論到，於此不贅。）此外還可以舉出另一些例:

一、《王二》歌韻茄字音巨[23]羅反。羣母例不出現於一、二、四等韻而羅字屬一等。《廣韻》此字作茄，音求迦切；其同紐伽字《全王》亦音求迦反，《切三》云「無反語，噱之平聲」，都證明茄伽等字屬於三等，《王二》羅字只是借用。

二、《全王》線韻衍字音餘見反，云「又以淺反」。字又見獮韻以淺反，亦云「又餘見反」。依一般原則，餘見反不能成音。因為線韻屬三等，而見是四等霰韻字。然而「餘見反」兩處相同，見字決不得是誤字。要解釋便得說，因為喻母只見於三等韻，所以衍仍是三等字。與此相同者:《全王、王一》豔韻以贍反炎字下云「又于淹反」，鹽韻于廉反炎字下云「又餘念反」（後者《切三、王二》同），二韻互注。念字屬四等㮇韻，亦當以餘字屬喻母切炎字第三等。〔**此誤說。喻三喻四不互爲上字，餘念切不能切出三等音，餘當是于之音誤。2000 年宇純補案。**〕此外還有：《廣韻》海韻䐅字音與改切[24]，《集韻》咍韻頤字音曳來切，賄韻阭字音俞罪切，談韻㚲字音與甘切，咸韻㚲字音弋咸切（此諸例下文多還有討論），並以喻母定所切字為第三等。

三、《全王》仙韻似宣反鏇字下云又囚絹反，線韻辝選反鏇下云又囚玄反。二韻互注，而玄是四等先韻字。但邪母亦例只見於三等韻，所以囚玄反仍切三等。與此相同者，《全王》馬韻灺字音徐雅反；參考《切三、王

20 捼字《集韻》音儒邪切，正可見捼字屬三等。

21 前者見《廣韻》海韻，後者見《廣韻》齊韻。

22 髵與端紐對立，疑是祭韻上聲字，與犡茝同韻母。明邵光祖〈切韻指掌圖檢例〉以為類隔，音同腲，不然。

23 巨字原誤作叵。

24 與改切應與㚤在切同音，為新增字。《集韻》䐅字併入影母倚亥切，未詳孰是。

一、廣韻》音徐野反（切），可知雅字雖屬二等，仍憑徐字切第三等。

上來所舉諸例，從個別詳細論述中，可以知道其實非屬三等音不可。〔**喻四配所謂三等韻下字者，實際是四等韻字，邪母亦然。韻圖凡字所在之等，即其所屬之等韻，詳〈論重紐等韻及其相關問題〉。上舉衍、鏇兩例，下字與所切字等第正同，只不過不同一韻，並非憑上字定等第的例子。與改、曳來、俞罪、與甘及弋咸等反切，則疑為喻母一等二等之音，說見〈上古音芻議〉。2000 年宇純補案。**〕更從理論上說，這些反切的上字不出於羣、喻、日、邪和照三系。照三系只見於三等韻固不必說，即羣、喻、日、邪四母亦只出現於三等韻。即是說凡是這些聲母之後都一定有三等介音。〔**喻四與邪母為四等音，此說部分有誤，見前"補案"，宇純又記。**〕也即是說，只要反切上字屬於這些字母，其所切之字韻母帶三等介音已經是固定的；於是只要其下字屬於關係密切的韻（譬如早期韻圖同轉者），不論其為一、二、四等，都切三等。所以說上述諸例「憑上字定韻母等第洪細」，又是毫無問題的。這些例子情形的簡單，就好像《切三、全王、王二》庚韻生字音所京反，《切三、全王、廣韻》梗韻省字音所景反（切），《全王、王二、廣韻》（敬）映韻瀧字音楚敬反（切），及《切三、全王、王二、唐韻、廣韻》陌韻栅字音惻（測）戟反（切）又索字音所（山）戟反（切），下字雖並屬三等，因為上字屬照二而毫無疑問都是二等字。

我所以要楬櫫「憑上字定韻母等第洪細」的觀念，却不在於將等韻門法〈寄韻憑切〉和〈日寄憑切〉統一起來；也不在於替它們補充一些例子，或甚而至於擴大一些舉出上述羣、喻、邪諸母之例。因為所有這些例子，理論上都是如此簡單明瞭，沒有絲毫可疑可怪之處，應該是大家可以認識的。我主要的意思，是為了另一些反切，因為它們都不那麼簡單，假如不能深植此觀念於心，在瞭解上有時便不免依違失據，甚至要發生誤會，懷疑某些地方有了錯誤。

當然我所說的「憑上字定韻母」並不是如此狹隘，只限於獨見於三等韻的字母，或韻圖上始終排列在二等的照二才有此現象，才適用此一觀念。實際上四等俱全的字母亦有此現象，同適用此一觀念。釋真空的《直指玉鑰匙門法》有〈就形〉門，即是解釋相關現象的，它說：

> 就形者，謂見溪羣疑幫滂並明非敷奉微曉匣影喻此一十六母字第三等為切，韻逢諸母第一，宜切出第一等字。今詳前後俱無，却切第三。故曰：開合果然無有字，就形必取第三函。如巨寒切犍字、無鉢切嚩字，無感切錽字，許戈切鞾字之類是也。

前三例同龢先師說不可靠[25]，可以不管。許戈切靴字見於《廣韻》戈韻，同龢先師《等韻門法通釋》說：

> 依反切通例，曉母的許字不與一等韻字相切，而此處戈字却是一等字。在現代方言裏，靴字總是讀同三等音的。所以許戈切的戈無疑是借用的，而與實際不合的。韻圖既以靴入三等，就跟他的反切下字「戈」得不到「音和」的關係。

靴是三等字，可由陸氏《切韻》得知。《切三》云「無反語」，《全王、王一》云「陸無反語」，是說《切韻》歌韻三等合口除鞾字[26]而外，没有可供作切語下字的字，所以造不出反切來。問題是許戈切何以能確定為三等音？因為曉母是四等俱全的，雖然其反切上字也大致可以分為呼與許兩類[27]，而並無十分明確的界限。陳澧的《切韻考》並没有如此劃分，便是這個道理。同龢先師說「依反切通例，曉母的許字不與一等韻字相切。」靴字屬於第三等，似乎可以如此消極的確定。但我仍以為不若積極的說：許字屬於三等魚韻，其聲母後有介音「j」，所以決定了靴字屬於第三等。這是在進入討論另一些反切之前所當認識的一點。簡單說來：字母四等俱全的[28]，亦有「憑上字定韻母等第洪細」的特例，其韻母之等第洪細即憑上字所在之等。

還有一點也是應該先了解的。前文說犕、茝、栘、疠等齊、咍韻字實際上是三等音，那是因為同等字太少，不足以另立一韻[29]，有的甚至連反切下字也不可得，於是不得已而或寄一等咍，或寄四等齊。同龢先師說它們是祭韻的平上聲，便是這個道理。有許多反切却並不在此「不得已」的情況之下。同龢先師在解釋〈就形〉門時，舉出「馮貢切鳳」一例，即可助此了解。「馮貢切鳳」自陸氏《切韻》以來如此，無一例外；但鳳是三等字而貢字屬一等。送韻有很多三等小韻，如諷、㦀、賵、中、仲等皆是，不是無下字可用；然而自《切韻》至《廣韻》没有人覺得這個反切有什麼不妥之處，其中必不會是没有道理的。而正好馮字屬於第三等，可以解釋此現象，此決不能視為偶合。另外一個更有趣味的例也先在此說明。《切二[30]、全王、王二、五刊[31]》冬韻恭字音駒冬[32]反。《廣韻》恭字收鍾韻，音九容切，並且批評陸氏之失說：

---

25 見《等韻門法通釋》。
26 鞾靴同字。
27 曾運乾所分。
28 輕重脣八母，只算四個。
29 或本《唐韻》栘字獨為--韻。
30 見《十韻彙編》。
31 見《十韻彙編》。
32 《切二》冬誤為東。

「陸以恭、蜙、縱[33]等入冬韻，非也。」案：恭字在冬韻與攻字對立，應該屬於三等是不成問題的。陸氏既分冬、鍾為二，而且鍾韻字甚多，非無下字可用；却把恭蜙樅等收在冬韻，而恭的下字用「冬」不用蜙、樅[34]，直不能不說是「非也」。但是我覺得這個「非也」應該不會太嚴重，嚴重到影響恭蜙等字的實際讀音。因為從《切韻》到《五刊》，其間還經過王仁昫的「刊謬」，如果這「駒冬反」切不出恭字應有的讀音，何至於如此集體荒謬！偏巧駒字是屬於三等韻的，也以「憑上字定韻母」的觀念視之，豈不正好[35]！且再看與恭字對立的攻字反切是古冬反，正清清楚楚把二者的等第分開了，能說又是巧合？所以我們又可以知道，「憑上字定韻母」的例外反切，並不限於在「不得已」的情況下，借用同韻異等或其他韻等的字為其下字；而是因為早先確實有這「憑上字定韻母」的習慣，只要無乖於其字的實際音讀，便可以產生各種可能的「例外反切」。

現在請看如下的反切：

一、《切三、全王、王一、王二》豪韻吐刀反幍字下並云又充[36]牢反。儘管各韻書豪韻正切無此字此音，因為各書一致，幍字又有充牢反一音是不容置疑的，問題在於充牢反到底能切出什麼音來？根據上述咍齊韻犓、茝等寄韻字類推，大可以說幍是豪韻三等字。問題是豪韻有其相當的獨立三等宵韻，何以幍字不入宵韻？又何以下字不用宵韻字？於是，不免又會想到上述「充甘切笘」、「常含切撏」的例，說「充牢反」充字可能是清母的「類隔」[37]，但絕無憑據。其實這時如果相信早先反切確有「憑上字定韻母」的習慣，而以《切韻》恭字在冬韻音駒冬反為例，不難判斷「又充牢反」實以充字切三等，指的便是宵韻的「尺招反」之音。當然我說這話是另有憑據的，《集韻》宵韻蚩招切正有幍字；《集韻》尤韻蚩周切又見幍字，亦為三等讀音，可為旁證。但是無此觀念，便不能發現其彼此若合符節的關係。

二、《廣雅・釋器》榪字曹憲音叉溝反。溝字屬一等侯韻，叉字屬穿母二等。依照門法的〈精照互用〉，一定是叉字在此等於清母，因為這現象

33 縱字《校勘記》云當作樅。
34 蜙樅與恭為一類。
35 駒與恭的關係，下文還會談到。
36 充字《全王》誤元。
37 借用知端類隔的現成術語。

與「仕垢切鯫字」是完全相同的。但是說「仕垢切鯫」仕字等於從母，是就韻書鯫字在一等厚韻而言；曹憲棷字音叉溝反，却沒有侯韻為其背景。查檢韻書，《廣韻》侯韻千侯切只一誰字，《全王、王二》幽韻誰字音千侯反[38]，同紐亦別無其他字。各韻書棷字並見三等尤韻[39]，《切三、全王、王一》音楚尤反，《王二》音楚求反，《廣韻》音楚鳩切，《集韻》音初尤切並且注明出於《博雅》[40]。可見曹憲的叉溝反，叉字並非「類隔」，而是溝字得從上字「叉」定韻母等第。但是不在「憑上字定韻母」的觀念之下，又豈不要據韻書而疑曹憲的音部分是錯誤的！

三、《全王》薛韻薛字音私結反，一般看來，這個反切必定要啟人疑竇。因為結在四等屑韻，並不屬於薛韻。說它寫錯了却也不行；下面還有列字音呂結反，也分明用了屑韻的結字。上文我們已接觸到《全王》線韻的衍字音餘見反，讀仙韻似宣反的鏇字，線韻辝選反下云「又因玄反」，另外又有讀獮韻去演反的堅字，屑韻胡結反下云「又胡殄反」（詳下），都是三等仙韻用四等先韻為下字的例子（仙先二字舉平以該上去），先仙的關係正與屑薛的關係相當，實在無法不承認薛韻以結為下字的事實。再看屑韻屑字音先結反，居然可以用「憑上字定韻母」的觀念把它們分開。更令人瞠目結舌的是，屑韻的來母字音練結反，下字與列字所用同，而上字亦竟有三、四等之分。面對著這樣整齊劃一的情形，不該再有什麼可爭論的了。〔**私與先同爲四等音，私結、先結無從有等第之分，此誤用結爲薛下字，結薛雖同屬四等，畢竟元音相異；與呂結、練結可憑上字分別三等四等不同，不可一概而論。但結與列韻既不同，以結爲列下字，終不得不爲例外。2000 年宇純補案。**〕

四、《全王、王一》屑韻胡結反堅下云「又丘殄反」。殄屬四等銑韻，而銑韻無此字。字又見獮韻去演反，云「又胡結反」，二韻互注。準上述鏇、衍、薛等字正切及又切例之，「又丘殄反」與「去演反」當即為一音；而丘字正是三等字。《廣韻》改丘殄為又口殄切，《集韻》除獮韻而外又收銑韻牽典切，並失原意。〔**堅是獮韻四等重紐字，故誤用四等**

38 誰字不得入侯韻或幽韻，千侯為千隹之誤，詳拙著《唐寫全本王仁昫刊謬補缺切韻校箋》。

39 棷字各書或作掫，或棷掫二字重出。其實一字，說詳拙著《全王校箋》。

40《博雅》即《廣雅》，因避煬帝諱改稱如此。

銑韻之殄爲下字。丘字不能定等第，當是口字形誤。《廣韻》可證，口屬溪母苦類。《集韻》又見於銑韻，則是誤收。2000 年宇純補案。〕

五、《全王、王一》宵韻相焦反揱字下云「又史學反」，字又見覺韻所覺反，而云「又思聊反」，二者應為互注。《廣韻》一云「又色角切」，一云「又相邀切」，可作說明。然聊是四等蕭韻字，而蕭韻心母各韻書（包括後之《廣韻、集韻》）無揱字。如依「憑上字定韻母等第」來看，思屬三等之韻，思聊與相焦正相脗合。〔**相焦反本是四等音，故誤用四等蕭韻之聊爲下字，與薛字音私結反相同，參薛字"補案"。**〕

六、《全王》宵韻蹻字下云：「去遙反，又其略反（《切三》云去囂反又其略反，《廣韻》亦云去遙切又其略切。）。」藥韻蹻下云：「其虐反，又丘堯反。」堯屬四等蕭韻，而蕭韻無此字。此當與掔下云「又丘殄反」相同，以丘字屬三等定蹻字韻母等第，〔**丘堯與丘殄同例，並爲四等音，非以丘字定三等，上文已加"補案"，宇純又記。**〕二者音為互注。《集韻》宵韻而外又見蕭韻牽幺切，蓋即誤解「又丘堯反」之音而收之。〔**堯字雖係誤用，仍可憑以定蹻字爲宵韻四等重紐音，丘疑爲口誤，參掔字補案，故《集韻》又見四等蕭韻。2000 年宇純補案。**〕

七、《全王》敬韻敬字音居孟反，敬是三等字，而孟字屬二等。此當與韡字音許戈切及鳳字音馮貢切相同，以居字屬三等魚韻切敬字第三等。同韻更字音古孟反，與居孟反敬字對立。就二者反切上字看來，正可別二三等之洪細。（案：見母古類含一、二、四等音。）

八、《全王》敬韻迎字音魚更反。迎是三等字，此與敬字音居孟反同例，以魚字定其等第。同韻與迎字對立的鞕字音五勁反。勁敬同屬三等而韻不同，《王一、王二、唐韻》並音五孟反，《全王》與《王一》同底本，勁亦原當為孟。迎音魚更，鞕音五孟，更孟二字韻類相同，兩音之異，全賴上字為別。

九、《全王》漾韻防字音扶浪反。漾韻屬三等，而浪字屬於一等宕韻。如以扶與防同等，即以扶字定等第，不僅本身之疑可解；與宕韻傍字音蒲浪反相較，亦可以嚴格區分。

十、《王一、全王》小韻符小反膘[41]下云「又子小反」，而子小反膘下云

41《全王》脱正文膘，存注文。

「又扶了反」，應為互注。然了字屬四等篠韻，篠韻無脣音，當即以扶字定韻母之等第，音同符小反。《廣韻》子小切下云又符小切，可為明證。〔**符小反爲四等重紐音，故誤以了爲下字，2000 年宇純補案。**〕

十一、《全王》麥韻碧字音陂隔反，欂字音皮碧反。同韻又有檗字音博厄反，辮字音蒲革反。如依一般原則，應當兩兩音同。大抵由於碧欂二字新增，當併而未併（案碧欂二字見韻末）。《廣韻、集韻》欂和辮合而為一，似乎更是明確的證據。但是早期韻圖《韻鏡》和《七音略》都以檗辮二字列二等，以碧欂二字入三等。《切三、唐韻、廣韻》碧字在三等昔韻：《切三》反切殘，《唐韻》音方彳反，《廣韻》音彼役切。《王二》碧字見陌韻，音逋逆反，據其下字，亦屬三等。《唐韻、廣韻》欂字也在陌韻，音弼戟反（切），亦屬三等。回頭再看《全王》，不難發現碧欂的反切上字都屬三等，而檗辮的反切上字都屬一等，正足以區別二者等第的洪細，想來決不是偶然的事。只是麥韻屬二等，不應有三等字，可能碧欂的反切下字略有問題，應以二字入陌韻為是。陌麥二韻音本相近，如《集韻》陌韻陟格切和麥韻陟革切收字與《廣韻》等書頗有出入，可以見《全王》碧欂入麥韻並不是足以深怪的。往日我作《韻鏡校注》，於此二字位置未知所決，便是因為當時未能悟知「憑上字定韻母」的道理；於今看來，問題是何等明瞭。〔**請參看〈支脂諸韻重紐餘論〉二字之討論部分。2000 年宇純補案。**〕

十二、《全王、王一》齊韻當嵇反揥下云「又勑細反」。霽韻他計反無此字，字見祭韻丑勢反，並注云又都梯反，可見「勑細」以勑字定韻母等第（參下文孳乳反切第二類本條）。

十三、《集韻》諄韻末有顛、天、田、年四字。顛下云：「典因切，頂也。」天下云：「鐵因切，顛也，至高無上。」田下云：「地因切，樹穀曰田。」年下云：「禰因切，穀熟也。」諄韻屬三等，而典、鐵、禰是四等端、透、泥母字；地自雖入至韻，仍屬四等定母：就其在諄韻而言，應以典、鐵、地、禰為類隔。田字與陳字古時的關係，似乎可作「地因切」同於陳字讀音之一助。但錢大昕「古無舌上」，一切舌上讀舌頭的學説，是大家一致承認的，顯然與此牴觸。我以為此四反切與先韻四音並無二樣，亦以上字定其韻母等第。不過下字屬於真韻而非仙韻，似乎稍有可疑。然今人表示四字的讀音可以為 tian、t‘ian、nian，也可以為 tien、t‘ien、nien，因為在 ti 或 ni 之後的 a 和 e 是趨向於一致的，正可以解釋此一現象。（更參下條及孳乳反切第二類例四。）〔顛、天、田、年古韻並屬眞部，《集韻》收於諄韻，應爲中古四字的正讀，與入先韻爲變音不同，並四等音而元音相異，説見〈上古音芻議〉，此誤説。2000 年宇純補案。〕

十四、《集韻》覃韻末沈字音長含切，義為「沈沈宮室深邃貌」。案此出《史記集解》。〈陳涉世家〉「夥頤涉之為王沈沈者」《集解》引應劭曰：「沈沈，宮室深邃貌。沈音長含反。」《索隱》云：「應劭以為沈沈宮室深邃貌，故音長含反。」很顯然沈沈便是侵韻持林切的沈，亦以長字屬澄三定其等第。至於侵韻元音為“e”，覃韻元音為“a”，也同上述顛、天、田、年諸例一樣，“a”受上字等第的影響趨向於“e”。〔此亦誤説。《集韻》沈字又見徒南切，云「沈沈深邃貌，通作𣢾」，《廣韻》徒含切收𣢾字，云「𣢾𣢾室深皃」，此長爲定母類隔，《集韻》誤增長含之音。2000 年宇純補案。〕

〔《晉書・五行志中》云：「吳孫亮初童謠……於何相求常子閣。常子閣者，反語石子堈也。」《文鏡秘府論・第二十》云：「翻語病者……如鮑明遠詩云：雞鳴關吏起，伐鼓早通晨。正言是佳辭，反語則不祥，是其病也。崔氏云：伐鼓反語，腐骨是病。」無論以常閣爲石，閣常爲堈，腐骨爲伐，骨腐爲鼓，都是以上字定被切字的等第。這兩條早期有關反切結構的資料，對本文此節所説，無疑等於提供了證明。2000 年宇純補案。〕

三、憑上字定韻母開合或上字與所切字雙聲疊韻而以下字改調

真空《直指玉鑰匙門法・開合門》說：

開合者，謂見溪羣疑乃至來日三十六母為切，韻逢各母本排，只是音和。本眼如無，却切開合。故曰：唯有開合一門絕無憑據，直須於開合兩處韻中較訂始見分明。如居縛切钁字、蒲干切槃字、俱萬切建字、下没切紇字之類是也。

從舉例看來，此門止為脣音字為上下字的反切而設，牽涉到的是中古脣音字的性質問

題，只要注意到脣音字可開可合，一切都可以迎刃而解，不是本文所要討論的。本文所要說明的是一切有關脣音字（或所切字為脣音，或切下字為脣音）以外的反切，有時憑上字定所切字之韻母開合。這一層前人也有見到的。李榮的《切韻音系》一書即曾輯錄《全王》許多反切作如此解釋。以下就陸志韋〈古反切是怎樣構造的〉一文重新分類排列的迻錄於下[42]。

一、憑切上字定開合，不憑切下字：

為　薳支反

偽　危賜反

位　洧冀反

會　黃帶反

縣　黃練反

往　王兩反

役　營隻反

二、憑模魚韻系的切上字定開合，不憑切下字：

曠　苦浪反

潢　胡浪反

敻　虛政反

熒　胡丁反

泂　古鼎反

扃[43]　户鼎反

熒　胡定反[44]

鎣　烏定反

（熲　又古鼎反）。

李書所未收的又切

（攩[45]　又黃浪反）

此下陸文更說道：

從此可見，切下字管開合口，在《王三》[46]不能算是一個原則，例外並不

42 手頭無李書。

43 扃當作迥。

44 原在「扃、户鼎反」之下，為注文；今改如此。

45 攩原誤作欓。

46 即本文所稱《全王》。

> 少，絕大多數並且流傳到《廣韻》時期。這裏又有兩點可以特別留意。一則所有的例子，都是用開口切下字切合口字的，沒有相反的。二則被切字又全部都是喉牙音字。這兩點可以聯起來看。中古音一定有某種特點，叫人正在這場合難以審音，或是以為不必計較開合口。

最後一語下還附了一條注文說：

> 像是因為切上字的喉牙聲母發音部位較後，也許還加上撮脣勢，使得聲母和韻首合起來（例如「黃」的ɣu，「苦」的k'o）容易突出，叫反切作者倉卒之間造成錯誤。

首先我想說，陸氏認為這些反切是倉卒間所造成的錯誤，實在大有可商。因為反切最早到底是怎樣的結構，在陸氏而言，還在探索的階段；這些反切既然都可以用上字定其合口來解釋，未必不是反切結構之一法；而陸氏直指其誤，顯然是站在反切的一般原則立場說話，即是已承認了古代反切是由「一般原則」所構成，邏輯上犯了嚴重的錯誤。其次，就所舉諸例而言，陸氏提出來的兩點當然是清清楚楚，絕無含糊；因此他所作的解釋（包括注文所說）也便異常醒目。但反切上字習慣上既然可以用來定所切字的等第洪細（如上所述），則以反切上字定所切字的開合，性質是相同的，何即不能如此看待？至於說「所有的例都是用開口切下字切合口字，沒有相反的」，事實上並不如此。首先陸氏自已便承認，《莊子・大宗師》攖字《經典釋文》引徐邈讀於營反[47]，為「被切字開口，切下字合口」之例。另外陸文三五一頁注一引李榮《切韻音系》，以「騂息營反」為「被切字開口，切下字合口」。雖然陸氏並不同意，我却覺得無不可同意的道理。此字今日所見各韻書並音息營反（切），依一般原則屬於合口應無問題。然而《七音略》開合兩轉不收，而《韻鏡》兩轉並見，此中必有蹊蹺。從音韻結構看：清韻的上、去、入三韻無合口齒音字[48]，清韻本身除騂字而外亦別無合口齒音；而開口方面，上去入三聲並有心母字，清韻則別無對立的心母。再從形聲偏旁看，字从辛聲，亦無讀合口迹象。所以我同意李榮的看法。另外《全王、王一、王二、廣韻》至韻豷燹二字音許位[49]反（切）。燹字一般讀同銑，此音不詳。然豷字从壹聲，不得為合口；它的異體㺮字各韻書在許（虛）器反（切）下；而且「許位

---

47 陸文誤為「《王三》只有一個攖字于營反」，經施文濤在〈關於漢語音韻研究的幾個問題〉一文中指出。後者見《中國語文》1964. 1。

48 《廣韻》昔韻末䀹字音之役切，其前後韻書並無，未詳所據。《廣韻、集韻》有䀹字，音七役切。然一般此字讀曉母。《廣韻》以前韻書昔韻無，見薛韻。

49 《全王、王一》位字誤偽。

反」這個小韻《集韻》音許利切，正用開口音為下字，所以我以為「許位」之音即同「許器」，可能是前人的現成反切，從陸法言的《切韻》以來[50]，據其下字誤以為合口音而兼收並蓄。同樣情形，《全王、王一》旨韻跽字音暨几反，注云「又暨軌反」[51]；其下更出跽郿二字音暨軌反，似乎跽字讀音一開一合應該是無問題的。但是《廣韻》暨軌切只有一個郿字，（案求癸切下也沒有跽字。）更可注意的是，《集韻》竟然與《廣韻》相同。再看比《王韻》為早的《切三》，跽字只一見，下云「長跽，暨几反」，不注明有「又暨軌反」一音，亦根本沒有暨軌反的郿字。可見跽下云又暨軌反，又收跽郿二字音暨軌反，都是王仁昫對於《陸韻》的「補缺」；《廣韻》郿字即從《王韻》而來；而同紐不收跽字，其下別出跽字音暨几切，亦不云「又暨軌切」，又完全是對於《王韻》的有意改正。於是對「又暨軌反」的解釋便自然是本來暨軌反同於暨几反，開口憑上字決定，因為是前人的現成反切，王氏誤會才增補的。就如同上述《集韻》齊韻田黎切已收隄字，又出隄字音直兮切一樣。除去上述韻書中所見，《說文》荑、稊、嗁、蹏、提、題、鶗、騠、禔等字，大徐音大兮切或杜兮切，小徐並音敵圭反，後者更分明是由上字定開口的例子。

由以上的討論，「下字為合口而以上字定開口」不能說是沒有其例了。因此陸氏所作的解釋，便完全不必去考慮。

至於「下字為開口而以上字定合口」之例，據我所知並不止於此數，且先把它們合攏來並略加注釋說明如下：

鎣　《全王、王一、王二、唐韻、廣韻》徑韻並音烏定反（切），《集韻》音縈定切。鎣字韻圖列合口轉。定字屬開口，烏縈二字並屬合口。

熒　《切三、全王》青韻音胡丁反，《王二》音乎丁反；與形字音户丁反對立。《廣韻》熒字音户扃切。

熒　《全王、王一》徑韻音胡定反，與脛字音户定反對立。《唐韻、廣韻》徑韻無熒字，脛字音胡定反（切）。《集韻》熒字音胡鎣切，脛字音形定切。

迥　《切三、全王》迥韻音户鼎反，與婞字音下挺反對立。《廣韻》迥字音户頂切，婞字音胡挺切。

泂　《切三、全王》迥韻音古鼎反，與剄字音古挺反對立。《廣韻》泂字音

50　現時所見，以《王韻》為最早。然此字在韻中地位甚前，故疑《陸韻》已收。

51　《王二》跽下云：「暨几反長跽或真軌反。」真是𡿜字之誤，下脫“又暨”二字。韻末出䠞字，云「暨軌反上䠞又真軌反」。䠞當是跽字之誤，真仍當作𡿜，軌疑為几字之誤，其上又脫“又暨”二字。

古迴切。

熲　《切三、全王、王二》青韻古螢反下云「又古鼎反」。

敻　《全王、王二、集韻》勁韻音虛政反（切），《唐韻、廣韻》音休正反（切）。《王二、唐韻、廣韻》有欿字音許令反（切）與其對立。此條已見李書，但須加以解說。虛字屬魚韻，中古魚韻屬開口，然其主要元音「o」為圓脣音，可以有介音「u」的功用。休字屬尤韻，尤韻在中古無所謂開合，而其主要元音為「u」。所以不僅《全王、王二》的虛政反為上字定合口，即《唐韻、廣韻》的休正反（切）仍是如此。

絅　《集韻》徑韻音口定切。案《集韻》云：「襌衣也。禮衣錦尚絅，徐邈讀。」此見《中庸釋文》。《釋文》云：「絅或作潁，口迥反，徐口定反，一音口穎反。」口迴、口穎並屬合口，口定亦當為合口，故《集韻》與詰定切之罄字對立。口字中古屬厚韻，不分開合，而元音為「u」，故亦切絅為合口。又《集韻》同紐尚有一烓字，通常亦讀合口，詳下。

烓　《廣雅・釋詁》四：「烓，明也。」曹憲音烏攜、烏缺、圭惠、口井四音。《集韻》靜韻犬穎切下有烓字，注云「《博雅》明也」。是口井以口字定為合口（參上條）。

怳　《集韻》靜韻音吁請切，云「《博雅》狂也」。案此見《廣雅・釋詁四》曹憲音。此字通常讀養韻曉母合口，吁請反亦當以吁字定合口。吁字屬魚韻。（參敻字條）

役　《切三、全王、王一、王二、唐韻》昔韻並音營隻反，與繹字音羊益反對立。《廣韻》同。

汪　《廣韻》宕韻音烏浪切，與盎字音烏浪切對立。周祖謨云「汪下浪字非」。案各韻書宕韻合口字用浪為下字者比比皆是（詳下），周氏因不解上字定開合之意而以為非，其實錯誤在已。《全王》汪字音烏光反（案：《全王》宕韻失收光字）。

曠　《全王》宕韻音苦浪反，與抗字音苦浪反對立。《王二》音苦謗反，《廣韻》同，謗字脣音，可以表合口。

潢　《全王》宕韻音胡浪反，與吭字音下浪反對立。《王二》音呼浪反，呼當是乎字之誤。又《全王、唐韻》胡光反下亦云「又胡浪反」。《廣韻》宕韻音乎曠切。

荒　《全王》宕韻音呼浪反，《廣韻》同。

往　《切三、王一、全王、王二》養韻音王兩反，《廣韻》音于兩切。于兩與王兩同，並以上字定為合口（參前敻字條）。

潢　《切三、全王、王二》蕩韻胡廣反潢下云「又黃浪反」[52]。宕韻字見胡浪反。

縣　《全王、王一、唐韻、廣韻》霰韻並音黃練反[53]（切），與賢字音胡千反對立。《王二》音玄絢反。

駽　《唐韻校勘記》霰韻駽下云：「《和名音聚鈔》引《唐韻》云胡見切，又許衒切。」案駽字《全王、王一》與縣字同黃練反，《王二、唐韻、廣韻》與絢字同許縣反（切）。是胡見同黃練，亦以胡字定為合口。

會　《全王、王一》泰韻音黃帶反，與害字音胡蓋反對立。《唐韻、廣韻》音黃外反（切）。

焱　《全王》豔韻以贍切下云「又呼赤反」，《集韻》昔韻呼役切收此字。

為　《切二、切三、全王、王二》支韻音薳支反，《廣韻》仍同。

偽　《全王、王二》寘韻音危賜反，與義字音宜寄反對立。《廣韻》音危睡切。（案《王一》音危睡反，而姜寅清所寫作危偽反[54]。偽當是誤字，而睡亦疑本是賜字，與《全王》同，恐殘泐不清，劉氏據《廣韻》傅會為睡。）

位　《全王、王一、王二》至韻音洧冀反，《廣韻》音于愧切。

從上面這許多例子看來：一方面它們或者有對立的開口反切，或者從別方面可以證明屬合口讀音；而另一方面，本身又都可以解釋為以上字定其合口，這決不是偶然的現象。

然而說以上諸例「憑上字定韻母開合口」，這解釋並不是絕對的。其中有一部分還可以有別的解釋。按照一般對於反切的了解，上字與所切字雙聲，下字與所切字疊韻。引申起來，便是上字不得與所切字疊韻，下字不得與所切字雙聲。否則便都成了直音。但是這兩句話都只有一半是對的，即「上字與所切字雙聲」及「下字不得與所切字雙聲」絕對正確，其餘的一半，「下字與所切字疊韻」及「上字不得與所切字疊

52 《王二》潢字誤作黋。「又黃浪反」，黃誤作真，上奪又字，遂誤為正切。詳拙著《全王校箋》。

53 《唐韻》黃字誤莫。

54 姜寅清《瀛涯敦煌韻輯》所寫《P2011》與《王一》同底本。

韻」，應該改為「下字與所切字疊韻同調」及「上字不得與所切字疊韻且同調」。因為所謂疊韻應該只指韻母的相同，不管聲調的同異：疊韻可以是同調的，也可以是不同調的。我所以在此如此咬文嚼字，便是因為有許多反切上字與所切字是既雙聲又疊韻的，只是不更同調而已。譬如上舉為字各韻書音薳支反（切），説薳字不但定聲母，並且定合口，固然可以；也可以説支字的作用只是標聲調。因為為與薳也是疊韻，只不過有平上之異。如果用音標而不區別聲調的話，二者都是ɣjuě，没有絲毫不同。又如位字的洧冀反，偽字的危賜反，跽字的暨几反或暨軌反，往字的王兩反，都是同一現象。洧便是位的上聲，危便是偽的平聲，暨便是跽的去聲，王便是往的平聲，只是分别以冀、賜、几（軌）、兩定其聲調為去、去、上、上。這種解釋也許有人要譏為吹毛求疵的；上字既只取其聲母，韻母如何可以不管，雖然有同韻母的現象，未嘗不可以是無意義的偶合。但這樣的解釋却完全不是訴之主觀的，許多其他的現象令我們不能不有此看法。首先，韻書中有許多絶想不到的例，如《全王》敬韻生字音生更反，用韻從字音從用反，寘韻智字音知[55]義反，姥韻粗下音徂古反而同紐第三字為徂，《集韻》徑韻扃字音扃定切，這些例至少告訴我們，上字是不避其與所切字疊韻的[56]。進一步更可以發現，在早期韻書中，上字選用與所切字疊韻的例子，委實多得不勝枚舉。且就寘、至、志、遇、御諸韻羅列一些，示之如下。

“寘韻”累　羸偽反（《全王、姜書　P 2011、王二》）
　　　　　良偽切（《廣韻》）
　　　避　婢義反（《全王、王二》）
　　　　　毗義切（《廣韻》）
　　　髲　皮義反（《全王、王二》）
　　　　　平義切（《廣韻》）
　　　刺　此豉反（《全王、王二》）
　　　　　七賜切（《廣韻》）
“至韻”季　癸悸反（《全王、王一、王二》）
　　　　　居悸切（《廣韻》）
　　　愧　軌位反（《全王、王一、王二》）

55 《全王》知誤作智，此從《王一、王二》改。

56 《全王》魂韻髖下云「又九官反」，髖官同音；寒韻萖下云「又胡混反」，萖混同音；竟出現下字也有不避疊韻的例。又如見下云户見反，二見字音實不同，自更可以不避。

俱位切（《廣韻》）

匱 逵位反（《全王、王一、王二》）

求位切（《廣韻》）

“志韻”志 之吏反（《全王、王一、王二》）

職吏切（《廣韻》）

寺 辝吏反（《全王、王一、王二》）

祥吏切（《廣韻》）

“遇韻”樹 殊遇反（《全王、王一、王二》）

常遇切（《廣韻》）

屨 俱遇反（《全王、王一、王二》）

九遇切（《廣韻》）

赴 撫遇反（《全王、王一、王二》）

芳[57]遇反（切）（《唐韻、廣韻》）

芋 羽遇反（《全王、王一、王二》）

王遇反（切）（《唐韻、廣韻》）

付 府遇反（《全王、王一、王二》）

方遇反（切）（《唐韻、廣韻》）

“御韻”遽 渠據反（《全王、王一、王二》）

其據反（切）（《唐韻、廣韻》）

助 鋤據反（《全王、王一、王二》）

牀據反（切）（《唐韻、廣韻》）

楚 初據反（《全王、王一、王二》）

瘡據切（《廣韻》）

處 杵去反（《全王、王一》）

昌據反（切）（《王二、唐韻、廣韻》）

即此已可看出，早期韻書故意用疊韻字為上字，後來的韻書改為非疊韻之字[58]。至於後來的韻書（如《廣韻》）仍之不改的，為數亦不少，即以寘韻為例：

寘 支義反

57 《唐韻》芳字原誤作方。

58 如果用陰陽相配的觀念去看有些仍是疊韻之例，參下文。

豉　是義反
賜　斯義反
賜　詭僞反
帔　披義反
臂　卑義反
賁　彼義反
芰　奇寄反
議　宜寄反
智　知義反
翅　施智反
觖　窺瑞反

都一直保留在《廣韻》裏[59]。另外如縋字《全王》音池累反，《王二》音馳僞反，《廣韻》同王二；睡字各韻書音是僞反（切），除去開合不同之外，仍是用其平、上聲為上字。加上前面所舉的累、避、髲、刺，簡直可以説整個寘韻率用此法，只有少數反切是不在此例之列的。推廣而言，《切三》歌韻伽下云「噱之平聲」，又可以打通舒聲和入聲的界限，認為一切舒聲入聲相配之韻，凡入聲為舒聲之上字，或舒聲為入聲之上字，亦為雙聲兼疊韻之例。理論上，舒聲入聲之異只在韻尾，既以下字改其聲調，即是轉變了上字的韻尾。於是像《全王》鐸韻的徒各切鐸、慕各切莫、盧各切落、古落切各、苦各切恪、五各切愕、烏各切惡、奴各切諾、蘇各切索、補各切博、虎郭切霍、古博切郭、烏郭切臒、胡郭切穫、苦郭切廓等，便顯出決非偶然的接觸。又不僅此也，如以陰陽相配的觀念去看，又可以發現如《唐韻》以良據切慮、常恕切署、商署切恕、牀據切助、將預切怚、莊助切詛、羊洳切豫、昌據切處、瘡據切楚[60]等，亦決非偶然現象，而應屬於此類。因此而其餘一些罕見的反切上字也可以瞭解了。如《全王、王一、王二》禡韻化字音霍霸反，霍字在曾運乾的反切上字表中無有，用為化的上字者，原來是因為它與化字有入、去相配合的關係[61]。又如《切三、全王、王二》恭字音駒冬反，駒字在曾表裏也找不到，原來因為它與恭字有陰、陽相配的關係，所以在恭字的反切上出現了。恭字收入冬韻為《廣韻》所譏，殊不知它的

59 當然也有相反的例。如《全王、王二、唐韻》遇韻驅字音匡遇反，而《廣韻》音區遇切。不過這種例少而又少；而且還可以説《廣韻》仍是有所沿襲，並非故意改《王韻》或《唐韻》。
60 《唐韻》殘，此從《廣韻》補。
61 陰聲一等歌與二等麻並配入聲鐸。陳澧《切韻考》以霸為下字開合有問題，由今看來，何問題之有！

實際音讀是由駒字來決定的[62]（後來《廣韻》移恭字於鍾韻，把下字改為容，上字也改用九，便完全成了一般原則的反切）。其餘如營字一見為役之上字，鞢字一見為蟹之上字，韓字一見為何之上字，陀字一見為達之上字，詰字一見為棄之上字，慙字一見為暫之上字，觜字一見為劑之上字，棖字一見為宅之上字，絺字一見為繫之上字，胝字一見為黹之上字，盆字一見為獖之上字，封字一見為轐之上字（以上並見《全王》），都必須如此去了解才不致覺得奇怪。這樣一來，上字和所切字韻母上具有關係在一般反切中也便顯得極為普通了。我們再看，《切三》范韻范字下云「無反語，取凡之上聲」，《切三、全王，王一》拯韻拯字下云「無反語，取蒸之上聲」，又《切三》歌韻伽下云「無反語，噱之平聲」，這當然是由於無同韻或同等之字可為反切下字，而不得不設法表達。但從歷史上看，很清楚是源之於直音之法的。蓋直音之法有時而窮，於是求其雙聲疊韻之字變其聲調而為譬況之詞。然而如上述所有「薳支切為」、「羸偽切累」、「霍霸切化」、「徒各切鐸」、「駒冬切恭」、「良據切慮」之類，也可以說是求其雙聲疊韻之字而變易其聲調（或又變其開合陰陽）的；儘管它們並非由於不得已，與前者略有不同，可是如《廣雅》曹憲音的「懇，苦恨，如上聲讀之」、「艦，銜之上聲」不也都不是由於不得已的？所以我以為，這些反切也都與直音有其血緣上的關係。當然說到反切的起源，大家都說由於佛教東來，文士們受梵文拼音的影響有了分析字音的觀念，因而逐漸利用二字切音之法代替了直音。但是說梵文對國人的影響，只在於字音的分析，反切法亦只是採取了梵文拼音的形式，實質上則由直音譬況之法演變而來，却是極為具體和合理的。《淮南子・說山篇》「牛車絕轔」高誘注云：「轔讀近藺，急舌言之乃可得也。」又注《呂氏春秋・慎行篇》「崔杼之子相與私鬨」云：「鬨讀近鴻，緩氣言之。」雖然所謂急舌、緩氣，我們並不清楚究竟是什麼意思；轔與藺為平去之異，鬨與鴻為去平之分，豈不就可以視為，與「伽字取噱平聲」、「拯字取蒸上聲」及「薳支切為」、「羸偽切累」之法，同出一轍？所以我以為，與其視「薳支切為」的少數反切為「憑上字定所切字韻母之合口」，無寧以「薳支切為」及所有「羸偽切累」、「霍霸切化」、「徒各切鐸」、「駒冬切恭」、「良據切慮」等反切，同視為「上字與所切字雙聲兼疊韻，而以下字改易聲調或又兼改開合、陰陽」，為能抓住問題的核心。因為它們的情形是絕對有關而非各自孤立的。這樣一來，對於其餘「烏定切鎣」、「黃帶切會」等「憑上字定韻

62 同龢先師的擬音，駒是 kjuo，恭是 kjuoŋ。

母開合」及所有「憑上字定韻母等第洪細」的特例，都可以視為「上字與所切字雙聲兼疊韻」的退化，而不覺其可怪的了。

（叁）字母之間的混用

說到中古的聲母，大家都知道是三十六個。但這三十六字母是否絕對的合於任何方域而無礙？《顏氏家訓・音辭篇》說:

南人以錢為涎，以石為射，以賤為羨，以是為舐。

一三兩例言南人不分從邪，二四兩例言南人不分三等牀禪。在敦煌發現的唐寫本〈守溫韻學殘卷〉正齒音中也沒有牀母，背景可能同於〈音辭篇〉所說。由此可知所謂三十六字母可能是就其分得最多的地方而言，某些地方可以不足此數。在韻書中，也往往顯示某某兩母交互使用，如果固執著三十六字母的觀念，亦不免於無所適從。分別述之如下。

一、從　與　邪

從邪的互用，據《顏氏家訓》所說便是南人方言的緣故，顏氏應該是最早討論到這個問題的。羅常培先生編輯《經典釋文音彙》，發現「從邪混而為一，與原本《玉篇》反切及現代吳語均有可印證之處[63]。」現在把我所見到的這類反切述之於後:

一、《全王》齊韻徂嵇反鉼字下云「又子奚反」，而即黎反下云「又似奚反」。齊韻及其上去聲韻並無邪母字，子奚與即黎互注，似奚應該便是徂嵇。

二、《全王、廣韻》薺韻薺字音徂禮反（切）。姜寅清所寫《切三》同[64]，而其前之韻目音似禮反。《P2017》韻目亦音似禮反[65]，《王二》音徐禮反。

三、《切一[66]、切三、王一、王二》軫韻盡字音慈引反，《全王》則音詞引反。

四、《全王》獮韻緣字音徐輦反，云「又昌善反」；同韻昌善反下云「又酋箭[67]反」。《廣韻》緣字音徐翦切，而昌善切下云「又徐翦切」。包括

63 見周法高先生編輯《近代學人手迹》初集五十七頁。
64 《瀛涯敦煌韻輯》所書《P2071》與《十韻彙編・切三》同底本。
65 見《瀛涯敦煌韻輯》。
66 見《十韻彙編》。
67 箭為翦字之誤。

《集韻》在內，各韻書從母下無此字，可證《全王》又酋「箭」反即指徐辇反，二音為互注。

五、《全王》仙韻錢字音昨仙反；而獮韻云「又似連反」，各韻書仙韻邪紐無錢字。《顏氏家訓》云南人以錢為涎，兩者脗合。

六、《切三、全王、王一》姥韻粗字音徂古反，《王二》音似古反。一等例無邪母。

七、《全王、王一、王二、廣韻》語韻慈呂反（切）䄝下云「又子邪反（切）」[68]，《全王、王一、廣韻》麻韻子邪反（切）下云「又似與反（切）」。各韻書語韻邪母無䄝字，《集韻》同。是似與即慈呂，二音互注。

八、《全王、王二》遇韻才句反聚下云「又淨雨反」，《唐韻、廣韻》亦云「又秦[69]雨反（切）」，而《全王》麌韻慈雨反下云「又似喻反」（《王二、廣韻》麌韻下無又切）。各韻書遇韻無邪母字，其平上二韻亦無。《集韻》增辭屢切一讀，只有一個續字，注云「詩陰靷鋈續徐說」，本之《經典釋文》；可能是為與馵字協韻而改讀的（說見杜其容女士〈毛詩經典釋文音切疏證〉），只是一個特例。

九、《全王》暮韻昨故反秨字注云「又才各反」（《廣韻》云「又音昨」），而鐸韻在各反下云「又徐故反」。暮是一等韻，例不當有邪母，當是同於從母。

十、《王一》笑韻僬下云又徐姚反。各韻書宵韻及其上、去聲韻無邪母字，僬字見宵韻昨焦反下。

十一、《王二》震韻賮字音疾刃反，《全王》音似刃反，《廣韻、集韻》音徐刃切，與《全王》同。《廣韻》云「又疾刃切」，而其正切無疾刃之音，《集韻》亦無疾刃切。《集韻》別有士刃切一音，然只一酳字，是亦不得視疾刃為類隔。大抵《廣韻》「又疾刃切」即本之如《王二》之書，其實《王二》與《全王》互補，疾刃即似刃。

十二、《全王、王一、王二》豪韻作曹反㜺下云「又祀牛[70]反」，然尤韻似

68 《全王》䄝誤作租。
69 《唐韻》秦字誤奏。
70 《王二》牛誤作干。

由反無此字，别見字秋反下，注云「又子牢反」，與豪韻互注。

十三、《全王、王二》冬韻在宗反慒下云「又似冬反」。字又見尤韻似由反，二書亦並云「又似[71]冬反」，《王一》同，然《全王、王二》冬韻無似冬反之音。冬韻屬一等，例亦不得有邪母。《廣韻》冬韻藏宗切下云「又似由切」，尤韻似由切下云「又在冬切」，二音互注，而不及似冬切之音。疑《全王、王二》冬韻「又似冬反」為「又似由反」之誤，與尤韻互注，故尤韻不云「又在宗反」，而「似冬」即「在宗」。

十四、《全王、王一》麻韻側加反担[72]下云「又才野、子野二反」，馬韻玆[73]野反下云「又壯加、才野二反」；而馬韻别無從母正切，即《廣韻》亦無。《廣韻、集韻》有徐（似）也切，且都收担字，與《全王、王一》的「才野」為互注。

十五、前云《切三、全王》宵韻餘（余）招反軺下云「又似[74]焦反」，似焦實同市招反，但《集韻》字又見慈焦切，即據《切三、全王》「又似焦反」所增。

從以上十五例，可見從邪二母之混用不會是不經意的疏忽。而且我們還可以發現：十五例中牽涉到《全王》的有十三個之多。牽涉到《切三》的兩個，《王二》的四個，其中只有一個不見於《全王》。《王一》也相當多，其中第十例笑韻僬字的徐姚反，不見於他書；然《王一》與《全王》同一底本，可能那一個是《全王》誤脱了，可以合起來計算。牽涉到《廣韻》的二事，都是承襲《全王》等而來。《切三》最接近陸法言原本，在《全王》之前。換句話說，十五例有三個與陸氏有關，十二個是王仁昫增補出來的。陸法言是北人，一起參加意見的八人除蕭該而外，也都是北人。根據《顏氏家訓》的説法，北人是分從邪的，似乎不應該有這種情形；或者此三事直接與蕭該有關。王仁昫的籍貫不清楚，但他作《刊謬補缺切韻》的時候，正在「朝議郎行衢州信安縣尉」任内。或者我們可以説，因為他習慣了會稽話，而獨多此從、邪不辨的反切[75]。〔**以上諸例，除其中六、九、十三三個邪母反切，〈上古音芻議〉疑爲上**

[71] 《王二》似字誤以。

[72] 《全王》担字誤租。

[73] 玆並誤作慈，《切三》同。

[74] 《全王》似誤作以。

[75] 錢玄同有〈古音無邪紐說〉，見《國學叢刊》一卷三期，發表於 1923 年 9 月。一時無法找來參考。從題目看，似乎説邪母本是某字母的一部分，後來才分開的。但這樣説似乎很難指出其分立的條件。

古原有邪母一等字的遺迹，餘並爲音和切，與例外反切無關，理應刪削。姑存其資料以俟用，且誌昔時思慮未周之過。2000 年宇純補案。〕

二、牀三與禪三

一、《全王》怗韻徒協反褶下云「又時入反」，緝韻是執反無此字，別出音神執反，並注云「又徒頰反」，應為互注。《廣韻、集韻》並見是執切。

二、《全王、王二、唐韻》勁韻盛字讀承政反，而《王二》清韻云「又食正反」。各韻書勁韻及平、上聲無牀母字。《廣韻》清韻云「又時正切」，與《王二》為同音。

三、《切三、全王、王一、王二、廣韻》杼字見語韻神與反（切）。《全王、王一》丁呂反下云「又時與反」，而各韻書署（時）與反（切）下無杼字，「時與」當與「神與」相通。《集韻》併署與反、神與反為上與切，亦不分牀禪之故。

四、《全王》證韻䋲字兩見於實證反和以證反。以證反下云「又時證反」，而各韻書時證反只一丞字（《集韻》常證切收四字，仍無䋲字）。

五、《廣韻》支韻巨支切示下云「又時至切」。示字至韻各韻書並音神至反（切），不見常利反（切）下，亦當為牀禪相混之列。

六、《全王、王二、唐韻、廣韻》藥韻妁杓等字音市若反（切），《集韻》音實若切。

七、《切三、全王、王一、王二、唐韻、廣韻》屋韻熟字音殊六反（切），《集韻》音神六切。《韻鏡》字在禪母，《七音略》在牀母。

八、《全王、王二》線韻揰字音豎釧反，《唐韻、廣韻》音時釧反（切），同；《集韻》音船釧切。《韻鏡》字在禪母，《七音略》在牀母。

九、《全王、廣韻》震（稕）韻順字音食閏反（切），《王二》音脣閏反，同；而《集韻》音殊閏切。

十、《廣韻》禡韻神夜切射下云「又音石」，昔韻常隻切無，字見食夜切；《集韻》同。

牀禪相混，據顏之推所說也是南方語音系統的不同。牀與禪的關係同從與邪，理論上講，其背景似乎應該是一致的。〔以上諸例，亦並不得謂之例外反切，參見前節“補案”。宇純又記。〕

三、喻三與匣

中古三十六字母中，喻母韻圖排列第三等的一類與匣母聲不相同。但是在上古，本來只是一音。曾運乾的“喻三古歸匣説”首先發現此一關係。後來羅常培先生撰〈《經典釋文》和原本《玉篇》反切中的匣于兩紐〉[76]一文，説明喻三和匣母直到《切韻》以前仍是不分的。文中列舉南齊王融及北周庾信的雙聲詩，前者：「園蘅眩紅蘤，湖荇燡黃花，回鶴横淮翰，遠越合雲霞。」後者：「形骸違學宧，狹巷幸為閑。虹回或有雨，雲合又含寒。橫湖韵鶴下，回溪狹猿還。懷賢為榮衛，和緩惠綺紈。」其中除夾雜了喻四的燡、曉母的花，及溪母的溪和綺，其餘不屬喻三，即為匣母（案羅氏誤以喻三的蘤及花字為匣母），極其鮮明的説明了喻三和匣母的關係。

在韻書和字書中我也接觸到一些例子，述之如下：

一、《切三、全王、王二、唐韻、廣韻》葉韻曄字音筠輒反（切）；而《全王》緝韻為立反下云「又胡輒反」，匣母例不出現於三等韻，胡輒同筠輒。

二、《全王》灰韻公迴反瓌字下云「又為乖反」，姜寅清所寫《P2011》同。乖屬二等皆韻，而喻母只出現於三等。此字見皆韻户乖反，並云「又古迴反」，與灰韻互注。

三、《全王》陌韻嚝（案嚄字俗誤如此）字音于陌反。陌韻有二、三等，如以于陌反屬三等，為「憑上字定韻母等第」，別無線索可言。如依據反切下字「陌」屬於二等而疑「于」同於匣，亦似乎有問題。因為同韻尚有嚄字音胡陌反，與于陌反正對立。可是檢查後來的《廣韻》和《集韻》，嚄[77]與嚄同胡陌切，可知于陌確等於胡陌。《集韻》字又見馬韻户瓦切，為胡陌切之上聲[78]，亦可證「于」同於「胡」。《切三、王二、唐韻》並無此字，《全王》字在韻末，當是王氏的「補缺」。疑是前人的現成反切，王氏未必即知其同於胡陌反。《集韻》見胡陌切之外，又據《玉篇》獨出音雩白切，是不知喻三同於匣之明證。

四、《全王、王一、王二》歌韻嗵字音于[79]戈反。歌是一等韻，不應有喻母

---

76 載中央研究院《歷史語言研究所集刊》第八本第一分。

77 嚝字《廣韻、集韻》作嚄。

78 據《切三》伽音嚎之平類推如此。〔麻陌相配，參《上古陰聲字具輔音韻尾説檢討》，2000年宇純補案。〕

79 《王二》于誤丁。

字。《廣韻》㗻與和字同户戈切，《集韻》亦同胡戈切，可知于字表音同於匣母。

五、《全王、王一、王二、廣韻》旨韻以水反（切）孈字下云「又尤卦反（切）」。卦是二等韻，與尤字屬喻母不協。《廣韻、集韻》字又見胡卦切，則尤與胡同。

六、《全王、王一》哿韻裼字音丁果反。丁是于字之誤；《方言》卷一「大也」條云「自關而西秦晉之間凡人語而過謂之過」，過字郭璞音于果反，即《全王、王一》所本。（故《王一》釋云秦晉之間語）然哿韻不與喻母相配；《廣韻、集韻》並音胡果切[80]，可證于同於胡。

七、《切三、王二》賄韻倄字音羽罪反，《廣韻》音于罪切，《全王、王一》音素罪反。《顏氏家訓・風操篇》云：「《倉頡篇》有倄字，訓詁云痛而謼也。音羽罪反，《聲類》音于耒反。」羽于同為喻三，素字誤，疑本是袁或韋字。然一等賄韻不應有喻母；《集韻》音户賄切，此字又有胡茅[81]切一音，並可證于羽同於匣。

八、《切三、全王、廣韻、集韻》真韻礥字並音下珍反（切）。匣母例不見於三等韻，而真韻無喻母三等字，下字在此應同於喻三。《切三、全王、王二》東韻雄字音羽隆反，《廣韻》音羽弓切，而《集韻》音胡弓切，可為例證。〔**礥是真韻四等字，故音下珍切。當年只知真爲三等韻，是以有此誤說，詳〈論重紐等韻及其相關問題〉。2000 年宇純補案。**〕

九、《玉篇》㼌字云「又為萌切」，《集韻》字見耕韻乎萌切。

四、喻四與定

曾運乾又有“喻四古歸定”之説，以為喻母韻圖排列在第四等的一類古時與定母為一。這説法當然不免以偏概全，但是部分與定母的關係却是可以肯定的。在反切中也有二例。

一、《全王、王二》歌韻虵字音夷柯反。歌韻屬一等，一等韻例不配喻母。

---

80 《集韻》都果切下有裼字，注云大衣也。即從《全王》于果反誤為丁果反所收；過字又誤作裼，以為从衣，遂在注文大下加衣字而為大衣也。

81 以為字从人肴聲，故讀胡茅切。或轉作侑，以為字从人有聲，遂轉讀羽罪切。聲母保持不變，而韻母及聲調隨聲符改變，此類例頗多，擬專文言之。

《集韻》字音唐何切。

二、《廣韻》海韻佁字音夷在切，注云癡也。《韻鏡、七音略》字排列在一等。以前我作《韻鏡校注》時以為佁是祭韻平行的上聲，現在則以為是所謂「喻四古歸定」的遺迹。《說文》佁，癡皃。錢坫《說文解字斠詮》云：「《莊子》侗乎其無識，儻乎其怠疑。怠疑即佁儗。〈大人賦〉仡以佁儗，佁儗亦即佁癡。」錢氏這個說法是可信的。所以我以為佁音夷在切與怠字音徒亥切音同。另外還有更進一步的理由。《集韻》佁字一音夷在切；一在蕩亥切下，與怠同音。雖然他仍然有夷在切一音，也正因為他有單獨的夷在切，保存了《廣韻》的面目，我們更可以相信蕩亥切的佁字是別有所據而來，並不是自己附會《廣韻》的「夷在」以為當入定紐。

〔以上二例，或本是上古喻母一等字的殘餘，或者夷並是弟的形誤。2000 年宇純補案。〕

（肆）孳乳反切

一個字在同一部韻書裏出現幾次，便代表它有幾個讀音，這應該是無可爭論的。因為韻書作者如果不是認為某字有這許多不同的讀音，又何需把它安置在不同的反切之下？假如其中並不盡然，便當是作者的錯誤，不怪讀者的誤解。但事實上在同一韻書中，不同的反切有的根本切不出不同的音；有的雖可切出不同的音來，却只源於韻書作者對於前人反切的誤解。它們都只是由一個音衍生出來的，我把它們叫著「孳乳反切」。促成此種「孳乳反切」的原因，便是因為「例外反切」有時「憑下字定聲母」，有時又「憑上字定韻母等第洪細或開合」，再加上字母之間的混用：韻書作者不察，遂產生一個反切而孳乳為二、孳乳為三的情形。在以上所討論的諸項目中，已經接觸到：如言「精系與照三相亂」的例三「《集韻》蒳字音市甘與徂含」、例六「《集韻》蜨字音尸牒與悉協」，言「憑上字定韻母等第洪細」的例四「《集韻》豍字見獮銑二韻溪母」、例六「《集韻》蹻字見宵蕭二韻溪母」、例十三「《集韻》顚天田年四字見諄先二韻」、例十四「《集韻》沈字音沈含持林二切。**〔十三、十四兩例請看“補案”，宇純又記。〕**，言「憑上字定韻母開合」的「豷字音許位、虛器二反」、「跽字音暨几、暨軌二反」，言「喻三與匣相混」的「《集韻》嚛字音胡陌、雩白二切」。現再將其他例述之如下：

（一）不能切出不同讀音:

一、《廣韻》山韻士山切虥𡐤二字云又昨閑切，韻末並出虥𡐤二字音昨閑切。昨閑不成音，本即士山之類隔切，蓋據《唐韻》音士山，又依他書誤留又昨閑切，並於韻末別出虥𡐤二字。《唐韻》及他書今雖不可考，《全王》虥字音昨閑反，𡐤字見於切下，是其證。

二、《集韻》栘字除見齊韻音成臡切而外，又見咍韻音時來切，其實栘只是咍和齊韻的三等音，寄咍或寄齊並無差別。

三、《集韻》臡字除見齊韻音人栘切而外，又見咍韻音汝來切，音亦無別，理由同上。

四、《集韻》茝字除見海韻音昌亥切而外，又見薺韻音掣睨切。掣睨與昌亥非有二音，其理同前。

五、《集韻》覃韻緂字音充含切，字又見鹽韻音處占切。覃韻一等，例不配穿三，其實充含即處占。《集韻》談韻又見緂字，音充甘切，亦即鹽韻之處占切。據同龢先師中古音的擬測，覃韻元音為 A，談韻為 a，原與鹽韻為 æ 者不同。然下字受上字三等穿母介音的影響，A 或 a 便趨向於 æ。前云《集韻》蓻字市甘、徂含二切相同，情形同此。凡以上字定韻母等第洪細而二韻元音不同者，其演變悉視乎此。〔**反切只是憑上字改變等第，自然包括元音的相同或不相同，本無所謂元音受介音影響產生變化的意識。諸音由一音變出，則並無可疑。2000 年宇純補案。**〕

六、《集韻》談韻蚺誗鉆䛳𩊠五字音汝甘切，又銜韻䫲冉二字音而銜切，日母例不見一、二等，其實並即鹽韻如占切之音。《集韻》鹽韻如占切下正有此七字。

七、《集韻》感韻翈字音如坎切，字又見琰韻而琰切。如坎切其實音同而琰切，理由同上。

八、《集韻》談韻佔字音與甘切，字又見咸韻音弋咸切。喻母字例只出現於三等韻，而《集韻》鹽韻余廉切下又有佔字，如以「與甘」、「弋咸」憑上字定等第，與「余廉」之音並同。〔**此說疑誤，參前「二、憑上字定韻母等第洪細」補案，宇純又記。**〕

九、《集韻》敢韻瀺（或作㶒）字音賞敢切。敢韻屬一等，例不得有三等審母。字又見琰韻失冉切，以賞敢切憑上字定韻母等第，其音恰同失冉切。

十、《集韻》盇韻譫字音章盇切。盇韻屬一等，不得有三等照母。譫字又見葉韻質涉切下，以「憑上字定等」來解釋，章盇正同質涉。

十一、《集韻》鑑韻儳字四見，一在叉鑑切下，又別出音蒼鑑切；一在仕懺切下，又別出音才鑑切。《周禮・載師》儳字《釋文》云「徐才鑒反」，《禮記・曲禮》儳字《釋文》云「徐仕鑒反，又蒼鑒反」。《集韻》蒼鑑、才鑑二音分明本於《釋文》，《釋文》仕鑒、才鑒原是一音，《集韻》的叉鑑切分明出於《釋文》的蒼鑒反。

（二）可以切出不同讀音，但其始並無此分別：

一、《集韻》宵韻軺字一音時饒切，一音慈焦切。時饒與慈焦並為音和，軺字有此二讀似乎無可懷疑。但前文說明精系與照三混用時曾討論到《切三、全王》余招反下云軺字又音似焦反，似焦與市招反音同。又在說明從邪二母互用時討論到《集韻》軺字見慈焦切，即據《切三、全王》「又似焦反」所收。可見慈焦切一音實由「時饒切」孳乳。

二、前文敘述精系與照三混用時，曾舉《方言》撏字郭音常含，而曹憲音才含、《廣韻》音昨含、《集韻》音徂含，以為禪母常字與從母相通。《廣韻、集韻》字又見鹽韻視（時）占切，則前者依「常含反」下字定聲母為從紐，後者依上字定韻母屬三等。

三、《集韻》尤韻犨字一見字秋切，一見徐由切，分隸從邪二紐。然前文討論從邪互用時看出，在《全王、王一、王二》裏，作曹反下云「又祀牛反」，和字秋反下云「又子牢反」為互注，祀牛反實即字秋反。所以《集韻》犨字字秋和徐由二讀是由一而孳乳為二。

四、《全王、王一》齊韻當嵇反揥下云「又勑細反」，勑為徹紐，細屬霽韻。《詩經・鄘風・君子偕老》「象之揥也」及《魏風・葛屨》「佩其象揥」《釋文》並音勑帝反，帝亦霽韻字。依據等韻門法的〈類隔〉，此字似毫無問題讀霽韻透母。然兩書他計反下無此字，字見祭韻丑勢反，並注云「又都梯反」，兩韻互注。丑與勑同母，而祭霽二韻韻圖同轉，其音相近，顯然是以上字定韻母等第。但是《廣韻、集韻》又並見霽韻他計切，即以勑字為類隔而收之。

五、《廣韻》厚韻倉苟切棷下云「又側溝切」，字又見尤韻側鳩切及侯韻子侯切，即據側溝切上字下字分別收錄。

六、《集韻》有韻楚九切棷字下云「《博雅》棷、棷、柴也」。厚韻此苟切亦有此字，注亦云「《廣雅》柴也」。《集韻》凡注明《廣雅》之字，其音即本之曹憲。曹憲此字只一叉苟反（棷字見《廣雅・釋木》），而分別與《集韻》楚九切及此苟切半合，知《集韻》即根據上字或下字分別收錄，與上例同。

七、《集韻》厚韻仕垢切收鯫字，韻末又獨出鯫字音才垢切。厚韻屬一等，不當有牀母。且看《集韻》以蘇后、此苟、子口及仕垢相比次，當是以仕字為類隔；已可見才垢切實與仕垢切無異。而《集韻》此字又見有韻士九切，士九與仕垢字母又同。顯然原來只是一個仕垢切，而孳乳成三個反切。

八、《集韻》有韻謅字音楚九切，字又見厚韻末音初口切，而不併之此苟切下。此可想見本來只是一個初口切：從其上字添之有韻楚九切；又據其下字收於厚韻，而又舉棋不定，遂仍其上字而獨立一紐，不併之此苟切下。《集韻》鑑韻涔字音仕懺切，字又見闞韻末音仕濫切，而不與昨濫切合併，情形與此完全相同。

（伍）結　　語

以上我把所接觸到的例外反切都分別敘述過了。我絕不敢說已經看出了些什麼，或者替前人證明了些什麼；但材料總數逾百，分配在七個項目中，似乎都沒有太單薄的感覺。然而繁瑣的舉例看起來不免費力，在此簡要的提出幾點，以說明本文討論到了些什麼，並不敢說是結論。

(一)一般以為：反切之法，以二字定一字之音，上字取其聲母，下字取其韻母，各司其事，絕不相涉。但這應該只是就大體言之，其間頗多出入，可以討論之處尤多；而且顯示愈早的韻書或字書中例外亦愈多。這種現象在《廣韻》裏已大為減少，它所有的還只是承襲而來，不是自己的「創作」。所以我們當說，上述反切之法，到了《廣韻》時代是有此趨勢的。（《集韻》在時代上晚於《廣韻》，但其例外反切超過任何早期韻書，這因為《集韻》是間雜貨舖，包括了「古今通塞、南北是非」，其例外反切都是古董，並不能代表時代精神，又當分別觀之。）

(二)反切的起源，大家都說是受了梵文拼音的影響，這話直是不錯的。但具體的說，梵文影響於反切之法的到底是什麼？因為反切固然是用二字以定一字之音，畢竟不是拼音的。在早期韻書中，許許多多的反切上字和所切字之間不僅雙聲，韻母上亦具極密切的關係：它們或者只在於聲調之異，遠的也不過又有開合、陰陽之不同，下字的作用似乎只是改聲調，或又兼改開合、陰陽而已。其性質與漢魏以來的直音譬況之法顯然具有親屬關係。對於此類反切而言，我們很可以說反切之法即由直音譬況演變而來，本來用雙聲兼疊韻的字為上字，而以下字改聲調或又兼改開合、陰陽。所謂受梵文影響也者，只在於對語音的分析，諸如聲、韻、調、陰陽、開合等的清晰認識，促進了直音譬況的演進；又在形式上仿效梵文的拼音，用兩字表示一字之音，以代替以往有時而窮或並不準確的直音譬況，如此而已。當然最早的反切，上字與所切字未必都具疊韻的關係，那可以說是受梵文影響較深的反切，與直音譬況之法受梵文上述之影響而演變的反切，原不是衝突的事。部分反切上字與所切字並無疊韻關係，而其韻母等第洪細或開合仍要由上字來確定，大都可以說是本來要求上字與所切字疊韻的蛻變結果。

(三)所謂例外反切，只是對於反切的「一般原則」而言顯得特別；換個角度看，其代表的讀音與合於「一般原則」的反切固無二致。這些反切大別之有二：

其一是上下字之間的交互影響：其中憑下字定聲母一類，一般是由於語言的歷史演變，如精照的不分和知端的類隔。後者本文補充了知為端類隔一類的例子。精與照三的混用是一般所未注意的，它們可能是由於方土語音不同之故。〔**中古照二照三本同一音，見前“補案”。又三等照、穿、牀字少部分來自精、清、從，音本相近，故有此現象，說詳〈上古音芻議〉。2000 年宇純補案。**〕至於憑上字定韻母等第洪細或開合：部分是由於無同韻同等之字可為下字，不得不利用上字以為表達；其餘或者本來是要求上字與所切字雙聲兼疊韻，只以下字改調或兼改開合、陰陽，或者上字雖無疊韻的關係，仍可視為要求雙聲兼疊韻的退化現象。

其一是上字所顯示的字母之間的混用：其中從與邪、牀三與禪三極可能是由於方言的關係；喻三與匣、喻四與定的關係則是二者古代不分的殘迹（案後者只就個別實例而言，非言整個喻四與定母的關係）。〔**有關從與邪、牀三與禪三及喻四與定的混用，已分別加“補案”於前，宇純又記。**〕

(四)由於反切的製作並非遵循一個固定的標準，有時可以憑上字定韻母的等第洪細或開合，有時又憑下字定聲母，再加上反切上字字母間的混用，因而產生由一個反切而孳乳為二、孳乳為三的情形。一般以為在同一韻書中，一字重見的次數即代表其字有此不同的讀音，這觀念亦並不絕對可靠。

後　　記

本文材料大抵收集於一九六〇年秋至一九六二年夏。曾以專題“早期韻書反切研究”申請國家長期發展科學委員會資助，擬將之整理發表，旋以來港執教而作罷，轉瞬已是兩年。兩年來的變化對我而言真是太大，那便是二位董師的相繼謝世。我無須說這對整個學術界有多大損失；對個人的影響已經是無可估計的了。即以本文而言，當初接觸到這些材料，即已醞釀著許多看法，總以為在一起時常見面隨時可以請教，便始終沒有提出來討論過。没想到一別即成永訣，於今已無從求正；又誰想此文之作竟是為了紀念二師多年的教誨之恩！人生變幻如此，能不令人黯然噙淚！

在文字的研究上，彥堂先師給予的教誨和鼓勵是難以罄述的。即以最後一次而言，前年我因來港，向先生辭行，其時先生病癒未久，舌結不便於言，足痹不良於行，却仍然殷殷垂訓，並將所編“中國文字”全套一一檢出見贈。當時先生勉力的樣子，令人感動得不能自持。侍教於同龢先師的機會可更多，從一九五二年起，我和內子杜其容女士一直在先生的指導下從事聲韻方面的研究。為我大學畢業論文《韻鏡校注》和內子研究所畢業論文《毛詩連緜詞譜》，便不知耗費了先生多少時間和精力。總之二位師長之恩，川永流長，畢生受用不盡，没齒不可或忘。

還有一點要特別指出：當我還在臺大求學時，一次偶然的閒談，同龢先師提到為字音薳支切，以為薳為二字同聲同韻，只有聲調之差，疑心支字只是標調。此後先生不曾著力於此，本文亦不敢說替先生證成了什麼；但本文如果還有可取的話，便完全是拜先生之所賜的。

一九六四年九月十日于香港中文大學崇基書院

補　　記

李榮《切韻音系》一書，日前自周法高先生處借到。撰寫此稿時，亟欲得之以為參考，却未能覓到。

李書說：「§44 跟§45(a,b)表示被切字的等跟開合有時由反切上字決定，而不是由反切下字決定。」此與本文看法相同。不過李書只是羅列了《全本王韻》中一些例子，並不曾予以理論上的推闡；而且還承認「§45(c)是反切之疏」，是本文所不能同意的。再者本文所舉之例，如《全王》線韻衍字音餘見反，薛韻薛字音私結反、列字音呂結反，李書以為見結二字誤；〔以上二例，已分別加“補案”，宇純又記。〕麥韻碧字音陂隔反、欂字音皮碧反，李書改陂隔為逋逆，移二字入陌韻（案並見第一章單字音表）；都與本文所見仁智不同，然而本文觀點自有其他許多字正切與又切之間的歧異為其根據。李書因根本不曾注意又切，故不能有如本文之觀點。以李書之不易見，故將其有關部分摘錄於下，以供讀者參考。凡與本文觀點不同的，讀者很容易比較，不一一申述了。

李書第四章「反切下字」云：

> 向來都認為反切上字定被切字的聲母，反切下字定被切字的韻母，包括等、開合跟四聲。大體上說，這句話是不錯的。我們說“大體上說”，表示這句話有例外。這些例外的大部分，只要把反切上下字合起來看，就得到很自然的解釋。反切固然有疏漏的地方，但是我們研究反切的人却不可造好框子，硬的拿反切往裏頭填。
>
> ……§44 跟§45（a,b）表示被切字的等跟開合有時由反切上字決定，而不是由反切下字決定。只有§45（c）才是反切之“疏”。……
>
> §44　反切下字和被切字等不同總表：
>
> a.反切上字一等，反切下字三等，被切字一等。腫一：　湩都隴
>
> b.庚部莊初崇生四類字全跟“庚、梗、更、格”同韻母（二等），不跟“京、警、敬、戟”同韻母（三等）。

	庚	梗	敬	陌
莊				嘖 側陌
初	鎗 楚庚		濶 楚敬	柵 惻戟
崇	傖 助庚			齚 鋤陌
生	生 所京	省 所景	生 所更	索 所戟

> 從表面看這些字可以分為兩類，一類的反切下字是“庚、更、陌”，一類的反切下字是“京、景、敬、戟”。實際上出現機會互補，應該是一類。……
>
> c.反切上字三等，反切下字一等，被切字三等。

送　丑：　鳳馮貢
鍾　丑：　恭駒冬
海丑開：　茝昌海
哥丑開：　虵夷柯
哥丑合：　鞾希波　嘔于戈
漾丑開：　防扶浪

d.反切上字三等，反切下字二等，被切字三等。

馬丑開：　灺徐雅　䩢車下
敬子開：　敬居孟　迎魚更
陌子合：　嚄于陌　韄乙百

c.反切上字三等，反切下字四等，被切字三等。

齊甲開：　移成西　臡人兮

§45　反切下字和被切字開合不同總表：

a.反切上字開口，反切下字合口，被切字開口。

清丑開：　騂息營

b.反切上字合口，反切下字開口，被切字合口。

支合 B：　為薳支
寘合 B：　偽危賜
至合 B：　位洧冀
泰一合：　會黃帶
霰四合：　縣黃練
養丑合：　往王兩
昔丑合：　役營隻

c.反切上字獨韻，反切下字開口，被切字合口。

佳二合：　媧姑柴（宇純案此條本文漏列。）
宕一合：　曠苦浪　荒呼浪　潢胡浪
勁丑合：　敻虛政
青四合：　熒胡丁
迥四合：　泂古鼎　扃户鼎

徑四合：　熒胡定　鎣烏定

也許有人會說，如果把“姑、苦、呼、胡、古、虛、户、烏”這些字全認為合口，這一類就跟上一類可以併成一類了。這種意見有困難的地方。如上文§37所説，拿合口字做反切上字的小韻，大多數是合口。有九個小韻，上字合口，下字開口，其中倒有七個（為、偽、位、會、縣、往、役）是合口，只有兩個（曶、譪）是開口。開口字拿遇攝字做反切上字的很多，要是遇攝合口，開口字不能老拿遇攝字做反切上字。（宇純案：曶字音火佳反，譪字音火芥反，正合於一般下字定開合的原則。遇攝只有魚語御為開口，然其元音為圓脣的“o”，古人審音能力不若今人之察，三韻蓋在開合之間，可開可合，故早期反切往往以上字屬魚韻的定被切字為合口。説見本文往、夐二字說明。開口字用遇攝字做反切上字的既然很多，便不能說「拿合口字做反切上字的小韻，大多數是合口」。而李書以為遇攝屬開口是不合實際的。）

同年十月十六日補記於香江寓所

（本文原載中央研究院《歷史語言研究所集刊》第三十六本
《紀念董作賓董同龢兩先生論文集》第一分，一九六五。）

附 錄 一

槃庵師:

頃接邦新兄來書，就拙著〈例外反切研究〉一文（貳）之三節提出若干疑點，研慮再四，覺拙文並無不是之處，謹逐一答之如次，懇請將邦新兄函及此函附刊拙文之後，日後讀者亦可以取作參考，未審以為何如？

(一)疊韻一詞，一般有廣狹二義。狹義指介音元音韻尾之全同者，廣義則不必其全同。無論開合洪細如何，元音相同、韻尾同類即為疊韻；甚至元音近、韻尾同者亦視為疊韻，如《詩經》間關、委蛇、倭遲、章皇、窈窕、劬勞之為疊韻連語（間關一詞雙聲兼疊韻，伊威、蟋蟀、展轉同）。本此，拙文所用疊韻有時為狹義，有時為廣義，然後者止於「開合洪細相同、元音相同、韻尾同類」，或「元音相同、韻尾相同、開合不同」，二者而已。其中自無元音不同者，亦無「只有主要元音相同」者（案文中無此類例，可以案驗）。丁兄云：「以下字改易聲調，或又兼改開合陰陽」，則「只有主要元音相同」（案實際除主要元音相同，尚有陰、陽、入之相當），倘於「開合」「陰陽」之間增一「或」字，則不致有此誤解矣。

(二)「兼改開合」一點，文中實有所指，想丁兄一時失察。文中：「如縋字《全王》音池累反，《王二》音馳偽反，《廣韻》同《王二》，睡字各韻書音是偽反（切），除開合不同者外，仍是用其平上聲為上字」，即此所指。因一般言疊韻不計開合（如前舉間關、委蛇、倭遲、章皇之例，早期韻書絕不因開合分韻，晚期仍往往不分，可見《切韻》時代之疊韻觀念），故亦視此等上字為兼疊韻之例；顯然此等非「只有主要元音相同」。反切之形成，初無一定不易之法，謂此等以下字改調兼改開合，私心以為非無可能也。

(三)此點首當申明者，此節所用反切非盡屬例外，如羸偽反累、池累反縋、徒各反鐸、良據反慮，霍霸反化等並為例內切。以其並顯示上字喜用疊韻字之習慣，故援引之。其主旨當在說明例外反切如蘧支反為、暨軌反跽之類，非必謂之「以上字定開合」不可，亦可謂之「上字與所切字雙聲疊韻，以下字改調」；對羸偽反累等反切而言，自不在於否定其為例內切，謂之「上字與所切字雙聲疊韻，以下字改調或又兼改開合陰陽」者，意謂倘於一般原則之外，又如此了解，則更為親切深刻耳。因此等例內切與例外切有其共同現象，故以為「上字與所切字雙聲疊韻，以下字改調」之說，為能把握問題之核心也。

以下請就丁兄所提諸點作一說明。

關於反切時代有無舒入、陰陽相配觀念。丁兄以為舒入相配為上古音現象，其實上古相配如何且不論，在中古自平可遞轉至入，應為極自然之事，韻圖之排列尤顯明可見。伽字音噱之平，雖其字於古無據（丁兄必謂當於古有據者，因誤解拙文之意，說詳下），正唯如此，更能反映其時舒入相配之觀念，未可以為例外也。至陰陽之相配，雖不若舒入之明顯，若恭字切韻入冬韻音駒冬反，依其下字，不能得恭字正讀，必從其上字，然後與《廣韻》九容切之音同。恭與駒自為陰陽相關，而駒字於恭字之外，絕不為他字之上字。又如韓字一為上字（見《全王、王一》），所切為何字，韓何亦正具陰陽關係，故以為絕不容忽視，而良據反慮等遂亦以為上字兼疊韻之例也。〔**有關中古陰、陽、入三聲相配，說詳拙文〈上古陰聲字具輔音韻尾說檢討〉，2000年宇純補案。**〕至於徒鐸、良慮依同龢先師中古音擬測，其元音不同，此點非不知之；然以為擬測不必即當實際，今方言陽鐸二韻元音多同讀「o」，正與同龢先師所擬中古魚模韻元音同。上古魚陽、模鐸之元音既同，無以知中古之必不同也。

所謂「假定那些切語上字是古已有之的直音譬況字，後人直接採用來當上字，又綴以下字成切，也不能說在當時反切下字的用處只在改韻尾。何況我們迄未能發現那些直音譬況字是古已有之的⋯⋯」拙文僅謂就此等反切觀之，反切之形成，與「直音譬況有血緣上之關係」。血緣關係不必出之直接，故雖「迄未能發現那些直音譬況字是自古有之的」，無傷也。至於謂「不能說在當時反切下字的用處只在改韻尾」：亦儘管下字作用已表調及韻，仍無妨上字保存選用疊韻字之習慣。前云：「對贏偽反累等反切而言，倘於一般原則之外，又如此了解，則更為親切深刻」者，即以此也。

丁兄又云：「對於《全王》鐸韻和《唐韻》御韻那種成組的現象，我們猜想，鐸韻是一等韻，一等韻比較少，作反切者找到一個模韻，就全部用了模韻的字⋯⋯」然一等韻非必用一等韻字為上字不可，反切作者何以必求之一等韻？又何以適逢一模韻？況陸法言等人之作《切韻》，必不得為翻檢韻書以造反切也？如依生意，或即視為偶然，或即視為當然；依違於偶然當然之間，終不能索解耳。

此信極冗長，有瀆
清神，心頗不安。耑此奉懇，敬請
鐸安！

生
宇純敬上　六月二日

附錄二

宇純學長:

文石兄命弟校對您的文章〈例外反切研究〉，因為對於例外反切從前聽同龢先師說過幾種不同的拼切方式，所以在先睹為快的心情下，就立刻拜讀一過。接著再發、以仁和東貴三兄也都看了一遍。我們對其中幾個不太了解的問題幾經辯論，還是未獲結論。因此決定由弟執筆寫這封信給您，陳述下列幾點我們的意見。如果有誤解您的文章的地方，請您原諒；如果有可以供您參考的些微價值，自然是我們高興的事。而弟來所正是您去港一年之後，無緣同聚一堂，藉此機會能跟您通信請教，對於弟個人而言，更是值得高興的。

一、關於疊韻的意義:

1. 第三十三頁（宇純案：此原稿頁碼，下同。）中討論對反切的解釋，原文說：「……所謂疊韻應該只指韻母的相同，不管聲調的同異：疊韻可以是同調的，也可以是不同調的」。那麼，所謂「疊韻」在這裏是指「介音、主要元音、韻尾」等三項的全同。
2. 第三十七頁中討論《切三》伽字時，原文說：「……一切舒聲入聲相配之韻，凡入聲為舒聲之上字或舒聲為入聲之上字，亦為雙聲兼疊韻之例。在理論上，舒聲入聲之異只在韻尾，既以下字改其聲調，即是轉變了上字的韻尾。」那麼「疊韻」在這裏的意義是指「介音、主要元音」兩項的全同。
3. 第三十九頁討論反切下字改調之結論說：「……無寧以『薳支切為』及所有『羸偽切累』……等反切同視為『上字與所切字雙聲兼疊韻，而以下字改易聲調或又兼改開合陰陽』為能抓住問題的核心。」就下字改易聲調、開合、陰陽來說，所謂「疊韻」只有「主要元音」的相同而已。

從這三條，令我們覺得關於「疊韻」一詞的意義，前後並不一致而且到只有「主要元音」全同的程度，似乎說得太泛了一點。

二、「下字改易聲調，又兼改開合陰陽」一語（或其同義語）見於第三十九頁兩次，五十七頁一次。改易聲調及陰陽均有例證；而「兼改開合」一點，實令人難解。下字除改易上字之聲調韻尾之外，主要元音不動，又抽出介音以改其開合，是否可能？文內並未見到例證。不知此條我們有否誤解的地方。

三、關於「上字與所切字雙聲疊韻而以下字改調」一節所論述者，可以分成兩類來說：一類是舒聲字以舒聲字為反切上字者；另一類是入聲字以舒聲字、舒聲字以入聲字及陰聲字以陽聲字為反切上字者。

前一類所舉的例子如「位、洧冀反；偽、危賜反；跽、暨几反」等，說被切字與切語上字為雙聲兼疊韻，依中古音而言是疊韻的，在上古音並不同部，所以只把這一現象視為作反切者受了前人直音的影響是可以的，如果推及到第二類，就可能發生問題了。因為第二類您所以如此解釋的另外一個依據是在《切三》歌韻「伽」字下有「噱之平聲」的注音。「伽」字是翻譯佛經時特有的字，讀音於古無據；而在當時舒入聲已不相配，所以《切三》的這一個切語實在是一個非常例外的例子。即使我們承認它，也是孤證，似不足以推及那些用普通解釋可以說得通的例內的反切，（如徒各切鐸、良據切慮等）。同時，就上字與被切字的聲母、介音、主要元音相同，而以下字改易上字的聲調及韻尾的一點來說，改易聲調是很可能的，因為時人對於自己語言的聲調，已有清楚的認識，至於改韻尾就比較難說了，這是很新的音位觀念，在當時對於語音的分析能否到此程度，實在令人不能無疑。

舒入相配和陰陽對轉依現在研究的結果，那是上古音的現象。即使作反切者已有清晰的語音分析觀念，像「徒各切鐸、良據切慮」等切語，在當時也不便認為「徒鐸、良慮」是雙聲兼疊韻字，而以下字改韻尾及聲調，以同龢先師的中古擬音來看，在這種切語裏根本無法切出「鐸」及「慮」字等的讀音來。

從這裏再推到結論裏的話，要說「鐸、慮」等字的切語是由直音譬況演變而來，所受之於梵文的只是對於聲調、陰陽、開合的認識和形式上的兩字拼一字之音，證據似嫌不足。

即使我們看重那些您所謂「不是偶合」的例子，假定那些切語上字是古已有之的直音譬況字，後人直接採用來當上字後，又綴以下字成切，也不能說在當時反切下字的用處只在改韻尾。何況我們迄未能發現那些直音譬況字是古已有之的。再說，這個假說如是事實，則反切下字中也應有古代直音譬況字的存在，反切下字中，如這種「不是偶合」的反切，是否也可以這麼解釋呢？當然，這些「不是偶合」的，都可以被認為是正常的反切。

對於《全王》鐸韻和《唐韻》御韻那種成組的現象，我們猜想，鐸韻是一等韻，一等韻比較少，作反切者找到一個模韻，就全部用了模韻的字。至於御韻呢？除去文中所列的字以外，韻中尚有御、據、覷、著、疏、飫、筯、遽、絮、洳……等相當多的字，它們和切上字都不在古音「魚陽對轉」的範圍内。所以，這兩組現象即使不如我們所猜想，也可能有別的，也許是偶然的原因，似乎不能遽認為中古還有「陰入相配、陰陽對轉」的現象。

從同龢先師去世之後，再發兄和弟常有好些問題都無人指引。您的這篇文章，如您在世無論贊成與否，一定會有明確清晰的批評，一想起您來，總令人懷念。草草至此。敬請

儷安

弟
丁邦新拜上
一九六五年五月廿七日

廣韻重紐音值試論
兼論幽韻及喻母音值

（壹）

先師董同龢先生〈廣韻重紐試釋〉[1]，與周法高先生〈廣韻重紐的研究〉[2]二文，繼陳澧《切韻考》之後[3]，肯定《廣韻》中某些三等韻重紐其實代表兩類對立的不同韻母，使中古音研究得以邁進一步[4]。此等重紐包括：

一、支、脂、真諄、祭、仙、宵[5]的脣牙喉音；

二、侵的影紐及鹽的溪羣影三紐[6]。

早期韻圖《韻鏡》與《七音略》嚴格將此等重紐分別位置於三等或四等；反切系聯據「一般觀察」，亦大抵見於四等者與舌齒音同類，見於三等者自成一類：故前者謂之A類，或謂之1類，後者謂之B類，或謂之2類。意即前者與同韻舌齒音字同韻母，後者別為一韻母。此說已獲致中外學者一致首肯，兩類音值之別則意見不同：或以為在元音，如董、周兩先生；或以為在介音，如李榮、陸志韋、蒲立本（Pulleyblank）[7]。至今不成定論。

---

1 見中央研究院《歷史語言研究所集刊》第十三本。

2 同上。

3 陳氏首先發現《廣韻》中重紐音類不同，如支韻（案舉平以該上去，下同）以衹奇、枳掎、媯䮭、虧闚並列。但因過分相信反切系聯，往往誤認重紐為“增加字”，如支韻不列跂尯等字，即其例。

4 陳氏雖已指出《廣韻》重紐多表不同音類，學者仍有以為同音者。如章炳麟《國故論衡・音理論》云：「《廣韻》分紐本有不可執者：若五質韻中一為於悉切，乙為於筆切；必為卑吉切，筆為鄙密切；蜜為彌畢切，密為美筆切；悉分兩紐。夫其開闔未殊，而建類相隔者，其因《切韻》所承《聲類、韻集》諸書竿𡺸不齊，未定一統故也。因是析之，其違於名實亦遠矣。若以是為疑者，更舉五支韻中文字證之：媯切居為，規切居隋，兩紐也；虧切去為，闚切去隨，兩紐也；奇切渠羈，岐切巨支，兩紐也；皮切符羈，陴切符支，兩紐也。是四類者，媯虧奇皮古在歌，規闚岐陴在支，魏晉諸儒所作反語宜有不同，及《唐韻》悉隸支部，反語尚因其遺迹，斯其證驗最著者也。（案：章氏此說未達，規下闚下用歌部之隨為下字，非用支部字為下字，以知其誤。）黃侃〈併析韻部左證〉亦云：「緣陸以前，已有《聲類・韻集》諸書，切語用字未能畫一。《切韻》裒集舊切，於音同而切語用字有異者，仍其異而不改，而合為一韻，所以表其同音。精於審音者，驗諸脣吻，本可了然；徒以切異字異，易致迷罔。」（見周法高先生文引）

5 除祭韻而外，皆舉平以該上去或上去入，後同此。

6 侵鹽二韻亦舉平該上去入，後並同。又鹽韻溪羣二紐，一般以為“增加字”，殊乏理由。

7 李榮《切韻音系》。陸志韋《古音說略》（燕京學報專號之二十）。蒲立本〈The Comsonantal System of Old Chinese〉《Asia Major》New Series Vol. IX, Part 1。

我則以為姑且不談A、B二類之音值如何，即何者與舌齒音同類、何者與舌齒音異類，實亦不無可疑。蓋誠如諸家所言，見於四等者與舌齒音同類，則與舌齒音異等；見於三等者自成一類，則與舌齒音同列，而竟無以解釋韻圖何以不可易置。祭宵二韻同一韻類的脣牙喉音，居然不與三等舌齒音同轉（清韻亦然），同轉的乃反是不同的韻類。此種現象寧不可異！就支、脂、真諄、仙、宵五韻而言，或者不妨謂：反正兩類脣牙喉音非以一組列入四等不可，韻圖作者出於隨意，於是成此安排。然而祭韻，除疑母劓與藝衞突外，別無重紐。韻圖則以脣音入四等，三等地位寧棄置不用，此必不能出於無心。此外尚有一清韻，根本無重紐，系聯反切脣牙喉音與舌齒音開合口亦各為一類。韻圖則不以其脣牙喉音列於三十五、三十六兩本轉空置之三等地位，而不惜借入三十三、三十四兩轉之四等，更顯示韻圖一切措施必皆出於有意安排。（讀者或將用清韻精系字與喻四字無法位置於三十五、三十六兩轉來作解釋。但清韻脣牙喉音如不因非位置於四等不可，韻圖固可以青韻與庚韻結合，別以清韻與耕韻結合，一切即無問題。讀者或又將謂青蓋不與庚配，故韻圖不使青庚同轉。則充其量只以清韻精系字及喻四字借入三十三、三十四兩轉即可，喻四字且可仿尤幽二韻例，與青韻同列於三十五、三十六兩轉之四等，不必牽涉脣牙喉音。故此等皆不成絕對理由。）此即謂，凡韻圖列三等者，必因其具備應入三等之色彩；凡韻圖列四等者，亦必因其具備非入四等不可之特徵。換言之，凡在三等者，其色彩必彼此相同；凡在四等者，亦必其特徵彼此無異。則脂支諸韻與舌齒音同列之脣牙喉音，其韻母當與舌齒音相同；而與舌齒音不同韻母者，必為脣牙喉音伸入四等之字。不然便將獲致一異常可怪結論：凡韻圖同等者，其脣牙喉音字與舌齒音字韻母不同。也許不必將範圍擴大及於一、二、四等韻，至少三等韻〔**本文所用三等韻一詞，係一般觀念，以下不贅。實則如東韻，爲一、二、三、四等合韻，下列自鍾至尤諸韻，亦爲二、三、四等合韻，説詳〈論重紐等韻及其相關問題〉。2000年宇純補案。**〕應是如此。於是則東、鍾、之、魚、虞、陽、蒸、尤等韻的三等部分，便非無端承認皆具兩類韻母不可。而由反切系聯看來，此諸韻之脣牙喉音亦未嘗不可以為自成一類，情形與支脂諸韻之三等脣牙喉音正同。將支紙寘與尤有宥列表比較如下：

支		紙		寘	
脣牙喉	舌　齒	脣牙喉	舌　齒	脣牙喉	舌　齒
陂　彼為	知　陟離	彼　甫委	𢶡　陟侈	賁　彼義	智　知義
鈹　敷羈	摛　丑知	㱟　匹靡	褫　敕豸	帔　披義	寘　支義
皮　符羈	馳　直離	被　皮彼	豸　池爾	髲　平義	卶　充豉
縻　靡為	支　章移	靡　文彼	狔　女氏	寄　居義	翅　施智
羈　居宜	眵　叱支	掎　居綺	紙　諸氏	尯　卿義	豉　是義
攲　去奇	纚　式支	綺　墟彼	侈　尺氏	芰　奇寄	𧛧　爭義
奇　渠羈	提　是支	技　渠綺	舐　神帋	議　宜寄	屣　所寄
宜　魚羈	齜　側宜	螘　魚綺	弛　施是	倚　於義	積　子智
漪　於離	差　楚宜	倚　於綺	是　承紙	戲　香義	刺　七賜
犧　許羈	齹　士宜	禧　興倚	批　側氏	䝐　詭偽	漬　疾智
嬀　居為	釃　所宜	詭　過委	躧　所綺	偽　危睡	賜　斯義
虧　去為	貲　即宜	跪　去委	紫　將此	餧　於偽	娷　竹恚
危　魚為	厜　姊宜	跪　渠委	此　雌氏	毀　况偽	縋　馳偽
逶　於逶	雌　此移	硊　魚毀	徙　斯氏	為　于偽	諉　女恚
麾　許為	疵　疾移	委　於詭	邐　力紙		惴　之睡
為　薳支	斯　息移	毀　許委	爾　兒氏		吹　尺偽
	離　呂支	蔿　韋委	捶　之累		睡　是偽
	兒　汝移		菙　時髓		䅗　思累
	腄　竹垂		揣　初委		累　良偽
	鬌　直垂		觜　即委		枘　而瑞
	䮔　子垂		惢　才捶		
	吹　昌垂		髓　息委		
	垂　是為		累　力委		
	衰　楚危		蘂　如累		
	韉　山垂				
	劑　遵為				
	眭　息為				
	隨　旬為				
	羸　力為				
	痿　人垂				

尤		有		宥	
脣牙喉	舌　齒	脣牙喉	舌　齒	脣牙喉	舌　齒
不　甫鳩	輈　張流	缶　方久	肘　陟柳	富　方副	晝　陟救
飆　匹尤	抽　丑鳩	紑　芳婦	丑　敕九	副　敷救	畜　丑救
浮　縛謀	儔　直由	婦　房久	紂　除柳	復　扶富	冑　直祐
謀　莫浮	周　職流	久　舉有	紐　女久	莓　亡救	糅　女救
鳩　居求	犨　赤周	糗　去久	帚　之九	救　居祐	呪　職救
丘　去鳩	收　式州	舅　其九	醜　昌九	[illegible]　丘救	臭　尺救
惏　去秋	讎　市流	颵　於柳	首　書九	舊　巨救	狩　舒救
求　巨鳩	鄒　側鳩	朽　許久	受　殖酉	鼽　牛救	授　承呪
牛　語求	搊　楚鳩	有　云久	掫　側九	齅　許救	皺　側救
憂　於求	愁　士尤		𩋟　初九	宥　于救	簉　初救
休　許尤	搜　所鳩		[illegible]　士九		驟　鋤祐
尤　羽求	遒　即由		溲　疎有		瘦　所祐
	秋　七由		酒　子酉		僦　即就
	酋　自秋		湫　在九		趥　七溜
	脩　息流		滫　息有		就　疾僦
	囚　似由		柳　力久		秀　息救
	劉　力求		蹂　人九		岫　似祐
	柔　耳由				溜　力救
					輮　人又

兩表中，寘與宥極相似，一方面脣牙喉音自成一系（案除寘韻僞下字用睡），一方面舌齒音用牙喉音為下字者寘不多讓於宥。支與尤相似：脣牙喉用舌齒音者，尤僅惏字去秋切，支則有漪字於離切及為字薳支切；舌齒音用牙喉音者，支亦視尤為多。有韻舌齒音雖率用牙喉音，脣牙喉音則除颵音於柳以外，仍可謂自成一類；而紙韻舌齒音亦用牙喉音之綺及委。如以支韻與舌齒音同列之脣牙喉音與舌齒音韻母不同，應否視尤韻韻圖第三等字具兩類韻母？果真如此看待尤韻，不但令人錯愕，亦必不為學者所同意。則支脂諸韻脣牙喉音韻圖列三等者，反切雖似有自成一類的現象，不得即視其韻母與舌齒音不同；韻圖見於四等者，雖其反切可與舌齒音系聯，不得即視其韻母同於舌齒音，尚復何疑？何況所謂支脂諸韻脣牙喉音之反切顯示四等者與舌齒音同類，三等者自成一類云云，不僅不是絕對的，其間出入甚大。為使讀者對實際情形充分認

識，將《廣韻》中反切列表示之如下[8]：

表　一

支		紙		寘	
三	四	三	四	三	四
陂　彼為	卑　府移	彼　甫委	俾　并弭	賁　彼義	臂　卑義
鈹　敷羈	跛　匹支	破　匹靡	諀　匹婢	帔　披義	譬　匹賜
皮　符羈	陴　符支	被　皮彼	婢　便俾	髲　平義	避　毗義
縻　靡為	彌　武移	靡　文彼	弭　綿婢	○	○
羈　居宜	○	掎　居綺	枳　居紙	寄　居義	馶　居企
攲　去奇	○	綺　墟彼	企　丘弭	尯　卿義	企　去智
奇　渠羈	祇　巨支	技　渠綺	○	芰　奇寄	○
宜　魚羈	○	螘　魚綺	○	議　宜寄	○
漪　於離	○	倚　於綺	○	倚　於義	縊　於賜
犧　許羈	詑　香支	犧　興倚	○	戲　香義	○
○	移　弋支	○	酏　移爾	○	易　以豉
媯　居為	規　居隨	詭　過委	○	[illegible]　詭偽	瞡　規恚
虧　去為	闚　去隨	跪　去委	跬　丘弭	○	觖　窺瑞
○	○	跪　渠委	○	○	○
危　魚為	○	硊　魚毀	○	偽　危睡	○
逶　於為	○	委　於詭	○	餧　於偽	恚　於避
麾　許為	隓　許規	毀　許委	○	毀　況偽	孈　呼恚
為　薳支	蓶　悅吹	蔿　韋委	䓴　羊捶	為　于偽	瓗　以睡

8　一至六表大體即據先師文中所列迻錄，七、八二表亦倣其體例補作。

表　二

脂		旨		至	
三	四	三	四	三	四
悲　府眉	○	鄙　方美	匕　卑履	秘　兵媚	痹　必至
丕　敷悲	紕　匹夷	嚭　匹鄙	○	濞　匹備	屁　匹寐
邳　符悲	毗　房脂	否　符鄙	牝　扶履	備　平秘	鼻　毗至
眉　武悲	○	美　無鄙	○	郿　明秘	寐　彌二
飢　居夷	○	几　居履	○	冀　几利	○
○	○	○	○	器　去冀	棄　詰利
○	耆　渠脂	跽　暨几	○	臮　具冀	○
狋　牛飢	○	○	○	劓　魚器	○
○	伊　於脂	歕　於几	○	懿　乙冀	○
○	咦　喜夷	○	○	齂　虛器	○
○	姨　以脂	○	○	○	肄　羊至
龜　居追	○	軌　居洧	癸　居誄	媿　俱位	季　居悸
蘬　丘追	○	巋　丘軌	○	喟　丘愧	○
逵　渠追	葵　渠惟	䣩　暨軌	揆　求癸	匱　求位	悸　其季
○	倠　許維	○	瞲　火癸	豷　許位	侐　火季
帷　洧悲	惟　以追	洧　榮美	唯　以水	位　于愧	遺　以醉

表　三

真諄		軫準		震稕		質術	
三	四	三	四	三	四	三	四
彬　府巾	賓　必鄰	○	○	○	儐　必刃	筆　鄙密	必　卑吉
砏　普巾	繽　匹賓	○	○	○	汖　撫刃	○	匹　譬吉
貧　符巾	頻　符真	○	牝　毗忍	○	○	弼　房密	邲　毗必
珉　武巾	民　彌鄰	愍　眉殞	泯　武盡	○	○	密　美筆	蜜　彌畢
巾　居銀	○	○	緊　居忍	○	○	暨　居乙	吉　居質
○	○	○	螼　棄忍	菣　去刃	螼　羌印	○	詰　去吉
穫　巨巾	趣　渠人	○	○	僅　渠遴	○	姞　巨乙	○
銀　語巾	○	釿　宜引	○	憖　魚覲	○	耴　魚乙	○
礥　於巾	因　於真	○	○	○	印　於刃	乙　於筆	一　於悉
○	○	脪　興腎	○	衅　許覲	○	肸　羲乙	欯　許吉
○	寅　翼真	○	引　余忍	○	胤　羊晉	颭　于筆	逸　夷質
麏　居筠	均　居匀	○	○	○	呁　九峻	○	橘　居聿
囷　去倫	○	麇　丘尹	○	○	○	○	○
○	○	窘　渠殞	○	○	○	○	○
贇　於倫	○	○	○	○	○	○	○
○	○	○	○	○	○	○	獝　許聿
筠　為贇	匀　羊倫	殞　于敏	尹　余準	○	○	○	聿　余律

表　四

祭					
三	四	三	四	三	四
○	蔽　必袂	猘　居例	○	緆　於罽	○
○	潎　匹蔽	憩　去例	○	○	曳　餘制
○	獘　毗祭	偈　其憩	○		
○	袂　彌蔽	劓　牛例	藝　魚祭	衛　于劌	鋭　以芮
		劌　居衛	○		

表　五

仙		獮		線		薛	
三	四	三	四	三	四	三	四
○	鞭　卑連	辡　方免	褊　方緬	變　彼眷	○	筣　方別	鷩　并列
○	篇　芳連	鴘　披免	○	○	騗　匹戰	○	瞥　芳滅
○	便　房連	辯　符蹇	楩　符善	卞　皮變	便　婢面	別　皮列	○
○	綿　武延	免　亡辯	緬　彌兗	○	面　彌箭	○	滅　亡列
○	甄　居延	蹇　九輦	○	○	○	○	孑　居列
愆　去乾	○	○	遣　去演	○	譴　去戰	朅　丘竭	○
乾　渠焉	○	件　其輦	○	○	○	傑　渠列	○
○	○	齴　魚蹇	○	彥　魚變	○	孼　魚列	○
焉　於乾	○	㫃　於蹇	○	躽　於扇	○	焆　於列	○
嘕　許焉	○	○	○	○	○	娎　許列	○
漹　有焉	延　以然	○	演　以淺	○	衍　予綫	○	抴　羊列
勬　居員	○	卷　居轉	○	眷　居倦	絹　吉掾	蹶　紀劣	○
弮　丘圓	○	○	○	[illegible]　區倦	○	○	缺　傾雪
權　巨員	○	圈　渠篆	蜎　狂兗	倦　渠卷	○	○	○
嬽　於權	娟　於緣	○	○	○	○	噦　乙劣	妜　於悅
○	翾　許緣	○	蠉　香兗	○	○	旻　許劣	○
員　王權	沿　與專	○	兗　以轉	瑗　王眷	掾　以絹	○	悅　弋雪

表　六

宵		小		笑	
三	四	三	四	三	四
鑣　甫嬌	飇　甫遙	表　陂矯	褾　方小	裱　方廟	○
○	漂　撫昭	麃　滂表	縹　敷沼	○	剽　匹妙
○	飄　符霄	藨　平表	摽　符少	○	驃　毗召
苗　武瀌	蜱　彌遙	○	眇　亡沼	廟　眉召	妙　彌笑
驕　舉喬	○	矯　居夭	○	○	○
趫　起囂	蹻　去遙	○	○	○	趬　丘召
喬　巨嬌	翹　渠遙	蟜　巨夭	○	嶠　渠廟	翹　巨要
○	○	○	○	○	[illegible]　牛召
妖　於喬	邀　於宵	夭　於兆	闄　於小	○	要　於笑
囂　許嬌	○	○	○	○	○
鴞　于嬌	遙　餘昭	○	鷕　以沼	○	耀　弋照

表　七

侵		寑		沁		緝	
三	四	三	四	三	四	三	四
○	○	稟　筆錦	○	○	○	鵖　彼及	○
○	○	品　丕飲	○	○	○	○	○
○	○	○	○	○	○	[illegible]　皮及	○
金　居吟	○	錦　居飲	○	禁　居蔭	○	急　居立	○
欽　去金	○	坅　丘甚	○	○	○	泣　去急	○
琴　巨金	○	噤　渠飲	○	矜　巨禁	○	及　其立	○
吟　魚金	○	僸　牛錦	○	吟　宜禁	○	岌　魚及	○
音　於金	愔　挹淫	飲　於錦	○	蔭　於禁	○	邑　於汲	揖　伊入
歆　許金	○	廞　許錦	○	○	○	吸　許及	○
○	淫　餘針	○	潭　以荏	類　于禁	○	煜　為立	熠　羊入

表　八

鹽		琰		豔		葉	
三	四	三	四	三	四	三	四
砭　府廉	○	貶　方斂	○	窆　方驗	○	○	○
○	○	檢　居奄	○	○	○	紬　居輒	○
憾　丘廉	○	預　丘檢	脥　謙琰	○	○	痃　去涉	○
箝　巨淹	鍼　巨鹽	儉　巨險	○	○	○	笈　其輒	○
黚　語廉	○	顩　魚檢	○	驗　魚窆	○	○	○
淹　央炎	懕　一鹽	奄　衣檢	黶　於琰	悇　於驗	厭　於豔	敂　於輒	魘　於葉
○	○	險　虛檢	○	○	○	○	○
炎　于廉	鹽　余廉	○	琰　以冉	○	豔　以贍	曄　筠輒	葉　與涉

依一般所說，支脂諸韻A類與同韻舌齒音同類，B類自為一類。此即謂A、B兩類反切下字，A類除用A類字外，可用同韻舌齒音字，而必無以B類字為下字者；B類下字獨可用B類字，而必不用A類字，亦必不用同韻舌齒音字。如有不在此限，即表示反切系聯上A、B兩類混而為一，根本無A類B類之分。今觀上列諸表：第一表支韻漪字於離切（案《廣韻》離字呂支切），為字薳支切，是支韻開合口共止一類；寘韻偽字危睡切，而四等的臂避二字並用三等的義為下字，是寘韻開合口亦各止一類。第二表脂韻飢字居夷切（案《廣韻》夷字以脂切），龜字居追切，巋字丘追切，逵字渠追切，是脂韻開合口各止一類；旨韻几字居履切，四等的匕牝二字亦並以履為下字，是旨韻開口亦止一類；至韻冀字几利切（案《廣韻》利字力至切），是至韻開口亦止一類。第三表真諄韻囷字去倫切，贇字於倫切（案《廣韻》倫字力迍切），是真諄韻合口止一類；軫準韻釿字宜引切，脪字興腎切，螼字丘尹切，是軫準韻開合口亦各止一類；震稕韻菣字去刃切，僅字渠遴切（案《廣韻》遴字良刃切，刃字而振切），是震稕韻開口亦止一類。第四表祭韻猘字居例切，憩字去例切，劓字牛例切（案《廣韻》例字力制切），是祭韻開口止一類。第五表獮韻卷字居轉切，圈字渠篆切，是獮韻合口止一類；線韻躽字於扇切，是線韻開口亦止一類；薛韻別字皮列切，傑字渠列切，孽字魚列切，焆字於列切，娎字許列切（案《廣韻》列字良薛切），蹶字紀劣切，噦字乙劣切，旻字許劣切（案《廣韻》劣字力輟切），是薛韻開

合口亦各止一類。第六表小韻夭字於兆切，是小韻止一類；笑韻廟字眉召切，是笑韻亦止一類。第七表寑韻坅字丘甚切，是寑韻止一類；緝韻及字其立切，急字居立切，煜字為立切（案《廣韻》立字力入切，入字人執切），是緝韻亦止一類。第八表鹽韻砭字府廉切，憸字丘廉切，鰜字語廉切，炎字于廉切（案《廣韻》廉字力鹽切），是鹽韻止一類；琰韻貶字方斂切（案《廣韻》斂字良冉切，冉字而琰切），是琰韻亦止一類；葉韻紬字居輒切，痴字去涉切，笈字其輒切，敀字於輒切，曄字筠輒切（案此韻三等字全用舌齒音為下字），是葉韻亦止一類。則反切系聯上能劃然不混者，僅第一表的紙韻、第三表的質術韻、第五表的仙韻、第六表的宵韻、第七表的侵沁二韻，及第八表的豔韻等共七韻；其他又有第二表旨至二韻的合口、第三表真諄韻的開口及軫準、震稕的合口、第四表祭韻的合口、第五表獮韻的開口及線韻的合口，亦處於不能系聯狀態。然而上述不能系聯現象，並非盡不可系聯。只因採取一般辦法，將其視力局限在脣牙喉音所用下字之上[9]；如果開拓視野，更就同韻舌齒音所用下字觀察，又有甚多合牽為一的。而後者顯然屬於必不可少的步驟。於是據《廣韻》：紙韻躧字音所綺切，髓字音息委切，絫字音力委切，觜字音即委切，揣字音初委切，是紙韻開合口各止一類；質術韻茁字音徵筆切，是質術韻合口止一類；仙韻栓字音山員切，攣字音呂員切，是仙韻合口止一類；侵韻森字音所今切，兂字音側吟切，是侵韻止一類；沁韻賃字音乃禁切，滲字音所禁切，闖字音丑禁切，深字音式禁切，是沁韻止一類；豔韻殮字音力驗切，是豔韻止一類；旨韻水字音式軌切，是旨韻合口止一類；至韻敊字音楚愧切，是至韻合口止一類；獮韻棧字音士免切，是獮韻開口止一類；線韻戀字音力卷切，籑字音所眷切，孨字音莊眷切，是線韻合口止一類。則諸韻真不能系聯的，不過一宵韻，及真諄韻的開口、震稕韻的合口、質術韻的開口、祭韻的合口、仙韻的開口，六者而已。自不可以眾從寡，反謂凡不分二類者為“切韻之疏”，其實並是二類。又何況研究韻類，並不能將各韻或各類孤立，只從某韻或某類本身鑽研；必須著眼於音韻結構，打通諸對應關係，如開合、四聲、陰陽等，作深入觀察，庶幾可以不為某些偶然現象所累。則或某韻分立而其聲調相承諸韻系聯，或開口分立而同韻合口系聯，或合口分立而同韻開口系聯，如上述之不能系聯現象，固不待觀察舌齒音所用下字如何，而既混同為一了。此即謂，由反切系聯入手，支脂諸韻兩類脣牙喉音何者為 A 類何者為 B 類，即何者與同韻舌齒音同韻母，根本無從確定，甚至諸韻

9 第八注已表明八表或據先師文迻錄，或倣其體例補增。周法高先生文中亦但列脣牙喉音之反切，而不及舌齒音。

有無兩類脣牙喉音，亦皆成為問題。支脂諸韻實有兩類脣牙喉音，自不能因此加以否定，然此說之建立點當只在於韻圖的分等而居，不在反切系聯。因此，要確定何者與舌齒音同類，自亦當取決於韻圖。韻圖同列的，必有其同列之故；韻圖異等者，亦必有其異等之理。研究中古音，韻書反切自有其一定價值，一切以韻書為主的觀念却是不切實際。

更申而論之。韻書之作，原不過為限制詩文協韻範圍，即同韻之字可以協韻，不同韻之字不可以協韻（案後世如《廣韻》注云某與某同用，在於一方面尊重昔日的韻限，一方面又因需要放寬韻限。陸氏《切韻》無此，觀王氏《刊謬補缺切韻》知之），其意義如此而已；不為表現語音系統，甚至不在示人讀音。就當時文人詩人而言，普通字讀音盡人皆知。韻書只要將可以協韻之字聚集，不使不可協韻之字雜糅不分，即已盡其功能。一韻之內，如不因方便檢尋，同音字需不需要類屬，以與不同音者分離，並非絕對重要（案韻書中韻末往往有“增加字”，可見同音字原不必類屬）；需不需要於各小韻冠以不同反切，亦並非重要的事。今觀韻書所附反切，甲等字用同韻乙等字為下字者有之，開口字用同韻合口字為下字者有之，合口字用同韻開口字為下字者有之，甚至此韻字用彼韻字為下字者亦有之[10]，此為就韻母而言。另方面，聲母上亦保存甚多不必要的類隔[11]。因此陳澧所說「切韻之疏」便無法不予承認。凡此，皆顯示韻書反切並無嚴密之組織，而其所以致此者，即在韻書之作並非為示人讀音或表現語音系統。自陳澧創反切系聯法，於是可藉《廣韻》探討中古音類。然而各家所得無結果盡合的，即緣於反切本身組織不嚴密之故。而陳氏由系聯反切所獲之認識，其中有可以確指為錯誤者，正因有韻圖之可考。其他的不談，即所謂支脂諸韻A、B兩類脣牙喉音說之可以確立，韻圖即為最主要之憑藉。陳氏首鑑及此而時不免誤認重紐為增加字[12]，亦在未重視韻圖。於此可見，韻書只是為詩文協韻而作，真正以系統方式表達語音者為韻圖。故此可謂：陳澧反切系聯法於音韻學史雖為一大事，但僅在無韻圖可供利用或雖有韻圖而不加利用時，始顯其有時而並不可靠之價值。如有配合精密之韻圖，反切系聯實非絕對必須。聲母韻母系統大致即可憑韻圖了解之（案如韻圖凡同等者韻母必相同，此不須系聯反切可知。僅三等韻齒音部分如東韻之崇及嵩，須賴反切系聯以定其等第），韻書反切只在可供韻圖之印證，有時又可

10 詳拙文〈例外反切研究〉。

11 類隔一詞，此兼包脣音之輕脣重脣、舌音之舌頭舌上及齒音之齒頭正齒。

12 參第三注。

校訂韻圖因傳鈔之誤，如此而已。在中古音研究上，此為必須樹立起之觀念。過去學者或不免以韻書為主以韻圖為輔，其實錯誤。韻圖儘管係根據韻書編撰，脱胎於韻書。但韻圖是與韻書時代相近或同時代的人，憑恃其熟悉的語音將韻書改變成為系統的表達方式，韻書本身則是不成系統的材料。後人遠離了韻書時代的語言，要想憑藉韻書獲知其時的語音系統，自是不盡可能。

也許還有人要用統計觀念維護舊說：諸韻脣牙喉音四等者與舌齒音同類，三等者自成一類，反切系聯上雖非絶對，但大體如此，此所以舊説仍不可廢。然而所謂反切系聯大體如此，必須分別看待。我的意思僅能承認四等者時時用舌齒音為下字，三等者用舌齒音為下字者較少。關於後者，前文已取支、尤諸韻比較，尤韻並無兩類韻母之説，其脣牙喉音則與支韻之在三等者相同，亦可謂自成一類。“有關係而未表現出來”，並不等於“没有表現出來即是無關係”。脣牙喉音與舌齒音同類，反切上並無必要將此種關係予以表現；因此没有表現此種關係，並不等於兩者間本非同類。消極的現象不足為積極的證據。陳澧《切韻考》有所謂“實同類而不能系聯”之説，重視反切系聯的學者應該是不會忘記的。至於前者，也並不顯示四等之脣牙喉音即與舌齒音韻類相同。談統計，請即以統計釋此疑。以往學者皆不注意舌齒音所用下字的情況，然此必不可忽。果然四等者與舌齒音同類，即須舌齒音用脣牙喉音為下字者，四等遠較三等為多。反之，如兩者相若甚或三等者較四等者多出，即表示舊説確應揚棄。單方面從脣牙喉音所用下字觀察，絶對不合情理。現將《廣韻》中支脂諸韻舌齒音用兩類脣牙喉音為下字者，列表示之如下：

表　九

支		紙		寘	
三	四	三	四	三	四
差　楚宜	支　章移	躧　所綺	猹　隨婢	智　知義	
齹　士宜	貲　即移	揣　初委		寘　支義	
釃　所宜	雌　此移	觜　即委		豉　是義	
厜　姊宜	疵　疾移	髓　息委		柴　爭義	
垂　是為	斯　息移	纍　力委		屣　所寄	
衰　楚危	兒　汝移			賜　斯義	
劑　遵為				娷　竹恚	
眭　息為				諉　女恚	
隨　旬為				縋　馳偽	
羸　力為				吹　尺偽	
				累　良偽	

表　十

脂		旨		至	
三	四	三	四	三	四
絺　丑飢	尼　女夷 脂　旨夷 師　疏夷 咨　即夷 私　息夷 綏　息遺	黹　豬几 䨲　楮几 雉　直几 姊　將几 履　力几 水　式軌 壘　力軌		敊　楚愧	

表十一

真　諄		軫　準		震　稕		質　術	
三	四	三	四	三	四	三	四
	犉　如勻		紖　直引 準　之尹 蠢　尺尹 盾　食尹 賰　式允 筍　思尹 蝡　而允 毪　而尹	櫬　初覲		茁　徵筆	秩　直一 七　親吉 術　食聿 卒　子聿 焌　倉聿 卹　辛聿

表十二

祭	
三	四
綴　陟衛	歲　相銳 芮　而銳

表十三

仙		獮		線		薛	
三	四	三	四	三	四	三	四
栓 山員	饘 諸延	棧 士免	展 知演	⿸疒連 連彥	羨 似面		⿰孑皮 丑悅
攣 呂員	脠 丑延	撰 士免	善 常演	孨 莊眷	釧 尺絹		拙 職悅
	燀 尺延		淺 七演	籑 所眷	縓 七絹		歠 昌悅
	連 力延		踐 慈演	戀 力卷	選 息絹		蕝 子悅
	然 如延		轉 陟兗		⿰目耎 人絹		
	猭 丑緣		篆 持兗				
	專 職緣		剸 旨兗				
	穿 昌緣		舛 昌兗				
	遄 市緣		臇 子兗				
	恮 莊緣		選 思兗				
	詮 此緣		臠 力兗				
	全 疾緣		輭 而兗				
	宣 須緣						
	堧 而緣						

表十四

宵		小		笑	
三	四	三	四	三	四
	朝 陟遙				笑 私妙
	鼂 直遙				饒 人要
	昭 止遙				
	鍫 七遙				
	宵 相邀				

表十五

侵		寑		沁		緝	
三	四	三	四	三	四	三	四
兂 側吟	⿰魚今 昨淫	⿸疒辛 所錦		闖 丑禁			
森 所今				賃 乃禁			
				深 式禁			
				滲 所禁			

表十六

鹽		琰		豔		葉	
三	四	三	四	三	四	三	四
襳　史炎	潛　昨鹽		淊　丑琰		覘　丑豔		輒　陟葉
	燅　徐鹽		颭　占琰		占　章豔		牒　直葉
	廉　力鹽		冉　而琰		⿰足詹　昌豔		接　即葉
	䎃　汝鹽				贍　時豔		捷　疾葉
					𡃤　子豔		
					塹　七豔		
					潛　慈豔		
					染　而豔		

由諸表可見，上述諸韻或三等脣牙喉音與舌齒音關係較密，或四等脣牙喉音與舌齒音關係較密；或三等脣牙喉音與舌齒音全然無關，或四等脣牙喉音與舌齒音全然無關。綜合計之，則用三等者五十四次，用四等者九十二次，後者視前者多近五之二，情形與脣牙喉音用舌齒音為下字亦以四等者為多正相合，似舊説確然無可疑。然而用四等脣牙喉音為下字者，有一特殊現象，即集中在喻四字，非喻四者僅第九表紙韻的婢、第十一表質術韻的吉與一、第十三表線韻的面與絹（案後者四見）、第十四表宵韻的邀及同表笑韻的妙與要，共八字十一次。而質韻吉字《切三、王二》作悉，《全王》作日，僅《唐韻》與《廣韻》同；同韻一字《切三、全王、王一、王二、唐韻》並作質；線韻縓的下字絹《全王、王一》作選，《唐韻》同《廣韻》；宵韻邀字《切三、全王》作焦：悉、日、質、選、焦皆屬齒音。則依陸氏《切韻》而言，此諸韻舌齒音用四等脣牙喉音為下字者，非喻四字僅婢、面、絹（案三見）、妙、要五字共七次，與用三等脣牙喉音字五十四次除其中九次為喻三者相較，約為一與六點五之比；其餘八十一次並為喻四字，而喻四字用為舌齒音下字與其他四等脣牙音字不可同日而語。因除支脂諸韻外，東鍾等其他三等韻亦多有喻四字。東鍾等三等韻既慣用喻四字為下字，如鍾韻脣齒牙舌喉五音二十三紐十九次用容或同音之庸為下字，其中九被切字屬舌齒音，則支脂諸韻舌齒音用喻四為下字自屬尋常，不足憑證其四等脣牙喉音何者與舌齒音為同類。（案喻四字所以慣用為下字，不在其韻類如何，而在其為零聲

母，具備最適宜作為下字的特殊條件。）換言之，用統計談支脂諸韻脣牙喉音何者與舌齒音同類不同類，適足以證成其同類者為在三等之字，而異類者為在四等之字。即前者當謂之 A 類，後者當謂之 B 類，與舊説適相反。

支脂諸韻四等之脣牙喉音用舌齒音為下字較三等者為多，現象既與舌齒音大體上不用四等之脣牙喉音為下字相反，不足以證成四等之脣牙喉音與舌齒音同類，原可以不予理會，但此現象並非不可解釋。請從三等韻的類型説起。

案之韻圖，三等韻就其內容分別之，可得如下六類:

甲、唯牙喉音有字，而喉音不包括喻四，開口部分且不包括喻三。如欣、歌、嚴及微的開口、廢的開口、元的開口、陽的合口、庚的合口、蒸的合口。

乙、甲類牙喉音之外，又有脣音。如文、幽、凡及微的合口、廢的合口、元的合口、庚的開口。

丙、與前兩類相反，僅舌齒音（案云舌齒音，包括舌音、齒音與來日二母之舌齒音，下同此）及喻四有字，而無牙喉音與脣音。如麻之開口。

丁、上述甲、乙類牙喉音之外，又有舌齒音，脣音則或有或無不定；而此所謂喉音包括喻四。如東、鍾、之、魚、虞、尤及陽的開口、蒸的開口。

戊、除丁類之牙喉音、脣音、舌齒音外，更有一類牙喉音與脣音字（案分開合之韻牙喉音開合俱有，脣音則或為開或為合）。此即本文所討論的支、脂、真諄、祭、仙、宵諸韻，侵、鹽二韻可以附此。

已、有丁類之舌齒音，其牙喉音、脣音與丁類不同，而同於戊類的後者。如清韻。

從此等內容分配，可見情形與諧聲聲母系統關係密切。諧聲聲母系統大抵有三：牙喉音為一系，而喉音不包括喻四；脣音為一系；舌齒音（案此齒音特別指照三系）及喉音中之喻四又為一系。故上列三等韻，牙喉音必同時出現（案喉音不包括喻四），舌齒音及喉音之喻四又必同時出現。脣音在諧聲上雖不屬牙喉音系統，却可以在無舌齒音時與牙喉音同時出現。無形中便與牙喉音關係緊密。此等現象正可助了解韻書中反切下字所以有某與某同類或不同類的趨勢。韻書作者未必作過如此精密分析，但在其收集文字區分韻類的實際經驗中，於此等固定成組出現的現象，必不可能熟視無睹，没有一絲覺察。於是在給予反切時，便不覺將同一韻類的某些字拉得緊密，而另一些字便相對顯得分離，為無意中將聲母關係表現在韻母上。所以反切系聯上關係的疏密，未必能代表韻類上的異同。學者所謂支脂諸韻三等之脣牙喉音自成一類，其故在此；故如前所云，尤有宥脣牙喉音亦有自成一類之傾向。至於諸韻四等之脣牙喉音何以獨多用舌齒音為其下字，我的了解是關鍵在於喻四字。喻四字在三等韻中普遍出現，且必與舌齒音同時出現。在普通三等韻中，喻四字既不能避免用舌齒音為其下字；另一方面又因其與舌齒音同時出現的關係，舌齒音下字遂亦時時用喻四字為之：形成慣見的喻四字與舌齒音下字的頻繁交往。在支脂諸韻中，喻四字韻類雖與舌齒音不同，因韻書反切本無嚴密組織，細微處不甚著意，亦仍舊慣用舌齒音為其下字（案其實普通三等韻中喻四字亦與其餘脣舌牙齒喉音不同韻母，說詳後），而與其同韻類之四等脣牙喉音亦因此往往下字用舌齒音。但畢竟除喻四字因關係特別而外，四等脣牙喉音本與舌齒音韻類不同，故在另一方面舌齒音用四等脣牙喉音為下字者，九十二次之中喻四字居八十一次，餘者不過寥寥無幾。〔**反切結構，非止一端，詳見〈例外反切研究〉及〈支脂諸韻重紐餘論〉。此段所言，全無意義。2000 年宇純補案。**〕

此外必須一言者，周法高先生文中曾發現玄應《一切經音義》及陸德明《經典釋文》中如下反切四條：

蚑　渠支反，又音奇。

蚑　渠支、巨宜二反。

駰　於身、於巾二反。（以上《一切經音義》）

駰　《字林》乙巾反，郭央珍反。今人多作因音。（《爾雅・釋文》）

一字二音，頗足引起讀者誤會，以為此不僅為支脂諸韻有兩類脣牙喉音之確證，亦足以確定韻圖列四等者與舌齒音同類當謂之 A，列三等者自成一類當謂之 B。關於前者，本自無問題；後者則必視其反切是否玄應與陸德明所自擬。如出於自擬，對 A 類 B 類之舊說誠不無幫助。若只是轉寫前人字書或韻書中現成反切，而所轉寫字書中反切，一出於此書，一出於彼書，又不在同書一字之下，則於舊說實無裨益。讀者請先觀下列《釋文》反切：

汙　烏故反，汙辱之汙，又音烏[13]涴，泥著物也。一音烏臥反。《尚書・胤征》

煬　羊尚反，又音羊向反。《莊子・寓言》

涯　五佳反，又宜佳反。《尚書・微子》

[13] 烏字不當有，蓋涉上下文烏字誤衍。《廣韻》過韻：「涴，泥著物也。亦作汙。烏臥切。」

編　必綿反，又必連反，一音方千反。《周禮・職歲》

氄　如勇反，徐又而充反，又如充反。《尚書・堯典》

窒　豬乙反，又丁栗反。《爾雅・釋言》

劼　苦黠反，郭苦八反。《爾雅・釋詁》

饐　於器反，葛洪音懿。《爾雅・釋器》

扑　普卜反，徐敷卜反。《尚書・舜典》

亳　旁各反，徐扶各反。《尚書・胤征》

遯　徒困反，徐徒頓反，一音都困反。《尚書・微子》

鳩　居牛反，《說文》作勼，音九尤反。《爾雅・釋詁》

隮　子細反，《玉篇》子兮反，《切韻》祖稽反。《尚書・微子》[14]

根據此等反切，如果懷疑陸氏的審音能力或不免失當。但其中所謂「一音」、「又音」及「又」，多是同一讀音的不同表達方式，不皆是「又切」"除此之外，更有一讀"之意。具體言之：遯下編下一音都困反及一音方千反，汙下又音【烏】涴，氄下徐又而充反，四者與一般"又切"意義相同。其餘汙下烏臥與涴、煬下羊向與羊尚、涯下宜佳與五佳、編下必連與必綿、氄下如充與而充、窒下丁栗與豬乙，並兩兩音同；劼下苦八與苦黠、饐下懿與於器、扑下敷卜與普卜、亳下扶各與旁各、遯下徒頓與徒困、鳩下九尤與居牛、隮下祖稽與子兮，亦俱無異音：是此等決非陸氏所自擬。苦八、懿、敷卜、扶各、徒頓、九尤、子兮、祖稽已明言出於某家、某書，其餘未指明出處者如宜佳與五佳，推而至於苦黠、居牛、如勇、普卜等，亦必皆為現成反切。《爾雅》𩣡字央珍、乙巾兩切既明注所出，非陸氏所自擬，雖其下字分別與舌齒音有關或無關，未必非偶然現象。不足以證成舊說，是顯而易見的。玄應《一切經音義》反切雖無上舉《釋文》汙、煬、劼諸字之例，蚑下云渠支渠宜、𩣡下云於身於巾，亦未必非由韻書而來。韻書中固不乏此例。如《切二、全王》支韻巨支反岐下云又渠羈反，《全王》渠羈反岐下云又巨支反，《廣韻》真韻於鄰切𩣡下云又於巾切[15]，正與玄應《音義》二條情形相同。在韻書中，此類下字分別與舌齒音有關或無關之現象，則並不足以肯定何者為 A 何者為 B，前文既已詳言。不然，如《廣韻》葉韻韻圖列三等之敏字音於輒切，韻圖列四等之魇字音於葉切，《集韻》旃字兩屬，依《廣韻》言之，旃字可音於輒、於葉二切；又《廣韻》獮韻韻圖列三等之圈字音渠篆切，韻圖

14　以上十三字皆偶爾翻檢所獲。

15　周法高先生文中此類例收集甚多，可參觀。

列四等之蜎字音狂兖切，《集韻》蜎字兩屬，依《廣韻》言之，蜎字亦可音渠篆、狂兖二切：則據此以言脣牙喉音之韻類，所得適與由蚑、馸所推考者相反。可見欲憑上述《一切經音義》與《經典釋文》反切，以定支脂諸韻脣牙喉音四等者與舌齒音同類，仍屬不可靠。〔〈**論重紐等韻及其相關問題、支脂諸韻重紐餘論**〉**二文，舉出與周先生所引完全相反之例。2000 年宇純補案。**〕

支脂諸韻兩類脣牙喉音，應以韻圖為據，居三等者為 A 類，居四等者為 B 類，既如上述，請進而言二類之音值。

同龢先師云：

> 現在我們沒有什麼憑藉可以說支脂諸韻A類B類韻母的分別是在介音方面。比如說仙 B 是 -i̯ɛn、-i̯wɛn，仙 A 是 -iɛn、-iwɛn。反之，就現在已有的上古音知識看，倒可以確定他們當是主要元音的不同。因為各韻的兩類都是分從上古不同的韻部來的[16]。

且不說有無憑藉可定其不同在於介音，先師的元音不同主張顯不可從。兩類字也許完全出於上古不同韻部，並不能從而肯定中古兩類不同仍在元音，因為不同元音原可以演變為相同。談中古音自當以中古材料為準。《切韻》既收入同韻，未必不因元音相同之故。

周法高先生云：

> 我們如果採取介音的分別，可以拿喻以紐和喻云紐做標準（注意 A 類無喻云紐、B 類無喻以紐的現象）。如沿 i̯wɛn，員 jwɛn。但是在方言中也沒有什麼有利的根據，對於上古音的擬構也要多添一套介音，對於高氏擬構的 β_2 型諸韻也勢必至於要改得和 β_1 型的介音一樣，憑空的增加了許多麻煩。現在決定採取元音的分別。

由於得不到以介音為區分的根據，便採取避免麻煩的措施，以元音區別，顯屬一時權宜之計，並非根本否定介音不同的可能性。

我的意思，要決定究竟為介音或元音的不同，必須先了解《切韻》分韻標準。而最易發現者：在《切韻》裏，一韻之中可有開合之不同，亦可有等第洪細之不同。前者如支、脂、微、皆、佳、齊、山、刪、元、仙、先、麻、唐、陽、庚、耕、清、登、蒸（案以上舉平以該上去或上去入，蒸則以表其入聲之職）、泰、祭、夬、廢，

16 章炳麟首先以古韻不同部看待重紐。然章氏以證其音類之同，此則闡釋其音值之異。

後者如東、歌之有一等與三等，麻、庚之有二等與三等，可見《切韻》分韻與介音無關。又據學者之一致見解，凡以上所舉同韻之字，開合之異固在介音；洪細之異，無論為一、三，為二、三，亦在一無介音一有介音而已；元音皆自相同。僅齊咍等韻一二旁寄字始有不同於齊咍等本韻之元音者。支脂諸韻四等之脣牙喉音既不得為旁寄性質，則其與三等脣牙喉音之不同在介音，殆可謂明若觀火。

但是採取介音為別的諸家：如陸志韋以見於四等者為 -i-，見於三等者為 -I-；李榮、蒲立本分別以 -i- 與 -j-或 -i- 與 -v- 區分；近乎音標遊戲，無任何可以憑信之處。又並以見於四等者與同韻舌齒音同類，根本便是錯誤，故皆不足取。

我則以為：在三等者同於同韻舌齒音之一般形態，即聲母後接介音 -j-，在四等者則此介音“j”之後更接“i”，即其介音為 -ji-。如脂韻主要元音為“e”，則開口三等為 -je。四等為 -jie；合口三等為 -jue，四等為 -jiue。真諄韻主要元音及韻尾為“en”，則開口三等為 -jen，四等為 -jien；合口三等為 -juen，四等為 -jiuen。餘同此。為說明介音 -ji- 之所由擬構，首先應表明我對中古四個等的形態的看法。

簡而言之，我頗同意如下意見：一等洪大，二等次大，兩者俱無介音（案合口 -u- 不計在內。又案同攝一等二等之不同在於元音，故《切韻》無一等二等合韻者。）；三、四等並為細音，而三等介音為輔音性的 -j-，四等介音為元音性的 -i-。我之所以同意此等意見，主要在於四等俱全之反切上字大致一、二、四等者為一類，三等者獨為一類，顯示三等韻有其特異之處。學者面對反切上字四等者與一、二等同類而與三等異類，或以為四等韻有介音 -i- 之說不可解，從而主張取消四等韻的 -i- 介音。陸志韋、李榮、蒲立本並持此立場。由後世三等韻與四等韻往往合流之現象看來，即知其不切實際。殊不知四等韻之反切上字所以與一、二等同類，正因四等韻介音為元音性之 -i- 之故。四等韻具介音雖同於三等，而不同於一、二等。以其介音為元音性之 -i-，與一、二等之為純元音性質相同；而三等之介音為輔音性的 -j-，凡三等韻字讀音顎化，帶少許摩擦，與一、二、四等韻字音色上有所不同；故形成反切上字之一、二、四等為一類，三等別為一類。先確定一般三、四等韻的介音類型，再看韻圖始終將支脂諸韻某一類脣牙喉音置於四等，即使三等有空位亦棄置不用，即可知此類字音質上除同於同韻其他字之外，必又有同於真四等韻者，於是自然有介音 -ji- 的構想。說句笑話，這是個“不三不四”的韻類（案介音為輔音性 -j- 為三等韻的特色，此等字自然屬之三等韻而不屬四等韻）。

我之所以主張支脂諸韻見於四等之脣牙喉音為B類，其介音為 -ji-，並非全由上述推理而來。有一絕對性證據一向為學者所忽，正是本文寫作動機所在。

敦煌發現的《守溫韻學殘卷》中，有〈四等重輕例〉，迻錄如下[17]：

平聲：

高（古豪反） 交（肴） 嬌（宵） 澆（蕭）

擔（都甘反） 鵮（咸） 霑（鹽） 敁（添）

觀（古桓反） 關（刪） 勬（宣） 涓（先）

丹（多寒反） 譠（山） 邅（仙） 顛（先）

樓（落侯反） 〇 流（尤） 鏐（幽）

呣（亡侯反） 〇 謀（尤） 繆（幽）

裒（薄侯反） 〇 浮（尤） 淲（幽）

齁（呼侯反） 〇 休（尤） 烋（幽）

上聲：

[illegible]（歌旱反） 簡（產） 蹇（獮） 蠒（銑）

滿（莫伴反） 彎（潸） 免（選） 緬（獮）

埯（烏敢反） 黤（檻） 掩（琰） 魘（琰）

杲（古老反） 姣（巧） 嬌（小） 皎（篠）

去聲：

旰（古案反） 諫（諫） 建（願） 見（霰）

但（徒旦反） 綻（襇） 纏（線） 殿（霰）

岸（五旰反） 鴈（諫） 彥（線） 硯（霰）

半（布判反） 扮（襇） 變（線） 遍（借奇正上聲）[18]

入聲：

勒（郎德反） 礐（麥） 力（職） 歷（錫）

北（布德反） 蘗（麥） 逼（職） 壁（錫）

刻（苦德反） 緙（麥） 隙（陌） 喫（錫）

裓（古德反） 革（麥） 棘（職） 擊（錫）

齸（奴德反） 搦（陌） 匿（職） 溺（錫）

17 據劉復《敦煌掇瑣》轉錄。

18 襇原誤作相。借奇正上聲五字不詳，遍下當注云霰。

忒（他德反）	[illegible]（陌）	勑（職）	惕（錫）[19]
特（徒德反）	宅（陌）	直（職）	狄（錫）
餩（烏德反）	皅（陌）	憶（職）	益（昔）
黑（呼德反）	赫（陌）	赩（職）	赦（錫）[20]
墨（莫德反）	麥（麥）	瞀（職）	覓（錫）

列表以示一二三四等之“重輕”不同類型，順次各舉一字為例。如平聲高字行：高屬一等豪，交屬二等肴，嬌屬三等宵，澆屬四等蕭；上聲䔿字行：䔿屬一等旱，簡屬二等產，蹇屬三等獮，蠒屬四等銑；去聲旰字行：旰屬一等翰，諫屬二等諫，建屬三等願，見屬四等霰；入聲勒字行：勒屬一等德，礐屬二等麥，力屬三等職，歷屬四等錫；並與《切韻》系韻書及韻圖吻合。其中有值得注意者數處：

一、上聲埯字行：埯屬一等敢，黤屬二等檻，掩屬三等琰，魘亦屬三等之琰。又滿字行：滿屬一等緩，矕屬二等潸　，免屬三等獮，緬亦屬三等之獮。

二、入聲餩字行：餩屬一等德，皅屬二等陌，憶屬三等職，益亦屬三等之昔。

三、平聲樓字行：樓屬一等侯，流屬三等尤，鏐則屬幽韻。幽韻韻圖雖與尤韻同轉似為四等韻，其實仍為三等韻，此為學者所公認。又呣字行之繆、裒字行之滮，及齁字行之烋，三字亦並屬幽韻。

魘與掩同屬三等琰，緬與免同屬三等獮，而並以表四等；鏐、繆、滮、烋與益屬三等幽及昔，亦以表四等。此一特殊現象或者不妨視為聊以足數，但平聲樓、呣、裒、齁諸字下之空圍，及銑韻本有音獮殄切之揙丏丏眄[21]諸字可以取代上聲滿字行緬字的地位，足以否定此一設想。同時亦無異說明了，凡〈四等重輕例〉所列之字必具足以表所居等第的資格。於是再看韻圖，赫然可見魘、緬、鏐、繆、滮、益等六字正都處於四等地位。魘與同韻掩字對立（案韻圖琰韻三等影母作奄字，四等影母作黶字，《廣韻》奄掩、黶魘分別同切）。緬與同韻免字對立。鏐、繆、滮亦分別與劉、謀、浮韻圖上有四等三等之異。烋字實亦與尤韻休字對立，說詳後。益字韻圖上雖無對立字，其相承之平上聲嬰癭二字則與庚韻三等之英影二字對立。魘緬益三字如屬真四等，即

19 陌原誤為伯。
20 黑字殘；赫赩赦三字亦殘其左半，赩字右半又誤為宛。
21 此本《廣韻》。《切三》但有揙字，《全王》為揙丏二字。前者亡殄反，後者亡典反。

其介音為 -i-，則當分別入忝銑錫三韻〔琰忝、獮銑、昔錫元音不同，此論非是。2000 年宇純補案。〕（案忝錫二韻雖正無影母字，並不得運用互補觀念以為魘益二字原應屬四等之忝及錫。因為忝之去聲㮇有酓字與豔之厭對立，錫之上聲迥亦有巊字與靜之癭對立）。《切韻》既收入三等之琰、獮、昔，〈四等重輕例〉亦注明為琰、獮、昔，則魘緬益三字音色上確然有同於一般三等韻者，應不難想像，是三字當有介音 -j- 之證；〈四等重輕例〉又以表四等，則三字音色上當有同於一般四等韻者，其理又不得不然，是三字除介音 -j- 之外，又當有介音 -i- 之證。故以為支脂諸韻韻圖見於四等之字其介音為 -ji-，可謂鐵案如山，無可遷改。至於鏐、繆、滮、烋四字表四等，幽韻既有羣母字，反切上字又與三等韻所用者同類，不得為真四等事至明白，則幽韻介音當為 -ji-，外此不容二解。此為討論支脂諸韻兩類脣牙喉音出乎意外的收穫。幽韻本有 A 類 B 類之說，見同龢先師〈全本王仁昫刊謬補缺切韻的反切下字〉及周法高先生〈三等韻重脣音反切上字研究、論切韻音〉諸文，但只是緣於「切韻之疏」所引起的誤解。說詳下。

由上所言，可知本文主張支脂諸韻見於四等之脣牙喉音字介音為 -ji-，主要在於〈四等重輕例〉以此等字表四等而又不得為真四等。如無此一線索，介音 -ji- 的構擬，亦未嘗不可以音標遊戲視之。〔重紐 B 實際即爲四等韻，重紐 A 與 B 的不同，便是三、四等韻介音 -j- 與 -i- 的差異。此文以重紐 B 介音爲 -ji-，實爲一間未達。詳〈論照穿牀審四母兩類上字讀音〉及〈論重紐等韻及其相關問題〉。2000 年宇純補案。〕

堅持原議的學者或將持另一看法，以為〈四等重輕例〉作於《韻鏡、七音略》之後，作者以魘緬益鏐繆滮烋等字表四等，即據《韻鏡、七音略》字在四等之故，非因其足表四等，不過誤解韻圖。然而不思諸字有無可表四等之理，即謂作者誤用韻圖，先已犯主觀論事之大不韙。今案：守溫為唐末時人，《韻鏡、七音略》論者或謂起源於唐[22]；或以為此說尚在疑似之間，可能即起於宋初[23]；或以為在〈四聲重輕例〉之後[24]。二者時代先後雖無定論，〈四等重輕例〉非據《韻鏡、七音略》舉例，是則可以斷言。其一，韻目不同。如勬下稱宣，免下稱選。其二，字例不同。如平聲之嬌、澆、觀、丹、流、烋、鴿、故，《韻鏡》作驕、驍、官、單、劉、飍、詁、砉；上聲

22 羅常培〈代景印元至治本通志七音略序〉。
23 趙蔭棠《等韻源流》。
24 先師《中國語言史》第五章〈等韻圖〉。

之䕯、俺、魘、杲、姣、嬌,《韻鏡》作笴、奄、黶、暠、絞、矯;去聲之但、纏、殿,《韻鏡》作憚、邅、電;入聲之縪、喫、搦、溺、革、棘、擊、愓、鈪,《韻鏡》作礊、燉、踖、惄、隔、殛、激、逖、啞。《七音略》上舉諸字除平聲流字作留與《韻鏡》不同,其餘悉同《韻鏡》,此外平聲之樓作婁、擔作眈,上聲之黤作黭[25],又不同於〈重輕例〉。其三,配韻不同。如平聲以談配咸鹽添、以山配寒仙先,上聲以產配旱獮銑,入聲以陌麥錫配職德。關於第一點,王國維論夏竦《古文四聲韻》以為,「宣選之稱,當在《唐韻》與小徐所據《切韻》之後,然亦唐人韻書所有。」然而韻書之相襲,或由此而彼,或由彼而此,不獲覩唐人韻書之全豹,難遽判其孰為先後。故選宣名目的上限無從斷定。關於第三點,此無論〈四等重輕例〉作者語音系統與《切韻》系韻書相同與否,據《韻鏡、七音略》舉例,自應與《韻鏡、七音略》相合,無改弦更張之理。何況入聲方面,如所據為《韻鏡、七音略》,又未必能有此配合。在在均顯示作者係依據韻書及自己審音能力獨立舉例,未嘗受《韻鏡、七音略》之影響。如果不能接受此等事實,則必須謂〈四等重輕例〉所據韻圖非今所見之《韻鏡、七音略》,則又必須有更多其他假設,而後可以勉強維持一說,必為重視實證之學者所不欲取。

尤有進者,本文主張支脂諸韻四等之脣牙喉音介音為 -ji-,除上述〈四等重輕例〉為其明證之外,尚可於後世語音流變得一支持。即支脂諸韻兩類脣牙喉音之歧分為二韻者,三等者與三等韻合流,四等者與四等韻合流。先是黃淬伯〈慧琳一切經音義反切考〉有此發現,據同龢先師文中所引述者:

> 在唐朝中葉,仙韻牙喉音的四等字已併入先韻,三等字[26]則併入元韻;真韻牙喉音四等仍獨立,三等字則併入欣文兩韻。

先師於《古今韻會舉要》中亦見此相同情形。其說云:

> 在《古今韻會舉要》裏,支脂兩韻牙喉音的四等字多與齊韻字的讀音相同,三等字[26]則多與微韻字的讀音相同。如:
> 棄企=契(齊):羇飢=機(微)
> 伊=鷖(齊):漪=衣(微)
> 規=圭(齊):危=韋(微)
> 季=桂(齊):龜=歸(微)

---

25 黭字原與四等黶字互倒。
26 四等字原云 1 類字,三等字原云 2 類字,恐讀者誤會,改之如此。

又云:

> 真韻開口與仙韻的牙喉音的情形跟慧琳反切一致。宵韻脣牙喉音四等字大部分與蕭韻字同韻母，如縹字屬於所謂皎韻，翹字屬於所謂驍韻，腰字與么字音全同；至於三等字則完全獨立，不與蕭韻字混。

先師以為此等皆支脂諸韻脣牙喉音重紐為兩類不同韻母之證。又從而推想四等字音應較近於純四等韻；三等字音應較近於高本漢β類三等韻如微文元等，元音偏央。案微文元等韻元音偏央之説真實性如何，可置勿論。支脂、真、仙四韻三等脣牙喉音字分別與微、欣文、元合流，無以見其為元音偏央之故是則可以斷言。蓋止攝三等韻除支脂僅有之微，即並其鄰近的蟹攝計之，去聲又有祭廢而外，平上聲仍為此二韻。如止攝趨簡，諸三等韻自必合流，無待於元音偏央而後有此結果；而之亦與微合，尤為其明徵。同理，臻攝三等韻除真諄而外為欣文[27]，山攝三等韻除仙而外為元，如有簡化趨勢，真、仙亦自與欣、元相合。明乎此，則支脂、仙之四等脣牙喉音所以不合於微、元而合於齊、先，而真之四等則獨立者，亦必非由於其元音不偏央之故。依本文主張，諸韻三等字之介音為 -j- ，與微、文、元等一般三等韻相同；四等字之介音為 -ji- ，音較三等之 -j- 為長，感覺上近於真四等之介音 -i- ，遂能自然滿足三等與三等韻合流、四等與四等韻合流之現象[28]。既知其然，又知其所以然。〔 **-ji- 介音的構擬錯誤，前文已加“補案”。宇純又記。** 〕

至此，可就幽韻有無A類B類之實際情況予以探討。《廣韻》幽韻無重紐，《切韻》系韻書早於《廣韻》者，如《切三、全王、王二》則並有兩曉紐：飍下音香幽反，休（或作烋）下音許彪反（案：《廣韻》二字同香幽切）。將其反切加以系聯，情形如下:

---

27 內子杜其容女士為〈釋內外轉名義〉，余為其分析臻亦為三等韻。〔**此大三等韻觀念，臻實是二等韻。2000年宇純補案。**〕因其元音不同於真，《韻會舉要》與一等之痕合流。女士文見《歷史語言研究所集刊》第四十本。

28 先師文中又引高本漢《中國音韻學研究》中高麗譯音云：「除宵韻而外，各韻兩類牙喉音字還大致保持不同的讀法。並且舌齒音也是差不多全跟四等牙喉音一致的。」如支脂二韻開口牙喉音四等者韻母為i，舌齒音亦為i，而三等牙喉音為ɯi；真質韻開口牙喉音四等者韻母為il，舌齒音亦為il，而三等牙喉音為ɯl。純案此以證諸韻牙喉音兩類韻母則可，以證與舌齒音同韻類者為四等之字則不可。蓋韻母往往受聲母之影響，支脂二韻舌齒音不讀 ɯi，真質韻舌齒音不讀 ɯl，未必即其原與三等之脣牙喉音異類。如《廣韻》支脂二韻開口牙喉音今國語韻母讀 i，而舌齒音讀 ï，必不讀 i；粵語牙喉音韻母讀 ei，而舌齒音讀 i，僅少數例外讀 ei；不得據此遂謂《廣韻》二韻之開口牙喉音原不與舌齒音同類，事至明顯。何況據文中所列，支脂二韻之合口音舌齒音讀 u，固不同於其三等之 ue，亦不同於其四等之 iu，行徑即與開口異趨。而真韻合口四等牙喉音讀 iun，舌齒音乃反與三等者同讀 un，仙韻開口四等牙喉音讀 iən，舌齒音亦與三等者同讀 ən，又與支脂二韻開口音適相反。黃淬伯之〈慧琳一切經音義反切音〉亦云真韻舌齒音亦與三等之牙喉音同合於元。可見高麗譯音支脂二韻開口之牙喉音四等者與舌齒音相同一事，並無以證支脂諸韻四等之脣牙喉音本與舌齒音為同類。

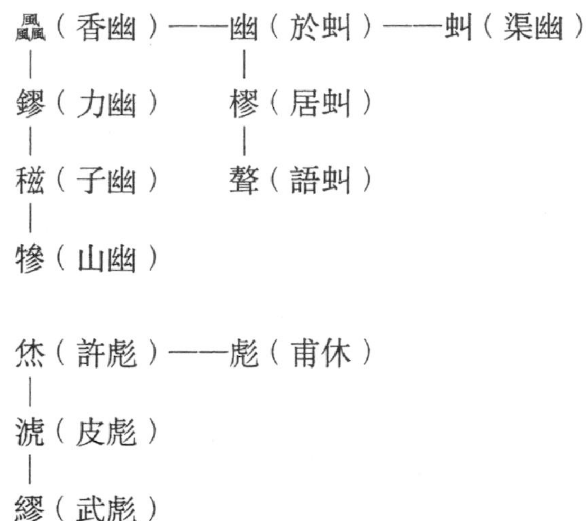

亦正是不能溝通的兩類，與侵鹽[29]二韻影紐重出者相同。所謂幽韻有兩類韻母說，即指此而言；然可有二解。其一，視飍幽虯樛聱五字同於支脂諸韻之四等，彪、淲、繆三字同於支脂諸韻之三等，後者因同轉三等有尤韻之不浮謀三字而不得不借用四等地位，韻圖三等曉母休字正是尤、幽二韻的雙重身分。其二，亦可以完全相反，視飍幽虯樛聱同於支脂諸韻之三等，彪、淲、繆同於支脂諸韻之四等，許彪反之休字則因無處位置而韻圖從略。後一說可以滿足〈四等重輕例〉以烋字表四等，而不能解釋何以飍幽等字反與齒音之稵犙系聯，不能滿足一般學者之要求。前一說則無以解釋〈四等重輕例〉。兩說似皆有缺點，然而根本癥結並不在是，而在於任意曲解韻圖，未予韻圖以客觀尊重。《廣韻》中重紐今得以確知為不同韻類，決定點在於韻圖的分等排列；於幽韻則不接受韻圖，雖同等亦以為兩類，是自亂步伐，取捨由己，不足為訓。倘使韻圖排列不必予以客觀尊重，豈非支脂諸韻重紐是否兩類不同韻母，亦皆無由肯定？《廣韻》既合烋字於香幽切之飍下，《集韻》亦然，是烋字原當讀同飍，可能因陸書失收此字，後世韻書據其彪下音甫休反而增之。《切三[30]、全王》烋字雖密接於飍字之後，烋下《切三》且更有繆、稵二紐，《全王》亦有繆、詵二紐，似乎烋字並非出於後增。但比較《切三、全王、王二、廣韻》韻末有關諸紐次第：

《切三》犙、聱、飍、烋、繆、稵。

《全王》稵、犙、聱、飍、休、繆、詵。

---

[29] 鹽韻一般以為唯影母為重紐，見注6。

[30]《切三》實非陸書，王國維以為長孫納言箋注之節本，先師董彥堂先生〈跋唐寫本切韻殘卷〉考定為郭知玄之箋本。

《王二》䅵、慘、聱、飍、繆、休、讙。

《廣韻》䅵、慘、聱、飍、繆。

䅵字雖然於《切三》殿末，《全王、王二、廣韻》則並在慘上，當為陸氏所原有，《切三》蓋誤奪而補之；《全王、王二》讙字出於誤增，非陸書之舊，故《切三》無，即《廣韻》亦無[31]；《切三、全王》繆字雖在休下，《王二》則在休上。以此言之，休字未必非增加字，蓋當併而未併。此在韻書中習見，原不足怪[32]。今據〈四等重輕例〉以烋字表四等，定幽韻介音為 -ji-，一切問題可以迎刃而解。〔**幽爲四等韻，無重紐。飍字本讀脣音，《廣韻》云「又風幽切」，《集韻》見必幽切下，又別音步幽切。幽韻無滂母，疑香幽爲普幽之誤。休字有尤韻幽韻二音，詳〈論重紐等韻及其相關問題〉。2000 年宇純補案。**〕

（貳）

論支脂諸韻兩類脣牙喉之音值既竟，進而討論喻母于類與以類的不同音值。喻母本屬喉音，但前文所謂喉音如何，實際上多指影曉二母而言，未包括喻母。

兩類喻母之說，首創於陳澧。其《切韻考》云：

> 《廣韻》切語上字余夷諸字與于羽諸字不同類。字母家併為喻母，而分于羽諸字為三等，余夷諸字為四等，此乃遷就，以求不背古切語耳。何不順其自然分為兩母乎？

此言中古以前喻母為一（案此說誤），至中古歧出為二。字母家遷就古切語併而不別，與其時實際語音違戾，故陳氏又云：

> 韻母之遺與帷，出音截然不同（案出音二字蓋據反切上字不同言之。陳氏籍粵之番禺，應無喻三喻四語音之別），安能併為一母乎？此則字母之病也。

現時學者對所謂兩類喻母之意見，不盡與陳氏相同。高本漢（Karlgren）以為聲母無異，其異在于類 j 化，以類則不 j 化。同龢先師以為韻母則無不同，不同在於聲母。在中古早期，于類為匣母之一部分，聲母為ɣ，與以類無聲母者不同。至“不很晚的時期”，ɣ因 j 化影響失落，於是與以類無異。周法高先生從此說。納格爾（Na-

31 詳拙著《唐寫全本王仁昫刊謬補缺切韻校箋》。香港中文大學 1968 年 9 月。

32 即以《集韻》為例，有兩幫母：飍下音必幽，彪下音悲幽；又有三並母：瀌下音平幽，滮下音皮虯，飍下音步幽，而瀌滮二字互見於皮虯、平幽之下。必幽與悲幽似可據上字分屬 A、B 類；然平幽、皮虯上下字並同類，不得分為二，步幽切亦無以據其上字定為真四等（案反切上字一二四等為一類）。可見《集韻》此等反切無非集前人韻書之大成，皆當併而未併，自不能據此證幽韻有 A、B 兩類韻母。〔**《集韻》脣音實有重紐，平字又見仙韻毗連切，故與皮虯有四等三等之分，步幽應與平幽同音。2000 年宇純補案。**〕

gel）亦主張中古早期于以二類聲母不同：于類為“○”，以類則或為 J、或為 z、或為 dz，未能確定。以希臘字母ζ表此不定音類。至較晚時期，ζ失落或變為 j[33]。

顎化為三等韻特色，以類字既屬三等韻，不得獨不顎化，此高說之失。先師以于類早期為“ɣj”，後乃為“j”，其誤下文當詳之。納格爾之依據在安南譯音：于類為 v，以類為 d。以類為 d 應為“喻四古歸定”的超越中古音讀法，情形與廈門音雨字聲母為 h 及福州音火字韻母為 uei 等相同，用以推測中古以類的讀音，並非恰當。是諸說並有其根本缺點。**〔對高氏的批評不合，因爲當時「三等韻」的觀念而有此誤。上古喻四爲 zɦ 複母，詳〈上古音芻議〉。納氏之説及評語，亦並不可取。2000 年宇純補案。〕**

兩類喻母之不同何在，時下學者既無定見。自支脂諸韻 A 類 B 類説楬櫫之後，更是疑問重重。在此諸韻中，于以二紐究為同一韻母？抑或分別同於其他三等或四等之脣牙喉音？如為同一韻母究同於三等？抑或同於四等？都應清楚交代。

由反切上字看來，于以二類絶不相混。其界限之嚴，固非幫母的博與方、見母的古與居、精母的作與子、影母的烏與於等可以相提；即使脣音的重脣與輕脣、舌音的舌頭與舌上、齒音的齒頭與正齒等確然屬於不同字母的，亦不能並論。則自陳澧以來的兩類聲母説，理應無可置疑；同韻中于以二紐之不同，便當在聲母，不在韻母。

但由另一方面觀察，中古如此嚴格區分的兩類聲母，在今之方音中，竟不見任何分別的痕迹，是又不能不以為怪異（案納格爾發現安南譯音中唯一不同現象，應視為超越中古音之讀法，已如上述。）。而且無論三十字母的創説者，或其後三十六字母的修訂者，又皆統合之不別，更可見其中必別有道理。陳澧雖有字母家遷就古切語之説，於古無據，故學者都不能接受。

曾運乾由讀若、轉語創“喻三古歸匣”説。諧聲字關係上可以獲得支持；早期反切亦有于匣混用的殘迹；而中古匣母見於一、二、四等韻，喻母則獨見於三等韻，亦適成互補。故同龢先師謂中古早期于仍與匣同，聲母為“ɣ”，正可以别於以母之“○”。於是于以不同之音類説首次獲得不同之音值。然而“ɣ”與“○”並不能闡明字母何以統合不別。更由後世音變而言：匣為全濁，方言中全濁上聲變去聲者，匣母之上聲變去聲；于類之字則上聲保持不變，行徑與以類字相同，無一例外。可見中古于母必不得同於匣，至少亦必須承認，至於某一階段，于與匣分道揚鑣而同於以。

---

33 此據周法高先生〈古音中的三等韻兼論古音的寫法〉所轉述。Nagel 原文載《通報》（Toung Pao）Vol. XXXV1, 1941。周先生文載《歷史語言研究所集刊》第十九本。

此於討論兩類喻母音值為一重要關鍵。所以同龢先師云：

云母字把顎化的“ɣ”失落，而與以母字混，當是中古時期不很晚的事。

此說既可解釋字母家之所以合于於以，亦可解釋方音中于之上聲何故不變去聲，所有疑滯一掃而空。然而此說本身則不能成立，因為此一“中古不很晚的時期”根本無有。研究中古音的資料俱在：韻書方面，自《切韻》至《集韻》，于以兩類始終獨立，絕無糾葛；韻圖方面，亦自《韻鏡、七音略》至《四聲等子、切韻指掌圖》，分等而居，不相雜廁。此二者顯示，于與以的關係竟中古之世持續不變：異則畢異，同則畢同。不得謂其始同，而其後乃異。于母字上聲既不變去聲，情形與以母字無異，是必須承認至少自《切韻》起兩類聲母已完全相同。以母為“○”，于母即不得不為“○”。則《切韻》之所以分別收集，必因韻母不同之故。此於討論兩類喻母音值為另一重要關鍵。由此以推，喻母既本屬喉音，韻圖又必分列於三等或四等，則支脂諸韻于以二紐韻母之不同，必與三等或四等之脣牙喉音分別相合。

反觀前列支脂諸韻反切表，即可發現：除第二表平聲脂韻飢音居夷及第三表上聲軫準韻齗音宜引而外，于以兩類無不分別與三等或四等之脣牙喉音同類。而《切三、全王、王二》飢字音居脂反，《王二》齗字音宜忍反，蓋自陸韻以來飢下字用脂，齗字反語雖《切三、全王》並同《廣韻》，《王二》下字作忍，或亦有意改之。然則支脂諸韻以類字應同其四等字之介音 -ji-，于類字應同其三等字之介音 -j-，事至顯白。準此，清韻以類字介音必與其脣牙喉音相同，侵鹽二韻以類字亦必同於其四等之影。又不僅此，其他通普三等韻之分于以二紐者，亦必在於介音有 -j- 與 -ji- 之異。換言之，凡三等韻無論有無脣牙喉音重紐，但有以紐字，不分開合之韻即有兩類韻母；分開合之韻即有三類或四類韻母。前者為 -j- 與 -ji-，後者為 -j- 與 -ji- 及 -ju- 與 -jiu-。

〔〈論照穿牀審四母兩類上字讀音〉改 -ji- 為 -i-，宇純又記。〕

讀者或且猶豫不敢接受此說。因反切之法：上字但取聲母，唯下字取其韻母。如于與以之不同在於韻母之介音，喻母即應為一不可分割整體，何得兩者絕不相通。然而所謂反切法「上字但取聲母，唯下字取其韻母」之說，其實緣於對反切法未充分了解。上字與被切字間韻母關係之密，有時竟是不可想像的。我在〈例外反切研究〉文中指出上字下字間的相互影響，其中即有「憑上字定韻母等第洪細」及「憑上字定韻母開合，或上字與所切字雙聲疊韻而以下字改調」兩類，此等如以為上字但取聲母，即不能得被切字之正確讀音。而據周法高先生〈三等韻重脣音反切上字研究〉[34]一文

34《歷史語言研究所集刊》第二十三本。

所發現，支脂諸韻A、B兩類之脣音除匹字而外[35]，不互用為上字。《廣韻》反切如此，《切韻》反切如此，即《經典釋文、玄應音義、慧琳音義》中反切亦莫不如此。不過因二者有時亦用三等的輕脣音為其上字，亦遂系聯為一。此即謂：如不因輕脣音為之媒介，A、B二類本自不相溝通。換言之，支脂諸韻脣音不互用為上字則已，如互用為上字，必A、B二者獨立，兩不相犯。又據內子杜其容女士相告，支脂諸韻牙喉音與脣音相同，亦除不用此諸韻之牙喉音互為上字則已，其互為上字者，A、B二類此疆爾界，畛域修齊[36]。喻母既本屬喉音，于以二類之異又與支脂諸韻脣牙喉音（案喉音除喻母）A、B二類分別相當，則支脂諸韻中喻母之于以二類亦必不互為上字，此事不難想像。抑又有進者，二類喻母之相互對立，並不以支脂諸韻為限，其他如東（案此表入聲之屋）、虞、尤諸韻凡同時具于以二紐者亦為對立，則亦不互為上字。又不僅此，即使如鍾、之、魚、麻、清及陽、蒸之開口僅具喻四，亦必與祭韻之脣音及清韻之脣牙喉音（案喉音除喻母）屬B類相同，凡喻四屬B類。餘如微、文、元、庚及陽、蒸之合口（案蒸以表入聲之職）僅具喻三，因于與以在三等韻中普遍對立，觀念上遂易視其與祭韻之牙喉音（案牙音除疑母，喉音除喻母）同屬於A類。由此言之，于以二類不僅於支脂諸韻不互為上字，即一切三等韻亦必如此。支脂諸韻脣牙喉音（案喉音除喻母）A、B二類之對立，在三等韻中不過為一特殊現象，尚且不相交往；兩類喻母之對立於三等韻既普遍存在，其不對立者（如微、文、元、庚及陽、蒸之合口六者）乃反為特殊現象，則其上字之不能系聯，非因其聲母不同，而是介音有別，復庸何疑？

一九七〇年五月于香港寓所

（本文原載香港中文大學《崇基學報》第九卷第二期，一九七〇。）

---

35 周先生未闡釋匹字所以為例外之故。據內子杜其容女士云：匹字《廣韻》用為上字凡三十二次。其餘支脂諸韻之脣音字用為上字者，僅皮毗二字各七次為最高，即使非支脂諸韻之脣音字用為下字者，僅普字三十五次，較匹字為多，其餘則方字三十二次與匹同，蒲字二十九次，符字二十四次，博字二十三次，皆不及匹字為用之廣。此顯示匹字為一慣用之上字，故有此例外。

36 杜女士將為專文發表。〔**杜女士撰文〈三等韻牙喉音反切上字分析〉，載國立臺灣大學《文史哲學報》第二十四期，一九七五年十月。2000年宇純補案。**〕

論照穿牀審四母兩類上字讀音

清人陳澧首由系聯《廣韻》反切，發現照、穿、牀、審四母各有兩類不相系聯的上字，以為原是不同讀音的聲母，由於字母家的舉措失當而合併為一。他在《切韻考・外篇》卷三說：

> 《廣韻》切語上字四十類，字母家分併為三十六，有得有失。……照、穿、牀、審四母……，《廣韻》切語上字各分兩類，而字母家兩兩合併之。然如照母之周職流切鄒側鳩切，穿母之樞昌朱切芻測隅切，牀母之磳仕兢切繩食陵切，審母之收式州切搜所鳩切，……出音皆截然不同，安能併為一母乎？此則字母之病也。

陳氏所說的兩類反切上字，在《廣韻》中幾乎[1]處於完全不能系聯的狀態，這個看法看來是十分合理的。不過陳氏說周鄒、樞芻等字出音截然不同，恐怕仍是根據反切上字屬於不同的類別而言，以陳氏的時代與屬籍論，不當有方音的根據。這是首先要指出的。在韻圖（如《韻鏡》，下同）上，這些不同類的反切上字也都處於對立狀態，無論其彼此間為同韻，為不同韻，都分別列於二等或三等地位，不相雜廁。因此陳氏的意見很少有人提出異議，即使有，也未能引起共鳴；有人其先雖有不同於陳氏的主張，最後却放棄了[2]。現代學者可以說普遍接受了陳氏的意見，甚至分別給以不同的類名為之區別，如稱韻圖列於二等的為莊、初、崇、生，列於三等的為章、昌、船、書；擬測中古音時，一般也給以不同音標代表不同音讀。如高本漢、李榮、周法高先生擬莊、初、崇、生為tṣ、tṣʻ、dẓ(ʻ)[3]、ṣ，章、昌、船、書為tś、tśʻ、dź(ʻ)、ś；王力、陸志韋、董同龢先師則分別擬作tʃ、tʃʻ、dʒ(ʻ)、ʃ及tɕ、tɕʻ、(d)ʑ(ʻ)、ɕ；蒲立本又擬為tṣ、tṣh、dẓ、ṣ及c、ch、j、ś。也有一二學者擬以相同音標，而在聲母之後予以不同

---

1 《廣韻》真字音側鄰切，側與真異類，所以用「幾乎」二字。

2 前者如張煊謂照穿兩類上字可以系聯，說見下文；後者，羅常培初為〈切韻探賾〉，主張照穿牀審四母但有四音，其後廢棄此說。見王力《漢語音韻學》第二十節「廣韻的聲母」注文引羅氏清華大學《中國音韻沿革講義》。

3 送氣符號加括號者，以示諸家主張或有或無，意見不一。下同。

表幟，如馬丁擬莊系為 cr、crh、crɦ、sr，章系為 cj、cjh、cjɦ、sj；藤堂明保則分擬為 cr、c‘r、dzr、sr 及 crj、c‘rj、dzrj、srj [4]。但二人皆不曾對莊章二系聲母之為同音為異音提出討論，似乎是音位的觀點，為節省音標所作的設計成分為多，可視為與陳氏意見並無異致。

從基本上講，說莊、章兩系上字原代表 tʂ/tś、tʃ/tɕ 或 tʂ/c 的不同讀音，而字母家竟能將之合為一母，用一個字的音來涵攝，實在不容易想像；究竟是否字母家以一個字母涵攝了兩個不同的聲母讀音，陳氏却沒有舉出任何證據來支持自己的看法。不過是站在系聯反切的立場，以為上字既是兩類，當是聲母的不同，於是逕指為「字母之病」。假定說，韻母上的對立也足以構成聲母上的類別，對字母家的譴責，便成莫須有了。所以，如果有人相信字母家之所為，一便是一，二便是二，勢必要說兩類上字所表現的是韻母的不同，並非聲母異樣。因此，相信反切系聯或相信字母的出發點不同，所導致的結果，適成相反。這就是說，系聯反切所得的兩類上字，只是一種表象，其深層原因則有兩種可能，究竟何者為其真相，還須經過嚴密的分析和探討。

《切韻考・外篇》卷三說：

> 照、穿、牀、審四母及喻母，當依切語上字各分二母。字母家必合併之者，審與禪一清一濁相配，影與喻一清一濁相配。禪影皆一類，故審喻亦皆一類以配之也。然物之不齊，物之情也；本不整齊，而強使分配整齊，是其病也。

這裏陳氏提出了字母家所以合兩類上字為一字母的解釋，但也只是陳氏個人的推測，字母家並沒有任何類似的說明，且亦無從證明這便是字母家合兩類上字為一字母的理由。反之，這個推測本身倒有可議之處。禪母只有一類的說法，過去不成問題。自王仁昫《刊謬補缺切韻》傳世以來，却帶來了爭論。同龢先師曾經系聯此書反切，發現漦、俟二字自為一類，不與牀母系聯，以為即是禪母的二等字；李榮的《切韻音系》主張相同。案《王韻》不僅漦字音俟淄反，與俟字音漦史反互為上字；之韻茬字士之反，止韻士字鋤里反，分別與漦俟二字對立。《廣韻》雖俟字音牀史切，仍與士字為二小韻。據陳氏分析條例，二字聲母似應別為一類。影母字一、二、三、四等俱全，與喻母但出現三等韻，〔**本文所稱三等韻，係用一般觀念，喻母的以類字，實際屬四等韻，詳〈論重紐等韻及其相關問題〉。下文無特別需要，不更說明。2000 年宇純補案。**〕韻圖僅見三四兩等地位者情形亦並不相同。陳氏在此節文字下加注說：

4　上列諸家擬音，除藤堂明保係依據其所著《中國語音韻論》一書外，餘均據周法高先生〈論上古音和切韻音〉一文之「諸家切韻聲類及擬音比較表」。文載香港中文大學《中國文化研究所學報》第三卷第二期。

影母切語上字本可以分二類，惟汙烏路切，又一故切，則烏、一二字同類，故不能分二類耳。

《切韻考》卷二〈聲類考〉列影母反切上字：於、央、憶、伊、依、衣、憂、一、乙、握、謁、紆、挹、烏、哀、安、烟、鷖、愛，共十九字，注云：

烏以下六字與上十三字不系聯，實同一類。於、央二字互用，烏、哀二字互用，則不能兩相系聯耳。十遇汙烏路切，十一模汙哀都切又一故切，一故即烏路之音，是烏、一二字同一類也。

換言之，如不用補充條例而單用基本條例，影母實際上字亦分兩類。陳氏用此為字母家合兩類上字為一喻母的説解，其法自係可商。用又切與正切互勘，雖然將正切系聯為一，問題是正切本身何以能形成兩不相系聯的類別？更值得注意的是，與影母發音部位相同相近的見、溪、曉三個字母，其上字正切亦並不能系聯，胥賴又切為之彌縫，情形與影母相同。這種正切全不相系聯的現象，其意義決不因一二又切的聯綴即不值得注意。而且「一」字韻圖列在四等，與喻母的以類字列於四等者相同，所謂「一故即烏路之音」，是否兩類影母字應系聯為一的證據，仍有斟酌餘地。這些下文都還要討論到。總之，陳氏此一推測，並非最後定論。**〔陳氏系聯見、溪、影、曉四母上字，無論據又切統合爲一，或即依正切各分爲二，從相關各小韻作整體觀察，都與《切韻》各上字間之宜分宜合，不盡適當，詳〈再論陳氏反切系聯〉。2000 年宇純補案。〕**

《切韻考・外篇》卷三又云：

《一切經音義》載〈大般涅槃經・文字品〉凡有四十七字為一切字本字音十四字：哀烏可反阿壹伊塢烏古反烏理重釐力之反鷖烏奚反藹汙奥烏故反菴惡此二字是前惡阿兩字之餘音；比聲二十五字：迦呿伽咺其柯反俄魚賀反舌根聲凡五字中第四字與第三字同而輕重微異，遮重車闍膳時柯若耳賀反舌齒音，吒重咃丑加茶咤竹賈拏上咢聲，多他陀馱徒柯那奴賀舌頭聲，婆頗婆婆去摩莫个脣吻聲，虵重邏盧舸羅李舸縛奢沙婆（宇純案：婆原為娑，《切韻考、養新錄》並誤。）呵，此八字超聲。《養新錄》云：「《涅槃》所載比音二十五字，與今所傳見溪羣疑之譜小異而大同。前所列字音十四字，即影喻來諸母。然則唐人所撰三十六字母，實采《涅槃》之文，參以中華音韻而去取之，謂出於《華嚴》則妄矣。」澧案：錢氏謂比音二十五字與見溪羣疑之譜小異大同者，迦呿伽咺俄即見溪羣疑也伽咺皆羣母，遮車闍膳即照穿禪闍膳皆禪母，若即日也，吒咃茶咤拏即知徹澄孃也茶咤皆澄母，多他陀馱那即端透定泥也陀馱皆定母，婆疑當作波頗婆婆摩即幫滂竝明

> 也。字音之理釐二字即來母，其餘哀阿諸字皆影母也。超聲之虵字牀母（宇純案：虵字取喻母讀法，陳說誤），邏羅亦來母，縛奉母，奢沙審母，呵曉母也。非敷微精清從心邪喻匣十母，則《涅槃》所無（案：超聲之婆爲娑字之誤，虵字讀喻母，陳說無心母喻母，不然）。可見三十六母據中華之音，非據梵音也。其爲《涅槃》所有者，次第與《涅槃》同，可見其依《涅槃》也。

因為三十六字母的創立，無疑受到梵文的影響，而梵文只有一套齒音，我們似乎可以為照等四母兩類上字併為一字母提供一個解釋：梵文的齒音相當於我們照等四母的某一類，另一類因為沒有相當的梵文音，所以就合併成一個。然而這個解釋也是不會為人首肯的。誠如錢、陳二氏所說，三十六字母的創立，只是受了梵文的啟發，並非不知變通的一味抄襲：梵文所獨有的，我們固然沒有移植過來；我們所專有的，如非、敷、微、匣、精、清、從、邪，也不曾因為梵文所無而從闕；且其中精清從邪四者亦屬齒音，四者既能溢出梵文之外，何獨於照等四母却非合併不可？又何況梵文雖不具與《切韻》三類齒音上字完全相當的聲母，自有與心、審相當的娑、沙、奢三個齒音，如果說製字母者必須仿照梵文，也似不難據此而更立四母。所以，這個理由顯見得十分牽強。再從另一角度看，部分脣音字從重脣分化為輕脣，於是不、芳、並、明四母變為幫、非等八母；二、三等韻舌鼻音字方言中有分化現象，不同於一、四等字，於是泥之外有娘；三等韻正齒音全濁聲母方言中讀音不盡相同，於是禪之外有牀；則謂照等四母各有兩不同讀音，因遷就梵文而未有獨立，自然不能令人信服。

這麼說來，陳氏提出的意見，無法讓人接受；我們想為陳氏找出一個合理的解釋，竟也不可得。再從下節引文來看，陳氏且幾乎等於推翻了自己所認定的兩類上字代表不同聲母的主張。《切韻考・外篇》卷三說：

> 同韻同類皆三等，而雜以四等者，又因切語上字用喻母余夷諸字也。《廣韻》切語上字余夷諸字與于羽諸字不同類，字母家併為喻母，而分于羽諸字為三等，余夷諸字為四等，此乃遷就，以求不背於古切語耳；何不順其自然分為兩母乎？又何不竟以當時之音為斷，不分兩母，亦不分兩等，使同韻同類之切語不相雜乎？

這是說《廣韻》喻母分兩類，代表的是隋代陸法言的《切韻》音。三十六字母代表的是唐末音[5]，其時則喻母兩類音已合而為一。字母家一方面不肯違背切語所代表的《切

[5] 語見《切韻考・外篇》卷三。

韻》「古音」，却又不能順乎自然分為兩母；一方面從其當時之「今音」合兩類上字為一喻母，而又不能徹底，使喻母字在韻圖上只出現於一個三等的位置。這種非古非今依違不定的舉措，在陳氏看來自不免要視為字母家之病。但可以注意的是，陳氏至少也承認三十六字母時代兩類喻母讀音相同，只是不合《切韻》的「古音」而已。陳氏隨即又說：

> 同韻同類皆三等，而雜以二等者，因切語上字用莊爭諸字，初楚諸字、牀鋤諸字、山疏諸字也。《廣韻》切語上字莊爭諸字與之止諸字不同類，初楚諸字與昌尺諸字不同類，牀鋤諸字與神乘諸字不同類，山疏諸字與書舒諸字不同類，字母家以八類併為照、穿、牀、審四母，而分之止，昌尺、神乘、書舒諸字為三等，莊爭、初楚、牀鋤、山疏諸字為二等，此亦遷就之法，何不分為八母乎？

依前一節論喻母的引文引申，陳氏也當認為自《切韻》至《廣韻》莊章兩系不相系聯之上字，在三十六字母時代其發音相同。日本學者藤堂明保以為三等韻莊系字《切韻》與韻圖兩時代讀音不同，大抵即受此說之影響。周法高先生也以為莊章二系聲母本是二音，至宋代而此種分別已不存在[6]。可是這個看法的不妥當，宋以後韻書顯示得十分清楚。《廣韻》便是宋人編撰的韻書；不過《廣韻》反切大體因襲孫愐的《唐韻》，其成書時代雖較《韻鏡》等韻圖為晚，仍可以說實際代表的是《切韻》的「古音」，不是宋代的「今音」。《集韻》時代又略下於《廣韻》，其反切且不因襲《切韻》以來諸書，但系聯《集韻》反切，照、穿、牀、審、喻五母仍各具兩不相系聯的類別[7]。而另一方面，《廣韻》中脣音、舌音、齒音諸類隔切在此書不復可見，是《集韻》一書對聲母之同不同音繩之甚嚴。所以論莊章二系上字同音或不同音，都要自《切韻》起計，自《切韻》至《集韻》此一段時期中，兩者讀音是不曾有過變化的。如果說三十六字母時代照、穿、牀、審、喻五母兩類上字同音，這現象應自《切韻》時即已開始。所以我說，陳氏以為三十六字時代照、穿、牀、審、喻五母兩類上字同音的看法，幾乎等於推翻了自己對系聯反切所作的認定。

以下我要從各種角度，說明照等四母兩類上字本是同音，其所以形成兩類上字，乃是由於韻母的對立。

〔壹〕陳氏所持以論定照等四母各具兩類聲母的唯一理由，就是四者各具兩不相

6 見所著〈論上古音和切韻音・切韻的聲母〉。

7 據白滌洲〈集韻聲類考〉，載中央研究院《史語所集刊》第三本第二分。參注14。

系聯的上字。可是根據陳氏系聯反切所顯示，同一字母出現兩類上字者，至少尚有見、溪、影、曉、幫、滂、並、明等八母。雖其中如見、溪、影、曉等陳氏據又切系聯為一，本文已指出，四者發音部位相同相近，其正切本身竟一致的形成絕不相通的界限，這個現象顯然是值得注意的，並不因一二又切的可以系聯便可忽視。在這裏我更要強調，以等韻言之，這些字母的兩類上字，並一、二、四等韻為一類，三等韻別為一類，現象竟亦如出一轍，更表示兩類上字的形成必不是無因的。然而它們並不代表聲母的不同，則為學者一致的主張。以此類推，安見照等四母的兩類上字便當是聲母的差異！

陳氏系聯反切，只是將《廣韻》中諸上字本身的反切加以系聯。這些字在作為上字使用時的全盤情形如何？如果集中這些上字的所有被切字一起觀察，是否將改變原先的系聯狀態？抑或對原先的系聯狀態更能加強？或有其他深一層的認識？這些陳氏都不曾措意。可是對系聯反切的意義作用而言，却是必不可少的步驟。譬如陳氏系聯照母上字，因為只注意上字本身的反切，於是其結果：之（止而）止（諸市）章（諸良）征（諸盈）諸（章魚）煮（章與）支（章移）職（之翼）正（之盛）旨（職雉）占（職廉）脂（旨移）[8]十二字為一類，莊（側羊）爭（側莖）阻（側呂）鄒（側鳩）簪（側吟）側（阻力）七字別為一類。如果又注意這些上字的所有被切字，則真字《廣韻》音側鄰切，為軫字章忍切、震字章刃切及質字之日切的平聲，便可以發現如非之、莊兩類上字可以系聯，便當是真下用側字有誤，二者必居其一；《切韻考》則一面主張之、莊分類，一面錄真字側鄰切而不疑。又如以溪母而論，陳氏系聯的兩類上字，其一分布在一、二、四等韻中，其一分布在三等韻，前者為康（苦岡）枯（苦胡）牽（苦堅）空（苦紅）謙（苦兼）口（苦后）楷（苦駭）客（苦格）恪（苦各）苦（康杜），後者為去（丘據）丘（去鳩）墟祛（去魚）詰（去吉）窺（去隨）羌（去羊）欽（去金）傾（去營）起（墟里）綺（墟彼）豈（祛豨）區驅（豈俱），可見上字出現不同的類別，與等韻脫離不了干係。但實情如何，不將所有被切字觀察一過，無法即下斷語。因此觀察上字全部使用情況是有其必要的。白滌洲有〈廣韻聲紐韻類之統計〉[9]一文，對各字母所有上字出現各等韻的次數有詳細統計，如見系上字何者見於一、二、四等韻，何者見於三等韻，其間有無出入，各有幾次，都備列明白，一索可得。可惜沒有將《廣韻》三千八百餘反切列為一表，需要知道互有出入的是那些反切，以求更進一步的了解，一時間便無從檢尋，應用不便。現在根據李榮《切韻音系》將王仁昫《刊謬補缺切韻》書中見溪疑影曉五母上字全部資料予以分析。《王韻》較《廣韻》時代為早，更能代表《切韻》原貌，當然更是本文所以用李書而不用白文的主要原因。

8　移當作夷。

9　文載《女師大學術季刊》第二卷第一期。

見母:

一等韻: 古 55 公 2 各 2 姑 1（一等韻 60）〔 60 〕

二等韻: 古 52 姑 1 孤 1 公 1（一等韻 55）加 1 格 1（二等韻 2）〔 57 〕

四等韻: 古 25（一等韻 25）居 1 紀 1（三等韻 2）〔 27 〕

三等韻: 居 71 舉 10 几 4 俱 3 九 2 久 2 紀 2 詭 1 癸 1 軌 1 吉 1 駒 1 基 1 君 1[10]（三等韻 101）〔 101 〕

總計出現各上字共 245 次，其中一、二、四等韻及三等韻分用者，順次為 142 及 101 次，三等韻用一、二、四等韻者無有，一、二、四等韻用三等韻者僅居、紀二字共 2 次。

溪母:

一等韻: 苦 44 口 5 康 3 空 2 枯 2 恪 1（一等韻 57）〔 57 〕

二等韻: 苦 19 口 10 枯 1（一等韻 30）客 4（二等韻 4）〔 34 〕

四等韻: 苦 17 口 2 康 1（一等韻 20）去 2（三等韻 2）〔 22 〕

三等韻: 去 44 丘 20 墟 4 綺 3 區 2 驅 2 起 2 氣 2 羌 1 却 1 匡 1 窺 1 詰 1 傾 1（三等韻 85）〔 85 〕

總計出現為 198 次，一、二、四等韻及三等韻分用者為 111 次及 85 次，三等韻用一、二、四等韻者無有，僅四等韻兩用三等韻之去字。

疑母:

一等韻: 五 35 吾 3 吳 1（一等韻 39）牛 1（三等韻 1）〔 40 〕

二等韻: 五 27 吾 2 吳 1（一等韻 30）牛 1（三等韻 1）〔 31 〕

四等韻: 五 9 吾 1（一等韻 10）〔 10 〕

三等韻: 魚 35 語 19 牛 7 宜 4 虞 4 愚 1 危 1（三等韻 71）〔 71 〕

總計 152 次，一、二、四等韻及三等韻分用者為 79 及 71 次，三等韻用一、二、四等韻者無有，一、二、四等韻用三等韻者僅牛字二次。

影母:

一等韻: 烏 44 阿 2 安 2 愛 1 哀 1（一等韻 50）於 4 一 1（三等韻 5）〔 55 〕

二等韻: 烏 23（一等韻 23）於 9 乙 4 一 2（三等韻 15）〔 38 〕

四等韻: 烏 10（一等韻 10）於 8 一 1（三等韻 9）〔 19 〕

---

10 《全王》支韻嬀字君為反，君實為居字之誤。《切二、切三、王二、廣韻》並音居為。

三等韻：於 88 伊 3 紆 3 乙 3 應 2 英 2 憂 1 央 1 憶 1 依 1 謁 1（三等韻 106）〔106〕

總計 218 次，一、二、四等韻及三等韻分用者為 83 及 106 次，三等韻用一、二、四等韻字者無有，一、二、四等韻用三等韻者 29 次，計於字 21 次、一字 4 次、乙字 4 次。

曉母：

一等韻：呼 35 虎 4 火 3 荒 2 海 1 呵 1（一等韻 46）許 2（三等韻 2）〔48〕

二等韻：呼 14 火 6 虎 2 荒 1 霍 1（一等韻 24）許 13（三等韻 13）〔37〕

四等韻：呼 10 虎 2 火 1 呵 1（一等韻 14）許 4（三等韻 4）〔18〕

三等韻：許 55 虛 12 香 5 況 5 羲 3 希 3 興 2（三等韻 85）火 1（一等韻 1）〔86〕

總計 189 次，一、二、四等韻及三等韻分用者為 84 及 85 次，三等韻用一、二、四等韻者僅火字一見，一、二、四等韻用三等韻者僅一許字共 19 次。

根據以上分析，牙喉音見等五母總計上字共出現 1002 次，其中一、二、四等韻及三等韻分用者順次為 499 及 448 次，三等韻用一、二、四等韻者僅有火字一見，一、二、四等韻用三等韻者 54 次，計紀居二字各 1 次，去牛二字各 2 次，一乙二字各 4 次，許字 19 次，於字 21 次。以居去二字用於三等韻分別為 71（實有 72 次，參注[11]）或 44 次而用於一、二、四等韻僅一或二次，及魚字用於三等韻 35 次而不見一用於一、二、四等韻，古苦五烏呼五字用於一、二、四等韻分別為 132、80、71、77、59 次亦不見一用於三等韻等現象例之，於許二字用於三等韻分別為 88 及 55 次而用於一、二、四等韻乃有 21 及 19 次之多，現象極為突出；一字不見用於三等韻，乙字用於三等韻僅三次，二者用於一、二、四等韻反各有 4 次，情況亦顯特殊；其餘紀居去牛火五字則並可視為偶然現象。

可是上述等第間互有出入的上字絕對多數是可以有個別解釋的。於字本有哀都、央魚二音，並為習見讀法，高本漢、李榮等以為於字用於一、二、四等韻者音哀都切，用於三等韻者音央魚切。許字亦有虛呂、呼古二音，分屬三等韻與一等韻，後者見於《詩經・伐木》的「伐木許許」，《釋文》僅「沈呼古反」一讀；《淮南子・道應篇》「今夫舉大木者前呼邪許，後亦應之」，許注亦音許為虎，對於古時讀書人而言，也是個熟悉的讀音。一字韻圖列在四等地位，屬質韻重紐，與乙字對立，疑其介音與四等韻相同（參下文），故用為一、二、四等韻上字，而不見用於三等韻。乙字用於二等韻者疑原非甲乙之乙，而是鳦字或體的乚字，本是二等韻字[11]，因形近而誤為甲乙之乙。牛字二見，一為蟹韻覭字牛買反，一為魂韻倱字牛昆反。前者為《切三》所無，《集韻》云「五買切《博雅》視也」，蓋據《廣雅》音收入，後者《切三》同，《廣韻》云出《纂文》。疑兩者反切本不合《切韻》系統（案：《廣韻》不收覭字），又疑牛並是午字之誤，午與五同音，屬一等姥韻，曹憲《廣雅音》覭字音五買反，蓋其證。去字二見，一為迥韻謦字去挺反，一為錫韻燩字去激反。前者《切三、王一、廣韻》同，後者《切三、王一、王二》同，當是《切韻》以來之舊音；《唐韻、廣韻》音苦擊反（切），苦與謦字同類。居字一見為忝韻㠾字居點反，《切三》無此字，《王一、王二》同《全王》，當是《王韻》所增，非《切韻》舊有；《廣韻》音兼玷切，兼與㠾同四等。紀字一見為㮇韻趁字紀念反，《王一、王二、唐韻、廣韻》並同，但無更早殘卷可驗，注云疾行皃，形聲會意不可確知，同韻又有兼字音古念反，為添韻兼字的去聲，則此字反切有無譌誤，基本上便是疑問。火字一見為至韻侐字火季反，字在韻末，前有齂字音許鼻反，當是增加字，為《切韻》所無；《王二》云「《詩》曰閟宮有侐」，與《釋文》云「侐，況域反，一音火季反」吻合，蓋本不屬《切韻》系統之反切。以此言之，上列一、二、四等與三等混用之上字，或本無所謂混用，如於、許、一；或有譌誤，如乙、牛；或為《切韻》所無，不屬《切韻》反切系統，如牛、居、火；其真逾越界限者，不過去紀二字共三見，而紀字可能尚有問題。以視見等五母上字之總數 1002 次，實在是微不足道的例外情形。經過這樣的分析，對《切韻》一書見等五母出現於一、二、三、四等韻的狀況的了解，自比陳氏系聯《廣韻》反切所予人的印象更為深刻。熟視了這種情況，如果對於陳氏照等四母兩類上字代表兩不同讀音的主張能無所疑，恐怕是不容易的了。〔**此節據李書之舉例，其中見母三等韻的癸、吉二字，溪母三等韻的窺、詰、傾三字，影母三等韻的伊字，實際爲四等字，其被切字亦並屬四等韻；又影母通常視爲三等韻的一字，其韻類亦屬四等，故僅用爲一、二、四等韻上字；曉母一等的火字用作侐的上字，侐亦正屬四等重紐。換言之，此諸字並屬一、二、四等韻的自爲用。因當日對「三等韻」的了解，觀念與李榮相同，故不能據李書有所調整，影響於部分反切的了解，及統計數字的精確。參〈陳澧反切系聯法再論〉。2000 年宇純補案。**〕

11 乚字《說文》大徐音烏轄切，小徐音戹戛反，並屬二等。陸機〈文賦〉「思乚乚其若抽」，一本乚乚作軋軋，是乚讀二等音之證。《切三、全王、王二、唐韻、廣韻》並收乚字於甲乙之乙下，即誤乚為乙字之例。《廣韻》乚下云：「本烏轄切。」與《說文》大徐音合，可見《唐韻》尚有收乚字於黠韻之本，與蔣斧藏本異音。

當然我們也有必要了解一下照等四母全部上字出現時的情況，而不是光看陳氏的反切系聯。這方面《王韻》没有任何兩類上字互用的現象，其他韻書中則偶有發現。過去也有學者用陳氏系聯見溪影曉兩類上字的辦法，以又切與正切互勘，系聯照等字母的兩類上字。如張煊舉《廣韻》震韻章刃切振字「又之人切」即真韻「側鄰切」，灰韻他回切推字「又昌隹切」即脂韻「叉隹切」，以為照、穿兩類上字可以系聯[12]。羅常培先生又以《廣韻》與《切韻》殘卷互勘，舉出《切韻》真韻真字職鄰反即《廣韻》側鄰切，獮韻孨字旨兗反即《廣韻》莊卷切，緝韻執字側什反即《廣韻》之入切，脂韻推字尺隹反即《廣韻》叉隹切，東韻忡字初中反即《廣韻》敕中切，以支持張氏的主張[13]。不過張、羅二氏所舉證據不盡可信。如推字的又昌隹切固然便是脂韻的叉隹切；《廣韻》的叉隹切與《切三》的尺隹反相當，叉尺形近，叉當是尺字之誤。又如羅氏所舉忡字一例，初中反的依據是《切三、王二》，但諦視初是勑字，勑與敕同；《全王》作勑中反，尤為明證。孨字一例，《切三》旨兗反云又庄卷反，《廣韻》亦旨兗切下云又莊眷切，線韻且收孨字音莊眷切，庄卷即莊眷，亦不如羅氏所說。但《切三、全王》真字音職鄰反，《廣韻》音側鄰切；執字《切三》音側什反，《全王、唐韻、廣韻》音之入反（切），《王二》音之十反，職之二字與側字形既不近，其差異當由字音所引起。此外，大徐《說文》真、禛、唇、蘛等篆並音側鄰切，與《廣韻》同。《廣韻》切語因襲《唐韻》，大徐《說文》亦用《唐韻》音，兩者來源本同，似不足異；但大徐與《廣韻》前後多次轉寫《唐韻》，如果說「側鄰切」切不出真、禛、唇、蘛等字的正確讀法，這種現象也許不致發生。何況《切三》的執字音側什反，又無獨有偶，所以我認為這誠然是一個可以注意之點。〔**孨字的旨兗反雖與莊卷（案取去聲）切不同一音，孨字有旨兗、莊眷二音，依諧聲偏旁而言，兩者應互為上去，聲母不得相異，仍可見照二與照三音同。2000 年宇純補案。**〕

此外，《集韻》也有一些可以注意的材料。根據白滌洲的〈集韻聲類考〉，此書照、穿、牀、審四母上字形成不相系聯的兩類，情形與《廣韻》相同[14]。從《集韻》改《廣韻》真字的側鄰切為之人切，及改《廣韻》推字的叉隹切為川隹切看來，更可見此書對照等聲母兩類上字的選用是十分謹慎的。可是《廣韻》祭韻毳字楚稅切，《集韻》作充芮切；〔**《集韻》別有初芮切一音，其下無毳字，此是《集韻》讀音與**

12 見〈求進步齋音論〉，載《國故月刊》一至四期。

13 見〈切韻探賾〉，載中山大學《語史所周刊》第三集。

14 白氏此文所用系聯方法頗可商榷。如用與《廣韻》反切互勘法，仍可得出照等四母各具兩類上字之結果。以其不影響本文之討論，故用之。

《廣韻》不同，即橤字有二等三等兩個讀法，但聲母不異，參前段“補案”。2000年宇純補案。〕櫛韻齜字崱瑟切，《集韻》作食櫛切；《陌韻》齚字鋤陌切，《集韻》作實窄切；職韻崱字士力切，《集韻》作實側切；洽韻篷字士洽切，《集韻》作實洽切。假定說這表示莊章二系聲母不同，這些字却没有一個具有可以堅持非讀章系音不可的理由（案諧聲顯示應讀莊系），因此我們只有說《集韻》在這裏又透露了穿、牀二母兩類上字實際讀音無別的消息。那麼，其反切上字之不相系聯必因韻母之對立無可疑。推之至於《廣韻》，至於《切韻》，並當作如是觀。

〔顧炎武《音學五書・音論・反切之始》引《拾遺記》「晉武帝賜張華側理紙」云：「側理正切紙字」，（案《切韻》理與紙不同韻，但方音之支多混，《經典釋文》即多此例。）是照二照三同音之證。《全王》緝韻阻立反：「戢，山名，在會稽，俗呼之洽反。」《集韻》字見側洽切，正亦之側同音之證。所謂「俗呼之洽反」，爲其不當入洽韻而已，不在其切上字之不正。又〈上古音芻議〉舉《集韻》止韻士字音上史切，亦可見照二照三音實不分。2000年宇純補案。〕

〔貳〕《切韻》臻、櫛二韻僅有少數齒音字而獨立成韻，此少數字又正是真質二韻所當有而缺少者，這種現象最令人感到迷惘。具體而言：一、《切韻》三等韻凡齒音有字者，一般二、三、四等同時有字。二、脂韻是真質的陰聲，以臻真、櫛質分別相加，真質的内容便與脂同，齒音三等俱足。三、諄術為真質的合口，術韻有莊紐的䶦字和生紐的帥率（案見質韻）等字，以臻真、櫛質相加，則質的内容便與術合。在在都表示臻櫛便是真質的莊系字。但這種看法必不能為主張三等韻莊章二系字韻母相同的學者所接受，因為他們没法解釋臻櫛在什麼條件之下會獨立成韻的。他們認為臻櫛既然獨立於真質之外，必其韻母與真質不同，所以認為臻櫛為二等韻，韻母與真質有具不具介音 -j- 之異。可是《切韻》二等韻一般除有齒音字而外，又具脣、舌、牙、喉等音，臻櫛則齒音而外無他字，兩者絶不相同。所以臻櫛為二等韻的說法，實際仍有疑問。〔臻櫛爲二等韻，此不成問題。只因當日對等韻無正確認識，所以有此誤解。2000年宇純補案。〕

王仁昫《刊謬補缺切韻》平聲韻目臻下注云：「呂、陽、杜與真同、夏侯別，今依夏侯。」從這裏我們知道《切韻》之分臻真，是依從夏侯該的《韻略》；呂靜《韻集》、陽休之《韻略》、杜臺卿《韻略》都不分臻真。後者臻當然就是真的莊系字。入聲櫛下注云：「呂、夏侯與質同，今別。」又可知櫛質之分，是《切韻》的舉措（可能是音韻系統的觀點，平聲既分臻真為二，故入聲亦分櫛質；當然也可能是參考了呂、夏侯以外的諸家韻書），在呂、夏侯的韻書裏，櫛則只是質的莊系字。此外，日僧安然《悉曇藏》卷二載唐武玄之《韻銓》的目錄，其中琴韻之外別有岑韻。岑琴二字《切韻》同在侵韻，岑琴二韻當與《切韻》之一侵韻相當。《韻銓》一書不傳，其內容以《切韻》臻真二韻方之，岑韻蓋但有莊系字，琴韻則是一般三等韻而獨缺此莊系字，合之則是《切韻》的侵，分之則是《韻銓》的岑、琴。韻目中又有臻、春二韻，當分別與《切韻》臻、真（諄）相當，與岑韻之以莊系字獨為一韻彼此可以互證。臻櫛非二等韻，本可由《王韻》目錄所載呂、陽、杜或呂、夏侯各家韻書知之；又得《切韻》與《韻銓》侵韻分合不同的參驗，更可斷定這些都只是分韻觀點的不同，與語音並無干係，正是《切韻》序所說的，「欲廣文路，自可清濁皆通；若賞知音，即須輕重有異。」夏侯該《韻略》於平聲分臻真，入聲則不分櫛質，同是一人之書，而平入的分合不一，這裏面應該沒有方言的問題，更足以支持“分韻觀點不同”的看法。所以臻（櫛）岑的讀音便是臻（櫛）岑的讀音，並不因其或分或合於真（質）琴的不同，而有屬二等韻或屬三等韻即具不具介音 -j- 的不同。但無論如何，臻（櫛）岑的讀法必與真（質）侵韻的章系字有所異，且其異必然在韻母，不然便不具獨立為韻的條件。這就是說，三等韻莊章二系字韻母原不相同，推之而知照等四母兩類上字的形成，乃是基於韻母的對立。

〔叁〕莊系字出現於《切韻》二等韻及三等韻彼此間情況如何，對於討論莊章二系上字的讀音具有值得深入探討的價值。過去學者已經發現兩者從不衝突，這一點在韻圖上尤其容易見出。同龢先師《漢語音韻學》說：

> 側、初、士、所類的字，有出現於二等韻的，也有與之、昌之類同時出現於三等韻的。前者排在照、穿、牀、審、禪五母二等下無問題；後者則在此五母下要與同韻母的之、昌之類字衝突。恰巧凡在這種情形發生的時候，同轉都完全沒有二等音，於是他們就得以向外侵佔了正齒音下二等的地位。

最令我們感興趣的是，當三等韻的莊系字韻圖必須排列二等地位時，何以二等韻便恰巧完全無字？這裏代表了什麼樣的背景？韻圖將三等韻的莊系字列於齒音二等地位，算不算是向外侵佔地盤？我認為都是值得深究的。

根據檢查，二等韻莊系字與三等韻莊系字出現於韻圖的實際情況，並非一端。其一，照、穿、牀、審四母下二等地位，或全屬二等韻，或全屬三等韻：二等韻有字，即三等韻無字；三等韻有字，即二等韻無字，合於語言學中所說的互補現象。其二，或同時屬於二等韻及三等韻，而犬牙交錯：二等韻有字，即三等韻無字；三等韻有字，即二等韻無字，亦成互補現象。其三，偶有某一處二等韻及三等韻並當有字時，出乎意外的是，竟都可以用相同的一字代表不同的兩韻，形成一字重出現象。詳細列舉於下：

前二者如：《韻鏡》第十三轉去聲怪、祭同圖，照母之瘵、穿母之瘥屬怪韻，祭韻正無字。第十四轉去聲怪、祭同圖，穿母之桑、審母之啐屬祭韻[15]，怪韻正無字。第二十一轉山、元同圖，平聲穿母之彈、牀母之虥、審母之山屬山韻，元韻正無字；上聲照母之醆、穿母之剗、牀母之棧、審母之産屬産韻，阮韻正無字；入聲照母之鵽、穿母之刹屬鎋韻，月韻正無字。第二十二轉山、元同圖，入聲穿母之纂、審母之刷屬鎋韻，月韻正無字；去聲願韻韃漄敷等字音叉万反（切），當入穿母處[16]，襉韻正無字。第二十三轉删、仙同圖，平聲牀母之潺、審母之删屬删韻，仙韻正無字；上聲照母之酢、穿母之獲、審母之潸屬潸韻，獮韻正無字；去聲穿母之鏟、牀母之輚、審母之訕屬諫韻，線韻正無字；入聲照母之札、穿母之察屬黠韻，薛韻正無字。第二十四轉删、仙同圖，上聲穿母之慘屬潸韻，獮韻正無字；去聲穿母之篡屬諫韻，線韻正無字；照母之孨[17]、牀母之饌屬線韻，諫韻正無字；入聲穿母之劕[18]、審母之刷屬薛韻，黠韻正無字。第二十五轉肴、宵同圖，平上去三聲並屬肴巧效韻，宵小笑三韻正無字。第三十五轉耕、清同圖，平聲照母之爭、穿母之琤、牀母之崢屬耕韻，清韻正無字；去聲照母之諍屬諍韻，勁韻正無字；入聲照母之責、穿母之策、牀母之賾、審母之栜屬麥韻，昔韻正無字。第三十六轉耕、清同圖，入聲照母之擅、牀母之趚、審母之摵屬麥韻，昔韻正無字。第三十九轉咸、鹽同圖，平聲牀母之讒、審母之攕屬咸韻，鹽韻正無字；上聲照母之斬、穿母之臘、牀母之瀺、審母之摻屬豏韻，琰韻正無字；去聲照母之蘸、牀母之儳[19]屬陷韻，豔韻正無字；入聲照母之眨、穿母之插、牀母之蓮屬洽韻，葉韻正無字。第四十轉銜、嚴同圖，平聲穿母之攙、牀母之巉、審母之衫屬銜韻，嚴韻正無字；上聲穿母之醶、牀母之巉[20]、審母之摲屬檻韻，儼韻正無字；去聲照母之覱、穿母之懺、牀母之鑱、審母之釤屬鑑韻，釅韻正無字；入聲穿母之臿[21]、審母之翜屬狎韻，業韻正無字。

---

15 詳拙著《韻鏡校注》（以下簡稱《校注》，臺北藝文）14 及 16。
16 詳《校注》16。
17 詳《校注》31。
18 詳《校注》37。
19 詳《校注》26。
20 詳《校注》15。
21 詳《校注》34。

第三者如《韻鏡》第十三轉怪、祭同圖，去聲審母位置，《王一、王二、全王、唐韻、廣韻》祭韻有𢄼鎩蔱三字音所例反（切），當列之於此；又諸書怪韻有鎩褹等字音所界（拜）反（切），亦當列之於此，其中鎩字兩韻皆見，《集韻》祭韻所例切及怪韻所介切鎩、褹、殺三字重見，《七音略》此處所列為鎩字。第二十三轉刪、仙同圖，上聲牀母之醆屬潸韻；《廣韻》獮韻棧字士免切，《切一、切三、王一、全王》産韻棧下云又士免反，與《廣韻》合，亦當列之於此。《集韻》獮韻棧僝孱醆輚蝬㠝七字士免切，醆字亦讀同棧；潸韻蝬㠝醆三字仕版切，三字並與獮韻重出。同轉入聲審母殺字，屬黠韻所八切，《廣韻》薛韻榝字山列切，亦當在此；黠韻榝字正與殺字同所八切。第二十四轉刪、仙同圖，平聲照母之跧屬刪韻阻頑切，仙韻恮跧硂𧊒四字莊緣切，亦當在此，跧字重出；又《廣韻》刪韻櫄字數還切，仙韻栓字山員切，並當在平聲審母下，《集韻》刪韻櫄栓二字同數還切；上聲牀母之撰，一見獮韻士免切，又見潸韻雛鯇切；去聲審母之孿，一見諫韻生患切，又見線韻所眷切；入聲照母之茁，一見黠韻鄒滑切，又見薛韻側劣切，第三十九轉咸、鹽同圖，入聲審母之霎，一見洽韻山洽切，又見葉韻山輒切；《七音略》列歃字，亦山洽、山輒二切並見。

總結兩節所述，前節互補現象可以視為同音；後一節一字重出現象，即使並非同音，至少表示字音極為接近。根據一般學者的意見，二三等韻同見之字，不僅元音不同，還有具不具 -j- 介音的分別，洪細既不相同，差異不謂不大，疑不能滿足這種親密關係。除此之外，還有幾點要特別提出：一，元阮月三韻開口合口俱無齒音字，願韻開口亦同，唯合口穿母有韃㵂敪等字。另一方面，所與同圖之山産鎋三韻開口及鎋韻合口並有字。從音韻結構看來，願韻韃㵂等字應屬襉韻，為鎋韻篡字的去聲。二，《韻鏡》第十七轉臻真、櫛質的問題，本文已一再予以討論，以為臻櫛即真質的莊系字。在此觀點下更看韻圖，凡臻櫛兩韻有字之處，即無真質韻字；見於上聲之𧖣、齔、濜[22]及去聲之櫬，顯然便是臻櫛韻上去聲字之未獨立成韻者。而入聲穿母二等櫛韻無字，質韻則《切三、王一、王二、全王、唐韻、廣韻》正有刹字音初栗反（切），填補了櫛韻的空隙；牀母之齜既見櫛韻音崱瑟切，又見質韻音仕叱切；一者互補，一者重出，當然充分顯示兩者間讀音關係的不可分割。三，《切韻》麻、庚二韻同時具二等三等，而莊系字不見有重紐現象。結合以上三點，很明顯的指向一個解釋：《切韻》三等韻莊系字與二等韻莊系字形態實際相同，如果説二等韻莊系字聲韻

22 詳《校注》13、14、15

之間無介音存在，則三等韻莊系字聲韻之間亦無介音存在。正因為如此，所以與鎋韻纂字相為去入的𩌏字《王二、廣韻》收在願韻，實與入於裥韻無異；臻真、櫛質的或分或合，以及剎、齜二字的互補、重出，也正都是基於彼此只是一音，所關者不過是分韻的觀點不同，和各韻收字之標準未盡劃一；麻、庚二韻莊系字之所以不見重紐，當然也可以說正因為三等韻莊系字本與二等韻莊系字同音。有此一解釋，可以說一切問題無不迎刃而解。至於本節所列各二、三等韻間的互補重出現象，也自然都是同一原因。四，《切韻》系韻書三、四等韻都可能有精系字，韻圖同時列於四等地位。這種字既不出現上述互補現象，也不出現上述重出現象，因為其彼此間確乎是不同的讀音（參下文）。所以見於韻圖者，凡與四等韻同轉之三等韻，其精系字必因地位衝突而別列於相近之他轉，無一例外。以彼例此，二、三等韻莊系字韻母相同的主張，無異得到有力的明證。換言之，莊章兩系上字的形成正是由於韻母的對立。〔**精系字只有一等與四等，一般以爲三等韻具精系字，實由誤解。同攝二、三、四等合韻的精系字，與純四等韻精系字的不同，是元音的不同，所以不見上述照二照三相同情況，是故第四理由不成立。有關等韻的正確認知，請看〈論重紐等韻及其相關問題〉。**2000**年宇純補案。**〕

〔**肆**〕習見的《四聲等子》一書，所載門法有〈正音憑切門〉，其說云：

> 照等五母下為切；切逢第二，韻逢二三四，並切第二，名正音憑切門。

所謂「五母下為切」、「切逢第二」及「正音憑切」的切字，等於後人所說的反切上字；所謂「韻逢二三四」的韻字，等於反切下字。意思說凡照等五母為反切上字，而此等字韻圖列在齒音二等地位，則無論其反切下字屬於韻圖的二等、三等或四等，都要以二等論，切出二等讀音，這就是「正音憑切」，也就是憑反切上字確定韻母的等第，確定反切下字所代表的韻母讀音。舉例而言，如魚韻疏字所葅切，所、葅二字並見二等，是為音和切，切出的疏字讀音當然屬於二等；韻逢三等的如脂韻衰字所追切，韻逢四等的如師字所夷切，也都仍然切二等音，不從追字、夷字所在的等第讀三等或四等。以此而言，三等韻韻圖列在二等的莊系字與列在三等或四等的字，韻母分明並不相同，過去學者以為三等韻莊系字韻母同章系字，顯然是一錯誤。反切本有憑上字定韻母等第的傾向[23]，只要屬於一個可以叶韻的範圍，反切下字與被切字同不同等不是很重要的事，特別是以韻圖上有特定地位而非四等俱全的字為切上字者為然，

---

23 詳拙著〈例外反切研究〉。

門法之所以有〈正音憑切門〉，其背景就在於此。假定說莊系章系同韻母，則又何須有此門法乎！所以我說莊章二系上字的不能系聯，緣於韻母的對立，於此不啻又獲一證。《四聲等子》的時代，與所謂《韻鏡、七音略》等早期韻圖不相上下[24]，皆去隋唐未遠，它對於中古音的認識，當然值得信賴。只是一般學者有一錯誤觀念，總以其時代較《韻鏡・七音略》為晚，而不甚重視。此外，近代發現的守溫"韻學殘卷"有〈兩字同一韻憑切定端的〉一例，正與《等子・正音憑切》所說相同，所舉各組反切如下：

諸章魚反　辰常鄰反　禪市連反　朱章俱反　承署陵反　賞書兩反
菹側魚反　神食鄰反　潺士連反　傷莊俱反　繩食陵反　爽疎兩反

說明下字相同的兩切，其被切字韻母憑上字來作決定，其中第一、第三、第四、第六各組上字，正分屬照等字母兩個不相系聯的類，可見我們說莊章二系上字之別，在韻不在聲，原是古有明訓的。〔**第二、第五兩組被切字辰神、承繩等第無別，其異依三十六字母而言，是禪母與牀母的不同。因守溫不分禪與牀（〈三十字母例〉禪下四字：乘、常、神、諶，其中乘與神爲牀母，而繩乘同音，是其證），見韻書中反切兩兩相對，以其異必在韻母，故舉以配菹、潺之字。此雖緣於誤解，照二照三聲無不同，固猶可從見。前〈壹〉節末"補案"舉《集韻》於牀二之士字音上史切一例，與此可互參。2000 年宇純補案。**〕

庚、梗、敬（映）、陌四韻，各具二、三兩等；其齒音諸字，上字並屬莊系，屬於二等韻字，自然没有疑問。本文前節已指出，此四韻莊系字無重紐，即由於三等韻莊系字本與二等韻莊系字同音。在此更要指出：自《切韻》至《廣韻》，庚韻齒音三字，鎗字楚庚反（切），傖字助庚反（切），生字則音所京反（切）〔**《廣韻》庚韻正切改音所庚切，映韻生下仍云「又所京切」，此籠統言之。2000 年宇純補案。**〕；梗韻齒音僅有一省字，音所景反（切）；敬（映）韻齒音二字，瀧字楚敬反（切），生字所敬反（切）；陌韻齒音四字，迮字側伯反（切），齚字鋤陌反（切），柵字索字則分別為測戟反（切）及所（山）戟反（切）。其中下字京、景、敬、戟都屬三等韻。《集韻》庚韻生字及陌韻柵、索二字雖已改為音和切，梗韻省字仍音所景切，映韻瀧、生二字音楚慶切或所慶切，慶字也屬三等韻。這些下字的被切字，究竟應屬二等韻，應屬三等韻，過去學者雖然並没有走上岔道，理論上却無法交代。根據本文的

---

24 《等子》作者，潘重規先生以為即為《龍龕手鑑》作序的智光，其時代在五代宋初。見所著〈韻學碎金〉，載《幼獅學誌》第十四卷第二期。

了解，當然清清楚楚都是不具介音 -j- 的二等字，上述門法便是指引迷津的明燈。

〔伍〕三等韻莊、章二系字之異在韻不在聲，還可以從黃公紹、熊忠的《古今韻會舉要》及蘭茂的《韻略易通》觀察得知。

在《古今韻會舉要》裏，除公字母韻崇終兩紐字同一韻母之外，《切韻》三等韻莊系字皆與章系字分道揚鑣。其詳情分別言之：一、或獨立成韻。如莊字母韻（舉平以該上去，下同）即是《切韻》陽韻的莊系字。簪字母韻即是《切韻》侵韻的莊系字。櫛字母韻即是《切韻》的櫛韻字和緝韻的莊系字。二、或與同韻精系字合韻，這些精系字今天都讀開口洪音。此為貲字母韻，即《切韻》支脂之三韻的精莊系字。三、或與《切韻》一、二等韻字合為一韻。如孤字母韻即合《切韻》模韻字、魚韻莊系字及虞韻非莊兩系字而成。乖字母韻即合《切韻》皆佳兩韻合口字及支脂兩韻合口莊系字而成。根字母韻即合《切韻》痕韻字及臻韻字而成。鉤字母韻即合《切韻》侯韻（除幫系）字及尤韻莊系字而成。穀字母韻即合《切韻》屋韻一等字、屋韻三等非莊兩系字、沒韻字及術韻莊系字而成。克字母韻即合《切韻》德韻字及職韻莊系字而成。三類之中，不雜一個章系字。尤其可以注意的是，《切韻》三等韻莊系字，除上述有與二等韻莊系字合流者外，其行徑與二等韻字無不相同。從歷史語音來追溯這種現象，自然表示《切韻》三等韻莊系字形態與二等韻莊系字相同；而與三等韻的章系字對立。如果說三等韻照系字與二等韻照系字的不同在於 -j- 介音之有無，三等韻章系字與同韻莊系字的分別，當然也在於具不具 -j- 介音的不同。現在將《切韻》二等韻在此書中的情況述之如下：

一、或仍為一獨立韻，或與其他二等韻字合韻。如關字母韻即《切韻》刪山兩韻合口字。牙字母韻即《切韻》麻韻二等開口幫知莊三系字及疑母之牙字。瓜字母韻即《切韻》麻韻二等合口字。刮字母韻即《切韻》黠鎋兩韻合口字。額字母韻即《切韻》陌韻二等字及麥韻開口字（除見影系）。

二、或與《切韻》一等韻字及原屬三等韻而後世變為洪音之字合韻。如該字母韻即合《切韻》咍韻字、皆佳兩韻開口幫莊兩系字而成。干字母韻即合《切韻》寒韻字、刪山兩韻幫莊兩系字及元韻非系字（如翻）而成。高字母韻即合《切韻》豪韻字及肴韻幫知莊三系字而成。搄字母韻即合《切韻》登韻開口字及庚韻二等與耕韻開口幫知莊三系字而成。甘字母韻即合《切韻》覃談兩韻字、咸銜兩韻莊系字及凡韻非系字（如凡）而成。郭字母韻即合《切韻》鐸韻合口字、藥韻合口非系字（如縛）及覺韻知莊兩系字及來母字而成。怛字母韻即合《切韻》曷合盍三韻端精兩系字、黠鎋兩韻開口知莊系字、洽狎兩韻知莊系字及月乏兩韻非系字（分別如伐、法）而成。

此外，還有可以注意的一點是，根字母韻中臻莘等字即《切韻》臻韻字，櫛字母韻中櫛瑟等字即《切韻》櫛韻字，戢澀等字當即《韻銓》岑韻入聲字，簪字母韻當即《韻銓》岑韻字，讓我們更能體會到《切韻》及《韻銓》所以分臻真及岑琴的道理，這些字在《切韻》時代，其韻母必不得與章系字相同。

《韻略易通》一書，一方面如支辭韻枝母的菑與之、上母的師與尸及東洪韻春母的崇與充同音。一方面則江陽韻枝母的莊與章對立，春母的瘡與昌對立，上母的霜與商對立；真文韻枝母的臻與真及櫛與質對立，春母的蓁與瞋及齔與叱對立，上母的莘與身及瑟與失對立；庚晴韻枝母的爭與征、責與隻及側與職對立，春母的傖與成、策與尺及戢與執對立，上母的生與聲，索與釋及色與識對立；侵尋韻枝母的簪與針、春母的岑與沈（沈本屬澄母，本書澄穿聲母不別，故以為例）對立，上母的森與深及澀與濕對立；蕭豪韻枝母的爪與沼對立，春母的煼與麵對立，上母的梢與燒對立；幽樓韻枝母的鄒與周對立，春母的鞠與醜對立，上母的搜與收對立；又山寒韻枝母的跧（平）、札（入）與先全韻的專（平）、折（入）對立，春母的潺（平）、察（入）與闡（上）、掣（入）對立，上母的刪（平）、殺（入）與羶（平）、設（入）對立；緘咸韻枝母的斬（上）、眨（入）與廉纖韻的颭（上）、慴（入）對立，春母的讒（平）與覘（平，本讀徹母，此書徹與穿同聲）對立，上母的衫（平）、翣（入）與苫（平）、攝（入）對立；呼模韻枝母的阻與居魚韻的煮對立，春母的芻與樞對立，上母的疏與書對立；皆來韻枝母的齋（平）、瘵（去）與西微韻的制（去）對立，春母的差（平）、瘥（去）與瘛（去）對立，上母的曬（上）與世（去）對立。對於推求《切韻》莊章二系字讀音的不同，後者當然也都指向聲同韻異的道路；前者在此書少見，菑與之等兩者韻母相同，自是後世的偶然音變現象。

〔陸〕從現代方言推測，照等四母兩類上字也顯示係由於韻母的對立。根據《漢語方音字匯》選其彼此間變異較大者舉例列表如下：

	國語	蘇州	温州	長沙	雙峯	南昌	梅縣	廣州	廈門	潮州	福州
莊	꜀tʂuaŋ	꜀tsɒŋ	꜀tsɔ	꜀tɕyan	꜀tsaŋ	꜀tsɔŋ	꜀tsɔŋ	꜀tʃɔŋ	꜀tsɔŋ	꜀tsɯŋ	꜀tsouŋ
章	꜀tʂaŋ	꜀tsɒŋ	꜀tɕi	꜀tʂan	꜀taŋ	꜀tsɔŋ	꜀tsɔŋ	꜀tʃœŋ	꜀tiɔŋ	꜀tsiaŋ	꜀tsuɔŋ
瘡	꜀tʂʻuaŋ	꜀tsʻɒŋ	꜀tsʻɔ	꜀tɕʻyan	꜀tsʻaŋ	꜀tsʻɔŋ	꜀tsʻɔŋ	꜀tʃʻɔŋ	꜀tsʻɔŋ	꜀tsʻɯŋ	꜀tsʻouŋ
昌	꜀tʂʻaŋ	꜀tsʻaŋ	꜂tɕʻi	꜀tʂʻan	꜀tʻaŋ	꜀tsʻɔŋ	꜀tsʻɔŋ	꜀tʃʻœŋ	꜀tsʻiɔŋ	꜀tsʻiaŋ	꜀tsʻuɔŋ
霜	꜀ʂuaŋ	꜀sɒŋ	꜀ɕyɔ	꜀ɕyan	꜀saŋ	꜀sɔŋ	꜀sɔŋ	꜀ʃœŋ	꜀sɔŋ	꜀sɯŋ	꜀souŋ

商	꜀ʂaŋ	꜀saŋ	꜀ɕi	꜀ʂan	꜀ɕiaŋ	꜀sɔŋ	꜀sɔŋ	꜀ʃœŋ	꜀siɔŋ	꜀siaŋ	꜀suɔŋ
爭	꜀tʂəŋ	꜀tsən	꜀tsiɛ	꜀tsən	꜀tɕiɛ̃	꜀tsɛn	꜀tsɛn	꜀tʃa:ŋ	꜀tsɪŋ	꜀tsẽ	꜀tseiŋ
征	꜀tʂəŋ	꜀tsən	꜀tseŋ	꜀tʂən	꜀tɕin	꜀tsən	꜀tsən	꜀tʃɪŋ	꜀tsɪŋ	꜀tseŋ	꜀tsiŋ
生	꜀ʂəŋ	꜀sən	꜀siɛ	꜀sən	꜀ɕiɛ̃ ꜀sõ	꜀sɛn	꜀sɛŋ	꜀ʃa:ŋ	꜀sɪŋ	꜀sẽ	꜀seiŋ
聲	꜀ʂəŋ	꜀sən	꜀seŋ	꜀ʂən	꜀ɕin ꜀ɕio	꜀sən	꜀saŋ	꜀sɪŋ	꜀sɪŋ	꜀sĩã	꜀siŋ
爪	꜂tʂau	꜂tsæ	꜂tsɔ	꜂tsau	꜂tsə	꜂tsau	꜂tsau	꜂tʃa:u	꜂dziau	꜂ziəu	꜂tsɔ
昭	꜀tʂau	꜀tsæ	꜀tɕiɛ	꜀tʂau	꜀tɕiə	꜀tsɛu	꜀tsau	꜀tʃiu	꜀tsiau	꜀tsiəu	꜀tsieu
梢	꜀ʂau	꜀sæ	꜀s꜄	꜀sau	꜀sə	꜀sau	꜀sau	꜀sa:u	꜀siau	꜀siəu	꜀sau
燒	꜀ʂau	꜀sæ	꜀ɕiɛ	꜀ʂau	꜀ɕiu	꜀sɛu	꜀sau	꜀siu	꜀siau	꜀sie	꜀sieu
鄒	꜀tsou	꜀tsøy	꜀tsau	꜀tsɤu	꜀tɕie	꜀tsɛu	꜀tsɛu	꜀tʃau	꜀ts꜄	꜀tsou	꜀tseu
周	꜀tʂou	꜀tsy	꜀tɕiu	꜀tʂɤu	꜀tɕiu	꜀tsəu	꜀tsu	꜀tʃau	꜀tsiu	꜀tsiu	꜀tsieu
搜	꜀sou	꜀søy	꜀sau	꜀sɤu	꜀ɕie	꜀sɛu	꜀sɛu	꜀ʃau	꜀s꜄	꜀siəu	꜀seu
收	꜀ʂou	꜀søy	꜀ɕiu	꜀ʂɤu	꜀ɕiu	꜀səu	꜀su	꜀ʃau	꜀siu	꜀siu	꜀sieu
疏	꜀ʂu	꜀səu	꜀sɿ	꜀sɤu	꜀səu	꜀su	꜀sɿ	꜀ʃ꜄	꜀sɿ	꜀so	꜀su
書	꜀ʂu	꜀sy	꜀sɿ	꜀ɕy	꜀ɕy	꜀ɕy	꜀su	꜀sy	꜀su	꜀tsɿ	꜀tsy
色	sɤ꜄	sɤ꜆	sᴇ꜆	sɤ꜆	꜀ɕiɛ	sɛt꜆	sɛt꜆	sɪk꜆	sɪk꜆	sek꜆	saiˀ꜆
識	꜀ʂɿ	sɤ꜆	sei꜆	꜀ʂɿ꜆	꜀ʂɿ	sət꜆	sət꜆	sɪk꜆	sɪk꜆	sek꜆	seiˀ꜆
森	꜀sən	꜀sən	꜀saŋ	꜀sən	꜀ɕiɛ̃	꜀sɛn	꜀sɛm	꜀ʃam	꜀sim	꜀siem	꜀seiŋ
深	꜀ʂən	꜀sən	꜀saŋ	꜀ʂən	꜀ɕin	꜀səm	꜀ts‘əm	꜀ʃam	꜀ts‘im	꜀ts‘im	꜀siŋ

從這些例看來，可以歸納為如下幾點：一、有同音者；二、有聲同韻異者；三、有韻同聲異者；四、韻異者大致莊系字主要元音較章系字為低，即其讀音較洪；五、聲異者大致莊系為舌尖音，章系為捲舌音或舌面前音。其同音者，可能其始韻同，亦可能其始聲同，後乃演為同音。聲同韻異者，當是其始如此。韻同聲異者，ts/tɕ 、s/ɕ 的對立，前者無介音，後者必含 -i- 介音，可見其始聲母相同，因介音 -i- 之影響而歧分為二；ts/tʂ 、s/ʂ 的對立，也可能受韻母不同的影響所致。其中也有例外情形，如長沙莊是 tɕyan，而章是 tʂan，似乎莊系字其始反較章系字音細。但莊字讀 ꜀tɕyan 與江韻窗字、雙字音 ꜀tɕ‘yan 、꜀ɕyan 行為一致，麻韻灑字音 ꜂ɕyai ，現象亦正平行。江麻為二等韻，其始無介音 -j-，可見長沙莊字並不支持《切韻》三等韻莊系字原有 -j- 介音的說法。

總結上文所提出的六點論證，無一不顯示照等四母兩類上字實際所表現的為韻母的對立，並非二者聲母上有何不同。〔**照二照三本是一音，尚可從其上古音的源頭尋究，詳見〈上古音芻議〉。2000 年宇純補案。**〕由於見溪疑影曉五母四等聲母無不相同，却可因具不具 -j- 介音而形成兩類上字；因此本文主張照等四母因韻母的對立而形成上字的類別，應該是不容懷疑的。不但如此，我們甚至還可以比擬見等五母說，此四者韻母的對立，也便是具不具 -j- 介音的不同。〔**見溪五母及照穿四母上字之分類，實際都只是爲區別重紐；後者又因爲莊系字少，不得不經由上字分類以區別韻類，所以獨爲謹嚴，與 -j- 介音之性質無關。詳見〈論重紐等韻及其相關問題〉及〈切韻系韻書兩類反切上字之省察〉。2000 年宇純補案。**〕於是不僅如過去學者所說，不同韻而韻圖同轉之二等韻莊系字與三等韻章系字其別在於 -j- 介音之有無（其間除臻真而外，當然還有元音之不同）；與二等韻在韻圖中成為互補或重出的三等韻莊系字，其與同韻章系字之異，也可以是具不具 -j- 介音的差別。這樣便只需將過去學者所擬三等韻莊系字的 -j- 介音除去，再將莊章二系的聲母擬為同音，一切問題都可以解決了。舉例而言，假如擬定莊章兩母並為 tʃ-，則如陽韻側羊切的莊字音為 tʃaŋ，而諸良切的章字音為 tʃjaŋ，本身既足以區別，亦足以解釋何以上字出現不相系聯的類別。可是我們不難想到，莊字韻母既然為 aŋ，則何以不入《唐韻》？且何故一切與一等韻同元音同韻尾的三等韻（如蒸之與登）莊系字無一字入一等韻者？可見問題並非如此簡單。但是前列六節俱顯示三等韻莊系字不當具 -j- 介音，又確然無可疑。因此我設想，凡韻圖列於二等之字，無論其為二等韻，或屬三等韻，都一律具 -e- 介音，因為有此介音，所以莊 tʃeaŋ 與章 tʃjaŋ 合為一陽韻，而不以莊入於韻母為 aŋ 的《唐韻》；又因 -e- 為純元音，與 -j- 為半元音性質不同，在三等韻中形成韻母上的對立，遂令照等四母出現兩類上字，情形與見等五母三、四等韻以半元音之介音 -j- 及純元音之介音 -i- 的不同，形成韻母對立而出現兩類上字者，也可以相互參驗。〔**介音性質與上字分類無關，説見上“補案”，宇純又記。**〕二等韻字現代方言往往有顎化現象，如江字由 k- 變 tɕ-，敲字由 k‘- 變 tɕ‘-，軒字由 χ- 變 ɕ-，遐字亦由 ɣ- 變 ɕ-，或者亦正支持 -e- 介音的構想。因此過去學者所定的中古音，以同龢先師《漢語音韻學》為例，便當略有不同：如崇原為 dz‘juŋ，而今為 dz‘euŋ；鄒原為 tʃju，而今為 tʃeu，樝原為 tʃa，而今為 tʃea；其餘類推。唯臻、簪等字，以其元音為“e”，與介音之 -e- 結合而為長 e，等於没有介音。於是臻與真或簪與斟之間，便成了 tʃen、tʃjen 或 tʃem、tʃjem 有無介音的差別。有無介音的差別，在《切韻》是可以分作二韻的，如冬與鍾、模與虞及唐與陽，此所以臻、岑得以獨立於真、琴之外。

要了解一件事情的真相，必須注意其相關的各種現象；當現象彼此間構成矛盾的時候，尤其必須能解除矛盾，而不是取其一端，而遺其另一端。照等四母出現兩類上字，只是一種現象；字母家只有四母，正是同等重要的另一現象。究竟照等四母代表幾個不同的聲母，其解答必須能滿足此相互衝突的兩種現象，方為可能。陳澧的主張顯然是取一遺一，本文從韻母對立的觀點提出來的看法，則是兼顧兩面，為唯一可以調和衝突的合理説解。

一九六四年，我作〈例外反切研究〉一文[25]，發現陳澧所説反切以上字定聲、下字定韻的法則只是反切結構的一種；上字與被切字具有疊韻關係（包括韻母全同或具陰、陽、入之關係）的反切，所佔比例甚大，有時被切字韻母的開合洪細且根本係由上字表示，下字的開合洪細反與被切字不同。這類反切，在時代愈早的韻書中愈多見，充分説明反切的結構原非一端；上字與被切字間，是否同具 -j- 介音，其一致的情況尤為突出。見等五母之各有兩類上字，即其顯例。故本文之主張莊章二系上字聲母相同，而以具不具 -j- 介音為別，實由彼文發展而來。為了切實認識本文觀點，讀者宜取彼文一觀，並請參考內子杜其容女士〈由韻書中罕見上字推論反切結構〉一文[26]。

最後，要將其他相關的問題，扼要述之如下。依個人了解：

一、凡喻母字皆為零聲母，其所以出現不相系聯的兩類上字，也是由於韻母對立的關係。具體言之，韻圖列於第三等的于類字為 -j- 介音，列於第四等的以類字為 -i- 介音。

二、凡韻圖列於四等地位的精系字，無論為三等韻的精清從心邪，或者為四等韻的精清從心，介音皆為元音性的 -i- ，其間的不同在主要元音。因為三等韻精系字的介音並非 -j- ，所以上字不出現兩類。**〔所謂三等韻的精系字，其實便是四等韻，前已加"補案"，宇純又記。〕**

三、不僅上述韻圖列於四等地位的精清從心邪喻六母字介音為 -i- ，即支脂真諄祭仙宵諸韻韻圖列於四等的重紐字，其介音亦莫不為 -i- 。前列《全王》上字，影母的「一」字雖屬三等韻，但不作韻圖列於三等地位的影母字的上字，四次作為上字，見於一、四等韻各一次，見於二等韻二次，其道理正在於此。曾經提到陳氏以汙字「一故即烏路」，系聯影母二類上字，以為其法有斟酌餘地，就是這個觀點。我曾作

---

25 參注 23。

26 載國立臺灣大學《文史哲學報》第二十一期。

〈廣韻重紐音值試論〉一文，以為此等字及喻母以類字介音為 -ji- ，其說實誤。〔參〈壹〉節“補案”，宇純又記。〕

四、凡知系字無論為二等韻，為三等韻，其介音相同。過去學者以為二等韻知系字無介音，唯三等韻知系字具介音 -j- 。果如此說，知系反切上字似當形成兩不相系聯的類。今觀其上字，見於二等韻者極少，二等韻多用三等韻者為上字；而且如以《說文》所收之字為斷限，二、三等韻知系字出現互補狀態，故知此說不實。麻庚二韻同時具二、三兩等，而知系字只有見於二等者一類，亦可見知系字無對立之韻母。過去高本漢曾經注意到二、三等韻知系字通用不別的現象，以為或並為單純聲母，或並為 -j- 化聲母，且傾向於 -j- 化聲母的看法。我則認為兩者同為單純聲母，而並有 -e- 介音。〔此點誤。知二、知三的不同，從介音而言，仍是 -e- 與 -j- 的異樣。其反切上字所以不分類，是由於知系字不出現重紐的緣故。詳見〈論重紐等韻及其相關問題〉。2000 年宇純補案。〕

一九八〇年七月十八日宇純誌

（本文原載中央研究院《第一屆國際漢學會議論文集》，一九八一。）

〔一九九九年九至十一月，我在北京大學中國語文學系研究所講授“上古漢語音韻”，因爲在南方住得太久，怕不能適應北方冬天的寒冷，一學期二學分的課程，每周上課三小時，約莫三個月內，全部授課完畢。選課同學，博碩士班共十九人。從所交學期報告看來，反應應該說是十分良好。因爲我的上古音系統，與我所認知的中古音密切相關，差不多半數時間說明我對中古音的了解。報告中有討論中古聲類的，一般都認爲我對照系兩類上字的主張十分合理；有一位同學提出，古人迻譯佛經，以照二、照三分對梵文的 ṣ 、ś（案其間亦偶有出入），是其本不同音之證。對此，我的看法是，這種現象可以只是表示兩個不同的讀音，而不必即其音值分別相等；講論漢語古音，仍當以自家的資料最爲重要，他家的現象，能夠通解即可，不可拘泥以致妨礙自家資料的貫通。必以照二照三聲母相異，本文所揭出的諸種現象，便不免自陷矛盾。另外又有一位同學，仍然相信照二照三本不同音，唐宋以後方始音同，我作了如下的補充。一個已經混同了的音，沒有理由要倒回去，也不容易倒得回去。譬如國語的“f”，分別來自非、敷、奉三母，即使音韻專家，未必能將所有讀“f”音的字，一一指明其先屬於非、敷、奉三者中的那一個。則如本文之所說，《集韻》能清楚分別照二與照三，如果不是因爲其介音不同，需要利用此點以區別韻類，便將無法作出解釋。在此我更要指出，《説文》小徐所採用的朱翺反切，與《切韻》系韻書有極大差別，但照二照三之分，除去少數例外，涇渭分明，現象完全同於《集韻》。都不是單純的“早期音異、唐宋以後音同”，不涉區分韻類的説法，所能釋疑袪惑的。2000年宇純補案。〕

陳澧以來幾家反切系聯法商兑 並論切韻系韻書反切系聯的學術價值

壹、引　　言

陳澧首倡反切系聯法，從《廣韻》反切窺測《切韻》音類，無疑為音韻學中值得振筆疾書的大事。不僅陳氏憑此法得出《廣韻》所代表的《切韻》聲類和韻類，後人也多運用此法，以研究《廣韻》或其他韻書甚至音義書中的反切，至今尚為學者所遵循。陳氏之法雖密，却因受《廣韻》反切難以克服的缺陷所影響，無法發揮其客觀功能。其他韻書及音義書，又或因體例不同於《廣韻》，無法全襲陳氏方法，而不得不有所更張，據個人的瞭解，似都有可議之處；而陳氏此法受限制情況及其真實價值如何，亦不盡為人所知，亦步亦趨，稟承陳氏以來系聯反切之法從事音韻研究的，往往可見。因有此文之作。

貳、陳氏反切系聯法

《切韻考》說：

> 切語上字與所切之字為雙聲，則切語上字同用者、互用者、遞用者，聲必同類也。同用者，如冬都宗切，當都郎切，同用都字也。互用者，如當都郎切，都當孤切，都當二字互用也。遞用者，如冬都宗切，都當孤切，冬字用都字，都字用當字也。今據此系聯之，為切語上字四十類。
>
> 切語下字與所切之字為疊韻，則切語下字同用者、互用者、遞用者，韻必同類也。同用者，如東德紅切，公古紅切，同用紅字也。互用者，如公古紅切，紅户公切，紅公二字互用也。遞用者，如東德紅切，紅户公切，東字用紅字，紅字用公字也。今據此系聯之，為每韻一類、二類、三類、四類。

這便是陳氏著名的反切系聯條例。此外，陳氏又揭出所謂分析條例，以與系聯條例反覆運用，以相勘驗。其説辭為：

> 《廣韻》同音之字不分兩切語，此必陸氏舊例也。其兩切語下字同類者，則上字必不同類。如紅户公切，烘呼東切，公、東韻同類，則户、呼聲不同類。今分析切語上字不同類者，據此定之也。上字同類者，下字必不同類。如公古紅切，弓居戎切，古、居聲同類，則紅、戎韻不同類。今分析每韻二類、三類、四類者，據此定之也。

可是由於韻書本不是為展現語音系統而作，其始亦未逆料到後人據其反切以究古音，故其法雖密，終不能完全系聯《廣韻》中反切，而不得不更提出所謂補充條例。他說：

> 切語上字既系聯為同類矣。然有實同類而不能系聯者，以其切語上字兩兩互用故也。如多、得、都、當四字聲本同類；多得何切，得多則切，都當孤切，當都郎切，多與得、都與當兩兩互用，遂不能四字系聯矣。今考《廣韻》一字兩音者互註切語，其同一音之兩切語上字，聲必同類。如一東涷德紅切，又都貢切，一送涷多貢切，都貢、多貢同一音，則都多二字實同一類也。今於《切韻》上字不系聯而實同類者，據此定之。
>
> 切語下字既系聯為同類矣，然亦有實同類而不能系聯者，以其切語下字兩兩互用故也。如朱、俱、無、夫四字韻本同類；朱章俱切，俱舉朱切，無武夫切，夫甫無切，朱與俱、無與夫兩兩互用，遂不能四字系聯矣。今考平上去入四韻相承者，其每韻分類亦多相承，切語下字既不系聯，而相承之韻又分類，乃據以定其分類；否則雖不系聯，實同類耳。

其中“實同類而不能系聯”一語，似是先已知其同類，後始謀所以系聯之證，頗涉主觀；實際恐是説話時顛倒了語序，把結論説在前面而已。不必先認定某與某為同類，只需根據補充條例勘察有關各正、又切間之上字，便可意想不到的將某某原不相系聯的切語上字系聯起來；甚至切語下字的系聯，也未始不可從此考察。所以，這裏並沒有方法上的問題。倒是最後一節所説，利用四聲相承之彼韻，以肯定此韻的分類，其間關係只是“多相承”，而非“必相承”，邏輯上不無可議。但是有分析條例的反覆互勘，實際或亦不致發生差錯。因此陳氏的反切系聯法，仍應視為十分精密。

但是陳氏據此精密系聯法，所得《切韻》之聲類和韻類，却不完全是客觀可信的。原因是《廣韻》的反切，論其缺陷，並不以“實同類而不能系聯”者為限，更有殘存的早期反切，嚴重的影響反切系聯。這便是所謂知端類隔和幫非類隔等。完全聽任反切加以系聯，其結果未必為當時實際聲類。如陳氏系聯脣音切語上字：方卑并封分府甫鄙必彼兵筆陂畀十四字為一類，敷孚妃撫芳披峯丕拂九字為一類，房防縛平皮附符苻扶便馮毗弼浮父婢十六字為一類，文美望無巫明彌亡眉綿武靡莫慕模謨摸母十八字為一類。其實此四類上字，《廣韻》時代各含輕重脣兩不同聲母。只因各重脣音字用了後來變為輕脣音字為上字，所以系聯為一。若以此為《切韻》音，或未有誤；以言《廣韻》時代如此，則大謬不然。在陳氏的觀念中，却沒有《廣韻》音與《切韻》音的不同，故就陳氏而言，根據《廣韻》反切加以系聯，遂以為《切韻》音，而不知《廣韻》之音則並不若是。〔**陳氏後為《切韻考・外篇》，始據三十六母說，分脣音上字為幫類非類、滂類敷類、並類奉類，不僅不改其上字系聯狀態，於明微二母仍合併為一。〈自序〉說：「唐末沙門始標舉三十六字謂之字母，至宋人乃取韻書之字，以字母之次第而為之圖。……遂於古來韻書切語之外，別成一家之學。然自為法，以範圍古人之書，不能精密也。」似乎對輕重脣音之分，未予絕對信任。2000年宇純補案。**〕又如陳氏系聯舌音切語上字：多得德丁都當東七字為一類，張知猪徵中追陟卓竹九字別為一類；徒同特度杜唐堂田陀地十字為一類，除場池治持遲佇柱丈直宅十一字別為一類。但據《廣韻》江韻椿字都江切、語韻貯字丁呂切、效韻罩字都教切等，椿是絳韻陟降切戇字和覺韻竹角切斲字的平聲字，貯是魚韻陟魚切猪字和御韻張慮切著字的上聲字，罩是肴韻陟交切嘲字和巧韻張絞切獠字的去聲字。依四聲相承的關係看，多以下七字及張以下九字，應系聯為一類。王仁昫《刊謬補缺切韻》斲字音丁角反，戇字音丁降反，便是《切韻》時代端知不分的直接證據。同理，《廣韻》梗韻瑒字徒杏切，豏韻湛字徒減切，前者為庚韻直庚切棖字、敬韻除鞕切鋥字及陌韻場伯切宅字的上聲字，後者為陷韻佇陷切賺字的上聲字，徒以下十字及除以下十一字亦當系聯為一類[1]。因為陳氏系聯反切，只注意切語上字本身反切的系聯，而不注意各切語上字在《廣韻》中出現時的全部情況，遂致明顯可以系聯的切語上字，而不能系聯為一體。

這樣指責陳氏，也許有人以為並不適當。因為陳氏除了系聯條例，還有分析條例。馬韻觰字都賈切，縿字竹下切，賈與下韻同類（案賈音古雅切，雅音五下切），故都、竹異音。同理至韻地字徒四切，緻字直利切，四與利韻同類（案四音息利切），〔**利與四韻有三等四等之異，即有介音 -j- 與 -i- 的不同，參〈論重紐等韻及其**

---

1 陳氏又系聯他託土吐通天台湯八字為一類，抽癡楮褚丑恥敕七字別為一類。鍇韻獺字音他鍇切，情形實與椿字音都江切及瑒字音徒杏切等相同，可惜沒有四聲相承的字以為比照，沒有直接反切系聯的根據。如果運用等韻觀念或字母系統觀念，仍不難認識二者應為可以系聯的類。

相關問題〉。2000 年宇純補案。〕故徒、直異音。然而這種了解也並不一定正確，可以分兩方面來說。第一，梗韻打字德冷切，盯字張梗切，冷與梗韻同類，情況與馬韻觰、緂二字相同。陳氏則認打、盯二字同音，其中打為增加字。緂字也和打字一樣，近於韻末，未始不可以增加字視之。第二，知系字本自端系字分化而來。就《廣韻》言，端與知當然為二音；但假定《切韻》初期此等分化尚未出現，這些對立的反切，便都可以視為韻母的不同。庚麻二韻無相當的一等韻，脂韻無相當的四等韻；而依個人見解，中古開口字一等韻無介音，二等韻皆具 -e- 介音，三等韻韻圖列三等之字一般具 -j- 介音，知系字則具 -e- 介音，韻圖列四等者與四等韻字同具 -i- 介音[2]：於是觰與緂或打與盯是 t- 與 te- 的不同，緻與地是 de- 與 di- 的不同。可見同是對於《廣韻》反切的系聯，如從其所表不同的時代著眼，情況的處理可以完全兩樣。所以，假如陳氏注意各切語上字在《廣韻》中出現的全部情況，同時又具有時代觀念，則上字的系聯工作，便不是系聯、分析幾個條例所能完全處理的。

其次，反切的特殊結構，可以使陳氏反切系聯陷於不實；或者切語上字不能系聯的類別，並不代表聲母發音的不同，使系聯的結果容易導致誤解，更幾乎要斲喪了系聯反切的意義。

《切韻考》說：

> 切語之法，以二字為一字之音，上字與所切之字雙聲，下字與所切之字疊韻，上字定其清濁，下字定其平上去入。

陳氏對反切結構的了解如此，也是一般對於反切的了解。但這只是反切結構的一種，也許應該說晚期反切的定型如此。其在早期，陳氏所說“上字與所切之字雙聲”、“上字定其清濁，下字定其平上去入”，也都不成問題；上字與被切字則不僅雙聲關係，韻母往往相同，其間僅有聲調的差異，有時其開合洪細且係由上字表示[3]，因此“下字與所切之字疊韻”之說，便不完全正確。這種反切，陳氏以為《切韻》“用字之疏”，其實只是早期反切結構的另一模式，在當時原是正常現象。如《切韻》恭字音駒冬反，冬與恭分屬一、三等，韻類不同，而駒字屬三等，且正是恭字的陰聲[4]，若以駒的聲母及介音甚至元音連合起來了解，“駒冬”正可以表現恭字的正確讀音。鳳字音馮貢反，例與駒冬切恭字相同，這個反切一直保留在《廣韻》裏。又有合口成

2 詳拙著〈論照穿牀審四母兩類上字讀音〉。

3 詳拙著〈例外反切研究〉。

4 詳拙著〈上古陰聲字具輔音韻尾說檢討〉第貳節。

分由切語上字表示的，如薳支切為、營隻切役及黃練切縣等，也都保留至《廣韻》未變。馮貢切鳳、薳支切為二切，同韻沒有對立的並母字或開口喻母字，如果不因其他反切可用分析條例離析，便極易擾亂反切的系聯。《切韻考》卷四第一表鳳字見於去聲第一行，與涷、送等字並列，而不見指明鳳下用貢字為"《切韻》之疏"，便是系聯發生錯誤的明證。其餘如昌來切犗、人兮切臡，陳氏系聯咍韻、齊韻（案開口）韻母僅有一類，也同樣是由於不明反切結構，而其所得為不實的類別。

由於早期反切要求上字不僅與被切字雙聲，同時還需韻母有關，或介音相同；某些僅有介音不同的對立反切，更嚴格要求上字表示區別，下字韻母是否相同，反而不甚重要。這方面陳氏有的發現了它們的對立狀態，有的則未能發現。〔**陳氏未能發現的，此文未見列舉，故下文但有「前者為」的一類，明有漏誤，別於〈陳澧反切系聯法再論〉中補出。2000 年宇純補案。**〕於是在聲類的了解上，發生了偏差而不能自覺。前者為：余餘予夷以羊弋翼與營移悅十二字為一類，于羽雨云雲王韋永有遠榮為洧筠十四字別為一類；之止章征諸煮支職正旨占脂十二字為一類，莊爭阻鄒簪側仄七字別為一類；昌尺赤充處叱春七字為一類，初楚創瘡測叉廁芻八字別為一類；神乘食實四字為一類，鋤鉏牀犲崱士仕崇查雛俟助十二字別為一類；書舒傷商施失矢試式識賞詩釋始十四字為一類，山疏疎沙砂生色數所史十字別為一類；以為其"出音皆截然不同"。其實這些都不是因為聲母有別，不過韻母上介音有 -e- 或 -j- 及 -j- 或 -i- 的異樣，於是形成兩套上字。這種情形可用見、溪、疑、影、曉五母作比較，而獲得深刻認識。陳氏系聯《廣韻》反切，見母之居九俱舉規吉紀几八字與古公過各格兼姑佳詭九字不相系聯，溪母之康枯牽空謙口楷客恪苦十字與去丘墟袪詰窺羌欽傾起綺豈區驅十四字不相系聯，影母之於央憶伊依衣憂一乙握謁紆挹十三字與烏哀安烟鷖愛六字不相系聯，曉母之呼荒虎馨火海呵七字與香朽羲休況許興喜虛九字不相系聯，大體皆一二四等為一類，三等別為一類；用了補充條例之後，始分別系聯為一體。在全本《王韻》裏，五母上字總計出現一千零二次，一二四等共為一類，三等自為一類。互用者僅屬三等韻的去、紀二字共三次用於四等韻而已[5]。〔**當時因受「大三等韻」錯誤觀念的影響，這看法有問題，詳〈陳澧反切系聯法再論〉。2000 年宇純補案。**〕後者自可以視為例外，而前者必非偶然現象；非代表不同發音之聲母，是則無可爭論。以此例彼，喻照五母兩類上字非有異音，自不待辯。何況喻照五母亦非全無混用者，

---

5 詳拙著〈論照穿牀審四母兩類上字讀音〉。

《廣韻》真字音側鄰切，《說文》大徐反切用《唐韻》，真禛蒖脣等篆亦並音側鄰切，與《廣韻》合；《切三》執字音側什反，亦以照二之側字當照三。所以我在〈論照穿牀審四母兩類上字讀音〉文中，曾根據這些現象更從其他各種角度，主張照二照三兩系聲母相同，喻三喻四音亦無異。照二與照三的不同是 tʃe- 與 tʃj-，喻三喻四的不同是 Oj- 與 Oi-。自陳氏以來，學者無不以為五母各代表兩類不同聲母，都是由反切不能系聯所引起的誤解，此雖不應由反切系聯負責，却也顯示反切系聯的意義，並不都是正數的。在陳氏的時代，因為學者不甚重視韻圖，所以有反切系聯法的產生。今天大家都知道韻圖的重要，《切韻》系韻書的音類既有精密韻圖《韻鏡》和《七音略》的明白揭示，學者如仍執著於反切系聯以言《切韻》音系，或研究《廣韻》音類，仍要從系聯反切入手，便是其愚不可及了。

叁、白滌洲〈集韻聲類考〉的系聯法

白滌洲〈集韻聲類考〉[6]，基本上是使用陳氏的反切系聯法。《集韻》又音不互注又切，遇到"實同類而不能系聯"之切語上字，便不能用陳氏的補充條例，於是白氏想到利用"同義異讀字"，以為比較其切語上字，便可加以系聯。舉例說，白氏系聯見母上字結果為六類：一、古沽矩果詭畎訣谷攻公工姑孤光郭，二、居姜嬌柯歸基戟訖葛厥剛恭各拘俱斤賈几苟舉紀己九蹇，三、堅頸經兼稽，四、吉激骨，五、涓扃圭，六、均規。但是白氏說：

> 兼，堅嫌切（二十五沾）又吉念切（五十六㮇）——堅、吉兩系實係同類；
> 更，古青切（十五青）又居孟切（四十三映）——古、居兩系實係同類；
> 經，堅靈切（十五青）又古定切（四十六徑）——堅、古兩系實係同類；
> 洵，規淪切（十八諄）又九峻切（二十二稕）——均、居兩系實係同類；
> 珪，涓畦切（十二齊）又均窺切（五支）——涓、均兩系實係同類。

於是六組五十二字並系聯為一。今案：沾韻堅嫌切兼下注云"《說文》并也"，㮇韻吉念切兼下注云"并也"；青韻古青切更下注云"歷也"，映韻古孟切更下注云"改也"；青韻堅靈切經下注云"《說文》織也"，徑韻古定切經下注云"織也"；諄韻規倫切洵下注云"水名出沂縣"，稕韻九俊切洵下注云"水名在沂"；齊韻涓畦切珪下注云"《說文》瑞玉也"，支韻均窺切珪下注云"玉也"。這種一字同義異讀的現

6 中央研究院《歷史語言研究所集刊》第三本第二分。

象，便是白氏據以系聯切語上字的證據。白氏說：

> 仔細將同義異讀的字找出，比一比牠們的切語上字，也可以證明幾組不相系聯的實同一類，其功效與互注切語相等。所苦的不過是要仔細找，而不能一目瞭然。

然而，從這裏我們竟至發現了白氏没有弄清楚陳氏補充條例的原意。陳氏說：「今考《廣韻》一字兩音者，互注切語。其同一音之兩切語上字，聲必同類。」分明是利用同一讀音的兩個切語上字，以其切語上字不同而同音，故明是一類而可據以系聯。白氏用的却是同一字的不同讀音。然讀音既不相同，雖用"同義"為條件，因為同義異讀的聲母不一定相同，這個構想便極其可怪。譬如白氏文中提到馬韻的担字有四讀，並皆同義：淺野切下云「取也」，子野切下云「《博雅》取也」，似也切下云「取也」，慈野切下云「取也」。此外，我們還知道担字又見於麻韻，莊加切下云「《說文》挹也，一曰取物泥中」，義亦相同。是否能根據這五個異音，而系聯淺、子、似、慈、莊五字為一呢？當然不能。白氏也知道像這樣的上字是不可系聯的。所以他說：

> 三十五馬中担字有淺野、子野、似也、慈野四切，這四切本屬清、精、邪、從四母。若嚴格仿效陳澧的變例，勢必併精清從邪為一類。由此類推，也許所謂三十六字母，併為十來個字母，甚至於幾個字母，距事實似乎過遠！所以我們採用系聯方法是必須有一個分際的。所謂分際，就是《集韻》聲類必與守温三十六字母相去不遠；利用同義異音的字系聯聲類，只限定在三十六字母中原屬同類的字。至於見、匣系聯，曉、溪同類，倘使證據充分，固然未嘗不可，若只憑單文孤證，是不能隨便引為根據的。

其實淺野、子野、似也、慈野之不能據以為精清從邪四母系聯之證，並非因為只是"單文孤證"，用白氏"同義異讀字"的系聯辦法，系聯如精清從邪等字母，其"證據"恐將是"更僕難數"。然而其所以不能系聯，因為這正是陳氏分析條例所指。用現代語言學觀念說，四者在同一韻中出現，便是對立現象，自然無法系聯。白氏用陳氏反切系聯法研究《集韻》聲類，竟於陳氏分析條例的重要性全無認識，而思以原屬三十六字母之同一母字設限，也是令人覺得奇怪的。然而莊加切與此四音便不合用陳氏分析條例，情形與白氏所舉兼、更等字相同。雖然照二與精或清、從、邪的對立，他韻極易見到，也足以排除莊字與淺或子、似、慈諸字系聯的可能性；但"同義異讀"字的不同切語上字不足為上字系聯之證，白氏構想之不合理，固已昭然若揭。

白氏以三十六字母原屬同類之字限制如淺野、子野等反切之系聯，也不是一個可以恭維的辦法，連白氏自己也覺得「似乎是主觀意味過濃，有強人從我之嫌」，但是他辯護説：

> 第一、三十六字母刱於唐末，至宋大興。這套字母的製成，必定與當時的讀音相合，尤其是就韻書而論。我們考求《廣韻》聲類，知道那四十七類是由三十六字母分化而成。《集韻》既與《廣韻》時代相差不遠，而性質也是相類的書，聲類方面自然是不會大有出入的。
>
> 第二、丁度等編輯《集韻》，已經在利用聲類來排列同韻的字。我們試翻檢全書一遍，即可發現"精清從""端透定"等同聲組的字大體是排列銜接，而其聲類數目大約在四十上下。（三十六字母之外，莊初船生仍分出，略與陳澧《切韻考》所得聲類相同。）排列既是利用守温三十六字母，則他的聲類必與三十六字母相去不遠。
>
> 所以我們可以説，《集韻》聲類與守温三十六字母相去不遠，而反切某字之應屬於某聲，由《廣韻》作旁證，也早已知道大概；找同義異音的字來系聯，不過舉個真憑實據罷了。至於同義的字異音過多，若用牠彼此系聯，勢必混亂三十六字母的分類，我們只能不管。

一、二兩點理由的確是充分的，問題是《集韻》的聲類已如此彰彰在人心目，又何需有"集韻聲類考"之作？又何需由反切入手以考其聲類？更又何需找個假的真憑實據以為系聯？這些都暴露了白氏系聯法的缺點。

其次，白氏以"同義"為條件，以系聯"異音"的切語上字，雖沒有學理上的依據，已如上述。既以為條件，便當嚴格遵守。如更字，古青切下云歷，古孟切下云改，義實不同。如此而可以系聯，則層出不窮如長、降等字的異讀，豈不又將增添白氏的困擾！此外，如前舉更字古青切，經字堅靈切，青韻青字音倉經切，依陳氏系聯條例，更青經三字屬於遞用，下字可以系聯；則依分析條例，古經二字應不屬同類。這一結論未必正確[7]，却可以看出白氏用同義異讀字作為上字系聯的證據，發生牴觸不能照顧的地方尚多。其實如果用系聯反切方法研究《集韻》聲類，我倒建議應該充分運用陳氏的分析條例，同時用《廣韻》上字系聯的狀況作為參考，以代替陳氏補充條例，必可獲得客觀系聯的結果，而庶幾方法上無疵可議。

7　更字音古青切，《集韻》同紐無他字，或疑實同庚韻古行切之讀，以上字定韻母，為早期所謂例外反切。

肆、李榮《切韻音系》的系聯法

李榮《切韻音系》，係用全本《王韻》探討《切韻》語音。《王韻》體例同《廣韻》，陳氏系聯《廣韻》反切之法，應可以全部採用。但李氏只在反切上字系聯時，採用了陳氏的基本系聯條例，另外提出互補和對立觀念，以為輔助。

所謂對立，實際便是陳氏的分析條例。如李氏以端、知兩系切語上字分立，雖然《王韻》椿字音都江反，戇字音丁降氏，斲字音丁角反，罩字音丁教反，胝字音丁私反等，不一而足，足以系聯端、知為一。但馬韻觰字都下反，又緣字竹下反，梗韻打字德冷反，又盯字張梗反，兩兩對立；也就是陳氏所説的下字同類者上字必不同類，所以端知無可強合。

至於所謂互補，一般意思是説，相同的音，因為不同環境的影響，或者説在不同的條件下，以固定不同的面貌出現，外表雖是不同，實質則無異樣。本書所説，則只是一種混用。陳氏的系聯法，只注意上字本身反切的系聯，而不注意書中上字出現的全部情況，於是不能系聯的類別，便要從又切上尋求是否可以進一步系聯的根據。本書則一方面用陳氏系聯上字的辦法，就上字之間予以系聯。一方面又注意各上字出現的所有小韻。前者系聯的結果，發現每因等第不同而有分立的現象，檢之各相關小韻，等第間的界限則隨時可以突破，所以原先的分立狀態應予系聯。譬如幫母上字據陳氏之法系聯結果為三組：

一、北波墨波博何逋博孤補博古布博故伯百博白博補各彼補靡兵補榮并補盈；

二、必比蜜比卑履卑府移方府長分府文封府容甫府方主鄙方美筆鄙密；

三、非匪肥匪非尾。

以等韻言之，一組不出一、二、四等韻，二、三兩組不出三等韻。但從各上字的小韻看，屬於二組的方字，三次作為一等韻上字，二次作為三等韻上字；又屬於一組的補字，也三次作為三等韻的上字。所以三組實係同類。故李氏云：「三組反切上字的小韻，出現的機會互補，所以同一聲類。」然而這分明只是混用，而非互補；真正的互補，便不會在不同韻類的各小韻出現混用現象。系聯反切而用互補觀念，則如照二系和照三系或喻三和喻四的對立，才應該是被考慮可能為同音的對象。這却是學者所不曾如此看待過的。在一般的觀念裏，互補與對立是兩種相反現象，互補則非對立，對立則非互補。可是用來了解反切，因為反切有上下二字，則究竟何者屬對立何者屬互補，便不易判斷；可能某甲言之屬對立，某乙言之則屬互補。如喻母二類上字，同時見於三等韻〔**本文所稱「三等韻」，仍屬通常「大三等韻」概念，實則如喻三喻四的不同，是三等韻與四等韻的不同。2000 年宇純補案。**〕，上字既不系聯，下字又往往同類，以《王韻》為例，屋韻囿字于目反，育字與逐反，根據目字莫六反、逐字直六反，應視于、與二字為對立現象，代表不同讀音。可是我們現在對於反切結構有較陳澧為深的認識，反切下字與被切字之間韻母不必嚴格相同。如《廣韻》獮韻有二士免切，一切撰字，一切棧字，紙韻企跬二字亦同音丘弭切，並有開合之異，是一者音全合，一者音不全合；迥韻迥字音户頂切，婞字音胡頂切，匣母上字僅一類，此二頂字後者全取其韻母，前者則並取户字之合口。全本《王韻》冬韻攻字古冬反，恭字駒冬反，前者全取冬字韻母，後者則並取駒字之三等介音（駒與恭實互為陰陽聲）。反切上字之僅見於三等韻者，因凡此等字為上字，其被切字即注定為三等字，具相同之介音，是以巨邏切茄、人兮切𪏭、昌來切犒、昌紿切茝等，所見非一。後三者韻母相同，為祭韻的平或上聲字，而下字或屬一等，或屬四等；茝字《集韻》又見薺韻掣睨切，實與昌紿切同音，而下字一屬一等，一屬四等。凡此，皆可見被切字之開合洪細與上字之關係。此外，支脂真諄祭仙宵諸韻之重紐，現時學者同意其別在韻母，而其下字幾莫不可系聯，韻母上的差異，往往賴上字得到識別[8]。當我們有了這些認識之後，對於喻母的兩類反切上字，應不難想到可能為互補現象，所表示的是韻母的對立，而不在聲母本身。照二系字可以與照三系字分屬二、三等韻，也可以同時在三等韻對立出現。過去大家都以為是聲母的不同；當然也可以視為韻母的對立，上字的不相系聯，正合互補現象。李文一方面講互補，一方面則以喻三喻四及照二照三兩系為不同聲母，我們不能以矛盾相責，因為他對互補現象本就認識不夠。但是我們必須一方面知道李氏對互補的誤解，一方面更應知道，反切上字系聯的結果，實別有互補的現象在。

此外，李氏在處理“互補”、“對立”的現象時，態度有不盡一致的地方。前文說李氏以喻三喻四及照二照三兩系分別異音，那只是由於對互補現象的了解發生偏差所致。精與照二兩系反切上字，李氏發現：一等二等精清從心與莊初崇生出現的機會為“互補”的；一等老是精清從心，二等老是莊初崇生；精清從心與莊初崇生的區別，對一二等韻講不是辨字的；兩者互見，如箇韻挫字側卧反，山韻虥字昨閑反，而從不發生對立現象[9]。那麼，處理此兩系上字似應與處理前舉幫母三類上字情形相同，

8　詳拙著〈廣韻重紐音值試論兼論幽韻及喻母音值〉。

9　見《切韻音系》九十一頁。

以為同音。結果適得其反，李氏於此則以為異音。甚麼理由？李文没有交代。但必不是由於反切系聯，更不是由於兩者互補。只不過是跟著字母家在走，因為兩者屬於不同字母，而說了一些不必要有的話。照二既本自精分出，自不會產生對立現象。至於說「兩者不是辨字的」，却必須先改類隔為音和，然後始能成讀。

伍、結　論

陳澧針對《廣韻》所設想的反切系聯法，可以說是十分精密和理想的。無如《廣韻》反切本身的不成系統，以及早期反切結構的模式匪一，遂致系聯反切時不免遭遇困難，而其系聯結果亦不盡為實際音類，或又容易據其表面現象產生誤解。嚴格說來，僅是系聯韻書反切，並不能獲知《切韻》時代音系的真面貌，必須參考其他材料，然後可望得到正確了解。《切韻》系韻書，本有精密韻圖展示其音系，無論聲類、韻類，都備載明白，一目瞭然。如果系聯反切的目的，只是如陳氏一樣，將上下字分離，以窺測二者各自所顯示的類別，則了解《切韻》音系，實在無需有反切系聯。換言之，反切系聯對於《切韻》系韻書而言，已經只具音韻學史上的地位。

然而韻圖所列，不過是系統的音類而已，據以求其音值，便有不足之處，一個極為重要的介音問題，反要依賴反切系聯為其提供消息。

韻圖依洪細音標準分等列韻，所謂“一等洪大、二等次大、三等細、四等尤細”的了解，必然是正確的。不然，洪細的遞減有與一至四等的順序不盡吻合之處，韻圖列等的措施便成了無可理喻。然而四等俱全的轉中字如高、交、驕、驍，學者或擬其韻母分別為ɑu、au、jæu、iɛu。據發音位置而言，j 高於 i，其音較 i 為細，是否應改原先三四等驕驍二字的擬音為 iæu、jɛu，即是說其洪細的差異不僅在元音，介音亦自不同？我以為這個問題只有反切系聯可以提供正確答案。因為反切系聯的結果，四等俱全的見、溪、疑、影、曉五母各有兩類上字，一二四等共為一類，三等別為一類；脣音的不、芳、並、明四母，也大致有相同的界限。見、影系中羣母僅見於三等韻，匣母僅見於一、二、四等韻，其上字適僅有一類。這些現象充分顯示三等韻與一、二、四等韻必有其相異之處，而又不得為洪細的不同（案因為四等與一、二等為類）。從上述四字的擬音看，j 為半元音，使三等韻具有唯一不同於一、二、四等韻的特色，當是三四等韻分具 -j- 或 -i- 介音而不能互易的證明。**〔見、溪等上字分類，原因並不如本文所説，詳〈論重紐等韻及其相關問題〉。2000 年宇純補案。〕**

以上的分析，無異告訴我們 -j- 與“非 j”的不同，可以於反切上字造成不同的類別，而聲母發音並無不同。這一認識，對於中古音的了解所關至鉅，許多問題可以從此獲得解答，因為只要把握住這一點推廣開去，便可以知道：

一、支脂真諄祭仙宵諸韻重紐的不同，當是 -j- 與 -i- 的差異。

二、喻三與喻四的不相系聯，也當是 -j- 與 -i- 的不同[10]。喻三喻四兩者分等而居，實際本是整個重紐的一端，不過其出現更為普遍，不限於支脂七韻而已。

三、精系字可以出現一三四等韻，（二等韻反切也有用少數精系字為上字的，一般以為類隔，故不計。）但其上字僅有一類，與前述見、溪、疑、影、曉、喻及羣、匣等母都不相同，則三等韻精系字介音不同於同韻韻圖列於三等之見影系字者可知；韻圖既列其字於四等，其介音為 -i- 又可從斷定。如此則不但韻圖凡列於四等地位之字，包括四等韻及支脂七韻重紐韻圖之列四等者，有其一貫的道理；三等韻與四等韻精系字之不同，僅在元音部分，亦適成最小之對比。〔**凡韻圖列四等之字，即屬四等韻。因其時未擺脫「大三等韻」觀念，故有精系字見於三等韻誤說。2000 年宇純補案。**〕

四、知系字出現於二等韻及三等韻，一般學者以二等韻知系字無介音，三等韻知系字有介音 -j-。今知其上字僅有一類，則兩者有無 -j- 介音之情況應當一致。所以我在〈論照穿牀審兩類上字讀音〉文中，以 -e- 為其同有之介音。〔**此說誤，詳〈論重紐等韻及其相關問題〉。2000 年宇純補案。**〕

五、如前文所述，喻三與喻四以 -j- 與 -i- 的不同形成上字的類別，其本身為零聲母則並無差異，以視照二照三兩系上字之不相系聯：照二系字既在二等韻與三等韻之間形成互補現象，而於三等韻中對立，則其與照三系字的不同，也當是介音的有別。所以我以為照二與照三的不能系聯，代表的是介音 -e- 與 -j- 的對立，聲母並無不同。學者或以見於二等韻之照二系字無介音，見於三等韻者有介音 -j-，如此則所謂照二系上字本身便當出現兩不相系聯的類別；今既不然，便知此說無可取。說詳拙著〈論照穿牀審兩類上字讀音〉。〔**凡照二系字屬二等韻，三等韻無照二系字，以照二及精四屬三等韻的「大三等韻」的觀念，是錯誤的。2000 年宇純補案。**〕

六、如前文所述，喻四介音為 -i-，支脂七韻重紐之見於韻圖四等者介音為 -i-，精系字無論為三等韻為四等韻介音亦並為 -i-，則凡韻圖列於四等之字莫不有 -i- 介音可知。則若至韻之地、麻韻之爹，亦當具 -i- 介音。對於《廣韻》而言，地與緻的不

---

10 拙著〈廣韻重紐音值試論兼論幽韻及喻母音值〉以七韻韻圖列四等之字及喻四字介音為 -ji-，今改如此。

同，不僅聲母有定、澄之異，介音亦別；在澄母未分化之前，則二字僅有介音之差。

七、匣母不見於三等韻，而《廣韻》真韻礥字音下珍切。《切韻》東韻雄字音羽隆反，《廣韻》音羽弓切，與今方音率讀擦音聲母不合；《集韻》音胡弓切，則與匣母不見三等韻相違。今以二字音為 ɣi- ，所謂匣無三等音，只是不與 -j- 相配而已，一切皆無窒碍。故《韻鏡、七音略》礥字並見匣下四等；雄字見於匣下三等，疑是後人誤置，當下移一格。〔**礥本是四等字，故韻圖字見四等；凡三等匣母變喻母，匣母不見於三等的話亦並無錯誤。雄字羽隆、羽弓的音切，當是羽字變喻四之前所造，其字應入匣母四等，與礥字同，故《集韻》音胡弓切。2000 年宇純補案。**〕

八、《玉海》四十五引韋述《集賢記注》云：「天寶末，上以自古用韻不甚區分，陸法言《切韻》又未能釐革，乃改撰《韻英》，仍舊為五卷。舊韻四百三十九，新加百五十一，合五百八十，分析至細。」案《切韻》系韻書分韻才二百左右，今云舊韻四百三十九，新加百五十一，合五百八十，（案兩數相加為五百九十，此中必有錯誤），疑《韻英》以不同韻母為分韻標準，故遠較《切韻》分韻為密。唯據一般學者之了解，如東韻僅二類韻母，各韻韻類共計之為三百二十一，去四百三十九韻之數仍遠。今以照二字及三等韻知系字為 -e- 介音，精三及喻四等韻圖列四等之字為 -i- 介音，則東韻便有 uŋ、euŋ、juŋ、iuŋ 四個韻母，如此粗略計算，《切韻》便有四百三十餘韻母，與所謂舊韻四百三十九大抵吻合。此一音韻學史上的問題，似乎可以得到解答。顯然這也是源於反切上字系聯之所賜的。〔**見於四等即四等韻，此實與反切上字系聯無干，參前各條補案，宇純又記。**〕

以上所指出的幾點，都是由於反切系聯顯示 -j- 與“非j”可以造成上字不相系聯的啟示。我不敢說這些了解都是正確的，但信守客觀材料，堅持一貫原則，便無法不有這些看法。然而必須注意的是，反切系聯之所以有此大用，全賴將上下字互相參觀，深入了解反切結構聲韻間的關係，同時還須有互補觀念，然後可以有此收穫。若陳氏之孤立上下字，專注於上字或下字本身的系聯類別，一便是一，二便是二，則反切的系聯工作，便將顯得毫無意義，至少對《切韻》系韻書而言如此。然則反切系聯的真用，却是陳氏所始料不及的。

一九八一年七月於南港

（本文原載《清華學報》新十四卷第一、二期合集，一九八二。）

從臻櫛兩韻性質的認定
到韻圖列二四等字的擬音

《切韻》臻櫛兩韻屬二等韻屬三等韻的性質如何，關係整個韻圖列二等及四等字的韻母擬音，是一個值得重視的問題，學者注意力却是不足。

衡情論理，《切韻》既能別臻櫛於真質之外，顯然臻真、櫛質之間必其韻母音有不同。但由於學者自始在莊章兩系反切上字系聯上產生了誤解，以致不能識得莊系字的韻母形態；影響所及，臻櫛二韻的性質不能認定，而原本可以從此獲得的擬測中古音的消息，也便遲遲未能引發。

有的學者根據《切韻》之分臻真、櫛質，又見韻圖列臻櫛韻字於二等地位，便認臻櫛為二等韻。二等韻莊系字無介音[1]，三等韻莊系字具介音 -j-，幾乎是學者的一致主張，於是臻真、櫛質的不同，採最小對比，便是真質具介音 -j-，而臻櫛無有。這樣的處理，自然可以滿足《切韻》臻真、櫛質的二分。從音韻結構而言，《切韻》二等韻沒有僅具齒音字的，各韻亦並無此例，臻櫛則但有齒音。另一方面，三等韻有但具脣牙喉音的，如微[2]、廢、欣、文、元、庚、嚴、凡；其餘則並五音俱全，除宵、麻、清、鹽四韻而外，齒音部分且同時有字韻圖列入二等地位，如東、鍾、支、脂、之、魚、虞、祭、仙、陽、尤、侵、蒸；包括宵、麻、清、鹽在內，諸韻又並有齒音字韻圖列入四等[3]。真質為三等韻而齒音缺莊系字，情形似與宵、麻、清、鹽相同，但宵、清、鹽同轉有二等韻的肴、耕、咸，麻則本韻便有二等韻字，以臻櫛與肴、耕、咸及麻韻二等字相較，臻櫛顯然非其倫類；而中古脂、真、質三韻具陰、陽、入三聲相配關係，以脂視真、質，真、質理應具有如臻、櫛之字，一如脂及其餘東、鍾至侵、蒸諸韻之具莊系字者然，便更分外明白。諄、準、稕、術四韻本從真、軫、震、質的合口音分出，諄韻雖亦不具莊系字，術韻則有黜率二字正屬莊系，相當於櫛

1 此對下文介音 -j- 而言，合口介音不包括在內，下同。

2 舉平以該上去入，下同。

3 幽韻及重紐情形因與本文主體討論部分無關，故不涉及。

瑟二字的合口，然則臻真、櫛質的關係如何，便益加清楚了。是故以臻櫛為獨立二等韻，實際存在著基本問題。可能便是有鑒於此，不少學者認臻櫛為真質的一部分；却由於其基本了解，以臻櫛為三等韻，三等韻莊系字具 -j- 介音，三等韻中莊章兩系字的讀音不同在聲不在韻，而無法交代《切韻》在何種條件下能別出臻櫛於真質之外。於是一般對此只有規避不談。先師董同龢先生《漢語音韻學》主張臻櫛屬真質為三等韻，而於所擬介音 -j- 上加括弧，以示其音「較不顯著」，總算找出來一條道路。然而說中古韻母有具介音 -j- 及不具介音 -j-[4] 的兩類，具 -j- 的一類中，屬於真質二韻莊系字的獨不顯著，至於可以使《切韻》獨立為韻，等於說並不具此介音 -j-，這樣的解釋，恐怕很難認為圓滿。可見臻櫛二韻究竟是何性質，確實令人有左右為難不知所以裁之的困擾。

我在〈論照穿牀審四母兩類上字讀音〉[5]一文指出，莊章兩系反切上字不相系聯，只是由於介音的固定不同產生的互補現象，聲母並無差異，與見、溪、疑、影、曉、喻六母上字分別隸屬兩個不相系聯的系統實無不同；凡莊系字並具 -e- 介音，無論為二等韻為三等韻，與章系字之具 -j- 介音始終對立。《切韻》從夏侯該《韻略》分臻真，又從而分其入聲為櫛質，乃是基於「賞知音」的分韻觀點，因為真質的元音適巧為 e，使得莊章兩系韻母成為有無 -j- 介音的不同，而離析為二。其後唐人武玄之《韻銓》分《切韻》一侵韻為岑琴二韻，正是後先如出一轍，背景相同。據全本《王韻》，呂、陽、杜不分臻真，呂、夏侯不分櫛質，兩者與《切韻》分合之間並不表示語音有何差別，不過偶因「賞知音」與「廣文路」所取分韻標準不同，於是出現了或分或合的不同措置。彼文已從好幾個不同的觀點肯定臻櫛為真質的莊系字，於此更要證明此一判斷的絕對正確。

首先，於陸德明《經典釋文》所見，《詩經、周禮、儀禮、禮記、左傳、公羊、穀梁、莊子、爾雅》等書凡出現臻櫛二韻之字，除《詩經・良耜》篇櫛字音側瑟反下字屬櫛韻外，其餘無不用真韻字為下字，共五十九字次六十九反切；而瑟字見於《詩經・旱麓》篇者音所乙反[6]，仍與質韻相系聯，充分顯示了臻真、櫛質間的密切關係。現將此等反切一一臚列於下:

一、《詩經》部分:

---

4 後者包括介音為 -i- 者在內。

5 中央研究院《國際漢學會議論文集》，1981。〔今收入集中，2000 年字純誌。〕

6 《詩經》瑟字多見，凡琴瑟字《釋文》無音，此詩瑟字義獨為「絜鮮貌」。

詵　所巾反。〈螽斯〉

蓁　側巾反。〈桃夭〉

榛　本亦作蓁，同，側巾反。〈簡兮〉

櫛　側乙反。〈柏舟〉

榛　側巾反。〈定之方中〉

溱　側巾反。〈褰裳〉

溱　側巾反。〈溱洧〉

榛　側巾反，又仕巾反。《字林》音莊巾反。〈鳲鳩〉

駪　所巾反。〈皇皇者華〉

溱　側巾反。〈無羊〉

榛　士巾反，又側巾反。〈青蠅〉

莘　所巾反。〈魚藻〉

莘　所巾反。〈大明〉

榛　側巾反，《字林》云木叢，又仕人反。〈旱麓〉

瑟　所乙反。〈旱麓〉

甡　所巾反。〈桑柔〉

臻　側巾反。〈雲漢〉

櫛　側瑟反。〈良耜〉

二、《周禮》部分:

榛　側巾反，劉士鄰反。〈籩人〉

榛　側人反。〈大司徒〉

臻　側巾反。〈栗氏〉

三、《儀禮》部分:

櫛　莊乙反。〈士冠禮〉

櫛　莊乙反。〈喪服〉

榛　莊巾反。〈喪服〉

櫛　莊乙反。〈士喪禮〉

櫛　莊乙反。〈士虞禮〉

四、《禮記》部分:

櫛　側乙反。〈曲禮〉

榛　側巾反，《字林》云仕巾反，古本又作亲，音壯巾反。〈曲禮〉

榛　側巾反，木名。又士鄰反。〈檀弓〉

榛　側巾反。〈郊特牲〉

櫛　側乙反。〈內則〉

榛　側巾反。〈內則〉

櫛　側乙反。〈玉藻〉

榛　側巾反。〈祭統〉

五、《左傳》部分：

莘　所巾反。桓公十六年

莘　所巾反。莊公十年

莘　所巾反。莊公十四年

榛　側巾反。莊公廿四年

莘　所巾反。莊公卅二年

櫛　側乙反。僖公廿二年

溱　側巾反。僖公廿五年

溱　側巾反。僖公廿七年

莘　所巾反。僖公廿八年

溱　側巾反。文公二年

莘　所巾反。成公二年

溱　側巾反。成公十一年

櫛　側乙反。襄公十四年

溱　側巾反。昭公十六年

六、《公羊》部分：

莘　所巾反。莊公十年

莘　所巾反。昭公廿三年

七、《穀梁》部分：

莘　所巾反。莊公十年

八、《莊子》部分：

𡵓　本又作莘，所巾反，又音臻。〈達生〉

扻　莊筆反，又作櫛。〈徐无鬼〉

蓁　徐士巾反，一音側巾反。〈徐无鬼〉

莘　所巾反。〈庚桑楚〉

櫛　莊乙反。〈寓言〉

櫛　側筆反。〈天下〉

九、《爾雅》部分：

臻　側巾反。〈釋詁〉

臻　則巾反。〈釋詁〉

蓁　郭側巾反，又子人反。〈釋訓〉

觀看過上述反切，當會產生如下的直接反應，臻櫛顯然便是真質的莊系字。進一步則可能發生一個問題：執《釋文》之合，是否便可以致疑於《切韻》之分？也就是說，其間有無方音背景的不同？從《釋文》兼採各家異音的體例看來，其為古書文字立切語，初不以堅持代表一個方音為目的的立場，應該是十分清楚的。另一方面，曾經陸法言等人「捃選」過的「精切」，在當時極佔優勢，是故自陸氏韻書一出，諸家韻書便漸見式微。《釋文》反切既兼採諸家，何故而必須獨排《切韻》，也似找不出任何理由。何況實際上，《釋文》所注反切，除特意標舉的各家異音，如《詩經》之引沈重，大體可以說便是通行的《切韻》音；至少也當說合於《切韻》系統，此無論為韻母的二百六韻，為聲母的三十六母，或為各反切所顯示的其他現象，如見影等字母因等第不同形成的兩類上字，《釋文》莫不與《切韻》相合。於此無法一一列舉，略揭示一二例以見一斑。《尚書・盤庚》中篇殄字音徒典反[7]，此不僅與全本《王韻》及《廣韻》反切用字相合，〈舜典〉殄下云「《切韻》徒典反」，可見所音徒典反正用《切韻》音。〈微子〉篇隮下云：「子細反，《玉篇》子兮反，《切韻》祖稽反。」亦不僅明引《切韻》以與《玉篇》相對，隮字《切韻》又見霽韻子計反，是子細反一音亦與《切韻》相合。於是再看上列臻櫛二韻字的反切，《詩經・鳲鳩》篇榛下「《字林》又莊巾反」，實質與「側巾反」一音並無不同[8]，《釋文》尚且兼錄存異；假令《切韻》蓁、溱、榛、詵、甡、駪、莘、櫛、瑟等字的反切：「側詵反」不同於「側巾反」或「莊巾反」，「仕榛反」不同於「仕巾反」，「疎臻反」不同於「所巾反」，「阻瑟反」不同於「側乙反」或「莊乙反」，「所櫛反」不同於「所乙

7　案僅此一讀。

8　案莊側二字今雖有開合之異，其在中古，莊字亦屬開口音。《儀禮・喪服》榛下但云莊巾反，其餘如《詩經・簡兮、定之方中》及《禮記・內則、郊特牲》但云側巾反，以知莊巾、側巾音實無異。

反」，《釋文》有甚麼理由在數逾五十次的臻櫛二韻字下獨不一取《切韻》之音？何況《詩經・良耜》篇櫛字音側瑟反，以櫛韻瑟為下字，固又與《切韻》之音「阻瑟反」並無不同？然則《釋文》此等字反切所表讀音不異於《切韻》，應無庸懷疑。其所以不即取《切韻》音，恐是基於某種觀點而蓄意避去。從知據《切韻》別出榛櫛，便謂臻櫛為獨立二等韻，與真質無關，必是誤解。〔**此前作〈論照穿牀審四母兩類上字讀音〉，主如鍾、支、脂、之等三等韻，齒音二、四等分別爲 -e- 、 -i- 介音，但仍不能擺脫"大三等韻"的錯誤觀念。直至撰寫〈論重紐等韻及其相關問題〉，始悟等與等韻無異義，凡字韻圖所在之等，即其所屬之等韻，是眞一間未達，「其愚不可及也」。臻、櫛自是獨立的二等韻，以鍾、支、脂、之等韻之結構而言，則亦爲眞、質的莊系字；不可因此而有所致疑，兩者元音並無不同。2000 年宇純補案。**〕

此外似乎還須顧慮到，《釋文》反切是否有二等韻字慣用韻圖同轉三等韻字為下字的現象？如果有，則以臻櫛為真質之莊系字仍是問題。經檢視《釋文》，除眚、省、渻三字共四十一次或音所景反[9]、或音色景反[10]、或音生景反[11]，又或音所領[12]、色領[13]、生領[14]反，景字領字並屬三等韻[15]外，其餘二等韻字無有用韻圖同轉或鄰轉三等韻字為下字者；而三等韻莊系字用同韻韻圖列三等或四等地位之字為下字，則時時可見。後者即《四聲等子・正音憑切門》「韻逢三四，並切第二」一語之所指。二等韻字不用同轉或鄰轉三等韻字為下字，三等韻莊系字時以同韻韻圖列三等或四等之字為下字，結合此兩點，自然指向臻櫛韻為真質韻莊系字之一途。《切韻》情形與此無異。至於眚省等字四十餘次用三等韻字為下字，却不足以說臻櫛為二等韻，〔**此語誤，見前段補案，宇純又記。**〕亦不足以證臻櫛韻字與真質韻字韻母同音；其所顯示的實際意義應為，凡莊系字無論屬二等韻或屬三等韻，與韻圖同轉見於三等或四等地位之字韻母皆不相同。因為眚省等字韻母不同於景字領字，不僅為學者之共識，且亦不容有異議。原來《切韻》眚省等字屬庚韻上聲，庚韻兼具二、三兩等韻字，不過其三等韻字屬於所謂「三等韻之甲類型」[16]，僅有脣牙喉音而無舌齒音，沒有與眚省等字

---

9 如《尚書・舜典》篇眚字、〈微子〉篇省字，又見《莊子・達生》篇渻字。

10 見《禮記・王制》篇省字。

11 見《周禮・甸師》眚字。

12 見《尚書・康誥》篇眚字及《禮記・檀弓》篇省字。

13 見《禮記・中庸》篇省字。

14 如《易經・訟卦》眚字，又見《易經・萃卦》省字及左氏襄公卅一年《傳》渻字。

15 案《切韻》領字屬靜韻，《釋文》如《易經・井卦》井下音精領反，〈離卦〉警下音京領反，前者《切韻》屬靜韻，後者屬梗韻。

16 見先師董同龢先生《漢語音韻學》。

對立的章系字；但屬二等韻的眚省，其韻母自與屬三等韻的景領不同。此所以眚省等字音所景反的現象，並非《釋文》所獨有，《切韻》亦正相同。《切韻》又有庚韻生字音所京反，映韻瀄字生字分別音楚敬反或所敬反，陌韻栅字索字分別音測戟反或所戟反，現象與眚字音所景反同，被切字並不得與其下字同韻母。可見反切下字二、三兩等儘可以系聯，其韻母則並不相等。其中索字見於《釋文》，與所戟反相當之音讀[17]或音色白反[18]，或音所百反[19]，白百與索字同屬陌韻二等。他如柞迮二字《釋文》音側百反[20]；笮字音側白反[21]，現象亦正與索字音色白、所百平行。是《釋文》二等字以三等字為下字者，其例未必多於《切韻》。從知其以真質韻字為臻莘櫛瑟之下字，不過為三等韻莊系字以韻圖列三等之字為下字的慣見現象，決不得因眚省等字的反切而致疑於臻櫛，以為是與真質無關的獨立二等韻。

除上述《釋文》反切而外，以真質韻字為臻櫛韻下字，唐人反切於他家亦往往見之。慧琳《一切經音義》：臻字音櫛詵反，詵字音色臻反，雖互用為一體，但臻字亦音側巾反，又有蓁字音櫛巾反；櫛字音側瑟、蓁瑟、臻瑟、阻瑟諸反，並以韻圖同等之瑟為下字，瑟字則音所乙反[22]，仍可見臻真、櫛質關係之密。玄應《一切經音義》：臻字音側巾反，又音側陳反，侁字扟字音所鄰反，詵字音使陳、所巾反，榛字音仕巾、士巾、助巾反，剢字音楚乙反，蝨字音所一反，臻櫛二韻字除櫛字音側瑟反外，無不用真質韻字為下字[23]，情形與陸氏《釋文》相同。殷敬順《列子釋文》，亦於櫛字音壯乙反[24]。可見其時此一現象至為普遍。《切韻》不用真質韻字為臻、櫛之下字，顯然是因為既從夏侯該分臻真並分櫛質，自當選用本韻字為下字，於是截然為二，所謂「捃選精切」者，此蓋亦其一端；然不謂據音而言，臻櫛韻字必不可以真質韻字為下字。《切韻》於早期諸家韻書各韻之分合，皆從分不從合。分固因其音有殊異，合則不必音皆相同。實質儘可以全無差別，分合却可以彼此殊途，這是對於中古韻書分韻及音義書中反切所必須具有的認識。

綜合以上所說，臻櫛二韻分屬真質為莊系字，理應毫無可疑。過去學者以三等韻

17 案索字別有蘇各反一讀。
18 如《儀禮・鄉飲酒禮》。
19 如左氏襄公八年《傳》。
20 前者見《周禮・肆師》，後者見左氏襄公卅一年《傳》。
21 見《儀禮・既夕禮》。
22 據黃淬伯〈慧琳一切經音義反切考〉。
23 據周法高先生〈玄應反切字表〉。
24 見〈黃帝篇〉。

莊系字韻母與同韻章系字相同，又於莊章兩系字之聲母主張為不同讀音，於是如臻真、櫛質聲母兩兩對立的文字，其讀音的差別便全在聲母。然而說《切韻》分臻真、櫛質各為二韻，著眼點是因為聲母的不同，自屬於理難通。如我在〈論照穿牀審四母兩類上字讀音〉文中所指出者，莊章兩系上字聲母無別，面對上述現象，便知臻真、櫛質間的差異所在非介音莫屬，且不得謂其一有一無，而必須是同有介音，特其彼此不同而已。不然，則如鍾、虞、陽、尤之莊系字便當與冬、模、唐、侯合韻，而如東之莊系字亦當以同韻一等字為下字。然而遍檢全本《王韻》韻目及《切韻、釋文》反切，各家韻書雖間有鍾冬、陽唐合韻之例，自是由於「廣文路」的分韻觀點所使然，與因韻母相同而以鍾、陽之莊系字入冬、唐者，初不可同日而語；反切亦不見有如東韻莊系字以一等字為下字之例[25]。今如前文擬臻櫛之介音為純元音之〔e〕，以與真質韻字韻圖列三等者之介音為半元音之〔j〕相對。-e-、-j- 的不同，便是臻真、櫛質韻母僅有的差異。唯學者多擬此四韻主要元音為〔e〕，臻櫛的介音當與主要元音合而為一，而其實際韻母為“en”。用 uŋ、juŋ 及 aŋ、jaŋ 作為比較，前者《切韻》合而為東韻，後者則分而為唐及陽；此外，開合的不同一般皆合為一韻，如痕魂、寒桓則亦據其有無介音而分。可見如en、jen的差別，自可出現或分或合的不同措施，原是不足為怪的。武玄之自侵韻分出岑韻，侵韻學者也多主張其元音為〔e〕，兩個僅有莊系字的獨立韻，竟然其元音同為〔e〕，其餘非 e 元音的三等韻，則不見有以莊系字獨立為韻的現象，似乎便是因為其他三等韻莊系字都具有明顯的 -e- 介音，說見下，與真、侵二韻莊系字介音元音合一之後不復有介音的情況不同，以致形成了或獨立為韻或不獨立為韻的差異。把這些現象結合一起，便覺得實大堪玩味。

臻櫛二韻的性質及擬音既如上述，對於整個中古韻圖列二、四等字的擬音，便當有決定性的影響。一，由於莊章兩系字在所有二、三等韻間始終對立，臻櫛之分不分韻，即或屬三等韻，或為獨立二等韻，既無關於韻母的異同，從知凡為莊系字，無論屬三等韻屬二等韻，當同有介音 -e-；而凡為二等韻之字，亦無論其為齒音為脣舌牙喉音，並當有 -e- 介音。今漢語方言二等韻牙喉音字如江交、孝嚇，聲母由 k、h 變為 tɕ、ɕ，疑即受此介音之顎化影響，不啻為二等韻具 -e- 介音說得其明證。二，韻圖以二、三等韻莊系字同列於二等地位，今知其同具 -e- 介音，屬於同一形態；則韻

---

25 案通常所謂齒音類隔，如《集韻》厚韻鯫字音仕垢切，似是莊系字用一等字為下字之例，而實與此處所說並不相同。故此切係見於厚韻，而非見於有韻；所牽涉到的才垢、士九二切，亦正分屬不同的韻內，韻母並不相同。詳參拙著〈例外反切研究〉。

圖以三、四等韻之精系字同列於四等地位，亦必由於其形態有共同之處。由是推知，凡韻圖列四等之精系字，無論屬四等韻或屬三等韻，其介音並為 -i- 。而韻圖一切入四等之字並具 -i- 介音，亦不難由此斷定。這些意見大體已在〈論照穿牀審四母兩類上字讀音〉文中說到，因其認知俱與臻櫛二韻性質之認定有直接或間接關係，是以於此更作說明。

一九八三年八月宇純於南港

後　記

本文係為應本年九月在美國西雅圖召開的“第十六屆國際漢藏語言學會”之邀而作，十六日上午將主要意思陳述之後，獲得相當熱烈同時也是相當不壞的回響。中外學者也有一面認為 -e- 介音的主張甚好，一面認為本文以陽韻莊系字不入唐韻為例，推論陽韻莊系字具 -e- 介音，觀點未必無可商。原因是唐陽二韻的差異可能在元音，而不僅在介音。是故臻真、櫛質之分韻，也可能是由於元音的不同。又有人舉《切韻》系韻書櫬字見於震韻，而不別立一韻，以見《切韻》分韻之際，必有所斟酌，其分韻者應不止於介音之不同，而是元音亦有分別。這些便是當日與會學者所提出的不同意見。

說中古唐陽二韻元音相異，自高本漢以下，持相同看法的雖然不止一人，畢竟屬於少數；少數不一定便不可取，唯其所持理由則恐不出兩端。其一即是《切韻》唐陽分韻，其二則是現代方言兩者元音或不相同。

關於第一點，是否凡《切韻》系韻書分韻，即是由於彼此間元音不同，此一層頗多反證。如冬與鍾、模與虞、痕與欣、侯與尤、登與蒸，以及咍與灰、痕與魂、寒與桓、真與諄、歌與戈，或陸氏《切韻》已分，或後人重修加密。前者等第不同，後者開合有異。凡此相對諸韻，今所見中外學者各家擬音，其元音或竟全無不同，或間有不同而並居少數（大致可看周法高先生〈論切韻音〉一文“諸家《切韻》擬音對照表”，香港中文大學《中國文化研究所學報》第一卷）。是故如以「凡《切韻》分韻必是元音不同」的原則衡量各家擬音，亦自高本漢以下可一言蔽之曰，「並沒有人有此觀念」，包括上述會中提出意見的同好在內。可見這「《切韻》分韻即是元音不同」的意見，只是一時的靈機觸發，其平日治學則並不持此主張。何況據全本《王韻》韻目下所述，上列相對諸韻《切韻》以前諸家韻書頗有合而不分者，唐陽二韻呂靜與杜臺卿二家便在不分之列。依個人淺見，呂杜二家與他家分合之間的不同，只是偶然的用了「廣文路」或「賞知音」的不同分韻標準，未必涉及音的本質。最明顯的證據是，如真諄二韻，《切韻》本來不分，自孫愐《唐韻》著眼於開合異音區分為二。孫氏《唐韻》今不獲見全豹，據從《唐韻》胎息而來的《廣韻》而言，合口字留在真韻的有：為贇切的筠字，於倫切的贇字，去倫切的囷字；開口字分入諄韻的有：渠人切的趣字，普巾切的砏字。直至《集韻》，上述合口字雖見之於諄韻，却於真韻增收帞字音測倫切，而因、寅、礥、巾、堇、銀、咽等字反在合口諄韻內，趣字在諄韻亦與《廣韻》相同。這種情形恐怕不易解釋為，孫愐以後的真諄二分，乃是由於元音的不同。孫愐又分《切韻》寒韻為寒桓，據《廣韻》，伴滿二字屬合口緩韻，韻圖亦見於合口轉，但伴字音蒲旱切，滿字音莫旱切，所用下字為開口韻目的旱字，與全本《王韻》同，當是因襲了《切韻》的反切未改；又攤字音奴但切，亦開口字見於緩韻，反切亦與全本《王韻》相同。《集韻》伴滿二字雖互用為下字，不復有開合口不協的問題，精系、端系及來母等開口字則悉見於緩韻，而並用開口字旱或罕為下字，攤字仍在緩韻音乃但切，較之《廣韻》更為紊亂。這些現象自然也反映出，韻與韻之間的分合儘有不同，其元音則必不得有所異。以上舉例屬於開合不同範圍。等第之不同者，如《切韻》分冬鍾為二韻，冬韻樅字音七容反，蜙字音先恭反，凇字音詳容反（案以上並據全本《王韻》反切），並當是鍾韻字；而恭字亦見冬韻，且音駒冬反，以冬為下字，與攻字音古冬反相對立。自《切韻》以下，其間經過王仁昫的「刊謬」，竟未能「諟正」，今所見韻書，至《廣韻》始將此等字移入鍾韻，而下注「陸以入冬韻，非也」的話。然而據駒字屬虞韻，虞韻與鍾韻互為陰陽聲的關係而言，「駒冬」與「古冬」固確然為二音。以駒冬切恭字，結合上字與下字了解其所示之韻母，與恭字正確讀音實無絲毫差錯；唯一的差錯，只是不當以恭字屬之冬韻而已（詳參拙著〈例外反切研究〉及〈上古陰聲字輔音韻尾說檢討〉二文，故總結上文所述看來，像冬鍾一類的例子，如果說凡《切韻》分韻即是元音的不同，實在毫無根據。

關於第二點，方言中唐陽二韻確有讀元音不同者，會中且曾有人舉廣州音為例證。然而如唐陽之例，照主元音相同的意見而言，其間既有有無介音 -j- 之別，方言中元音的不同，自可謂受此介音有無不同之影響而產生差異。亦以廣州話為例言之，唐韻為 ɔŋ，陽韻為 jœŋ，œ、ɔ 二元音，高低位置同，圓脣方式同，其異只是舌面的或前或後而已，顯然便當是受介音 -j- 的影響，舌面前移，ɔ 便變成了 œ。這又豈是可以用作中古唐、陽元音不同之證的？

至於櫬字的問題，《切韻》系韻書於平上去入相承諸韻之間的分合，本没有絶對一致的行為準則，其作風可以上溯《切韻》以前諸家之作，讀者稍檢全本《王韻》韻目可知。《切韻》能為一拯字立韻，此其奉行原則的態度似若甚嚴。然而如齊韻，臡字音人兮反，栘字音成西反；如海韻，茝字音昌紿反，實際三者分别是祭韻的平、上聲字。此則不僅不分韻，臡栘二字竟至不互為下字，遂令其韻母在反切系聯之下與齊韻字至於不能分别。以上所據雖非陸氏原書，但自《切三》以下，諸殘卷及全本《王韻》齊海二韻並有此三字，臡茝二字在韻中的位置且絶不類「增加字」，知必是陸書所原有。其他如痕魂韻平上去三聲自陸氏依開合口分立，入聲部分開口紇齕麧等字音下没反，則任其與胡骨反搰字對立，不使分韻。《切韻》至《集韻》各書皆然。又如冬韻上聲湩、䳩二字，亦自《切韻》至《集韻》始終旁寄在腫韻，未予獨立。可見據《切韻》櫬字音初遴反屬震韻，便謂臻真、櫛質之分韻，可能表示元音不同，顯然不成理由。其實與臻櫛字相當而未獨立為韻者，何嘗僅是一櫬字。自《切韻》以來，隱韻有齔字音初謹反；《廣韻》隱韻又有觨字音仄謹切，準韻有濜字音鉏紖切，從音韻系統而言，隱韻是屬於三等韻中所謂僅有脣牙喉音字的一型，準韻則不當有開口音，三者分明是軫韻的莊系字，也便是臻、櫛的上聲，所以韻圖與真韻字見於同轉，列其字於軫韻莊系字的地位，以臻、櫛二韻準之，也都是可以獨立為韻而未予獨立的；然而其字不僅未别立為韻，且不在軫韻，而是寄託在隱準韻裏。可見《切韻》某字在某韻，其韻母或元音未必定與某韻相同，持此以證其分韻者必是元音不同，其間並無必然關係。

以上所説，是我對同好所提意見的省察。當時也曾略有表明，更記之如此，以供讀者之思考。

此外我又想到，《切韻》是一部曾經討論過「南北是非」和「古今通塞」而作的韻書。臻真、櫛質的分韻，如果是依據「古韻」兩者讀音不同而分的，則兩者之間仍可以説是元音的差異。然而根據《詩經》一書，〈螽斯〉叶詵、振，〈桃夭〉叶蓁、人，〈簡兮〉叶榛、苓、人，〈褰裳〉叶溱、人，〈鳲鳩〉叶榛、人、人、年，〈無羊〉叶年、溱，〈雨無正〉叶天、信、臻、身、天，〈青蠅〉叶榛、人，〈菀柳〉叶天、臻、矜，〈雲漢〉叶天、人、臻，〈良耜〉叶挃、栗、櫛、室，〈定之方中〉叶日、室、栗、漆、瑟，〈山有樞〉叶漆、栗、瑟、日、室，〈車鄰〉叶漆、栗、瑟、耋，不僅不見同一章全用臻或櫛韻字叶韻，凡與臻櫛韻字叶韻者，竟不見更有臻櫛韻之字。可見《切韻》之使臻櫛獨立，實又與「古韻」無干。亦記之於此。

再者，上週丁邦新兄電話相告，謂近日看一九六四年第一期《中國語文》鄭張尚芳的〈温州音系〉，中古二等字今温州人竟有讀 -e- 介音的，此事一定會令我高興。今天從邦新兄處假得該文閱讀，現將其中幾段有關文字錄之於後。此文所記温州音，據作者云「是以温州市範圍内的兩個點為依據的，一點是温州市東南郊永中鎮的話（這個鎮是温州市郊永強區的中心居民點），這是作者的母語。另一點就是城區話。」

> ɛ是前半低元音，城區略高，近于〔E〕；永中略低，近于〔æ〕。城區多數人還將ɛ讀成一個複合元音，開始時舌面較高，逐漸放低，像是個〔eɛ〕。少數人甚至將個別 ɛ 韻字和 e 韻相混，例如“幸”ɦɛ˧˥ 讀成 ɦe˧˥ 與“亥”ɦe˧˥ 同音。（頁 33）
>
> e 是前半高元音，城區偏高而永中偏低。城區讀音舌位先高後低，情況和 ɛ 相似（但因本身已經高了，變化不如ɛ顯著）。後附韻尾時，城區更和〔I〕接近。（頁 33）
>
> 城區的前元音 ɛ e 不但較高，而且發音時都帶有舌面位置的變化，這也可以認為一種顎化現象。現在永中及郊區其他各點，ɛ韻除 tɕ 系外，各系各母都能出現，而城區只能在 h 組出現。郊區讀入ɛ韻的其他各系組的字，城區都混入 iɛ 韻了。只是少數老人（及部分人讀“打”字）還有保持讀 eɛ 未混的。這使我們可以推知，城區 ɛ 韻所以配不齊，正是由於大多數聲母後面ɛ母的顎化作用強化的緣故，ɛ→eɛ→iɛ，結果併入了 iɛ 韻的。（現在城區很多人讀 tsiɛ“爭”、kiɛ“耕”還是〔tsiɛ〕〔kiɛ〕，可以為證。）（頁 33 至 34）
>
> 城區 iɛ 韻字中有一半原來是由 ɛ 韻顎化而來的（ɛ → eɛ → iɛ）。這部分字現在尚有一部分人（老派）能分，例如將“鳥”“打”分别説做〔tiɛ˧˥〕〔teɛ˧˥〕，“壠”“冷”分别説作〔liɛ˧˥〕〔leɛ˧˥〕，“瓢”“彭”分别讀成〔biɛ˧˩〕〔beɛ˧˩〕（註）。或者把〔eɛ〕讀成略較 iɛ 為鬆的〔ɪɛ〕（有些人没有系統的分，只將“打”字念成〔tɪɛ˧˥〕）。（頁 36）
>
> 原註：如果都能這樣一一分清，則大可把〔eɛ〕作為音位變體，逕標為 /ɛ/，那就和永強一致了。但是現在城區四十歲以下的人大都已不能分辨。《方言字匯》和《現代吳語的研究》都記作純 ɛ（和永中一樣），也是記的老式的讀法。
>
> 新派的 iɛ 在老派分讀成 iɛ 、eɛ 二韻。iɛ 來自 iɜ（相當於永中的 yə），是效

攝三等字。eɛ 來自ɛ（相當於永中的 ɛ），是梗攝二等字，例如“ 薸 ”讀 biɛ˩ 而“ 彭 ”讀 beɛ˩，“ 蓼 ”讀 liɛ˦ 而“ 冷 ”讀 leɛ˦。（頁 40）。

宇純案：作者描述温州方言元音時云：ə是央元音，城内比永中更開，嚴式當標成〔3〕。

看過以上幾節文字，讀 e 起首的韻母僅限於 ɛ 元音之前，且限於梗攝二等韻，其他各攝二等韻字或三等韻莊系字一無此例，自然很難一定說這便是中古 -e- 介音的遺迹。不過有關原作者對此現象的了解，倒也略有意見，提出來作為讀者的參考。

城區老派人士的 eɛ 音，作者認為只是一個由 ɛ 變向 iɛ 的過程，由於作者描述過城區 e 元音的讀法，「舌位也先高後低，情況和 ɛ 相似」，結合這兩點來看，城區老派人士的 eɛ，應該只是某些單一元音所共有的「先高後低」特殊讀法的現象之一，於是作者認為 eɛ 只是 ɛ 通向 iɛ 的過程，便似可以十分肯定。城區人士 e 元音先高後低的讀法既不必視為複合元音，eɛ 與 ɛ 之間又似乎没有辨義作用，有 iɛ 與 ɛ 兩套韻母已足，eɛ的讀音根本便可以不予理會。然而據作者所說，城區讀 ɛ 音為 eɛ 的只是「多數人」，並非「全體」，作者在另一處且說保持讀 eɛ 的是「少數老人」，四十歲以下的人大都已無此讀法；可是說到讀 e 元音而先高後低的，却不云為「多數」或「少數」，似乎便當是「全體」；如此說來，城區人士 e、ɛ 兩元音先高後低的相同讀法，其背景恐未必相同。此所以作者也只說兩種讀法「相似」，而且又說「e 元音的變化不如 ɛ 顯著」，都表示兩者間實有差別。不過作者認「e 元音變化不顯著」的原因，是由於「本身已經高了」；却因為實際上 e 不過是個半高元音，其上儘有更高的元音或半元音多種層次，這種解釋便不能令人完全滿意。真實原因恐仍是背景的不同，兩者原不可相提並論。所以我對作者特別注意城區老派人士讀音中 eɛ 音的存在，用複合元音標示出來，認為極是正確。至於說 eɛ 是 ɛ 元音顎化通向 iɛ 的一個過程，半低的 ɛ 何以一定出現顎化現象？城區少數人士甚至又把幸字的 ɛ 讀為 e，是否即此元音先高後低的特殊讀法現象所造成？恐都不易交代。如果說其先本有一 -e- 介音，自然更能言之成理。並於此特別向邦新兄致謝。

十月二十一日宇純補記

近日與陳鴻森學棣談及此文，承其熱心為檢敦煌殘卷，《S二七二九號・螽斯》詵字音生臻反，〈桃夭〉蓁字、〈簡兮〉榛字、〈定之方中〉榛字、〈褰裳〉溱字並音側仁反，〈泉水〉臻字音同，又〈淇奥〉瑟字音生乙反（案陸氏《釋文》此二字無音）。是此卷生臻反一音同《切韻》，餘並同《釋文》，亦臻真不分韻，臻為真韻莊系字之證。據潘重規先生所考，此卷音出劉炫。又《Ｐ三三八三號・桑柔》甡字音生臻反，《Ｐ二六六九號（紙背）・旱麓》榛字音側仁反，《Ｐ一〇號・簡兮》蓁字（同毛詩之榛，見《釋文》）音側巾反，亦或用《切韻》臻韻字為下字，或用《切韻》真韻字為下字。前者以《Ｓ二七二九號》觀之，亦不必不可屬之真韻。並可以加強本文之觀點。特致謝意。

一九八四年十月四日又記

（本文原載中央研究院《歷史語言研究所集刊》第五十四本第四分，一九八三。）

從集韻反切看切韻系韻書反映的中古音

《切韻》系韻書反映的中古音，有幾個一直爭論未決的大問題，如三等韻聲母是否為顎化，四等韻是否有介音，三等韻重紐究竟差別何在？在我看來，《集韻》反切都可以給予決定性的啟示。

《廣韻》大致承襲陸氏《切韻》之舊。《集韻》晚《廣韻》三十年，分韻與《廣韻》無殊，實際韻類亦無差異，除牀、禪二母偶有相混外，聲類亦並無不同；所不同於《廣韻》的，只是增字增音而已[1]。換言之，《集韻》便是在以《廣韻》為基礎的情況下增字增音；這種精神，在丁度等所製的「韻例」中也可以清楚看出。然而《集韻》各小韻反切用字，則時時改弦易轍，不與《廣韻》同。如《廣韻》東字德紅切，《集韻》則作都籠切。都籠與德紅兩者用字雖異，在整個音系上所代表的音類却無兩樣，形成了等於陳澧所說「同一音之兩切語」的現象。陳氏在系聯反切時，曾經利用《廣韻》中「同一音之兩切語」以觀察中古音聲類。學者由《廣韻》或其他《切韻》系韻書反切所作有關中古音的推測，究竟真實情況如何，自然也可以利用《集韻》反切相互比較，試為窺探。

三等韻聲母顎化說，緣於系聯《切韻》系韻書反切，字母之四等俱全者，上字有形成兩類的趨勢，一、二、四等韻共為一類，三等韻獨為一類（以下簡稱前者為甲類，後者為乙類，並簡稱一、二、四等韻為甲類韻，三等韻相對而稱乙類韻）。以全本王仁昫《刊謬補缺切韻》（以下簡稱《全王》）而言，根據《切韻音系》[2]的統計：牙喉音見、溪、疑、影、曉五母共 1002 小韻，甲類韻 553，乙類韻 449。乙類韻用甲類，僅一侐字音火季反，還可能轉錄自他書，本不屬《切韻》系統。甲類韻用乙類，則共有 54 次，計於字 21 次，許字 19 次，一、乙二字各 4 次，去、牛二字各 2 次，居、紀二字各 1 次，而集中於於、許、一、乙四者之上。於、許二字除去通常三等音

1 此就本文有關者大體言之，此外如增訓、併音等，自然還有其他不同之處。
2 李榮著。凡本文所用《全王》有關反切的統計數字，悉本此書。

的讀法之外，又分別有同於烏或虎字的一等讀法，且都是習知的。一字雖屬三等質韻，韻圖則是列在四等地位。據我的了解，凡韻圖列於四等之字，無論屬四等韻、屬三等韻，其介音相同；也就是說，正為其介音相同，所以韻圖列於同等。最簡明的證據為，〈四等重輕例〉以此等字與四等韻字同表「四等」，而全不分軒輊。一字 4 次作為上字，並屬甲類韻範圍，反不見一用於乙類韻，本身自然也便是證明。換言之，甲類韻用一字為上字，等於甲類韻用甲類，並沒有超出範疇。乙字則可能並非三等質韻甲乙的「乙」，而本是二等黠韻䰟字或體「乚」的誤認，故其 4 次用為上字，被切字都屬二等韻。牛字可能為午字的譌誤，忝韻居點反一音其來源亦可能不屬《切韻》系統。以此而言，《全王》見等五母 1002 小韻甲、乙兩類互用（謂甲類用於乙類韻及乙類用於甲類韻，下同）的，實際僅去、紀二字共 3 次而已[3]。三等韻聲母顎化說在此一角度下，便顯得十分動聽。《廣韻》方面，據《廣韻探賾》[4]的統計，見等五母共 1065 小韻，甲類韻 593，乙類韻 472。前者用乙類凡 61 次，計於字 21 次，許字 18 次，乙字 6 次，一字 2 次，丘、虛二字各 4 次，居、紀、去、乞、起、疑、牛、擬、玉、衣、喜等十一字各 1 次。亦除於、許、乙、一四字不計，593 小韻用乙類僅 19 次，即其比數為 593：19。後者用甲類者，火字 3 次，呼字 2 次，過、謙、吾三字各 1 次，共計 8 次。其中謙字切琰韻脥字，韻圖列脥字於四等，等於上述一字之例亦應剔除，其比數為 472：7。兩者總和 1065：26，千次以上，互用不及尾數之半，約之為 41：1，無論何種觀點，應並可視為例外。

更自脣音而言，幫、滂、並、明四母《全王》512 小韻，甲類韻 262，乙類韻 250。前者用乙類凡 46 次，計匹字 12 次，武字 11 次，方字 8 次，扶字 4 次，甫、芳二字各 2 次，撫、父、防、無、忘、明、亡等七字各 1 次。後者用甲類凡 9 次，計補字 4 次，莫字 4 次，蒲字 1 次。其中匹字韻圖列於四等，其 12 次應全不計；補字一為并之上字，并字韻圖列在四等，亦應不計。故其比數分別為 262：34 及 250：8，約之為 8：1 及 32：1，後者應仍可視為例外。《廣韻》則為 535 小韻，甲類韻 275，乙類韻 260。前者用乙類凡 51 次，計匹字 16 次，武字 10 次，方字 8 次，扶、亡二字各 3 次，甫、彌二字各 2 次，必、芳、撫、父、防、明六字各 1 次。其中匹、彌、必三字韻圖並在四等，共 19 次應剔除不計。後者用甲類凡 6 次，計莫字 4 次，滂、普二字各 1 次。故兩者比數分別為 275：32 及 260：6，約之為 9：1 及 43：1。其逸

3　詳見拙著〈論照穿牀審四母兩類上字讀音〉。

4　林炯陽博士論文，一九八七年六月自印本。

出範圍者兩方面並較《全王》為少，後者自更可以視為例外。似乎都看不出三等韻聲母顎化說的破綻。

如果再看《集韻》，這說法便恐不得不改觀。首先將《集韻》見等五母及幫等四母各上字見用於各等韻的實際情況製為一表，列於下方，然後進一步分析説明。表中「三 3」指三等韻韻圖列三等之字，包括普通三等韻字及重紐 A；「三 4」指三等韻韻圖列四等之字，包括重紐 B 及清、幽二韻字[5]。

見　母

等第＼上字＼等第		一	二	三3	三4	四	總數
一	古	26	20	5	2	6	59
	姑	5	4	1			10
	公	1	3				4
	沽	3					3
	果	1		1			2
	各		2				2
	苟			2			2
	攻	1					1
	柯	1					1
	剛	1					1
	光	1					1
	孤	1					1
	骨	1					1
	谷	1					1
	葛	1					1
	郭		1				1
	工				1		1
二	賈		2				2

5 重紐 A，指支、脂等韻脣、牙、喉音字韻圖列第三等者；重紐 B 則指諸韻另一組韻圖列第四等之字，並據拙著〈廣韻重紐音值試論兼論幽韻及喻母音值〉。

（續表）

第等	上字 ＼ 第等	一	二	三3	三4	四	總數
三3	居	15	18	39	3		75
	舉	3	2	8			13
	俱			9			9
	訖	1	2	5			8
	九			6	2		8
	己	1		3	1		5
	紀			5			5
	拘			3			3
	几			2			2
	戟			2			2
	厥			2			2
	矩			1			1
	基			1			1
	歸			1			1
	斤			1			1
	恭			1			1
	姜			1			1
	蹇			1			1
	嬌			1			1
	誑			1			1
三4	吉	1	1		6	8	16
	頸				3		3
	規				3		3
	均				2		2
四	堅				1	4	5
	經				1	2	3
	涓					3	3
	扃					3	3
	見	1					1
	激				1		1
	稽				1		1
	訣				1		1
	圭					1	1
	畎					1	1
	兼					1	1

溪母

等第 \ 上字 \ 等第		一	二	三3	三4	四	總數
一	苦	26	7	6	2	6	47
	口	8	10	5		1	24
	枯	8	5				13
	克	2	3				5
	空	2	1	1			4
	孔	1		1			2
	可	2					2
	酷	1					1
	闊	1					1
	肯	1					1
	渴	1					1
	廓		1				1
	顆			1			1
三3	丘	8	12	40	1		61
	去	1		14	3		18
	乞	1	2	7			10
	區			5			5
	祛			4			4
	墟	2		1			3
	起		1	1		1	3
	欺			3			3
	驅			2			2
	虧			2			2
	曲			2			2
	羌				2		2
	卿			1			1
	却			1			1
	困			1			1
	屈			1			1
	欽					1	1

（續表）

第上字 等第		一	二	三3	三4	四	總　數
三4	詰				2	7	9
	輕				1	3	4
	窺				3		3
	遣				2	1	3
	傾				2	1	3
	企				1		1
	缺				1		1
	弃				1		1
	棄					1	1
四	牽				2	3	5
	犬				2	2	4
	溪	1					1
	磬				1		1
	喫				1		1
	睽					1	1

疑　　母

第上字 等第		一	二	三3	三4	四	總　數
一	五	20	10	4		3	37
	吾	8	4				12
	鄂	1	1	1			3
	偶			2			2
	訛	1					1
	俄	1					1
二	牙	1					1
	雅		1				1
	眼		1				1

（續表）

上字等第	上字	一	二	三3	三4	四	總　數
三3	魚	7	7	26	2		42
	牛	6	8	12	1		27
	語	2	3	9	1		15
	逆	1	2	5			8
	宜		2	2			4
	虞			4			4
	仡		1	2			3
	玉	1	1				2
	元			2			2
	阮	1					1
	疑	1					1
	擬			1			1
	愚			1			1
	危			1			1
三4	藝				1		1
四	倪				2	7	9
	研					4	4

影　　母

上字等第	上字	一	二	三3	三4	四	總　數
一	烏	24	14	2	1	2	43
	鄔	8	2	1			11
	阿	3					3
	安	2					2
	遏	2					2
	屋	1	1				2
	汪	1					1
	塢		1				1
	歐			1			1

（續表）

第等＼上字＼第等		一	二	三3	三4	四	總數
三3	於	16	15	46	10	5	92
	乙	4	10	9		1	24
	倚	3	4	3			10
	紆			5			5
	隱			5			5
	衣		1	3			4
	委			4			4
	邕			2			2
	英		1				1
	逶		1				1
	膺		1				1
	依			1			1
	威			1			1
	億			1			1
	嫗			1			1
	鬱			1			1
	憶			1			1
三4	伊				8	3	11
	一	1			3	3	7
	縈				1	3	4
	益				2		2
	娟				2		2
	壹					1	1
	因					1	1
	噎					1	1
四	煙					1	1
	淵					1	1
	杳					1	1
	烟					1	1

曉　母

等第 \ 上字 \ 等第		一	二	三3	三4	四	總數
一	呼	25	11	3	5	6	50
	火	2	5	5	5	4	21
	虎	7	4	1	1		13
	黑	2	1	1			4
	忽	2	1	1			4
	荒	2	1				3
	昏	1					1
	郝		1				1
	霍		1				1
二	赫		1				1
	孝		1				1
	亨		1				1
三3	許	10	7	29	4		50
	虛	5	7	16	1		29
	迄	1	2	5			8
	香			3	3		6
	況			3		1	4
	休		1	1	1		3
	吁			2	1		3
	訏			3			3
	希		1	1			2
	詡			2			2
	喜			1			1
	匈			1			1
	興			1			1
	怳			1			1
	羲			1			1
	扱			1			1
三4	翾				3	2	5
	㶉				1		1

（續表）

第等 上字 第等		一	二	三3	三4	四	總數
四	馨				2	8	10
	顯					2	2
	闃				1		1
	醯					1	1

幫　母

第等 上字 第等		一	二	三3	三4	四	總數
一	補	10	4	4	2	2	22
	逋	6	2	4	1		13
	博	6	4				10
	北	1	4	1			6
	晡	1	1	1			3
	布	1	2				3
	卜		1			1	2
	奔	1					1
二	邦		1	1			2
	班		1	1			2
	百		2				2
	蘗		2				2
	巴		1				1
	伯	1					1
三3	悲	1	2	6			9
	彼	2		4			6
	筆			4			4
	陂			2			2
	兵			1			1
	逼			1			1
	貶			1			1

（續表）

第等 \ 上字 \ 第等		一	二	三3	三4	四	總數
三4	必	1	2		7	3	13
	卑				7	2	9
	俾				2		2
	壁				1	1	2
	賓				1		1
四	邊					1	1

滂　　母

第等 \ 上字 \ 第等		一	二	三3	三4	四	總數
一	普	18	9	4	1	3	35
	鋪	5		3	1	1	10
	滂	5		2		1	8
	叵	1	1	1			3
	頗	1					1
	樸	1					1
	怖		1				1
二	攀			2			2
	怦		1				1
	拍			1			1
三3	披	1	7	5			13
	丕			1			1
三4	匹	5	6	4	13	5	33
	紕				3		3
	篇				1	1	2
	僻				1		1
四	片		1				1

並　　母

上字等第	上字	一	二	三3	三4	四	總　數
一	蒲	19	12	5		4	40
	部	4	5	2	1	2	14
	步	5	3		1	1	10
	薄	4	3				7
	簿	2	1	1	1		5
	菩	1					1
	蓬	1					1
	伴	1					1
	旁		1				1
二	白	1	1				2
三3	皮		3	7			10
	平			4	1		5
	弼		1	1			2
	並				1		1
	貧			1			1
	被			1			1
	匐			1			1
三4	毗				10		10
	婢				3	1	4
	頻				2		2
	便				1		1
	玭					1	1
	鼻	1					1
四	駢					1	1

明 母

上字等第 \ 等第	字	一	二	三3	三4	四	總數
一	莫	17	12	3	1	3	36
	母	10	6	2	3	2	23
	謨	8	5	2			15
	忙	1	1	5		1	8
	蒙	2					2
	滿	1					1
	末	1					1
	墨		1				1
	暮		1				1
	某			1			1
	茫			1			1
二	尨		1				1
	萌		1				1
三3	眉	1	2	7			10
	美			2		1	3
	鳴			1			1
	縻			1			1
	糜			1			1
	旻			1			1
	明			1			1
	免			1			1
	密			1			1
三4	彌	1			11	2	14
	民				1	1	2
	弭				2		2
	蜜				1		1
	緜					1	1
四	迷	1					1
	覓				1		1
	眠					1	1

根據上列諸表，更將各等韻使用上字狀況簡示如下，以便觀察。

牙喉音方面：

一、見母

一等韻：古$_{26}$姑$_{5}$沽$_{3}$公$_{1}$果$_{1}$攻$_{1}$柯$_{1}$剛$_{1}$光$_{1}$孤$_{1}$骨$_{1}$谷$_{1}$葛$_{1}$（一等韻 44）

見$_{1}$（四等韻 1）

居$_{15}$舉$_{3}$訖$_{1}$己$_{1}$吉$_{1}$（三等韻 21）

——以上甲類韻用乙類 66：21

二等韻：古$_{20}$姑$_{4}$公$_{3}$各$_{2}$郭$_{1}$（一等韻 30）

賈$_{2}$（二等韻 2）

居$_{18}$舉$_{2}$訖$_{2}$吉$_{1}$（三等韻 23）

——以上甲類韻用乙類 55：23

四等韻：古$_{6}$（一等韻 6）

堅$_{4}$涓$_{3}$扃$_{3}$經$_{2}$圭$_{1}$畎$_{1}$兼$_{1}$（四等韻 15）

吉$_{8}$（三等韻 8）

——以上甲類韻用乙類 29：8

三等韻：居$_{39,3}$俱$_{9,0}$舉$_{8,0}$九$_{6,2}$訖$_{5,0}$紀$_{5,0}$己$_{3,1}$拘$_{3,0}$几$_{2,0}$戟$_{2,0}$厥$_{2,0}$矩$_{1,0}$基$_{1,0}$歸$_{1,0}$斤$_{1,0}$恭$_{1,0}$姜$_{1,0}$蹇$_{1,0}$嬌$_{1,0}$誑$_{1,0}$吉$_{0,6}$頸$_{0,3}$規$_{0,3}$均$_{0,2}$（三等韻 113）

古$_{5,2}$苟$_{2,0}$姑$_{1,0}$果$_{1,0}$工$_{0,1}$（一等韻 12）

堅$_{0,1}$經$_{0,1}$激$_{0,1}$稽$_{0,1}$訣$_{0,1}$（四等韻 5）

——以上乙類韻用甲類 130：17

四等合計 280 小韻，甲類韻 150，乙類韻 130；甲、乙兩類互用分別為 52 及 17 次。前者之中，吉字屬重紐 B，同於前文所述一字之例，其 10 次見用於甲類韻，等於甲類韻用甲類，應剔除不計，實際比數為 150：42。後者居、九、己三字共 6 次為「三$_4$」之上字，等於乙類用於甲類韻，增加了互用次數，古、工、堅、經、激、稽、訣七字 8 次為「三$_4$」之上字，等於甲類用於甲類韻，又減少了互用次數，都應改入甲類韻中計算，因於總比數不生影響，只在乙類韻中增減；下仿此。故後者用甲類之比數實際為 130：15。而兩者互用之總比數為 280：57。再者，乙類韻中吉、頸、規、均四字之 14 次，為重紐 B 用於「三$_4$」，亦等於甲類韻用甲類，則更因不產生互用的問題，只於此一提，數字上全不加改動；類此者下亦不贅。

二、溪母

一等韻：苦 26 口 8 枯 8 空 2 可 2 克 2 孔 1 酷 1 闊 1 肯 1 渴 1（一等韻 53）

溪 1（四等韻 1）

丘 8 墟 2 去 1 乞 1（三等韻 12）

——以上甲類韻用乙類 66：12

二等韻：口 10 苦 7 枯 5 克 3 空 1 廓 1（一等韻 27）

丘 12 乞 2 起 1（三等韻 15）

——以上甲類韻用乙類 42：15

四等韻：苦 6 口 1（一等韻 7）

牽 3 犬 2 睽 1（四等韻 6）

詰 7 輕 3 遣 1 傾 1 棄 1 起 1 欽 1（三等韻 15）

——以上甲類韻用乙類 28：15

三等韻：丘 40,1 去 14,3 乞 7,0 區 5,0 袪 4,0 欺 3,0 驅 2,0 虧 2,0 曲 2,0 羌 0,2 墟 1,0 起 1,0 卿 1,0 却 1,0 困 1,0 屈 1,0 窺 0,3 詰 0,2 遣 0,2 傾 0,2 輕 0,1 企 0,1 缺 0,1 弃 0,1（三等韻 104）

苦 6,2 口 5,0 空 1,0 孔 1,0 顆 1,0（一等韻 16）

牽 0,2 犬 0,2 磬 0,1 喫 0,1（四等韻 6）

——以上乙類韻用甲類 126：22

四等合計 262 小韻，甲類韻 136，乙類韻 126；甲、乙兩類互用分別為 42 及 22 次。前者須減去詰、輕、遣、傾、棄等五個重紐 B 字之 13 次，故其比數為 136：29。後者應增入丘、去、羌三字為「三 4」上字之 6 次，並減去苦、牽、犬、磬、喫五者為「三 4」上字之 8 次，故其比數為 126：20。兩者總比數為 262：49。

三、疑母

一等韻：五 20 吾 8 鄂 1 訛 1 俄 1（一等韻 31）

牙 1（二等韻 1）

魚 7 牛 6 語 2 逆 1 玉 1 阮 1 疑 1（三等韻 19）

——以上甲類韻用乙類 51：19

二等韻：五 10 吾 4 鄂 1（一等韻 15）

雅 1 眼 1（二等韻 2）

牛 8 魚 7 語 3 逆 2 宜 2 仡 1 玉 1（三等韻 24）

——以上甲類韻用乙類 41：24

四等韻：五$_{3}$（一等韻 3）

倪$_{7}$研$_{4}$（四等韻 11）

——以上甲類韻用乙類 14：0

三等韻：魚$_{26,2}$牛$_{12,1}$語$_{9,1}$逆$_{5,0}$虞$_{4,0}$宜$_{2,0}$仡$_{2,0}$元$_{2,0}$擬$_{1,0}$愚$_{1,0}$危$_{1,0}$藝$_{0,1}$（三等韻 70）

五$_{4,0}$偶$_{2,0}$鄂$_{1,0}$（一等韻 7）

倪$_{0,2}$（四等韻 2）

——以上乙類韻用甲類 79：9

四等合計 185 小韻，甲類韻 106，乙類韻 79；甲、乙兩類互用分別為 43 及 9 次。後者應增入魚、牛、語三者為「三$_{4}$」上字之 4 次，並減去倪字為「三$_{4}$」上字之 2 次，故其比數分別為 106：43 及 79：11。兩者總比數為 185：54。

四、影母

一等韻：烏$_{24}$鄔$_{8}$阿$_{3}$安$_{2}$遏$_{2}$屋$_{1}$汪$_{1}$（一等韻 41）

於$_{16}$乙$_{4}$倚$_{3}$一$_{1}$（三等韻 24）

——以上甲類韻用乙類 65：24

二等韻：烏$_{14}$鄔$_{2}$屋$_{1}$塢$_{1}$（一等韻 18）

於$_{15}$乙$_{10}$倚$_{4}$衣$_{1}$英$_{1}$逶$_{1}$膺$_{1}$（三等韻 33）

——以上甲類韻用乙類 51：33

四等韻：烏$_{2}$（一等韻 2）

湮$_{1}$淵$_{1}$杳$_{1}$烟$_{1}$（四等韻 4）

於$_{5}$乙$_{1}$伊$_{3}$一$_{3}$縈$_{3}$壹$_{1}$因$_{1}$噎$_{1}$（三等韻 18）

——以上甲類韻用乙類 24：18

三等韻：於$_{46,10}$乙$_{9,0}$紆$_{5,0}$隱$_{5,0}$委$_{4,0}$倚$_{3,0}$衣$_{3,0}$邕$_{2,0}$依$_{1,0}$威$_{1,0}$億$_{1,0}$嫗$_{1,0}$鬱$_{1,0}$憶$_{1,0}$伊$_{0,8}$一$_{0,3}$益$_{0,2}$娟$_{0,2}$縈$_{0,1}$（三等韻 109）

烏$_{2,1}$鄔$_{1,0}$歐$_{1,0}$（一等韻 5）

——以上乙類韻用甲類 114：5

四等合計 254 小韻，甲類韻 140，乙類韻 114；甲、乙兩類互用分別為 75 及 5 次。前者應減去伊、一、縈、壹、因、噎等六個重紐 B 字之 13 次，並依前例減去於、乙二字之 51 次。其比數為 140：11。後者應減去烏字用重紐 B 之 1 次，其比數為 114：4。兩者總比數為 254：15。

五、曉母

一等韻：呼$_{25}$虎$_{7}$火$_{2}$黑$_{2}$忽$_{2}$荒$_{2}$昏$_{1}$（一等韻 41）

許$_{10}$虛$_{5}$迄$_{1}$（三等韻 16）

——以上甲類韻用乙類 57：16

二等韻：呼$_{11}$火$_{5}$虎$_{4}$黑$_{1}$忽$_{1}$荒$_{1}$郝$_{1}$霍$_{1}$（一等韻 25）

赫$_{1}$孝$_{1}$亨$_{1}$（二等韻 3）

許$_{7}$虛$_{7}$迄$_{2}$休$_{1}$希$_{1}$（三等韻 18）

——以上甲類韻用乙類 46：18

四等韻：呼$_{6}$火$_{4}$（一等韻 10）

馨$_{8}$顯$_{2}$醯$_{1}$（四等韻 11）

翾$_{2}$況$_{1}$（三等韻 3）

——以上甲類韻用乙類 24：3

三等韻：許$_{29,4}$虛$_{16,1}$香$_{3,3}$休$_{1,1}$迄$_{5,0}$況$_{3,0}$吁$_{2,1}$訏$_{3,0}$詡$_{2,0}$希$_{1,0}$喜$_{1,0}$匈$_{1,0}$興$_{1,0}$怳$_{1,0}$羲$_{1,0}$扱$_{1,0}$翾$_{0,3}$隳$_{0,1}$（三等韻 85）

呼$_{3,5}$火$_{5,5}$虎$_{1,1}$黑$_{1,0}$忽$_{1,0}$（一等韻 22）

馨$_{0,2}$闃$_{0,1}$（四等韻 3）

——以上乙類韻用甲類 110：25

四等合計 237 小韻，甲類韻 127，乙類韻 110；甲、乙兩類互用分別為 37 及 25 次。前者應減去重紐 B 翾字之 2 次，並依前例減去許字之 17 次，其比數為 127：18。後者應增入虛、香、休、吁四者為「三$_{4}$」上字之 6 次，並減去呼、火、虎三者為「三$_{4}$」上字之 10 次，其比數為 110：21。兩者總比為 237：39。

根據上列數字，《集韻》見等五母甲、乙兩類上字互用之總和，1218 次中居 214 次，約計之為 5.7：1。此猶是減去於、許、乙三字共 68 次用於甲類韻之結果，不然其比數為 1218：280，不足 4.4 與 1 之比。無論為後者，或為前者，顯然都無法以例外看待。

脣音方面：

一、幫母

一等韻：補$_{10}$逋$_{6}$博$_{6}$北$_{1}$晡$_{1}$布$_{1}$奔$_{1}$（一等韻 26）

伯$_{1}$（二等韻 1）

彼$_{2}$悲$_{1}$必$_{1}$（三等韻 4）

——以上甲類韻用乙類 31：4

二等韻：補$_{4}$博$_{4}$北$_{4}$逋$_{2}$布$_{2}$晡$_{1}$卜$_{1}$（一等韻 18）

百$_{2}$蘗$_{2}$邦$_{1}$班$_{1}$巴$_{1}$（二等韻 7）

悲$_{2}$必$_{2}$（三等韻 4）

——以上甲類韻用乙類 29：4

四等韻：補$_{2}$卜$_{1}$（一等韻 3）

邊$_{1}$（四等韻 1）

必$_{3}$卑$_{2}$壁$_{1}$（三等韻 6）

——以上甲類韻用乙類 10：6

三等韻：悲$_{6,0}$彼$_{4,0}$筆$_{4,0}$陂$_{2,0}$兵$_{1,0}$逼$_{1,0}$貶$_{1,0}$必$_{0,7}$卑$_{0,7}$俾$_{0,2}$壁$_{0,1}$賓$_{0,1}$（三等韻 37）

補$_{4,2}$逋$_{4,1}$北$_{1,0}$晡$_{1,0}$（一等韻 13）

邦$_{1,0}$班$_{1,0}$（二等韻 2）

——以上乙類韻用甲類 52：15

四等合計 122 小韻，甲類韻 70，乙類韻 52，甲、乙兩類互用分別為 14 及 15 次。前者應減去必、卑、壁三個重紐B字之 9 次，其比數為 70：5。後者應減去補、逋二者為「三$_{4}$」上字之 3 次，其比數為 52：12。兩者總比為 122：17。

二、滂母

一等韻：普$_{18}$鋪$_{5}$滂$_{5}$叵$_{1}$頗$_{1}$樸$_{1}$（一等韻 31）

匹$_{5}$披$_{1}$（三等韻 6）

——以上甲類韻用乙類 37：6

二等韻：普$_{9}$叵$_{1}$怖$_{1}$（一等韻 11）

怦$_{1}$（二等韻 1）

片$_{1}$（四等韻 1）

披$_{7}$匹$_{6}$（三等韻 13）

——以上甲類韻用乙類 26：13

四等韻：普$_{3}$鋪$_{1}$滂$_{1}$（一等韻 5）

匹$_{5}$篇$_{1}$（三等韻 6）

——以上甲類韻用乙類 11：6

三等韻：披$_{5,0}$丕$_{1,0}$匹$_{4,13}$紕$_{0,3}$篇$_{0,1}$僻$_{0,1}$（三等韻 28）

普$_{4,1}$鋪$_{3,1}$滂$_{2,0}$叵$_{1,0}$（一等韻 12）

攀$_{2,0}$拍$_{1,0}$（二等韻 3）

——以上乙類韻用甲類 43：15

四等合計 117 小韻，甲類韻 74，乙類韻 43；甲、乙兩類互用分別為 25 及 15 次。前者應減去匹、篇兩個重紐B字之 17 次，其比數為 74：8。後者應增入匹字為「三$_3$」上字之 4 次，並減去普字為「三$_4$」上字之 1 次，其比數為 43：18。兩者總比為 117：26。

三、並母

一等韻：蒲$_{19}$步$_5$部$_4$薄$_4$簿$_2$菩$_1$蓬$_1$伴$_1$（一等韻 37）

白$_1$（二等韻 1）

鼻$_1$（三等韻 1）

——以上甲類韻用乙類 39：1

二等韻：蒲$_{12}$部$_5$步$_3$薄$_3$簿$_1$旁$_1$（一等韻 25）

白$_1$（二等韻 1）

皮$_3$弼$_1$（三等韻 4）

——以上甲類韻用乙類 30：4

四等韻：蒲$_4$部$_2$步$_1$（一等韻 7）

駢$_1$（四等韻 1）

婢$_1$玭$_1$（三等韻 2）

——以上甲類韻用乙類 10：2

三等韻：皮$_{7,0}$平$_{4,1}$並$_{0,1}$弼$_{1,0}$貧$_{1,0}$被$_{1,0}$匐$_{1,0}$毗$_{0,10}$婢$_{0,3}$頻$_{0,2}$便$_{0,1}$（三等韻 33）

蒲$_{5,0}$部$_{2,1}$簿$_{1,1}$步$_{0,1}$（一等韻 11）

——以上乙類韻用甲類 44：11

四等合計 123 小韻，甲類韻 79，乙類韻 44；甲、乙兩類互用分別為 7 及 11 次。前者應減去鼻、婢、玭三個重紐B字之 3 次，其比數為 79：4。後者應增入平、並二者為「三$_4$」上字之 2 次，並減去部、簿、步三者為「三$_4$」上字之 3 次，其比數為 44：10。兩者總比為 123：14。

四、明母

一等韻：莫$_{17}$母$_{10}$謨$_8$蒙$_2$忙$_1$滿$_1$末$_1$（一等韻 40）

迷$_1$（四等韻 1）

眉$_{1}$ 彌$_{1}$（三等韻 2）

——以上甲類韻用乙類 43：2

二等韻: 莫$_{12}$ 母$_{6}$ 謨$_{5}$ 忙$_{1}$ 墨$_{1}$ 暮$_{1}$（一等韻 26）

尨$_{1}$ 萌$_{1}$（二等韻 2）

眉$_{2}$（三等韻 2）

——以上甲類韻用乙類 30：2

四等韻: 莫$_{3}$ 母$_{2}$ 忙$_{1}$（一等韻 6）

眠$_{1}$（四等韻 1）

彌$_{2}$ 民$_{1}$ 緜$_{1}$ 美$_{1}$（三等韻 5）

——以上甲類韻用乙類 12：5

三等韻: 眉$_{7,0}$ 美$_{2,0}$ 鳴$_{1,0}$ 縻$_{1,0}$ 糜$_{1,0}$ 旻$_{1,0}$ 明$_{1,0}$ 免$_{1,0}$ 密$_{1,0}$ 彌$_{0,11}$ 弭$_{0,2}$ 民$_{0,1}$ 蜜$_{0,1}$（三等韻 31）

母$_{2,3}$ 忙$_{5,0}$ 莫$_{3,1}$ 謨$_{2,0}$ 某$_{1,0}$ 茫$_{1,0}$（一等韻 18）

覓$_{0,1}$（四等韻 1）

——以上乙類韻用甲類 50：19

四等合計 135 小韻，甲類韻 85，乙類韻 50；甲、乙兩類互用分別為 9 及 19 次。前者應減去彌、民、緜三個重紐B字之 5 次，其比數為 85：4。後者應減去母、莫、覓三者為「三$_{4}$」上字之 5 次，其比數為 50：14。兩者總比為 135：18。

據上列數字，脣音四母共 497 小韻（案：《集韻》上字分輕重脣，故其總數反較《全王》為少）；甲、乙兩類互用共 75 次，497 與 75 之比，約之為 6.6：1，與牙喉音五母之 5.7：1 相近。若自甲、乙兩類互用分別計之。以與《全王、廣韻》比較，甲類韻用乙類 308：21，約之為 15：1；乙類韻用甲類 189：54，約之為 3.5：1。前者雖反較《全王》8：1 或《廣韻》9：1 為少，後者視《全王》32：1 或《廣韻》43：1 便差別懸殊。8：1 或 9：1 可否視作例外，也許還有商量餘地；3.5：1，總該是無法看成例外的。

以上述《集韻》反切作比較，《全王、廣韻》有形成不相系聯的兩類上字趨勢，是否能表示三等韻聲母顎化，恐怕很難不啟人疑竇。

有關這一方面的問題，還可從另一角度突顯出來，便是從各字母習見用字觀察。以《全王》而言，見母古字 132 次全見於甲類韻，居字 71 次全見於乙類韻；溪母苦字 80 次全見於甲類韻，去字 46 次之中 44 次見於乙類韻；疑母五字 91 次全見於甲類韻，魚字 35 次全見於乙類韻；影母烏字 77 次全見於甲類韻，於字 88 次見於乙類韻，21 次見於甲類韻，後者可能讀同烏字；曉母呼字 59 次全見於甲類韻，許字 44 次見於乙類韻，19 次見甲類韻，後者亦可能讀同虎字。《廣韻》方面，古字 136 次，苦字 87 次、五字 82 次、烏字 82 次、呼字 68 次，除其中呼字一為寘韻嫷之上字見於乙類韻外，其餘並見於甲類韻；而寘韻嫷字呼恚切，與毀字況僞切對立，屬重紐B，等於甲類用於甲類韻，實未超出範圍。另一端，居字 79 次、去字 42 次、魚字 40 次，除居、去二字並一為一等韻或四等韻上字外，餘並用於乙類韻；於字 89 次用於乙類韻，21 次用於甲類韻，許字 55 次用於乙類韻，18 次用於甲類韻，兩者均可以視為無出入。更以表式簡示如下：

《全王》（《廣韻》）

	甲類韻	乙類韻		乙類韻	甲類韻
古	132（136）	0（0）	居	71（78）	0（ 1）
苦	80（ 87）	0（0）	去	44（41）	2（ 1）
五	91（ 82）	0（0）	魚	35（40）	0（ 0）
烏	77（ 82）	0（0）	於	88（89）	21（21）
呼	59（ 68）	0（0）	許	44（55）	19（18）

其中於字的 21 次及許字的 19 次或 18 次，可以看成甲類韻字之互用，這種X對 0 或 1 的比例，更加顯示古居、苦去、五魚、烏於、呼許之間壁壘分明，有絶對差異，而三等韻聲母顎化説皎然可信。

然而試看《集韻》：古字 59 次為上字，見於甲類韻 52，見於乙類韻 7，後者 2 次屬重紐 B；居字 75 次為上字，見於乙類韻 42，見於甲類韻 33，前者 3 次屬重紐 B；苦字 47 次為上字，見於甲類韻 39，見於乙類韻 8，後者 2 次屬重紐B；丘字（案《集韻》用丘字多於去字）61 次為上字，見於乙類韻 41，見於甲類韻 20，前者 1 次屬重紐B；五字 37 次為上字，見於甲類韻 33，見於乙類韻 4；魚字 42 次為上字，見於乙類韻 28，見於甲類韻 14，前者 2 次屬重紐 B；烏字 43 次為上字，見於甲類韻 41，見於乙類韻 2；於字 92 次為上字，見於乙類韻 56，見於甲類韻 36，前者 10 次屬重紐 B；呼字 50 次為上字，見於甲類韻 42，見於乙類韻 8，後者 5 次屬重紐 B；許字 50 次為上字，見於乙類韻 33，見於甲類韻 17，前者 5 次屬重紐B。亦以表式簡示如下：

	甲類韻	乙類韻		乙類韻	甲類韻
古	54	5	居	39	36
苦	41	6	丘	40	21
五	33	4	魚	26	16
烏	41	2	於	46	46
呼	47	3	許	29	21

這一數字顯示，一等字用於甲類韻或乙類韻，差別最大的烏字為二十比一，最小的苦字亦大約七比一，五者總和則約為十比一，自不能謂無多寡之殊。但三等字用於乙類韻或甲類韻，即使將於、許二字擱置不計，懸殊大的丘字不足二比一，居字則殆為一比一，可以説根本並無差別。後者固不支持三等韻聲母顎化説，前者蓋亦難為此説提供説明。面對如此情況，既無法説自《切韻》以來已經顎化的聲母，在《廣韻》之後三十年又回復其顎化前的讀法；由於《集韻》使用上字時，顯然有其自身的嚴格系統，假如其時真有所謂聲母顎化與不顎化的絶對差異，不可能不加分辨，又顯示此種甲、乙兩類混用不別的現象決不可隨意輕視；更何況其一等字少用為三等韻上字的情況，正可以説是保持了《切韻》以來的一貫作風：則學者因系聯《切韻》系韻書上字，見其有形成兩類的趨勢，遂謂三等韻聲母顎化，説之不足信採，殆可謂明若觀火。脣音四母情形與牙喉音不異，因《全王、廣韻》的界限已不若牙喉音明顯，不更作説明，以省篇幅。

所謂《集韻》反切有其自身的嚴格系統，意指其三等韻重紐 B 字與四等韻字出現於反切上字時行為一致，重紐 A 字則與普通三等韻字行為相同，鮮有異樣。從前列表中觀察，牙喉音五母上字屬於四等韻者：堅$_{5}$經$_{3}$涓$_{3}$扃$_{3}$訣$_{1}$激$_{1}$稽$_{1}$見$_{1}$圭$_{1}$畎$_{1}$兼$_{1}$（見母 21），牽$_{5}$犬$_{4}$溪$_{1}$磬$_{1}$喫$_{1}$睽$_{1}$（溪母 13），倪$_{9}$研$_{4}$（疑母 13），湮$_{1}$淵$_{1}$杳$_{1}$烟$_{1}$（影母 4），馨$_{10}$顯$_{2}$醯$_{1}$闃$_{1}$（曉母 14），共 65 字次，絶不見用為重紐 A 及普通三等韻之上字，而 47 次用於四等韻，16 次用於重紐B，另 2 次用於一等韻。屬於重紐 B 者：吉$_{16}$頸$_{3}$規$_{3}$均$_{2}$（見母 24），詰$_{9}$輕$_{4}$窺$_{3}$遣$_{3}$傾$_{3}$企$_{1}$缺$_{1}$弃$_{1}$棄$_{1}$（溪母 26），藝$_{1}$（疑母 1），伊$_{11}$一$_{7}$縈$_{4}$益$_{2}$娟$_{2}$壹$_{1}$因$_{1}$噎$_{1}$（影母 29），翾$_{5}$隳$_{1}$（曉母 6），共 86 字次，亦絶不見用為重紐A及普通三等韻之上字，而 35 次用於四等韻，48 次用於重紐 B，另 2 次用於一等韻，及 1 次用於二等韻。以兩者相較，僅四等韻字不見用於二等韻為其唯一之不同，而四等韻字所以不見用於二等韻，當以二等韻字少為其唯一原因，為偶然現象，故重紐 B 字用於二等韻亦僅一見，實際應視為並無區別。另一方面，屬於普通三等韻者：居$_{75}$舉$_{13}$俱$_{9}$訖$_{8}$九$_{8}$己$_{5}$紀$_{5}$拘$_{3}$戟$_{2}$厥$_{2}$矩$_{1}$基$_{1}$歸$_{1}$斤$_{1}$恭$_{1}$姜$_{1}$詎$_{1}$（見母 137），丘$_{61}$去$_{18}$乞$_{10}$區$_{5}$袪$_{4}$墟$_{3}$起$_{3}$欺$_{3}$驅$_{2}$曲$_{2}$羌$_{2}$卿$_{1}$却$_{1}$屈$_{1}$欽$_{1}$（溪母 117），魚$_{42}$牛$_{27}$語$_{15}$逆$_{8}$虞$_{4}$仡$_{3}$玉$_{2}$元$_{2}$阮$_{1}$疑$_{1}$擬$_{1}$愚$_{1}$（疑母 107），於$_{92}$紆$_{5}$隱$_{5}$衣$_{4}$邕$_{2}$英$_{1}$膺$_{1}$依$_{1}$威$_{1}$億$_{1}$嫗$_{1}$鬱$_{1}$憶$_{1}$（影母 116），許$_{50}$虛$_{29}$迄$_{8}$香$_{6}$況$_{4}$休$_{3}$吁$_{3}$訏$_{3}$希$_{2}$詡$_{2}$喜$_{1}$匈$_{1}$興$_{1}$怳$_{1}$扱$_{1}$（曉母 115），共 592 次，用於「三$_{3}$」370 次，其中 92 次屬重紐 A；此外一等韻 83 次，二等韻 95 次，「三$_{4}$」37 次，四等韻 8 次，顯示任何等第均可用此為上字。但用於四等韻之八次不僅為數最少，且有兩反切係轉錄自《經典釋文》[6]，餘則於字之五次，及欽字之一次，而於字自《切韻》以來兼跨甲、乙兩類韻，又為特殊現象，實際可說《集韻》罕用普通三等韻字為四等韻上字。更看屬重鈕 A 之字：几$_{2}$蹇$_{1}$嬌$_{1}$（見母 4），虧$_{2}$困$_{1}$（溪母 3），宜$_{4}$危$_{1}$（疑母 5），乙$_{24}$倚$_{10}$委$_{4}$逶$_{1}$（影母 39），羲$_{1}$（曉母 1），共 52 次，用於「三$_{3}$」27 次，其中屬重紐 A 者 9，屬普通三等韻者 18；其餘一等韻 7 次，二等韻 17 次，四等韻 1 次。比較此二者，除重紐 A 字不見用於「三$_{4}$」與普通三等韻字為異而外，其餘行徑無有不同，即少用於四等韻的情形亦兩者無異。綜合上述情況，簡要言之：四等韻字不用為重紐 A 上字，重紐 A 亦罕用於四等韻；重紐 B 慣用為四等韻上字，四等韻字亦慣用於重紐 B；重紐 A 不用於重紐 B，重紐 B 亦不用於重紐 A。可以清楚看出，《集韻》一書對於反切上字的使用，並非雜亂無章，而是有其條理的。

這一條理，也可以見之於羣母字。屬普通三等韻者：渠$_{35}$巨$_{34}$其$_{18}$求$_{7}$極$_{5}$衢$_{4}$具$_{2}$竭$_{2}$琴$_{1}$臼$_{1}$郡$_{1}$虔$_{1}$局$_{1}$，共 112 次，用於「三$_{3}$」88 次，其中 26 次屬重紐 A，62 次屬普通三等韻；用於「三$_{4}$」13 次（含幽韻系統 2 次），又一等韻者 5，二等韻者 6。屬重紐 A 者：逵$_{2}$奇$_{1}$權$_{1}$窘$_{1}$，共 5 次，全用於重紐 A。屬重紐 B 者：祁$_{3}$葵$_{2}$翹$_{1}$，共 6 次，全用於「三$_{4}$」（含幼韻 1 次）。

又可以見之於脣音四母。屬四等韻者：邊$_{1}$（幫母 1），片$_{1}$（滂母 1），駢$_{1}$（並母 1），迷$_{1}$覓$_{1}$眠$_{1}$（明母 3），共 6 次，用於一等韻 1 次，二等韻 1 次，四等韻 3 次，重紐 B1 次。屬重紐 B 者：必$_{13}$卑$_{9}$俾$_{2}$壁$_{2}$賓$_{1}$（幫母 27），匹$_{33}$紕$_{3}$篇$_{2}$僻$_{1}$（滂母 39），毗$_{10}$婢$_{4}$頻$_{2}$鼻$_{1}$便$_{1}$玭$_{1}$（並母 19），彌$_{14}$民$_{2}$弭$_{2}$蜜$_{1}$緜$_{1}$（明母

---

6 篠韻趙下注云：「起了切。……《詩》其鎛斯趙，沈重讀。」與《詩・良耜・釋文》趙下云「沈起了反」合。又錫韻鬩下云：「況壁切。……《莊子》槁項黃鬩。」亦與《莊子・列禦寇》鬩下云「徐況壁反」合。

20），共 103 次，用於一等韻 8 次，二等韻 8 次，四等韻 16 次，「三$_4$」67 次（含幽清等韻 4 次），唯匹之一字 4 次用於重紐 A 及普通三等韻，前 1 後 3，為牙喉音所不見。但以匹為「三$_3$」上字，乃自《切韻》以來相沿成習，如濞字之音匹備切，即襲《切韻》之舊。另一方面，屬普通三等韻者：兵$_1$逼$_1$貶$_1$（幫母 3），丕$_1$（滂母 1），平$_5$並$_1$匐$_1$（並母 7），鳴$_1$明$_1$（明母 2），共 13 次，用於「三$_3$」11 次，用於「三$_4$」2 次（含幽韻 1 次）。屬重紐 A 者：悲$_9$彼$_6$筆$_4$陂$_2$（幫母 21），披$_{13}$（滂母 13），皮$_{10}$弼$_2$貧$_1$被$_1$（並母 14），眉$_{10}$美$_3$縻$_1$糜$_1$旻$_1$免$_1$密$_1$（明母 18），共 66 次，用於「三$_3$」45 次，一等韻 5 次，二等韻 15 次，四等韻 1 次，而不見用於「三$_4$」。各種現象，無不與牙喉音一致。

如上所述，《集韻》反切上字在重紐 A 與重紐 B，及普通三等韻與四等韻之間，劃分了清楚的界限，可以見出《集韻》在使用上字時的深致用心。此所以我在前文說，假如其時真有所謂聲母顎化與不顎化的絶對差異，《集韻》不可能不加分辨。於此，當然有必要對重紐 A、B 類及三、四等韻的不同情狀求一了解，以確知其程度上是否超過聲母上顎化與不顎化的分別；而重紐 A、B 類的不同究竟何在，以及四等韻是否具介音的問題，也正都是本文撰寫的目標之一。

重紐 A 與重紐 B 的不同，向有三說。或以為在元音，或以為在介音，或以為在聲母。今觀《集韻》反切上字，A、B 兩類互不相涉，若謂其別在元音，便找不出任何理由，可以解釋《集韻》何以要將此種不同表現在反切上字之上。因為反切上字出現的各韻，近的雖然可以僅有聲調之殊，遠的則可以及於不同元音的攝。何況以為元音不同，根本便不易解釋兩者何以可以共韻。若其別在聲母，則《集韻》反切重紐 A 表現在作上字時行為與普通三等韻字相同，普通三等韻字固可以兼用於 A、B 兩類；如牙喉音五母 92 次用於重紐 A，亦 37 次用於「三$_4$」，約為 2.5 與 1 之比，故無論為聲母上何種程度的不同，都無法求得解答。於是，賸下來便只能有出於介音之一途。亦據《集韻》反切試為推求：A、B 兩類字分別與普通三等韻字或四等韻字關係密切，普通三等韻字與重紐 A 具介音 -j-，殆為學者所公認；重紐 B 既與重紐 A 同屬於三等韻，不應獨無介音成分，學者亦不見持此主張。今既知重紐 B 與四等韻字關係獨密，四等韻字學者雖或主無介音，但此說無以解釋《集韻》與重紐 B 密不可分的狀況，則重紐 B 與四等韻字同具 -i- 介音，捨此蓋不容有異說。以此言之，重紐 A、B 的不同，是 -j- 與 -i- 的差別；三、四等韻的不同，元音而外，也便是 -j- 與 -i- 的差別，正都與甲、乙兩類上字背景相同，分別屬於所謂顎化與不顎化的範疇，沒有任何程度上的差異。但是如果說《集韻》重紐A、B或三、四等韻上字的對立，是由於顎化與不顎化的不同，如上述牙喉音五母甲、乙兩類上字 5.7：1 的互用次數，便全不當出現。然則重紐A、B類之所不同，四等韻之是否有介音，其答案自是顯明可見；三等韻聲母顎化說之不實，亦隨之而益趨明朗。

在中古音的研究上，三等韻 -j- 介音的構擬，以其能解釋多種反切上所顯示的現象，應視為一項重要成就。但因此而認為凡具介音 -j- 者其聲母顎化，則亦主張錯誤。今由《集韻》反切得知，-j- 只是一個漢字音節中不同於 -ϕ-、 -e- 或 -i- 的成素[7]，並不曾使其聲母有任何程度上的顎化。以見母為例而言，一等 k-、二等 ke- 及四等 ki-（含重紐B及清、幽韻字），固是相同聲母；即 kj- 與 k-、ke-、ki- 之間，聲母亦自不異。不過由於「j」為半元音，凡具 -j- 介音之字其餘不含「j」成分之字讀音皆有不同，可以別為二類，《切韻》系韻書或於此中求別，於是形成尋常所說上字之一、二、四等為一類，三等別為一類的現象，〔**上字的分類，實爲區別重紐，詳〈重紐等韻及其相關問題〉。2000 年宇純補案。**〕見於《切韻》至《廣韻》諸書；或但於細音部分分別 -j- 與 -i-，則見於《集韻》。究竟此種不同並不在聲母本身，沒有必要從聲母上求取表現，此又所以自《切韻》以來無論如何求別，都不免有出入，不盡整齊。如《集韻》牙喉音五母普通三等韻字 3 次用為「三4」之上字，或如其居、丘、魚等字亦時時用於一、二、四等韻，便是此一道理。然而，凡本文所舉《集韻》反切現象，大抵自《切韻》至《廣韻》諸書莫不有，只是不若《集韻》之顯著而已。過去學者研究中古音，或由於忽略了《集韻》反切，留心《集韻》反切的人又不能於此有所悟，以致不能正確認識系聯《切韻》系韻書反切的結果，因就所見提出幾點說明，以供同好參考。

本文原為受邀出席一九八五年八月在曼谷召開之第十八屆國際漢藏語言學會所作。回國以後，置於屜中，至近日始得空檢出重新覈讀一過，內容頗有更動。

一九八六年五月四日宇純記

（本文原載中央研究院《歷史語言研究所集刊》第五十七本第一分，一九八六。）

---

7 竊意：凡韻圖列一等之字無介音（案合口介音除外），其餘列二等、三等、四等之字，分別有 -e-、-j-、 -i- 介音。詳見拙著〈論照穿牀審四母兩類上字讀音〉及〈從臻櫛兩韻性質的認定到韻圖列二四等字的擬音〉。

〔此文寫作之時，由於不能擺脫“大三等韻”觀念的束縛，《集韻》中反切，屬於重紐 B，以及清、幽諸韻脣牙喉音的，也便是篇中稱之爲「三 4」的，在作資料統計的時候，雖已納入甲類韻中計算，所列《廣韻》和《全王》的數字，卻全依《廣韻探賾》及《切韻音系》採入。如《廣韻》居字用於甲類韻的，僅知爲一次。假如也將其作爲重紐 B 及清、幽諸韻的上字一起計算，便共有十六次之多，《全王》居字亦十三次用於甲類韻，都不得以例外看待。此雖於本文以《集韻》反切突顯三等韻脣牙喉音聲母不顎化的主旨不生影響，其不知《廣韻、全王》反切亦並不支持三等韻聲母顎化之説，便成了本文的盲點。有關《廣韻》脣牙喉音九個四等俱全的字母，其兩類反切上字相互使用的詳細情況，已在近作〈陳澧反切系聯法再論〉中作了説明，《全王》反切大體與《廣韻》不異，故篇中有關兩書的統計數據，決定不予改動，其詳請見彼文。2000 年宇純補案。〕

附錄：本文所用集韻各字母反切一覽表

一、見母

古	貢送	古送	穀屋	古祿	攻冬	古宗	顧暮	古慕	憒隊	古對
	儈泰	古外	袞混	古本	睔慁	古困	根痕	古痕	艮根	古佷
	扢（麧）	古紇	笴旱	古旱	官桓	古丸	管緩	古緩	貫換	古玩
	括末	古活	杲晧	古老	戈戈	古禾	果果	古火	過過	古臥
	敢敢	古覽	廣蕩	古晃	桄宕	古曠	感感	古禫	紺勘	古暗
	䶗闞	古蹔以上一等	江江	古雙	講講	古項	絳絳	古巷	丫蟹	古買
	卦卦	古賣	鍇駭	古駭	怪怪	古壞	擐諫	古患	劀黠	古滑
	夬夬	古邁	鰥襉	古幻	刮鎋	古刹	寡馬	古瓦	坬禡	古罵
	梗梗	古杏	礦梗	古猛	耕耕	古莖	耿耿	古幸	減豏	古斬
	甲狎	古狎以上二等	拱腫	古勇	詭紙	古委	卷獮	古轉	眷線	古倦
	誑漾	古況以上三3	泂清	古螢	赳幼	古幼以上三4	鵙薺	古禮	畎銑	古泫
	玦屑	古穴	更青	古青	剄迥	古頂	徑徑	古定以上四等		
姑	告沃	姑沃	傀灰	姑回	光唐	姑黃	厷登	姑弘	弇覃	姑南以上一等
	關刪	姑還	鰥山	姑頑	瓜麻	姑華	觵庚	姑橫以上二等	劌祭	姑衛三3
公	昆魂	公渾一等	嫋佳	公蛙	丫皆	公懷	顩陷	公陷以上二等		
沽	公東	沽紅	頌賄	沽罪	甘談	沽三以上一等				
果	古姥	果五一等	矩麌	果羽三3						
各	格陌	各領	隔麥	各核以上二等						
苟	己止	苟起	舉語	苟許以上三3						
攻	孤模	攻乎一等								
柯	該咍	柯開一等								
剛	各鐸	剛鶴一等								
光	郭鐸	光鑊一等								
孤	搄等	孤等一等								
骨	國德	骨或一等								
谷	顝盍	谷盍一等								

葛　閤合　葛合一等
郭　虢陌　郭擭二等
工　鶪昔　工役三4

以上上字一等韻

賈　哿哿　賈我　簡産　賈限以上二等

以上上字二等韻

居　葢泰　居太　溉代　居代　干寒　居寒　幹翰　居案　葛曷　居曷
　　高豪　居勞　誥號　居號　歌歌　居何　箇箇　居賀　岡唐　居郎
　　鋼宕　居浪　栭登　居曾　栭隥　居鄧　搆候　居候　祛盍　居盍以上一等
　　佳佳　居膎　懈卦　居隘　皆皆　居諧　戒怪　居拜　姦删　居顏
　　諫諫　居宴　間山　居閑　襉襉　居莧　鰫轄　居轄　交肴　居肴
　　教效　居效　嘉麻　居牙　駕禡　居迓　庚庚　居行　更映　居孟
　　緘咸　居咸　監銜　居銜　鑑覽　居懺以上二等　弓東　居雄　匊屋　居六
　　恭鍾　居容　供用　居用　羈支　居宜　寄寘　居義　䝿寘　居偽
　　飢脂　居狋　龜脂　居逵　姬之　居之　記志　居吏　機微　居希
　　歸微　居韋　既未　居氣　據御　居御　猘祭　居例　巾真　居銀
　　扐震　居覲　靳焮　居焮　訖迄　居乙　撝元　居言　建願　居萬
　　訐月　居謁　厥月　居月　驕宵　居妖　迦戈　居伽　薑陽　居良
　　畺漾　居亮　京庚　居卿　敬映　居慶　兢蒸　居陵　鳩尤　居尤
　　救宥　居又　今侵　居吟　錦寢　居飲　禁沁　居廕　檢琰　居奄
　　黔嚴　居嚴　劍驗　居欠以上三3　駃寘　居企　季至　居悸　樛幽　居虯以上三4
舉　頣很　舉很　旿蕩　舉朗　耇厚　舉后以上一等　解蟹　舉蟹　賈馬　舉下以上二等
　　掎紙　舉綺　几旨　舉履　蟣尾　舉豈　攟吻　舉蘊　斤欣　舉欣
　　矯小　舉夭　繈養　舉兩　景梗　舉影以上三3
俱　媯支　俱為　屨遇　俱遇　麕諄　俱倫　攟問　俱運　孿願　俱願
　　恇陽　俱王　罤養　俱往　憬梗　俱永　攫昔　俱碧以上三3
訖　裓德　訖得一等　覺覺　訖岳　戛黠　訖黠以上二等　脚藥　訖約　戟陌　訖逆
　　殛職　訖力　急緝　訖立　劫業　訖業以上三3
九　孑物　九勿　劂祭　九芮　訐廢　九刈　鞬阮　九遠　蹇獮　九件
　　紇薛　九傑以上三3　昀稕　九峻　頸靜　九領以上三4

己	改海	己亥一等	拳元	己袁	鸛仙	己仙	九有	己有以上三3	剌幼	己幼三4
紀	刉支	紀披	漇阮	紀偃	蹷薛	紀劣	覩昔	紀彳	黚鹽	紀炎以上三3
拘	臼燭	拘玉	君文	拘云	勬仙	拘員以上三3				
几	冀至	几利	謹隱	几隱以上三3						
戟	暨質	戟乙	緅葉	戟葉以上三3						
厥	茁術	厥律	矍藥	厥縛以上三3						
矩	軌旨	矩鮪三3								
基	媿至	基位三3								
歸	貴未	歸位三3								
斤	居魚	斤於三3								
恭	拘虞	恭于三3								
姜	吾軫	姜愍三3								
蹇	揭薛	蹇列三3								
嬌	驕笑	嬌廟三3								
誑	�唐	誑王三3								
吉	骨没	吉忽一等	絞巧	吉巧二等	繫至	吉棄	瘈祭	吉曳	孑薛	吉列
	皛小	吉小	頸清	吉成	糾黝	吉酉以上三4	計霽	吉詣	繭銑	吉典
	結屑	吉屑	皎筱	吉了	叫嘯	吉弔	激錫	吉歷	兼栝	吉念
	頰帖	吉協以上四等								
頸	枳紙	頸爾	癸旨	頸誄	緊軫	頸忍以上三4				
規	䚈寘	規恚	鈞諄	規倫	絹線	規掾以上三4				
均	規支	均窺	訋稕	均俊以上三4						
		以上上字三等韻（含三4，下同）								
堅	勁勁	堅正三4	雞齊	堅奚	驍蕭	堅堯	經青	堅靈	兼沾	堅嫌以上四等
經	頸靜	經郢三4	堅先	經天	見霰	經電以上四等				
涓	圭齊	涓畦	桂霽	涓惠	扃青	涓熒以上四等				
扃	睊霰	扃縣	扃徑	扃定	臭錫	扃闃以上四等				
見	鉤侯	見侯一等								
激	吉質	激質三4								
稽	甄仙	稽延三4								

訣 橘質 訣律三 4

圭 涓先 圭玄四等

畎 熲迥 畎迥四等

兼 嬐忝 兼忝四等

以上上字四等韻

二、溪母

苦 孔董 苦動 控送 苦貢 庫暮 苦故 顝賄 苦猥 塊隊 苦會(?)

　 坳隊 苦對 磕泰 苦會 梱混 苦本 困慁 苦悶 掘没 苦骨

　 硍恨 苦恨 款緩 苦緩 鏉換 苦換 闊末 苦活 考晧 苦浩

　 坷果 苦我 科戈 苦禾 顆果 苦果 課過 苦臥 廳蕩 苦晃

　 曠宕 苦謗 鞃登 苦弘 肎等 苦等 坎感 苦感 勘勘 苦紺

　 闞闞 苦濫以上一等 蔽怪 苦怪 勓黠 苦滑 快夬 苦夬 巧巧 苦絞

　 髁馬 苦瓦 伉梗 苦杏 界梗 苦礦以上二等 觤紙 苦委 巋旨 苦軌

　 恢尾 苦虺 稛準 苦磒 綣阮 苦遠 䟴線 苦倦以上三3 毄昔 苦席

　 嬐黝 苦糺以上三4 犬銑 苦泫 闋屑 苦穴 罄青 苦丁 闃錫 苦狊

　 謙沾 苦兼 歉忝 苦簟以上四等

口 慨代 口溉 懇很 口很 鎬號 口到 坷箇 口箇 厰敢 口敢

　 忼蕩 口朗 亢宕 口浪 堩隥 口鄧以上一等 芐蟹 口蟹 繫卦 口賣

　 鍇駭 口駭 烗怪 口戒 敲效 口教 跒馬 口下 舎庚 口觥

　 剫麥 口獲 槏豏 口減 歉陷 口陷以上二等 起止 口己 去語 口舉

　 赾隱 口謹 欿儼 口广 凵范 口犯以上三3 絅徑 口定四等

枯 空東 枯公 酷沃 枯沃 恢灰 枯回 坤魂 枯昆 寬桓 枯官

　 坩談 枯甘 骯唐 枯光 龕覃 枯含以上一等 腔江 枯江 胯蟹 枯買

　 匯皆 枯懷 誇麻 枯瓜 跨禡 枯化以上二等

克 嗀鐸 克各 榼盍 克盍以上一等 控講 克講 嗀覺 克角 礊麥 克革以上二等

空 哭屋 空谷 枯模 空胡以上一等 咼佳 空媧二等 匯支 空為三 3

孔 苦姥 孔五一等 憬梗 孔永三 3

可 愷海 可亥 侃旱 可旱以上一等

酷 硞冬 酷攻一等

闊 廓鐸 闊鑊一等

肯	奟登	肯登一等						
渴	㞗合	渴合一等						
廓	㓤陌	廓擭一等						
類	𤢖麌	類羽三3						
	以上上字一等韻							
丘	磕泰	丘蓋	開咍	丘哀	看寒	丘寒	渴曷	丘葛	尻豪	丘刀
	珂歌	丘何	穅唐	丘岡	寇候	丘候以上一等	揩皆	丘皆	馯删	丘顏
	扒黠	丘八	掔山	丘閑	𥳑轄	丘瞎	敲肴	丘交	齣麻	丘加
	髂禡	丘駕	阬庚	丘庚	鏗耕	丘耕	鵮咸	丘咸	嵌銜	丘銜以上二等
	穹東	丘弓	麴屋	丘六	銎鍾	丘恭	恐腫	丘勇	攲支	丘奇
	觤寘	丘僞	巋脂	丘追	喟至	丘媿	欺之	丘其	譏微	丘衣
	氣未	丘既	毅未	丘畏	虛魚	丘於	去御	丘據	蠸軫	丘忍
	卷文	丘云	趣吻	丘粉	趣問	丘運	掀焮	丘近	攑元	丘言
	揭月	丘謁	闕月	丘月	愆仙	丘虔	朅薛	丘傑	蹺宵	丘祆
	骫歌	丘靴	硄養	丘仰	恇養	丘往	哯漾	丘亮	觊廢	丘廢
	卿庚	丘京	慶映	丘生	病映	丘詠	䫌宥	丘救	坅寑	丘甚
	捦沁	丘禁	㦗鹽	丘廉	顩琰	丘檢	㰹嚴	丘嚴	顩凡	丘凡以上三3
	趬笑	丘召三4								
去	口厚	去厚一等	焪送	去仲	綺紙	去倚	器至	去冀	亟志	去吏
	豈尾	去幾	菣震	去刃	愒祭	去例	圈元	去爰	言阮	去偃
	佉戈	去伽	㝅廢	去穢	糗有	去久	抾葉	去笈	欠驗	去劍以上三3
	企寘	去智	遣獮	去演	瘱葉	去涉以上三4				
乞	克德	乞得一等	客陌	乞格	恰洽	乞洽以上二等	緊真	乞鄰	却藥	乞約
	隙陌	乞逆	𩍐職	乞力	泣緝	乞及	㹤業	乞業	猲乏	乞法以上三3
區	曲燭	區玉	蘬微	區微	驅遇	區遇	囷諄	區倫	券願	區願以上三3
祛	騫願	祛建	槁小	祛矯	丘尤	祛尤	欽侵	祛音以上三3		
墟	看翰	墟旰	彄侯	墟侯以上一等	羌陽	墟羊三3				
起	齦産	起限二等	繾獮	起輦三3	趙篠	起了四等				
欺	恐用	欺用	乞迄	欺訖	硱蒸	欺矜以上三3				
驅	虧支	驅為	卷仙	驅圓以上三3						

虧　區虞　虧于　躩昔　虧碧以上三3
曲　屈物　曲勿　匡陽　曲王以上三3
羌　蠸震　羌刃　區幽　羌幽以上三4
卿　掎寘　卿義三3
却　跬支　却垂三3
困　壼稕　困閏三3
屈　躩藥　屈縛三3
欽　坰青　欽熒四等
詰　啟止　詰以[1]　譴線　詰戰以上三4　契霽　詰計　猰屑　詰結　竅嘯　詰弔
　　罄徑　詰定　喫錫　詰歷　傔栝　詰念　匧帖　詰叶以上四等
輕　踑幼　輕幼三4　牽先　輕烟　俔霰　輕甸　磽篠　輕皎以上四等
遣　企紙　遣尒　蠸軫　譴忍以上三4　啟薺　遣禮四等
窺　觖寘　窺睡　缺線　窺絹　傾清　窺營以上三4
傾　缺薛　傾雪　高勁　傾敻以上三4　睽齊　傾畦四等
企　吹禡　企夜三4
缺　闚支　缺規三4
弃　踑昔　弃役三4
棄　謦迥　棄挺四等

以上上字三等韻

牽　輕清　牽盈　輕勁　牽正以上三4　谿齊　牽奚　㷫銑　牽典　鄡蕭　牽幺以上四等
犬　趌紙　犬縈　頃靜　犬潁以上三4　騆霰　犬縣　褧迥　犬迥以上四等
溪　可哿　溪我一等
磬　棄至　磬致三4
喫　詰質　喫吉三4
睽　袴霽　睽桂四等

以上上字四等韻

三、疑母

五　岘東　五公　誤暮　五故　領賄　五賄　磑隊　五對　外泰　五會

1　此字與起字相對，據反切上或下字，韻圖當入四等，即與起字為重紐。

騃海 五亥 兀没 五忽 垠痕 五根 饐恨 五恨 䃺（没）五紇

輐緩 五管 玩換 五換 抈末 五活 積晧 五老 妮果 五果

𤪌鐸 五郭 頷感 五感 儑勘 五紺 玵談 五甘 㘖敢 五敢以上一等

䚍蟹 五買 聵怪 五怪 䶀黠 五滑 頑山 五鰥 刖鎋 五刮

𪘓巧 五巧 瓦馬 五寡 䫡豏 五減 𪘀陷 五陷 䜩洽 五洽以上二等

頠紙 五委 倪未 五未 阮阮 五遠 冂范 五犯以上三3 䚂齊 五圭

堄薺 五禮 娙青 五刑以上四等

吾 湡董 吾蓊 鮠灰 吾回 僤魂 吾昆 顐慁 吾困 岏桓 吾官

吪戈 吾禾 臥過 吾貨 譺覃 吾含以上一等 㟜江 吾江 瘄刪 吾還

㰢麻 吾瓜 瓦禡 吾化以上二等

鄂 㘚合 鄂合一等 額陌 鄂格二等 嶷職 鄂力三3

偶 擬止 偶起 語語 偶舉以上三3

訛 吾模 訛胡一等

俄 豻寒 俄干一等

以上上字一等韻

牙 䶬曷 牙葛一等

雅 齾潸 雅版二等

眼 犴襇 眼莧二等

以上上字二等韻

魚 皚咍 魚開 限混 魚懇 岸翰 魚旰 傲號 魚到 卬唐 魚剛

枊宕 魚浪 齵侯 魚侯以上一等 鴈諫 魚澗 樂效 魚教 訝禡 魚駕

鞕映 魚孟 娙耕 魚莖 嵒咸 魚咸 巖銜 魚銜以上二等 顒鍾 魚容

宜支 魚羈 劓至 魚器 疑之 魚其 𩣡志 魚記 沂微 魚衣

㞞尾 魚鬼 毅未 魚既 銀真 魚巾 㰯震 魚僅 𧆞欣 魚斤

疙迄 魚乙 乂廢 魚刈 言元 魚軒 月月 魚厥 彥線 魚戰

孽薛 魚列 卬陽 魚殃 軜漾 魚向 迎庚 魚京 迎映 魚慶

凝蒸 魚陵 吟侵 魚音 嚴嚴 魚杴 儼儼 魚檢 驗驗 魚窆以上三3

馳質 魚一 劓小 魚小以上三4

牛 艾泰 牛蓋 礙代 牛代 敖豪 牛刀 莪歌 牛河 餓箇 牛箇

偶候 牛遘以上一等 睚卦 牛解 聧怪 牛戒 顏刪 牛姦 訮山 牛閑

　鸑轄 牛轄 聱肴 牛交 牙麻 牛加 獫陷 牛陷以上二等 犽脂 牛肌
　魚魚 牛居 御御 牛據 齳吻 牛吻 劓祭 牛例 刵祭 牛芮
　犭彖廢 牛吠 䰲願 牛堰 齵有 牛久 鼿宥 牛救 魿寑 牛錦
　齵鹽 牛廉以上三3 䶫笑 牛笑三4
語 我哿 語可 駠蕩 語朗以上一等 騃駭 語駭 眼產 語限 雅馬 語下以上二等
　螘紙 語綺 巍微 語韋 顗尾 語豈 听隱 語近 垽焮 語靳
　言阮 語偃 钀月 語訐 齴獮 語蹇 仰養 語兩以上三3 齯支 語支三4
逆 咢鐸 逆各一等 嶽覺 逆角 鬲麥 逆革以上二等 砡屋 逆菊 耴質 逆乙
　虐藥 逆約 岌緝 逆及 業業 逆怯以上三3
宜 厓佳 宜佳 啀皆 宜皆以上二等 義寘 宜寄 吟沁 宜禁以上三3
虞 玉燭 虞欲 魏未 虞貴 輑文 虞云 願願 虞怨以上三3
仡 䀐洽 仡甲二等 齗焮 仡靳 逆陌 仡戟以上三3
玉 礏盍 玉盍一等 詎佳 玉咼二等
元 虞虞 元俱 遇遇 元具以上三3
阮 五姥 阮古一等
疑 偶厚 疑口一等
擬 齗軫 擬引三3
愚 元元 愚袁三3
危 偽寘 危睡三3
藝 巻旨 藝藿三4

以上上字三等韻

倪 藝祭 倪祭 聱幽 倪虬以上三4 妍先 倪堅 硯霰 倪甸 齧屑 倪結
　堯蕭 倪幺 磽筱 倪了 顤嘯 倪弔 鶂錫 倪歷以上四等
研 倪齊 研奚 詣霽 研計 齞銑 研峴 脛迴 研領以上四等

以上上字四等韻

四、影母

烏 翁東 烏公 瓮送 烏貢 屋屋 烏谷 沃沃 烏酷 汙暮 烏故
　隈灰 烏回 𩗗隊 烏潰 薈泰 烏外 温魂 烏昆 揾慁 烏困
　頞没 烏没 恩痕 烏痕 剜桓 烏丸 惋換 烏貫 斡末 烏括
　媪晧 烏浩 倭戈 烏禾 涴過 烏臥 汪唐 烏光 汪宕 烏曠

	謳侯	烏侯	諳覃	烏含	暗勘	烏紺	黵敢	烏敢以上一等	蛙佳	烏蝸
	崴蟹	烏買	隘卦	烏懈	崴皆	烏乖	黯快	烏快	彎刪	烏關
	綰諫	烏患	婠黠	烏八	窊麻	烏瓜	搲馬	烏瓦	窊禡	烏化
	瞥梗	烏猛	寃映	烏橫	泓耕	烏宏以上二等	薉廢	烏廢	宛獮	烏勉以上三3
	洼脂	烏雖三4	瀅青	烏熒	濴迥	烏迥以上四等				
鄔	蓊董	鄔孔	猥賄	鄔賄	穩混	鄔本	盌緩	鄔管	婐果	鄔果
	滉蕩	鄔晃	晻感	鄔感	黯談	鄔甘以上一等	慃講	鄔項	綰潸	鄔版以上二等
	委紙	鄔毀三3								
阿	侒旱	阿侃	遏曷	阿葛	掗箇	阿个以上一等				
安	穏很	安很	侉箇	安賀以上一等						
遏	惡鐸	遏鄂	姶合	遏合以上一等						
屋	臒鐸	屋郭一等	擭陌	屋虢二等						
汪	烏模	汪胡一等								
塢	唲皆	塢皆二等								
歐	淤語	歐許三3								

以上上字一等韻

於	隖姥	於古	�POS暮	於故	倄賄	於罪	藹泰	於蓋	哀咍	於開
	愛代	於代	饐恨	於恨	安寒	於寒	按翰	於旰	爊豪	於刀
	奧號	於到	阿歌	於河	鴦唐	於郎	盎宕	於浪	毆厚	於口
	謳候	於候以上一等	胦江	於江	娃佳	於佳	餲夬	於邁	晏諫	於諫
	黰山	於閑	顱肴	於交	拗巧	於絞	靿效	於教	雅麻	於加
	揞梗	於杏	瀴映	於孟	甖耕	於莖	嚶諍	於迸	猎咸	於咸
	韽陷	於陷以上二等	硧東	於宮	邕鍾	於容	雍用	於用	漪支	於宜
	倚寘	於義	萎寘	於偽	鬩至	於位	醫之	於其	意志	於記
	衣微	於希	威微	於非	衣未	於既	緆祭	於例	咽真	於巾
	隱震	於刃	殷欣	於斤	傿焮	於靳	乙迄	於乞	煴文	於云
	鴛元	於袁	堰願	於建	謁月	於歇	噦月	於月	婉月	於伐
	焉仙	於虔	放獮	於蹇	躽線	於扇	焆薛	於列	媄宵	於喬
	夭小	於兆	肥戈	於靴	央陽	於良	映漾	於亮	英庚	於驚
	影梗	於境	映映	於慶	膺蒸	於陵	應證	於證	憂尤	於求

	懮有	於九	憂宥	於救	音侵	於金	飲寑	於錦	蔭沁	於禁
	悇黮	於贍	醃嚴	於嚴以上三3	縊寘	於賜	恚寘	於避	伊脂	於夷
	癭靜	於郢	纓勁	於正	幽幽	於虬	黝黝	於糾	懕鹽	於鹽
	黶琰	於琰	厭豔	於豔以上三4	蝘銑	於殄	蜎銑	於泫	褮青	於丁
	醶桰	於念	蛺帖	於叶以上四等						
乙	饖泰	乙大	泓登	乙肱	餩德	乙得	鰪盍	乙盍以上一等	渥覺	乙角
	噫怪	乙界	軋黠	乙黠	鷎鎋	乙鎋	啞陌	乙格	戹麥	乙革
	黯豏	乙減	跪洽	乙洽	黭甓	乙鑒	押狎	乙甲以上二等	韣屋	乙六
	懿至	乙冀	緆薛	乙列	噦薛	乙劣	約藥	乙却	謍庚	乙榮
	億職	乙力	邑緝	乙及	腌業	乙業以上三3	浥帖	乙俠四等		
倚	欸海	倚亥	闒哿	倚可	坱蕩	倚朗以上一等	矮蟹	倚蟹	挨駭	倚駭
	啞馬	倚下	黤檻	倚檻以上二等	隱隱	倚謹	鞅養	倚兩	埯儼	倚广以上三3
紆	尉未	紆胃	贇諄	紆倫	鬱物	紆勿	怨願	紆願	嬽仙	紆權以上三3
隱	倚紙	隱綺	歖旨	隱几	譩止	隱己	扆尾	隱豈	匽阮	隱幰以上三3
衣	亞禡	衣駕二等	於魚	衣虛	淹鹽	衣廉	奄琰	衣檢以上三3		
委	擲腫	委勇	傴麌	委羽	惲吻	委隕	宛阮	委遠以上三3		
邕	逶支	邕危	紆虞	邕俱以上三3						
英	挨皆	英皆二等								
逶	嬽山	逶鰥二等								
膺	軋產	膺眼二等								
依	飫御	依據三3								
威	嫗遇	威遇三3								
億	乙質	億姞三3								
嫗	枉養	嫗往三3								
鬱	臒藥	鬱縛三3								
憶	敁葉	億笈三3								
伊	撎志	伊志[2]	因真	伊真	印震	伊刃	要宵	伊消	嬰清	伊盈
	益昔	伊昔	幼幼	伊謬	愔侵	伊淫以上三4	宴霰	伊甸	幺蕭	伊堯

2　此字與意字相對，據其上字，韻圖當入四等；參注 1。

　杳篠　伊鳥以上四等

一　鞥登　一憎一等　蜵諄　一均　要笑　一笑　揖緝　一入以上三4　噎屑　一結

　抉屑　一決　窔嘯　一叫以上四等

縈　娟仙　縈緣三4　淵先　縈玄　鋗霰　縈絹　鎣徑　縈定以上四等

益　一質　益悉　魘葉　益涉以上三4

娟　妜薛　娟悅　縈清　娟營以上三4

壹　医霽　壹計四等

因　烟先　因蓮四等

噎　瘞徑　噎甯四等

以上上字三等韻

湮　鷖齊　湮奚四等

淵　烓齊　淵畦四等

杳　吟薺　杳禮四等

烟　嫈迥　烟頂四等

以上上字四等韻

五、曉母

呼　烘東　呼公　戇送　呼貢　嗀屋　呼木　熇沃　呼酷　灰灰　呼回

　誨隊　呼內　譮泰　呼外　咍咍　呼來　昏魂　呼昆　惛慁　呼困

　忽没　呼骨　歡桓　呼官　喚換　呼玩　豁末　呼括　蒿豪　呼高

　貨過　呼臥　巟唐　呼光　荒宕　呼浪　薨登　呼弘　齁侯　呼侯

　峆覃　呼含　顑勘　呼紺　欱合　呼合　蚶談　呼甘　歛闞　呼濫以上一等

　贛絳　呼降　諣卦　呼卦　虺皆　呼乖　豥怪　呼怪　豩删　呼關

　傄黠　呼八　譁麻　呼瓜　諻庚　呼橫　澋梗　呼猛　訇耕　呼宏

　轟諍　呼迸以上二等　楥願　呼願　鞾戈　呼肥　兄庚　呼榮以上三3　孈寘　呼恚

　倠脂　呼維　歑祭　呼世　鴅真　呼鄰　瞁昔　呼役以上三4　嘒霽　呼惠

　顯銑　呼典　血屑　呼決　鶪迥　呼頂　殈錫　呼狊　㛍帖　呼帖以上四等

火　虎姥　火五　㶇緩　火管以上一等　竵佳　火畫　𧶼怪　火界　咶夬　火夬

　化禡　火跨　欦豏　火斬以上二等　㱿東　火宮　詡麌　火羽　咺阮　火遠

　虩昔　火彳　譀沁　火禁以上三3　欯質　火一　侐至　火季　䱐仙　火全(？)

　𧋕幼　火幼　娎豔　火占以上三4　鋗先　火玄　獟嘯　火弔　嫈青　火螢

　詗迴 火迴以上四等

虎 嗊董 虎孔 賄賄 虎猥 惛混 虎本 火果 虎果 慌蕩 虎晃

　顑感 虎感 喊敢 虎覽以上一等 㒰講 虎項 扮蟹 虎買 誶梗 虎梗

　闞檻 虎檻以上二等 毀紙 虎委三3 䵷旨 虎癸三4

黑 腌鐸 黑各 歀盍 黑盍以上一等 吒覺 黑角二等 肸質 黑乙三3

忽 霍鐸 忽郭 䓻德 忽或以上一等 慉麥 忽麥二等 洫職 忽域三3

荒 呼模 荒胡 謼暮 荒故以上一等 𥈽轄 荒刮二等

昏 䵹慁 昏困一等

郝 赫陌 郝格二等

霍 謋陌 霍虢二等

以上上字一等韻

赫 巷絳 赫巷二等

孝 嗃巧 孝狡二等

亨 悙映 亨孟二等

以上上字二等韻

許 海海 許亥 儗代 許代 罕旱 許旱 噶曷 許葛 好晧 許晧

　歌哿 許我 呵箇 許箇 汻蕩 許朗 呴厚 許后 詬候 許候以上一等

　謑卦 許懈 譮怪 許介 䞤夬 許邁 瞎轄 許轄 孝效 許教

　閜馬 許下 儆覽 許鑒以上二等 畜屋 許六 匈鍾 許容 䘍紙 許綺

　希旨 許几 豷至 許利 喜止 許己 憙志 許記 狶尾 許豈

　欷未 許既 諱未 許貴 嘘御 許御 憩祭 許罽 欣欣 許斤

　螓隱 許謹 衅震 許慎 迄迄 許訖 薰文 許云 颮物 許勿

　煖元 許元 憓阮 許偃 獻願 許建 歇月 許竭 颰月 許月

　㛗薛 許列 響養 許兩 向漾 許亮 興證 許應 朽有 許九

　齅宥 許救以上三3 訏支 許支 呬至 許四 恤志 許異 騂清 許營以上三4

虛 皦泰 虛艾 頇寒 虛干 漢翰 虛旰 秏號 虛到 炕唐 虛郎以上一等

　肛江 虛江 羴山 虛閑 虓肴 虛交 煆麻 虛加 罅禡 虛訝

　亨庚 虛庚 顑咸 虛咸以上二等 犧支 虛宜 䏿至 虛器 僖之 虛其

　歇廢 虛乂 軒元 虛言 嘕仙 虛延 嚻宵 虛嬌 顤笑 虛廟

　香陽 虛良 興蒸 虛陵 休尤 虛尤 歆侵 虛金 險琰 虛儉

	偞葉	虛涉	韐嚴	虛嚴	脅驗	虛欠以上三3	敻勁	虛政三4		
迄	黑德	迄得一等	欱洽	迄洽	呷狎	迄甲以上二等	謔藥	迄却	虩陌	迄逆
	赩職	迄力	吸緝	迄及	脅業	迄業以上三3				
香	趮送	香仲	戲寘	香義	希微	香依以上三3	詑支	香支	睢至	香萃
	飍幽	香幽以上三4								
況	毀寘	況偽	克梗	況永	病映	況病以上三3	鬩錫	況壁四等		
休	俙皆	休皆二等	虛魚	休居三3	矞術	休必三4				
吁	暉微	吁韋	煦遇	吁句以上三3	怳靜	吁請三4				
訏	諱未	訏貴	喙廢	訏濊	況漾	訏放以上三3				
希	謑佳	希佳二等	險儼	希埯三3						
詡	虫尾	詡鬼	怳養	詡往以上三3						
喜	許語	喜語三3								
匈	訏虞	匈于三3								
興	脪軫	興腎三3								
怳	矆藥	怳縛三3								
羲	廞寑	羲錦三3								
扱	掛范	扱范三3								
翾	隳支	翾規	眴清	翾營	旻薛	翾劣以上三4	睳齊	翾畦	絹霰	翾縣以上四等
隳	翾仙	隳緣三4								

以上上字三等韻

馨	咦脂	馨夷	欯勁	馨正以上三4	醯齊	馨奚	祆先	馨烟	鞶霰	馨甸
	膮蕭	馨幺	曉篠	馨鳥	歗嘯	馨叫	鬩錫	馨激	馦沾	馨兼以上四等
顯	䖵霽	顯計	䖵屑	顯結以上四等						
鬩	故質	鬩吉三4								
醯	馨青	醯經四等								

以上上字四等韻

六、幫母

補	琫董	補孔	背隊	補妹	本混	補袞	奔根	補悶	粄緩	補滿
	寶晧	補抱	跛果	補火	播過	補過	榜蕩	補朗	謗宕	補曠以上一等
	紺講	補講	擺蟹	補買	版潸	補綰	把馬	補下以上二等	彼紙	補靡

　鄙旨　補美　丙梗　補永　貶范　補范以上三3　俾紙　補弭　匕旨　補履以上三4
　扁銑　補典　鞞迥　補鼎以上四等
逋　襮沃　逋沃　奔魂　逋昆　播桓　逋潘　波戈　逋禾　幫唐　逋旁
　堋隥　逋鄧以上一等　班刪　逋還　蝙山　逋閑以上二等　轐燭　逋玉　悲脂　逋眉
　肑藥　逋約　稟沁　逋鴆以上三3　臏準　逋忍三4
博　卜屋　博木　布暮　博故　貝泰　博蓋　半換　博漫　褒豪　博毛
　報號　博號以上一等　扮襉　博幻　飽巧　博巧　百陌　博陌　薜麥　博戹以上二等
北　撥末　北末一等　剝覺　北角　敗夬　北邁　榜映　北孟　迸諍　北諍以上二等
　鵖緝　北及三3
晡　栝灰　晡枚一等　鬃庚　晡橫二等　兵庚　晡明三3
布　怖海　布亥一等　拜怪　布怪　八黠　布拔以上二等
卜　㡆卦　卜卦二等　埤薺　卜禮四等
奔　逋模　奔模一等

以上上字一等韻

邦　巴麻　邦加二等　辩獮　邦免三3
班　包肴　班交二等　陂支　班麋三3
百　捌轄　百轄　炳梗　百猛以上二等
蘗　蹕佳　蘗佳　頢皆　蘗皆以上二等
巴　豹效　巴效二等
伯　博鐸　伯各一等

以上上字二等韻

悲　崩登　悲朋一等　邦江　悲江　繃耕　悲萌以上二等　份真　悲巾　鑣宵　悲嬌
　仌蒸　悲陵　彪幽　悲幽　砭鹽　悲廉　貶儼　悲檢以上三3
彼　補姥　彼五　掊厚　彼口以上一等　賁寘　彼義　變線　彼眷　表小　彼小
　裱笑　彼廟以上三3
筆　䇷薛　筆別　碧陌　筆戟　逼職　筆力　稟寑　筆錦以上三3
陂　柄映　陂病　窆驗　陂驗以上三3
兵　祕至　兵媚三3
逼　筆質　逼密三3
貶　鴘葉　貶耴三3

必　悖賄　必每一等　霸禡　必駕　迸耿　必幸以上二等　畀至　必至　蔽祭　必袂

　　儐稕　必刃　鼈薛　必别　餅靜　必郢　辟昔　必益　驫幽　必幽以上三4

　　閉霽　必計　弻屑　必結　壁錫　必歷以上四等

卑　臂寘　卑義　賓真　卑民　鞭仙　卑連　猋宵　卑遙　標笑　卑妙

　　并清　卑盈　摒勁　卑正以上三4　邊先　卑眠　徧霰　卑見以上四等

俾　褊獮　俾緬　褾小　俾小以上三4

壁　必質　壁吉三4　跰徑　壁暝四等

賓　卑支　賓彌三4

以上上字三等韻

邊　豍齊　邊迷四等

以上上字四等韻

七、滂母

普　攴屋　普木　悑暮　普故　霈泰　普蓋　琣賄　普罪　啡海　普亥

　　栩混　普本　歕慁　普悶　誖没　普没　坢緩　普伴　判換　普半

　　鏺末　普活　橐豪　普刀　頗果　普火　破過　普過　髈蕩　普朗

　　倗等　普等　捊侯　普溝　剖厚　普后以上一等　搼講　普講　派卦　普卦

　　昄潸　普版　襻諫　普患　汃黠　普八　盼襇　普莧　帊禡　普駕

　　亨映　普孟　骿耿　普幸以上二等　破紙　普靡　嚭旨　普鄙　瞥廢　普吠

　　拂質　普密以上三3　諀紙　普弭三4　頩薺　普米　藨蕭　普遼　頩迥　普迴以上四等

鋪　胚灰　鋪枚　娝咍　鋪來　歕魂　鋪魂　潘桓　鋪官　滂唐　鋪郎以上一等

　　犏未　鋪畏　病映　鋪病　鈹昔　鋪彳以上三3　溦止　鋪市三4　鬢屑　鋪結四等

滂　稗模　滂模　配隊　滂佩　皫晧　滂保　頗戈　滂禾　胦宕　滂謗以上一等

　　磌文　滂君　皫小　滂表以上三3　竮青　滂丁四等

叵　犥號　叵到一等　軯諍　叵迸二等　殌乏　叵乏三3

頗　普姥　頗五一等

樸　侰東　樸蒙一等

怖　湃怪　怖拜二等

以上上字一等韻

攀　鈹支　攀縻　丕脂　攀悲以上三3

怦　帊蟹　怦買二等

拍　塥職　拍逼三3

以上上字二等韻

披　漰登　披朋一等　胮江　披江　攀刪　披班　胞肴　披交　奅效　披教
　　葩麻　披巴　磅庚　披庚　怦耕　披耕二等　帔寘　披義　砏真　披巾
　　鴘獮　披免　淜蒸　披冰　颰尤　披尤以上三3

丕　品寑　匹錦三3

匹　蓴沃　匹沃　伂代　匹代　粕鐸　匹各　覆德　匹北　仆候　匹候以上一等
　　胖絳　匹降　璞覺　匹角　崫皆　匹埋　盼產　匹限　拍陌　匹陌
　　擂麥　匹麥以上二等　夆鍾　匹逢　蠭鍾　匹匈　濞至　匹備　妀葉　匹耴以上三3
　　譬寘　匹智　屁至　匹寐　潎祭　匹曳　砯軫　匹忍　朩震　匹刃
　　萹獮　匹善　騗線　匹羨　潎薛　匹滅　縹小　匹沼　勡笑　匹妙
　　聘清　匹名　聘勁　匹正　僻昔　匹辟以上三4　媲霽　匹計　覫銑　匹典
　　片霰　匹見　擎屑　匹蔑　霹錫　匹歷以上四等

紕　繽真　紕民　篇仙　紕延　漂宵　紕招以上三4

篇　紕脂　篇夷三4　撓齊　篇迷四等

僻　匹質　僻吉三4

以上上字三等韻

片　土馬　片賈二等

以上上字四等韻

八、並母

蒲　蓬東　蒲蒙　菶董　蒲蠓　僕沃　蒲沃　步暮　蒲故　旆泰　蒲蓋
　　裴灰　蒲枚　佩隊　蒲昧　焙咍　蒲來　倍代　蒲代　坌慁　蒲悶
　　槃桓　蒲官　跋末　蒲撥　袍豪　蒲褒　嫛戈　蒲波　旁唐　蒲光
　　傍宕　蒲浪　朋登　蒲登　捊侯　蒲侯　掊候　蒲候以上一等　牌佳　蒲街
　　排皆　蒲皆　犤駭　蒲楷　拔黠　蒲八　版產　蒲限　庖肴　蒲交
　　爬麻　蒲巴　彭庚　蒲庚　膨映　蒲孟　硼耕　蒲萌　倗耿　蒲幸
　　倗諍　蒲迸以上二等　蓬鍾　蒲恭　皮支　蒲縻　瀌宵　蒲嬌　砯證　蒲應
　　猈鹽　蒲瞻以上三3　薜霽　蒲計　蹁先　蒲眠　蹩屑　蒲結　甓錫　蒲歷以上四等

部　琲賄　部浼　獖混　部本　伴緩　部滿　爸果　部可以上一等　棓講　部項
　　罷蟹　部買　阪潸　部版　鮑巧　部巧　跁馬　部下以上二等　被紙　部靡

否旨　部鄙以上三3　婢紙　部弭三4　陛薺　部禮　並迥　部迥以上四等

步　僕屋　步木　盆魂　步奔　𨗨過　步臥　𣍮等　步等　倗隥　步鄧以上一等

　　犕怪　步拜　肦删　步還　杷禡　步化以上二等　𠙖幽　步幽三4　屏徑　步定四等

薄　孛没　薄没　畔換　薄半　暴號　薄報　部厚　薄口以上一等　瓣山　薄閑

　　白陌　薄陌　𩞀麥　薄革以上二等

簿　倍海　簿亥　裒晧　簿晧以上一等　敗夬　簿邁二等　弼質　簿密三3　邲質　簿必三4

菩　𣛥送　菩貢一等

蓬　蒲模　蓬逋一等

伴　簿姥　伴姥一等

旁　粺卦　旁卦二等

以上上字一等韻

白　泊鐸　白各一等　鮩梗　白猛二等

以上上字二等韻

皮　龐江　皮江　瓣襇　皮莧　靤效　皮教以上二等　貧真　皮巾　卞線　皮變

　　別薛　皮列　凭蒸　皮冰　憑拯　皮殑　凭證　皮孕　滮幽　皮虬以上三3

平　髲寘　平義　備至　平祕　辨獮　平免　欂昔　平碧以上三3　瀌幽　平幽三4

弼　雹覺　弼角二等　愎職　弼力三3

並　牝旨　並履三4

貧　邳脂　貧悲三3

被　受小　被表三3

𠣾　鴔緝　𠣾急三3

毗　避寘　毗義　鼻至　毗至　頻真　毗賓　獘祭　毗祭　便仙　毗連

　　便線　毗面　瓢宵　毗宵　驃笑　毗召　偋勁　毗正　擗昔　毗亦以上三4

婢　牝軫　婢忍　楩獮　婢善　摽小　婢小以上三4　辮銑　婢典四等

頻　陴支　頻彌　毗脂　頻脂以上三4

便　獘薛　便滅三4

玭　辮霰　玭眄四等

鼻　菔德　鼻墨一等

以上上字三等韻

騈　鼙齊　騈迷四等

以上上字四等韻

九、明母

莫　木屋　莫卜　霿宋　莫宋　暮暮　莫故　眛泰　莫貝　妹隊　莫佩
　　穤代　莫代　悶慁　莫困　没没　莫勃　縵換　莫半　末末　莫曷
　　冃號　莫報　礳過　莫卧　漭宕　莫朗　母厚　莫後　戊候　莫候
　　叜感　莫坎　媎勘　莫紺以上一等　尨江　莫江　䁘佳　莫佳　賣卦　莫懈
　　邁夬　莫敗　慢諫　莫晏　傛黠　莫八　帓鎋　莫鎋　卯巧　莫飽
　　禡禡　莫駕　孟映　莫更　陌陌　莫白　麥麥　莫獲以上二等　夢送　莫鳳
　　目屋　莫六　密質　莫筆以上三3　滅薛　莫列三4　蔑屑　莫結　䒐徑　莫定
　　覭錫　莫狄以上四等

母　蠓董　母總　䳟腫　母湩　浼賄　母罪　穤海　母亥　濍混　母本
　　滿緩　母伴　麼果　母果　莽蕩　母朗　懜隥　母亙　媎敢　母敢以上一等
　　倇講　母項　買蟹　母蟹　轡潸　母版　馬馬　母下　猛梗　母梗
　　黽耿　母耿以上二等　靡紙　母被　美旨　母鄙以上三3　弭紙　母婢　乜馬　母野
　　眳靜　母井以上三4　米薺　母禮　茗迴　母迴以上四等

謨　蒙東　謨蓬　瑁沃　謨沃　枚灰　謨杯　門魂　謨奔　瞞桓　謨官
　　毛豪　謨袍　芒唐　謨郎　媎談　謨甘以上一等　埋皆　謨皆　蠻删　謨還
　　茅肴　謨交　麻麻　謨加　䒐耕　謨耕以上二等　瞢東　謨中　樠元　謨元以上三3

忙　瞢等　忙肯一等　䒐怪　忙戒二等　艨用　忙用　縻支　忙皮　愍震　忙覲
　　冕阮　忙晚　甍清　忙成以上三3　冥青　忙經四等

蒙　幏送　蒙弄　模模　蒙晡以上一等

滿　姥姥　滿補一等

末　莫鐸　末各一等

墨　邈覺　墨角二等

暮　昒怪　暮拜二等

某　娼燭　某玉三3

茫　脢微　茫歸三3

以上上字一等韻

尨　恾絳　尨巷二等

萠　莔禂　萠莧二等

以上上字二等韻

眉　摩戈　眉波一等　皃效　眉教　盲庚　眉耕以上二等　珉真　眉貧　苗宵　眉鑣
　　廟笑　眉召　明庚　眉兵　皿梗　眉永　命映　眉病　謬宥　眉救以上三3
美　愍軫　美軫　免獮　美辨以上三3　叒忝　美忝四等
鳴　犛鍾　鳴龍三3
縻　靡寘　縻詖三3
糜　縻寘　糜寄三3
旻　眉脂　旻悲三3
明　媚至　明祕三3
免　懣仙　免員三3
密　窅職　密逼三3
彌　瞢登　彌登一等　袂祭　彌蔽　民真　彌鄰　緜仙　彌延　緬獮　彌兗
　　面線　彌箭　蜱宵　彌遙　妙笑　彌笑　哶麻　彌嗟　名清　彌并
　　詺勁　彌正　媌尤　彌攸以上三4　謎霽　彌計　丏銑　彌殄以上四等
民　彌支　民卑三4　眠先　民堅四等
弭　泯軫　弭盡　眇小　弭沼以上三4
蜜　寐至　蜜二三4
緜　迷齊　緜批四等

以上上字三等韻

迷　謀侯　迷浮一等
覓　蜜質　覓畢三4
眠　麪霰　眠見四等

以上上字四等韻

十、羣母

渠　鰭怪　渠介　𨑔山　渠鰥以上二等　窮東　渠弓　鞠屋　渠竹　蛩鍾　渠容
　　共用　渠用　奇支　渠羈　馗脂　渠龜　其之　渠之　忌志　渠記
　　祈微　渠希　堇真　渠巾　僅震　渠吝　勤欣　渠斤　倔物　渠勿
　　籧元　渠言　健願　渠建　乾仙　渠焉　權仙　渠員　喬宵　渠嬌
　　嶠笑　渠廟　強陽　渠良　狂陽　渠王　擎庚　渠京　頸靜　渠領
　　競映　渠映　求尤　渠尤　琴侵　渠金　噤寑　渠飲以上三3　耆脂　渠伊

	葵脂	渠惟	趣真	渠人	頸清	渠成	虯幽	渠幽	虬黝	渠糾以上三4
巨	轒隊	巨内	隑代	巨代	櫭號	巨到以上一等	䟲删	巨班二等	梁腫	巨勇
	趌支	巨為	技紙	巨綺	跪紙	巨委	跽旨	巨几	郈旨	巨軌
	臮至	巨至	芑止	巨己	窘未	巨畏	窘準	巨隕	近隱	巨謹
	近焮	巨靳	蹇阮	巨偃	鍵獮	巨展	圈獮	巨卷	傑薛	巨列
	蟨薛	巨劣	驕小	巨夭	強養	巨兩	殑蒸	巨興	臼有	巨九
	舊宥	巨救	犴沁	巨禁	儉琰	巨險	砛驗	巨欠以上三3	揆旨	巨癸
	愬諄	巨旬	猺小	巨小	痙靜	巨井	鹹鹽	巨鹽以上三4		
其	頎很	其懇	靲勘	其闇以上一等	悸至	其季	機未	其既	遽御	其據
	偈祭	其例	屈術	其述	郡問	其運	趌迄	其迄	竭月	其謁
	䱎月	其月	弶漾	其亮	殑拯	其拯	殑證	其孕	箝鹽	其淹
	黔嚴	其嚴以上三3	佶質	其吉	繘術	其律以上三4				
求	箉蟹	求買	䟲諫	求患	䠞麥	求獲以上二等	匱至	求位	渠魚	求於
	伽戈	求迦	狅養	求往以上三3						
極	姞質	極乙	噱藥	極虐	及緝	極入	极葉	極曄	跲業	極業以上三3
衢	局燭	衢六	懼遇	衢遇	羣文	衢云	瘸戈	衢韡以上三3		
具	圈願	具願	狂漾	具放以上三3						
竭	劇陌	竭戟	極職	竭億以上三3						
逵	犨廢	逵穢	券線	逵眷以上三3						
琴	頎微	琴威三3								
臼	巨語	臼許三3								
郡	窶麌	郡羽三3								
虔	倦線	虔彥三3								
局	玃藥	局縛三3								
奇	芰寘	奇寄三3								
權	劬虞	權俱三3								
窘	卷阮	窘遠三3								
祁	翹宵	祁堯	翹笑	祁要	趴幼	祁幼以上三4				
葵	蜎獮	葵兗	瓊清	葵營以上三4						
翹	祇支	翹移三4								

切韻系韻書兩類反切上字之省察

系聯《切韻》系韻書中反切，可以發現有些字母包含兩類上字：即幫母的博與方，滂母的普與芳，並母的蒲與符，明母的莫與武，見母的古與居，溪母的苦與去，疑母的五與魚，影母的烏與於，曉母的呼與許，喻母的于與以，來母的盧與力，精母的作與子，清母的倉與七，從母的昨與疾，心母的蘇與息，照母的側與之，穿母的初與昌，牀母的士與食，審母的所與式。此外尚有泥母的奴與女，可能某些方言屬於泥、娘兩個不同字母，於此不談。這些不同的上字類別，彼此間情形或又略有不同，有的是絕不相系聯，如照、穿、牀、審、喻；有的是正切不能系聯，加上又切則可以系聯為一，如見、溪、疑、影、曉；有的則只是有大體的分類趨勢，如幫、滂、並、明、精、清、從、心。不論屬於那一種，必然都有其促成的原因，而不可能只是偶然現象。學者對於這些不同情況的類別，採取分別的看法：照、穿、牀、審四者以為各代表兩種不同聲母，喻母亦認為其始聲母不同，其餘則並是顎化與不顎化的差別。

關於照等四母，我曾有〈論照穿牀審四母兩類上字讀音〉一文，主張其聲母相同，各不同類的上字只代表介音 -e- 與 -j- 的差異。喻母亦自始並為零聲母，于與以的不同只表示介音 -j- 與 -i- 的對立。精等四母則認為根本無介音為 -j- 的一型，凡見於韻圖四等者，無論屬三等韻屬四等韻，其介音並為 -i- 。後二者，亦並以照二字無論屬二等韻屬三等韻同有 -e- 介音為其立論之依據。〔**本文仍未擺脫「大三等韻」觀念，故有精系字及照二系字屬三等韻的說法，下不贅。2000 年宇純補案。**〕又在〈從集韻反切看切韻系韻書反映的中古音〉一文中，對三等韻聲母顎化說提出反對意見。文中没有提到來母，來母當然包含在內。換言之，凡字母之含兩類上字者，都已表示了自己的看法。因為有些意見在該兩文都無必要詳細說明，又陸續有些新的體悟，可以補充前說，所以再撰寫此文。

首先討論四等俱全之幫、滂、並、明、見、溪、疑、影、曉、來諸母。此等字母之兩類上字，學者以為代表顎化與不顎化的不同，其論點建立在三等韻具輔音性之介

音 -j- 的理論上；以為三等韻聲母先接輔音性的介音 -j-，然後始接元音，與一、二、四等韻皆聲母後逕接元音或元音性的介音迴然不同，輔音性的介音舌面位置高，故使其聲母顎化，此所以反切上字形成不同的類別。這個理論可看先師董同龢先生的《漢語音韻學》，其第七章〈中古音系〉云：

> 三等韻與四等韻的區別何在，現在只好從以前常常提到的一項現象去推測。本章前幾節討論聲母的時候，我們曾說，幫、精、見諸系及影、曉、泥、來諸母的反切上字都有分為兩類的趨勢。當時我們也曾略作推測，以為凡見於三等韻的，可能受到韻母的某種影響，因此與見於一、二、四等的在音質上略有差異。那麼三等韻有什麼特殊的地方，可以使與他們配合的聲母發生獨異的變化，而那獨異的變化又是什麼呢？由於牙喉音聲母在官話以及吳語多是一二等韻保持原來的 k-、k‘、x- 等音，而在三四等韻變為舌面的 tɕ-、tɕ‘-、ɕ-，可知那些聲母的獨異變化可能是顎化。又由於上述諸母的反切上字，見於四等韻的並不與見於三等韻的合為一類，而是相反的與見於一二等韻的合為一類，可知問題內的各聲母在中古時期有顎化現象的，還只限於在三等韻的那一部分。那麼三等韻與四等韻的分別已經有個端緒可尋了，就是前者影響聲母顎化，而後者則否。由此我們就可以暫時假定：三等韻的介音是一個輔音性的 -j-，四等韻的介音則是元音性的 -i-。輔音性的 -j- 舌位較高，中古時期已使聲母顎化，元音性的 -i- 舌位較低，後來才使聲母顎化[1]。

這樣的推測，看來是十分合理的。但中古時期的顎化，決不至使 k-、k‘、x- 變為 tɕ-、tɕ‘-、ɕ- 的程度，不然此相關諸音字母家不得僅有見、溪、曉三個字母，這是應該稍加補充的。然而 -j- 介音的構擬，畢竟僅是憑藉了上字分類的唯一線索，若用來解釋上字何以分類，便更有循迴論證之嫌。在此我想提出另一線索，以為 -j- 介音構想的扶持。

在《切韻》系韻書中，可以見到一些非「音和」反切。這些反切，有的是三等字以三等字為上字，而以一等字為下字；有的是三等字以三等字為上字，而以二等字為下字；有的是三等字以三等字為上字，而以四等字為下字。以一等字為下字者：駒冬切恭《切二、全王》冬韻、希波切鞾《全王、王二》歌韻、許戈切鞾《廣韻》戈韻[2]、馮貢切鳳《全

---

1 見一六一頁。

2 此據巾箱本。澤存堂本音許肥切，則屬音和，疑為後人校改。

王、廣韻》送韻、扶浪切防《全王》漾韻、敷空切豐《廣韻》東韻，以上字母之四等俱全者（輕脣音視為重脣）；巨羅切茄《王二》歌韻、充牢切幬《切三、全王、王二》豪韻[3]、昌來切幬《廣韻》咍韻、昌待切茝《切三、王二》海韻、昌殆切茝《全王》海韻、昌給切茝《廣韻》海韻，如亥切疠同上、賞敢切澗《廣韻、集韻》敢韻、充含切緂《集韻》覃韻、充甘切緂《集韻》談韻、汝甘切蚺同上、章盍切譫《集韻》盍韻，以上字母之僅見於三等者。以二等字為下字者：居孟切敬《全王》敬韻、魚更切迎《全王》敬韻、陂隔切碧《全王》麥韻、乙白切韄《切三、王二、唐韻、廣韻》陌韻[4]，以上字母之四等俱全者；車下切韡《全王》馬韻、而轄切髾《廣韻、集韻》轄韻、而銜切顴《集韻》銜韻，以上字母之僅見於三等者。以四等字為下字者：丘殄切罊《全王》屑韻[5]、丘堯切蹻《全王》藥韻[6]、扶了切膘《全王、王一》小韻[7]，以上字母之四等俱全者；成栖切移《切三》齊韻、人兮切臡《切三、全王、廣韻》齊韻、勑細切揥《全王、王一》齊韻[8]、思聊切揱《全王、王一》覺韻[9]，以上字母之非四等俱全者。共計三十餘切；《集韻》一書未細檢，此書保存前代反切甚多，類此之例或恐尚有。反之，一、二、四等字以一、二、四等字為上字，而以三等字為下字者，除照二系字於下文另作說明外，餘僅腫韻湩字《全王》音都隴反，《王二》音冬拲反[10]；又鴆字《王二》音莫奉反，他無所見。《全王》鴆字音莫湩反，《廣韻》同，《王二》奉字未必為原作。《廣韻》湩字音都鴆切，與鴆互為下字。《全王》湩下云：「此是冬之上聲，陸云冬無上聲，何失甚。」今所見《切三》無湩鴆二字，蓋即《王韻》所增收，《廣韻》當出之《王韻》，則《全王》湩字用隴為下字，或亦並非原作。《王二》音冬拲反，冬即湩之平聲，疑僅以拲字改其聲調，與鳳字音馮貢反、為字音薳支反相同，又當別論。然而後者與前者數量懸殊，不可同日而語，則為不爭之實。其中緣故，如果說是因為韻圖列三等之字具 -j- 介音，讀起來音帶摩擦，與一、二、四等字微有不同；反切雖然並非拼音，但上下二字之中只須有 -j- 存在，其摩擦的特質，橫亙其間，最易感覺，於是形成兩者數量多寡的差異，應視為合理的解釋。然則，此一現象固可以為三等字具輔

3 此諸書豪韻吐刀反下又切，所指即宵韻尺招反。
4 此字《全王》音乙百反，百疑即白字之誤，故未列出。
5 此屑韻胡結反下又切。銑韻無此字，字見獮韻去演反，云「又胡結反」，兩音互注，以知丘殄音同去演。
6 此藥韻其虐反下又切。蕭韻無此字，字見宵韻去遙反，云「又其略反」，兩音互注，以知丘堯音同去遙。
7 此小韻子小反下又切。篠韻無脣音，其平上聲同；字見同韻符小反，云「又子小反」，兩音互注，以知扶了音同符小。
8 此齊韻當嵇反下又切。霽韻他計反無此字，《王二、唐韻》同；字見祭韻丑勢反，云「又都梯反」，兩音互注，以知勑細音同丑勢。《廣韻》則霽韻他計切收此字，蓋即由此又切所衍出；其祭韻丑例切亦有此字。
9 此覺韻所覺反下又切。蕭韻心母無此字，字見宵韻相焦反，云「又史學反」，兩音互注，以知思聊音同相焦。
10 拲原作恭，今依形近改。

音性介音之說的助力。〔**反切上字的分類，只是爲區分重紐，與三等介音性質無關，說詳〈論重紐等韻及其相關問題〉。2000 年宇純補案。**〕

說三等韻具輔音性之介音 -j-，却不等於說三等韻聲母顎化，兩者可以為二事。換言之，反切上字的分類現象，並不表示即為顎化與不顎化之分。我在〈從集韻反切看切韻系韻書反映的中古音〉文中，列舉具體數字，對三等韻聲母顎化說曾加以檢討，扼要述之如下。〔**該文所列《全王、廣韻》居、去、魚、於、許五字之數據，因當時受「大三等韻」觀念之影響，而不可信，參該文末補案，詳請見〈陳澧反切系聯法再論〉。2000 年宇純補案。**〕

在《切韻》系韻書中，見、溪、疑、影、曉五母兩類上字不僅正切不相系聯，即使將五母出現之反切總計，兩類上字互用次數之少，同樣十分驚人。以《全王》而言，五者小韻共計為 1002 次，除少數可能的誤字及不屬《切韻》系統的反切，一、二、四等韻字用為三等韻字之上字者無有；三等韻字用於一、二、四等韻者，亦僅得去、紀二字共 3 見，約居其千分之三。詳見〈論照穿牀審四母兩類上字讀音〉。《廣韻》互用次數較多，1065 次中 26 次，逾千之總數而不及尾數之半。兩者顯然都可以例外看待。換言之，三等韻聲母顎化說似乎可信。然而較《廣韻》僅晚三十年音韻系統一無區別的《集韻》，五者互用總數 1218 次之中却有 212 次，約居六分之一而強。如再將五者習見上字列表對照：

《全王》（《廣韻》）

習見上字	一二四等韻	三等韻	習見上字	三等韻	一二四等韻
古	132（136）	0（同）	居	71（78）	0（1）
苦	80（87）	0（同）	去	44（40）	2（1）
五	91（82）	0（同）	魚	35（40）	0（同）
烏	77（82）	0（同）	於	88（89）	21（同）
呼	59（68）	0（同）	許	44（55）	19（18）

除去於、許二字外，可以清楚看出兩類上字不相為用的具體形象；而於、許二字所以亦 21 或 19 次用於一、二、四等韻，是因為二者又分別有同於烏或虎字的習見一等讀音。換言之，於、許二字 88 或 44 次用於三等韻，是其三等讀音的身分；21 或 19 次用於一、二、四等韻，是其一等讀音的身分，後者仍當以零次計算。故以《全王》言，763 次之中僅去字 2 次超越了範圍；以《廣韻》言，798 次之中超越範圍的亦僅

居、去二字共 2 次而已。再看《集韻》:

習見上字	一二四等韻	三等韻	習見上字	三等韻	一二四等韻
古	54	5	居	39	36
苦	41	6	丘	40	21
五	33	4	魚	26	16
烏	41	2	於	46	46
呼	47	3	許	29	21

於、許二字亦比照前項辦法計算，總數 556 次之中，互用者 93 次。從個別字看，一等上字用於三等韻雖仍然可以說是少數，三等上字用於一、二、四等韻的，居字殆與用於三等韻相若，魚字遠超過二分之一，丘字亦二分之一略強，此必不得視為例外。如果說《全王、廣韻》兩類上字間的顯明界限，代表顎化不顎化的差別；已經顎化了的聲母，無論為何種程度，不應至《集韻》又回復到其未顎化前的讀法。然則，三等韻介音儘管為輔音性的 -j-，在中古時期却未因其舌面位置特高使其聲母顎化，可斷乎言之的了。

中古時期三等韻聲母不曾顎化，反切上字不因聲母顎化而分類，似亦不必有《集韻》反切之對照然後知之，從《廣韻》反切本身便可獲其消息。舉例以言，《切三、全王、王二》紙韻詭字居委反，是三等韻用三等上字，下字屬同韻且同開合的標準音和切，《廣韻》則音過委切，偏易其上字為一等的「過」。此無論是否為《廣韻》的自作主張，或是抄襲前人韻書如《唐韻》的其來有自，倘使《切韻》三等韻上字自成一類乃是緣於聲母的顎化，任何《切韻》系後起韻書，都無改用不顎化上字的道理。與此相反者，皆韻稀字《P二〇一五》火皆反，《全王》呼皆反，皆為二等韻，火、呼二字並屬一等，兩者同類；《廣韻》則音喜皆切，易其不當顎化的上字為三等韻的「喜」。此外如産韻狠字《P二〇一四、全王》音口限反，《廣韻》則音起限切；哿韻歌字《切三》呼可反，《全王、王一》呼我反，《廣韻》則音虛我切；鐸韻霍字《全王、王二》虎郭反，《唐韻、廣韻》則音虛郭反（切）；並與後者情形相同。見微知著，即此數例，已足為中古三等韻聲母未顎化，《切韻》上字不因顎化而分類，說明了真相。

然而，據一般對於反切結構的了解，上下二字既以嚴格的分工代表聲母或韻母，何竟又有大量責由上字表現介音的反切出現，至於形成上字的分類？我在〈例外反切

研究〉文中曾說:

> 在早期韻書中，許許多多的反切上字和所切字之間不僅雙聲，韻母上亦具極密切的關係：它們或者只在於聲調之異，遠的也不過又有開合、陰陽之不同，下字的作用似乎只是改聲調，或又兼改開合、陰陽而已。其性質與漢魏以來的直音譬況之法顯然具有親屬關係。對於此類反切而言，我們很可以說反切之法即由直音譬況演變而來，本來用雙聲兼疊韻的字為上字，而以下字改聲調或又兼改開合、陰陽。所謂受梵文的影響也者，只在於對語音的分析，諸如聲、韻、調、陰陽、開合的清晰認識，促進了直音譬況的演進；又在形式上仿效梵文的拼音，用兩字表示一字之音，以代替以往有時而窮或並不準確的直音譬況，如此而已。當然最早的反切，上字與所切字未必都具疊韻關係，那可以說是受梵文影響較深的反切，與直音譬況之法受梵文上述之影響而演變的反切，原不是衝突的事。部分反切上字與所切字並無疊韻關係，而其韻母等第洪細或開合仍要由上字來確定，大都可以說是本來要求上字與所切字疊韻的蛻變結果。

原來反切上字與被切字之間本具有韻母上的密切關係，反切的結構並不如一般學者的了解，係以上下二字為被切字的聲、韻母讀音行截然的分工；陳澧於《切韻考》中所作的解釋，對於早期及傳統反切而言，實頗有隔閡。然則，說《切韻》系韻書上字的分類趨勢，是由於三等韻的介音性質特殊，讀起來與一、二、四等韻不同所引起，三等韻字的聲母則並未因其介音性質特殊而產生任何程度的顎化，應該是可以無疑的。**〔反切上字分類，只爲區別重紐，無關於顎不顎化，此說仍誤，詳〈論重紐等韻及其相關問題〉。2000 年宇純補案。〕**

其次，討論精、清、從、心的兩類上字。此系字母之兩類上字，本與見、溪、疑、影、曉五者有顯著不同；學者所見，以三等韻精系字含 -j- 介音，其聲母顎化，則與見等五母初無二致。現將《全王》書中各字母使用上字情形臚列於下，以進行觀察（《廣韻》情形大體相同，故從略）：

精母一等：作 15 則 9 祖 2（作類一等 26）子 16 即 2 借 1 姊 1 兹 1 將 1（子類 22）

　　四等：則 2 作 1（作類一等 3）子 6 即 1（子類 7）

　　三等：子 33 即 15 姊 5 將 4 兹 3 資 3 紫 2 嶲 1 醉 1 遵 1（子類 68）作 1（作類一等 1）

——127 次之中互用 30 次

清母一等：倉$_{19}$麄$_{2}$采$_{1}$（倉類一等$_{22}$）千$_{4}$（倉類四等$_{4}$）七$_{17}$此$_{2}$（七類$_{19}$）

四等：倉$_{4}$（倉類一等$_{4}$）千$_{3}$（倉類四等$_{3}$）七$_{2}$（七類$_{2}$）

三等：七$_{39}$此$_{3}$取$_{2}$且$_{1}$雌$_{1}$親$_{1}$翠$_{1}$淺$_{1}$（七類$_{49}$）千$_{3}$（倉類四等$_{3}$）

——106次之中互用24次

從母一等：昨$_{20}$徂$_{11}$在$_{10}$才$_{3}$慙$_{1}$（昨類一等$_{45}$）

四等：昨$_{3}$徂$_{3}$在$_{3}$（昨類一等$_{9}$）漸$_{1}$（疾類$_{1}$）

三等：疾$_{17}$慈$_{4}$秦$_{4}$字$_{1}$自$_{1}$匠$_{1}$聚$_{1}$情$_{1}$（疾類$_{30}$）昨$_{5}$才$_{5}$在$_{4}$徂$_{2}$（昨類一等$_{16}$）

——101次之中互用17次

心母一等：蘇$_{32}$素$_{5}$送$_{1}$速$_{1}$桑$_{1}$（蘇類一等$_{40}$）先$_{4}$（蘇類四等$_{4}$）思$_{2}$息$_{2}$私$_{1}$（息類$_{5}$）

四等：蘇$_{9}$桑$_{1}$素$_{1}$（蘇類一等$_{11}$）先$_{4}$（蘇類四等$_{4}$）息$_{1}$（息類$_{1}$）

三等：息$_{29}$相$_{9}$私$_{7}$思$_{6}$斯$_{3}$悉$_{1}$雖$_{1}$司$_{1}$胥$_{1}$辛$_{1}$須$_{1}$（息類$_{60}$）先$_{2}$（蘇類四等$_{2}$）

——127次之中互用8次

四者共計，461次之中互用79次，約為5.8比1，與《集韻》見等五母1218次之中互用212次，約為5.7比1相當，可見精系字三等者聲母顎化之說誠然可疑。分別觀之：心母字無論一、四等用息類，或三等用蘇類均極少，127次之中僅8次，約計為16比1，其上字分類說似猶有可信；從母一等絕不用疾類，四等亦10次之中僅見用1次，精母三等用作類69次之中僅1次，清母三等用倉類52次之中3次，昨疾、作子、倉七之間的分類趨勢似亦明顯。但從母三等用昨類46次之中16次；精母一等用子類48次之中22次，四等用子類10次之中更多至7次；清母一等用七類45次之中19次，四等用七類9次之中2次，則謂精、清、從三者上字分類，其說終難成立。韻圖凡三等韻與四等韻精系字同列不別，借位之說本無憑信，則精系字蓋不僅不應有顎化之聲母，亦不得別有所謂輔音性之介音。我的看法，撇開合口音不談，精系字但有兩種韻母形態，一等韻的無介音，三等韻及四等韻的同具介音 -i- 。

再次，討論照、穿、牀、審兩類上字。此系兩類上字，學者殆莫不以為代表不同讀音，有人用ṣ與ś擬其不同的擦音成分，亦即ʂ與ɕ的不同；有人或用ʃ與ɕ表示。或更別其名稱為莊、初、崇、生及章、昌、船、書，儼然不同的「字母」。但字母家何以各自只得一個字母，却不見有合理的說辭，甚或根本不稍理會；而不同讀音的認定，也只有上字分類為其唯一的依據。我在〈論照穿牀審四母兩類上字讀音〉文中曾提出多項理由或證明，力主其聲母無別；所表示的不同，為介音 -e- 與 -j- 的對立。於此不再重複。其後又有〈從臻櫛兩韻性質的認定到韻圖列二四等字的擬音〉一文發表，主由《經典釋文》以真韻字為臻韻反切下字，確認臻韻為真韻的莊系字，更肯定一切莊系字具 -e- 介音的構擬，而莊、章兩系上字聲母相同的主張遂益形堅實。在此還要提出兩點補充。其一，一個眼面前的現成證據，前文竟然不曾說到。「三十六字母」以照、穿、牀、審四字平列，代表一個系列的聲母，其中牀字與照、穿、審三字分屬莊、章兩系統，是莊、章同聲，其理至明。「三十字母」以芳與不、並、明三者平列，從知其時無輕重脣之分，尤為莊、章聲同之鐵證[11]。其二，前文曾舉《切韻》至《集韻》諸書莊、章兩系上字互用及同用之例，表示兩者讀音相同。今更舉精系與章系互用之例，以見莊、章之音確然無異：

一、《全王》談韻笘字注云：「倉甘反，竹箠。又都頰反。」字又見怗韻丁篋反，注云：「竹箠。又充甘反。」兩者互注音切，充甘音同倉甘，充字以穿三切清一。

二、《集韻》覃韻徂含切撏字注云：「《方言》衛魯揚徐荊衡之郊謂取曰撏。」此據《方言》郭璞音收入，但郭璞撏字音常含反[12]，是其原以禪三切從一，禪三等於牀三。方音中或禪、牀無別，故三十六字母有禪無牀，而〈歸三十字母例〉禪下列乘、常、神、諶四例，乘神二字於三十六字母屬牀，常諶二字屬禪。

三、《集韻》談韻蓞字音市甘切，談為一等韻，例不得有禪或牀母。其字又見覃韻徂含切。覃、談韻雖不同，但同為一等韻，可見市甘切實與徂含切相當，亦以禪三切從一。

四、《集韻》帖韻蜨字尸牒切，尸與牒字等第不相容，不成音。字又見同韻悉協切，尸牒即悉協，本以審三切心四，《集韻》不悟其同音而別收。

五、《切三、全王》宵韻余招反軺字注云：「又似焦反。」各韻書宵韻無邪母字，其上、去聲小、笑二韻同。邪母或與從母通用[13]，但《切三、全王》宵韻從母無此字，《廣韻》亦同[14]；軺從召得聲，召聲之字例亦不

11 「歸三十字母例」中照下列周、章、征、專四字，而別無照二字，亦可見照二與照三同音。

12 見《方言》卷一。

13 詳拙著〈例外反切研究〉節參之一。

14 《集韻》慈焦切收此字，蓋即由此又音衍出。

讀齒頭音，《廣韻》餘昭切云「又音韶」，市昭切云「又音遙」，二音互注；可見《切三、全王》似焦即市招，以邪切禪。參下條。

六、《全王》清韻市征反盛字注云：「又似逕反。」字又見勁韻承政反，逕當是勁的聲誤。《廣韻》清韻市征切云「又時正切」，承與時同禪母，是「似逕」所指即勁韻「承政」之音無可疑。

像這樣的例子，如果說精系與照三系的擦音為 s 與 ɕ 的不同，因為兩音相遠，應無產生的可能；反之，照三與照二擦音同為 ʃ，ʃ 與 s 音近，便不覺其可怪，則諸例不啻為照二照三同音的明證。精與照二之互通，所謂齒音類隔，殆無人不曉；若其與照三之相通用，則類為學者所忽略。我於一九六五年撰作〈例外反切研究〉，曾舉出這些例子，當時却也不能由此體悟出照二照三同音的道理，至今相隔二十一年之久，可見一個牢固觀念的突破，實在不是一件容易的事。精與照二的互用，為「古音」之遺迹；精與照三的相混，則「今音」所使然。兩者的背景，却都是由於其擦音 s 與 ʃ 相近的緣故。〔**當然更可能由於 s、ʃ 的相近而方音或不分，2000 年宇純補案。**〕

以下要進一步討論的是，何以照系上字分類至於不相系聯的問題。我以為三等韻莊系字少當為其根本原因。據我的了解，三等韻韻圖列二等之字介音為 -e-，列三等之字介音為 -j-（知系字或當別論，但與本文討論者無關），列四等之字介音為 -i-，韻母各不相同。假設某三等韻莊系字僅得一小韻，而不思從反切上字依其介音分類，則此小韻字便將無適當下字可用，而造不出可以正確示音的反切。反之，上字依介音分類，只須上字選用適當，便等於標示了正確的介音，其下字有同等者可用固好；不然，凡同韻之字無論為三等四等，甚至為同轉一等之字，莫不可用，而並可以合成正確讀音。實際上《切韻》系韻書莊系字有此需要的，頗不為少。以東韻而言，崇字鋤弓切，為此韻唯一莊系小韻，同韻韻圖列一等之字韻母為 -uŋ，三等為 -juŋ，四等為 -iuŋ，而此字韻母應為 -euŋ。在照系上字不分類的情況下，此字自然無法正確示其讀音。今照二照三上字分類，鋤字屬照二系統，以鋤為崇的上字，等於決定了崇字的聲母和介音為 dʒ‘e-，弓字的韻母雖為 -juŋ，所取的則只是其介音之後 uŋ 的部分，結合 dʒ‘e- 與 -uŋ，便是崇字的讀音“dʒ‘euŋ”。與崇字情形相同的，尚有送韻剬字仕仲切，紙韻揣字初委切，脂韻師字疏夷切、衰字所追切，祭韻幓字所例切，震韻櫬字初覲切，質韻率字所律切（《廣韻》同韻有𪑿字側律切，為前此韻書所無，故以為例），獮韻撰字士免切，先韻𤝞字崇玄切，藥韻斮字側略切，蒸韻殑字山矜切（《廣韻》別有磳字仕兢切，為前此韻書所無，故以為例），拯韻殑字色庱切，凡十一韻十二字。此外，如支韻合口雖有衰、韉二字，一音楚危切，一音山垂切；或如屋韻有縬字側六切、珿字初六切及縮字所六切，倘欲為衰或縮字造切，而一時未能想到韉或縬、珿之字可用，或想到而感於其字冷僻不適於用，仍不免有無字可用之苦。則照等四母所以形成上字的嚴格分類，應該是不難理解的了。讀《切韻》序，可以感覺到陸法言等人在反切的經營取捨上，曾經很是費過一番心思。照系上字的嚴格分類，或者正是他們的精心設計。〔所謂精心設計，非謂前此無介音責由上字表達的反切法，前引〈例外反切研究〉已說明，反切之法雖受梵文影響，實由直音變化而成，故上字多與被切字同韻母、同介音，《切韻》作者只是利用此特性，在區分重紐、特別在無適當下字可用時，由上字分類，別其韻母之異，或並濟其無下字可用之窮。2000 年宇純補案。〕

至此，要就前文遺留下的問題作一交代。前文說一、二、四等韻以一、二、四等字為上字，而以三等字為下字者少，是將照二字除去未計的結果，實際則照二字以三等字為下字原本慣見。以魚韻為例，照穿牀審四母二等並有字，但除疏字音所葅切係以同等字為下字而外，葅字側魚切，初字楚居切，鉏字士魚切，並用三等字為下字。此種情形，《切韻》系韻書中殆恐更僕難數；然而，此究以照二字為限，其餘則求其如湩字音都隴反者不復可得，四等俱全之字母更屬絕無。此所以等韻門法中之「正音憑切」但為照二字而設，而不及其他，其中顯然別有原因，未可與都隴切湩者相提並論。在同等有字可用的情況下，要積極說明何故葅、初之字獨取魚、居為其下字，此蓋無有可能（為下字之使用不致過分分散，或是唯一可作之解釋）。〔一九九九年九至十一月，我在北京大學中文系研究所講授上古音課程，每次裘錫圭教授都來指教。當我講到照二照三系上字的分類，是因爲照二系字有時無下字可用，課後裘敎授也提出如何解釋照二系有字可用的問題見問，一時之間，我仍無以對。爲此耿耿於懷，後來終於悟出，分類如果不是全面的，便等於沒有分類的道理。所以無論爲無字可用，或有字可用，都要一體遵守，不可有一二混亂。我想，如果沒有裘敎授的熱心賜敎，也許永遠不會對此重加思考，所以特別在此對裘敎授致以謝意。2000 年宇純補案。〕但照系諸母上字，既因二等字少依介音不同採取了嚴格的分類，如何選用下字，音值上都無可能產生誤解，則如葅、初二字所見為側魚、楚居之切，在消極的理解上正亦不足多怪。至於側魚切葅、楚居切初，所表示的必是以“e”為介音的二等讀音，而不是如魚字居字以“j”為介音的三等讀音，此則庚韻所京切生、梗韻所景切省、敬韻楚敬切濪、所敬切生、陌韻測戟切柵，所戟切索，固已昭示明白，惜乎學者都無所悟。

最後，討論兩類喻母上字。于類字本自匣母變演而來，故匣母字但見一、二、四等韻，而于類字但見三等韻，形成互補局面。但學者因謂喻三本音為 ɣj-，與喻四為 ϕj- 初不相同，至「中古不甚晚的時期」[15]，前者脱落其“ ɣ ”的聲母而與後者同音，此所以同一喻母而有兩類不相系聯的上字，此説則實無可取。因為于類字既係由匣母變來，方其未變之前即為匣母，其上字應與匣母為一；及其失落聲母“ ɣ ”而同於喻母，其上字便當與以類不別，不可能出現一方同為喻母，一方又于、以劃然不混的狀態。且觀《切韻》系韻書，自《切韻》至《廣韻》，甚而至《集韻》，于以兩類上字始終對立嚴明，雖其中偶有如户伐切越字的反切[16]，當是其字其時未失落“ ɣ ”聲母的個别現象，無關於于類字的整體。換言之，《切韻》系韻書所代表的整個中古音時期，于、以兩者間的關係始終保持一貫，不曾有過變化。以類字聲母既始終為 ϕ-，于類字亦當始終相同。韻圖對於兩類喻母字的安排，凡于類字見於三等，凡以類字見於四等，則兩者的不同，當是三等與四等的介音之異，亦即 -j- 與 -i- 的對立。以類字在若干韻中也有缺乏可用為下字的現象，如東韻與融字同韻母的僅一心母小韻（嵩），準韻尹字僅一心母小韻（笋），靜韻穎字僅一溪母小韻（頃），昔韻役字僅一曉母小韻（瞁），蒸韻蠅字僅一從母小韻（繒），證韻孕字僅一精母小韻（甑），或亦為于、以所以分類的原因。〔**昔韻瞁字不僅生僻不適於用，且非陸書所原有，故不得不以平聲的營字爲役的上字，而配以開口的隻字改聲調，則謂于、以之分，在於別韻，自是言之成理。參見小作〈中古音的聲類與韻類〉。2000 年宇純補案。**〕

一九八六年五月一日宇純於絲竹軒

（本文原載《毛子水先生九五壽慶論文集》，一九八七，臺北幼獅文化公司。）

15 此據先師董同龢先生《漢語音韻學》一五四頁所説：「云母字把顎化的 ɣ- 失落，而與以母字混，當是中古時期不很晚的事。」

16 見《切三》月韻。

論重紐等韻及其相關問題

《切韻》系韻書支[1]、脂、真、諄、祭、仙、宵諸韻脣牙喉音，以及侵、鹽諸韻的影母，在同一字母同開合的情況下出現的對立反切，學者謂之「重紐」，已經是接觸過漢語音韻學的人所通知的事。曾經一度被視為同音，漸而異音之說取勝，於是有A類B類之分，而又有兩種截然不同的意見。通常係以韻圖置於四等之字為A類，認為與其同韻之舌、齒音同韻母；韻圖置於三等者為B類，別為一韻母。這種了解主要依據在反切下字的系聯狀態，前者多與舌、齒音系聯，後者則自成一類。我於一九七〇年五月撰〈廣韻重紐音值試論兼論幽韻及喻母音值〉一文，一九七一年五月發表於香港中文大學《崇基學報》九卷二期，首先指出此說理論與依據兩方面均不成立，而主張應以韻圖置於三等之字為A類，與其同列之舌、齒音同韻母，韻圖置於四等者為B類，自為一韻母。近年始知在此文發表後的十年，大陸學者亦有持相同之主張，未見原文，僅從此間學者的引文中獲觀片段。〔**後來知道是邵榮芬先生一九八〇年於《切韻研究》中提出此說。但邵先生並沒有因此而發展爲等與等韻完全重疊的看法，與本文不同。2000年宇純補案。**〕至今沿用A、B類舊說的學者雖然常見，相信真理終能愈辯愈明，本文所要討論的不在此。A、B兩類反切的音值差別何在，學者意見亦不一致，我採取的是介音的不同，先後有幾篇文章論及此事，並且以三、四等 -j- 與 -i- 的對立，修訂了其先 -j- 與 -ji- 不同的構擬[2]，當然也不是本文所要申訴的。

本文要指出的是，重紐之名不應該只是上述支、脂諸韻反切的專稱，在《切韻》系韻書中，與上述現象條件完全相同的還有其他反切，應擴大「重紐」一詞的涵蓋層面，將所有條件相同的現象統合起來。至於我之所以要提出此一意見，為的是如此一來，中古音中好幾個重要問題便可獲得肯定答案，包括支、脂諸韻重紐彼此間音值差

1 舉平聲以該其聲調相承諸韻，下文不一一注明。
2 首見於〈論照穿牀審四母兩類上字讀音〉。

別何在的問題在內。一個簡單的觀念改變，影響却是不小。

熟悉中古音研究狀況的學者，一定會立即產生反應，這個意見並不新鮮，重紐觀念層面的擴大，不僅前已有之，且還不止一次。起始的「重紐」雖然指的是支、脂諸韻的脣牙喉音，喻三與喻四的對立反切，却並未包含在「喉音」之內。原因是喻三喻四的對立，通常認為是「三等韻」[3]的慣見現象，並非支、脂諸韻所獨有，已單獨作整體之考慮，是故討論支、脂諸韻脣牙喉音重紐時，原不含喻母；其後支、脂諸韻的喻母雖已合併在重紐中一起討論，諸韻以外其他對立的喻母字仍然處身於重紐的範圍外，至於今皆然。另外又有將庚韻三等及清韻脣牙喉音相合而視為重紐的，是為「重紐」層面在支、脂諸韻喻母納入之後的再次擴大。然而，「重紐」層面當以「同韻」為極限，以其為同一韻內同字母同開合重複出現的反切，所以有重紐之名；若其異韻如庚之與清，元音已自不同，而可以為「重紐」，則是一切異韻之同聲並可以重紐名，所謂重紐直是雙聲，重紐之名便根本沒有創立的意義。是故以同韻喻三喻四的對立字為重紐則是，以庚、清之同紐字為重紐則非。但前者一般僅及於支、脂諸韻而止，是為不及，後者則又過之，都未為有當。

所謂《切韻》系韻書中，還有與支、脂諸韻重紐條件完全相同的其他現象，最容易想到也是第一個要納入重紐範圍的，自然便是上文提到的一切「三等韻」中對立的喻母字。這一觀念的改變，影響所及，因為一個韻中無論有無對立的喻三字，韻圖始終將喻四字排列於四等地位，與支、脂諸韻之重紐 B 字相同，便可知支、脂諸韻中喻四字所不同於喻三字的韻母形態，當是一切喻四字的韻母形態。也即是說，任何「三等韻」，但須有喻四字，同一開口或合口下便有兩類韻母，而非如時下學者所理解者，喻四字與喻三字以及其餘韻圖位置於三等之字韻母相同。這便是擴大重紐層面後的第一個收穫。

「三等韻」中照二與照三的對立字，也正是同一字母在開合相同的條件下反切的重複出現，自然也應該擴入重紐範疇。只是從陳澧以來，學者並誤認了反切上字不相系聯的意義，以為表示聲母的不同，以致未能與支、脂諸韻的脣牙喉音合併看待。實則如本文所說，只須觀念一改，「三等韻」中同開合的條件下照系字反切的重複出現即是「重紐」，其聲母相同韻母為異的真相，便沒有發生誤解的可能。此為重紐觀念層面擴大後的第二個收穫。有關照二照三的音類與音值問題，我已從多種觀點為文加

3 凡三等韻一詞上下加引號者，取一般義，意謂韻圖列三等之字及其同韻韻圖列二、四等之字。其不加引號者，為本文所界定之義，說見於後。

以討論[4]，本文僅作此補充說明。

東韻與歌韻以一、三等合韻，麻韻與庚韻以二、三等合韻。麻韻除開口部分有兩類照系字外，別無同一字母在開合相同的條件下有重出的反切；兩類照系字屬「重紐」已包含在前節的說明之中，其餘更無所謂「重紐」問題。〔**《廣韻》麻韻：齣，苦加切；㗾，乞加切，以上字分二、三等。又馬韻：馬，莫下切；乜，彌也切，以上字分二、四等。因㗾乜二字並《廣韻》以前韻書所不收，故未計在重紐之內。2000年宇純補案。**〕東韻及庚韻的開口部分則脣牙喉音一、三等或二、三等並有字，歌韻開口牙音或合口牙喉音之一、三等，以及庚韻合口喉音之二、三等亦並有字，東韻且有同一字母重複出現的齒頭音字，自然也都應納入「重紐」範圍。

此外顧名思義，同韻同開合不同等第的同紐反切謂之重紐，同韻同等第不同開合的同紐反切自然也可以稱為重紐。（至於《切韻》本不分韻，後人據開合異音分之而不能徹底，如《廣韻》真韻繽字匹賓切與諄韻砏字普巾切，又真韻穜字巨巾切與諄韻趣字渠人切等等，其屬重紐，自更無待說明。）

上述「重紐」觀念層面之一步步延伸擴大，有的雖然於其本身的了解不生任何影響，如最後所述東、庚二韻及不同開合者之間的重紐；但這些原本孤立的現象一經統合之後，便能輕易的意識到，支、脂、侵、鹽諸韻之重紐，其彼此間音值的差異必是介音的不同無可疑，而照二照三對立反切的真實意義，自然也非介音的差異莫屬。這正是由於有如東、庚及不同開合之重紐的強烈啟示。至此，自已不禁啞然失笑，雖然我在這些問題上終於沒有迷失方向，但從接受前人的觀念到突破，每一進程都曾經過長時期的摸索；設若能早一些用「重紐」的觀念去聯繫，去貫通，不僅如支、脂諸韻重紐之異在介音的看法，不須在研習聲韻之學約莫二十年後始能悟出，即使如照二照三上字不相系聯的問題，亦無待遲至三十年後方能恍然其為介音的不同[5]。

重紐觀念的擴大，所影響於中古音的認知，自不止於上述支、脂諸韻重紐或照等字母上字分類本質的了解。《切韻》系韻書整個反切上字之分類背景，至今學者莫能知其究竟，正有待於此「重紐」觀念之形成，然後能洞悉底蘊。今年三月，我完成〈切韻系韻書兩類反切上字之省察〉的初稿，至五月一日修訂定篇，將載於慶祝毛師子水先生九五華誕論文集中以為壽，討論到這一問題。當時只能指出現象與三等韻介

4 〈論照穿牀審四母兩類上字讀音〉文中肯定照二與照三聲母相同。其後〈從臻櫛兩韻性質的認定到韻圖列二四等字的擬音〉亦有所扶持。

5 我於一九五一年從 先師董同龢先生習聲韻，至一九七〇年撰〈廣韻重紐音值試論兼論幽韻及喻母音值〉，又至一九八〇年撰〈論照穿牀審四母兩類上字讀音〉。

音為半元音 -j- 之性質有關，仍未能把握問題核心，正由其時尚未形成上述「重紐」觀念。現在則可以用一句話說：反切上字之分類，是為區別重紐而造成。（東與庚四聲相承各韻一、三等或二、三等，凡牙喉音有重紐者，無不兩類反切上字分用）是故凡有重紐的字母，其上字分類，且相對視其對立之普遍與否，而有或嚴或寬之不同；而凡沒有重紐的字母，其上字沒有分類現象。在進一步說明此意之前，有必要就「等韻」的概念予以澄清。

「等韻」概念的形成，自是源於韻圖而來。韻圖將《切韻》各韻區為四類，以四個「等」來代表，於是我們知道中古音有一等、二等、三等、四等四種不同韻母的類型。但除去韻圖見於一等及三等的各字屬一等韻及三等韻為共同認知外，見於二、四等之字，學者所了解的等韻則有兩種不同。有的完全根據韻圖，凡韻圖列一等的為一等韻，列二等、三等、四等的為二等韻、三等韻、四等韻，其間更無差異。有的則一面根據韻圖，一面又根據韻書，因為有時韻圖見於二等、四等之字，於韻書則與見於三等者同屬一韻，於是形成真二等韻、假二等韻及真四等韻、假四等韻的觀念。所謂假二等韻及假四等韻，實際為「三等韻」，故又或謂之「三等韻」的二等字及「三等韻」的四等字，即韻圖位置於二等或四等的「三等韻」字，將「等」與「等韻」區分為二：「等」指韻圖所在的實際位置，「等韻」則謂其所屬的韻母類型。至於韻圖何以要將「三等韻」字列於二等或四等地位，則說為三等無處安頓的不得已借地盤行為。後者自是曲解了韻圖。韻圖既係為區分韻類而作，理當依實際韻類而設計，而不當有位置不足的情況發生，不容爭議。韻圖作者沒有借位的交代，內轉外轉的標示，如果依照內子杜其容女士所說[6]，自可以使借位觀念得到支持；但《韻鏡》及《七音略》第二十六轉係專為部分宵韻字所設，其字則不在三等，而見於四等，即此一例，便足以破除借位說的構想。清韻脣牙喉音不與其舌上音及正齒音同轉列於空缺的三等地位，而別置於鄰轉的四等，情況與二十六轉宵韻字正復相同。此外，如〈四等重輕例〉之以獮韻緬字及昔韻益字表四等；《四聲等子》及《切韻指掌圖》等書之以「三等韻」中四等字與四等韻字並列表四等；等韻門法〈正音憑切門〉之等於說同韻二等齒音字與三等及四等字韻母不同；以及《集韻》反切上字重紐 B 之與四等韻字為一類，兩者絕不用於三等韻；《全王》一字四次為上字之分見於一、二、四等韻，而絕不用於三等韻；陌韻擭字一虢反（切）、韄字乙白反（切）反切下字之並屬二等，全

6　內子於一九六八年發表〈釋內外轉名義〉，主張韻圖列二、四等之字讀三等韻母之轉為內轉，二、四等之字讀二、四等韻母者為外轉。文載《歷史語言研究所集刊》第四十本。

賴一、乙兩字以別其二等音與三等音之不同。凡此種種，無論為韻圖，為韻書，並可確證韻圖之「等」與「等韻」一無差別，一、二、三、四等順次與一等韻至四等韻完全重疊，等的不同便是韻母類型的不同。所謂「三等韻」的二等字或四等字，正因為是二等韻或四等韻形態，所以位置於二等或四等，與其同韻韻圖列三等之字韻母皆不相同。這些，我在〈論照穿牀審四母兩類上字讀音〉及〈從臻櫛兩韻性質的認定到韻圖列二、四等字的擬音〉兩文中，差不多都已論列，本文僅作此扼要說明。

另一方面，據唐天寶間《韻英》一書所述，《切韻》舊有四百三十九韻（案可能為四百二十九韻之誤）[7]。因此數明與《切韻》一九三韻乃至其後《廣韻》二〇六韻不合，知此所謂「韻」，當是據「韻母」而言。但現時學者所了解的《切韻》韻母數，二〇六韻共計才三百二十一個，去四三九之數仍然遙遠。然而這正是由於用了假二等韻、假四等韻觀念的結果，如依我的了解，所謂假二等韻、假四等韻與同韻三等韻字韻母皆不相同，《切韻》便適有四百一十七「韻」，〔**一轉 13，二轉 12，三轉 4，四轉 9，五轉 8，六轉 7，七轉 8，八轉 9，九轉 4，十轉 4，十一轉 9，十二轉 12，十三轉 14（去聲二等有祭韻字），十四轉 10（去聲二等有祭韻字），十五轉 5，十六轉 5，十七轉 16，十八轉 13，十九轉 4，二十轉 4，二十一轉 12，二十二轉 12（去聲二等有願韻字），二十三轉 18（上聲二等有獮韻字，去聲二等有薛韻字），二十四轉 20（平上去入二等有仙獮線薛韻字），二十五轉 12，二十六轉 3，二十七轉 4，二十八轉 4，二十九轉 10（馬韻有端母一等觰，與縿對立），三十轉 3，三十一轉 16，三十二轉 8，三十三轉 13（梗韻有端母一等打，與盯對立），三十四轉 12，三十五轉 12，三十六轉 7，三十七轉 16（平聲二等有幽韻字），三十八轉 12，三十九轉 17（入聲二等有葉韻字），四十轉 16，四十一轉 4，四十二轉 13，四十三轉 3。凡《廣韻》新增字獨爲一韻類者，一概不計。2000 年宇純補案。**〕兩者差若合符，尤其顯示過去學者對韻圖認知上的偏差。此則拙文〈陳澧以來幾家反切系聯法商兑並論切韻系韻書反切系聯的學術價值〉，業已道及。

總結上文，《切韻》實無所謂真二、四等韻與假二、四等韻之別，只有同為二、四等韻而或獨立為韻或不獨立為韻之殊。這種殊異，正包含在整個《切韻》分韻、合韻的大原則之中。案《切韻》分韻合韻的大原則為：主要元音不同的分韻[8]，主要元音相同而介音不同的可分可合；洪細不同以分韻為習見，同為細音則以合韻為常規。

7　詳〈陳澧以來幾家反切系聯法商兑並論切韻系韻書反切系聯的學術價值〉。

8　因字少而寄韻者，若齊、咍韻之有移、茝等字不在此限。

前者如豪、肴、宵、蕭，後者分韻的如冬、鍾，合韻的如鍾之有二、三、四共三等；而東以一等洪音合於細音之二、三、四等，臻、真以同為細音而分立，則並為僅見。但不論分合如何，其韻母形態始終與韻圖所在之等表裏如一。即凡在韻圖一等之字無介音（案合口介音成分不在此列），凡在二等、三等、四等之字，順次具前高元音或半元音之介音 -e-、 -j-、 -i- [9]。前者為洪音，後三者並為細音。這樣的了解，固然與講論中古音一面從韻圖一面又主韻書的學者大異其趣，即使全依韻圖的學者，也都没有如此清晰的概念。

現在續談上字分類的問題，不難發現與重紐的出現有絶對關係。具體言之，東韻歌韻一、三等合韻，東韻脣牙喉音及來母有重紐，歌韻牙喉音及來母 [10] 亦有重紐，是故脣牙喉音及來母一、三等上字有分類現象；庚韻麻韻二、三等合韻，麻韻開合口不同之外雖更無對立反切，庚韻則脣牙喉音並有重紐，是故脣牙喉音二、三等上字有分類現象；支、脂諸韻三、四等合韻，脣牙喉音（喉音含喻母）有重紐，侵、鹽兩韻影母亦三、四等有重紐，是故脣牙喉音三、四等上字有分類現象。三者並是與三等字對立，此所以脣牙喉音上字一、二、四等共為一類，三等别為一類；而來母亦一、二、四等與三等兩分（案有說見後）。東韻一、四等合韻，精、清、從、心四母有重紐，是故精、清、從、心四母上字有分類現象。東、鍾、支、脂、之、魚、虞、麻、陽、庚、尤、侵諸韻二、三等合韻，照、穿、牀、審四母有重紐，是故照、穿、牀、審四母上字有分類現象。對照前文所說，諸「重紐」之中不出現上字分類現象的，僅不同開合的一類無有，可見上字之分類確與「重紐」密切關聯；而不同開合之「重紐」所以不見上字分類現象，却並非不可理解。其一，反切係由上下二字構成，屬於韻母的成分本可全部責令反切下字表達，不必要求反切上字參與反映，開合的不同，自不必形成上字的分類現象。其二，在古人的觀念中，開合與洪細的不同並不是等量的，開合的層次乃是居於洪細之上；也就是說，一個「韻」下最大的類别是開合，開合之下始别洪細。這可從兩方面窺見。韻書方面，早期一個真、寒、歌，其後據開合不同分而為真諄、寒桓、歌戈，又有自仙、獮分出為宣、選 [11] 的，不一而足；却不見有據等第不同將如東、庚、支之韻分析為二的。可見開合的不同，可以與「韻」的不同相當，而等第則否。臻韻但有正齒音字，乃從真韻分出，是為例外，但此自《切

9 詳見拙著〈論照穿牀審四母兩類上字讀音〉。

10 又《廣韻》戈韻增𦝢字，縷肔切，與落戈切之贏字對立，落、縷二字分屬一、三等。

11 《四等重輕例》勬下注宣，免下注選。夏英公〈進古文四聲表〉亦云仙韻後有宣韻，獮韻後有選韻；大徐敘《說文解字篆韻譜》仙韻下亦有宣韻。

韻》已然，與真、諄之分究猶有別。武玄之《韻詮》自侵韻分出岑韻，自是據等第之不同而歧分為二，而不為他家所取，亦與真、諄之分不可同日語。韻圖方面，以開合分轉下統四等，不以等第別圖而下領開合，所表現的較韻書更為顯著。都無異透露出，古人以上字表示韻母成分的不同，只及於低層次的洪細而止；開合不同未形成上字分類，正與古人不因「韻」之不同而形成上字分類情形相同，本不足異。然此不謂開合不同，即不可形成上字之分類，《集韻》一書於此便有明顯的分類現象[12]。《廣韻》寘韻開口部分：寄字居義切，馶字居企切，尬字卿義切，企字去智切，議字宜寄切，戲字香義切；其相對合口部分：瞡字詭偽切，瞡字規恚切，觖字窺瑞切，偽字危睡切，毀字況偽切，孈字呼恚切。見、溪、疑、曉四母共十二字，反切上字無不開合分用，亦不謂全無分類迹象。而蟹韻解字佳買切，丫字乖買切，兩者開合之異，全賴上字以為區別，更可見開合不同之重紐所以未形成上字分類，只是《廣韻》以前韻書適無此要求而已，非其本質上根本不可能形成分類。因此如果有人執著於此，而對反切上字分類與重紐的關係發生懷疑，便可以說是不明事理了。

且自另一方面觀察，如所周知，諸反切上字分類現象本有寬嚴之殊。嚴的如照系四母及喻母，至於絶不相系聯；寬的如脣牙喉（除匣喻）音諸母、齒頭音四母及舌齒音之來母，則不過具分類趨勢。此一現象，亦正與諸重紐出現於各韻之是否普遍，或有無分類之必要[13]相關。具體而言：精系字出現重紐，僅見於東韻，且無必要分類，故精系四母上字之分類亦最寬。然於東韻言之，平聲葼字子紅切，怱字倉紅切，叢字徂紅切，檧字蘇公切，嵩字息弓切；上聲總字作孔切，敵字先孔切；去聲緵字作弄切，謥字千弄切，敤字徂送切，送字蘇弄切，趥字千仲切；入聲鏃字作木切，瘯字千木切，族字昨木切，速字桑谷切，蹙字子六切，鼀字七宿切，歒字才六切，肅字息逐切。二十字中與類別不合者，僅葼、敵、謥、瘯、歒五字，不可謂無相當明顯界限[14]。三等脣牙喉音字，既有與一等對立的，又有與二等及四等對立的，現象較精系四母為

---

12 以其一等諸韻見母開合相對諸字為例，除痕、很、恨、麧之根、頣、艮、扢音古痕、舉很、古佷、古紇、魂、混、慁、没之昆、袞、睔、骨音公渾、古本、古困、吉（疑古之誤）忽，没有條理外；其餘咍、海、代之該、改、溉音柯開、己亥、居代，灰、賄、隊之傀、頯、憒音姑回、沽罪、古對；泰韻蓋音居大，儈音古外；唐、蕩、宕、鐸之岡、甿、鋼、各音居郎、舉朗、居浪、剛鶴，光、廣、桄、郭音姑黃、古晃、古曠、光鑊；歌、哿、箇之韻目三字音居何、賈我、居賀，戈、果、過之韻目三字音古禾、古火、古卧；登、德之栭、祴音居曾、訖得，厷、國音姑弘、骨或；寒、旱、翰、曷之干、笴、幹、葛音居寒、古旱、居案、居曷，桓、緩、換、末之官、管、貫、括音古丸、古緩、古玩、古活。其中僅笴字音古旱切不合開合上字分用之例。

13 所謂有分類之必要者，我在〈切韻系韻書兩類反切上字之省察〉一文指出，如東韻二等僅一崇字，與同韻他字韻母皆不相同，不予上字分類，便將因無適當下字可用而無法造出正確示音的反切。故照系字有上字分類之必要，而其餘字母除喻母外，並無此需要。

14《集韻》此二十字中，僅謥字音千弄切及瘯字音千木切為混。

普遍，但亦並無區別的必要，故其上字分類視精系四母為嚴，而並非不可系聯。照系四母除屬獨立二等韻者外，莊、章兩系普遍對立於東、鍾、支、脂、之、魚、虞、祭、仙、麻、陽、庚、尤、侵諸韻之中，且有上字分類之必要，故照系四母上字之分類亦最嚴。喻母字雖與影、曉二母同屬喉音，喻三喻四的出現對立，則不以支、脂諸韻為限，他如虞、尤、屋、緝諸韻中亦並有兩類喻母字，且即使在但有喻三或但有喻四的韻裏，因為觀念上兩者絶對對立，韻圖始終別等而居，即其證明，故喻母上字的分類，於喉音諸母中獨為嚴謹，全無假借痕迹。然則反切上字之所以出現分類現象，實為區別重紐而起，可斷乎言之的了。

唯來母之字，僅於東韻歌韻出現一、三等之重紐，盧、力二類上字分用於一、二、四等或三等，則有相當清楚界限，現象較為突出。大抵因脣牙喉音字母之四等俱全者皆一、二、四等為一類，三等別為一類，來母雖無二、三等或三、四等之對立反切，其出現之對立反切，亦正係以三等字為對象，而非一、二、四等之間出現對立，故亦從脣牙喉音之成規，形成一、二、四等與三等之間的分類。然力字有用於一等韻者：冬韻䃗字之力冬切；有用於二等韻者：皆韻膠字之力懷切，山韻瓓字之力閑切，𪏭字之力頑切，肴韻顟字之力嘲切，麥韻礐字之力摘切，豏韻臉字之力減切；有用於四等韻者：嘯韻顤字之力弔切，迥韻笭字之力鼎切，忝韻稴字之力忝切，㮇韻稴字之力店切。（幽韻鏐字力幽切，亦屬此類，説詳下）呂字亦二次用於二等韻，即江韻瀧字呂江切，覺韻犖字呂角切。實際狀況充其量可與見等五母比擬，於本文所揭上字分類之背景，自無妨礙。

以下，要討論幾個相關問題。

壹、知系字的韻母形態問題　　知系字見於韻圖之二、三等，根據前文所説，凡二等字具介音 -e-，凡三等字具介音 -j-，換言之，知系字的韻母形態，一具 -e- 介音，一具 -j- 介音，本無可討論。却由於我對反切上字所以形成分類，曾經有過不切實際的表象了解，以為是由於介音 -j- 與「非介音 -j- 」的對立所造成，凡有介音 -j- 與非介音 -j- 相互對立的字母，其上字形成分類狀態；知系各母上字既不見分類狀態，是其韻母並無 -j- 與非 -j- 之不同形態至明，則無論如一般學者所説，二等知系字無介音，三等知系字具介音 -j- ，或如我所修訂，知二字具 -e- 介音，知三字具 -j- 介音，都不能合於其上字不分類的現象。高本漢注意到知系各母上字僅有一類，主張無論為二等，為三等，其韻母形態相同，且偏向於 -j- 化的看法。我因考慮到知、章二系聲母原並為舌音，其後則章系字變為齒音，可能為受不同介音之影響，而提出二、三等

知系字同具 -e- 介音的構想。於今看來，當然是由於未能了解反切上字分類的本質，以致使我在中古音研究上處處遵信韻圖，而獨於此處不惜與韻圖相違牴，自陷於矛盾，一直無法面對這一問題深入討論。現在悟出了反切上字之分類，係因區別重紐而起，只須知系字於《切韻》不出現重紐，韻圖與反切上字的矛盾，便自然消除。今檢《切韻》系韻書，知系字可能出現重紐的，僅有麻庚二韻。庚韻但有二等知系字，麻韻則除二等知系字外，《廣韻》平聲尚有一爹字音陟邪切，似與陟加切爹字為重紐。然而無論根據等韻門法的〈麻韻不定門〉，或《韻鏡[15]、四聲等子、切韻指南》的位置措施，以及現代方言的讀音，爹字實是麻韻四等的端母字，上字陟是端母的類隔，而邪字正屬於四等，是麻韻亦一無重紐。然則知系字的韻母形態，二等為 -e- 介音，三等為 -j- 介音，終於有了確切的認定。

貳、三等韻有無匣母的問題　　匣母但見於一、二、四等韻，不見於三等韻，本是大家熟知的事。如果說 -j- 介音僅見於三等韻，等於說匣母不與 -j- 相配。這樣的了解本來也沒有錯，只是通常學者觀念中的「三等韻」，有時是包括了韻圖二及四等之字，於是如《廣韻》真韻下珍切的礥字，《集韻》獮韻下兗切的蜎字，范韻胡犯切的橡字，至韻兮肄切的系字，質韻户橘切的驈字[16]，《禮記・月令》「觜觿中」《釋文》觿字户規反，便突過了上述規律。此外，《廣韻》東韻雄熊二字音羽弓切，《集韻》蒸韻熊字又音矣殊切，表面上雖並是三等韻的喻母字，以今方音推之，二字中古應並屬匣母；《集韻》東韻雄字音胡弓切，皆韻諧字音雄皆切，《禮記・月令》《釋文》熊字音乎弓反，便是證明。羽弓、矣殊的反切，必是匣母分化為喻三之前的早期結構，正與知出於端，而前文所述爹字《廣韻》音陟邪切的情形相同。這些字對於現時音韻學者而言，是無法處理的；由我看來，當然都是四等字[17]，而根本沒有三等韻出現匣母字的問題產生。其中除去橡字胡犯切一音本身没有證據知其確為四等字，亦可能為喻三讀音的「類隔」外，礥字韻圖見於四等固不必說，蜎的下字兗，系的上字兮及下字肄，驈的下字橘，觿的下字規，韻圖並見於四等地位，這些反切也顯然都屬於四等韻的結構；而系字通常讀胡計切，正收在四等霽韻，觿字《釋文》另一音為户圭反，韻書亦正收入齊韻，尤不啻為兮肄、户規二切屬四等讀音的最佳注脚[18]。

15 此據黎氏古逸叢書本，他本俱未列爹字，《七音略》亦無。

16 《集韻》月韻又有紇、齕、籺、麧、覈五字音恨竭切，蓋同没韻下扢切之音，憑上字定韻母等第，故五字又並見下扢切。

17 《古今韻會》雄字韻與公字韻及弓字韻分為三類。雄字韻含傾、瓊、扃、熒四字，前二者屬清四，後二者屬青，可見雄是四等字，故與一等之公及三等之弓鼎立。

18 《廣韻》支韻許規切觿下云「角錐」；悦吹切蠵下云「觜觿」，蠵與觿同。亦並韻圖列四等之音。

叁、羣母是否僅見於三等韻的問題　羣母被認為僅見於三等韻，一方面固然是由於學者對韻圖的了解發生了偏差，一方面當然更是由於羣母的反切上字僅有一類。

韻圖既有為數不少的羣母字列在四等，特別是上文所指出，專為部分宵韻字所設立的第二十六轉，諸字並見於四等，其中平去二聲的翹字便屬羣母，可見羣母是有四等字的。更從反切看，《廣韻》宵韻翹字渠遙切，遙是喻四字；笑韻翹字巨要切，要字韻圖亦列在四等，並合於四等音的反切結構。《集韻》宵韻翹字音祁堯切，則不僅祁是脂韻四等字[19]，可憑以表示翹字的四等讀音，堯字更屬四等蕭韻；而《廣韻》笑韻翹下云「又巨堯切」，亦以堯為下字，與《集韻》無獨有偶；更檢《經典釋文》：《詩經・漢廣》「翹翹，祁堯反，沈其堯反」，《左傳・莊公二十二年》「翹翹，祁堯反」，《爾雅・釋草》「苭，祁堯反」，亦與《集韻、廣韻》相合，可見翹字必然屬於四等韻的韻母形態。又《詩經・月出篇》「舒窈糾兮」，《釋文》云：「糾，其趙反，又其小反，一音其了反。」根據小字在韻圖中的地位，「其小反」是小韻四等音；「一音其了反」，了是四等篠韻字，疑此謂對「其小反」之音而言，亦可用「其了反」的結構表現，〔**《全王、王一》小韻子小反膘下云又扶了反，四等蕭韻無脣音字，又扶了反實指小韻符小反而言，《廣韻》符少切正有膘字。扶了同符小，與此其了同其小可互明。2000 年宇純補案。**〕正亦翹字渠遙切或音巨堯切之比。並可見羣母字確有四等韻母形態的讀音[20]。

至於其上字何以但有一類，此實不須執著。反切之法雖初無定型[21]，既以上下二字分工，韻母的成分即使不必定由下字表示，至少亦不必非由上字表示不可。《切韻》系韻書中各羣母字反切，倘從上字或下字兩方面觀察（案：凡《切韻》中反切，都須如此觀察，不然往往不能得其正讀），無有不能正確表示讀音的。換句話說，羣母上字未分類，並沒有影響到反切的正確表音功能；即使能找出一二不盡精準的反切，亦不足多怪，因為「切韻之疏」的現象本是大家所深知的。舉例而言：旨韻軌字居洧切，癸字居誄切，兩音對立；然而誄字音力軌切，癸軌二字又可以系聯。如非根

19 祁字《廣韻》音渠脂切，與毗字音房脂、伊字音於脂同屬重紐 B，故《集韻》音渠伊切。又《集韻》宵韻翹字音祁堯切，笑韻翹字音祁要切，祁字又見於支韻，與祇字同音，音翹移切，並祁字屬重紐 B 之證。《韻鏡、七音略》並誤於羣母三等。

20 《集韻》隊韻轒字巨内切，代韻隑字巨代切，很韻頎字其懇切，勘韻紟字其闇切，並見於一等韻；又蟹韻箉字求買切，怪韻鮚字渠介切，刪韻趰字巨班切，諫韻趰字求患切，山韻檶字渠鰥切，麥韻趪字求獲切，並見於二等韻。《廣韻》蟹韻、山韻亦收箉或檶字，音求蟹切或跪頑切。此等反切如非以上字定韻母等第，則羣母尚有一、二等的韻母形態。

21 詳拙著〈例外反切研究〉。

據韻圖，不僅無從辨其等第差異，即其音究竟有無不同，亦無由決定。旨韻又有否字符鄙切，牝字扶履切，亦兩音對立。根據韻圖，否字與几字同列，韻母相同；然而几字音居履切，履字音力几切，牝否二字亦既系聯為一。實則否字屬三等韻母形態，牝字屬四等韻母形態，韻圖固備列明白。其他如迥韻户頂切迥字，又胡頂切婞字；獮韻士免切撰字，又士免切棧字，當然也顯示《切韻》系韻書反切並未作到盡善盡美的地步。這一切都要依賴韻圖，然後能切實掌握讀音。換言之，羣母反切上字是否分類，與羣母是否可以在三等以外的等韻中出現，並沒有必然的關連，也一切須要信賴韻圖。

更有進者，《廣韻》一書羣母上字雖似看不出分類迹象，《集韻》却有值得注意的反切：支韻奇字渠羈切，祇字翹移切；獮韻圈字巨卷切，蜎字葵兗切；宵韻喬字渠嬌切，翹字祁堯切；笑韻嶠字渠廟切，翹字祁要切，並兩兩對立。又有虞韻劬字權俱切，麌韻窶字郡羽切，廢韻犨字逵穢切，阮韻踡字窘遠切，線韻倦字虔彥切，又券字逵眷切，陌韻劇字竭戟切，清韻瓊字葵營切，職韻極字竭億切。凡用支、脂諸韻字為上字者，A、B 兩類分用，絕無混淆；普通三等韻字雖亦多用於重紐 B，如脂韻耆字渠伊切，諄韻忽字巨[22]旬切，甚至在僅以下字別等第的對立反切中，如脂韻馗字渠龜切，及葵字渠惟切，或如小韻𫏋字巨夭切，及狢字巨小切；但上述兼以上字別等第的對立反切，凡普通三等韻字為上字者，其字必屬A類，亦無一例外。可見羣母字A、B重紐壁壘分明，與《切韻》至《廣韻》羣母以外諸牙喉音各母重紐反切用字習慣相同[23]。至此更看《廣韻》，羣母字用支、脂諸韻字為上字凡五見：寘韻芰字奇寄切，旨韻跽字暨几切，郋字暨軌切，山韻權字跪頑切，陌韻劇字奇逆切，並屬重紐A，無屬重紐 B 者；除跪頑切一音所切之字屬二等韻外，並切重紐 A，不一用於重紐 B，蓋亦不謂無分類痕迹。

如上所述，羣母只見於三等韻的觀念，誠然是應該修訂的了。

肆、幽韻屬幾等韻的問題　　幽韻通常以為三等韻，並認為有重紐：脣音各母及曉母休字一類，重紐 A；其餘各字別為一類，重紐 B（案：A、B 二字依拙見應互易）。我在〈廣韻重紐音值試論兼論幽韻及喻母音值〉文中，主張一切依據韻圖，幽韻字韻圖既並列在四等，便應無 A、B 類之分。於今看來，依據韻圖的態度是正確的，但彼時我用的也是「三等韻的四等字」觀念，對幽韻諸小韻的了解未盡透徹，所

22 巨字原誤作旨，據方成珪校正改。

23 詳內子杜其容女士〈三等韻牙喉音反切上字分析〉，文見國立臺灣大學《文史哲學報》第二十四期，1975。

以再次提出討論。

幽韻所以被視為三等韻，不外兩種理由。其一，反切上字多用普通三等韻字。其二，韻中有羣母。然而普通三等韻字非絕不用於四等韻[24]，尤較多用於重紐B，是其第一理由不成立。羣母字是否僅見於三等韻，前節已有說明，是其第二理由亦不成立。不過根據《切韻》系韻書選用上字的習慣，四等韻（含重紐B）字不用重紐A為上字，幽韻則滮字《廣韻》音皮彪切，《集韻》音皮虯切；幼韻謬字《廣韻》音靡幼切，《全王、王一、王二、唐韻》同，似乎至少幽韻脣音字應屬三等韻形態。但經過深入了解，知其實亦並不如此。

甲、滮字　　此字《廣韻、集韻》雖並以皮字為上字。《全王、王一、王二》則並音扶彪反，扶字屬普通三等韻。《切三》注文僅「水流彪反」四字，上字如何不詳。疑《切韻》或本不用皮字為上字，《廣韻》皮字只是偶然間造成，未必有何特殊意義；《集韻》皮字則是有意改作。案《集韻》滮下云：「《說文》水流皃，引《詩》滮沱北流，或作淲。」《詩經・小雅・白華》「淲池北流」《釋文》云：「淲池：符彪、皮流二反。」符彪反即此音，亦以普通韻字為上字。皮流反原當與尤韻縛謀切浮字同音，各韻書所以浮字紐不收此字，其先蓋偶一失收，其後則因其未變輕脣。《集韻》除音皮虯切外，又見於平幽切瀌字下，以皮、平二字別其音[25]，儼然幽韻脣音之重紐；實際只是《釋文》中皮流反一音，因其未變輕脣改從幽韻讀音之後變衍出來的反切。故其同音之瀌字亦分見於平幽、皮虯兩切下，一云「瀌瀌，雨雪皃」，一云「雨雪盛皃，《詩》雨雪瀌瀌，徐邈讀」。但《詩經・角弓》《釋文》：「瀌瀌：符驕反，徐符彪反，又方苗反。」與此音相關者僅一符彪反，亦分明一音歧分為二，正可與滮字互參；並參下文彪字說明。

乙、彪字　　此字《廣韻》音甫休切，《切三、全王》同，亦以普通三等韻字為上字。《王二》則音補休反，補字屬一等姥韻，不啻為幽韻屬四等韻之證明。《集韻》則彪字悲幽切，別出驫字必幽切，悲、必二字分屬脂、質二韻A或B類，是亦以上字分別音讀，與皮虯、平幽二切相同。然而彪、驫、髟三字重見於兩切語之下，蓋亦一音歧出為二者。〔**疑悲幽出於甫休，必幽出於補休，後者改上字之一等爲四**

24 除於、許二字用於四等者不計，《廣韻》迥韻謦字去挺切，《切三、全王、王一》同；《切三、全王、王二》錫韻燩字去激反；又《廣韻》錫韻甓字扶歷切，《切三》、《全王》、《王一》同。

25 《集韻》幽字音於虯切，虯字音渠幽切，是皮虯、平幽二切下字無別，當是以皮、平二字別其音。平字除見於庚韻音蒲兵切，屬三等讀音外，又見於仙韻毗連切，《廣韻》房連切亦有平字，韻圖此音正見於四等，故《集韻》用之，以與皮虯切別等第。

等。2000 年宇純補案。〕

丙、繆謬二字　　繆字《廣韻》音武彪切，《切三、全王、王二》同。《切三》此紐僅一繆字，《王二》增鷚字，《廣韻》又增綮字，三字又並見於尤韻謀字紐，音莫浮切。《集韻》三字既與謀字同音，見於侯韻，音迷捊[26]切，又見於幽韻，音亡幽切，與悲幽切彪字及皮虬切滮字相連為類。再檢《廣韻》以前韻書，《切三》謀字雖同《廣韻》在尤韻，其反切則同《集韻》音莫侯反。顯然謀、繆、鷚、綮等字原當入侯韻，為一等讀音，蓋自《切韻》誤收於尤韻，至《刊謬補缺切韻》從而改其下字為尤韻之浮，於是儼然而為尤韻字，直至《集韻》始據其音改隸侯韻。《廣韻》侯韻韻末增收哞字，注云「慮也亡侯切」，案哞為謀字古文，見於《說文》，是為《廣韻》謀字當入侯韻之本證。**〔〈四等重輕例〉哞，亡侯反，列一等，爲《廣韻》所本；又以謀字表三等，則從《切三》以來之誤。今國語謀爲一等讀音，據《漢語方言字匯》所收諸方音，除一、二變易外，亦並與一等某字同韻母。2000 年宇純補案。〕**《釋文》繆字或音亡侯反，或音莫侯反；與謀字同音之眸、侔、牟、矛、雺、蝥、蟊、鍪諸字，亦或音亡侯、或音莫侯，或又音木侯、莫溝；而謀字亦一音亡侯，一音莫浮，莫浮一音當是以上字定其等第，亦《切韻》謀字紐當如《集韻》入侯韻之證。唯繆字又別有尤韻一讀，即此武彪切之音，《集韻》音亡幽切者同。所以知此音當屬尤韻者，以其去聲謬字《集韻》收在宥韻，音眉救切，而幼韻無明母。眉救切的結構，無論上字或下字，俱為三等讀音。《王韻、唐韻、廣韻》謬字音靡幼反（切），上字用靡與《集韻》用眉字相同，並屬重紐A，據重紐A不用為重紐B及純四等韻之上字，此即憑上字定為三等之音。《釋文》繆字除上述平聲讀法外，又多云「音謬」[27]，義取謬戾，與謬字通用不別。是以知武彪切之音原當屬尤韻。《釋文》繆字無尤或幽韻讀法，謬字則亦同《切韻》音靡幼反。

丁、休飍二字　　《切三、全王、王二》並分二切，休字音許彪反，飍字音香幽反。反切下字彪與幽不相系聯，此所以幽韻有A、B類重紐之說；《廣韻》則併休字（案：《廣韻》書作烋字，休美休慶的休字古人或書作烋）於飍字紐，《集韻》同。我於〈廣韻重紐音值試論兼論幽韻及喻母音值〉文中，從各書收字的先後順序觀察，疑《切三》休字出於後補，此意或未必然，但休飍二字同音，《廣韻、集韻》的合併

---

26 捊字原作浮，但浮字見於尤韻，上字迷屬四等，依例不配三等下字；此前為捊字紐，浮當是捊字之誤。

27 如《禮記·禮運》之「行而不繆」，〈仲尼燕居〉之「不能詩，於禮繆」，〈中庸〉之「考諸三王而不繆」，《釋文》並云「繆，音謬」。

措置可以信賴，此點應無可疑。今取《釋文》一書對照，其休美字僅有二音：《易經·否卦》「休否：虛虯反，又許求反」，〈大有〉「休命：虛虯反，徐又許求反」，《詩經·周頌·載見》「休有：許虯反，又許求反」，《禮記·月令》「休其：許收、許虯二反」，《爾雅·釋訓》「休休：虛求反，又虛虯反」，並分別與《切韻》尤韻許尤反及幽韻許彪反同音，一屬三等，一屬四等，後者《釋文》且係以虯字為下字，虯與幽系聯，明彪、虯韻同一類，亦即香幽、許彪二切音同之證。〔**䯾字香幽反，疑是普幽反之誤，故《廣韻》云「又風幽切」，《集韻》見必幽切，又別音步幽切，並是脣音讀法。烋字仍當依《切三》等書音許彪切。2000 年宇純補案。**〕

此外，《集韻》反切上字尚有足證幽韻屬四等韻母形態者：幽韻聱字倪虯切，倪字屬四等齊韻；黝韻糾字吉酉切，𧬃字苦糾切，吉字屬質韻重紐 B，苦字屬一等姥韻；幼韻幼字伊謬切，䠛字輕幼切，㕇字祁幼切，赳字古幼切，䠛字火幼切，伊、祁、輕三字分屬脂韻或清韻之四等，古、火二字分屬一等姥或果韻。〔**《說文解字繫傳》楑、湀、揆、嫢並音虯癸反，分明虯是四等音；又赳糾二字音緊黝反，緊字音糾忍反，緊糾互用，赳糾亦明是四等音。2000 年宇純補案。**〕又〈四等重輕例〉以鏐、繆、滮、烋四字表四等，並注明幽韻韻目。其中繆字雖係誤從《切韻》未細分辨，餘三字必有其語音依據；不然，便須認定此例只是根據如《韻鏡、七音略》之類的韻圖舉例。然而其字例與韻目不盡與《韻鏡、七音略》相同，更從其不成熟的面目看來，此例之出現，應在韻圖之前，這却是時下學者的共同見解。

綜合上文所述，幽韻為四等韻，中無重紐，殆可謂信而有徵。更從《切韻》將原屬尤、宥二韻的繆、謬等字誤入幽、幼二韻，以及彪、滮等字在《集韻》由一音變為二音的情況看來，又可知尤、幽二韻必然音近。大抵尤韻韻母二、三、四等分別為 -eu、-ju、-iu，幽韻韻母為 -iəu。但自音位觀點，由於幽韻除去山幽切的犙字及子幽切的稵字，在韻圖中地位與尤韻所鳩切及即由切之音衝突外，其餘更無任何排斥；而自《刊謬補缺切韻》以下，犙字又見於尤韻所鳩反（切），稵字《集韻》亦又見於尤韻將由切，故即使將幽韻元音擬與尤韻相同，尤、幽二韻相加但有 -eu、-ju、-iu 三個韻母，視二者之脣牙喉音為重紐，亦未為不可（亦可能《切韻》時代幽、尤音略不同，其後則幽亦由 -iəu 變 -iu，故韻圖即與尤韻四等字列於同等；晚出韻書則因仍《切韻》分韻的舊貫而未予合併）。來母劉、鏐之不同，自然仍是三、四等介音 -j-、-i- 的差別。至於幽韻脣音何以獨不變輕脣，則如內子杜其容女士所說，重脣音必須在同時兼具 -j- 介音及圓脣元音兩條件的情況下，然後始變為輕脣音[28]，今既知幽本為四等韻，即使擬其元音與尤韻同，亦無此顧慮。

至此，我要提出兩個問題，向並世方家請教。在中古音上我所提出的主張，全依韻圖所在之等，以確認各字所屬的四個韻母類型，自信抓住了最重要環節，能貫通許多資料及現象，解決了不少問題，既簡單，亦合理。然而我亦不禁要問：韻圖列於四等之字既同是四等韻母形態，何以羣、喻、邪三母可以出現於支、脂諸韻的重紐 B 韻類，或其他「三等韻的假四等」韻類，而絕不見於齊、先、蕭、青、添等的四等韻？普通三等韻字可以多用於重紐 B 的韻類為上字，而用於齊、先之韻則絶少，亦不謂全無差別，此中究竟又隱藏了什麼底蘊？我無法肯定答覆這樣的問題，但我相信應該不會動及我對於中古音四個韻母類型的了解。暫時我的看法是，上文曾舉宵韻羣母翹字，《廣韻》笑韻巨要切云「又巨堯切」，《集韻》宵韻即音祁堯切，《釋文》亦翹、荍二字並音祁堯反，又有如「其了反」的反切結構，可見羣母未必不可以配如齊、先韻的韻母。〔**《全王》屑韻胡結反㓗下云「又丘殄反」，藥韻其虐反蹻下云「又丘堯反」，小韻子小反膘下云「又扶了反」，分別指獮韻去演反、宵韻去遙反及小韻符小反而言，可見巨堯、其了的結構，並非一時的偶誤。2000 年宇純補案。**〕同樣，仙韻邪母鏇字，《全王》線韻辝選反云「又囚玄反」[29]；線韻喻母衍字《全王》音餘見反，獮韻以淺反衍下亦云「又餘見反」，亦可見邪母喻母為上字，未必不可配如齊、先韻的下字。〔**《說文解字繫傳》頡、襭、𡴘、頁四字音羊截反，正是喻四配四等韻結構，其中頁字且與今音相合。2000 年宇純補記。**〕可能齊、先、蕭、青、添的韻母因與祭、仙、宵、清、鹽的四等音極為接近，由於實際語音的化繁就簡，或由於《切韻》作者的整齊畫一，於是齊、先之韻竟不見有羣、喻、邪三母之字。至於普通三等韻字罕用為齊、先諸韻的上字，可能僅為一偶然現象，並無道理可言；亦可能齊、先諸韻共一特別元音，於他等他韻俱不見[30]，於是形成此種上字的差異。陸法言、劉臻等人討論音韻，商量體例製為《切韻》，於反切上下字的選用，往往見其深致用心。然而條例之不盡周密，或行之不能貫徹，甚至有用字不可理解者，亦難為之隱諱。即以支、脂諸韻重紐為例，前賢所見韻圖置四等之字用三等舌齒音字

---

28 見〈輕脣音的演變條件〉，中央研究院《國際漢學會議論文集》，1981。〔**《韻鏡、七音略》以寒（桓）、删、仙、先同圖，脣音桓、删列合口轉，仙、先列開口轉，仙韻脣音讀重脣，是輕脣音 -j- 介音的條件之外，必須有 -u- 介音（或圓脣元音）之明證。2000 年宇純補案。**〕

29 此外，《全王》齊韻即黎反銻下云「又似奚反」，《p 二〇一七、王二》薺韻韻目音「似禮反」或「徐禮反」，實際所涉及者雖是從、邪之間的問題，形式上却是邪母上字與四等韻字的相配，應仍有參考價值。

30 如　先師董同龢先生擬齊、先、蕭、青、添之韻母為 -iɛi、 -iɛn、 -iɛu、 -ieŋ、 -iɛm， -ieŋ 可以改擬為 -iɛŋ，因為耕、清的韻母可以改擬為 -eæŋ、 -jæŋ、-iæŋ；則五者主要元音並為“ ɛ ”，為他等他韻所不見。

為下字的現象，尤其如祇字巨支反、奇字渠羈反，及駰字於身、於巾二音之例，確乎難予否認；但是如果執著於此，必以四等字為重紐A，與三等舌齒音同韻母，則於其他現象俱不可貫通[31]。故論《切韻》音，只能於大處著眼，不可泥其細節；對於上述兩問題，我暫時採取的便是這種態度。

一九八六年九月十五日宇純於臺北

（本文原載中央研究院《第二屆國際漢學會議論文集》，一九八九。）

〔依一般觀念，《切韻》系韻書全書純四等韻不收羣、邪、喻三母之字，對將重紐B字（含喻四，下同）及「精三」系字認作四等字的說法，必不能苟同。但有幾點必須釐清。其一，幽、黝、幼實際爲純四等韻，原不在三等韻之列。其二，純四等韻在《切韻》裏，僅有齊、先、蕭、青、幽、添六韻（舉平以該各調），屬於小羣體。發生純四等韻何以不收羣、邪、喻三母字問題的，僅蟹、山、效、梗、流、咸六攝。其餘十攝，即使有重紐 B 字及「精三」系字，也與此漠然無關。因此在考慮此一問題時，不適用籠統的"《切韻》全書"的概念；且又當知流攝三個純四等韻，實際都收有羣母字，所謂四等韻無羣母，亦不如想像中的一體性。其三，在蟹、山等六攝中，又並非有重紐 B 字及「精三」系字的獨韻或開合韻，都各有此三母字出現，以致用六攝的整體概念看待四等韻收不收三母字的問題，也仍然會形成錯覺。具體而言，重紐 B 羣母字可能入純四等韻的，僅宵、笑、鹽三個獨韻，及獮的合口、清的開口合口、靜的開口，共七者而已。而宵韻翹、荍二字韻書及音義書中的巨堯、祁堯、其堯之音，以及糾字的其了反，都是羣母配純四等韻下字的反切結構；幽、黝、幼三個純四等韻更分明各收了羣母的虯、蟉、趴等字。「精三」有邪母字的，也僅有祭的合口、仙的開口合口、獮的開口、線的開口合口、薛的合口、清的開口、昔的開口，以及尤、宥、鹽三個獨韻，共十二處。其中清韻的餳字，昔韻的席、夕、穸、汐、郜、蓆六字，分別來自上古的陽部魚部，（《集韻》清韻別有鬌穰二字，靜韻又有悅字，都自陽部來。）陽部魚部字不入青及錫韻（並字入迥韻，爲受并字影響，應以入耿韻

31 詳〈廣韻重紐音值試論兼論幽韻及喻母音值〉。《左傳・桓公十一年》《釋文》云：「姞：其吉反，又其秩反。」即與駰字之二音相反。〔《廣雅・釋訓》「越越，行也。」曹憲云：「越，音企，又巨支反。」企屬重紐 B，則巨支反以支字表三等，亦適與《一切經音義》「蚑，渠支反，又音奇」相反。又《禮記・曲禮》「四郊多壘」，《釋文》云：「壘，徐力軌反，又力水反。」下字一用三等之軌，一用齒音，正合於周先生所舉駰字例。但來母無重紐，《集韻》旨韻壘字無二音，可見此皆執著不得，一切都要根據韻圖。2000 年宇純補案。〕

爲本音），理應剔除不計；幽等三韻除稵字子幽切，《集韻》與尤韻將由切重出，更無其他精系字，尤、宥的邪母自無收入幽、幼之理，亦不應計入，於是亦僅有八個入純四等韻機會。而《全王》線韻鏇下云「又囚玄反」，清韻盛下云「又似徑反」，也正是邪母配純四等韻下字的反切結構。唯喻四在六攝中二十五處有字，數量稍多；但與無純四等韻諸攝的四十六處有喻四字相較，仍屬少數。《全王》線韻衍字音餘見反，獮韻衍下云「又餘見反」，以及《説文繫傳》櫗、頁等字的羊截反，也並是喻四配純四等下字的反切結構。然則所謂四等韻無羣、邪、喻三母字，必不是結構性的原因，而當是《切韻》作者整齊畫一的結果。其標準便是要有純四等韻的韻攝向無純四等韻的韻攝看齊。2000 年宇純補案。〕

〔《廣韻》質韻：「茁，草牙也。徵筆切，又鄒律、莊月二切。」術韻側律切不見茁字，《集韻》同，字見於黠韻，音鄒滑切；月韻無照母，字見於薛韻，云「側劣切，又側滑切」，分明鄒律同側滑，莊月同側劣。律與滑、月與劣，形音皆不相近，無誤書的可能，當是兩切音近之故。然而術黠、月薛元音既不得同，必是元音相近，而介音韻尾相同。由莊月與側劣而言，三者條件俱合；則鄒律與側滑不得而異，其間必不得有二等三等的差別，與本文所言等與等韻爲一之意若合符節，無異爲本文作了證明。（疑律是劣的音誤，韻圖黠薛同圖，鄒劣、側滑兩音正佔同一位置。）又近撰〈上古漢語四聲三調説證〉，見《集韻》中反切，以「三等韻」韻圖列四等之字，與純四等韻字互爲平入、上入或去入，如緈字賓彌切與必歷切、析字相支切與先的切、昵字乃禮切與乃吉切、脥字謙琰切與詰叶切、辟字毗義切與蒲歷切、瞥字匹曳切與匹蔑切、悌字大計切與待亦切，眥字倪祭切與倪結切、嘯字先弔切與息六切等等，不一而足；或同字同調之不同反切，或屬「三等韻」，或屬純四等韻，如西字相咨切與先齊切及蕭前切、妻萋淒郪等千咨切與千西切、辟字毗亦切與蒲歷切、敝字便滅切與蒲結切、騠字土益切與他歷切、弟字蕩以切與待禮切等等，無疑各自爲同一韻母形態（西字先咨、先齊與蕭前自然有陰聲陽聲的不同），不過元音略異（案此當爲方音之殊），也都表示等與等韻並無不同。過去大「三等韻」的觀念顯是錯誤的。此外，下列幾個自古相傳的「連語反切」，卒便爲倩（《方言》卷三郭注）、俾倪爲陴（《説文》）、大祭爲禘（《爾雅・釋天》），倩、俾、禘與便、倪、祭，也都分別一屬「三等韻」之四等字，一屬純四等韻。2000 年宇純再案。〕

中古音的聲類與韻類

說到中古音的聲類與韻類，除去泥母娘母為一為二？禪母是否有莊系字？以及支、脂、真、仙諸韻脣牙喉音重紐是否同音或其分別如何？諸家之間偶見不同意見，其餘如照、穿、牀、審四母各有兩類聲母，東韻僅有一、三等兩類韻母，或如鍾、之、魚、虞諸韻僅有三等一類韻母，已經成為不爭之實。這樣的結果，可以一言蔽之曰，都是根據陳澧的反切系聯法得來。陳氏的反切系聯法，則是基於其對反切結構的認知。

陳氏反切系聯法，具有基本、補充及分析三條例，是學者耳熟能詳的，無待說明。陳氏對反切結構的認知，更可以說已經成為常識。因為有討論的必要，却不得不徵引一遍。其說云:

> 切語之法，以二字為一字之音。上字與所切之字雙聲；下字與所切之字疊韻；上字定其清濁，下字定其平上去入。

此文自「以二字定一字之音」以下，語分三層。首句言憑上字取決被切字聲母，次句言憑下字取決被切字韻母，末句言憑上、下二字取決被切字聲調。陳氏認為《切韻》平上去入四聲各含清濁二調，「聲」由下字決定，「調」則由上字決定，所以在言聲母韻母之後，更加一語專言聲調。有的學者誤解聲調包含在「疊韻」之內，以為末句只是分別補足前兩句的意思，徵引陳氏的話，往往將末句節略。其實上字與被切字的關係，不僅必須同清濁，發音部位及清濁以外的各種發音方式，也都必須相同，可見陳氏的意思必不如此。依照陳氏的了解，如果聲、韻、調各以一分表示，上下二字便是各以其一點五分的功能，分工合作於一反切之中。

中古聲調情形究竟如何，不屬本題討論範圍。聲類狀況也暫按下不表，先說韻類。如果說反切上下二字所負擔聲韻兩方面的職責，確如陳氏所言，各以其一分為絕對的分工，彼此間略不牽涉，則不必有分析條例，韻類便已系聯得井井有條，全無紛擾。實際上，如迥韻的户頂、胡頂分切迥及婞字，霰韻的胡甸、黃練分切現及縣字，上下二字決非各一分的相等功能，不待明辨。是故將韻母分作韻頭、韻腹及韻尾三部分平均計值，户頂、黃練的上字便超過一點三分，下字則不足零點七分；是上字與被切字不僅為「雙聲」，下字與被切字又並非完全「疊韻」。

上述迥字縣字的反切例，因為有分析條例的職司考核，其結構雖不盡如陳氏所言，可以無損系聯反切區分韻類的應得結果。分析條例本與基本條例為一體，是其法原無可非。但請看廢韻刈字魚肺切，《全王》同，必是陸書之本音。陳氏系聯刈與肺同類，而廢韻僅一類合口音，實則刈與肺韻不同類，肺屬合口，刈讀開口；因廢韻別無開口音，無適當下字可用，而《切韻》脣音可用於開合兩呼為下字，亦可用開合兩呼字為下字，所以選用肺為下字，示意被切字為開口音。然就陳氏而言，刈與肺既分明應系聯為一，又別無對立反切，可因分析條例予以區離；廢韻無平上聲，雖有補充條例，亦無所可用。然則此一系聯反切結果之不可信，對精密的反切系聯法而言，實亦無可如何。又如《廣韻》戈韻鞾字許肥切，本與肥𦜆等字系聯。陳澧有鑑於肥𦜆「皆隱僻之字，必陸書所無」，而明本顧本音許戈切，若本用肥字，後來無改為戈字之理，於是據以系聯鞾戈同類，適補火、貨二字無平聲之缺。據《切三》鞾下云「無反語」，韻中果無肥𦜆等字，以見陳氏識力之卓絕。但陸書既云無反語，必因無下字可用，則不得與戈同韻類可知；今方言鞾字讀細音，明與火、貨音異，許戈切當與《王韻》所云「何李誣於古今」的希波反相同，本以上字定韻母之等第。然則陳氏反切系聯法條例雖密察[1]，因反切結構之模式並不若陳氏想像之單純，有其先天無可克服之「缺陷」，其法不足為用，亦難為諱言。

如果說《切韻》或《切韻》系韻書，僅有少數如魚肺，許戈或其他如馮貢、駒冬的反切例，似亦無須對陳氏所創系聯法作過多的挑剔，並應肯定其學術價值。請再看下述情況，屬於東、鍾、支、脂、魚、虞、祭、仙、宵、陽、蒸、尤、侵、鹽諸韻的照二系字，甚至包括臻韻在內，學者殆無不以三等韻字看待。如東韻鋤弓切的崇，支韻楚宜切的差，尤韻側鳩切的鄒、楚鳩切的搊、士尤切的愁、所鳩切的搜，反切下字既都屬三等，被切字當然便是三等字，似乎没有任何可以置疑的空間。然而以庚等四韻的反切與之相較，問題便立即顯露。這些反切是：庚韻鎗字楚庚切、傖字助庚切、生字所庚切，梗韻省字所景切、敬韻瀶字楚敬切、生字所敬切，陌韻迮字側伯切、栅字測戟切、齚字鋤陌切、索字所戟切。四韻開口脣牙喉音同一字母下多有對立反切，如庚韻庚字古行切、京字舉卿切，梗韻梗字古杏切、景字居影切，敬韻更字古孟切、

1　陳氏據平上去入四韻相承關係以考訂韻類的補充條例，理論上的缺陷，固是學者早已指出的。

敬字居慶切，陌韻格字古伯切、戟字几劇切。根據分析條例，四者開口各具二、三等兩韻類，於是這些齒音字究竟如何歸屬，便成了問題。以庚韻而言，三者並以庚為下字，無疑隨庚字歸入二等。《切三、全王、王二》生字並音所京反，當為《切韻》之舊，依《切韻》，生與京為類，則應入三等。同一韻中同為照二系字不當等第互相歧異，三占從二，庚韻齒音似可定讞為二等韻類。但根據補充條例的觀點，陌韻四字，下字伯及陌屬二等，戟字屬三等而兩用，二等三等應如何歸屬，兩者勢均力敵，難作定奪；梗、敬二韻共三字，下字景及敬並屬三等，包括《切韻》各殘卷及《全王》，無一用二等字為下字者，其屬三等韻無可疑。仍取多數決，四韻齒音應以歸入三等為是，結論與前定庚韻齒音屬二等適相反。實際則學者之認同，此諸字無不以為二等音，理由如何，未見説明，但必不得為反切系聯觀點。這樣的判決却是正確的。只是以崇、差、鄒、搊、愁、搜與之相較，鋤弓、楚宜、側鳩、楚鳩、士尤、所鳩等反切表現的既是三等音，結構完全相同的所京、所景、楚敬、所敬、測戟、所戟等反切，何以切出的為二等音，令人難以理解。更要指出的是，京、景、敬、戟的下字屬三等韻固無論，上字所、楚、測，學者亦莫不謂三等字；兩個三等字，切出來的竟是二等讀音，又教人怎樣去設想呢！據我的了解，這些當然都是二等字。説至此，先要就《切韻》聲類問題提出討論。

現今學者所認知的《切韻》聲類，當然也是由系聯反切而來。但各家所用方法相同，所據資料無異，所得結果則有三十六、三十七、四十一、四十七、五十一各種不同主張。其中早期以為見、溪、疑、影、曉及精、清、從、心諸母各有兩聲類的，已不為時下學者所接受，可以無論。但眾家一致見解，正齒音照、穿、牀、審四母及喉音的喻母，各為兩聲類，其音不同，（也有據《全王》謂禪母亦分兩類的，略而不談。）於是以正齒音二等的稱莊、初、崇、生，三等的稱章、昌、船、書，喻母三等的稱于，四等的稱以，儼然為「四十一字母」説，是則大可商榷。

從反切上字系聯看，莊、章兩系及于、以兩者，其中除《廣韻》真字音側鄰切，與大徐《説文》真字及與真同音諸字反切相合，但《切三、全王》原音職鄰反，可不予理會外，其間更無交往迹象，論理其音應為不同。然而字母家僅有照、穿、牀、審、喻五個字母，形成矛盾現象。學者一般將莊、章兩系分別擬為 tʃ、tʃ‘、dʒ‘、ʃ 及tɕ、tɕ‘、dʑ‘、ɕ 不同讀音，而於字母家何以僅有四個字母，全不見提出解釋。我於一九八〇年撰寫〈論照穿牀審四母兩類上字讀音〉，曾嘗試尋求答案，而未有所獲。于、以兩母通常擬為 ɣ 及 ϕ 的不同，前者謂由匣母變出，故所擬同匣母。但既已由匣變而為喻，便不當更同於匣，而反異於喻四的 ϕ 。這方面先師董同龢先生曾作解釋，而其說無以立[2]。如上所擬之對立音，將謂古人不能明辨其異？反切上字不得出現嚴格分類現象；將謂古人能明辨其異？字母家不得各自只一字母。這一無可調協的狀況表示的應為，後人對反切上字不相系聯的意義，了解可能不切實際；而不應為字母家的舉措失當。我於上述文中，從六個不同角度，證明照等四母及喻母反切上字所以嚴格分類，其原因為表示介音不同，不在聲母相異；同時構擬莊系字介音為 e，章系字則從諸家介音為 j；喻三喻四並為零母，而介音有 j 及i之別，三等的 j 亦從諸家所擬。及至一九八三年， 撰作〈從臻櫛兩韻性質的認定到韻圖列二四等字的擬音〉，根據《經典釋文》等書幾乎百分之百以真、質韻字為臻、櫛韻下字，確證僅正齒音有字的臻、櫛二韻，實分別為真、質二韻的「莊系字」，以臻、櫛與真、質相配，結構適與其陰聲脂韻相同。以往學者視同一韻中莊、章兩系字同韻母，反切不同，係因聲母不同。今謂臻、櫛為真、質的莊系字，其韻母自不得異，則無以解釋何者臻、櫛得獨立於真、質之外？先師同龢先生曾謂可能臻、櫛介音 j 不甚顯著。但《切韻》同時具莊、章兩系字的所謂「三等韻」甚多，何以臻、櫛莊系字介音獨不甚顯著？而是否介音不甚顯著便構成了必須分韻的形勢？恐都不易進一步提出說明。何況自其具辨義功能而言，任何語音的些微差異，即是絕對的不同，是直謂臻、櫛不得為真、質之莊系字，前後意思自相牴觸。然則以上所揭出之兩點：十個不同讀音的聲類，何以字母家僅有五個字母？臻、櫛何以能獨立於真、質之外？充分暴露過去對《切韻》聲類韻類認知的嚴重缺失。反觀拙見，以照、穿、牀、審、喻兩類上字聲母相同，不同為介音，便可以解開上述一切之糾結。

然而，其時我亦仍昧於《切韻》何須以上字分類表示韻母介音不同的道理：此點一日無以說明，即其說一日無法令人接受。後來我終於領悟到，正齒音所以反切上字絕對分類，原來是因為莊系字少，往往產生得不到正確表音下字可用的困窘，而不得不經由上字的嚴格分類，以達到示意韻母介音不同的目的。於是，我於一九八六年撰作〈切韻系韻書反切上字的省察〉，將淺見提出說明；此等字為：東韻崇、送韻剬、紙韻揣、脂韻開口師，合口衰、祭韻㡜、震韻櫬、質韻率、獮韻撰、先韻狗、藥韻斮、蒸韻殑、拯韻殑，共計一十三小韻。喻母以類字的情況，雖不盡同於二等之正齒音，東韻之融、準韻之尹、靜韻之穎、昔韻之役、蒸韻之蠅、證韻之孕，亦各自僅有一個小韻字可用，分別為嵩、筍、頃、瞁、繒、甑。在此情況下，如一時間想不到唯

2　詳拙著〈廣韻重紐音值試論兼論幽韻及喻母音值〉。

一可用的小韻字，等於無字可用，所以也便採取了上字分類之法。這裏提出四點補充：其一，三等正齒音也有無下字可用之例，如《切韻》齊韻栘字成栖反，海韻茝字昌紿反，並由上字定為三等音。其二，昔韻瞁字不僅為唯一與役同韻母之字，且是唯一同合口者。此字雖見於《切三》，據《唐韻》云「加」，《切三》原有增字[3]，必是陸書所本無，故役字不得不音營隻反，並合口成分亦由上字表達。〔**營役互爲平入，此實只以隻字改調。2000 年宇純補案。**〕然則就陸書而言，喻四字原亦有無字可用的實例。其三，《切韻》分韻造切自東韻始，前舉正齒音崇字及喻母融字，兩者正都出現於東韻，是其一起始便遭遇到無下字可用的難題，或又為往後同樣遭遇而預防，不得不採取補救的措施。所以我以為，陸法言、劉臻等人在商量體例階段，即已設計了以上字決定韻母等第甚至包括開合的辦法，這一方法不僅可以克服正齒音及喻母無下字可用的困難，如三等㰅字收入齊韻而音人兮反，也正因有此法，在任何預想不到的場所，發揮其靈活運用的功能。其四，如小作〈例外反切研究〉所指出的，反切與直音譬況具血緣關係；所謂反切受梵文影響，只是因此掌握了對語音的分析力，又在形式上仿效梵文的拼音，用二字結合以表一字之音。如陳澧所說，上下二字為絕對的平均分工表示聲母韻母的反切，如莫中切瞢、土雞切梯、古諧切皆，子紅切葼，許江切肛，固然舉不勝舉（實際如以三等之許切二等之肛，極為罕見）。除此之外，如彼為切陂，池爾切豸，窺瑞切觖、斯義切賜、蘧支切為之類，上字與被切字僅有聲調之殊；或如封曲切轐、瑒伯切宅、空谷切哭、商署切恕、謁言切蔫，也只需改變上字的韻尾或又兼改聲調，即是被切字的讀音。至於如薄紅切蓬、方戎切風、德紅切東、陟弓切中、古紅切公、居戎切弓、倉紅切悤、息弓切嵩、呼貢切烘、香仲切趟等司空慣見的反切，上字雖與被切字無任何疊韻關係，但其彼此間介音之有無及其形態如何，亦無不相同。則照二系字及喻四字因為有時無下字可用，說陸、劉等人曾經設計過一套憑上字定韻母等第的反切構造法[4]，於是形成莊、章兩系及于、以兩者上字之不相系聯，原應是順理成章不足為異的事。

一九八九年，我無意間意識到，學者用以指稱支、脂、真、仙諸韻脣牙喉音同開合同一字母對立反切的「重紐」一詞，不應僅為此類反切的專稱，凡同韻同字母下的

---

3 如仙韻鬈下云「新加」，没韻猒下云「一骨反…新加一」，屑韻「奊，練結反一」下出綟字，云「盧細反麻綟一（案盧上奪又字）」，（《唐韻》奊下云「四加三」，其下戾、捩、綟三字並云「加」，可互參。）昔韻碧下云「□□反新加」，（《唐韻》碧下亦云「加」）並其證。

4 這一套反切結構方式，疑亦前有所承，如鳳字馮貢反，恭字駒冬反，非無下字可用，大抵即採自前人的反切。前引韡字《王韻》所說「何李誣於古今」的希波反，李疑即李季節，著《音譜》一書，陸法言《切韻・序》，曾言及此人。

對立反切，包括等第及開合兩者，都應謂之「重紐」；支、脂、真、仙諸韻上述反切，初不過為「同一聲紐重複出現」現象之一環。同時結合自〈論照穿牀審四母兩類上字讀音〉以來陸續發表的幾篇小作[5]，對中古「等韻」凝聚的了解：等與等韻兩者意義完全重疊，無所謂真假二、四等韻之分，四個等韻形態，自一等至四等，便是介音 ϕ、e、j、i 的不同，於是作〈論重紐等韻及其相關問題〉。文中對《切韻》上字所以形成分類現象，提出總體說明，只是為了區分重紐。是故凡字母出現重紐的，出現分類現象；不出現重紐的，不出現分類現象。具體言之：東韻脣牙喉（案喉音不含羣、喻二母）音有一、三等重紐，庚韻脣牙喉（案不含羣、喻）音有二、三等重紐，支、脂、祭、真、仙、宵諸韻脣牙喉音有三、四等重紐，三者分別皆與三等對立，是故脣牙喉字母分類，係以一、二、四等為一類，三等別為一類。東韻齒頭音（案除邪母）有一、四等重紐，是故齒頭音上字有一、四等分類現象。東、支、脂、之、魚、虞、祭、仙、麻、尤、侵、蒸諸韻正齒音（案不含禪母）有二、三等重紐，是故正齒音上字二、三等分類。東、支、脂、之、虞、祭、真、仙、宵、尤、鹽諸韻喻母有三、四等重紐，於是喻母三、四等分類。來母東韻有一、三等重紐，而來母一、三等兩分；二、四等無須分別，則比照脣牙喉音與一等合為一類。羣母系聯上字雖不見分類迹象，實際則支、脂、真、仙諸韻之重紐字，三、四等不互為上字，區之極嚴。反觀舌頭音、舌上音諸母，及齒音之邪、喉音之匣、舌齒音之日，俱不見重紐，而其上字一無分類現象。可見上字的分類，與分別重紐確然有關。尤其可注意的是，前述上字分類的各字母其真區分嚴格不稍假借者，僅照、穿、牀、審、喻五者為然；餘則只是系聯各上字的反切有此區隔，若並各上字出現的反切全部加以觀察，其間的區隔即不復可見。原來所謂上字不相系聯，只是表面現象，由此而論其音讀不同，便為誤解。以精系兩類上字而言：清母倉類含倉、千、采、蒼、麤、麁、青、醋諸字，其中千、青二字屬獨立四等韻，餘並屬一等；七類含七、此、親、遷、取、雌、且諸字，而並屬學者所謂的「三等韻」，韻圖雖亦見於四等地位，是為「假四等」。從母的昨類，及心母的蘇類，亦雜一等字及四等字為類，屬四等者分別為前及先字；疾類與息類並屬假四等。精母的作類雖不含四等韻字，其子類字不出假四等諸韻範疇，則亦無有不同。這現象似乎顯示，「假四等韻」字與真四等韻字，韻母形態確有不同，即其

5　順次包括〈陳澧以來幾家反切系聯法商兌並論切韻系韻書反切系聯的學術價值〉，〈從臻櫛兩韻性質的認定到韻圖列二四等字的擬音〉，〈切韻系韻書兩類反切上字之省察〉，及〈從集韻反切看切韻系韻書反映的中古音〉。

介音必然相異，而「假四等說」無異可屹立不搖。但通觀全部精系字反切，以《廣韻》為例，一等用「假四等」如子紅切葼者，為數三十五；「假四等」用一等如才六切歒，為數十六；真四等用「假四等」如七稽切妻，為數九；「假四等」用真四等如千仲切趥，為數三。不僅各種狀況齊備，總計兩類字通用高達六十三次[6]，如此而謂實有真、假四等韻之分，其韻母類型不相同，必不能言之成理。依我的淺見，精系四母所以反切上字分類，也正因為起始於東韻即有一、四等重紐，而四等心母的嵩字同韻母者僅一喻四小韻的融字可為下字，為往後可能遭遇的無奈未雨綢繆，所以採取了同於正齒音字的反切措施。然而《切韻》反切結構如陳澧所言者，究竟亦為常態。精系字無適當下字可用者，僅一送韻的趥，其餘則蒸韻的繒與嵩字相同，僅一小韻可用，此外同音小韻往往甚多，不待字字用上字定韻之法；而精系字出現重紐的，東韻以外不見於他韻，故兩系上字之間交往者多達六十三次之數。然而趥字《王韻》各本音千仲反，《廣韻》亦音千仲切，必是陸書之舊，正用四等先韻之千為上字，可見四等韻實無真假之分。以此視二等之正齒音字，亦必無所謂真假二等韻之別；推類而至於喻母字，自亦不應有假四等之說。只因二等正齒音及四等喻母字可能有無下字可用的狀況發生，在採取以上字定韻的措施上，與三等上字之別，不得不嚴格執行，以致與脣牙喉及齒頭音上字分類情況又有不同，但其聲母彼此無異，是則並無二致。

以下擬就這方面提出兩點補充說明。

其一，敦煌寫本〈歸三十字母例〉：

端透定泥審穿禪日心邪照	**精清從喻見磎羣疑曉匣影**
丁汀亭寧昇稱乘仍修囚周	煎千前延今欽琴吟馨形纓
當湯唐囊傷昌常穰相詳章	將槍墻羊京卿擎迎呼胡烏
顛天田年申嗔神忎星餳征	尖僉簮鹽犍褰寋言歡桓剜
故添甜拈深覘諶任宣旋專	津親秦寅居祛渠鮁祅賢煙

6 一等用假四等：葼字子紅、鬆字私宗、摧字子罪、皠字七罪、晬字子對、倅字七内、鬢字姊末、攃字七曷、鑽字借官、穳字子筭、竄字七亂、繓字子括、操字七刀、早字子皓、操字七到、蹉字七何、磋字七過、侳字子靗、遳字七戈、倉字七岡、桑字息郎、駔字子朗、鯫字子侯、走字子苟、寁字子感、慘字七感、謲字七紺、帀字子答、趁字七合、蹔字子敢、傞字私盇、增字子鄧、竲字思贈、則字子德、墄字七則。假四等用一等：歒字才六、惢字才捶、聚字才句、鶵字昨旬、焌字倉聿、錢字昨仙、賤字才線、雋字徂兖、樵字昨焦、噍字才笑、査字才邪、牆字在良、嚼字在爵、湫字在九、鮆字昨淫、潛字昨鹽。真四等用假四等：妻字七稽、濟字子澧、霽字子計、砌字七計、節字子結、湫字子了，僭字子念、瞎字漸念、浹字子協。假四等用真四等：趥字千仲、趡字千水、皸字先入。

知徹澄來不芳並明
張悵長良 徧偏便綿
衷忡蟲隆 逋鋪蒲模
貞檉呈泠 賓繽頻民
珍縝陳鄰 夫敷苻無

所列三十字母，論理必然十足代表作者當時實際聲母數；每一字母所舉字例，又必然十足代表其聲母的讀音。其中可注意的有幾點：一，正齒音有禪無牀，當是其音系不分牀、禪，是故禪下四例字，乘、神二字於三十六母屬牀，而常、諶二字別屬於禪。其餘照、穿、審下字例同禪母，並屬三等韻，按理應足以代表二等韻字讀音，不然便當另立字母。故在牀、禪分音的系統中，所增字母為牀字，其字即屬正齒音之二等，必當與照、穿、審、禪四者發音部位相同，而僅有發音方式之異。若如今之學者擬音，五者分別為tɕ、tɕ‘、dʑ‘、ɕ、ʑ，在硬顎擦音系統中，插入一個齦顎音，豈非不倫不類！二，知、徹、澄三母例字悉屬三等韻，與正齒音舉例相同。舌上音字雖有屬二等韻及三等韻的分別，《切韻》上字無分類迹象，二等韻字，除皆韻穌字音卓皆，其餘莫不用三等韻為上字；而覺韻卓字《唐韻、廣韻》並音竹角[7]，正與三等字系聯，可見舌上音決無二等、三等聲類之別，知等三母下所舉字例，三等足以兼表二等無可疑。以彼例此，正齒音之三等字例，亦必可兼表二等之音。三，脣音不分輕重，而以芳字配不、並、明，各字母末行例字，與芳字同屬三十六母之非、敷、奉、微，其在當時，必與不、並、明及其例字同發音部位可知，則三十六母之以牀配照、穿、審、禪，發音部位必當相同，又可憑考。四，舌音不分泥、娘，泥下四例字悉屬三十六母之泥，而一、四等俱全，獨不一見娘母之字，其泥可含娘，不容見疑；正齒音字例可兼表二等，其理不異。五，喻母四例同屬四等，必不得與三等之喻有ɸ與ɣ之殊，又可憑正齒音字例明曉。

其二，《韻鏡》所載〈三十六字母・歸納助紐字〉圖（刊見於下頁），亦可助考鏡。

其中照、穿、牀、審、禪五母所舉例字，一以莊系牀母之蓁配同韻章系四母之真、瞋、身、辰，再以莊系牀母之潺配同韻章系四母之饘、燀、羶、禪，前者捨章系

7　竹角切，《切三》及各本《王韻》音丁角反，上字類隔，無以見知二知三是否同音。又《切三》及各本《王韻》耕韻橙字直耕反，當是《切韻》舊音，亦二等韻用三等韻為上字。《廣韻》音宅耕切，改用二等之宅，是直與宅聲母不異之證。

音　牙 清次 濁濁清清	音　舌 清次 濁濁清清	音　脣 清次 濁濁清清	○三十六母
疑羣溪見	泥定透端 娘澄徹知 舌　舌 上　頭 音　音	明並滂幫 微奉敷非 脣　脣 音　音 輕　重	
銀勤輕經 言虔牽堅	寧廷汀丁 年田天顛 紉陳獼珍 纏廛迍邅	民頻繽賓 眠蠙篇邊 文汾芬分 樠煩翻番	○歸納助紐字

	齒音舌 清　清 濁　濁	音　喉 清 濁濁清清	音　齒 次 濁清　濁清清
此圖每韻呼吸四聲字並屬之	日　來 半 徵 半 商	喻匣曉影 喉　喉 音　音 雙　獨 飛　立	邪心　從清精 禪審　牀穿照 細　細　正　齒 正　齒　齒　頭 齒　頭　音　音 音　音
	人　鄰 然　連	勻礥馨殷 緣賢祆焉	餳新　秦親精 延仙　前千煎 辰身　蓁瞋真 禪羶　潺燀饘

神字不用，後者亦不取其合口章系的船字，足見蓁與神、漘與船其聲不異，無可曲解。其餘不更辭費。

以上兩者，顯然都是言正齒音及喻母兩類上字無異音的絕佳資訊，過去我却忽略了。〔**「三十字母」以牀配照、穿、審、禪，已在〈切韻系韻書兩類反切上字之省察〉文中提到，2000 年宇純補案。**〕《切韻》舌上音反切上字知母獨雜一屬二等韻的卓字，現象也是往日未注意到的。

至此回頭再看崇、差、鄒、搊、愁、搜及鎗、傖、生、溮、柵、索分屬三等韻或二等韻的問題。後者楚庚、助庚、所庚、側伯、鋤陌的反切，下字並屬二等，固然表示被切字為二等音；上字並屬莊系，原來起始即已決定了被切字的等第。是故《切三》及《王韻》庚韻生字音所京反，其音實與《廣韻》所庚切相同；而其餘所景、楚敬、測戟、所戟的反切，則全憑莊系上字以指示其二等的讀音。以往，學者知庚等四韻正齒音屬二等，却無法解釋如所景、楚敬的反切所以為二等音之故，便是因為突不破正齒音反切上字的絶對分類，誤以為莊、章兩系聲母不同，而導致所謂假二等韻的認知；另一面，又擺脱不了反切下字系聯的糾纏，如所景、楚敬之切所以為二等音，自然瞠目不知所對。今既知所景、楚敬等反切所以為二等音的道理，則過去以與所景、楚敬等同一結構的鋤弓、楚宜、側鳩、楚鳩、士尤、所鳩等反切為三等音，顯然便是錯誤的判讀。這一錯誤的判讀，再加上在同一下字系聯理念下，對東、鍾、支、脂、之、魚、虞、祭、真、仙、宵、麻、陽、清、尤、侵、鹽、蒸諸韻精系四等字，誤判為三等字[8]，使得中古音韻類的了解，與實際情況相差懸遠，恐怕不是學者所能想像的。

《玉海》四十五卷引韋述《集賢注記》云：

> 天寶末，上以自古用韻不甚區分，陸法言《切韻》又未能釐革，乃改撰《韻英》，仍舊為五卷。舊韻四百三十九，新加百五十一，合為五百八十，分析至細。

《韻英》如何就《切韻》增加百五十一韻，此為一謎，無從揭曉。其云《切韻》原有「四百三十九」韻，必當有據，而不得為「百九十三」[9]韻之譌；其數必是依《切韻》一九三韻所含韻類累計的結果。但《切韻》的韻類，依陳澧系聯《廣韻》反切之

8 支、脂、祭、真諸韻脣牙喉音四等字，亦誤判為三等字。因此等字與同韻精系字韻母相同，是以正文略而不言。

9 由其文例「百五十一韻」推之，一百九十三韻，當云「百九十三韻」，百上無「一」字，「百」不得譌為「四百」，所以說不得為一百九十三韻之譌。

所得。一九三韻韻類才三百二十，少約四分之一。如果不採反切系聯，改從韻圖之列等，則《切韻》便有四百一十七韻類[10]。「四百三十九」與「合為五百八十」之數不相合，疑或是「四百二十九」之誤；假令古人計數又小有誤差，兩個數字便可謂若相合符。然則說中古正齒音諸母及喻母上字分類並非表示聲類不同，中古韻類實無真假二、四等韻之分，無異兩者都得到證實。

總結以上所述，淺見以為研究中古音，聲類方面應以字母家之言為準，三十字母即是三十聲類，三十六字母即是三十六聲類，不可稍涉主觀；韻類方面應依韻圖之列等為準，同等的韻類相同，異等的韻類相異，亦不容任情玄想。陳澧所創反切系聯法，其條例也許稱得上精密，無如《切韻》反切結構並不若想像之簡單畫一，所謂「切韻之疏」，實是陸、劉等人所造反切之另一結構模式；更嚴重的是，觀念中正常的反切，又可能是因為通過了自己的錯誤了解。於是上字之不相系聯，不必即為聲母之不同；下字之系聯為一，亦不必其韻母即為不異。先天上反切不能與之配合，法雖善難於為用；字母韻圖見在，法縱善無採行之理。

然而我所提出的主張，在面對《切韻》的現象時，雖然將過去學說所呈現的矛盾一一貫通，却也似乎帶來新的困擾。以往，羣母邪母及喻四字被視為三等韻字，齊、先、蕭、青、添諸韻絕不出現此三母字，可簡易解釋為三者不與四等韻相配。今以凡韻圖列四等之字即為四等韻，便形成何以如支、脂諸韻可出現羣、邪及喻四字，或如東、鍾、之、魚諸韻可以出現邪及喻四之四等韻字，而齊、先等獨立四等韻則絕不見此等字的問題。我曾於〈論重紐等韻及其相關問題〉提出如下的解釋：

> 可能齊、先、蕭、青、添的韻母因與祭、仙、宵、清、鹽的四等音極為接近，由於實際語音的化繁就簡，或由於《切韻》作者的整齊畫一，於是齊、先之韻竟不見有羣、喻、邪三母之字。

在此作一補充說明，即此三者在祭、仙、宵、清、鹽的四等音與齊、先、蕭、青、添之間，不出現對立，兩種不同讀法，並無辨義作用，與其餘見、溪、疑、影、曉及精、清、從、心諸母情形不同，是以有如前文所說實際語音的自然化繁就簡，或陸、劉等人人為整齊畫一的狀況發生。後者便是現代語言學的音位觀念。是故《切韻》系韻書及《釋文》中巨堯切翹、祁堯切翹、祁堯切荍、其了切糾、囚玄切鏇、餘見切衍的反切，不一而足。可見羣、邪、喻三母非不可與獨立四等韻如齊、先之字相

---

10 《廣韻》以前韻書所無之字獨佔一類者，其數不計。韻圖之第四等地位，或齒音之第二等地位，為二韻所共有者，並以「二」計之。四百一十七韻類，詳見〈論重紐等韻及相關問題〉2000 年補案。

結合，即齊、先之韻非不可出現羣、邪、喻三者之音。我無意說陸、劉等人早就有了現代語言學的音位觀，但三者於兩類四等韻中不見有對立音，是一事實，相信這一現象，是可以用音位觀念予以解釋的。

一九九五年三月八日脫稿於東海寓所

（本文係應 1995 年 5 月 20 日“第四屆國際暨第十三屆全國聲韻學學術研討會議”邀請所作之專題演講，原載《第四屆國際暨第十三屆全國聲韻學學術研討會論文集》，一九九五臺北。）

〔韻母的演變，多受聲母發音部位的影響。以今國語音言之，《切韻》原本同韻、同開合、同等第的字，如東韻脣音的蓬蒙，不同於舌音、牙音的東、公；江韻脣音的邦龐，不同於舌音的樁及牙音的江；支韻脣音的皮，不同於舌音、齒音的知、支。如果說《切韻》的字到天寶時已產生類似這樣的音變，《韻英》在各韻之下採取離析的工作，以範圍詩的叶韻，總共增加百五十一韻類，是極其可能的。而《唐韻・序・論》說：「《切韻》者，本乎四聲，紐以雙聲疊韻，欲使文章麗則，韻調精明於古人耳。或人不達文性，便格於五音爲足（劉復《敦煌掇瑣》足作定）。夫五音者，五行之響，八音之和，四聲迭在其中矣。必以五音爲定，則參宮、參羽、半徵、半商，引字調音，各自有清濁。若細分其條目，則令韻部繁碎，徒拘桎於文辭耳。」不僅其清濁一詞，意正謂韻類的差異（詳見小作〈李登聲類考〉），《七音略》又適以羽、徵、角、商、宮爲脣、舌、牙、齒、喉五音，以半徵、半商爲來、日二母（後者亦見《韻鏡》）。然則此〈論〉不僅可用以解釋《韻英》如何新增百五十一韻；孫〈序〉作於天寶十載，與《集賢注記》之「天寶末」大致相合，更似乎孫氏所議論的，便是《韻英》一書。2000 年宇純補案。〕

支脂諸韻重紐餘論＊

有關支脂諸韻脣牙喉音重紐（本文討論之重紐，即指此而言，支脂諸韻尚有屬於齒音的重紐，詳見拙著〈論重紐等韻及其相關問題〉）問題，我先後發表過〈廣韻重紐音值試論兼論幽韻及喻母音值〉（以下簡稱文〈甲〉）、〈論照穿牀審四母兩類上字讀音〉（以下簡稱文〈乙〉）、〈陳澧以來幾家反切系聯法商兌並論切韻系韻書反切系聯的學術價值〉（以下簡稱文〈丙〉）、〈從集韻反切看切韻系韻書反映的中古音〉（以下簡稱文〈丁〉），以及〈論重紐等韻及其相關問題〉（以下簡稱文〈戊〉），共五文。或專事探討，或附帶論列，經過近二十年漫長歲月的積靡浸潤，從文〈甲〉互易A、B兩類的稱謂，分擬j、ji兩介音以為其音值的不同；到文〈乙〉經由認知兩類照系字聲母相同，建構出中古四個不同介音ϕ、e、j、i的等韻類型，因以修正其先B類字介音擬測的錯誤，以i代ji；更漸而至於文〈戊〉的形成，擴大了「重紐」名稱的概念範疇，並楬櫫凡韻圖同等同等韻，「等」與「等韻」一而非二的完全重疊關係，於是恍然所謂支脂諸韻脣牙喉音的重紐，初不過同一韻中同一聲母下「諸多重紐」現象之一端，其彼此間差異，自是三、四等介音之不同，別無不可蠡測的奧密。區區這一見解因為並非僅就重紐現象所作的解釋，而是貫通了研究中古音若干看似矛盾的重要資料，認識到《切韻》所代表的語音系統，三十六字母便是三十六個聲母[1]，一百九十三韻（二百六韻）實包含約四百二十韻母[2]（舉其成數，其中當然包含聲調的不同）之後的自然結晶，自信對音韻學界應有一定份量的影響。然而放眼近些年來有關重紐的研究，於其本質多未曉了，有的竟至漸行漸遠，忘其本初。另一方面，對於《切韻》系韻書的反切現象，又似略有所悟。原擬撰作一文，有所闡

＊ 本文原係應中央研究院歷史語言研究所暨國立臺灣師範大學研究所合作舉辦「重紐研討會」之邀所作。嗣因該會一再延期，最後決定於八十四年五月廿日舉行，名稱亦改為「第四屆國際第十三屆中華民國聲韻學學術研討會。」本人已接受該會之邀請，擔任大會主題演講(Keynote Speaker)，另作專題報告，該文經略事刪易，改送《漢學研究》發表。乙亥年元宵夜宇純誌

1 詳文〈乙〉。

2 見文〈丙〉結語之八。

發。前年接獲中央研究院歷史語言研究所暨國立臺灣師範大學國文研究所合作舉辦「重紐研討會」之第一號通告，知音韻學界將有雅聚。更興起了我再次撰文討論重紐的念頭。

重紐A、B類的名稱，最早係由周法高先生及先師董同龢先生不約而同於同一時間提出[3]。兩先生都主張以韻圖列四等的稱A類，三等的稱B類。理由是，反切下字系聯狀態，四等與舌齒音為類，三等自為類。兩先生以支脂諸韻為「三等韻」（支、脂諸韻實非純三等韻，故其上加引號），如此命名，是否意味舌齒音為各該韻的「本位音」，所以同的為 A，不同的為 B？但何故同於三等韻本位音的 A 類韻圖不使處於三等，列於三等的反是不同韻母的 B 類？這些問題，兩先生都無交代。

我於文〈甲〉對照列出兩類重紐字使用下字的情況，同時將舌齒音用重紐字為下字者列表，清楚看出，從系聯狀態論重紐之韻類，究竟何者與舌齒音為一，甚至兩者是否有語音之别，都可以成為問題。原因兩類重紐字莫不用舌齒音為下字，舌齒音用下字，亦於兩類重紐字無所擇，只不過次數有或多或少之差。據文〈甲〉諸表統計，四等用舌齒音九十六次，實際為七十四次（說見後）；三等用舌齒音四十六次，兩者約為五與三之比。反切系聯的基本著眼點，應該是「有」或「無」X：0的絶對狀態。這一數據既明顯不合，其差異且不得視為絶對的多寡。更何況據舌齒音用兩類重紐為下字的情況而言，竟可以說三等遠較四等為多[4]，現象與重紐字用舌齒音者相反。所以我提出主張，言《切韻》韻類，不可依據反切系聯（案言《切韻》聲類亦如此，詳拙文〈乙〉），而應悉以韻圖為準，韻圖列同等必有其同等之理，列異等亦必有其異等之故，自是同等同類，異等異類。不然，便須說得出同等不同音，而反是異等同音的道理；此則兩先生曾無一語以及之。其影響所及，將使韻圖一切同等之字無端產生是否同音，異等之字是否不同音的問題，至於莫知其紀。後者姑且不談。前者，譬如先師用借位觀念理解韻圖，按理當先處置「本位音」，然後以異音借位；然而韻圖行徑則是相反。什麼理由？百思不解。於是我互易了兩類字的稱謂，以見於三等者為A，見於四等者為B，並從而為B類字擬構了ji的介音，作為與A類字的韻母區別。當時顯然未脫先師的借位觀念，以 B 類重紐為三等韻字之來寄於四等。不過同時想到，既是下寄於四等，而非上寄於二等；專為宵韻重紐所闢的第二十六轉，其字竟亦

3 周先生撰〈廣韻重紐的研究〉，先師董同龢先生撰〈廣韻重紐試釋〉，同見中央研究院《歷史語言研究所集刊》第十三本（1948）。

4 據文〈甲〉之統計，舌齒音用A類五十四次，用B類九十二次，但後者八十一次為喻四字。喻四字因其為零聲母，最宜用為下字，故各韻有喻四字者多用之為下字。如減去此八十一次不計，舌齒音用B類僅十一次。

不列於三等地位，以見此等字除其當然的三等韻身分而外，必然又與四等韻屬性相關。先師以三等韻具 j 介音，四等韻具 i 介音，故所擬重紐 B 之介音為 ji，既可說亦三亦四，亦可說不三不四。

除去韻書反切系聯，周先生舉出如下之反切：

> 蚑　渠支反，又音奇。
>
> 蚑　渠支、巨宜二反。
>
> 駰　於身、於巾二反。
>
> 駰　《字林》乙巾反，郭央珍反，今人多作因音。

前三例見玄應《一切經音義》，後一例見陸德明《經典釋文》。其中奇、宜、巾三字韻圖見三等，支、真、珍三字為齒或舌音，是其一自為類，一與舌齒音相繫連，用以支持系聯下字所得的結論，殆可謂鐵案如山，無可動搖。雖然其時我在理念上，堅信此終不得表示四等字與舌齒音為類，試著尋求一例以為反證，竟不可得。韻書中見到的則是：《切二、全王》支韻巨支反岐下云又渠羈反，《全王》渠羈反岐下云又巨支反，《廣韻》真韻於鄰切駰下云又於巾切，與周先生舉例相同。當時我只能說：

> 如《廣韻》葉韻韻圖列三等之敏字音於輒切，韻圖列四等之魘字音於葉切，《集韻》旝字兩屬，依《廣韻》言之，旝字可音於輒、於葉二切；又《廣韻》獮韻韻圖列三等之圈字音渠篆切，韻圖列四等之蜎字音狂兗切，《集韻》蜎字兩屬，依《廣韻》言之，蜎字亦可音渠篆、狂兗二切。則據此以言脣牙喉音之韻類，所得適與由蚑、駰所推考者相反。

不僅不如周先生所舉之例動聽，簡直可以說是強辭奪理。周先生於其後所為有關重紐的論著中，絕不提拙著諸文一字，也許正是因為這種緣故[5]。後來，終於在《經典釋文》見到《左傳》桓公十一年的一例：「姞，其吉反，又其秩反。」吉字韻圖見於四等，秩字屬舌音，以之寫入文〈戌〉的注三十一。數量雖不及周先生所舉之多，就《釋文》而言，固是一對一相等，遺憾總算得以填補。於此更有一點補充，景審《慧琳一切經音義・序》云：

> 至如武與緜為雙聲，企以智為疊韻，若斯之類，蓋所不取。

5　一九八九年中央研究院第二屆國際漢學會議，我以文〈戌〉與周先生的〈隋唐五代宋初重紐反切研究〉同一時段宣讀。討論期間，丁邦新先生突然笑著向周先生發問：「您與龍先生討論問題相同，請問您覺得到底誰的好？」周先生略一楞，笑著說：「你覺得呢？」丁先生一直堆滿了笑意，接著說：「我是覺得龍先生的有理。」引起哄堂大笑。我對丁先生的發問，當時感到十分突兀。現在把學術會議上不易見到的事，當做趣聞記在這裏，絲毫沒有借重的用意。

兩者分別針對《切韻》緜字武連反，及企字去智反而言。前句謂脣音分化之後，武與緜分屬輕脣重脣，故慧琳不以為雙聲。後句說企與智不為疊韻，是分明三等舌音與四等重紐韻不同類之證[6]。唐人之言如此，則如渠支、於身的反切，再要堅持表示岐、𩣡的韻母分別與支、真相同，恐是於理不合。

然而渠支、於身的反切，畢竟表示了與巨宜、於巾讀音不同，宜、巾二字韻圖固分明列在三等；而《切韻》系韻書重紐 B 類較 A 類多用舌齒音為下字，亦為不容否認的事實，這究竟是什麼緣故？對於這些現象，我於撰作文〈甲〉之時固然茫無所知；直至文〈戊〉之完成，於此仍不知所以，其結尾處說：

> 陸法言、劉臻等人討論音韻，商量體例製為《切韻》，於反切上下字的選用，往往見其深致用心。然而條例之不盡周密，或行之不能貫徹，甚至有用字不可理解者，亦難為之隱諱。即以支、脂諸韻重紐為例，前賢所見韻圖置四等之字用三等舌齒音字為下字的現象，尤其如祇字巨支反、奇字渠羈反，及𩣡字於身、於巾二音之例，確乎難予否認；但是如果執著於此，必以四等字為重紐 A，與三等舌齒音同韻母，則於其他現象俱不可貫通。故論《切韻》音，只能於大處著眼，不可泥其細節。

可見當時對此現象之介意而又無可如何的心態，實已情現乎辭。起先只是單純的站在反切系聯立場，以兩先生據四等重紐下字用舌齒音有較三等為多的大勢，即認其與舌齒音同韻類之不合理；其後亦只能從中古音作整體的考量，覺得細節無法拘泥。但任何一件事的發生，總不該是無因的。今擬進一層分析《切韻》系韻書的反切，試圖揭露其真相。

首先，試看下列不形成 A、B 對比的反切：重紐 A 以舌齒音為下字的，如《廣韻》脂韻龜字居追切，巋字丘追切，旨韻几字居履切，軫韻脪字興腎切等等，不備列；重紐 B 以舌齒音為下字的，亦如《廣韻》脂韻伊字於脂切，震韻印字於刃切，仙韻篇字芳連切，線韻譴字去戰切等等，不悉舉。這些反切，上字同屬普通三等韻，下字同為舌齒音，根本沒有可以分別韻類的線索；不看韻圖，無從知其何者為A，何

6 慧琳《音義》企字有輕以、弃以、詰以三種音法。《廣韻》企字又見紙韻丘弭切，慧琳支、脂、之三韻相混，此音與丘弭切相同。無論上字或下字，都顯示企字屬重紐B。但觀慧琳弃字音企智、輕異及詰利，與《廣韻》企字去聲一讀同音，似企與智韻類相同，以見景審所言與事實不符。須知《廣韻》企字音去智切，屬下文所說《切韻》以下字區分重紐韻類的乙項方法，用屬舌音的智字為下字，相對於馗字卿義切的同類自為下字，以別其為另一韻類；慧琳弃字音企智反，屬下文所說《切韻》以上字區分重紐韻類的另一法，兩者基本意義不同，不可一體看待。更舉奎字為例，慧琳音口攜及犬垂，兩者同音（案慧琳齊與支韻重紐B合流），前者以下字定韻母，後者以上字定韻母；犬垂的結構，與企智相同。

者為B。對於我所主張的，判斷A、B類重紐，不可依據反切，而應取決於韻圖，無疑為堅強的支柱。

其次，再看形成A、B對比的反切：

脂韻逵　渠追；葵　渠惟[7]《切二》

震韻菣　去刃；螼　羌印《廣韻》

獮韻圈　渠篆；蜎　狂兗《切三、全王、廣韻》

葉韻敏　於輒；魘　於葉《切三、全王、王二、唐韻、廣韻》

上字同屬普通三等韻，有的且同用一字。下字則前列同屬舌齒音，後列於韻圖並見於四等。其中惟、兗、葉三字屬喻母四等，以見韻圖位置未嘗有誤。被切字前列四者韻圖見於三等，後列四者見於四等。由於喻四字必列於四等；惟一非喻四的印字韻圖亦列於四等，其被切字螼為蚯蚓二字的合音，蚓字有余忍、余刃二音，所以螼字分見於準及震韻（準韻螼字音弃忍切），蚓為喻四字，分明螼亦四等字；又以見韻圖葵、螼、蜎、魘四者位置並無差錯。如果堅持如蚑、騆之字以舌齒音為下字即屬A類，則此四組反切前列與後列分別同音，無疑動及重紐異音的根本。又如果堅持自為下字者屬B類，則此四組反切所表之音，適與韻圖所示相反；影響所及，同韻喻三與喻四字讀音有無區分，也都成為問題。再如：

祭韻劓　牛例；藝　魚祭《全王、王一、唐韻、廣韻》

小韻夭　於兆；闄　於小《全王、王一、廣韻》

兩對比反切上字同屬普通三等韻，甚且同用一字，下字並用舌齒音。依兩先生的了解，前後兩切語無可以區分讀音的成分，而並應屬重紐之A類（案實際此中原有分別，說見下），韻圖則以前列二字置三等，屬於兩先生之B類。可見兩先生的意見，誠然有需要斟酌的地方。

如前文所云，《廣韻》中A、B兩類重紐用舌齒音為下字，僅為四十六對七十四的差別，不得視為分類上有明顯的指示作用。所以我以為，與其完全抹殺三等重紐四十六次用舌齒音為下字的事實，僅就四等七十四次用舌齒音，便謂後者與舌齒音同韻類；無寧統合兩者，以為都是《切韻》區分重紐之法。於是可將《切韻》分別重紐的方法概括為兩大端：

其一，以上字區分。此法本與區分照二照三兩系字及喻三喻四字韻類同出一轍。

---

7 《切三、全王、王二》並音渠佳反，與逵字音渠追反無以異，佳當是惟的誤字。《廣韻》音渠追切，追又為佳的音誤。

只因照二照三及喻三喻四之形成對比，不以某某少數韻為限，而是普遍出現於所謂的「三等韻」中，需要加意處理；而更主要的是，此等字有時會受到無韻母相同下字可用的限制，於是採取經由上字嚴格的分類，由確定介音以示意韻母的不同。說詳拙文〈乙〉及〈切韻系韻書兩類反切上字之省察〉。支脂諸韻重紐，僅見於九類韻之中，且沒有無韻母相同下字可用的顧慮，不唯無須於上字採取嚴格分類，如紙韻破字匹靡切，對諀字匹婢切，至韻濞字匹備切，對屁字匹寐切，竟至可用相同的重紐字為上字，而無礙於韻類的區分；因為另一方面，可憑藉下字以表明韻母之不同。是故旨韻嚭字音匹鄙切，再次以屬重紐 B 的匹字為上字，而嚭與鄙同屬重紐 A。然而如《全王、王二》寘韻賁字彼義反，對臂字卑義反；帔字披義反，對譬字匹義反；髮字皮義反，對避字婢義反，（《廣韻》相對二例亦並以義字為下字），全由上字定其韻類之歸屬，固與照二照三、喻三喻四之分略無異致。何況支脂諸韻重紐字，喉音部分本包括喻母在內，則《切韻》之有此憑上字定韻類之一法，原是意料中事。

其二，以下字區分。此又可別為三種。甲，以A、B各自為類：如支韻麾字許為切，對隓字許規切；紙韻破字匹靡切，對諀字匹婢切，不備舉。乙，以 A 自為類，而於 B 類配以舌齒音：如支韻皮字符羈切，對陴字符支切；紙韻掎字居綺切，對枳字居紙切等等。周、董兩先生所著眼者即此類。丙，與乙類相反，以 B 自為類，而於 A 類配以舌齒音，此即上文所舉逵葵、菣螼、圈蜎、敏愍之例。推源《切韻》系韻書所以出現上述乙、丙兩相對相反之法，大抵脣、舌、牙、齒、喉五音，脣一類、舌齒一類、牙喉一類，支脂諸韻舌音無重紐（實際《切韻》各二等三等韻舌音並無重紐，參見下文），齒音重紐為照二照三之分，與脣牙喉音重紐不相及（案A、B兩類重紐皆不用照二系字為下字，說見下），故以脣牙喉音之自為類，與以舌齒音為下字者兩分；重點顯然在其「自為類」，「以舌齒音為下字」初不過取以為相對性的表示異音作用而已。**〔《廣雅・釋訓》跂字曹憲云「音企，又巨支反」，與玄應《音義》「跂，渠支反，又音奇」亦正相反，則此法不僅《切韻》爲然。2000 年宇純補案。〕**是故執舌齒音以求韻類之歸屬，不失之此，即失之彼，無以兩全。兩先生之誤即在此。

然而，以上所說A、B兩類重紐同用舌齒音為下字，仍屬表層現象；細加分析，又可看出其間有一絕對差異。兩先生以籠統的「三等韻」觀念，看待《切韻》中如東、鍾、支、脂、魚、虞之韻，韻圖列於二、四等之字認作三等字，對此差異固然無從分辨；我於文〈戊〉視「等」與「等韻」略無歧義，當時因著力點不同，不曾深入剖析反切，於此亦無認知。某日突然「心血來潮」，想到通常所謂「三等韻」，齒音部分多有二、三、四等之別，支脂諸韻兩類重紐字俱用齒音為下字，其間不知是否尚有漢楚之分？於是檢尋《廣韻》反切，赫然發現：A類字使用齒音，但有韻圖列於三等的照系字，照二系字不一見，精系字亦不見用；B類字用齒音，除同於前者恆見照三系字，及不見照二系字外，精系字則時見使用。照二系字介音為e，與j、i音遠，當是兩者俱不用為下字的原因；若j與i音近，竟至一用一否，其用者正是同列四等介音為i的B類字，這一現象，無疑透露了久思不得的玄機。現將其反切臚列於下：

支韻規字居隨切，闚字去隨切
寘韻譬字匹賜切，縊字於賜切
至韻遺字以醉切
軫韻泯字武盡切
震韻昀字九峻切，胤字羊晉切
質韻一字於悉切
祭韻獘字毗祭切，藝字魚祭切
獮韻演字以淺切
線韻面字彌箭切，衍字予線切
薛韻缺字傾雪切，悅字弋雪切
宵韻飄字符霄切，遨字於宵切
小韻標字方小切，闄字於小切
笑韻妙字彌笑切，要字於笑切

共計二十二反切[8]。其中上字居、去、於、武、九、魚、符、方八字屬普通三等韻，僅具表示被切字聲母的功能，自介音以下被切字的韻母部分，依我的了解，只有韻圖列四等之字始能正確表達，當是這些反切上字配以精系字為下字的原因。其中特別是從如下形成對比的反切觀察：

規　居隨切；嬀　居為切
闚　去隨切；虧　去為切
譬　匹賜切；帔　披義切
縊　於賜切；倚　於義切

---

8 《廣韻》尚有祭韻衛字音于歲切，所以不列入者，《唐韻》音于劌反，《王一》音為（今誤作看）劌反，下字與《唐韻》同；《全王》音為翽反，翽字見泰韻，亦當為劌之誤，然則《廣韻》歲原當作劌。

遺　以醉切；位　于愧切
泯　武盡切；愍　眉殞切
一　於悉切；乙　於筆切
藝　魚祭切；劓　牛例切
邀　於宵切；妖　於喬切
褾　方小切；表　陂矯切
闄　於小切；夭　於兆切
妙　彌笑切；廟　眉召切

其中譬帔、遺位、妙廟三組，上字分屬重紐 B 類或 A 類，介音與被切字相同；下字分別與被切字同等第，兩者都可以確定被切字的韻類，精四字為下字的作用因此無以突顯。泯愍、褾表兩組，武、方兩上字雖屬普通三等韻，因另一方眉、陂二字屬重紐A，下字殞、矯又復與被切字同等第，清楚的界定了其被切字的韻類，相對的也便等於界定了泯、褾二字的韻類，也似不能突顯其以精四字為下字的意向。然而其餘七組，不僅各上字俱屬普通三等韻，甚或兩者同用一字；因為重紐A、B既同可以舌齒音為下字，而如屬 B 類的臂、避二字音卑義、毗義切且有用重紐 A 為下字的例子，這些對比的反切，究竟何者屬A，何者屬B，便全仗有一精四字為下字可從判別。不然，換作任何一個三等舌齒音字，除去看韻圖，都將難於切實掌握；如周、董兩先生之所見，至少藝劓、闄夭兩組如此。但由今看來，真相何等明白！讀者也許認為，如譬帔、遺位之例，上字已定其韻類，又復配以精四字為下字，初不過偶然巧合，未必有何意義可言。須知《切韻》於被切字介音之標識，固不避上下二字功能之重複，如牀、霜之音士莊、色莊，其例不勝枚舉，顯然不是無義的。然則從反切系聯觀點看，重紐B二十二次用精四字為下字，相對於重紐A的零次，當是韻類分辨的焦點所在。以見周、董兩先生以總體的「三等韻舌齒音」觀念區分重紐韻類，固然不合實況，即使以總體的齒音為認定的準極，仍屬誤解；必須著眼於精四之字，何者與精四之字系聯，即其韻類屬重紐之 B。

至此，《切韻》中同時兼具三等脣牙喉音及二、三、四等齒音如東、鍾諸韻之字，以及支脂諸韻重紐以外之字，其以精系字作為下字的情況如何，顯然有檢視的必要。以《廣韻》為例，除精系各母自為下字，如七宿切鼀字、息玆切思字無待列舉外，僅有如下二十六反切：

腫韻拱字居竦切

用韻用字余頌切

紙韻䓵字時髓切

旨韻跡字止姊切

至韻地字徒四切，𨍭字追萃切，痓字充自切，類字力遂切

質韻蛭字丁悉切，律字呂卹切

仙韻𢮦字丁全切

薛韻列字良薛切，啜字殊雪切

宵韻超字敕宵切

小韻𦐇字丑小切，肇字治小切，繚字力小切

麻韻爹字陟邪切

禡韻夜字羊謝切

養韻兩字良奬切

靜韻略字亡井切，逞字丈井切

昔韻益字伊昔切

尤韻㖞字去秋切

侵韻誑字女心切，林字力尋切

分析言之：脣牙喉音用精四字為下字者，有拱、用、夜、略、益、㖞六字。用、夜二字屬喻四，本與精四字同韻類，自是當然現象。清、昔二韻脣牙喉音本屬四等韻，韻圖列在四等，故略、益二字亦以精四為下字，㖞字先師疑屬幽韻，其或體作𠻟，《集韻》幽韻羌幽切正有𠻟字[9]。據拙文〈戊〉所考，幽韻本是四等韻，㖞字音去秋切，相對於丘字的去鳩切，正與闚、虧二字分別音去隨、去為相同，兩者之別，正唯有一精四之秋字以憑考鑑。唯拱字音居竦切，因居字亦偶於重紐 B 為上字（如規字居隨切）成為特例。但見母古類、居類之分，本為區別一、二、四等與三等之間的重紐，說詳拙文〈戊〉。居類字以用於三等韻為常態，此既以居為上字，等於決定了拱字的介音；腫韻牙喉音無重紐，又無誤讀的可能，反切下字用竦字，介音雖不相同，自不足為異。䓵字屬禪母，照系字本憑上字定韻母之等第，所以有照二照三之分，說詳拙文〈乙〉。時字既已說明䓵字屬禪三，下字如何配合，於其正確讀音不生影響。「門法」中〈正音憑切〉及〈寄韻憑切〉，便是專講照二及照三兩系字反切結構的門類，古人於此早有發明。痓、啜二字情形同此。只是《全王、王一》及《集韻》痓字並音

9 見〈廣韻重紐試釋〉。

充至反（切）[10]，疑《廣韻》自字或是至字的方言音誤。跡字不詳所出，《廣韻》但云「跡，止姊切」，未釋其義。以𠂔為聲符，則與照三聲母系統不合；疑原是𠂔字，本與將几切姊字同音，為增加字[11]。《說文》：「𠂔，止也。」以其義為止，故增足旁為跡字，反切上字「止」原為釋義，後遂誤為止姊切。《集韻》蔣兕切收跡字，注云「止也」，是其證。地字韻圖見於四等，本是至韻四等字，故以屬四等的心母四字為下字。蛭、爹（詳下文）二字與此同例。知系字雖有二、三等 e、j 介音的差別，《切韻》凡二、三等韻舌音無重紐。麻韻爹字音陟邪切，與奓字音陟加切似為例外；但前者陟為端母類隔[12]。是故知系上字不分類，其上字類出三等韻：見用於純二等韻，被切字韻母悉依下字取音；見用於二、三、四等的合韻，被切字憑上字之等取韻，各有標準，絕無出入。後者，「門法」之〈窠切〉專言其事。故𩐌、超、𡾰、肇、侱、諈六字並以精四字為下字，無可誤解。來母字為分別一、三等之重紐，上字分盧、力兩類（說見拙文〈戊〉）。因力類字亦或用於一、二或四等，如力字四十五次用於三等韻，又分別二、六、四次用於一、二、四等韻；呂字五次用於三等韻，二次用於二等韻。類、律、列、繚、兩、林六字以精四為下字，似乎有韻類不明之嫌。但來母僅東、歌二韻有一、三等之重紐，力、呂、良三字畢竟為三等韻字，《切韻》既多有憑上字定韻母等第之法，此六字反切非不可切出三等的讀音。釋真空《直指玉鑰匙門法・通廣侷狹門》說：「來母下第三為切，韻逢精清從心邪喻第四，並切第三。」即指此而言。𪅴字聲符與上字「丁」聲母不合。《集韻》作𪄿，音珍全切，注云：「𪄿𪅴，行不正皃」，則是《說文》𪄿字之誤。《說文》：「𪄿，尳不能行，為人所引，曰𪄿𪅴。」𪄿𪅴與提攜為一語，大徐音都兮切，小徐音的齊反，丁全當是丁兮之誤[13]；大抵𪄿字涉𪅴字誤作𪅴，於是改丁兮之音為丁全。音義及韻書中本有如丁悉、徒四的音切，遂致學者於丁全之音居之不疑。其後《廣韻・新添類隔今更音和切》以丁全為中全，《集韻》音作珍全切，而與其先丁兮切的讀音愈行愈遠。但《集韻》所保存的形義，固足以推尋其間的移易之迹。

據上說明，此二十六字之反切，除跡、𪅴二字不計，其餘雖或讀三等，或讀四等不定，由於《切韻》本有或依上字定等、或依下字定等二法，都可切出被切字正確讀音。但值得注意的是，屬於脣牙喉音的拱、用、夜、略、益、咻六字，後五者並是四

---

10 《集韻》引《廣雅》，曹憲痓音叱至反。

11 《廣韻》跡字近韻末，今所見《切三、全王、王一、全二》俱未收此字。

12 略見下文，詳見文〈戊〉。

13 《廣韻》齊韻都奚切𪄿下云：「《說文》云：尳不能行為人所引曰𪄿𪅴。」《集韻》同。

等字，僅一拱字屬於三等。兩者相差雖然只是一與五的比例，因《切韻》三等脣牙喉音字遠比四等者為多，相對而言，其意義便不容忽視。對於本文所指出的，支脂諸韻兩類脣牙喉字與精系字接觸上的絶對差異，其背景如何，無疑可以加強其認識。

A、B 兩類重紐字絕不用照二系字為下字的現象，當然也是值得特別留意的。這一現象的促成，無疑是因為二等與三、四等音遠。音遠者不用為下字，無異説明了兩類重紐字於精四字一用一否的道理。

總結前文所説，支脂諸韻脣牙喉音重紐，應依韻圖列等之先後命名，其反切結構，因《切韻》本有憑上字及憑下字定韻類之兩法，其前者，形成 B 類字出現過多以三等舌齒音為下字的現象，導致周、董兩先生之誤解，以為韻圖列四等之字與「舌齒音」同類；而不知此同類者只是四等的齒音精系字。我過去也因為未注意及此，以為從反切系聯論重紐韻類之歸屬，根本無可能，於今看來，亦自是一蔽。然 B 類字既非全面以精四字為下字，則從系聯反切入手，以求重紐的韻類，仍為不盡可行。而以上字定等第之法，初不過示意介音法之一端，何者為依上字定等第，既無明示，如跛音匹支切，其意必不能見而輒曉，於是形成周、董兩先生之誤解，原是無可厚非的；更如伊音於脂切，上字既不能憑以知其韻類，又無相對的 A 類字可從推求，其不形成如兩先生之理解，似反不近情理。然則《切韻》在反切設計上，出現以三等舌齒音為下字與三等重紐自為下字區別韻類之法，不得不謂之一大敗筆。

重紐 B 之字，既可以互用為下字，又有精四字可用，何以形成多用三等舌齒音的現象，是真不可理喻。我於文〈甲〉説以為關鍵在喻四字，亦不知是否有當？然而《切韻》反切之不可理喻，却有可以比方之者。如其另一以上字區分重紐之法，A、B 兩類不互為上字，論理普通三等韻字只合用於 A 類，實際則亦時時用於 B 類，致令其界限泯滅，正是無獨有偶的不可理喻！其他如通常以下字示意韻類，而實韻分屬 A 類的賁、帔、髲及 B 類的臂、譬、避，六者並以屬 A 類的義字為下字；A、B 不互為上字，而隸屬 B 類的匹字，竟至一而再、再而三為 A 類破、嚭及濞的上字，這種自亂體例的作為，也都是論理不當有却已發生了的事實。如果再想到《廣韻》有兩個士免切，分擬撰及棧字之音；又有户頂、胡頂兩切，分示迥及婞字之讀，也許必須回到我於文〈甲〉中所説，韻書之作，不過為示人作詩叶韻的範圍，因為韻下採取了同音類屬的體例[14]，以便檢尋，於是分別附注了反切。對於當時的詩人而言，這却不是

14 韻書韻下不必用此體例，如《佩文韻府》、《詩韻集成》即是。

必要的；如撰棧、迥婞以及賁臂、帔髲之類的文字，何待檢視韻書然後知其讀音？即使間遇生僻之字需要查看，也只需韻書歸字無誤，不同的讀音，各有不同的反切，便可得其正讀；至於上下二字實際作用如何，是否十分明確，原是不待斤斤計較的。陳澧說的「切韻之疏」，一切恐都種因於此，實在無庸深怪。

A、B兩類重紐音值不同，於我看來十分簡單，即在三、四等介音的差異；學者所見，却不盡相同。歸納各家，共有三說：元音不同，介音不同，聲母不同。先師主張前一說，周先生起始亦同，都不具充分理由，已於文〈甲〉有所論述。

我之所以不同意元音不同，主要著眼於《切韻》對於「韻」的區分，平上去入四聲各分若干韻，其標準為：先視韻尾是否相同，及元音是否相近區為大類，其始雖無攝的名稱，所謂「大類」，觀念上即相當於攝，由其列韻次第可從得知；然後再按元音、介音之是否相同，以為合韻分韻的依據。所以致此者，因韻書係為詩文叶韻而作，韻尾不同，或韻尾同而元音不同，不得視為當然叶韻，必須兩分（案因字少而寄韻者不在此限，如冬韻上聲之鳩、湩二字寄於腫韻）；如其僅有介音開合洪細的不同，基本上没有可不可叶韻的問題存在；但基於其他不可知之的因素考量，亦可以採取分合不同的措施。如東韻以一、二、三、四等相合，冬與鍾則以一等與三、四等兩分（《集韻》鍾的入聲有二等齒音字）；韻尾、元音相同的照二、照三系字，通常皆合於一韻，臻與真則以僅有的介音差别（臻韻介音因與元音相同合為一音，與真韻成為一有介音一無介音之異）而離析為二。然而，不同韻者雖不必元音有别，其同韻者則必是元音相同（寄韻當然除外）。由此言之，A、B重紐見於同一韻中，其不同自不當在元音。尤其當我們注意到，從《廣韻》到《集韻》愈來愈多以上字區分A、B韻類，以及《集韻》重紐字作為上字時，B類字獨與獨立四等韻字結為一體的現象，其間關係遠的可以及於全不相干的韻攝，A、B 兩者之不同不在元音，不啻若辨白黑。後者是我於文〈丁〉所指出的。因兩文先後相隔十六年，又不在同一地區發表，讀者未必都能見到，或者能將兩處所論貫串一起。即如「重紐研討會」第二號通告所提供的李存智君〈重紐問題論著選目〉，便未將拙文〈丁〉列入，却另選了本文起始並未提及的〈切韻系韻書兩類反切上字之省察〉一文。後者對重紐的討論，關係是間接的；前者的重要性，在我所為諸文中，並不下於其他諸篇。可能因為李君受其業師周法高先生的影響，視重紐讀音的不同在聲不在韻，而拙文〈丁〉在論及四等重紐字非顎化聲母方面，有極突出的著墨，致未獲認同。可見讀者與作者間心理上的觭輕觭重，往往不能一致，故於此更將文〈甲〉、文〈丁〉兩者之大意略作說明。

A、B 重紐的不同既不在元音．便當在介音，捨此無可選擇。《集韻》反切，B類字用作上字的行為，與獨立四等韻結成一體，A類字則幾乎不與獨立四等韻接觸，而別與普通三等韻字合為一類。凡於《切韻》不同韻，而韻圖列為同轉者，三等、四等的不同，元音之外，即是介音的差別。自我於文〈戊〉指出，韻圖的等與等韻無異義，列二、四等之字，即為二等韻、四等韻，其間並無真假之分，則 A、B 重紐之別，當為三等四等介音之不同，無可爭論。於此提出補充，A、B重紐不互用為上字的現象，本與照二照三之不互為上字性質無異。不過照二與照三，學者皆以為係聲母不同。先師著眼於臻、真兩韻的互補關係，更特別為臻、櫛二韻構想了一個「介音j比較不顯著」的解釋，等於說臻、真照二照三較他韻獨多一重介音不同，既不合所謂「最小不同對比」的經濟原則；說兩韻之分，只在同一介音而有顯著與不顯著的差異，基本上理由恐便不能成立。我於文〈乙〉從六個不同角度，指出照二照三之異不在聲母，而在介音。是故字母家共一字母，於是為照二系字構擬一 e 介音，並擴大及於整個二等韻，形成中古四個不同介音 ϕ、e、j、i 的等韻形態。其後更有〈從臻櫛兩韻性質的認定到韻圖列二四等字的擬音〉，積極證明臻櫛兩韻分別為真韻質韻的莊系字，無異確定了e介音的存在。兩文所列舉理由或證據，於此自亦無待複述。要再說明的是，我於文〈戊〉指出，支脂諸韻脣牙喉音重紐只是《切韻》諸多重紐現象之一端。所謂「諸多重紐」，即是同一韻中同一字母下所出現的各種不同的對立反切。同一韻中照二照三是照母下的對立反切，見一見三是見母下的對立反切，……以彼例此，照二照三、見一見三的對立是介音的不同，支脂諸韻脣牙喉音各母下的對立反切「重紐」，自然也便是介音的不同。

三等韻介音為 j，一直是比較一致的看法，因其能解釋反切上字一、二、四等與三等分類的現象，我也認為這一擬測是合理的。在〈切韻系韻書兩類反切上字之省察〉文中曾作討論。由於其後我於文〈戊〉提出上字一、二、四等所以與三等分類，係為區別重紐，等於對過去所持見解加以否定；三等韻介音只需與一、二、四等韻不同，没有必要非j不可。於是三等韻介音是否為半元音性的 j，便成為可以討論的問題。另一方面，韻圖將《切韻》各韻分作四等，四等的韻母形態必然有一遞差順序。江永《音學辨微》說：「一等洪大，二等次大，三、四等細，而四等尤細。」無疑是應給予肯定的。在四等皆為獨立韻的轉中，因為元音的設計，可以順序由低而高，介音的高低差別如何，不至產生洪細遞差不合的狀況。但在如支、脂、東、鍾的轉裏，三、四等元音不得異，其介音順序如果為 j與i，則因j的位置高於i，其音較細，便與「三、四等細，而四等尤細」的了解適相反轉。這一問題，是否意味過去三、四等介音的設計錯誤，應以 j、i 互易？或者韻圖列字三、四等根本倒置？單純從中古音而言，只需將 j 與 i 兩者對換，矛盾現象即便可以解除；因牽涉到上古舌頭音如何分別演變為舌上與正齒的問題，恐不宜單方面從中古音設想。然而玆事體大，實非現階段上古音知識所能得其究竟，暫時仍從中古音考量。匣母三等變喻母，針對此一現象，說半元音 j 因帶摩擦成分，再加匣母為濁擦音，於是使 ɣ 失落，顯然比說 ɣ 遇元音性的 i 而失落為合理。所以我仍主張以三等介音為 j。至於韻圖何故不以三、四等字易置？可以有兩種解釋：一則為四等皆為獨立韻的轉著想，元音的高低不可不順位；一則為使照系兩類重紐字位置相銜接，以與舌音的佈局完全相同（請注意如至韻、麻韻的地及爹字）。

周先生於其晚年諸論重紐的大作中，放棄原先A、B元音不同的主張，改採日本學者三根谷徹的說法，以為其不同在聲不在韻，四等者聲母顎化，三等不顎化，以聲母後加 j，作為顎化的表徵；並在東海大學中國文學研究所，用此觀點指導了好幾篇碩士論文。聲母的演變，本多受韻母影響，A、B兩類重紐元音既不得異，則影響其一聲母之顎化，自非介音不同莫以致之。故此說基本上與謂介音不同似無差別；三根谷徹於顎化者聲下加 j，這 j 當然便是介於聲、韻之間的「介音」，只是它曾引起聲母顎化與其他介音不同。不過學者通常都認為「三等韻」具 j 介音，所謂假二、四等字的三等字當然也具介音 j，也有 j 前聲母顎化之說，則是三等顎化四等不顎化，與三根谷徹說相反。周先生三等韻（包括齒音之二、四等）給以 i 介音，四等重紐聲下加 j，就脣牙喉重紐而言，三、四等的不同，表面上也便是介音 i 與 j 的不同。因為周先生特別著重在作為反切上字的行為上，A、B 兩類不互用為上字；而且在慧琳《音義》及朱翺反切中，三等韻與四等韻合併的現象非常顯著，例如先仙、清青、鹽添等，以為當然不能用介音來區分，所以改採了三根谷徹聲母不同的說法[15]。

過去，學者說三等韻介音 j 前聲母顎化。我在文〈丁〉中提出，由於「《集韻》反切上字在重紐 A 與重紐 B，及普通三等韻與四等韻之間，劃分了清楚的界限」，A、B不互為上字，可以見出其使用上字，有其嚴格的音韻標準。可是另一方面，A、B兩類都可用普通三等韻字為上字。以居字為例說明：《全王》七十一次用於「三等韻」（案當時觀念，三等韻包含「假四等」之重紐 B 在內，為避免在這裏發生不必

15 見周先生指導之張慧美君碩士論文〈朱翺反切新考〉（1988）年，又見張君〈朱翺反切中的重紐問題〉，《大陸雜誌》第七十六卷第四期（1988）。

要的爭執，仍以居字用於重紐 B 者計入三等韻中，而於其上加引號，表示與現時之認知不同），一次用於四等韻（忝韻㜸字居點反）；《廣韻》七十八次用於「三等韻」，一次用於一等韻（盍韻砝字居盍切）；《集韻》則四十二次用於「三等韻」，三十三次用於一、二兩等韻，約為六與四點七之比，自不得以為有別。如果說《全王、廣韻、集韻》A、B 不互為上字，及《全王、廣韻》居字不用於一、二、四等韻，表示有聲母顎化與不顎化之差，則《集韻》居字三十三次之用於一、二等韻之現象必不得有。何況普通三等韻字可用於四等重紐為上字，《全王、廣韻》正與《集韻》相同？〔**近作〈陳澧反切系聯法再論〉，對《廣韻》脣牙喉音上字重新統計，如居字用於一、四等及重紐 B 共計十六次。2000 年宇純補案。**〕然則三等韻聲母顎化說不得立至為明顯。所以我於文〈丁〉以為：介音 j 只是一個漢字音節中不同於 ϕ、e、i 介音的音韻成素，並不曾使其聲母有任何程度的顎化。周先生用三根谷徹說，以四等重紐為 j 介音，其聲母顎化，自可同以上述《集韻》反切現象明其真相。我於文〈戊〉曾指出，《集韻》上字開合口有明顯分類現象，《廣韻》如寘韻重紐字開合口上字亦截然兩分，無異說明反切往往上字有同介音的要求，非關聲母之相異。至於仙先、清青、鹽添之合流，自然更只是元音演變的結果，全與聲母之顎不顎化無涉。此外，尚有如下兩點：

其一，周先生所以稱四等重紐為 A 類，著眼點為反切下字系聯，此類字多用舌齒音。是其背景不在聲而在韻，則不為元音之異，即是介音之殊，與聲母並無干係，所舉《音義》及《釋文》中歧、馹二字的反切，亦不外反切下字系聯觀點，在採取三根谷徹說之後，下字系聯狀態便已完全失去意義。但其〈隋唐五代宋初重紐反切研究〉[16] 對重紐所下定義仍為：

> 所謂重紐，是指《切韻或廣韻》同一三等韻中，開口或合口的脣牙喉音字同紐有兩組反切，在早期韻圖中，分別列在同一行的三、四等，我們管前者叫作重紐 B 類，後者叫作重紐 A 類。

雖然没有道出所以稱 A 稱 B 的原委，既提到韻圖列等而未依其順序互易 A、B 的稱謂，其始據下字系聯大勢命名的本意，顯然並未改變。然而，說韻母上與舌齒音為類的「A」組字，係因其聲母顎化與「B」組字不同，而與「B」組字對立於脣牙喉音各相同的字母之下，這意思委實不十分好懂。

---

16 中央研究院《第二屆國際漢學會議論文集》，臺北，1989。

其二，上文從《集韻》A、B兩類重紐字俱時用普通三等韻字為上字，說明《切韻》系韻書所代表的中古音，三、四等聲母並無顎化現象。此種反切上字狀況，《切韻》至《廣韻》各韻書莫不皆然，原是周先生所為諸文一再道及的，然則《集韻》反切顯示的意義，早期韻書已經透露，只是未加注意而已。至於如周先生所舉《音義》及《釋文》中蚑、馹二字的反切，以證四等重紐與舌齒音同韻類，固不如所言；由今看來，其上字至於無別，無異更成了聲母顎化說的反證。

我於文〈甲〉曾提到《守溫韻學殘卷・四等重輕例》，以幽韻鏐繆滮烋、獮韻緬、琰韻魘、昔韻益、與澆、故、涓、顛、蠒、皎、見殿硯遍、歷壁喫擊溺惕狄赦覓諸蕭、添、先、銑、篠、霰、錫韻字表四等。過去學者的理解，幽、獮、琰、昔為三等韻，自鏐至益七字韻圖雖見於四等，其實是來借位的三等韻字，與自澆至覓十九字本自不同。如果守溫時代已有如《韻鏡、七音略》的韻圖，這種現象，還可以說是守溫根據韻圖權充內行，會錯了意；萬一其時韻圖尚未出現，恐怕便無法提得出解釋。從殘卷資料說解語音系統並不十分成熟的情形看來，如以來母為牙音、心母邪母為喉音，及以邪母為清音、影母為濁音，至少守溫不曾見到如《韻鏡、七音略》的韻圖，則是可以肯定的。當時因為我用的還是同龢先師的借位觀念，所以只用鏐益等七字說明重紐B應具介音j成分，以支持其先ji介音的構想。及至撰寫文〈戊〉，雖已形成韻圖等與等韻意義相同的認知，却未再提此〈例〉，只考證了幽韻為四等韻。由今視之，鏐、繆、滮、烋當然便是四等韻字，屬於獮、琰二韻重紐B的緬、魘，及屬於昔韻的益，自然也都屬四等韻。然則此一〈例〉，不僅没有半點可疑可怪之處，還應具另一層啟發作用。二十六字之中，緬、魘二字屬重紐B，益字亦是所謂三等韻的四等字，餘二十三字並見獨立四等韻。其中繆、滮、烋、澆、涓、蠒、皎、見、硯、遍、壁、喫、擊、赦、覓十五字，分別為脣、牙或喉音，除去脣音諸字，國語都經顎化；或從ㄍ、ㄎ、ㄏ變讀ㄐ、ㄑ、ㄒ，或者聲母失落，當時是否已為顎化聲母，也許可以形成爭論，姑置不談；但屬舌音的故、顛、殿、惕、狄五字，自古迄今，除濁音清化，不見顎化讀法。以之為證，其餘二十一字，初不過因其韻母類型相同，故同表四等，其聲母並無所謂顎化現象，可想而知。更有進者，《顏氏家訓・音辭篇》批評《韻集》以「為奇、益石分作四章」之失。為與奇分韻，必是因為開合介音的不同。益與石分章，自然便是由於三、四等介音的差異；而決不得因益字聲母顎化，與石字聲母不顎化，現象不一，以致兩分。然則凡重紐B字，以及一切韻圖見於四等之脣牙喉音字，《切韻》系韻書時代聲母非顎化讀法，可從此定讞。對於呂靜以益石二字分章，周先生於其《彙注》[17]，引安南譯音及廣州、客家、上海方言主要元音及韻尾的不同，以見呂氏「自有語音上之根據」。《彙注》成於重紐採取三根谷徹說之前，故未言益字聲母顎化；重印於一九九三年，原注因仍未改。但呂靜之以益石分章，固然不是由於元音或韻尾的差異；所引安南譯音及方言語音之別，亦必不是因為益字單方面聲母顎化的結果。我將這兩項資料於此提出，作為對文〈甲〉文〈戊〉的補充說明。

最後再提兩個問題，究竟那些韻有脣牙喉音的重紐？韻圖列字有無借位措施？

周先生〈隋唐五代宋初重紐反切研究〉以清及庚三脣牙喉音相配為重紐。前文提及的李君〈重紐問題論著選目〉中列有余明象〈切韻庚三歸清說〉一文，一九八七年發表於《南開學報》。說來十分慚愧，李君〈選目〉所列諸文，我讀過的，尤其仔細讀過的，實在少之又少。原因我讀書作研究，與我嗜唱平劇一樣，喜愛琢磨推敲，但不貪多務博，把自己定位於票友層次，即使是行當内的東西，可以學，也可以不學。是故明知余氏有此文，無意索來閱讀。顧名思義，應與周先生意見相同相近。究竟誰影響了誰，或者誰也不曾影響誰，自更無意過問。我只是覺得，依《切韻》相關各韻內容及韻圖相關各轉結構看，各韻知系字無重紐，麻與庚含二、三兩等，情形相同；麻韻爹字陟邪切，似明與奓字陟加切為重紐，實際從各方面考察，陟是端母的類隔，故其下字用四等的邪字。如以清與庚相結合，則知系出現二、三等重紐，現象特殊。另一方面，韻圖清韻見第三十三、三十四、三十五三轉，而以第三十五轉為其本轉，其他兩轉都屬旁寄性質。所以知第三十五轉為本轉者，理由有二。其一，韻圖基本體例，凡同攝有獨立一、二、三、四等韻相配，或二、三、四等韻相配者同轉，依次各佔一等；其中有三、四等合韻，即所謂「三等韻」有「假四等字」者，不使同圖，另置於相關轉中，或別為一轉。《韻鏡、七音略》第二十五轉收豪、肴、宵、蕭四韻，宵韻重紐 B 字不隨重紐 A 並列，而別見於第二十六轉，此意最為明白；祭、仙二韻及鹽韻之影、喻四二紐相同。其二，清與耕、青之字，除耕韻脣音及合口喉音偶有來自上古蒸部者外，其餘悉出於耕部；庚韻則二及三等類由上古陽部而來，僅少數字自耕部變入，可見其時清與庚之元音不若清與耕近。韻圖第三十五轉以耕、清、青二、三、四等同圖，尤為清與耕、青音近之證；第三十三、三十四兩轉清與庚合者，於清韻而言，乃是旁寄性質。如果沒有其他依據，只是憑韻圖清與庚同圖，便說清四與庚

17 《顏氏家訓彙注》，中央研究院《歷史語言研究所專刊》之四十一，臺北，1960。

三關係同支脂諸韻之重紐，則自《切韻》至《集韻》，無不以庚與清分韻，其間還經過王仁昫的「刊謬」，這一錯誤，始終不能覺察，將作何解！周先生於其〈隋唐五代宋初重紐反切研究〉對重紐所下定義，仍係以「《切韻》或《廣韻》同一三等韻」為前提（引見前）；在完全提不出《切韻》至《廣韻》時期，清韻與庚韻元音原本相同的情況下，韻圖以清合於庚的本意如何又復未加尋究，即以庚清相合為重紐，似乎並不合適。

此外我所知道的，邵榮芬先生（一九八五年第十八屆國際漢藏語言學會於曼谷召開，我與邵先生自此成為知交）《切韻研究》主張昔韻脣音有重紐[18]。原因《切三、唐韻、廣韻》昔韻有碧字，《集韻》同。《切三》反語殘，《唐韻》方彳反，《廣韻》彼役切，與同韻辟字必益反（切）相對；《集韻》昔韻又有欂字平碧切，與各書同韻擗字房益反（切）之音相對，此說可謂證據確鑿。但從下列諸現象看來，碧、欂二字當是陌韻三等字，見於昔韻為誤收。其一，音韻結構：昔韻平、上、去三聲三等無一脣音字，而陌韻平、上、去三等並有脣音字，一者獨有，一者獨無，移碧、欂入陌，則清、庚八韻彼此之間生態平衡。其二，《王二》碧字見格韻，格即諸書之陌，其音逋逆反，明是陌的三等音；《唐韻、廣韻》欂字正見於陌韻，音弼戟反（切），亦明是陌的三等音，是為鐵證。其三，《全王》二字見麥韻，碧音陂隔反，欂音皮碧反，以陂、皮為上字，明是三等音結構；而麥韻别無三等字，其平、上、去聲耕、耿、諍三韻亦但有二等字，足見《全王》誤收二字，應改碧之下字「隔」為「格」，則與《王二、唐韻》二字分見於格及陌韻相合。其四，《集韻》二字雖同見於昔韻，碧音兵彳切，欂音平碧切；前者當即據《切三、唐韻、廣韻》等書收入，後者或亦有所本，或因二字同時並見而誤增。二字又同見於陌韻，分别音筆戟切或弼碧切，而不見於麥韻。其前者，以二字入昔韻，固然由於不能明辨得失；後者，入陌而不入麥，却作出了明智的抉擇。其五，從諧聲偏旁看，昔麥二韻脣音來自上古佳部（麥字上古屬之部為例外），陌韻脣音則來自上古魚部。碧以白為聲，欂的基本聲符為甫字（《說文》）云甫从父聲，其說有誤，詳見拙著《中國文字學》[19]，白、甫二聲古韻並屬魚部，以知二字入陌韻為是。

總上所論，既無清、庚相配脣牙喉音為重紐的事實，昔韻脣音原亦無重紐反切。依周、董兩先生觀念，《切韻》系韻書僅支、脂、真、諄、祭、仙、宵及侵、鹽等九

18 北京：中國社會科學出版社，一九八二。
19 一九九四年九月定本，頁 322，394。

類韻脣牙喉音或影、喻二紐有重紐（案依我文〈戊〉的觀念，情形自大不相同）。《切三、全王、王二》幽韻休字許彪反、飍字香幽反，學者亦誤以為重紐，其實兩音不異，我已於文〈戊〉詳細說明，故此不更提出討論。〔**香幽疑是普幽之誤，詳文〈戊〉補案。**〕但文〈戊〉曾經表示，尤、幽兩韻其始雖分韻，其後可能元音變為相同，僅剩介音 j、i 之差，兩者脣牙喉音及來母成為重紐；晚期韻書不見合併為韻，或是因仍《切韻》以來的舊貫，亦於此一提，詳見該文。

至於韻圖有無借位之法，答案自然是肯定的。但以《韻鏡》一書言之：廢、夬二韻之寄於第九、第十及第十三、第十四轉，書中自注明白，是其一；祭韻之見於第十五、第十六轉，仙韻之見於第二十一、第二十二轉，清韻之見於第三十三、第三十四轉，及鹽韻之見於第四十轉，是其二。如此而已。其餘所謂借位的假二等韻、假四等韻，實緣誤解。故可以一言蔽之曰，韻圖有不屬本轉的借位，没有不合等第的借位。

支脂諸韻的重紐現象，雖自陳澧《切韻考》已知為不同音切，未獲學界重視；中間還經章炳麟等學者的曲解，認作同音。真能確定其音讀不同，引起學者注意，獲得熱烈回響，是周、董兩先生論文發表之後的事；後人不論對重紐持如何看法，都不能不説是受兩先生的啟迪有以致之。但先師以五十三歲最是學術生命圓熟的盛年，於一九六三年辭世，〈廣韻重紐試釋〉竟為其唯一討論重紐的文章。天若假年，因學者的回響相互激盪，在其後續的研究生涯中，是否會提出新的意見？或面對不同認知，如何為人釋疑解惑？周先生自〈廣韻重紐的研究〉之後，雖陸續有多篇論文刊布，一再修正或充實其觀點；據「重紐研討會」第二號通告，先生將於會議舉行之日，再度為文有所申述，不意先生亦既於一九九四年六月二十五日溘然而逝，究竟最終定見如何？都已無從尋求答案，不禁令人感慨系之，興念不已！至於個人自一九七〇年至今冥行擿埴的結果，未能獲得兩先生的教導指正，自然更是無可彌補的遺憾！

一九九四年八月十日宇純清稿於溫哥華長女乃吟寓所

（本文原載《漢學研究》第十三卷第一期，一九九五，臺北。）

陳 澧 反 切 系 聯 法 再 論

一九八二年，我作〈陳澧以來幾家反切系聯法商兌並論切韻系韻書反切系聯的學術價值〉，討論到陳澧系聯《廣韻》反切、白滌洲系聯《集韻》反切，以及李榮系聯《王仁昫刊謬補缺切韻》反切所隱含的一些問題。有關陳氏的部分，抉發其所得聲類韻類的不盡可信，共有下列幾點。

一、脣音部分，陳氏系聯方、卑、并、封、分、府、甫、鄙、必、彼、兵、筆、陂、畀十四字為一類，敷、孚、妃、撫、芳、披、峯、丕、拂九字為一類等等，分明各包含了輕重脣兩種不同讀音在內。雖然重脣上字所切的不一定讀重脣，輕脣上字所切的也不一定讀輕脣，無由從《廣韻》的上字予以區隔；如果說這代表《切韻》早期輕重脣音尚未分化時的狀況，自然是對的，以為《廣韻》時代仍然如此，則必不合情實。陳氏顯然没有《廣韻》音系可能不同於《切韻》的想法。

二、舌音，如系聯多、得、德、丁、都、當、冬七字為一類，張、知、豬、徵、中、追、陟、卓、竹九字別為一類，與字母家端、知之分若合符節，似乎並無其他顧慮。假如研求《切韻》聲類，不像陳氏一樣，只系聯上字的反切，同時也兼顧各上字在《廣韻》中總體出現時各被切字的韻等，則如江韻椿字都江切、語韻貯字丁呂切，端知二系便可以和系聯脣音上字一樣，不管其間有無音的分化，將之合為一體，以反映《切韻》早期的語音。於是，如至韻地字徒四切與緻字直利切，其先固然只有韻等不同；即使如梗韻打字德冷切與盯字張梗切，也不必視打為盯的同音「增加」字，兩者可以是一等與二等的差異。馬韻觰字都賈切，緆字竹下切，陳氏即認作讀音不同；但觰與緆同列於二等地位，根本切不出不同讀音，非認為馬韻有一等音不可。庚與麻本是互為陰陽聲[1]的，兩者同有一等字，正可以相互發明。

三、陳氏不知反切有以上字定韻等的辦法，如《切韻考》據犕字昌來切，䰐字人兮切，鳳字馮貢切等反切下字，收其字於一等或四等；或據照、穿、牀、審四母兩類

1 詳見拙文〈上古陰聲字具輔音韻尾說檢討〉。

上字不相系聯，定為不同聲母：或不成讀音，或不合事實，或且導致無法解決的難題。也有由於同一背景形成的上字本不同類的現象，却又不是陳氏所能覺察得出來的。

整體說來，陳氏以《廣韻》當《切韻》，其時沒有更早資料參考，不能說沒有影響，但微不足道；因為《切韻》中的特殊反切現象，差不多保留在《廣韻》之中，各種訊息都接觸得到。其所以系聯上下字的結果，聲類韻類都不可盡信，一言蔽之，陳氏對反切結構的認知有偏差。按照陳氏的體會，反切上下字表示讀音是絶對的分工，互不相涉，可以換成如下的說法。聲、韻、調三者，各以一分計值，上下二字在反切中負擔的功能是：各以一整分表示被切字的聲或韻，又各資以零點五分表示被切字調的清濁或平上去入。殊不知這樣的反切，只是結構模式之一，最多可以說是常見模式。實際上許許多多的反切，上字不僅同時示意韻等，有的反切則只憑上字定介音，包括韻等和開合。前者自然可以視而不見，後者則不兼取上字的介音，即不得被切字的正讀。從數值說，此時上字已超過一點五分，下字則不足一點五分。這種反切且不都是偶一見之的。有些聲類的字，其韻等竟全由通過上字的分類來表達，下字韻等如何，反而並不重要；其所以致此，正是由於無適當下字可用而創立的辦法。不能從基本上釐清結構不同的反切，雜糅一起加以系聯，所得韻類固然不盡真實，也必定會影響到對聲類的認知。是故利用韻書中反切求其聲韻系統，必不是把上字下字孤立起來，憑幾條同用、互用、遞用的簡易法則進行系聯，便能蕆事的。韻書中反切，也許不是沒有系聯的價值。但不運用一些等韻知識，對反切培養出敏鋭的感覺，便不能駕馭結構匪一的資料；即使系聯得出了「合理」的結果，究竟其顯示的意義如何，仍難作出正確的判斷。陳氏非不知有等韻之學，然而識之不深，用之未廣，則是不必為賢者諱的。

所以該文在結論部分說，要知道系統的中古音，《切韻》系韻書本有配合精密的韻圖的展示，無論聲類韻類，都備載明白，一目了然，無待有系聯反切的舉措。陳氏所揭示的反切系聯法，對《切韻》所代表的中古音而言，只具有音韻學史的地位。但該文隨即又說，由於上字的系聯，三等韻脣牙喉音上字獨為一類，可從以確認三等韻介音為 j 的構擬，而認為這是反切系聯法在古音學上所作出的重要貢獻。

三等韻介音為 j 的說法，在過去“大三等韻”的觀念下，是看不出破綻的。自拙文〈論重紐等韻及其相關問題〉提出等與等韻完全重疊，凡字所在之等，即其所屬之等韻，於是如支、脂、魚、虞的「三等韻」，實際為二、三、四等合韻，各以介音 e、j、i 的不同為等別。因為其元音彼此不得相異，以 j 起首的三等音，反較以 i 起首的四等音為細，便與韻圖二、三、四等應有的洪細音遞差相枘鑿，足以導發 j、i 兩介音理應互易的疑慮。但從牙喉音上字系聯的情況分析，一、二、四等為一類，三等別為一類，三等韻聲母後接半元音性質的 j，與一、二、四等韻所接為元音不同，正可以解釋這一上字分類現象，不啻為三等韻介音為 j，不可與 i 互換，作了證明。

然而，該文所提出的這些意見，後來發覺有的地方談得並不徹底，更有一處不知是否當時行文的大意，或者由於手民及校對的疏忽，竟漏掉了一節文字；而其結論中讚許反切系聯法的學術價值的說法，又並不如所言，不可以不補充更正，所以更有此文之作。現在一一說明於下。

《切韻考》系聯牙喉音見、溪、影、曉四母上字情形：

居(九魚)九(舉有)俱(舉朱)舉(居許)規(居隋)吉(居質)紀(居里)几(居履)古(公戶)公(古紅)過(古臥)各(古落)格(古伯)兼(古甜)姑(古胡)佳(古膎)詭(過委)，十七字同一聲。附註說：

> 古以下九字與上八字不系聯，實同一類。居九舉三字互用，古公二字互用，則不能兩相系聯耳。三十六養：獷，居往切，又居猛切。三十八梗：猛，古猛切，又居往切。古猛切即居猛切之音，是居古二字同一類也。

康(苦岡)枯(苦胡)牽(苦堅)空(苦紅)謙(苦兼)口(苦后)楷(苦駭)客(苦格)恪(苦各)苦(康杜)去(丘據)丘(去鳩)墟祛(去魚)詰(去吉)窺(去隨)羌(去羊)欽(去金)傾(去營)起(墟里)綺(墟彼)豈(袪豨)區驅(豈俱)，二十四字聲同一類。附註說：

> 去以下十四字與上十字不系聯，實同一類。康苦二字互用，去丘二字互用，則不能兩相系聯耳。三江：椌，苦江切。一東：椌，苦紅切，又丘江切。丘江切即苦江切之音，是苦丘二字同一類也。

於(央居)央(於良)憶(於力)伊(於脂)依衣(於希)憂(於求)一(於悉)乙(於筆)握(於角)謁(於歇)紆(憶俱)挹(伊入)烏(哀都)哀(烏開)安(烏寒)烟(烏前)鷖(烏奚)愛(烏代)，十九字聲同一類。附註說：

> 烏以下六字與上十三字不系聯，實同一類。於央二字互用，烏哀二字互用，則不能兩相系聯耳。十遇：汙，烏路切。十一模：汙，哀都切，又一故切。一故切即烏路切之音，是烏一二字同一類也。

呼(荒烏)荒(呼光)虎(呼古)馨(呼刑)火(呼果)海(呼改)呵(虎何)香(許良)朽(許久)羲(許羈)休(許尤)況(許訪)許(虛呂)興(虛陵)喜(虛里)虛(朽居)，十六字聲同一類。附註說：

> 香以下九字與上七字不系聯，實同一類。呼荒二字互用，朽許虛三字互用，則不能兩相系聯耳。二十二元：䚭，況袁切。五支：䚭，許羈切，又火元切。火元切即況袁切之音，是況火二字同一類也。

牙喉音四等俱全聲母，除去疑母，見溪影曉四者並正切各分兩類（案疑母亦不例外，說見後），雖然陳氏利用又切系聯為一體，其原本彼此相同的分離現象，究竟只是巧合，或者蘊藏了某種意義，却是不應忽略的。後來的學者從等韻觀察，發現其間有一共同點，都以一、二、四等與三等區隔；甚至有人提出解釋，認為是純聲母與軟化聲母的不同，有的學者又把軟化說為顎化，因為是受介音 j 影響的結果，或者又徑稱為 j 化。這樣的解釋是否可信，自然還須通過檢驗。但上字的分類，與等韻脫離不了關係，則是無可致疑。究竟情況如何，以下即根據白滌洲〈廣韻聲紐韻類之統計〉的上字分類，進行分析。所以採用白文的原因，為的是他歸影母的伊、一、挹三字於烏類的慧眼獨具[2]，同時又在類名下分別標明了一、二、四等或三等。

見母：白氏分古、公、過、各、格、兼、姑、佳、詭九字為古類，一、二、四等；居、舉、九、俱、紀、几、規、吉八字為居類，三等。前者自古至佳八字不出一、二、四等範圍：以詭入此，大抵一時疏忽。詭字雖音過委切，其一次用為上字，為䞈字的詭偽切，正是三等切三等，應改詭字屬居類。以過作為詭的上字，是為例外；但這只是《廣韻》如此，《切三、全王、王二》詭字並音居委反。換言之，《切韻》過字不曾作為上字使用。其餘諸字出現的次數，無論為各、格、兼、姑、佳的各一次，公字的三次，甚至古字的一百三十五次，被切字都在一、二、四等之內。後者八字，一般的說法都屬三等韻。但規、吉二字韻圖列在四等；瞡字規恚切，絹字吉掾切，瞡、絹二字亦列在四等，應改隸二字入古類。其餘無論為几字的二見，紀字的三見，俱字的四見，九字的六見，舉字的七見，並切三等；另八十見的居字，除六十四次用於三等，亦一次用於一等，十五次用於四等。各字詳細情形見附表。經過檢驗，並調整了詭、規、吉三字的歸屬之後，見母上字一、二、四等與三等的兩分，特別是從前者的角度看，應該是無可疑的。然而居字的跨類行為，却又緊密的將十七字連繫一起，表示本同一音，不待有又切的居猛同古猛，既已混同為一。至於何故這些上字一面壁壘分明，不與另類相涉；他一面則拖泥帶水，與另類疆域不清，將於牙喉音各母分析過之後，作綜合說明。其中涉及紀字的一個反切，則必須先交代。

《廣韻》㮇韻趝字紀念切，《全王、王一、王二、唐韻》並同，當是《切韻》原有。㮇韻為四等韻，念為㮇韻字，論理趝應為四等字，而紀字以三等切四等。但㮇韻別有兼字音古念切，即添韻古甜切兼字相傳的異讀[3]，為一習見字，而位於趝字之後，

2 文載北師大《學術季刊》二卷一期。未見原文，三字入烏類，理據如何不詳，此據王力《漢語音韻學》轉錄。
3 《禮記·內則》「王后命冢宰」鄭注「或兼職焉」《釋文》：「兼、如字，一音古念反。」又《左氏春秋經·僖公十三年》「天王使宰周公來聘」，杜注「周公，天子三公兼冢宰者也」《釋文》：「兼，如字，又經念反。」經念同古念。

其前更有會、僭、瞥三個小韻，《全王、王一、王二、唐韻》也如此，不類於同音當併未併現象[4]。疑趁本是豔或釅韻字（案二韻並無見母字），誤收在此。紀念與古念的結構，上字適足為三等四等的區分。《切韻》收恭字於冬韻，恭字駒冬反，與攻字古冬反對立，憑上字別韻等，觀彼可以知此。

溪母：白氏分苦、口、康、枯、空、恪、牽、謙、楷、客十字為苦類，一、二、四等；去、丘、區、墟、起、驅、羌、綺、欽、傾、窺、詰、祛、豈、曲（此字陳表未錄）十五字為去類，三等。前者無論為牽、謙、楷、客的一見，空、恪的二見，康與枯的四或三見，或者口字的十三見，甚至苦字的八十六見，被切字不出一、二、四等。刪韻豻字可顏切，可字亦當屬此類。後者並一般所謂三等字。又有麻韻㰤字乞加切，準韻螼字弃忍切，寘韻尯字卿義切，依例乞、弃、卿三字亦應補入。但傾、窺、詰、弃四字韻圖見於四等；缺字傾雪切，觖定窺瑞切，棄字詰利切，缺，觖、棄三字，以及弃的被切字螼，韻圖亦並見於四等，四者當改隸苦類之下。其餘則區字四見、驅字綺字二見、欽字祛字豈字曲字乞字卿字一見，並切三等；羌字二見，用於三等四等各一次；墟字三見，用於三等二次，四等一次；起字三見，用於二等三等四等各一次；丘字三十七見，六或二次用於四等或二等，其餘三等；去字四十二見，用於四等十一次，餘並用於三等。詳並見附表。從苦類諸字看來，苦類去類之分，亦不謂不宜。但苦類中謙字及去類中乞字，都須加以說明。

琰韻脥字謙琰切，依一般了解，琰為三等韻，這等於說是以四等的謙切三等的脥。《韻鏡》不列此字，《七音略》見於三十二轉上聲溪母四等，則與三十一轉三等預字為重紐（詳下文）。我於一九五二年作《韻鏡校注》，沒有討論到此字。其後在重紐方面，寫過幾篇文章，只是在學者論定的範圍內，求取進一步的認知。最後雖然擴大了重紐一詞的涵蓋層面。由於一般所說鹽韻僅有影母重紐，此外便是兩類喻紐字，所以始終沒有注意到此字。這次經過嚴格檢查，意外發現鹽、琰二韻影、喻二母以外的牙音重紐，以及麻禡二韻的溪母重紐[5]（寑韻溪母亦有重紐，見文末）。

先看鹽韻：箝字巨淹切，鍼字巨鹽切，上字相同，下字分屬三等四等，與脂韻逵字渠追切及葵字渠惟切情形不異。鍼字始見於《廣韻》，且在韻末，通常看法，必是

4 《集韻》併兼、趁兩紐為一，音吉念切。疑因趁字冷僻，不確知其音，遂從下字合為一音，未足深信。

5 此外，《廣韻》之韻抾字丘之切，字又見去其切，其下並云「又丘之切」，明是一字二音，丘之與去其為重紐。丘為企、跬、趬、蹺等字之上字，並切四等，又為二等豣及顤的上字；下字以三等齒音的之對三等牙音的其，亦正是《切韻》區分重紐之法。

認作「增加字」，音與箝同。但巨淹切已有鍼字，云「鍼虎，人名，又之林切」，韻末鍼下則僅云「巨鹽切，又音針」，不釋字義，分明是《廣韻》"蒙前文省義"的例[6]，則不得巨鹽與巨淹同音。不過巨淹切下云「又之林切」，巨鹽切也說「又音針」，似乎也有蒙侵韻職深切鍼字而省的可能。但職深切列鍼於針下，云「上同，《說文》曰所以縫也」，與巨淹切為人名義不同。《禮記・禮運》「故天子有田以處其子孫」節，鄭注「《春秋・昭元年》泰伯之弟鍼出奔晉」《釋文》云：「鍼，其廉反，又祇廉反。」是鍼字為人名相傳有二音，其廉的結構與巨淹相同，上下二字並三等；祇字韻圖列四等，則祇廉反即憑上字定為四等音，與自《切韻》以來寘韻賁字彼義切、臂字卑義切，髲字平義切、避字毗義切之例相同。可見鹽韻羣母實有重紐。

至於琰韻的脥字，此字不見於《切三》，《全王、王一、王二》見於韻末，音苦斂反，大抵即王仁昫所增。苦字作為上字，《廣韻》共八十六見，全屬一、二、四等，《全王》情況，據《切韻音系》所記，用於一等四十四次，二等十九次，四等十七次，共計八十次，亦絕不用於子類、丑類及寅類韻。《切韻音系》脥字未列入單音字表，只在"咸攝附注"中說：「琰韻最後一個小韻：脥，苦斂反，敦煌本、項跋本並同，廣韻謙琰切，切三無。」未作積極處理。今從反切上下字分析，苦字既無用於三等韻的例子，同韻別有預字音丘檢反，《廣韻》相同，上下字並屬三等，而《廣韻》脥字音謙琰切，上下字並屬四等，則預脥二字為重紐無可疑，有如線韻眷字居倦切、絹字吉掾切的例可以參考，《七音略》顯然是正確的。

麻韻槃字乞加切，論者以為與齣苦加切同音。《韻鏡、七音略》列齣字於二十九轉麻韻溪母二等，不見槃字。今以齣槃為二、三等重紐，憑上字區分等第，其例同陌韻擭字一虢切及韄字乙白切。《集韻》禡韻髂字枯駕切，與歌字企夜切正亦溪母重紐，可以互參；唯一的差別只是，髂與歌為二與四等的不同（企夜二字並屬四等）。

影母：白氏分烏、伊、一、安、烟、鷖、愛、挹、哀、握十字為烏類，一、二、四等；於、乙、衣、央、紆、憶、依、憂、謁、委十字為於類，三等。伊、一、挹、握四字入烏類，與陳氏系聯正切狀態不同。今按伊字三見：益字伊昔切，幼字伊謬切，揖字伊入切；一字亦三見：剜字一丸切，擭字一虢切，懕字一鹽切；挹字一見，即愔字挹淫切。此不僅伊、一、挹三字韻圖列在四等，其被切字亦不出一、二、四等

---

6 如尤韻龜下但云「又居危切」，遇韻驅下但云「區遇切又羌愚切」，箇韻唐佐切大下但云「又唐蓋切」，並不釋義，即分承脂韻、虞韻、泰韻而省之例。《集韻》鍼字巨鹽切，箝字其淹切，音與《廣韻》同，兩切上下緊相接，決無同音之理，其淹切亦收鍼字。

範圍。握字一見，用於江韻腴字音握江切，以入聲切平聲。當以白氏的分類為是。其餘諸字，烟、鷖、愛、哀的一見，安字的三見，乃至烏字的八十二見，都與上字的屬類相同，被切字屬一、二、四等。於類十字，韻圖並列三等，其被切字：憶、依、憂、謁一見，央、紆二見，並用於三等；委字一見，則用於二等。其餘衣字三見，一次用於二等；乙字八見，五次用於二等；於字一百零九見，四十一次用於一、二、四等；餘並用於三等。詳情並見附表。

曉母：白氏分呼、火、荒、虎、海、呵、馨、花（此字陳氏未錄）八字為呼類，許、虛、香、況、興、休、喜、朽、羲九字為許類，前者一、二、四等，後者三等。細按各字，呼類：海、呵、馨、花一見，荒、虎四見，火字十六見，呼字六十九見，除㺀字呼吠切例外，而不見於《廣韻》以前之書，被切字都在一、二、四等內。許類：朽、羲一見，興二見，並切三等。喜字二見，用於二等四等各一次；休字二見，用於三等四等各一次。況字七見，一次用於四等；香字九見，四次用於四等；虛字十六見，三次用於一等，一次用於二等；許字七十三見，二次用於一等，十二次用於二等，十三次用於四等；其餘並切三等。詳情並見附表。

見、溪、影、曉四母上字，經過仔細檢視之後，可以看出陳氏利用又切將正切原不系聯的狀態合為一體，使《切韻》系韻書一、二、四等上字絕不用於三等字的情況，幾乎完全無從察覺。白氏歸影母的伊、一、挹於烏類，是一大突破，却不能同樣將見母的規、吉，及溪母的詰、窺、傾（案白表無弃字，故此不及）分別歸入古類或苦類之中，實為一間未達。另一方面，由於“大三等韻”錯誤觀念的影響，以及陳氏以來，系聯上字的作法，不注意各上字出現時被切字的韻等所屬，以致三等韻上字用於一、二、四等的情況難於發現，産生三等字似乎僅用於三等的錯覺。偶然見到較多與一、二、四等的接觸，便設法予以化解。如高本漢鑒於《説文》於本與烏同字，將影母的於字分為哀都切與央居切兩音，用以解釋用於一、二、四等以及用於三等的於字，實際並不相同。我於一九八五年作〈從集韻反切看切韻系韻書反映的中古音〉，以《全王、廣韻》見、溪、疑、影、曉五母兩類上字（案疑母上字分類詳後）出現時的全部韻等情況，與《集韻》作比較。當時因為跳不出“大三等韻”的框架，《全王》的數據採自《切韻音系》，《廣韻》用的是《廣韻探賾》[7]。所見三等上字用於一、二、四等的，大抵集中在於、許、乙等少數字上，也主張於字分讀，並師其意分讀許字為呼古、虛呂二音；同時又從字形上，説用於二等韻的乙字不是甲乙的乙，而

7 林炯陽臺灣師範大學國文研究所博士論文，一九七八。

是《說文》㐆字的或體二等黠韻的乚字。後來覺悟到等與等韻並無歧義，如支、脂、魚、虞等「三等韻」，實際是二、三、四等合韻，始知這些數據的不盡可靠。經過重新檢覈，譬如見母的居字，其先僅知盍韻—砝字音居盍切，用於一等韻為例外；後來才知道還有支韻槻字居隨切、紙韻枳字居帋切、寘韻馶字居企切、旨韻癸字居誄切、至韻季字居悸切、諄韻均字居勻切、軫韻緊字居忍切、質韻吉字居質切、術韻橘字居聿切、仙韻甄字居延切、薛韻孑字居列切、靜韻頸字居郢切、勁韻勁字居正切、幽韻樛字居虯切、黝韻糾字居黝切，共計十五次用於四等韻，而不得為例外。《全王》與《廣韻》同有之字，其切語不異；又有忝韻嬐字音居點反，用於純四等韻。然則上述想法分明不可取，即使如乙字，五次並見於二等韻，不一見於一等或四等韻，因乚字究竟冷僻，又與乙字形近易混，說亦終不可信。但該文以《集韻》三等字恆用一、二、四等韻字為上字的數據，突顯其與《全王、廣韻》的絕不相同，由知學者所倡三等韻聲母軟化、顎化或 j 化之說的不實，其主旨固不受任何影響。只是不知《全王、廣韻》情形原與《集韻》不異，成為該文的盲點，特於此說明。因為本文已有《廣韻》確實數字，並有附表可驗，《全王》情形與《廣韻》相近，便不再列其具體數據了。

疑母在牙喉音中亦四等俱全，實亦分為兩類。陳氏的系聯：魚（語居）疑（語其）牛（語求）語（魚巨）宜（魚羈）擬（魚紀）危（魚為）玉（魚欲）五（疑古）俄（五何）吾（五乎）研（五堅）遇（牛具）虞愚（遇俱），十五字聲同一類。白氏則系聯五、俄、吾、研四字為五類，一、二、四等，其餘十一字別為魚類，第三等。今覈其實，俄字一見，研字二見，吾字四見，五字八十一見，除吾字一用於三等，為《廣韻》的改作[8]，被切字全在一、二、四等之內。別有刪韻頑字吳鰥切，吳與吾同音，當同一類，是五類確然具獨立條件。只因五字用了疑為上字，以致不能與餘十一字分別。但三等字用於一、二、四等，為《切韻》所時見；而《切三、全王、王二》五並音吾古反，分明又是《廣韻》的改作，《切韻》本不如此。然則白氏的分類無疑是正確的。至於魚類字：危、遇、愚一見，虞二見，宜四見，並切三等。玉字一見，顩音玉陷切，疑是五的誤字，《集韻》正作五陷切。牛字十見，僅一次用於一等，疑為午之誤。擬字一見，用於二等。語字十四見，魚字四十見，各一次用於四等，餘並切三等。詳見附表。

脣音不、芳、並、明四母，上字亦各分兩類與牙喉音不異。詳情參附表，於此僅擇要說明。

不母：陳氏系聯邊、布、補、伯、百、北、博、巴八字一類，方、卑、并、封、

---

8 《廣韻》㯹韻 㘖音吾斬切，《全王、王一》則音語斬反，《王二》魚斬反，《集韻》亦音語斬切。

分、府、甫、鄙、必、彼、兵、筆、陂、畀十四字別為一類。白氏同，前者謂之博類，一、二、四等，並補一晡字；後者謂之方類，三等。但方類卑、并、必、畀實四等字，被切字共計十四字亦同屬四等，應改隸博類中。芳母：陳氏系聯滂、普、匹、譬四字為一類，敷、孚、妃、撫、芳、披、峯、丕、拂九字別為一類。白氏同，前者普類，一、二、四等；後者芳類，三等。並母：陳氏系聯蒲、步、裴、薄、白、傍、部七字為一類，房、防、縛、平、皮、附、符、苻、扶、便、馮、毗、弼、浮、父、婢十六字別為一類。白氏同，前者蒲類，一、二、四等，並補一捕字；後者符類，三等。但後者便、毗、婢三字實屬四等，被切字共計八字[9]亦同屬四等，應改隸蒲類。明母：陳氏系聯文、美、望、無、巫、明、彌、亡、眉、綿、武、靡、莫、慕、模、謨、摸、母十八字為一類。白氏則莫至母六字為莫類，一、二、四等；其餘十二字別為武類，三等。後者彌、綿二字實屬四等，被切字共十二字亦並屬四等，應改二字入莫類。

大約而言，凡屬博、普、蒲、莫的上字，被切字不出一、二、四等；屬方、芳、符、武的，則時見超越於三等之外，情形並與牙喉音五母相同。但有兩點值得注意：

其一，凡陳氏正切不系聯，其後白氏歸入一、二、四等一類的上字，其中屬於芳母普類的匹、譬二字，自始陳氏即與普、滂為一類。照一般說法屬於「三等韻」，韻圖則正見於四等，這等於證明了過去學者所認知的「三等韻」，以及「假二、四等韻」觀念的錯誤。而後來白氏將影母的伊、一、挹歸於烏類，以及本文所主張的，將見母的規、吉，溪母的傾、窺、詰、弃，不母的卑，并、必、畀，並母的便、毗、婢，明母的彌、綿，分別歸入古、苦、博、蒲、莫五類之中，正確的捕捉到《切韻》反切深隱的意義。上文說：「也有由於同一背景形成的上字本不同類的現象，却又不是陳氏所能覺察得出來的。」又說前一文遺漏了一節文字，都指的是陳氏不能把這些字與真正的三等字分開。其他學者，除白氏注意到伊、一、挹三字，所知似乎都沒有討論到這一問題。

其二，匹字雖應如陳氏所分，與滂、普、譬為類，其三十二次作為上字中，也有六次用於三等韻：即殑字匹靡切，豘字匹鄙切，濞字匹備切，湓字匹問切，颰字匹尤切，芝字匹凡切。這現象是牙喉音五母古、苦、五、烏、呼各類上字所不見的。《廣韻》詭字過委切，䞄字吾靳切，是兩個相同的例，但都非《切韻》的原面目；廢韻猭

9 《廣韻》養韻，「驪，姓也、毗養切，一。」案字當以剽為聲，則其韻不合。《廣韻》以前韻書無此字，《集韻》亦不收，故此不計。

字呼吠切[10]，真韻砏字普巾切，小韻麃字滂表切，也都不見於《廣韻》以前諸書。匹字六例，則為《廣韻》以前韻書所同然。且無獨有偶，明母的莫字也三次用於三等韻；瞢字莫中切，寢字莫鳳切，以及目字莫六切，也都是《廣韻》以前各書所同的。

綜合上來所述，《廣韻》脣牙喉音九個四等俱全的字母，上字一、二、四等為類的，總計八百五十一字次，僅過吾普滂四字各一次，及匹字莫字六次或三次作為三等韻上字；依《切韻》說，前四者的出軌行為，還不應計入。以此言之，《切韻》系韻書所呈現的這一現象，陳氏系聯的結果，或其始即與屬於三等的上字為一類，或利用又切使之成為一類的，顯然都不可取。但我們不禁要問，這樣的分類，究竟代表什麼意義？照字母家的說法，它們只是同一個音。現代學者的解釋則是，三等為軟化、顎化或 j 化聲母，與一、二、四等為純聲母不同。我曾經還從這一上字分類的角度，認為可以肯定三等介音為 j 的擬構，稱讚說是反切系聯法在中古音上所彰顯出的學術價值。不過我只認 j 是個不同於 e 與 i 的介音，並不曾使其聲母產生任何程度的音質變化。因為類別如果真的是由於一者聲母音質上產生變化而造成，則代表已經產生音變的上字，便不得用於純聲母；反之，代表純聲母的字，亦不得施用於已經產生音變的聲母之上。於是，如居字的十六次、去字的十一次、於字的四十一次、許字的二十七次用於一、二、四等，固不當有；即使如過吾普滂的各一次，以及匹字的六次、莫字的三次用於三等，也都不應發生。學者所作的解釋，無疑為不合理的。

後來我終於發覺到，反切上字的分類，與重紐息息相關，而基本上還是一個反切結構的問題。反切的結構，固然多的是如陳澧所闡釋的「常式」，上下二字互不相涉；上字要求與被切字同韻等甚至同韻母的，也所在多有，特別是在兩組對立反切出現時更加如此；有時甚至即憑上字區分兩者韻等的不同，下字同等與否反而並不重要。舉例來說，如東韻蒙字莫紅切、瞢字莫中切，送韻幪字莫弄切、夢字莫鳳切，屋韻木字莫卜切、目字莫六切，這些都是合於陳氏所說的反切結構，上字不計其是否與被切字韻等相同。但東韻公字古紅切、弓字居戎切，送韻控字苦貢切、焪字去仲切，屋韻穀字古祿切、菊字居六切，上字都分別與被切字韻等一致；庚韻庚字古行切、驚字舉卿切，梗韻梗字古杏切、警字居影切，映韻更字古孟切、敬字居慶切，陌韻格字古伯切、戟字几劇切，上字也都分別與被切字同類，恐不得說為無意義的巧合。至於如寘韻賁字彼義切、臂字卑義切，又髲字平義切、避字毗義切，屋韻囿字于六切、育字余六切，陌韻嚄字乙白切、擭字一虢切，昔韻碧字彼役切、辟字必益切，以及《切

10 此字誤收在祭韻末。

韻》攻、恭二字同在冬韻，攻字古冬反、恭字駒冬反，相對兩切下字相同或同等，全賴上字的不同類以區分被切字的等第，更無法不承認上字具有表韻等的功能。尤有進者，整個喻三喻四及照二照三兩系上字的不相系聯，亦無非欲藉介音的不同為手段，以達到區分被切字韻等的目的。這些都是同一韻中同字母同開合情況下對立的「重紐」，或為一等三等之分，或為二等三等或四等三等之別，而同是以三等為其區別的的對象，所以形成上字一、二、四等與三等的兩分。因其背景只是為區別重紐，自然没有所謂軟化、顎化或 j 化聲母與純聲母不同的問題。而除去喻三喻四及照二照三必須嚴格分別外，其餘重紐的區分，對上字而言，都不是必要的。只不過反切結構本有幾種模式，製造反切的人在處理重紐的時候，鍾愛了某一種結構，於是形成了上字的類別；但並不是不可以改用别的方式，所以又會出現三等字時有用於一、二、四等的情況。《廣韻》詭的上字過，逛的上字吾，砏的上字普，和麃的上字滂，以及《切韻》以來六個用於三等的匹字，和三個用於三等的莫字，也都是在這種心態下所產生的。為顧及四個等韻必要的洪細音遞差，並非不可以將三、四等介音 j 與 i 互易。我因著眼於三等匣母變喻的事實，以為這是由於ɣ與 j 相接，摩擦係數增強的結果，所以主張仍然維持三等介音為 j 的擬音不變[11]。

至此，個人以為前一文中所提，反切系聯法只在音韻學史上具有地位的說法，可以獲得進一步的肯定。探求中古音的究竟，《切韻》雖是第一手資料，無如其目的只是為供詩作叶韻之所需，並不在於表現其時的語音系統；所附反切，又因結構模式非止一端，遽難為用。《切韻》系統語音如何，只需資取於早期韻圖，知其列字之法，四等之内横豎每一字位讀音都不相同；同時記取，韻書同一韻中同開合同字母的不同反切，上字的對立，可以於韻母為互補，不必即為聲母讀音的不同，便不致曲解韻圖，於是聲韻母系統確然可曉。韻圖與反切之間並無任何矛盾存在。韻書反切只是可以用來校正韻圖列字，有無因傳鈔產生的錯誤。略舉數例説明，都是我當年作《校注》時校之而誤，或竟是根本視而不見的。

一、《韻鏡》第一轉東韻匣母三等列雄字，《七音略》同。《廣韻》雄字羽弓切，《切三、全王、王一》並作羽隆反，音同；《集韻》則音胡弓切。《校注》以為韻圖同《集韻》，據《廣韻》等書，字當入喻母三等。今以為中古匣母但有一、二、四等，凡三等變為喻母，雄字果為喻母，《集韻》不應為胡弓切。《禮記・月令・鄭

11 詳拙文〈支脂諸韻重紐餘論〉。

注》「熊蹯之屬」《釋文》：「熊，乎弓反。」熊雄同音，與《集韻》相合。乎（胡）弓的反切結構，例同礩字下珍切，韻圖礩見於四等，當以雄字下移至四等處。《切韻》以羽為上字，應是羽字未變喻三以前的早期切語之遺。今方音熊雄二字類讀擦音，是其未變讀喻母之證。

二、《韻鏡》第六轉脂韻羣母三等列耆字，《七音略》同。《廣韻》耆音渠脂切，《切二、切三、全王、王二》同，無相對重紐，屬三等或四等，俱有可能。《釋文》此音作巨之反、巨支反、巨夷反、渠夷反、巨移反及巨伊反，不一而足，依夷、移、伊的下字，則是四等結構。《集韻》亦音渠伊切，其同音之祁，既為踶的下字音徒祁切（案此音與墀字陳尼切有三等四等之别），又為宵笑二韻四等翹字及幼韻𧿒字的上字，順次為祁堯、祁要及祁幼切。據《集韻》反切使用上字例[12]，分明祁為四等字。當改置耆字於四等。

三、《韻鏡》第七轉旨韻曉母三等列㰎字，《七音略》無。《廣韻》字音火癸切，無論上字或下字，都屬四等結構。《集韻》音虎癸切，並與四等癸、揆兩小韻類次，更證明此字當下移四等，《七音略》誤脱。《全王、王一》音許癸反，許字可用於四等，下字亦用癸字。此字又見至韻，《全王、王一、王二》許鼻反，《廣韻》香季切，《集韻》香萃切，下字亦並屬四等。《校注》未校。

四、《韻鏡》第十七轉震韻曉母四等列衅字。《七音略》則字見三等。《廣韻》字音許覲切，《全王、王一、王二》同，《集韻》許慎切，《說文》小徐本音許僅反，據下字，無列四等之理，當從《七音略》改。《校注》未校。

五、《韻鏡》第三十四轉入聲影母二等列擭字，三等列韄字。《七音略》三等無字，二等作韄。《校注》從《七音略》，以韄與擭同音。今案《廣韻》陌韻韄字乙白切，擭字一虢切，同紐亦收韄字。《切三、全王、王二、唐韻》兩切同，唯韄字不重出。明自《切韻》以來陌韻合口影母有重紐，（案庚韻合口曉母有重紐，梗敬二韻開口影母及陌韻開口亦並有重紐。）韄字有二讀，故《廣韻》兩收。一字用為上字，《廣韻》並此共三見，剜字一丸切，懕字一鹽切，分切一等四等；《全王》別有吟字一弟反，亦切四等，然則一虢之音當屬二等。《廣韻》麥韻胡麥切韄下云「又烏虢切」，烏虢即一虢之音，更分明為二等結構。甲乙之乙與一字同見質韻，韻圖分見三、四等，乙白、一虢當即憑上字以分，例同寘韻賁臂二字之彼義切及卑義切、昔韻

12《集韻》上字屬四等重紐者，與純四等韻為類，絶不用於三等重紐及普通三等韻。詳拙文〈從集韻反切看切韻系韻書反映的中古音〉。

碧辟二字之彼役切及必益切等，《七音略》誤。《集韻》擭音握虢切，以二等握為上字，是一虢為二等音之證；韄字但見於握虢切，則據《廣韻》一虢切已收韄字，而誤刪乙白切的又音。

六、《韻鏡》第三十八轉寑韻溪母三、四等分列坅或顩字，《七音略》坅字同，四等無字。《廣韻》坅字丘甚切，顩字欽錦切。案欽字一為上字，為顩的平聲，此與馮貢切鳳、封曲切轐、曲恭切銎、詭偽切賜等同例；丘字則如丘弭切企、丘弭切跬、丘召切趬等，並是四等音。以下字言，亦與"重紐反切一者自為類，一者用舌齒音字相對表示異音"[13]之例相合。當以二字位置互易。《校注》誤從《七音略》，視顩坅為同音。又案頠顩疊韻連語，頠音士痒切，《全王、王一》二字音與《廣韻》適相反，疑誤[14]。

二〇〇〇年三月宇純於絲竹軒

（本文係應北京大學為紀念王力先生百年冥誕之邀而作。）

---

13 詳〈支脂諸韻重紐餘論〉。
14 僉聲之字多讀牙喉音，不見讀牀母，今聲如岑字正讀牀二。

附錄：本文所用《廣韻》各字母反切一覽表

一、見母

古 135　公古紅貢古送穀古祿攻古冬梏古沃孤古胡顧古暮蓋古太儈古外憒古對該古哀改古亥溉古代昆古渾鯀古本睔古困骨古忽根古痕頣古很艮古恨干古寒笴古旱旰古案葛古達官古丸管古滿貫古玩括古活高古勞暠古老誥古到歌古俄哿古我箇古賀戈古禾果古火過古卧岡古郎光古黄廣古晃鋼古浪桄古曠各古落郭古博搄古恆肱古弘厷古鄧祴古得國古或鉤古侯苟古厚遘古候弇古南感古禫紺古暗閤古沓甘古三敢古覽餡古蹔頷古盍（一等）江古雙講古項絳古巷覺古岳佳古膎媧古蛙懈古隘卦古賣皆古諧乖古懷誡古拜怪古壞犗古喝夬古邁姦古顏關古還諫古晏慣古患戛古黠劀古滑間古閑鰥古頑簡古限襇古莧鰥古幻䴔古鎋刮古頒交古肴絞古巧教古孝嘉古牙瓜古華檟古疋寡古瓦駕古訝坬古罵庚古行觵古橫梗古杏礦古猛更古孟格古伯虢古伯耕古莖耿古幸隔古核蟈古獲緘古咸鹼古斬夾古洽監古銜甲古狎（二等）雞古奚圭古攜計古詣桂古惠堅古賢涓古玄繭古典見古電睊古縣結古屑玦古穴驍古堯皎古了叫古弔經古靈扃古螢剄古挺熲古迥徑古定激古歷郥古闃兼古甜頰古協（四等）

公 3　古公戶傀公回（一等）觤公陷（二等）

過 1　詭過委（三等）

各 1　魧各朗（一等）

格 1　鑑格懺（二等）

兼 1　嬐兼玷（四等）

姑 1　く姑泫（四等）

佳 1　解佳買（二等）

規 1　瞡規恚（四等）

吉 1　絹吉掾（四等）——以上古類，此下居類。

居 80　弓居戎菊居六拱居悚供居用輂居玉羈居宜媯居為掎居綺詭居委寄居義飢居夷龜居追几居履軌居洧姬居之紀居理記居吏機居依蟣居狶鬼居偉既居豙貴居胃舉居許據居御猘居例罽居衛巾居銀暨居乙麐居筠攗居運謹居隱靳居焮訖居乞攑居言湕居偃建居万韏居願訐居謁厥居月勬居員卷居轉眷居倦矯居夭迦居伽薑居良繈居兩獷居往彊居亮誑居況腳居勺玃居縛警居影敬居慶兢居陵鳩居求救居祐金居吟錦居飲禁居蔭急居立檢居奄紟居甑劍居欠劫居怯（三等）槻居隨枳居帋馶居企癸居誄季居悸緊居忍吉居質均居匀橘居聿甄居延孑居列頸居郢勁居正樛居虯糾居黝（四等）砝居盍（一等）

擧 7　歸擧韋拘擧朱君擧云斤擧欣驕擧喬驚擧卿九擧有（三等）

九 6　恭九容居九魚屨九遇昀九峻亥九勿蹇九輦（三等）

俱 4　媿俱位矩俱雨䍡俱往憬俱永（三等）

紀 3　蹶紀劣殛紀力趁紀念（三等，趁字說詳前）

几2　冀几利戟几劇（三等）

二、溪母

苦86　空苦紅控苦貢酷苦沃枯苦胡絝苦故磕苦蓋檜苦會恢苦回塊苦對開苦哀愷苦亥慨苦愛坤苦昆閫苦本困苦悶窟苦骨看苦寒侃苦旰渴苦曷寬苦官款苦管闊苦栝尻苦刀考苦浩鎬苦到珂苦何科苦禾顆苦果課苦臥康苦岡骯苦光慷苦朗抗苦浪曠苦謗恪苦各廓苦郭肯苦等刻苦得口苦后寇苦候坎苦感勘苦紺坩苦甘闞苦濫榼苦盍（一等）腔苦江散苦角咼苦緺芐苦蟹嫛苦賣匯苦淮楷苦駭炫苦戒蒯苦怪快苦夬慳苦閑巧苦絞敲苦教齣苦加誇苦瓜跒苦下髁苦瓦跨苦化畀苦礦客苦格鴿苦咸宗苦減恰苦洽（二等）谿苦奚睽苦圭契苦計牽苦堅犬苦泫俔苦甸揳苦結闋苦穴鄡苦幺磽苦皎竅苦弔罄苦定燩苦擊闃苦鶪謙苦兼嗛苦簟傔苦念愜苦協（四等）

口13　頯口猥鏉口喚勓口滑坷口箇龕口含溘口荅（一等）楷口皆敲口交鏗口莖廞口敢歉口陷嵌口銜（二等）褧口迥（四等）

康4　孔康董苦康杜墾康很（一等）啟康禮（四等）

枯3　可枯我（一等）髛枯鎋髂枯駕（二等）

空2　哭空谷侃空旱（一等）

恪2　訠恪八彄恪侯（二等）

楷1　髻楷革（二等）

客1　阬客庚（二等）

牽1　竪牽繭（四等）

謙1　肷謙琰（四等）

可1　豻可顏（二等）

傾1　缺傾雪（四等）

窺1　觖窺瑞（四等）

弃1　螼弃忍（四等）

詰1　棄詰利（四等）——以上苦類，此下去類。

去42　穹去弓焪去仲攲去奇虧去為跪去委器去冀欺去其亟去吏氣去既虛去魚憩去例故去刃囷去倫乞去訖言去偃稀去阮券去願闕去月愆去乾骫去靴羌去羊匡去王却去約卿去京丘去鳩糗去有欽去金泣去急瘞去涉欠去劍怯去劫（三等）闚去隨企去智詰去吉遣去演譴去戰蹻去遙輕去盈傾去營頃去潁謦去挺咻去秋（四等）

丘37　恐丘隴曲丘玉巋丘追巋丘軌喟丘愧蘬丘韋檕丘畏㰦丘倨綣丘吠麇丘尹䞭丘粉赾丘謹攑丘言弮丘圓朅丘竭佉丘伽唴丘亮戄丘縛懬丘晃蛐丘擭慶丘敬軀丘力鮔丘救鉆丘廉顩丘檢钦丘嚴钦丘广欿丘釅凵丘犯（三等）企丘弭跬丘弭祛丘之趬丘召蹺丘謬坅丘甚（四等）馯丘姦頵丘檻（二等）

區4　恐區用驅區遇屈區勿紀區倦（三等）

墟 3　綺墟彼起墟里（三等）輕墟正（四等）

起 3　猲起法（三等）趫起嚚（四等）齦起限（二等）

驅 2　麴驅匊齲驅雨（三等）

羌 2　去羌舉（三等）螼羌印（四等）

綺 2　隙綺戟硱綺兢（三等）

欽 1　顑欽錦（三等）

祛 1　豈祛狶（三等）

豈 1　區豈具（三等）

曲 1　鋻曲恭（三等）

乞 1　傑乞加（三等）

卿 1　槍卿義（三等）

三、疑母

五 81　峗五東擢五沃吳五乎誤五故艾五蓋外五會鮠五灰頠五罪磑五對皚五來礙五溉顐五困兀五忽垠五根鎧五恨岸五旰䜩五割岏五丸玩五換枂五活敖五勞磝五老傲五到莪五何我五可餓五箇訛五禾妮五果卬五剛馹五朗枊五浪咢五各瓁五郭齵五婁藕五口偶五遘譺五含頷五感儑五紺㬎五合儑五盍（一等）峗五江獄五角崖五佳睚五懈騃五駭聧五介聵五怪顏五姦㾍五還齗五板鴈五晏䵷五患齇五滑訮五閑眼五限齾五鎋刖五括聱五交鮫五巧樂五教牙五加砑五瓜雅五下瓦五寡瓦五化額五陌娙五莖鞕五諍藹五革喦五咸䀴五夾巖五銜（二等）倪五稽詣五計妍五堅齧五結堯五聊䀴五弔鷁五歷（四等）

吾 4　卧吾貨（一等）迓吾駕（二等）硯吾甸（四等）踅吾靳（三等）

研 2　俔研啟齞研峴（四等）

俄 1　豻俄寒（一等）

吳 1　頑吳鰥（二等）——以上五類，此下魚類。

魚 40　砡魚菊顒魚容玉魚欲宜魚羈危魚為嵦魚倚硊魚毀劓魚器擬魚紀魕魚記沂魚衣顗魚豈毅魚既魏魚貴語魚巨刈魚肺慭魚覲耴魚乙䶑魚吻崛魚勿疙魚迄願魚怨月魚厥齴魚蹇彥魚變孽魚列仰魚兩軻魚向虐魚約迎魚敬凝魚陵嶷魚力吟魚金岌魚及顩魚檢驗魚窆儼魚掩釅魚欠業魚怯（三等）藝魚祭（四等）

語 14　疑語其巍語韋魚語居銀語巾虤語斤言語軒言語偃甗語堰钀語訐迎語京牛語求鹻語廉嚴語醶（三等）聱語虯（四等）

牛 10　狋牛肌御牛倨遇牛具劓牛例听牛謹凝牛餧鼿牛救傑牛錦（三等）齗牛召（四等）僤牛昆（一等）

宜 4　議宜寄釿宜引逆宜戟吟宜禁（三等）

虞 2　麌虞矩阮虞遠（三等）

疑 1　五疑古（一等）

擬 1　雱擬皆（二等）

愚 1　元愚袁（三等）

遇 1　虞遇俱（三等）

危 1　偽危睡（三等）

玉 1　顩玉陷（二等）

四、影母

烏 82　翁烏紅蓊烏孔瓮烏貢屋烏谷沃烏酷汙烏路懀烏外隈烏恢猥烏賄隗烏繢哀烏開愛烏代㿊烏渾穩烏本搵烏困頞烏没恩烏痕饐烏根安烏寒按烏旰遏烏葛椀烏管惋烏貫斡烏括襖烏晧奥烏到阿烏何閜烏可倭烏禾婐烏果涴烏卧鴦烏郎汪烏光坱烏朗汪烏晃盎烏浪汪烏浪惡烏各臒烏郭謳烏侯歐烏后漚烏候諳烏含晻烏感暗烏紺姶烏合唈烏荅埯烏敢（一等）懀烏項蛙烏媧矮烏蟹隘烏懈噫烏界黯烏快彎烏關綰烏板晏烏澗綰烏患軋烏黠婠烏八顆烏閑窊烏瓜啞烏下攨烏吳譍烏猛宖烏横啞烏格甖烏莖泓烏宏跧烏洽鴨烏甲（二等）鷖烏奚烓烏攜吟烏弟烟烏前淵烏玄餶烏縣噎烏結杳烏皎窔烏叫濙烏迥鎣烏定（四等）

伊 3　益伊昔幼伊謬揖伊入（四等）

一 3　剜一丸（一等）擭一虢（二等）𡂝一鹽（四等）

安 3　隖安古侉安賀鰪安盍（一等）

烟 1　巊烟涬（四等）

鷖 1　褸鷖迸（二等）

愛 1　餩愛黑（一等）

挹 1　愔挹淫（四等）

哀 1　烏哀都（一等）

握 1　胦握江（二等）——以上烏類，此下於類。

於 109　郁於六邕於容擁於隴雍於用漪於離逶於為倚於綺委於詭倚於義餧於偽㰦於几醫於其譩於擬意於記依於希威於非扆於豈磈於鬼衣於既尉於胃扵於許傴於武穢於廢䐿於巾乙於筆贇於倫熅於云惲於粉醞於問殷於斤隱於謹傿於靳鴛於袁偃於幰婉於阮堰於建怨於願謁於歇噦於月焉於乾嫚於權㫃於蹇軀於扇焆於列妖於喬肥於靴央於良鞅於兩怏於亮約於略霙於驚影於丙映於敬膺於陵應於證憶於力憂於求颵於柳音於金歓於錦蔭於禁邑於汲悘於驗𢾉於輒醃於嚴埯於广俺於劍腌於業（三等）縊於賜恚於避伊於脂翳於計緆於闠因於真印於刃一於悉蝘於殄宴於甸抉於決娟於緣幺於堯要於宵夭於兆闄於小要於笑嬰於盈縈於營廮於郢幽於虯黝於糾黶於琰厭於豔魘於葉㱓於念（四等）渥於角娃於佳挨於駭喝於犗䫜於交拗於絞靿於教鴉於加瀴於孟戹於革黯於陷黤於檻（二等）藹於蓋欸於改爊於刀（一等）

乙 8　懿乙冀噦乙劣韄乙白（三等）揜乙諧崴乙乖鶕乙鍩猎乙咸黯乙減（二等）

衣 3　嫗衣遇奄衣檢（三等）亞衣嫁（二等）

央 2　於央居淹央炎（三等）

紆 2　鬱紆勿枉紆往（三等）

憶1　紆憶俱（三等）

依1　飫依倨（三等）

憂1　嬳憂縛（三等）

謁1　蔫謁言（三等）

委1　孉委鰥（二等）

五、曉母

呼69　烘呼東嗊呼孔烘呼貢嗀呼木虎呼古歑呼攴譀呼會灰呼恢賄呼罪咍呼來海呼改昬呼昆惛呼悶忽呼骨罕呼旱漢呼旰歡呼官豁呼括蒿呼毛好呼晧秏呼到呵呼箇火呼果貨呼臥炕呼郎荒呼光汻呼朗慌呼晃荒呼浪薨呼肱黑呼北帤呼或齁呼侯吼呼后蔻呼漏顑呼奄顑呼紺欱呼合蚶呼談喊呼覽賧呼濫款呼盍（一等）譁呼卦咼呼懷倄呼八孝呼教華呼瓜嚇呼訝化呼霸赫呼格轟呼宏轟呼迸剨呼麥喊呼豏䑧呼洽呷呼甲（二等）孈呼恚醯呼雞睳呼攜欪呼計嘒呼惠祆呼煙顯呼典韅呼甸血呼決馨呼刑殺呼狊諜呼牒（四等）豨呼吠（三等）

火16　熇火酷喚火貫峆火含（一等）喒火佳竵火媧謑火懈舙火怪譮火犗咶火夬闞火斬（二等）瞲火癸恤火季鋗火玄歊火弔眴火營詗火迥（四等）

荒4　呼荒烏謼荒故誨荒內（一等）獥荒檻（二等）

虎4　訶虎何（一等）諻虎橫謋虎伯（二等）奞虎結（四等）

海1　儗海愛（一等）

呵1　臛呵各（一等）

馨1　鐃馨皛（四等）

花1　扮花夥（一等）——以上呼類，此下許類。

許73　蓄許竹胷許容洶許拱旭許玉曦許羈麾許為毀許委豷許位僖許其憙許記揮許歸虺許偉欷許既諱許貴噓許御喙許穢蚼許觀薰許云訓許運颮許勿欣許斤迄許訖獻許建歇許謁颰許月妟許列旻許劣囂許嬌香許良響許兩怳許昉向許亮況許訪矆許縛兄許榮克許永虩許郤興許應艴許極休許尤朽許久齅許救歆許金廞許錦吸許及脅許欠（三等）隓許規倠許維故許吉䖑許聿絢許縣嗎許延翾許緣膮許幺欽許令瞑許役赦許激馦許兼（四等）肛許江吒許角譮許介羊羊許閒瞎許鎋唬許交韡許肥煆許加嗬許下脝許庚誶許更歁許咸儆許鑑（二等）頇許干顒許葛（一等）

虛16　𩠋虛器喜虛里豨虛豈許虛呂軒虛言憓虛偃楥虛願謔虛約興虛陵險虛檢驗虛嚴脅虛業（三等）儰虛犓（二等）緫虛本歌虛我霍虛郭（一等）

香9　趫香仲戲香義希香衣昫香句焮香靳（三等）訑香支瞲香季蠉香兗䬍香幽（四等）

況7　毀況偽訏況于詡況羽暄況袁暅況晚洫況逼（三等）獝況必（四等）

興2　䄎興倚脪興腎（三等）

休2　螅休謹（三等）敻休正（四等）

喜2　咦喜夷（四等）俙喜皆（二等）

朽1　虛朽居（三等）

羲1　肸羲乙（三等）

六、不母

博23　卜博木襮博沃逋博孤補博古布博故貝博蓋奔博昆粄博管半博幔褒博毛寶博抱報博秏波博禾幫博旁北博墨（一等）邦博江拜博怪八博拔飽博巧把博下伯博陌檗博戹（二等）閉博計（四等）

北11　䤬北潘撥北末榜北朗崩北滕（一等）剝北角擺北買豹北教榜北孟繃北萌迸北諍（二等）壁北激（四等）

布9　桮布回本布忖跛布火（一等）班布還版布綰包布交浜布梗浜布耕（二等）邊布玄（四等）

補7　背補妹播補過螃補曠博補各（一等）敗補邁（二等）𥳑補米鞞補鼎（四等）

邊2　琫邊孔（一等）蹕邊兮（四等）

伯1　巴伯加（二等）

百1　捌百鎋（二等）

巴1　絜巴講（二等）

晡1　扮晡幻（二等）

必7　霸必駕（二等）痹必至蔽必袂賓必鄰儐必刃餅必郢辟必益（四等）

卑4　臂卑義匕卑履必卑吉鞭卑連（四等）

并2　俾并弭鷩并列（四等）

畀1　摒畀政（四等）——以上博類，此下方類。

方32　風方戎諷方鳳福方六乏方勇葑方用鄙方美沸方味甫方矩付方遇廢方肺粉方吻糞方問販方願髮方伐拚方免䇷方別裱方廟萠方鄧缶方久富方副貶方斂窆方驗法方乏（三等）編方典偏方見彃方結褊方緬標方小（四等）庛方卦㟂方賣煸方閑（二等）捊方垢（一等）

府11　封府容悲府眉匪府尾彬府巾分府文反府遠方府良砭府廉腝府犯（三等）卑府移并府盈（四等）

彼6　陂彼為賁彼義變彼眷碧彼役逼彼側鴡彼及（三等）

兵2　祕兵媚丙兵永（三等）

陂2　表陂矯柄陂病（三等）

分2　弗分勿昉分兩（三等）

筆2　冫筆陵稟筆錦（三等）

鄙1　筆鄙密（三等）

封1　轐封曲（三等）

七、芳母

普37 扑普木穙普胡怖普故霈普蓋娝普才䃰普乃濆普魂栩普本噴普悶誖普没潘普官坢普伴判普半鏺普活橐普袍叵普火破普過滂普郎漰普朋倗普等剖普后（一等）湃普拜攀普班昄普板襻普患汃普八葩普加杷普駕拍普伯怦普耕弸普幸摾普麥（二等）片普麵撆普蔑竮普丁霹普擊（四等）砏普巾（三等）

匹32 啡匹愷髈匹朗頩匹各覆匹北仆匹候（一等）胮匹江胖匹絳璞匹角派匹卦盼匹莧胞匹交奅匹皃（二等）皺匹支諀匹婢譬匹賜紕匹夷屁匹寐礔匹迷頩匹米媲匹詣潎匹蔽繽匹賓䮁匹戰驃匹妙聘匹正頩匹迥（四等）破匹靡豇匹鄙濞匹備溢匹問飄匹尤芝匹凡（三等）

滂4 普滂古配滂佩頗滂禾（一等）麃滂表（三等）

譬1 匹譬吉（四等）——以上普類，此下芳類。

芳15 蝮芳福霏芳非費芳味敷芳無撫芳武赴芳遇肺芳廢嬎芳万塩芳逼恒芳否秠芳婦（三等）篇芳連瞥芳滅僻芳辟（四等）胚芳杯（一等）

敷12 豐敷隆峯敷容捧敷奉鈹敷羈丕敷悲斐敷尾忿敷粉拂敷勿芳敷方訪敷亮副敷救（三等）縹敷沼（四等）

撫4 䏌撫鳳芬撫文（三等）票撫沼（四等）磅撫庚（二等）

孚4 飜孚袁霈孚縛汎孚梵怯孚法（三等）

披3 帔披義鴘披免砯披冰（三等）

丕1 品丕飲（三等）

妃1 髣妃兩（三等）

峯1 釩峯犯（三等）

拂1 怫拂伐（三等）

八、並母

蒲29 菶蒲蠓暴蒲木僕蒲沃旆蒲蓋琲蒲輩佩蒲昧盆蒲奔獖蒲本坌蒲悶勃蒲没槃蒲官跋蒲撥菔蒲北部蒲口踣蒲候（一等）雹蒲角憊蒲拜拔蒲八瓣蒲莧爬蒲加鮩蒲猛膨蒲孟倂蒲幸倂蒲进辮蒲革埿蒲鑑（二等）薜蒲計蹩蒲結並蒲迥（四等）

薄22 蓬薄紅酺薄胡捕薄故斐薄回倍薄亥叛薄半袍薄褒抱薄浩暴薄報婆薄波傍薄浪裒薄侯（一等）龐薄江牌薄佳罷薄蟹敗薄邁庖薄交鮑薄巧彭薄庚輣薄萌（二等）辮薄泫瓶薄經（四等）

傍5 泊傍各（一等）粺傍卦跁傍下白傍陌（二等）陛傍禮（四等）

步5 伴步卵傍步光朋步崩（一等）棒步項排步皆（二等）

部2 鼙部迷蹁部田（四等）

白2 眣白駕𨑨白衙（二等）

裴1 簿裴古（一等）

捕1 爸捕可（一等）

毗6 避毗義鼻毗至獘毗祭牝毗忍邲毗必驃毗召（四等）

婢1　便婢面（四等）

便1　婢便俾（四等）——以上蒲類，此下符類。

符24　逢符容皮符羈邳符悲否符鄙肥符非附符遇吠符廢貧符巾汾符分佛符弗飯符万辯符蹇房符方防符況縛符钁平符兵愎符逼凡符芝（三等）陴符支頻符真楩符善瓢符霄摽符少（四等）縛符卧（一等）

扶13　奉扶隴俸扶用颵扶沸父扶雨分扶問飯扶晚凭扶冰復扶富梵扶泛（三等）牝扶履甓扶歷（四等）阪扶板（二等）棓扶來（一等）

房11　馮房戎伏房六幞房玉弼房密憤房吻伐房越婦房九乏房法（三等）毗房脂便房連擗房益（四等）

皮7　被皮彼卞皮變別皮列病皮命凭皮證髲皮及（三等）滮皮彪（四等）

防4　扶防無范防錽（三等）偋防正（四等）龅防教（二等）

平3　髲平義備平祕藨平表（三等）

附1　煩附袁（三等）

縛1　浮縛謀（三等）

浮1　膹浮鬼（三等）

馮1　鳳馮貢（三等）

弼1　檷弼戟（三等）

父1　倗父鄧（一等）

九、明母

莫65　蒙莫紅蠓莫孔幏莫弄木莫卜霿莫綜瑁莫沃鶥莫潼模莫胡姥莫補暮莫故眛莫貝枚莫杯妹莫佩穲莫亥穲莫代門莫奔悶莫困没莫勃滿莫卵縵莫半末莫撥毛莫袍帽莫報摩莫婆茫莫郎漭莫浪墨莫北謀莫浮母莫厚茂莫候（一等）庬莫江邈莫角瞑莫佳買莫蟹賣莫懈埋莫皆眑莫拜邁莫話蠻莫還傛莫八礣莫鎋茅莫交卯莫飽皃莫教麻莫霞馬莫下禡莫駕猛莫杏孟莫更陌莫白甍莫耕麥莫獲（二等）迷莫兮米莫禮謎莫計眠莫賢麵莫甸蔑莫結冥莫經茗莫迥覭莫定覓莫狄（四等）瞢莫中寢莫鳳目莫六（三等）

彌11　寐彌二袂彌獘民彌鄰蜜彌畢擝彌殄緬彌兗面彌箭蜱彌遙妙彌笑乜彌也詺彌正（四等）

模2　滵模本莽模朗（一等）

謨2　婼謨敢（一等）慢謨晏（二等）

摸1　磨摸卧（一等）

慕1　莫慕各（一等）

母1　瞞母官（一等）

綿1　湎綿婢（四等）——以上莫類，此下武類。

武24　眉武悲無武夫珉武巾吻武粉樠武元苗武應亡武方明武兵皿武永（三等）彌武移泯武盡緜武延名武并繆武彪（四等）

佬武項𤲃武板䰶武簡盲武庚㿻武幸（二等）浼武罪䔟武道瞢武登懵武亙姏武酣（一等）

亡13　務亡遇問亡運免亡辨䆮亡逼莓亡救鋄亡范𦳝亡泛（三等）㓕亡列眇亡沼略亡井（四等）莔亡覓（二等）㦟亡果
呣亡侯（一等）

無7　美無鄙微無非尾無匪未無沸文無分晚無遠万無販（三等）

文4　靡文彼武文甫物文弗罔文兩（三等）

眉3　愍眉殞廟眉召命眉病（三等）

靡2　縻靡為謬靡幼（三等）

明2　郿明祕（三等）𡚁明忝（四等）

美1　密美筆（三等）

巫1　妄巫放（三等）

望1　韈望發（三等）

內外轉名義後案

內子杜其容教授一九六八年作〈釋內外轉名義〉，見中央研究院《歷史語言研究所集刊》第四十本。後記中說到，寫作前後曾經與我商討斟酌；其中論臻櫛為三等韻，與真質不同元音，且是我提供的意見。這一論點，當時顯然是受到了“大三等韻”觀念的誤導。及至一九八一年，我作〈論照穿牀審四母兩類上字讀音〉，論證照等四母兩類反切上字同音，分別為ʧ-、ʧ‘-、ʤ‘-、ʃ-，相對兩者間的差異，只是介音-e-與-j-的不同。臻櫛本來只是真質的莊系字，因為介音與主要元音適巧相同，形成元音或長或短、介音或有或無的特殊狀況，與侵等四韻以外一切“大三等韻”的莊章二系字但為介音不同相異，於是在真質之外獨立為韻（侵等四韻莊系字，在武玄之的《韻銓》中也獨立了）。又至一九八九年作〈論重紐等韻及其相關問題〉，意識到等與等韻並無歧義，徹底解開了“大三等韻”的桎梏；內子在國立臺灣大學講授聲韻，也早感覺到真假二、四等韻的說法不切實際。究竟內外轉始義如何，便顯然有重新面對的必要。半年前開始整理數十年來曾經發表過有關中古、上古兩階段漢語音韻的論文，擬裒為一集，完整的獻曝於學界，佇候並世方家的指正。在新近完成〈古漢語四聲三調說證〉的寫作之後，想到應該立即動手的，便是這一小作。

內外轉始義如何，討論的人不少。羅常培先生的〈釋內外轉〉，徵引到許多位明清以來學者及日本學者的解說，除部分依據《四聲等子、切韻指掌圖》以五音二等韻字之有無為別續有所論者外，別有以韻的開合、氣的吸呼、舌的舒縮及口的斂侈各種不同音狀為說的。這些說法，羅文都有中肯的批評，不再論述。羅文主「以主要元音之弇侈而分」，並謂清儒江永，及日人津高益奧、大島正健、大矢透「都能言之」，雖其結論不與相同，包括前述舌的舒縮、口的斂侈等在內，對羅說恐都曾產生過誘導作用。

羅先生是音韻學界的名家，其說自然免不了有人信奉。也有認為不能接受的，如先師董同龢先生，雖出其門下，並不以師說為然。在其所著《漢語音韻學》中，採用的竟是《四聲等子》的解釋。高明先生則同意羅說，見所著〈嘉吉元年本韻鏡跋〉，但也作了小幅度的訂改。同門薛鳳生兄的〈等韻學之原理與內外轉之含義〉，自謂受羅說影響，所見實與羅說大異其趣。高先生文見《高明文輯・中》，一九七八年臺北黎明文化公司出版；原載《南洋大學學報・創刊號》。薛文見所著《漢語音韻史十講》，一九九九年北京華語教學出版社印製。自注此文係根據一九七九年巴黎漢藏語言學會宣讀的論文〈內外轉新釋〉改寫而成。這一系列著作的主張是否可取，或者究當以何者為然，自有加以檢討的必要。

羅文根據高本漢擬定的《切韻》音，經過對模、魚、東三韻改訂音值之後，看出來內外轉的元音可以劃分出一道界限，於是創立了以元音為別的內外轉說。節錄其要點如下：

> 所謂內轉者，皆含有後元音 u、o，中元音 ə，及前元音 i、e 之韻；外轉者，皆含前元音 e、ɛ、æ、a，中元音 ɐ，及後低元音 ɑ、ɔ 之韻；惟 e 之短音應屬內，長音應屬外耳。內轉（原是「線以上之」四字，因未錄其內外轉元音圖，改之如此）元音非後即高，後則舌縮，高則口弇，故謂之內；外轉（原是「線以下之」四字）元音非前即低，前則舌舒，低則口侈，故謂之外。

闡釋中舌面位置的前後，明可與內外二字意義發生關聯，較之《四聲等子》以來的說解似乎有其可取之處，也許便是為人信奉的道理所在。但是以舌的後、高、前、低四個標準作兩分，便無法避開兩類元音間的同質性，外轉的ɑ、ɔ 不得謂非後，其舌不得不縮；內轉的 i、e 不得謂非前，其舌不得不舒，並分別與外或內字義適相反。而同一e元音，舌的位置舒縮不得異，竟強以長短之別定其屬外屬內的不同，自然難逃識者的指摘。許詩英（世瑛）先生早在一九六六年於〈評羅董兩先生釋內外轉之得失〉抉發這一缺點，文見《淡江學報》第五期，其後收入《許世瑛先生論文集》。何況如羅先生所說，內外轉各自含攝多個元音，那一個轉究竟應該取那一個元音轉讀，完全無法掌握，是雖標內外直與不標相等，一個絲毫沒有作用的舉措，指說古人原意如此，得不謂之誣麼？此外我還想指出，內外二字分見於隊及泰韻，不僅同韻攝，且同一等，同開合，同聲調，其韻母間語音的差異，幾可以說間不容髮，沒有可以用來作為兩個不同音類相對性表徵的條件。因此，如果還有人思從音色上解釋內外轉名義，可斷言此路必是行不通的。

韻圖各轉所標內或外字，各本之間不盡相同。在決定取捨之際，羅先生似乎不甚顧慮校勘法則，只是依著自己的需要來選擇。如其認定果宕二攝原為外轉，前者的依據，僅是嘉吉本第二十七轉歌韻標作外字，後者也僅是乾隆十三年版的《通志・七音略》第三十四轉陽韻的開口部分標了外字，兩者合口部分仍與各本作內相同，最是授人口實的地方。高先生為了避免這樣的主觀，採取從一而終的態度，一切依據嘉吉本，不稍變易。於是修正羅文，將果攝、假攝分訂為一內一外，並改宕攝為內轉。從方法論說，這應該是可取的。還有一點與羅文不同的，是將羅文的內外轉圖由直線改為曲線，似乎有意要改變羅先生把轉字說成聲韻結合的意思。所以文中一節重要的話是這樣說的：

> 虛線上之元音，舌距上腭較近，口腔之共鳴器較窄較小，音轉於內，故稱內轉。在虛線下之元音，舌距上腭較遠，口腔共鳴器較寬較大，音轉而（宇純案：上文相對處用的是「於」字，與此不同。）外，故稱外轉。

更在圖中貫串諸內外轉元音，分別增以箭形線，表示舌的動向，顯然取轉字為轉動義。

然而，改果假二攝兩轉一內一外，便必須分別給以不同的元音，而與《切韻》開合的對立，只是合口多一圓脣介音，其元音不得互異相牴觸。於是如其以果攝兩轉分讀ɑ、o，假攝兩轉分讀o、a，既無解於歌戈何以只是開合之異，o與a何以可合為一麻韻；亦無解於戈韻何以不與麻韻的開口音相合。然則採行堅持一個版本的結果，初不過為矯枉過正而已。其主張宕攝作內則是對的，但與韻腹是否為ɒ元音並無關係，說見後。至於後一對羅文的改變，從高先生同意攝的名稱出於後起一點看來，其先四十三轉之分注內外，自然只是就各轉作個別考量，不可能結合他轉他攝作整體思慮。然其所謂「音轉於內」、「音轉而外」，以及繪出箭形線表示舌的動向，則不僅明是打通了每一攝下各轉元音來設想，更是貫串起各攝的元音才能得出的概念，前後顯然又是矛盾。是故高先生本意雖是欲為羅文彌縫缺隙，其所得乃反視羅文為下。

有關轉與攝的先後問題，各家看法是一致的，都認為其先只有轉，併轉為攝是後來的事，其時語音且可能已有簡化現象，不與《切韻》相同。我則以為，攝的名稱固為後起，“攝”觀念的存在，却是伴隨著《切韻》而既已有之。《切韻》列韻的次第，除元韻在欣、魂之間，與韻圖以元韻類屬於山、仙相異，一者是後來的臻攝範圍，一者是山攝的範圍，其餘與十六攝無有不同。而《切韻》所以列元於欣、魂之間，或是方音的關係。元韻有少數來自上古文部字，如熏聲員聲的壎塤音況袁切，困聲的菌音求晚切；免聲的晚、娩、挽、脕等字，上聲阮、獮二韻並收，字又見去聲願韻，線韻則不一見，也許便透露了元近於欣魂而遠於山仙的消息。然則十六攝的名稱，不過是順著《切韻》的“大韻類”冠上了名號，又改易了元韻的位置罷了，並不是憑空興起的創作。以四聲之實自古已然，四聲之名則至齊梁始見比方之，蓋同出一轍。此點與本文闡釋內外轉名義關係不大，因有感於學者似乎見不及此，趁便說明。

薛兄的大作，在討論內外轉名義的章節裏，首先引用《經史正音切韻指南・內外門》之說：「內外者，謂脣、牙、喉、舌、來、日下為切，韻逢照一，內轉切三，外轉切二，故曰內外。如古雙切江、矣殊切熊字之類是也。」接著說：

> 這種內外兩分法，似乎頗具深意的。但除了幫助讀者死板地按圖找字外，還有什麼意義呢？

又說：

> 從音韻學的觀點看，只把各圖分標內或外，而不說明它們在音韻性質方面的特點，可以說是沒有多大意義的。

依照這兩段文字，似乎薛兄是反對、或者不甚同意〈內外門〉說解的。究竟本意如何，請再看另一處文字：

> 按韻圖的常規，反切下字與其所切之字必須同等，即所謂“音和切”。二等照系字，在某些圖裏，可作同等字的反切下字，或以同等字作它們的反切下字，這是正常的。但在另一些圖裏，二等照系字却可能作三等字的反切下字（實際很少）；或以三等字作它們的反切下字（例子較多），這是不正常的，如不標明，按理就找不到字了。韻圖標作內或外，就是為了幫助讀者解決這個問題的。意思是說，在標“內”的圖上，二等照系字的反切下字，可能出現在三等韻裏。羅先生提出重新劃分各攝，自然就使得“內”與“外”這兩個標簽，連原來簡單的功用都丟掉了。

原來他並不是反對〈內外門〉，只是不能滿意〈內外門〉所說，僅止於幫助讀者如何檢字，而不涉及音韻；所以要在此基礎上，尋求出代表音韻功能的意義。可是這便令人十分難懂了。首先，何以內外轉原先的意思只是教人如何檢字，便是「沒有多大意義」？其次，假如內外轉只有這樣的原意，又何從尋求得出表示音韻特質的意義呢？當然後人可以推測它原先就涵概了上述兩層意義，則至少要在內與外的字面上，將其所以含此兩層意義的道理說清楚。薛兄文中對於內外二字何以知其必具音韻特質的意義，固然沒有片語隻字交代；引用〈內外門〉以肯定內與外兩個標簽的簡單功用，也沒有明白說出何以稱內稱外的道理。所謂「二等照系字，在某些圖裏可作同等字的反切下字，或以同等字作它們的反切下字；在另一些圖裏，二等照系字却可能作三等的反切下字（實際很少）；或以三等字作它們的反切下字（例子較多）。」這種二等照系字或與三等互動，或只切二等的不同，當然就是「內轉切三，外轉切二」之意，應是用來解釋內字外字的。問題是二等切本等的何以謂之外，而反是二等與三等互動的謂之內，文中不僅無進一步說明，二等照系字作三等字反切下字的，也不如薛兄所說有「很少」的例，實際是根本無有；也就是說，二等照系字只有「切二」的（在"大三等韻"中，二等照系字通常都用二等以外字為下字，薛兄用「較多」二字說明，也並不合適。二等照系字用作下字的，除二等韻中照系互用稍多外，作為非照二系字下字的，僅豏鑑二韻鹼、豏、鑑、覽四字而已），沒有「切三」的，然則內外二字的取義如何，便更加叫人無法了解。〈內外門〉雖舉矣殑切熊一例，此例以見於《集韻》為最早，《廣韻》以前各韻書字書不載，自不能用以說明早期韻圖所注內轉的名義。所以說，薛兄在這一方面沒有交代。且再看下文：

> 為了使內外各攝在元音高低的基礎上兩兩相對，我們不得不合併果與假，以及江與宕；所根據的只是所謂"互補分布"。其實這種互補並不完全，果攝有幾個三等字，江與宕的齒音字衝突。較晚出的等韻書如《四聲等子》，誠然將上述兩組韻攝合併了，名之曰「內外混等」，我們必須能為這一現象提出合理的解說。

為了尋求內外二字音韻層次上的意義，竟然能將某某原先分注內或外的二轉合併起來，這當不是由於內字外字意義的指導。說是根據「互補分布」，而果攝也有三等字，江與宕的齒音更形成衝突局面。果假二攝的合併，也許還可以從古韻著眼，兩者的來源，非歌即魚。可是江與宕，則古韻了不相干；《切韻》一在上平列鍾之後，一在下平次庚之前，即今韻亦漠然無關。至於《四聲等子》的合併兩組韻攝，其書晚出，本不足為早期韻圖之應如何處理作證。何況其所謂「內外混等」，用意只在減少韻圖的轉數。果假合圖，一等及牙喉音屬歌，其餘二、三、四等屬麻，全不浪費空間。所以既在圖前標「果攝內四」，又於圖末別標「假攝外六」，完全保留原來面目，是其不涉音韻本質之證。江與宕的情形原亦相同。今方音江或與宕為一，自又別為一事，至少不能表示《切韻》或早期韻圖時期已是一音。其圖前云「宕攝內五」，其下但云「江全重開口呼」，從其各攝分言內外及韻次看來，此明是江下漏了「攝外一」三字；二等韻目「江講絳覺」所列「莊〇壯斮」等字，不云「江併入陽」（案蟹攝有「佳併入皆」，山攝有「刪併入山，先併入仙」之例），而云「江陽借形」，其兩音未混，也十分顯著。其所謂「內外混等」，意思只是說，在空間上，同一轉圖之中，可以混列內外兩轉之字於不同的等內，而不是說在音理上可以將內外兩轉合併。兩者意義完全不同，不可以依稀含混。

在上來所引文字之後，薛兄提出總結說：

> 上面提出的這些問題，終於使我感覺到，把內外轉與元音之高低等同看待的說法，是不正確的。我們一旦放棄了這種看法之後，就不會感覺到有重新劃分各攝隸屬的必要，“內、外”這兩個符號的原始簡單功能也就恢復了。更重要的是，在我們給等韻音系擬音時，就不必為了某一韻的內外轉的歸屬，而於元音選擇有所顧慮。也就是說，只要有充足的證據，某些內轉韻的韻腹可以擬為低元音；同樣，外轉韻的韻腹，也可以擬作高元音。

就是因為這種新觀念的獲得，最後薛兄所得的“內外轉之含義”是：內外轉各有A、B 二式。內轉 B 式與外轉 A 式的一等同元音；外轉 B 式一、三等與內轉 A 式同元音，二等與內轉 B 式同元音。至此，才使我恍然大悟，薛兄所以不從內外二字的意義上，闡釋其所以表示音韻特質的道理，原來他所認知的內外二字，只是兩個相對符號，符號是不需要具有意義的。所以同一內或外字，都可以讀其韻腹為低元音或高元音，重要的是有無充足的證據。但那為什麼要說，內外二字如果只是幫助讀者檢字，便是没有什麼意義呢？又為什麼要接受〈內外門〉「內轉切三，外轉切二」的說法，那樣的內外二字豈不明是有意思而非符號？整體來說，薛兄必要於內轉外轉教人如何檢字的作用之外，別求表示音韻特質的意義，依愚意看來，只是認錯了對象。代表音韻特質的應是整個四十三轉韻圖，而不是各韻圖分標的內轉或外轉。早期韻圖為的是系統的表現《切韻》音，《切韻》雖只是為作詩叶韻所作，其架構與反切却能系統的反映當時的語音，因此早期韻圖當然具備了音理。薛兄因為不盡了解《切韻》而誤解韻圖，硬說韻圖的音韻不同於《切韻》音韻，說它「根據已有的韻書填字，與古偽書作者的心理相同。文中得出內外轉各具A、B二式的結論，似從研究內外轉而來，實際則是來自陳澧的《廣韻》反切系聯；是因為某些韻中反切下字系聯，照二及精四字與其餘三等字成為一個整體，於是形成“大三等韻”及「假二、四等韻」的錯誤認知，這才有薛兄文中歸納出的韻圖甲式與乙式，甲式僅有一、三兩等，乙式方是四等俱全；再加上他所構擬的「四音位的元音系」，這些便是他所說的「充足的證據」，於是便導出其內外轉各有A、B兩式說。這樣的結論在我看來，初不必要有韻圖的加標內轉外轉，也不必要有〈內外門〉「內轉切三，外轉切二」的解釋，其結果都是相同的。

以下便要談到我對內外轉名義的看法，實際也可以說是用內外轉的名義，檢驗我的中古音認知的正誤，包括照二照三同聲母，其不同在介音，以及韻圖等與等韻無歧義等等。如果我對內外轉名義說得通順，無異對我的中古音認知給予了肯定；不然，也便顯示了我的認知的錯誤。

首先要指出，內外二字原意本指空間而言。韻圖的“轉”為一張張平面圖表，而“轉”有內外的不同，無疑應就各字在圖中所見的空間位置而言。至於各字當作何讀，除經由視覺可以明示讀者如何利用縱橫交午關係，以求取其聲類韻類的歸屬之外，沒有進一步可以昭告音值的辦法。由是知凡欲以音值觀念解說內外轉名義的，其意必不得然。

《四聲等子・辨內外轉例》說：

> 內轉者，脣舌牙喉四音更無二等字，唯齒音方具足；外轉者，五音四等具足。今以深、曾、止、宕、果、遇、流、通括內轉六十七韻，江、山、梗、假、效、蟹、咸、臻括外轉一百三十九韻。

是所知從圖表空間說解內外轉最早的一說。但不僅未說明何以稱內稱外之意，以臻攝屬外轉，與外轉五音具足之說不合，而合於內轉二等唯齒音具足之說，以知此亦後人揣摩之意。其末句以「今以」開端，無寧為其證明。其後《切韻指南・內外門》，說到內外二字，見前引。但所謂「脣、牙、喉、舌、來、日下為切，韻逢照一，內轉切三」，《廣韻》以前韻書沒有這樣的反切，所舉矣殑切熊之例又不能用；而二等照系字與二等字互切不曰內轉，反是與三等間之互切謂之內，則理亦殊不可通，是此說亦明不足取，說已見前。

內子〈釋內外轉名義〉一文，同時結合「三等韻」中韻圖置於二等及四等之字為說：三等在二、四等之內，以二、四等字內從三等字為讀的，謂之內轉；二、四等自切二、四等，相對謂之外轉。前者如《韻鏡》第十一轉魚韻葅字側魚切，胥字相居切，韻圖標內；後者如第二十三轉删韻删字所姦切，先韻先字蘇前切，韻圖標外。其說內字，可謂精到不可移易，是該文最有成就的地方；外字的說法，因為只有與內字相對的意義，不必無可疑，但內字之說堅不可拔，也便不失為一解。今既知韻圖等與等韻完全重疊，凡字所在之等，即其所屬之等韻。同圖同韻不同等之字，如第一圖東韻之叢、崇、充、嵩，屋韻之速、縮、叔、肅，韻母皆自相異，並無所謂二、四等字內從三等字為讀的情形，且與五音是否具足無任何關聯。這一解釋儘管內字說得無懈可擊，整體看來，却還須改弦更張。

由於韻圖經聲緯韻的架構，四個等韻每一個都可以與十九至二十二個聲母結合成音，使我相信轉字基本意義，與羅文所引《悉曇字母并釋義》「此十二字者，一箇迦字之一轉也」的轉字類似，意思便是指韻母與聲母的轉移配合。如果熟悉三十六字母，或所謂脣音清、次清、濁、次濁等等名目的發音，又能橫向於各等找到熟悉讀音的字，自然可以拼合出每個字的讀法。但這只能以圖中平、上、去、入之內四等同屬一韻，或四等各屬一韻為限。因為在此情形下，各等字不會產生歸韻的問題。如其四等或三等分屬二至三韻，其中二、三兩等的文字必然出現歸韻的困惑。由於各韻之間主要元音相異，文字的歸韻如果發生誤差，便不能得其字正確的音讀。所以要有“例”來指引，這便是轉上分別加注內或外字的原因。其作用，是要教人如何掌握二、三兩等字的歸韻要領。然而無可諱言，並不是每一個轉圖都有設例的需要。其始內外轉名當是為少數轉所設，後來為了整齊好看，於是著眼於此少數內或外轉的特色，或者又牽動了開合口甚而至於“大韻類”（即前文所指《切韻》中相當於攝的觀念者）的關係，於是四十三轉無不有內或外字的注釋。現在逐步說明。

內轉的名號，其始我以為是專為第十二轉的模虞、第三十一轉的唐陽，以及第四十二轉的登蒸（案自此以下凡不明言為《七音略》者，轉圖次第皆據《韻鏡》）所設立的。用模虞（見附圖一）為例，四等並有字。一等左側並排標韻目“模”，其字屬模韻，一見便知，不待明。二、三、四等之字，倘使韻目虞字正端端的列在二等位置，則二等以下字悉屬虞韻，也當不成問題（如果有人懷疑其下是否漏了韻目字，自當別論）。可是今傳《韻鏡》，虞字出現在三等位置，三十一轉陽字，及四十二轉蒸字相同。對於不熟悉韻字的讀者而言，眼前所見，一、三兩等五音俱全，而其下各有少數齒音字，形成對稱狀態，極可能產生二等齒音屬模，四等齒音屬虞的錯誤判斷。今於圖端冠以內轉二字，意謂圖中二、四等之字與其內三等字共為一韻，則無論虞字的位置在二等、在三等或在四等，都不致發生文字屬韻不清的問題。另兩轉情況相同，不待贅。

外轉的名號，則是專為第三十三轉及第三十四轉所創。此兩圖（見附圖二之第三十三轉圖）二、三、四等有字，而分屬庚、清二韻。韻目的庚字當然列在二等地位，表示二等字屬庚韻。三等字究竟屬庚韻或清韻，假如韻目清字不恰在四等位置，便將引致懷疑。如今本《韻鏡》韻目庚字清字分別橫跨一、二及三、四兩等，三等不被認作清韻字的，必不可得。但根據外轉的標示，中間的三等字應外從二等歸於庚韻，四等之字亦不內與三等字歸同一韻，而別屬於清韻，便沒有發生誤解的可能。

於是再看屬内轉第八轉的之韻，第十一轉的魚韻，第三十八轉的侵韻，以及屬外轉第二十九轉的麻韻。列字情況前三者全同，後者亦類似，各字之屬韻都略無問題。但前者與模虞轉的二、三、四等無異，二等僅齒音有字，後者與庚清轉相同，二等五音俱全，故分標内轉或外轉。更看第四第五兩轉的支韻，及第六第七兩轉的脂韻，除四等的脣牙及喉音的影曉有字，其餘亦與虞韻相同，二等但齒音有字，四等的脣牙及喉音影曉諸字亦内與三等字同韻，故亦注為内轉。

其次看第一第二兩轉。前者僅一東韻，自沒有字的歸韻問題，圖面則與模虞、唐陽相同；後者亦只是二等齒音無字與虞、陽為異，而尤不合外轉特質，所以並稱内轉。第三十二及第四十三唐陽、登蒸的合口轉，第九、第十兩轉的微韻及寄居入聲位置的廢韻，第二十七、第二十八兩轉的歌戈，無論從有無二等字或開合口關係，甚至“大韻類”觀點（指微與支脂之）看，當然也都為内轉。

反之，第三轉的江，第十三、第十四兩轉的咍（灰）皆祭齊，以及寄居入聲位置的夬，第十五、第十六兩轉的泰佳祭，第二十一、第二十二兩轉的山元仙，第二十三、第二十四兩轉的寒（桓）删仙先，第二十五轉的豪肴宵蕭，第三十轉的合口麻，第三十五、第三十六兩轉的耕清青，第三十九轉的覃咸鹽添，第四十轉的談銜嚴鹽，凡此諸轉，都沒有文字歸韻的困難，而並二等韻五音俱全，同於外轉的特質，所以都標外轉。其中第十五、第十六兩轉的祭，第二十一、第二十二兩轉的仙，第四十轉的鹽，情形同第三十四轉的清，也與第四第五兩轉支韻及第六第七兩轉脂韻的四等字相同；但後者與同轉二、三等之字同韻故謂之内，而此與同轉二、三等字不同韻，故其所在為外轉。至於第二十六轉的宵韻字，與上述祭、仙、鹽韻四等字相同，當然稱外，不得稱内。唯四十一轉的凡韻，僅三等有字，應同微韻廢韻稱内轉，可能受“大韻類”觀念的影響，或因此轉為四十轉的合口，本就標作外轉；也可能其先本稱内轉，併轉為攝之後，經過了整齊劃一。

賸下來要就臻、流兩攝提出討論。臻攝含第十七、第十八、第十九及第二十共四轉，標内標外，各本不一。據羅文所收，《韻鏡》標外轉者十一，標内轉者八；《七音略》兩個版本並作外轉，與《四聲等子、切韻指掌圖、切韻指南》相同。先看十九、二十兩轉，但有欣、文兩韻，一、二、四等無字，三等舌音齒音亦無字，結構與九、十兩轉微韻相同，微與欣文本互為陰陽聲，故無論從圖形或音理而言，此兩轉都無標外轉之理。再看第十八轉，一等屬魂，二、三、四等屬諄（二等齒音平上去無字，為偶然現象），與冬鍾、模虞、唐陽、登蒸之轉相同；四等有脣、牙、喉音，則同支、脂，而脂的合口正是諄的陰聲，然則此轉應標內轉無可疑。至於第十七轉，二等雖有獨立的臻櫛韻，以為即是外轉，明與「五音四等都具足」之說不合，而合於「內轉唯齒音方具足」之說。臻櫛本是真質的莊系字，其主要元音與真質相同，故自《切三、全王、王一、王二、唐韻》至《廣韻》，剎字收在質韻音初栗反（切），是其明證，至《集韻》始改隸剎字於櫛韻。但櫛韻合口的䶵、率二紐字，前者側律切，後者所律切，則始終留在術及質韻，未予獨立。然則第十七轉當以作內者為是。今多本作外者，疑淺人據《等子》等書誤改；《七音略》兩本並作外轉，蓋亦鄭樵據《等子》改訂。其在《等子》，固是昭昭然留下了無以自圓的破綻。最後看第三十七轉流攝。此轉內容本與模虞等轉不異，故各本標內轉，且亦無標外的可能。只是四等部分齒音喻母以外，多出幽韻字；可能其先幽韻獨立為轉，與第二十六轉宵韻相同，及併轉為攝，見此轉空位適可以置放幽韻字，而予以合併；或者作韻圖之時，幽與尤的齒音及喻四同音，而同列於四等，幽的韻目當然仍予保留。

依上來所說，內外二字都有確切不移的用義；四十三轉之稱內稱外，也都順理成章。然則這個意見，應該是真的搔到了癢處。於是稱內轉者九攝：通、止、遇、臻、果、宕、曾、流、深；稱外轉者七攝：江、蟹、山、效、假、梗、咸。

二〇〇一年一月十一日脫稿於絲竹軒

附圖一

內轉第十二開合

韻	脣音清	脣音次清	脣音濁	脣音清濁	舌音清	舌音次清	舌音濁	舌音清濁	牙音清	牙音次清	牙音濁	牙音清濁	齒音清	齒音次清	齒音濁	齒音清	齒音濁	喉音清	喉音清	喉音濁	喉音清濁	舌音清濁	齒音清濁
模	逋	鋪	蒲	模	都	[illegible]	徒	奴	孤	枯	○	吾	租	麤	徂	蘇	○	烏	呼	胡	○	盧	○
	○	○	○	○	○	○	○	○	○	○	○	○	㑳	芻	雛	毹	○	○	○	○	○	○	○
虞	膚	敷	符	無	株	貙	廚	○	拘	區	劬	虞	朱	樞	○	輸	殊	紆	訏	○	于	慺	儒
	○	○	○	○	○	○	○	○	○	○	○	○	諏	趨	○	須	○	○	○	○	逾	○	○
姥	補	普	簿	姥	覩	土	杜	努	古	苦	○	五	祖	蔖	粗	○	○	隖	虎	戶	○	魯	○
	○	○	○	○	○	○	○	○	○	○	○	○	○	○	[illegible]	數	○	○	○	○	○	○	○
麌	甫	撫	父	武	拄	○	柱	○	矩	齲	窶	麌	主	○	[illegible]	○	豎	傴	詡	○	羽	縷	乳
	○	○	○	○	○	○	○	○	○	○	○	○	○	取	聚	[illegible]	○	○	○	○	庾	○	○
暮	布	怖	捕	暮	妒	兔	渡	笯	顧	袴	○	誤	做	厝	祚	訴	○	汙	謼	護	○	路	○
	○	○	○	○	○	○	○	○	○	○	○	○	○	菆	○	捒	○	○	○	○	○	○	○
遇	付	赴	附	務	駐	閏	住	○	○	驅	懼	遇	注	○	○	戍	樹	嫗	昫	○	芋	屢	孺
	○	○	○	○	○	○	○	○	○	○	○	○	緅	娶	聚	尠	○	○	○	○	裕	○	○
	○	○	○	○	○	○	○	○	○	○	○	○	○	○	○	○	○	○	○	○	○	○	○
	○	○	○	○	○	○	○	○	○	○	○	○	○	○	○	○	○	○	○	○	○	○	○
	○	○	○	○	○	○	○	○	○	○	○	○	○	○	○	○	○	○	○	○	○	○	○
	○	○	○	○	○	○	○	○	○	○	○	○	○	○	○	○	○	○	○	○	○	○	○

附圖二

外轉第三十三開

韻	脣音清	脣音次清	脣音濁	脣音清濁	舌音清	舌音次清	舌音濁	舌音清濁	牙音清	牙音次清	牙音濁	牙音清濁	齒音清	齒音次清	齒音濁	齒音清	齒音濁	喉音清	喉音清	喉音濁	喉音清濁	舌音清濁	齒音清濁
庚	○	○	○	○	○	○	○	○	○	○	○	○	○	○	○	○	○	○	○	○	○	○	○
	閍	磅	彭	盲	趟	瞠	棖	儜	庚	坑	○	○	○	鎗	傖	生	○	○	亨	行	○	○	○
清	兵	○	平	明	○	○	○	○	京	卿	擎	○	○	○	○	○	○	英	○	○	○	○	○
	并	○	○	名	○	○	○	○	○	輕	頸	迎	精	清	情	騂	餳	嬰	○	○	盈	○	○
梗	○	○	○	○	○	○	○	○	○	○	○	○	○	○	○	○	○	○	○	○	○	○	○
	浜	○	鮩	猛	盯	○	瑒	[illegible]	梗	○	○	○	○	○	○	省	○	[illegible]	○	杏	○	冷	○
靜	丙	○	○	皿	○	○	○	○	○	○	○	○	○	○	○	○	○	影	○	○	○	○	○
	餅	○	○	眳	○	○	○	○	頸	○	○	○	井	請	靜	省	○	癭	○	○	○	○	○
敬	○	○	○	○	○	○	○	○	○	○	○	○	○	○	○	○	○	○	○	○	○	○	○
	搒	烹	膨	孟	倀	牚	鋥	○	更	○	○	硬	○	○	○	○	○	○	○	行	○	○	○
勁	柄	○	病	命	○	○	○	○	敬	慶	競	迎	○	○	○	○	○	映	○	○	○	○	○
	拼	聘	偋	詺	○	○	○	○	勁	○	○	○	精	倩	淨	性	○	○	○	○	○	○	○
陌	○	○	○	○	○	○	○	○	○	○	○	○	○	○	○	○	○	○	○	○	○	○	○
	伯	拍	白	陌	磔	坼	宅	蹃	格	客	○	額	迮	柵	齚	索	○	啞	赫	垎	○	礐	○
昔	○	○	欂	○	[illegible]	○	○	○	戟	隙	劇	逆	○	○	○	○	○	○	○	○	○	○	○
	辟	僻	擗	○	○	别	○	○	○	○	○	○	積	刺	籍	昔	席	益	○	○	繹	○	○

李登聲類考

自來以李登《聲類》為韻書鼻祖，而其書久已不傳，究竟體制如何，無從明見。現代學者論及此事，有的只是祖述古人所言，不贊一辭，如馬宗霍《音韻學通論》、羅常培《漢語音韻學導論》；有的略作申論，也都採取保留態度，而寥寥數語的意見，竟也儘有可商餘地。對於這樣一個聲韻學史上重要的問題，長久任其成為懸案，總覺得是件憾事。

依個人淺見，古人對此書的敘述，包括直接間接兩方面，雖然言辭過於簡單，却是面面俱到，該說的都已說了。就眼前所能見到的資料而言，只要肯去尋求了解，而不是先抱持著材料太少無可如何的心理裹足不前，很可以得出結論說，此書體制與《切韻》實無二致，自來以《聲類》為韻書鼻祖，並無可以懷疑的地方。

我說這話，並不表示我得到了什麼新的材料。我所見到的便是大家見到的；一項比較具體的間接材料雖係晚近所出，也已三十餘年，而為學者所習知習用。或許正是上述心理因素的影響，以致這些材料没有引起學者應有的注意，有的又被誤解，使得《聲類》一書的體制如何，至今成為一謎。現在我把古代論及《聲類》的幾條材料列在下方，按實際需要，引文或有繁簡的不同。

甲、《魏書・江式傳》：晉世義陽王典祠令任城呂忱上《字林》六卷，尋其況趣，附託許慎《說文》，而按偶章句，隱別古籀奇惑之字，文得正隸，不差篆意也。忱弟靜，別仿故左校令李登《聲類》之法，作《韻集》五卷，宮商龣徵羽，各為一篇，而文字與兄便是魯衛，音讀楚夏，時有不同。

乙、《隋書・經籍志》：《聲類》十卷，魏左校令李登譔。

丙、《隋書・潘徽傳》：于時歲次鶉火……賓僚霧集，教義風靡，乃討論羣藝，商略眾書。以為小學之家，尤多舛雜。雖復《周禮》漢律，務在貫通，而巧説邪辭，遞生同異。且文訛篆隸，音謬楚夏。《三倉、急就》

> 之流，微存章句。《說文、字林》之屬，唯別形體。至於尋聲推韻，良為疑混，酌古會今，未臻功要。末有李登《聲類》、呂靜《韻集》，始判清濁，纔分宮羽；而全無引據，過傷淺局，詩賦所須，卒難為用。遂躬紆睿旨，摽摘是非，撮舉宏綱，裁斷篇部。總會舊轍，創在新意，聲別相從，即隨注釋，詳之詁訓，證以經史，備包騷雅，博牽子集。汗簡云畢，題為《韻纂》，凡三十卷，勒成一家。

> 丁、封演《聞見記》：魏時有李登者，撰《聲類》十卷，凡一萬一千五百二十字，以五聲命字，不立諸部。

其中甲、丙、丁三條，敘述到《聲類》的體制。丙、丁兩條是直接的，不過丙條同時說到呂靜的《韻集》，非專就《聲類》而言。甲條專說呂靜《韻集》；但既說其書「仿《聲類》之法」，便無異是對《聲類》一書的間接敘述。除另一條間接材料下文再談外，這些便是今天所能見到的有關《聲類》體制的全部資料；而最為切要的，又不過其中「宮商角徵羽，各為一篇」、「始判清濁，纔分宮羽」以及「以五聲命字，不立諸部」六句話而已，委實不能不說太少。

此外，李涪的《刊誤》也提到此書，他說：

> 自周隋以降，師資道廢。既號傳授，遂憑精音。《切韻》始於後魏校書令李登譔《聲類》十卷。

我所以不將此條與上來諸資料並列，是因為這裏根據的是周祖謨《問學集・切韻與吳音》的引文，我所見好幾個本子《刊誤》的原文與此頗不相同：李登作李啟，聲類作聲韻。周氏根據的什麼版本，沒有交代。但《切韻》始於「後魏李啟《聲韻》」的說法，不見於他書，《隋志》亦不載「李啟《聲韻》」。「啟、韻」二字分別與「登、類」形近，當即「登、類」二字之譌。這麼一來，首先便發生了李登所屬時代的問題，在音韻學史上便有很大的影響。《隋志》和封演《聞見記》說李登為魏人，是一般稱曹魏的辦法，所以今天沒有人不以李登為曹魏時人。李涪說後魏，將時代至少拉後一百幾十年，甚至二百餘年。關於這一點，我們看甲、丙兩資料，丙條先敘《三倉、急就、說文、字林》，而下言「末有李登《聲類》、呂靜《韻集》」，案常理推斷，「末」字原應以《聲類、韻集》二書對前四者而言，李登的時代便不可能為曹魏。因為《字林》的作者為晉代的呂忱，此「魏」必當在晉之後。後魏起迄年代為公元三八四至五三四，東晉起迄年代為公元三一七至四一九，由於東晉末年晚於後魏始年，不僅《聲類》對《字林》可以說「末」，假定李登於後魏初為左校令，呂靜於東晉末作《韻集》，李登對呂靜而言，也可以被稱為「故左校令」，是丙條資料與甲條相合，李登為後魏時人應無可疑。然而這樣推斷實際是錯誤的。

李登的時代雖無直接可稽材料，呂忱呂靜《晉書》亦無傳，江式云呂忱為義陽王典祠令，義陽王的時代則是可以考實的。《晉書・列傳第七》云：

> 義陽成王望……武帝受禪，封義陽王……泰始七年薨。……四子奕、洪、整、楙。奕至黃門郎，先望卒，整亦早亡，以奕子奇襲封。奇亦好畜聚，不知紀極，遣三部使到交、廣商貨，為有司所奏。太康九年詔貶為三縱亭侯，更以章武王威為望嗣。後威誅，復奇為棘陽王以嗣望。

從此可以看出義陽王的爵稱，於武帝太康九年即公元二八八年已不存在，下距後魏始年公元三八四年相差甚遠。西晉初呂忱之弟呂靜似無活至後魏的可能。反之，李登為曹魏時人，對晉初的呂靜而言，稱之為「故左校令」，「故」是去世不久的意思，正正切合，顯見李涪的話是錯誤的。李涪是唐末、五代時人，去李登的時代已遠，發生這種錯誤，也似不足多怪。這一點澄清了之後，我們便可以了解到〈潘徽傳〉所謂「末有李登《聲類》、呂靜《韻集》」，不是一個謹嚴的說法，他只是大概說明字書的演進發展，先是有分章分句的韻語，其後有建立部首的形書，最後始有區別五音清濁的音書；而且《聲類》雖在《字林》之前，《韻集》則在《字林》之後，以《韻集》對諸書，便籠統用了一個「末」字。讀此文千萬不可執著。李涪說李登為後魏時人，不知是否正因此而引起了誤解。

至於《聲類》的體制，現代學者論之者所知有下列幾家。《十韻彙編・魏建功序》云：

> 現在流傳的韻書編制的根本，是以四聲分字。四聲之說，一直到六朝時候的宋齊以後才通行。可是說到韻書的開始，却又都要稱道三國時魏左校令李登的《聲類》和晉安復令呂靜的《韻集》。李登、呂靜的書，我們只看見後來注疏家引用他們關於文字訓解的文句，可惜沒有一個地方可以看出原書部類編制果與現代韻書相同；就是有的記載，也不過說是「以五聲命字」，究竟與四聲相合不相合，還不能詳細知道。

又云：

> 我覺得「不立諸部」便是沒有以四聲為韻類分別，而「才分宮商」（純案〈潘徽傳〉商字原作羽）之意，乃是始有以音分別字類的辦法，但不一定是以韻分，更不一定是以四聲分。

張世祿《中國音韻學史》第四章云:

> 《隋書・潘徽傳》云:「末有李登《聲類》、呂靜《韻集》,始判清濁,纔分宮羽」。這裏所謂判清濁,分宮羽,就是范曄〈自序〉所云「別宮商,識清濁」;這裏應用清濁宮商等的詞語,也所以形容字調的分別,而實際一部分也是指音素的差異。

又第五章云:

> 〈潘徽傳〉說「李登《聲類》呂靜《韻集》始判清濁,纔分宮羽」,封演《聞見記》謂李氏書「以五聲命字,不立諸部」,大概《聲類》雖然還沒有細分韻部,而已經依據字調來別字音,或者把韻部上音素的差異也概括於五音當中,所以說是韻書的始祖。

先師董同龢先生《漢語音韻學》第五章云:

> 《聲類》久已不傳,除去封演《聞見記》所謂「以五聲命字,不立諸部」,我們對他竟毫無所知。五聲是不是音樂上的宮商角徵羽?他們跟聲調上的平上去入有沒有關係;或者竟有,而是什麼關係?後人儘有許多揣測,總不免捕風捉影。

高明先生《高明文輯・黃輯李登聲類跋》云:

> 中國之有韻書,世人咸謂始於魏李登之《聲類》。《隋書・潘徽傳》云:「李登《聲類》、呂靜《韻集》,始判清濁,纔分宮羽。」封演《聞見記》嘗謂李氏書「以五聲命字,不立諸部。」大約《聲類》一書尚未細分韻部,而已依據聲調類別字音,或將韻部上音素之差異亦概括於五音之中,故可稱為韻書之始祖。然其書久佚,所謂「始判清濁,纔分宮羽」者,究竟如何,終不得其詳也。

又云:

> 《聲類》為韻書之祖,其成書自以字音為主。既謂「始判清濁,纔分宮羽」,則其書於字音必嘗經審定,而分別歸類,非漫無統系者可知。據封氏稱「以五聲命字,不立諸部」,似但以宮商角徵羽類別字音。此刻(純案字誤,不詳)即後來韻書分上平、下平、上、去、入五聲之所本;其書雖「不立諸部」,然既類聚字音於五聲之中,其排列當亦有序。呂靜《韻書》之有韻部,或亦本之於此。按呂氏《韻集》今已亡佚,所以知其已有韻部者,據唐寫本《王仁昫刊謬補缺切韻》韻目下之附注,而可確知。由李登《聲類》

之「不立諸部」，至呂靜《韻集》之有韻部，此亦聲韻學上之一大進步也。

又《韻鏡研究》云:

所謂判清濁，分宮羽，即范曄《後漢書・自序》所云「別宮商，識清濁」。此言清濁宮羽，蓋指字調之分別，或亦兼言音素之差異。

諸家談到聲類與韻書的關係，都採取了相當矜慎或極為矜慎的態度。高先生大部分意見則與張世祿相同。

我就上述資料反覆推敲，却與諸家所見頗多出入。

首先，從〈潘徽傳〉表面上似乎無關緊要的話來看。潘徽批評《聲類》和《韻集》説:「詩賦所須，卒難為用。」我以為這無異説明了兩者與韻書具有一定程度的關係。假令《聲類、韻集》本不是為押韻編撰的韻書，潘徽當不能以韻書的功能相責求。那麼潘徽的批評，決不因體制上兩者不是韻書，不過觀點上認為它們「全無引據，過傷淺局」，也就是未能具備後文所説「詳之訓詁，證以經史，備包騷雅，博牽子集」的條件，才説它們無用。前文我之所以將〈潘徽傳〉整段徵引，就是因為必須深體上下文才能了解潘徽批評兩書的真實意義，也必須由此才能肯定《聲類、韻集》與韻書體制上的關係。所謂韻書的體制，基本而也是必備的，無非就是分調分韻。如此説來，《聲類》一書的性質如何，已是呼之欲出了。

此下，我要將上文所説幾個重要句子逐句分析，以求知其正確原意。

壹、「始判清濁」 這句話的重要性，似乎不曾引起學者的注意，至少不曾有人蓄意加以討論。張世祿解釋〈潘徽傳〉「始判清濁，纔分宮羽」説:「這裏應用清濁宮商等的詞語，也所以形容字調的分別，而實際一部分也是指音素的差異。」高明先生也説:「此言清濁宮羽，蓋指字調之分別，或亦兼言音素之差異。」以為清濁與宮羽一方面言字調的分別，一方面又兼言音素的差異，則是「始判清濁，纔分宮羽」兩語意義完全相同，恐怕並非原意；而且所謂清濁與宮羽都指字調和音素的差異，也只是一種推想，並不曾經過分析和證實，然否都不值得重視。為什麼學者對於這句話不能加以注意？或者覺得古人使用清濁二字，意義往往抽象籠統，真相難於捉摸；尤其在習慣了現代聲韻學以清濁言聲母帶不帶音的詞意之後，恐更不免覺得《聲類》、《韻集》與韻書直是「風馬牛不相及也」。但是假如我們從與潘徽同時代或時代接近的有關聲韻的文獻中，找到了清濁二字肯定的一貫用義，對於這句話的了解，情況便大不相同。

陸法言《切韻・序》云:

昔開皇初，有儀同劉臻等八人同詣法言門宿。夜永酒闌，論及音韻，以今聲調既自有別，諸家取捨亦復不同。吳楚則時傷輕淺，燕趙則多涉重濁，秦隴則去聲為入，梁益則平聲似去，又支脂、魚虞共為不韻，先仙、尤侯俱論是切；欲廣文路，自可清濁皆通，若賞知音，即須輕重有異。呂靜《韻集》、夏侯該《韻略》、陽休之《韻略》、李季節《音譜》、杜臺卿《韻略》等，各有乖互；江東取韻，與河北復殊。

這裏有與輕淺相對的「重濁」一詞，更有與輕重相對的「清濁」一詞。前者何謂輕淺，何謂重濁，不易肯定；似乎是指韻的不同，也可能指的是聲調。後者則分明指韻母的不同，而「輕重」也就是清濁的同義語。根據這個認識，再看前文的輕淺、重濁，便可以肯定指的仍是韻母的不同；而其前所說「以今聲調既自有别」一語中的「聲調」一詞，則是包括了韻母與聲調兩者而言，和今天所使用的聲調一詞的含義並不全等。這些都是《切韻・序》本身提供的答案，誰看起來都不可能發生差異。陸氏與潘徽同為隋代人。

封演《聞見記・聲韻》云：

隋朝陸法言與顏、魏諸公定南北音，撰為《切韻》，凡一萬二千一百五十八字，以為文楷式；而先仙、删山之類分為別韻，屬文之士共苦其苛細。國初，許敬宗等詳議，以其韻窄，奏合而用之，法言所謂「欲廣文路，自可清濁皆通」者也。

這是分明將陸氏《切韻・序》的清濁了解為指韻母的不同。封氏是唐代宗時人。〔孫愐《唐韻・序・論》云：「必以五音爲定，則參宮、參羽、半徵、半商，引字調音，各有清濁。若細分其條目，則令韻部繁碎，徒拘桎於文辭耳。」上言各有清濁，下云細分條目，則令韻部繁碎，是清濁亦明指韻言。此序作於天寶十載，在封氏《聞見記》之前。2000 年宇純補案。〕

蘇鶚《演義》云：

法言著《切韻》，時俗不曉其韻之清濁。

所謂韻之清濁，當然是以清濁言韻母之不同。蘇氏是唐末時人。

景審〈慧琳一切經音義序〉云：

吳音與秦音莫辨，清韻與濁韻難明。

言清韻與濁韻，與蘇氏言「韻之清濁」相同。景審為晚唐時人。

宋魏了翁《鶴山文鈔・吳彩鸞唐韻後序》云：

> 部敘於一東下注云「德紅反，濁，滿口聲」，自此至三十四乏皆然。於二十八刪二十九山之後，繼之以三十先三十一仙，上聲去聲亦然。

觀魏氏所引所敘，濁字當與「滿口聲」同為對東韻韻母之描述，既不得指聲母之清濁，亦不得謂聲調之陰陽。〔**敦煌唐寫本"守溫韻學殘卷"〈四等重輕例〉高下云：「此是喉中音濁。」濁字與此用法正同。2000 年宇純補案。**〕魏氏又云：「今之為韻者，既不載聲調之清濁，而平聲輒分上下。」知吳氏所書《唐韻》，一定又有用清字描寫韻母的地方。只是魏氏説「聲調之清濁」，似乎已誤解《唐韻》清濁二字之用義。但《切韻・序》「聲調」一詞可以指韻母而言，魏氏「聲調」一詞的用法或者正是此意。

此外，日僧了尊《悉曇輪略抄》卷一「弄紐事」引《元和新聲譜》云：

> 籠脣，言音盡濁。開齒，則語氣俱輕。

用濁字描寫籠脣，正與魏氏所引《唐韻》以濁字狀東韻的韻母若合符節。東韻自古至今為籠脣的讀法，也正是沒有問題的。這又是濁字言韻母音素的一證。

結合上列各條，回頭再看〈潘徽傳〉，《聲類、韻集》既與「詩賦所須」發生關連，「始判清濁」一語的原意，便應該是説它開始以韻母的同異觀點區別字類，除此恐怕沒有第二種解釋。一時代有一時代的用語，以隋唐時代的資料互相比勘，顯示其時所謂清濁，原係一貫的用以説明韻母音素的差異。因此不僅〈潘徽傳〉「始判清濁」的原意當如上述，即如《顏氏家訓・音辭篇》所説：

> 南方水土和柔，其音清舉而切詣。……北方山川深厚，其音沉濁而鈋鈍。

陸德明《經典釋文・序錄》所説：

> 方言差別，固自不同；河北江南，最為鉅異。或失在浮清，或滯於沉濁。

以及顧齊之〈慧琳一切經音義序〉所説：

> 於是審其聲而辨其音，有喉腭齗齒脣吻等，有宮商角徵羽等音，曉之以重輕，別之以清濁，而四聲遞發，五音迭用……

所謂清，所謂濁，或所謂清濁，也無一而非指韻母音素而言。甚至如《宋書・范曄傳》所説：「性別宮商，識清濁。」似乎其清濁一詞用義較〈徽傳〉為廣，相當於今天所説的「音韻」，實則亦當與〈徽傳〉不異。

貳、「纔分宮羽」、「作《韻集》五卷，宮商龣徵羽各爲一篇」、「以五聲命字」　五聲宮商角徵羽，本是音樂上的名稱，《聲類》則相傳為韻書之祖，本屬不同的領域，是以如魏、董兩先生對此抱持相當懷疑態度。張世祿説「《聲類》已經依據字調來別字音」，應該是根據這些材料得到的看法，却看不出是經過分析以後的認定。高明先生說「大約聲類一書已依據聲調類別字音」，又說聲類「似但以宮商角徵羽類別字音。此刻（純案字疑誤）即後來韻書分上平、下平、上、去、入五聲之所本」，前者與張說相同，後者更由此而推衍；但《聲類》是否已案聲調類別字音，尚在疑似之間，又從而引申推論，似不具太多意義。可是根據下列幾條資料來看，這裏所說的宮羽、宮商龣徵羽以及五聲，無疑都是平上去入四聲的代稱。

一、《文鏡秘府論・天卷・調聲》云：

元（兢）氏曰：聲有五聲，角徵宮商羽也；分於文字為四聲，平上去入也。宮商為平聲，徵為上聲，羽為去聲，角為入聲。故沈隱侯論云：欲使宮徵相變，低昂殊節，若前有浮聲，則後須切響。一簡之內，音韻盡殊，兩句之中，輕重悉異。妙達此旨，始可言文。

二、同書〈四聲論〉引劉善經語云：

齊太子舍人李節（河洛本原注：羅根澤云：節疑為概，否則李為季，李概字季節），知音之士，撰《音譜（原注：箋本引高野山正智院本作韻）決疑》，其〈序〉云：「案《周禮》，凡樂圜鐘為宮，黃鐘為角，太蔟為徵，沽洗為羽，商不合律，蓋與宮同聲也。五行則火土同位，五音則宮商同律，闇與理合，不其然乎？呂靜之撰《韻集》，分取無方，王徵之製鴻寶，詠歌少驗。平上去入，出行閭里，沈約取以和聲之律呂相合。竊謂宮商徵羽角，即四聲也。羽讀括羽之羽，亦以和同，以拉（純案疑有誤）羣音，無所不盡。豈其藏埋萬古，而未改於先悟者乎。」經每見當此（原注：此字羅根澤云疑當作世。考文篇定作世）文人論四聲者眾矣。然其以五音配偶，多不能諧。李氏忽以《周禮》證明，商不合律，與四聲相配便合，恰然懸同。

三、《南史・陸厥傳》云：

時為文章，吳興沈約、陳郡謝朓、琅琊王融，以氣類相推轂，汝南周顒善識聲韻。約等為文，皆用宮商，將平上去入四聲，以此制韻，有平頭、上尾、蠭腰、鶴膝，五字之中，音韻悉異，兩句之內，角徵不同，不可增減，世呼為永明體。

這些資料，元兢、李概所說宮商徵羽角固然清清楚楚便是平上去入，兩者間關係：宮商為平、徵為上、羽為去、角為入；即沈約所說的宮徵，〈陸厥傳〉所說的宮商或角徵，以及前文曾提到的《宋書・范曄傳》的宮商，也都等於四聲的代稱（陳澧《切韻考・通論》云:「《宋書・范蔚宗傳》云:性別宮商識清濁。此但言宮商,猶後世之言平仄也,蓋宮為平,商為仄歟?〈謝靈運傳・論〉云:欲使宮羽相變,低昂舛節。《隋書・潘徽傳》云:李登《聲類》、呂靜《韻集》始判清濁,纔分宮羽。此皆但云宮羽,蓋宮為平,羽亦為仄歟?《南齊書・陸厥傳》云:前英已早識宮徵。此但言宮徵,蓋宮為平,徵亦為仄歟?又云:兩句之內,角徵不同。此但言角徵,蓋徵為仄,角亦為平歟?然則孫愐但云宮羽徵商,而不言角,角即平聲之濁歟?以意度之當如是,然不可考矣。」案:陳說非是。)又據劉善經的話,更知當時學者用五聲與四聲相配,還有不同於元、李的主張。陳澧《切韻考・通論》云:「段安節《琵琶錄》以平聲為羽,上聲為角,去聲為宮,入聲為商,上平聲為徵。」即其一例。只是這些說法都沒有理論上的依據。唯獨李概援用《周禮》商不合律,使宮商同配平聲,而完成了五聲與四聲的當然相配。對於我們討論的問題而言,諸家的分配孰為優劣,可以無論;值得注意的是當時諸家以五聲配四聲的普遍事實,這一點便足以讓我們了解到,所謂「纔分宮羽」、所謂「宮商龣徵羽,各為一篇」,以及所謂「以五聲命字」,都等於說《聲類》一書是依據聲調的同異區分字類。對於這些話固然不必抱持保留態度,實在也沒有其他意義可言。更由本質上說,五聲宮商角徵羽原是音樂上區分高低音的一套名稱,而所謂平上去入的聲調,也無非是音的高低而已,不過它是屬於語言的,不是屬於歌曲的;所屬範疇雖然不同,其為音的高低則是無異。因此,當古人發現自己語言中具有高低聲調的不同,在專門名稱未被創造之前,借用言音樂高低音的名稱「五聲」作為聲調的類名,豈不是順理成章的事?陳澧《切韻考・通論》說:「古無平上去入之名,借宮商角徵羽以名之。」實在是一語道破了真相。至於諸家的分配不盡相同,因為只是借為類名,並不表示調形、調值,也似不必過分論其是非曲直;當然元、李兩家是比較可取的。與元、李之說相同的,《廣韻》裏也還可以找到痕迹。宮商為平聲、徵為上聲、角為入聲,這些都不成問題。羽字今讀上聲,與徵同調。李氏云羽音括羽之羽,括羽之羽一般也讀上聲。《廣韻》則羽字兩見,上聲麌韻王矩切云:

> 羽,舒也;聚也;亦鳥長毛也;又官名羽林監,應劭《漢官儀》曰:羽林者,言其為國羽翼如林盛也,皆冠鶡冠;亦姓,《左傳》鄭大夫羽頡;又虜姓,《後魏書》羽弗氏,後改為羽氏。

羅列了許多意義,自聲訓到義訓,獨不載五聲之名。而去聲遇韻王遇切云:

> 羽,鳥翅也;又五聲宮商角徵羽。《晉書・樂志》云:宮,中也,中和之

道，無往而不理；商，強也，謂金性之堅強；角，觸也，象諸陽氣觸動而生；徵，止也，言物盛則止；羽，舒也，陽氣將復，萬物孳育而舒生。

明言五聲之羽讀去聲。這個讀法或未必為學者普遍承認，如《王一、王二》上聲羽下云「五音」，不收去聲之讀；即以《廣韻》而言，上聲羽下云「舒也」，或者正是五音名稱的聲訓，表示《廣韻》未必堅持五音之羽不可作上讀。但《廣韻》遇韻羽下注釋與殘本《唐韻》全同，當是沿襲《唐韻》之舊，是唐代有讀五音之羽為去聲者，於此得一明證，蓋不僅元、李兩家之說為然。這些資料對於了解《聲類》一書的體制而言，雖然無從知道李登以五聲為四聲，其法是否一如元、李二家之所為；其書係依聲調以區分字類，却可賴以肯定，而前者固不是重要的事。前文引《文鏡秘府論·李概音韻決疑序》批評呂靜的《韻集》，在以五音分配四聲方面「分取無方」，其意似謂《韻集》不以宮商同配平聲，上去入三聲與徵羽角的分別相配也容有出入；假定是如此，又假定《韻集》在這方面是沿襲《聲類》的舊規，没有任何改絃更張的舉措，便又可以增多一點對於《聲類》一書的認識。

叁、「不立諸部」 對於這句話，學者或者根本不予理會，談到它的則又誤解；大家懷疑《聲類》與韻書的關係，此為其最主要原因。魏氏說：「不立諸部，便是没有以四聲為韻類分別。」我們不曉得他根據什麼而下此結論，他把部字解釋為韻類，却是一個絶對錯誤。後來學者也都持同一看法，也許都是受了他的影響。張世祿說：「大概《聲類》還没有細分韻部。」雖然不像魏氏那樣肯定，基本錯誤並無二致。高明先生說：「大約《聲類》一書尚未細分韻部。」又說：「由李登《聲類》之不立諸部，至呂靜《韻集》之有韻部，此亦聲韻學上之一大進步也。」也都同一思想方式。其實封氏這句話應該連同其前句「以五聲命字」一起了解：因為他首創以五聲命字，所以廢棄了「諸部」的方法，兩者本有因果關係。所謂「諸部」，指的是許慎所創立的《說文》五百四十部首，並不是如《切韻》的一百九十三韻部。「以五聲命字」與「立諸部」本來並非絶不相容，南宋李燾所為始東終甲的《說文解字五音韻譜》，便是既以五聲命字為提綱，復以諸部為條目。不過《聲類》一書廢棄了五百四十部不用，但以五聲統領清濁不同的諸韻，所以封氏說他「以五聲命字，不立諸部」。讀者只須翻開《聞見記》一看，便知此言不誣。此節文字見其書卷二〈文字篇〉，通篇自黃帝之史倉頡製字說起，歷敘至於六書說及各書體，再而至於《說文》、《聲類》、《字林》諸書。緊接於敘述《聲類》以前的一段文字是：

安帝時，許慎特加搜采，九千之文始備，著為《說文》，凡五百四十部。

……至今為字學之宗。

緊接於敘述《聲類》以後的一段文字則是:

晉有呂忱，更按羣典搜求異字，復撰《字林》七卷，亦五百四十部，凡一萬二千八百二十四字，諸部皆依《說文》。……

貫串上下文來看，尤其是「諸部」一詞又見於對《字林》的敘述一節，則所謂「不立諸部」的原意如何，便不待明辨了。〔**「不立諸部」，是說不按已有的部首設立，義與「未立諸部」不同。魏、張、高諸氏則都作「未立諸部」了解，自然不合原意。2000 年宇純補案。**〕過去學者所以誤解諸部為諸韻部，恐怕根本没有通讀封氏原書，只是依據前人文章中截取的二手資料，便想當然的作了判斷。

總結上文所論，《聲類》一書分調分韻，不依《說文》分部，其體例與陸氏《切韻》實無異致。其唯一可能的不同，同音字出現在一個韻裏似乎不曾總歸在一起，而是一如《佩文韻府》或坊間《詩韻集成》所為者然。但此點並没有堅強的證據，只是讀〈潘徽傳〉「總會舊轍，創在新意，聲別相從，即隨注釋」幾句話得到的看法，在各家所輯《聲類》中並無痕迹可尋。然而這對於《聲類》為韻書鼻祖的說法，並無絲毫影響。

此外，尚有一項間接資料，可以支持我們對《聲類》一書的看法。〈江式傳〉説呂靜仿李登《聲類》作《韻集》，《韻集》雖然也已不傳，今所見王仁昫《刊謬補缺切韻》四聲韻目下注《切韻》以前各家各韻分合情形，其中有呂書，即呂靜《韻集》。材料易見，學者且有利用來肯定《韻集》已分列韻部的，如張世祿《中國音韻學史》。為了讀者的方便，錄其四聲各韻目之第一條如下，以見一般。平聲冬下云:

無上聲。陽與鍾、江同，呂、夏侯別。今依呂、夏侯。

上聲董下云:

呂與腫同，夏侯別。今依夏侯。

去聲隊下云:

李與代同，夏侯為疑，呂別，今依呂。

入聲沃下云:

陽與燭同，呂、夏侯別。今依呂、夏侯。

從這些注文看來，呂靜《韻集》既有與《切韻》諸韻可以對應的分合關係，其書具有與《切韻》分調分韻的相同體例，自無待言。所以張氏說《韻集》「現在可得知道確已分列韻部」。更從下列諸韻目注文來看，上聲梗下云:

夏侯與靖同，呂別。今依呂。

耿下云：

李、杜與梗、迥同；呂與靖、迥同，與梗別；夏侯與梗、迥並別。今依夏侯。

去聲夬下云：

無平上聲。李與怪同；呂別，與會同；夏侯別。今依夏侯。

其中標韻字的靖與會，不見於陸氏《切韻》，當是諸家韻書標韻字無疑。梗下說夏侯以梗、靖為一，耿下說夏侯與梗、迥並別，大抵夏侯該《韻略》與《切韻》梗、靖兩韻相當者即為梗韻。梗下又說呂靜分梗靖為二，則靖的名稱當是呂靜所創用；更參耿下注文「呂與靖、迥同」，又知《韻集》一靖韻相當於《切韻》的耿、靜、迥三韻。夬下說呂靜別夬、怪為二，而夬又與會同，是《切韻》夬、怪、泰三韻，於《韻集》為二類，其一為怪，其一為夬、泰之和，後者其名為會。可見呂靜《韻集》不僅有與《切韻》可對應的韻類，且同於《切韻》每一韻類皆標立類名。《韻集》既是仿《聲類》而作，由於我們對《韻集》的具體了解，於是《聲類》的面目也便越發的宛然可睹了。周祖謨〈切韻的性質和它的音系基礎〉一文曾說：

呂靜原書未必有韻目，即使有韻目，也未必與《切韻》完全相同。

就在同一篇文章裏，周氏曾經整理過三種不同的王仁昫韻目注文，居然會對呂靜《韻集》有無韻目發生懷疑，這不僅使他對《韻集》的體制產生隔膜，也當影響到他對《聲類》一書的了解，實在很是可惜。

末了，要就《聲類》一書的卷數一談。《隋書・經籍志》、封演《聞見記》及李涪《刊誤》都說《聲類》十卷。《魏書・江式傳》則說呂靜仿《聲類》作《韻集》五卷，宮商龣徵羽各為一篇。大概《聲類》每篇各分二卷，故共是十卷；《韻集》則每篇一卷，故為五卷。只是《隋志》有十卷本及六卷本《韻集》二書，十卷本下不題作者，六卷本下云「晉安復令呂靜撰」，與《魏書・江式傳》所說不同。陳鱣〈敘錄〉說：

《隋志》「《韻集》十卷」，又「六卷，安復令呂靜撰」。江式〈表〉則云靜仿《聲類》之法作《韻集》五卷。……按所稱卷各不同。既以五聲命字，當以五卷為是，或併錄目為六卷與？至十卷者，恐別是一書。

所言雖未必是，但分卷的多少，要不影響我們從《王韻》韻目注文推求《韻集》體制，進而肯定《聲類》與韻書體制上的關係。

此外，尚有二事值得提及：

一、陸志韋《古音說略》第十章〈陰入聲的通轉〉，主張古代去聲有長短二調，並平上去為五聲，曾利用封演《聞見記》的「以五聲命字」作為佐證，其說云：

> 我所以敢提倡五聲之說，因為有點史實可以憑證。封氏《聞見記》：「魏時有李登者，撰《聲類》十卷，以五聲命字。」據《魏書》九十一〈江式傳〉，「呂忱弟靜，別仿故左校令李登《聲類》之法，作《韻集》五卷，宮商角徵羽各為一篇。」早期北方的韻書好像原有五聲。〈江式傳〉又提到「音讀楚夏時有不同。」論語音，北方好像原有五聲，後起的南方韻書才只有四聲。

不能詳究「以五聲命字」一語的實際意義，便用來作為誤說的佐證，這一方面啟示了治學當以輕率傅會為戒，一方面也顯示了本文所討論的，並不是一個單純的音韻學史上的問題。

二、陳澧《切韻考・通論》云：

> 封演《聞見記》云：「李登撰《聲類》十卷，以五聲命字。」《魏書・江式傳》云：「呂靜仿李登《聲類》之法，作《韻集》五卷，宮商角徵羽各為一篇。」此所謂宮商角徵羽，即平上去入四聲。其分為五聲者，蓋分平聲清濁為二也。陸氏《切韻》清濁合為一韻，其平聲分為二卷，但以字多而分之。

陳氏謂宮商角徵羽即平上去入四聲，此言極是；以平聲分清濁為二，至陸氏始合清濁為一，徒以字多而分卷，則與事實不符，尤其陳氏非不知上去入聲各有清濁，這種想法便更覺可怪。不過陳氏究竟不曾見到王仁昫《切韻》韻目注文，假如陳氏得見此書，或者不致有此錯誤的猜度。

（本文原載《臺靜農先生八十壽慶論文集》，一九八一，臺北聯經出版事業公司。）

上古音部分

上古清唇鼻音聲母說檢討

研究上古音的學者發現，諧聲字中頗多明、曉兩母互諧的現象，這些與明母互諧的曉母字並不同時又與見系其他聲母（案：包括見系的見、溪、羣、疑和影系的影、匣及喻三，下同。）字諧聲。經過一段時期的醞釀，最後認定這些曉母字，其上古聲母為清唇鼻音。先師董同龢先生的《上古音韻表稿》受李方桂先生的啟示逕寫作「m̥」，方桂先生的〈上古音研究〉改寫為「hm」，說「一方面是為印刷方便，一方面是疑心所謂清鼻音可能原來有個詞頭，把鼻音清化了。」等於說用複輔音聲母來作解釋。周法高先生的〈論上古音和切韻音〉寫作「xm」，說是讀同「m̥」。最早高本漢也寫作「xm」，表示什麼意思沒有說明；陸志韋《古音說略》說它是複輔音，並且評為「不顧全局的擬音」。高氏的擬音不談，前三者則可以歸之於一個「m̥」。清鼻音在與漢語有關的台語和苗傜語中本頗有發現[1]，現在學者指證了清唇鼻音在古漢語中的存在，方桂先生更根據諧聲字而有「hn」母和「hŋ」母的看法，不能不說是古漢語研究的重大成就。於今新派古音研究者差不多都接受了這個學說，視為定論。我自己以前學習的是這個學說，在我寫的《中國文字學》一書的初版中，還曾引以為文字學有助於古漢語音韻研究的實例。近年來因為注意到另一些現象，使我對於這一學說失去了信心；至少我認為在本文所指的另一些現象被排除之前，這個學說是提不出來的；過去學者則似乎完全沒有覺察到這些現象的存在。「hn」和「hŋ」本是「m̥」說的副產品，本身既沒有必要，又沒有如「m̥」說之有足夠諧聲材料為之扶持，不僅不足援以為「m̥」說的後盾，且適足以自毀「m̥」說的樊籬，下文也擬略為申論；在此先就「m̥」說提出檢討。

首先，我要不憚其煩的將所憑以建立起「m̥」說的諧聲材料一一列出，這一方面固然是因為過去學者列舉皆不完整，主要的一面當然還是為了問題討論的便於進行。這些字可區分為二類，一類是聲符字屬明母的，一類是聲符字屬曉母的，下文分別列

1 見先師董同龢先生《上古音韻表稿》十三頁。

出；聲符字及被諧字下分附反切，其不特標明為何書者為《廣韻》，數字同讀者同行，一字異讀者別見。

甲、聲符字明母

1. 每武罪切

誨、䀲、晦、悔荒內切

悔呼罪切

海呼改切

脢呼回切《集韻》[2]

2. 冒莫報切

䀎許竹切

勖許玉切

3. 毛莫袍切

秏荒內切，又呼到切

4. 無武夫切

膴、幠荒烏切

鄦虛呂切

5. 靡文彼切

麾許為切

6. 𢼸無非切

微、徽許歸切

7. 尾無匪切

娓許偉切

8. 未無沸切

沬荒內切

9. 勿文弗切

忽、曶呼骨切

10. 萬無販切

噧、譪許介切

譪火犗切

2 《廣韻》脢字音莫杯切，與聲符之每同聲母，故此不列。餘同此。

11. 民彌鄰切

昬呼昆切[3]

（惛、閽、婚、殙呼昆切）

12. 亡武方切

巟、㠩、肓呼光切

（荒呼光切）

13. 瞢莫中切，又武登切，又莫鳳切

薨呼肱切

乙、聲符字曉母

1. 黑呼北切

墨、默、纆莫北切、嫼密北切《集韻》

2. 蒿呼毛切

薹莫報切

3. 威許劣切

滅、搣亡列切

4. 釁許覲切

虋莫奔切

5. 㥏呼昆切

𩍐眉殞切

6. 昏呼昆切

䳟、捪、緍、錉武巾切

䎽、蟁[4]無分切

䫒莫奔切

敯彌鄰切，又眉殞切

脗武粉切

7. 巟呼光切

䀮彌登切，又母亙切

---

3 《說文》：「昏，日冥也。从日，氐省。氐者，下也。一曰民聲。」案：氐省之說不足信。民聲古韻屬真部，昏聲屬文部，似亦可疑。段注以為「一曰民聲」四字為淺人所增。《說文》蚊字或作蟁，或作䘇，民聲之說蓋終不誤。但甲骨文、金文無昬字，無從取信。

4 《說文》：「蟁，䘇或从昏，以昏時出也。」案：聞字或从昏聲作䎽，蟁字疑亦以昏為聲。

以上所列，數量既不算少，不得以偶然接觸視之，其中「甲 11」昏从民聲讀曉母，「乙 6」之䳟、捪、緡、錉、䎷、蟁、顅、敯、腗从昏聲又並讀明母；「甲 12」巟从亡聲讀曉母，「乙 7」之䀮从巟聲又讀明母：更顯示其關係特別密切，非無音理。這些現象，學者都已指出。

此外，諧聲字中還有少數值得注意的現象，一是同一字的或體，如蟁與蚊、蠠同字，腗與吻同字，也一面是曉母，一面是明母，其重要性與前列甲、乙兩類字相等。另是明、曉二母的間接接觸。此雖非从明母之某而讀曉母，或从曉母之某而讀明母，一如前列之甲、乙兩類，但同一聲符之字，或讀明母，或讀曉母，亦不妨視為明、曉二母的接觸；只是解釋不同，便可以全然無關，自與甲、乙兩類不可同年而語。此如：里字良士切，來母；从里聲之埋、貍音莫皆切，明母，而堇字音許竹切，曉母。翏字落蕭、力救二切，來母；从翏聲之繆音武彪、莫浮、靡幼、莫六諸切，鷚字音武彪、莫浮二切，謬字音靡幼切，並屬明母，而嘐字音許交切，屬曉母。又夬字音古賣切，見母；从夬聲之袂字音彌弊切，明母，而決字音呼穴切，曉母。

如果不專從諧聲字與聲符間的相互關係著眼，還有兩類重要材料可以支持「m̥」聲學說，學者似未提到。其一是一字的明、曉二讀，其一是古文獻中的異文、假借。前者如：脢字呼回切，又音莫杯切；瞐字許竹切，又音莫報切；膴字荒烏切，又音武夫、文甫二切；沬字荒內切，又音無沸切；㫚字呼骨切，又音文弗切；譪字許介、火犗二切，又音莫話切；𩡧字許界、虛器二切，又音莫八切；𩒁字呼內切，又音莫佩切。後者如甲骨卜辭之「其每」、「弗每」即「其悔」、「弗悔」，假借明母之每為曉母之悔。金文以釁為眉壽之眉；《詩・文王》「亹亹文王」、〈崧高〉「亹亹申伯」，亹為釁之變體：並讀曉母為明母。《尚書・盤庚》「懋建大命」、「懋簡相爾」，兩懋字《隸釋》引石經作勖，懋為明母，與曉母之勖通作。這類例子古文獻中可能不少。因為諧聲字本身已經夠充分，僅舉二、三例，聊為佐證而已。

可是，儘有如上的例證，「m̥」聲學說能否確立不移，個人認為仍然值得深思。因為這個問題並不在於單方面能找出多少曉母與明母有關的實例；更重要的是，這些與明母有關的曉母字是否又同時確然與見系無關？假定是有的話，便表示這個曉母仍然是個不折不扣的 h（或 x），它與明母的關係就必須另謀解釋；而並非說它是個「m̥」，便以為得到了真相。實際上古文獻中異文、假借的行為，雙聲連語及轉語的現象，甚而即在諧聲字本身，絕大多數顯示並沒有清楚的界限，與明母互諧的曉母字同時又與見系字保持了連繫。下面便是我所注意到的這方面的資料，依照前列甲、乙兩類的順序述之如下，無則從闕。

1.悔字 《廣韻》賄韻：「賄，財也，又贈送也。呼罪切。」其下為脢字，注云「上同」，當是从每聲，則亦明、曉互諧之一例。唯此字不見於《説文》，以音義求之，應該是悔字的轉注[5]，本借悔為賄，後改其心旁為貝而成。《儀禮・聘禮》「賄，在聘于賄」，鄭注云「古文賄皆作悔」，是借悔為賄的明證。同篇除上引二賄字外，尚有「賄用束紡」、「執賄幣以告曰，某君使某子賄」及「重賄反幣」等四賄字，與鄭注「古文賄皆作悔」相照，又可見賄字古文作悔，並不是偶然的相亂。悔字既然可以假借為賄，當由二者音近。據所知，二字古韻同之部，悔字呼罪、荒内兩讀，或與賄字同音，或亦止於聲調之異，正合假借條件。《説文》云賄字从有聲，有字音云久切，上古屬匣母；从有聲的絠字音古亥切，屬見母；又《説文》醢字籀文作𨣥，一从右聲，一从有聲，右是又的轉注，上古也都屬匣母：可見有聲的賄是個屬於見系的曉母字，其音為h。以此推之，讀曉母的悔字，儘管取用了明母的每字為其聲符，仍不得不與賄字同聲母。

2.脢字 《説文》：「脢，背肉也。从肉，每聲。」《廣韻》音莫杯切，《集韻》又音呼回切，已見上文及注二。字見《易・咸卦》九五爻辭「咸其脢」，《釋文》云：「武杯反，又音每。鄭云背脊肉也。王肅又音灰。」武杯反及又音灰，是《廣韻》、《集韻》兩音所本。《禮記・內則》云：「取牛羊麋麕之肉，必脄。」鄭注云：「脄，脊側肉也。」《釋文》云：「脄音每，王肅又音灰。」脄當與脢同字，故《廣韻》脢下收脄為或體。脄字从呼恢切之灰為聲讀明、曉兩母，似又為「m̥」説添一例。然从灰聲的恢字習見於先秦典籍，如《春秋・昭公十四年經》「莒殺其公子意恢」、《左氏・襄公四年傳》「用不恢于夏家」、《莊子・齊物論》「恢恑譎怪」、又〈養生主〉「恢恢乎其於遊刃必有餘地」。恢字音苦回切，《集韻》又有尾韻苦虺切一讀[6]，並屬溪母。以見从灰聲之字雖讀明母，灰字聲母則不得為「m̥」；由是而脄、脢亦並不得為「m̥」。

3.勖字 《禮記・坊記》引《詩・燕燕》「先君之思，以勖寡人」，勖字作畜。畜字除許六、許救二音外，又讀丑六切，上古屬透母。透為送氣聲母，送氣成分本與曉母相同，故此字兼具兩個發音部位全不相干的讀音。諧聲字中有透母與曉母的交

---

5 拙著《中國文字學》一書以語言孳生或文字假借增改偏旁而形成之專字為轉注。前者如周文王、周武王之專字玟、珷；後者如鼎別名石沱，增改偏旁而成䃭鴕二字。

6 《集韻》尾韻苦虺切：「恢，大也，一曰恢恑譎怪。」

往，如絺从希聲，音丑飢切；詑从它聲音香支切；其理同此。甹从普丁切之甹為聲讀呼刑切；烹亨本同字，而一讀滂母，一讀曉母：也因為滂母為送氣聲母之故。然則與畜為異文的勖字其聲母為喉音之 h，而不得為清鼻音之「m̥」，其理至明。畜字聲母為 h，本無爭論；而《孟子・梁惠王下》引逸《詩》「畜君何尤」而解之云「畜君者，好君也。」畜好二字雙聲，韻亦同在幽部，此孟子以「今語」釋「古語」之一例[7]；古詩之畜，即孟子當時之好，兩者為「古今語」，好的聲母為 h，亦無可疑。而《爾雅・釋訓》云：「旭旭、蹻蹻，憍憍也。」《釋文》云：「旭，謝許玉反，郭呼老反。」兩音分別與畜、好相同，郭注旭旭即〈巷伯〉詩「驕人好好」的異文；旭从九聲，九字屬見母，是曉母之旭確然為喉音之 h。輾轉相求，好、畜、勖三字亦並不得為清鼻音之「m̥」。

4.鄦字　《說文》：「鄦，炎黃太嶽之後甫侯所封也。讀若許。」金文此字類作無、鄦或鄦；經典則悉以許字為之，如《詩・王風・揚之水》「不與我戍許」、《春秋・僖公三十三年經》「晉人陳人鄭人伐許」。《說文》說「鄦讀若許」，正是所謂「闕說經典假借」的讀若例。許字从午聲，午字屬疑母，是許字與明母無干。《淮南子・道應篇》云：「今夫舉大木者，前呼邪許，後亦應之。」《呂氏春秋・淫辭篇》邪許書作輿謣，謣字从雩聲，雩从于聲，于聲古屬匣母，謣字《集韻》音匈于切注云「謣輿，舉重勸力歌也」之外，本讀為羽俱切，正是以其匣母的本音借讀為曉母，也證明了許字與見系的關係。邪許為人類負重時勸力之聲，發乎自然，本無專字，書作邪許或輿謣，都是「依聲託事」的假借；今人之寫作「亨唷海唷」者，亦為此音之摹擬，唷相當於邪、輿，亨、海相當於許、謣，並是喉中音，更是邪許之許不讀「m̥」的明證。《詩・伐木篇》「伐木許許」，《集傳》釋許許為眾人共力之聲，並引《淮南》邪許為說，《說文》引此詩許許作所所，所字从户聲，屬匣母，仍然證明許字聲屬見系。以此而言，鄦字雖从明母之無為聲，却不得讀「m̥」。

5.麾字　《說文》：「麾，旌旗所以指麾也。」案：《說文》別有撝字，與此字同音許為切，其說云：「撝，裂也，一曰手指也。从手，為聲。」一曰手指，指是動詞，手指即以手指撝之意。所以《易・謙卦・六四》爻辭「無不利撝謙」王注說：「指撝皆謙，不違則也。」麾撝二字音義相同，當是一字異體，王筠所謂「異部重文」，即此類。撝字从為聲，為字音薳支、王偽二切，古屬匣母；从為聲的嬀字屬見

7　此與〈滕文公下篇〉引《書》「洚水警余」而云「洚水者，洪水也」，及〈離婁上篇〉引《詩》「天之方蹶，無然泄泄」而云「泄泄猶沓沓也」同例。

母，偽、譌等字屬疑母，以見靡字聲母不得為「m̥」。又麾下之麾即靡字變體，《史記》書作戲下，《説文》戲从䖒聲，䖒从虍聲，諧聲上無任何與明母有關的迹象。而虍《説文》云「讀若《春秋傳》曰虍有餘」，段氏疑「虍有餘」是《左氏・成公二年傳》之「賈余餘勇」，則虍是賈的異文，賈屬見母；或疑是《左氏・昭公三十一年傳》「人未足而盱有餘」的「盱有餘」，則虍與盱同，盱从于聲，于古屬匣母；並見虍字不與明母為類。〔**《禮記・禮器》「祭祀，不祈不麾蚤」，鄭注：「麾之言快也。祭有時，不以先之爲快也。齊人所善曰麾。」麾與快一語之轉，聲母之異，猶虛字有溪曉二讀，韻則本同一部，後以平上與去入爲歌祭兩分（詳拙著〈上古音芻議〉。快从見母之夬聲，與明母略不相涉，可見麾之本音不爲「m̥」。又䖒即甲骨文之㞷，用爲犧牲字，戲以爲聲，亦見麾不讀「m̥」。2000 年宇純補案。**〕

6.徽字　《淮南子・主術篇》：「鄒忌一徽，而威王終夕悲，感於憂。」高誘注：「徽，鷩彈也。徽讀紛麻縗車之縗也。」案：縗車之縗與鷩彈義無涉，此當是擬音。〔**从歲聲、四聲、宣聲的譢翽濊、呬、暄萲喧讀曉母，以見高讀徽爲縗似無可疑。2000 年宇純補案。**〕縗字有倉回、雙隹兩音，高音如可信，則徽字一方面讀曉母，一方面讀審二或心，心與審二上古無別，其情形與所字既讀審二又為「許許」的異文正同，應是其原非「m̥」之證。朱駿聲則謂徽借為其同音之揮，説至可取；揮从軍聲，軍屬見母，亦可見徽不讀「m̥」。

7.焜字　《説文》：「焜，火也。」又：「燬，火也。」案：火、焜、燬三字聲同曉母，韻同微部，義且相同，雖其後一入果韻、一入尾韻、一入紙韻，以見其本非一字，但語出一源，聲母相同，只是韻母微異，是可以斷言的。《詩・汝墳》篇「王室如燬」韓詩燬字作焜，正表示了兩者關係之密。燬从毀聲，毀聲字没有與明母有關的迹象；火字也是一樣，漢以後的聲訓，如《白虎通》的「火之言化也」，《釋名》的「火，化也」，《春秋元命苞》的「火之為言委隨也」，化為聲符的吪屬疑母，委聲屬影母，顯示火的讀音與「m̥」無關。而《方言》十：「煤，火也，楚轉語也，猶齊言焜，火也。」《廣韻》煤音呼罪切，亦屬曉母，確乎顯示了煤與火、焜等「雙聲相轉」的關係。煤从果聲，果屬見母，更見焜不得為「m̥」。〔**火煤燬焜的轉語關係，詳〈上古音芻議〉。2000 年宇純補案。**〕

8.沬字　《説文》：「沬，洒面也。」《禮記・玉藻》：「沐稷而靧粱。」靧與沬同，而从貴為聲，貴屬見母，則曉母之沬不為「m̥」可知。又春秋時魯人曹沬，《史記・齊太公世家、魯周公世家、刺客列傳、管晏列傳、魯仲連列傳》並作曹沬，

《國策・齊策》同；《春秋・左氏莊公十年傳、穀梁莊公十三年傳》作曹劌[8]，《管子・大匡》篇同，字从歲聲，音居衛切，屬見母；《呂氏春秋・貴信》篇作曹翽，亦从歲聲。祭部歲聲之劌、翽，同於微部未聲之沬者，此猶祭部帨字或體之帥假借為微部之率。歲字甲骨文本作戉，假借戉字為之，後加步字而成轉注的歲字。戉字音王伐切，上古屬匣母[9]，此更可見沬字聲母必不得為「m̥」。

9.忽字　《老子》二十一章：「道之為物，惟怳惟忽。忽兮怳兮，其中有象；怳兮忽兮，其中有物。」怳忽二字一語之轉。怳字从兄聲，金文兄字或加㞷聲作𠈌，㞷為往字初文，上古屬匣母；又怳字或書作恍，从光為聲，光屬見母：可見曉母之怳其音為 h，則與怳字「雙聲相轉」之忽音不得為「m̥」，理至顯白。

10.噧字　《說文》：「噧，高气多言也。从口，蠆省聲。《春秋傳》曰噧言。」案：此字《說文》云蠆省聲，不云萬聲，本與明，曉之互諧無涉；因清人或疑當是萬聲，若徐灝之《注箋》、錢坫之《斠詮》，姑列之於前，而辨之於此。此字讀音除前引許介切外，又讀他曷切，義並相同，一字兼讀曉、透兩母，其理同畜字，已說之在前。蠆字音丑犗切，上古正屬透母，此所以許君不云萬聲而云蠆省聲。又《說文》引《春秋傳》「噧言」，清代學者多謂即《左氏・哀公二十四年傳》之「躛言」[10]。躛字音火怪切，與噧字許介切之音但有開合之異。杜注訓躛為過，也與《說文》高气多言之義相合。躛字从衛聲，衛字音于歲切，上古屬匣母；《釋文》躛字音户怪反，正讀匣母，則噧字不得讀「m̥」甚明。〔**萬本是蠆字，因早期音同音近之字少，借爲十千字而讀明母，詳見小作〈有關古書假借的幾點淺見〉，刊見《第一屆國際訓詁學研討會論文集》。噧當如許説以蠆爲聲，故音許介、他曷切。2000 年宇純補案。**〕

11.譪字　《說文》：「譪，譀也。从言，萬聲。」案：此字音許介、火犗二切，與上文噧字後世以為同字異體，《集韻、類篇》或作譪，是其明證。果爾，則譪字不得為「m̥」。唯《說文》解此字从萬聲，與噧下云蠆省聲不同，而大徐音莫話切，小徐音謀敗反，疑此字本只有明母一讀，後世誤以為同噧字，而有許介、火犗之音。

12.荒字　《荀子・禮論》篇：「無帾絲歶縷翣，其須以象菲帷幬尉也」。楊倞注云：「無讀為幠。」王念孫云：「幠者，柳車上覆，即禮所謂荒也。〈喪大記〉曰：

8　《穀梁》於是年經「冬，公會齊侯盟于柯」下云：「曹劌之盟也，信齊侯也。」《公羊》載曹子劫盟事，《史記、國策》並作曹沬，是曹沬與曹劌同為一人。《史記索隱》沬音亡葛反，則誤以為从末聲之沬字。

9　戉與鉞同，《切三》尚音户伐反。

10　《說文》噧下云「《春秋傳》曰噧言」，段注：「未見所出。惟《公羊・襄公十四年經》鄭公孫囆，二傳作蠆。疑噧言二字有誤，當云鄭公孫囆。」此說清人已辨正。錢坫《斠詮》以為《左氏・定公四年傳》之「嘖有煩言」，亦誤。

『飾棺，君龍帷黼荒，素錦褚，加偽荒。』鄭注曰：『荒，蒙也。在旁曰帷，在上曰荒，皆所以衣柳也。』……荒幠一聲之轉，皆謂覆也。故柳車上覆謂之荒，亦謂之幠。……《詩・公劉・傳》曰：『荒，大也』，〈閟宮・傳〉曰『荒，有也』；《爾雅》曰：『幠，大也；有也』，是幠與荒同義。……故《詩》『遂荒大東』，《爾雅》注引作『遂幠大東』，《禮記》『毋幠毋敖』《大戴》作『無荒無傲』矣。」無、亡本是一語之轉，所以亡亦讀為無，而从亡聲的⿺辶亡、⿰亡攴與从無聲的撫亦同字。从無聲的鄦不得聲母為「m̥」，已如前述，則無聲之幠及亡聲之荒亦自不得為「m̥」。

13.黑字 《說文》墨、默、⿰糸黑、嫼从黑為聲並讀明母，所以黑字被認為聲母為「m̥」。但其中⿰糸黑字除前引《集韻》音密北切外，《集韻》又音迄得切，與黑同音；《廣韻》則見於黠韻，音烏黠切，《切三、全王、王一、王二、廣韻》並同，《集韻》亦同，且注云「嫉怒」，與《說文》「怒皃」之義不異。烏屬影母，則是黑字聲不得為「m̥」。〔**黑聲不當入黠韻，此字宜剔除不論。2000 年宇純補案。**〕金文已見此字，惜不知其確切讀法。

14.蒿字 此字本从高聲，高屬見母；而蒿聲的薧字《周禮・𢿱人》「辨魚物為鱻薧」《釋文》云「本作槁，苦老反」，字讀溪母且與高聲的槁字為異文，則不得因一⿱艹耄字从蒿聲讀明母即謂其聲母為「m̥」，本至明顯。過去學者已注意及此，但不知何故以為「無足輕重」[11]，致使這一極可寶貴的材料，在「m̥」學說的建立上未能發生任何阻延的作用。此外，《周禮・載師》云：「以廛里任國中之地，以場圃任園地，以宅田、士田、賈田任近郊之地，以官田、牛田、賞田任遠郊之地。」鄭注云：「故書廛或作壇，郊或為蒿。」並引杜子春讀蒿為郊，謂五十里為近郊，百里為遠郊。更證明蒿字必不得聲母為「m̥」。又《禮記・祭義》云：「其氣發揚于上，為昭明焄蒿悽愴。」鄭注云：「蒿，氣蒸出皃。」[12] 依《說文》此當為歊之假借，《說文》：「歊，歊歊气上出皃。从欠，高聲。」歊字音許嬌切，亦讀曉母，而與明母一無瓜葛，亦當為蒿不讀「m̥」之證。

15.釁字 此字金文作□，象人持皿瀉水作沐浴狀，假借為眉壽之眉，實即《說文》之沬[13]；故陳逆簠作□，即說文沬之古文□，而小有譌變。沬字不得讀「m̥」，

---

11 先師《上古音韻表稿》第十二頁云：「另外有幾個例子，如蒿：⿱艹耄之類的，就是無足輕重的了。因為蒿字本身既從高得聲，同時還諧著薧字。」蒿字與見系的關係既如此密切，這幾句話便極端費解。

12 鄭注又云：「蒿或為藨。」案：《釋文》：「焄，許云反；蒿，許羔反。」焄蒿、悽愴分別為雙聲，藨當是形之誤。

13 參中央研究院《歷史語言研究所集刊外編・第四種》李孝定先生「釋釁與沬」一文。

已說在上，此字自亦不得讀「m̥」。〔釁與沬同字，其始陽聲亦應爲合口讀法，故其變體之亹及亹讀與問同，釁聲之虋讀同門，並屬合口；又別一變體之璺音同尾，亦爲合口。今音開口，顯爲變讀（疑是受了𧦝字隙字的影響）。2000 年宇純補案。〕

據上來所說：甲類聲符為明母之每、冒、毛、無、靡、散、尾、未、勿、萬、民、亡、瞢十三字所諧之曉母字，其中除从萬之嘆、譪二字應不計，僅毛聲之秏、民聲之昏及瞢聲之薨三字不見與見系字發生關係，其餘九字所諧之誨、䀲、晦、悔、海、脢、䁯、勖、膴、幠、鄦、麾、微、徽、娓、沬、忽、曶、巟、肓、衁等二十一字[14]，直接或間接知其曉母屬喉音，不得為「m̥」；乙類聲符為曉母之黑、蒿、威、釁、𡚁五字[15]，其中黑、蒿、釁三字亦知其不得為「m̥」，僅威、𡚁二字未見與見系字有關的資料。而昏與晦義或無別，如《詩・風雨》篇「風雨如晦」毛傳「晦，昏也」，《易・隨》卦「象曰，君子以嚮晦入宴息」鄭注「晦，冥也」；兩字且不僅雙聲，韻部一屬文一屬之，兩部也頗有相通現象，此如㭻从來聲、𩔖从吏聲[16]、允从目聲、存从才聲而與在為一語之轉，可見昏與晦當是「雙聲相轉」的親屬語言，晦既不得為「m̥」，是昏亦不得為「m̥」。再者古人習以婚媾連用成詞，媾或作遘，如《易・屯》卦之「匪寇婚媾」、《左氏・隱公十一年傳》之「如舊婚媾」，金文殳季良父壺之「用享孝于兄弟婚媾諸老」、克盨之「朋友婚遘」，大抵以音近之雙聲為詞，成其音色之美。媾屬見母，則婚亦不得為「m̥」。𡚁字《說文》云為籀文婚，是𡚁亦不得為「m̥」。則上文二十九個與明母互諧的曉母字，僅秏、薨、威三字不見與見系有關；不見有關，未必即是無關，憑這三個字就說古有「m̥」母，顯然是不能言之成理的。

如果仍然希望維護古有「m̥」母的學說，只有一個辦法，那就是設法對上文所舉諸實例予以否定。首先我們可以從時代上去設想，說諧聲字所代表的時代早，凡上列曉母字又同時與見系字發生關係者，是後世「m̥」已變為 h 以後的事，其在諧聲字所代表的時代則原是「m̥」。這應該是「一語破敵」的好主意。而苦於只是個空洞的理論，得不到任何支持。在前舉諸例中，如《史記》戲下之為麾下，《淮南》一徽之為一揮，因為是漢人的著作，也許便是較晚的現象，但有無歷史淵源，其可能性似乎也不能完全排除；其餘則並見於先秦古籍或古器物銘文。有什麼證據可以指明某字原讀「m̥」，到了某個時代變而為 h？在我看來，一點辦法沒有。反之，卻有很好的材料

14 昏聲之惛、閽、婚、殙及巟聲之荒，因與聲符同音，故不計。
15 此類昏、巟二字，已計入前類之中。
16《說文》：「𩔖，讀若迅。」迅是文部字。

證明所謂「m̥」聲的曉母字，原是個道地的h。甲骨文有□字，金祥恆兄《續甲骨文編》以為即《說文》之蒿，根據《說文》艸部末五十三個小篆从艸之字大篆从茻，蒿字正在此五十三字之中，以及《說文》莫字金文或書作□[17]，這個釋文顯然是無可致疑的。無異證實了蒿字自商以來是個屬於見系的曉母字。除非我們把《說文》薹字所代表的時代提到甲骨文之前，就不能說蒿字本讀「m̥」。但是說薹字所代表的時代是甲骨文之前，既無憑無據，也並不能解釋何以薹字所从的又正是以高為聲符的蒿字。而且經傳中所見薹老的薹字只作耄，或作旄，如《詩・板篇》的「匪我言耄」、《書・微子》篇的「吾家耄」、《孟子・梁惠王》篇的「反其旄倪」，甚而至於《禮記・曲禮》的「八十九十曰耄」，也是如此。《說文》的根據是什麼，固然無法得知，薹字的時代疑不在秦以前，雖不中，或恐不遠。因此這一個例，雖然只是這麼一個例，便足以使整個「m̥」母說成為虛誕。甲骨文除□字而外，又見到□字，與沬字同；又有用每為悔的假借。前者屬廣義的象形，後者解釋不同音便各異，都不能在讀音上提供任何線索。金文除蒿字而外，又有誨、海、嬶、䵋、韅諸字，時代早的不能過西周，晚的且已入戰國，與兩周文獻一樣，都無從察見由「m̥」轉為h的迹象。如果說一分證據只能說一分話，「m̥」母的學說顯然還無法提得出來。

其次該是設法否定上列諸例與見系的關係。譬如蒿字，可以把《周禮》的蒿和《說文》的蒿分開，認為兩者只是形同，而音義各異；《周禮》的蒿本是借高為郊，其後加艸，實為郊字或體。《周禮》的薧字也可以認為从的是這個郊字的或體，並非說文訓蔌的蒿字。《詩・小明》篇云「至于艽野」；《說文》云：「艽，遠荒也。从從艸，九聲。」可作為假借的高字所以加艸的說明；而《禮記・月令》的「高禖」即「郊禖」，也正是借高為郊的實例。這一解釋無疑甚是圓滿。只是《說文》訓蔌的蒿，終是個从高為聲的曉母字；既不得謂薹字所从為郊的或體蒿字，便不得不因薹字音莫報切而謂《說文》蒿字的曉母為「m̥」，一個大圈子兜了回來，仍然不能避免與高聲相牴觸。這固然是一個最令人頭痛的例；其他諸字，那些與見系字有關的事實，要想逐條予以否定，恐怕也不是容易從心所欲的。

究竟明、曉二母何以有上述諧聲關係，下列現象疑不能忽略：凡與明母互諧的曉母字，在中古多是合口的。此如甲類中每聲的誨、毎、晦、悔、脢，靡聲的靡，敳聲的黴、徽，尾聲的娓，未聲的沬，勿聲的忽、曶，民聲的昏，亡聲的巟、衁、肓（案：昏聲的惛、閽、婚、殙及巟聲的荒，亦不例外），以及乙類中滅的聲符威，韅

17 據《金文编》所收父乙□莫觚。

的聲符憂，都屬開合韻的合口，含有介音圓脣元音u或半元音w。其餘甲類中冒聲的瑁、勖，無聲的膴、幠、鄦，雖不屬開合韻，其主要元音如先師所擬者，瑁、勖為juk，膴、幠為uo，鄦為jo，主要元音都是圓脣的。u為主要元音，固與介音之u或w作用不殊；圓脣元音o對聲母所產生的影響，亦應與介音之u或w無異，此可由中古重脣變輕脣兩者情況之一致知之[18]。其既無合口介音，主要元音又非圓脣的，僅甲類中每聲的海、毛聲的秏，及乙類中墨的聲符黑、薹的聲符蒿、釁的聲符釁，共五字；而釁本與沬同字，則二十九個與明母互諧的曉母字，純然與合口無關者，僅海、秏、蒿、黑四字。但从每聲的誨、毎、晦、悔、脢諸字既並讀合口，海字似不得獨異。古韻學者對此問題本就不能釋然於心的。如李方桂先生上古音所擬海悔兩字音值同為hməgx，而中古一讀開口，一讀合口，並不能指出其不同的演變條件。同龢先師《上古音韻表稿》雖置海字於開口，而注云「可能為合口」。先師不曾說明理由，大抵即因先師認介音u為「m̥」變 x 的唯一條件，故不得不有此疑。我頗疑心海字讀開口，是受了澥字的影響。《說文》：「澥，勃澥，海之別名也。从水，解聲。」《廣韻》澥字胡買切，與蟹同音，屬開口；音既與海近，而古人所謂海多指勃澥而言[19]，勃澥且多作勃海[20]，此所以从每聲的海字獨變開口之音。《尚書考靈曜》云：「海之言昬晦無所睹也。」《釋名・釋水》云：「海，晦也。主承穢濁，其色黑而晦也。」並以晦為海的聲訓。古人所為聲訓，類為無稽之談，兩者讀音關係却往往可於此反映；這可能表示漢以前海字仍屬合口。至於黑字，先師《上古音韻表稿》便列在合口表中，也不曾說明理由。我想可以舉出兩點以支持這個看法。(一)從語族著眼，《釋名・釋采帛》說：「黑，晦也。」也用合口晦字為聲訓。黑與晦義既有關，聲母相同，韻亦同部，其異僅在一為入聲，一為陰聲，劉氏此說確乎有幾分令人信採的道理。(二)從音韻結構著眼，中古黑字屬德韻開口，德韻相承之陽聲登、等、嶝三韻無相應之曉母字；合口方面，等、嶝二韻全無字，登、德二韻有牙喉音：見母之肱與國應，匣母之弘與或應，獨曉母之薨無入聲。若以黑當薨，則開口部分四聲並無曉母字，而合口則平、入適相足。這無疑是黑字原與薨配，不讀開口的有力證明。附《韻鏡》四十二、四十三兩轉圖於後，以供覆案[21]。如此說來，此二十九字，除秏、蒿而

18 據內子杜其容女士相告，中古重脣變輕脣，是因為介音 j 後再接合口介音或圓脣元音，將為專文討論。〔內子撰〈輕脣音的演變〉一文，刊見中央研究院《國際漢學會議論文集》，1981 年。2000 年宇純補案。〕

19 小徐《說文解字繫傳》：「《列子》諸書並謂海為渤澥。」

20 如《淮南子・天文》：「賁星墜而勃海決。」《山海經・南山經》：「丹水南流，注于渤海。」《史記・高祖本紀》：「北有勃海之利。」《漢書・地理志》有勃海郡。《說文》：「郣，郣海地。」

21 登韻影母之泓，乃據《集韻》乙肱切增入；《廣韻》無此音，《七音略》無此字。

外，或中古而具有合口或類似合口的成分，或亦可斷定上古當與中古讀合口諸字具有相同的音素。不過由於學者對上古音開合口看法不一致，有的認為中古的合口自上古的合口而來，有的則認為上古韻母無合口，中古的合口音來自上古的圓脣舌根音聲母[22]；更加韻部元音之擬訂，又不必中古為圓脣元音者上古亦為圓脣元音[23]，因此前文所述二十九字的中古音如何如何，便不一定能代表其上古音亦具合口或類似合口的圓脣元音成分[24]，對明曉二母互諧現象的解釋，似乎没有任何意義可言。然試從另一面設想，上古音的時代去今甚遠，今人上古音的研究成績與真實的上古音相去若何，不要説是某一家的學説，即使將各家意見集中起來去異存同，也未必便是上古音的真面目，特别是韻母音值的擬訂方面，恐怕更是如此。因此如果一定説，這些中古同具合口或類似合口成分讀音的字，並非由於其上古即同具合口或類似合口的音韻條件，而只是偶然的自各種不同途徑趨於一轍，或亦不能言之成理。另方面中古屬開口或無任何圓脣元音成分的曉母字不算少，以《説文》一書大約計之，醯、儗、欸、娭、誒、熙、娶、僖、禧、喜、譆、熹、憙、蠹、奭、赩、興、嬹、鄦、罅、墉、鰕、捇、赫、虩、壑、郝、謔、炕、忼、香、鄉、膷、響、饗、鼏、蠁、閽、享、向、珦、醯、謑、鬩、馨、螑、蛵、礊、碣、歔、羲、犧、戲、訶、抲、閜、飲、鴳、喝、暍、猲、歇、忩、鼾、暵、漢、罕、騫、軒、掀、憲、攇、獻、羴、顯、韅、希、莃、俙、睎、稀、豨、晞、欷、呬、忔、餼、鎎、愍、肸、肹、芞、仡、忔、釳、迄、妻、訢、欣、昕、忻、吚、欯、呷、脅、歙、協、陜、脥、娹、獫、譣、獫、憸、險、欿、瘕、翕、歙、潝、吸、扱、妗、钦、歆、廞、歞[25]，共百二十餘字，全不見明曉的互諧。這一現象，與明曉互諧之必涉及合口或類似合口成分者，形成了極端的對立。〔**依方桂先生所説，上古音無合口，中古牙喉音合口係由圓脣聲母變來，本文這裏所指出的，便成了何以「m̥」不與非圓脣的「h^w」相配的問題。但小作〈上古音芻議〉主張周代已有開合口之分。2000 年宇純補案。**〕其中固然大部分與見系字有關，但因本文已指出與明母互諧的曉母字也大部分同時與見系字牽連，並不得將此等字剔除不計，我們便不能逃避這一事實。何況其中如喜、僖、禧、譆、熹、憙、蠹、奭、赩、興、嬹、鄦、赫、捇、壑、香、享、向、珦、醯、螑、羴、

22 此李方桂先生〈上古音研究〉説。李先生文中只擬了一個複合元音 ua。

23 如中古魚韻為圓脣元音，上古各家所擬元音為ɑ。又李方桂先生擬了一套圓脣舌根音韻尾，所以只用了一個圓脣元音 u，便解釋了很多韻中古讀圓脣元音的現象。

24 如鄦字依王力之擬音為 -ĭɑ，蒿字依李方桂先生之擬音為 -agw。

25 以上諸字大致據同龢先師《上古音韻表稿》錄之，而略有增損。

顯、鬩、希、莃、俙、晞、稀、豨、唏、欷、呬、肸、肹、娎、吚等三十七字，諧聲上亦不見與見系有關，為數正亦不鮮。這顯示了明曉二母的互諧，當是合口或類似合口的圓脣元音為條件所造成。至於如耗、蒿之字，或本是例外諧聲，聲母上原無道理可言，與其餘明、曉互諧字不同；蒿从高聲，其不得聲母為m̥，則是無容置疑的。合口或類似合口的圓脣元音成分並不等於明母，却是個最接近明母的音素，所以即在音理而言，對明、曉二母之所以往往互諧，也該被認為找到了真實原因，而毋庸更作他解。

過去學者並非没有發現到明、曉的互諧，差不多牽涉到曉母字的合口成分。可能由於少數字如海、黑、釁的擾亂，而影響到對此的特別注意。又或因看法的不同，如同龢先師《上古音韻表稿》只把這合口成分視為由「m̥」變 x 的因素，以致妨礙了把它看作兩者互諧的主因。由今看來，與明母互諧的曉母字既同時又多與見系字連繫，並不以明母為局限；此等曉母字在中古復有一特色，其韻母類含圓脣元音成分，而凡不含圓脣元音成分的曉母字，除耗、蒿而外，又絶不與明母諧聲。前者説明此等字不得不為 h，後者亦正足以闡釋明、曉所以互諧之理。則過去學者不能由此以悟出兩者互諧的究竟，不能不説是失之交臂，非常可惜的。〔**本文以合口介音及圓脣主要元音爲曉母與明母諧聲的關鍵所在，如秏、蒿之字，固然成了例外；視合口介音爲 m̥ 變 x 的因素，也無法解釋何以秏、蒿亦變讀曉母。2000 年宇純補案。**〕

假如讀者還不能滿意本文所作的分析，也許不妨提出一個假設，凡與曉母互諧的明母字本是個 hm，不過這個 hm 不是清脣鼻音，而是個複聲母。因為 hm 與合口的曉母 hw 或 hu 音近，所以 hw 或 hu 一方面與 hm 諧聲，一方面又與見系字發生諧聲、異文、假借等行為；其後 hm 同化於 m，這便是大家所談的明曉兩母互諧的現象。至於開口的曉母 h 因為與 hm 音遠，所以不與 hm 相諧。這個解釋，應該是較易令人滿意的。但是「解釋」並不等於「證明」，一個現象可以有很好的解釋，却未必合於真相。過去學者説與明母互諧的曉母是「m̥」，這是解釋；本文説它們既同時又與見系字有密切關係，所以仍然是不折不扣的 h，這是證明；本文又説這些明曉互諧的現象是由曉母字的合口或類似合口的圓脣元音成分所造成，這是基於事實而自然形成的解釋。現在如果説與曉母諧聲的明母是個複聲母 hm，便只是一個解釋；或許是合理的，但也無法不承認終是個寄情於虛無縹緲之間的音標遊戲。也許由於比較務實的個性的影響，我對這個解釋的興趣不大，而且也認為實在並無需要。

因為與「m̥」聲的討論有關，最後我想對方桂先生的 hn 和 hŋ 兩個清鼻音表示一點淺見。方桂先生於其〈上古音研究〉一文中認為與泥、日、娘母互諧的透、徹母上古音為 hn，與疑母互諧的曉母上古音為 hŋ。這是基於雙脣清鼻音「m̥」發現之後的新創獲。我覺得更有商榷的餘地。《說文》說：「形聲者，以事為名，取譬相成。」譬就是譬況。漢人的譬況，本是個有相當彈性的擬音方法。許君說形聲字與聲符間的音韻條件只是「取譬」，就整個形聲字的諧聲情況而言，直可謂深中肯綮，入木三分。「取譬」雖然也必須「其則不遠」，在可能範圍之內，確乎可以伸縮自如，没有細密不可變通的原則。明、曉二母的互諧，所以特別令人敏感，是因為兩者發音部位阻隔，不屬於可以諧聲的範圍。至於泥、日、娘與透、徹，或疑與曉，其發音部位既分別同近，發生互諧的現象，原不足怪。明母與幫、滂、並的互諧[26]，不曾引起人的特別注意，就是這個道理。尤其方桂先生也說：「有些曉母字不但跟疑母字諧聲，也跟別的舌根塞音諧聲，這類的字就不能十分確定是從清鼻音來的。」這也許就表示了 hŋ 聲的並非絕對需要。何況根據方桂先生的說法，與泥、娘諧聲的透母為 hn，則與明母諧聲的滂母便不得不為 hm。如《說文》撫字从無聲，或體从亡聲作㱧，又別有攺字从亡聲謂讀與撫同，撫、攺並讀芳武切；奅、窌二字从莫飽切之卯為聲，並讀匹貌切；䁅从冒聲，讀撫鳳切；覛、眽、脈三字从匹卦切之𠂢為聲，並讀莫獲切，覛字又讀莫狄切；幦字从辟聲讀莫狄切，而辟字有普擊切一讀：並明、滂互諧之例。此外又有洦字音普伯、莫白二切及娩字音芳萬、亡辨二切的一字滂、明二讀。這些字的滂母讀音，後世既不變為曉母，對於hm、hn之說，便造成了無可補救的不利，因為那如果不是表示與明母互諧的曉母不得為hm，即表示與泥、娘互諧的透母不得為hn，二者至少必須放棄其一。

一九七八年四月九日於臺大

（本文原載《屈萬里先生七秩榮慶論文集》，一九七八，聯經出版事業公司。）

〔《說文》：「顋，昧前也。从頁，𣅀聲。讀若昧。」大徐莫佩切。𣅀字音于筆切，爲合口匣母與明母的諧聲行爲。許說如不誤，大不利於「m̥」聲之說。唯字見於金文，用於盤或匜之上，或下加一皿，巛上似不从曰。姑記之於此以俟考。又《說文》：「帑，鬃布也。从巾，敄聲。讀若項。」《集韻》有蒙晡、亡遇、莫卜、吁玉四音，亦過去言清脣鼻音所未注意及者。2000 年宇純補案。〕

---

26 如明與幫諧聲者大約計之有：方遇切賦从文甫切武為聲，布玄切邊从武延切㝍為聲，必鄰切賓从彌殄切丏為聲；莫白切洦、佰、拍从博陌切百為聲，彌畢切宓、滵从卑吉切必為聲，莫教切貌从北教切豹為聲。

附圖一

內轉第四十二開

	脣音清	脣音次清	脣音濁	脣音清濁	舌音清	舌音次清	舌音濁	舌音清濁	牙音清	牙音次清	牙音濁	牙音清濁	齒音清	齒音次清	齒音濁	齒音清	齒音濁	喉音清	喉音清	喉音濁	喉音清濁	舌音清濁	齒音清濁
登	崩	漰	朋	瞢	登	鼟	騰	能	縆	○	○	○	增	○	層	僧	○	○	○	恒	○	楞	○
	○	○	○	○	○	○	○	○	○	○	○	○	○	○	○	○	○	○	○	○	○	○	○
蒸	冰	砯	凭	○	徵	僜	澄	○	兢	硱	殑	凝	烝	稱	繩	升	承	膺	興	○	蠅	陵	仍
	○	○	○	○	○	○	○	○	○	○	○	○	○	○	繒	○	○	○	○	○	○	○	○
等	○	倗	䣙	○	等	○	○	能	○	肯	○	○	噌	○	○	○	○	○	○	○	○	倰	○
	○	○	○	○	○	○	○	○	○	○	○	○	○	○	○	○	○	○	○	○	○	○	○
拯	○	○	○	○	○	庱	○	○	○	殑	○	○	拯	○	○	殑	○	○	○	○	○	○	○
	○	○	○	○	○	○	○	○	○	○	○	○	○	○	○	○	○	○	○	○	○	○	○
嶝	崩	○	倗	懵	嶝	澄	鄧	○	亘	○	○	○	增	蹭	贈	䙢	○	○	○	○	○	○	○
	○	○	○	○	○	○	○	○	○	○	○	○	○	○	○	○	○	○	○	○	○	○	○
證	○	○	凭	○	○	覴	瞪	○	○	○	殑	凝	證	稱	乘	勝	剩	應	興	○	孕	餕	認
	○	○	○	○	○	○	○	○	○	○	○	○	甑	彰	○	○	○	○	○	○	○	○	○
德	北	○	菔	墨	德	忒	特	䲢	裓	刻	○	○	則	𡎚	賊	塞	○	餩	黑	劾	○	勒	○
	○	○	○	○	○	○	○	○	○	○	○	○	稄	測	崱	色	○	○	○	○	○	○	○
職	逼	愊	愎	窨	陟	敕	直	匿	殛	䩵	極	嶷	職	瀷	食	識	寔	憶	赩	○	○	力	○
	○	○	○	○	[illegible]	○	○	○	○	○	○	○	即	○	堲	息	○	○	○	○	弋	○	○

附圖二

內轉第四十三合

	脣音清	脣音次清	脣音濁	脣音清濁	舌音清	舌音次清	舌音濁	舌音清濁	牙音清	牙音次清	牙音濁	牙音清濁	齒音清	齒音次清	齒音濁	齒音清	齒音濁	喉音清	喉音清	喉音濁	喉音清濁	舌音清濁	齒音清濁
登	○	○	○	○	○	○	○	○	肱	○	○	○	○	○	○	○	○	泓	薨	弘	○	○	○
	○	○	○	○	○	○	○	○	○	○	○	○	○	○	○	○	○	○	○	○	○	○	○
	○	○	○	○	○	○	○	○	○	○	○	○	○	○	○	○	○	○	○	○	○	○	○
	○	○	○	○	○	○	○	○	○	○	○	○	○	○	○	○	○	○	○	○	○	○	○
指微韻鑑卷終	○	○	○	○	○	○	○	○	○	○	○	○	○	○	○	○	○	○	○	○	○	○	○
	○	○	○	○	○	○	○	○	○	○	○	○	○	○	○	○	○	○	○	○	○	○	○
	○	○	○	○	○	○	○	○	○	○	○	○	○	○	○	○	○	○	○	○	○	○	○
	○	○	○	○	○	○	○	○	○	○	○	○	○	○	○	○	○	○	○	○	○	○	○
	○	○	○	○	○	○	○	○	○	○	○	○	○	○	○	○	○	○	○	○	○	○	○
	○	○	○	○	○	○	○	○	○	○	○	○	○	○	○	○	○	○	○	○	○	○	○
	○	○	○	○	○	○	○	○	○	○	○	○	○	○	○	○	○	○	○	○	○	○	○
	○	○	○	○	○	○	○	○	○	○	○	○	○	○	○	○	○	○	○	○	○	○	○
德	○	○	○	○	○	○	○	○	國	○	○	○	○	○	○	○	○	○	○	或	○	○	○
	○	○	○	○	○	○	○	○	○	○	○	○	○	○	○	○	○	○	○	○	○	○	○
職	○	○	○	○	○	○	○	○	○	○	○	○	○	○	○	○	○	○	洫	○	域	○	○
	○	○	○	○	○	○	○	○	○	○	○	○	○	○	○	○	○	○	○	○	○	○	○

附註：登韻影母之泓，乃據《集韻》乙肱切增入；《廣韻》無此音，《七音略》無此字。

有關古韻分部內容的兩點意見

前　言

古韻分部從明末顧炎武開始發展到今天，雖然仍有分部多寡之爭，却已無關宏旨。譬如二十二部之與三十一部，表面上不能不説疏密懸殊，實質則只是陰聲部的入聲字獨不獨立的態度問題，其為收 k、收 t 的入聲，則初無二致。所以近幾十年來環繞在古韻研究的工作，主要是音值的擬測。比較著名的，如董同龢先師的修正高本漢，李方桂先生大幅度的再訂高、董，以及王力的改弦易轍，除去所擬元音之不盡相同，或甚不相同，又有陰聲韻帶不帶塞音韻尾的歧異。這些不同的主張，暫時似乎只有視之為見仁見智；誰是誰非，若必急謀解決之道以成定論，恐不甚可能，有些問題，還恐永遠也得不到一致的看法。至於從音位的觀點，斤斤於一個元音的節省以為賢，則更是浪費精力，毫無意義。可是，在分部的內容上，私心以為頗有回旋的餘地，願在此提出兩點意見，以為治古韻者的參考。

壹、論以古文字檢討分部內容

一言以蔽之，起始的古韻分部，是依據古代的韻語以離合《廣韻》，古代的韻語則以《詩經》一書為重心。但出現於韻語的字畢竟是有限的，以此離合《廣韻》，希望得到正確的古音韻部，已屬不易，假如要求對每一個字的歸部都得「拿證據來」，那便更是強人所難了。從段玉裁由《説文》諧聲字體悟出「視其偏旁以何字為聲，而知其音在某部」的道理，這個缺陷才得到了彌補。於是《説文》九千餘字都在有憑有據的情況下，一一找到了它古韻部中應有的席位。這可以説是古音研究上的一大突破。因為後來的學者，不僅在古韻分部上師其意，如江有誥的二十一部，董同龢先師的二十二部，所賴以表現其韻部內容的是一所以簡馭繁的諧聲表，朱駿聲為《説文通訓定聲》，所賴以貫串《説文》九千餘字於十八部的，也還是諧聲字的聲符；甚至用諧聲字以研究上古聲類，方法上也不能不說是由這裏開導出來。

不過，古韻語不足的缺陷雖是彌補了，小的問題也便隨之而生；儘管這不是由於方法之不可靠所引起，面對著的事實總是要接受的。所謂諧聲字，誰都知道根據的是許慎的《說文》。《說文》所說如果一切信實，理論上當然不會產生差錯[1]。反之，假如許慎可能把非諧聲字說成諧聲，而又剛好牽涉到韻部的不同，則根據《說文》，韻部是有了歸屬，真相却並不若是；或且不免把本有韻語可證的字，也因其誤說而以致歸錯了韻部。在我平時所注意到的，這類例子確乎存在，姑且以下列三字作為說明。

第一個是朝字。《說文》：「𣶃，旦也。从倝，舟聲。」今字作朝，依小篆和許說，是後來的變體。從《詩經》叶韻看：〈柏舟〉叶「舟、流、憂、游」，〈谷風〉叶「舟、游、求、救」，〈竹竿〉叶「滺、舟、游、憂」，〈菁菁者莪〉叶「舟、浮、休」，所與為韻者，無一而非幽部[2]字，舟字古韻當屬幽部。另一方面，朝字也見於《詩經》韻腳：〈碩人〉叶「敖、郊、驕、鑣、朝、勞」，〈氓〉叶「勞、朝、暴、笑、悼」，〈河廣〉叶「刀、朝」，〈羔裘〉叶「搖、朝、忉」，〈白駒〉叶「苗、朝、搖」，〈漸漸之石〉叶「高、勞、朝」，所與為韻的，則無一而不是宵部字；據此，朝應該是個宵部字。這便形成了《詩》韻和諧聲間的一個矛盾。

第二個是帥字。《說文》：「帥，佩巾也。从巾，𠂤聲。」𠂤字不見於《詩》韻，甚至不見於任何古書，其古韻在何部固然無法從本身考察；相傳與堆同字，也並無憑證，大抵根據《說文》「小阜」之義及許慎所說从𠂤為聲的諸字加以推測而已。《說文》說歸和追都以𠂤字為聲。歸字見於《詩》韻的有：〈葛覃〉的「歸、私、衣」，〈采蘩〉的「祁、歸」，〈式微〉的「微、歸」，〈揚之水〉的「懷、歸」，〈丰〉的「衣、歸」，〈南山〉的「崔、綏、歸、懷」，〈素冠〉的「衣、悲、歸」，〈七月〉的「遲、祁、悲、歸」，〈東山〉首章的「歸、悲、衣、枚」，四章的「飛、歸」，〈九罭〉的「衣、歸、悲」，〈四牡〉的「騑、遲、歸、悲」，〈采薇〉的「薇、歸」，〈出車〉的「遲、萋、喈、祁、歸、夷」，〈杕杜〉的「萋、悲、歸」，〈湛露〉的「晞、歸」，〈四月〉的「淒、腓、歸」，〈楚茨〉的「尸、歸、遲、私」，〈泂酌〉的「罍、歸」，〈崧高〉的「郿、歸」，〈烝民〉的「騤、

---

1 此語用「理論上」三字，是因為《說文》中有無可否認的不同韻部的例外諧聲。如輗或作輨，兒聲宜聲韻部不同。

2 幽部，用董同龢先師《漢語音韻學》古韻二十二部名稱。下文凡云某部而不特標為某家者，悉同此。

喈、齊、歸」，〈常武〉的「回、歸」，和〈有駜〉的「飛、歸」。追字見於《詩》韻的為〈有客〉的「追、綏」。二者所與叶韻的字，不出脂、微兩部，而以微部的居多數。以此推求，自和帥字應不出脂和微部。但是《說文》說帥的或體作帨，以兑為聲。兑字兩次見於《詩》韻，一是〈緜〉的「拔、兑、駾、喙」，一是〈皇矣〉的「拔、兑」，顯然是個祭部字。从兑為聲的說、脫、駾、閱四字，在《詩經》裏也都是和祭部字叶韻，無一例外。不僅如此，帨字本身就曾以佩巾的意義在〈野有死麕〉與祭部字叶過韻，原文是「舒而脫脫兮，無感我帨兮，無使尨也吠。」這是最有力的證據。然則這又是《詩》韻和諧聲的另一個矛盾。

第三個是裘字。《說文》：「裘，皮衣也。从衣，象形。求，古文裘。」這是說裘和求同字，求是皮裘的象形，裘則於象形之外，又加衣字為表意的符號。這麼說來，裘並不是諧聲字，但是裘求二字音的關係，却比諧聲字之與聲符更加密切。然而《詩》韻表示，裘字專和之部字押韻，求字則專和幽部字押韻。前者的韻例是：〈終南〉的「梅、裘、哉」，〈七月〉的「貍、裘」，〈大東〉的「來、服、裘、試」；後者是〈關雎〉的「流、求」，〈漢廣〉的「休、求」，〈谷風〉的「舟、游、求、救」，〈黍離〉的「憂、求」，〈常棣〉的「裒、求」，〈桑扈〉的「觩、柔、求」，〈下武〉的「求、孚」，〈江漢〉的「浮、遊、求」，無一例外。這又形成了第三個《說文》和《詩》韻之間的矛盾。

以上所舉三組六字，拿段氏、朱氏、江氏三人的古韻分部來說，江氏舟、朝二字分見幽、宵，帥、帨二字分見脂、祭（案：帨字不見於表中，此據其體例「兑聲」在祭部而言之），裘、求二字分見之、幽，全與《詩》韻相合。段氏〈諧聲表〉無朝字，第三部「舟聲」下注云「偏旁石經作月」，應包在「舟聲」之中，〈詩經韻表〉則於其第二部見朝字，又似乎兩表收字標準各有不同。「帥聲」與「兑聲」並見於第十五部；因其第十五部範圍大，相當於二十二部的脂、微、祭三部，他對帥、帨二字《詩》韻與諧聲不能統一的現象，根本無由察知。求字見其第三部，諧聲表第一部雖無裘字，〈詩經韻表〉第一部收裘字而以為「古本音」，其處理二字的態度顯然與舟、朝相同。至於朱氏，則以朝字隨舟聲入孚部，以帨字隨帥从自聲入履部，分別收裘求於頤、孚二部，而根本不從《說文》同字之說，以為求別為求索字，从又从尾省會意，則又側重於文字，與江氏之純任《詩》韻適得其反。總之，三氏在處理這些問題時，態度各自不同，但無論那一家，都無法兼顧兩面，解除矛盾。朱氏將裘、求二字的關係拉開，是一個兩全的聰明作法，却也不能徹底，對舟朝、帥帨兩者《詩》韻諧聲的不協調現象仍留而未決。這些問題看來似小，所關則大。因為古韻分部的內容從段氏以後很多空白都是由諧聲關係填實的，如其諧聲與《詩》韻所顯示於歸韻的步調不一而不能徹底調停，就等於是把自己辛苦完成的古韻諧聲表，從根本上授人以可疑之隙。所以這實在是古韻學者遺留下來的大問題，而急待後學去解決的。

依我看，江氏純任《詩》韻的態度是正確的。因為文字的形體隨時可能發生譌變，《說文》的解説亦未必字字皆如初恉；而《詩經》的韻語却可以十足代表當時的語音。所以諧聲字只能在不與《詩》韻相觸牴的情況下取作參考，取作證明；一旦發現其與《詩》韻背道而馳，自然要捨諧聲以就《詩》韻，這原是極淺顯的道理。只是我不能同意江氏對諧聲不予理會的消極態度，因為那不啻是為自己基本上的信任諧聲製造矛盾，而必須是要積極的從文字學觀點去試探清除障礙的可能途徑，一如朱氏所施於求字者然。當然這並不是輕而易舉的事。材料不足，隨意傅會，固不足以解決問題，朱氏之解求字（案：包括他對於裘字的解釋）屬於此類，説見於下文；材料足，但一知半解不能深觀，也未必能釋疑解惑，甚至還會使問題益形複雜。古韻分部的工作方法，從顧炎武到段玉裁，可以説是從純任語言發展到兼取文字。因此這不再是單純的聲韻學者的工作，必須有文字學者的參與；當然最理想的是，一個聲韻學者又同時是一個文字學者，在問題的發現和處理上都要較為方便。以下試以我的淺學，就上述三組例字的韻部作一檢討。

一、舟與朝　據《說文》，朝从舟聲。從音韻條件上講，舟屬照三，朝屬知母，知與照三上古出於一源；幽宵兩部音又相近，所以此説一直未發現有何不妥之處。但從金文[3]看，舟字和朝字有下列諸形，分見後附圖一及二、三，又有从朝聲的廟字，見附圖四，也可以取作參考。顯示朝字固不以舟字為聲符，亦並不以倝字為意符，金文倝字作[illegible][4]，可證。分析此字，如第一形左半所从雖不敢遽指為何字；但第三、第四、第五右半所从於《說文》為川字，第六至第十二所从於《說文》為巜字，巜與澮同，並水之稱；以見第一、第二兩形之近似舟字者，仍當是有關於水的形象，所以其第十五至第十七三形並从水。此第十五以下三形與《說文》潮字實同；其略有差異者，大抵傳抄而小譌。《說文》云：「淖，水朝宗於海也。从水，朝省。」則朝本是潮字，从[illegible]、从川、从巜或从水表意，而以𠦝為聲。𠦝疑是朝旦之朝的本字，从日在屮中，與莫字从日在茻中造意相同，而以屮與茻的不同區為二字。

3　所引金文，據容氏《金文編》；下同。

4　此字見驫羌鐘，又見王孫鐘[illegible]字偏旁。

然則，朝與舟本無瓜葛，其古韻一屬宵，一屬幽，原沒有任何問題存在。

二、帥與帨 《說文》說帥从𠂤為聲。𠂤字自大、小徐以來相傳與堆同字；又根據《說文》追、歸二字同从𠂤為聲以求其古韻（案：追歸二字並非以𠂤為聲，說在下），也與隹聲合轍：於是段氏在第十五部，朱氏在履部，江氏在脂部。及先師董同龢先生分江氏之脂部為二，而𠂤聲歸在微部。帥率二字古書同音同義，《詩經・采芑》率與涖叶韻，也證明了帥字確乎與堆、追等字韻母相同（參見下文）。雖然聲母上𠂤屬端母，帥屬審二，沒有什麼關係，却因為自許慎以來學者講諧聲字，聲母上的近與不近，根本不稍措意，帥从𠂤聲之說，便從來不成問題。拿古韻來說，帥在微部，帨在祭部，因微祭兩部比鄰，祭部的帨字或从微部的𠂤為聲作帥，也便不以為異。又從金文來考察，𠂤字與師相等，京師、師眾的師都可以寫𠂤字。師的聲母與帥同，這對帥从𠂤聲之說似乎更有幫助。可是師字見於《詩》韻，〈無衣〉叶「衣、師」，〈下泉〉叶「蓍、師」，〈節南山〉叶「氐、維、毗、迷、師」，〈瞻彼洛矣〉叶「茨、師」，〈板〉叶「濟、毗、迷、尸、屎、葵、資、師」，其中除衣字屬微部外，其餘或並屬脂部，或亦當又有脂部一讀（案：後一語指維字而言，維與毗、師《廣韻》同入脂韻。此是一新觀念，說參下），師當是脂部字；則謂祭部帨字的或體从𠂤聲，中間隔了一個微部，反而不如傳統讀𠂤為堆容易解釋。前文曾云，在文字的考訂上，材料足，但一知半解不能深觀，有時會使問題益形複雜，這便是一個例子。要解決這個問題，當然還是要求之於文字。

據《金文編》所收帥字，見附圖五，左側所从與金文𠂤字作 ϐ 之形本自不同。而另一方面，金文中確然从𠂤的字，如官、追、遣、師等並以 ϐ ，又不見有如帥字左側之形者，則所謂帥字从𠂤聲之說，乃是一妄。根據《禮記・內則》古時生女子「設帨於門右」的記載，可知帥字本从巾在門右會意。[illegible] 就是二户相向的門字，因為求方正美觀之原因，改寫成如此。我別有「說帥」一文，專論此意[5]。小篆从𠂤，是後世的譌變，當然不足據以定其韻部；朱氏以帨字从帥入履部；是古韻學家處理這個問題最壞的一個。至於帥字假借為用，有所類、所律二音，其所在古韻部當如何處置，下文再作申論。

因為說到「𠂤聲」，幾個牽連的問題，也一併在此提出討論。

第一個當然是𠂤字本身的。前文已經從它和師字在金文中的關係，推定為脂部

5　見中央研究院《歷史語言研究所集刊》第三十本，一九五九。

字。相傳𠂤讀同堆，根本没有直接的證據；根據追、歸二字的韻語來推求，又因為《說文》本是誤說，而失去了憑依。說詳下。

第二個是追字。《說文》：「追，逐也（案：《說文》逐下云追也，二字互訓）。从辵，𠂤聲。」依相傳𠂤字都回切的讀音，與追字陟隹切聲同韻近，其說可信。但可考知的𠂤字讀音為疏夷切，與師同，聲母與追字不類，古韻屬脂部，也與追字應屬微部不同，則此說實至可疑。據楊樹達《積微居甲文說・釋追逐》一文所考，「卜辭追逐二字用法劃然不紊，蓋追必用於人，逐必用於獸也。」金文𠂤字用為人眾之稱，則追逐二字一从義謂人眾之𠂤，一从獸類之豕，適與其卜辭中用法密合，二字並當為會意字。還有隶、及兩個與追逐之義有關的字，可以取作旁證。《說文》：「隶，及也。从又，尾省。又持尾者，從後及之也。」又：「及，逮也（案：《說文》逮，及也。）从又人。」，「从又人」下段注云「及前人也」。隶、及二字疑原亦於人獸分別使用，而一从人，一从尾，與追逐二字之製作正相應。

第三個是歸字。《說文》：「歸，女嫁也。从止，婦省，𠂤聲。」𠂤字無論音都回切，或音疏夷切，都與歸字屬見母聲類遠隔，即此已可見此說之不足取。𠂤字有人眾之義，婦人于歸之時，相從者甚眾，當是歸字从𠂤的原意。《詩經・敝笱》一章說：「齊子歸止，其從如雲。」二章說：「齊子歸止，其從如雨。」三章說：「齊子歸止，其從如水。」用來了解歸字的結構，應能清楚的突顯其意義。至於歸字的韻部，從前文所引《詩經》韻語看來，應該是個微部字。

三、裘與求　《說文》以求象皮裘之形，裘字則於象形的本體之外，加上了表意的衣字，這種情形在我國文字裏可以找到完全相同的例，如互與笠、申與電。但求裘二字韻不同部，便與互笠、申電不同。朱駿聲以裘中的「求」字為皮裘之形，而獨體的求字則是「从又，尾省」，本義為求索。他的著眼點未必是為了解決《詩》韻和諧聲的矛盾，但《詩》韻和諧聲的矛盾却因此而得以化消。只是小篆裘中的「求」，與獨體的求字同形，何以知其一為裘的象形，一从又尾，顯然意涉主觀。且以獨體篆書的求字，析作一ヨ一尾，基本上便是問題。朱氏用隶字比照，兩者之間分明不同。所以這一說法，也仍然不可採信。金文中裘、求二字並見，用法各異。據《金文編》所收有下列諸形，見後附圖六。前五者義為干求，後五者義為皮裘[6]，形體上則除最後一形其中所从與求字可以視為相同而外，其餘則並與求字無關。分析此皮裘字：二、四兩形相同，从衣从又；一、三兩形相同，从衣而加毛，从又與二、四亦同。又

6　又尊與又卣銘文同，所引《金文編》第二行第二字應移第三行首。

字古韻屬之部，與裘字屬之部相同；聲母古屬匣，與裘字屬羣屬於一個可以諧聲的大類。《說文》狂字从㞷聲（案：㞷為古往字），衢字从衛聲，是其例。則金文裘字本是「从衣，又聲」；蓋所从之「衣」或加毛以為象形（案：或本以𧘝象形，後省變為从衣），誤書其衣字兩側之毛形於聲符的又字之上，遂成此字之第五形，《說文》之裘字即由此來。至於求字，疑本是蛷的象形初文。《說文》：「蠡，多足蟲也。」或省作蛬、作蛷，《周禮・赤犮氏》云：「凡隙屋，除其貍蟲。」鄭注云：「貍蟲，䗪肌求之屬。」《釋文》云：「求，本或作蛷，音求。」此當是鄭氏本作求，後人以蛷字易之，則是漢時尚用求為蛷的明證。《詩・大東》：「舟人之子，熊羆是裘。」鄭箋云：「裘，當作求，聲相近故也。」從原詩的意義而言，鄭氏不從毛《傳》，而破裘為求，是不足取的，但是他說二字聲近，無異告訴我們兩者音固不同。鄭氏略後於許慎，又無異告訴我們許慎的時代兩者絕不得同音。那麼裘求原非一字，夫復何疑？但是我還想就以上所引兩個材料指出：鄭氏一方面說裘求二字只是音近，一方面又用求為蛷字，把它結合起來，就似乎更值得玩味了。

上來所述，是我對古韻內容提出的重新審訂的幾個例。因為有這些例，我主張對古韻內容從文字學的角度作一徹底檢討。原則是：以古代韻語為主，取用《說文》諧聲，必須是不背乎古韻語；遇諧聲與韻語衝突時，則試圖從古文字學的觀點，求證於古文字，以排除諧聲的障礙。一個精確的諧聲表，固然不能盲從《說文》，如朱氏之以朝附舟下；即如江氏之分列朝、舟於宵、幽，朝字下也必須有適度的注釋，說明其所以別於舟聲之理：一面是《詩》韻的，一面是文字的。像目前諸家所作諧聲表，學術價值都或多或少令人懷疑。這是我對古韻內容所提的第一個意見。

貳、論一字可以隸屬一個以上的韻部

過去古韻學者，從他們的分部內容看來，明顯的抱持一個相同的觀念：一個字只能承認它在一個韻部中的當然地位，外乎此者，則為詩文作者的勉強通用。籠統一點的，或謂之合韻，或謂之轉音；仔細一點的，還按自己所了解的韻部間關係的疏密，由近及遠的區分為通韻、合韻和借韻幾種不同。但依我看來，其為委屈古人的語音，直是古韻學家久已揚棄的唐宋叶韻說的復活。試想，古時並沒有韻書，詩文押韻全任天然。才情學力不足，容或有因音近而「通韻」者；若「合韻」、「借韻」之所指，其音已遠，安得與為趁韻之資？此其不可通者一。《詩經》是一部文學價值最高的古詩總集，不一定是曾經聖人刪取的菁華；部分出於士大夫，即來自民間者也當經過王官的潤飾，不應有太多才情學力的問題不難想見。何況其中多的是朝會、宴饗之歌，甚至為廟堂美盛德的頌，更那裏容得各式各樣的通轉借用？然而依古韻學家之說，全詩之出韻者，竟更僕難數！此其不可通者二。以後世韻書論之，一個字可以同時屬於幾個元音不同的韻中，其主因有二。一是古今音變，一是方言音異，經過長時期的積累統合，於是一字多音，司空慣見。《詩經》的時代當然較隋唐為古，但亦只是較古而已，西周以前漢語的歷史應遠比周至隋唐為悠久，豈得獨無其時的「古今音變」？漢語通行的地域幅員遼闊，又豈得獨無古代的「方言音異」？則當《詩經》時代，必然已有一字異音的現象，只是不如隋唐之於後為烈而已。然則古韻學家視一切《詩經》中不合自己韻部的叶韻現象為勉強通用，又是一個不可通解的看法。不過我之所以不同意古韻學家所持的此一主張，並非因上述三理由所引起，實際則是先由觀察上古材料有此認識，然後才想到此三方面俱不可通。現在把我所見的實例，也舉出三個說明如下:

第一先談帥字。此字的本音，應根據其或體帨字及兑聲字出現於《詩經》韻脚的現象歸之於祭部，已詳論於前。但帥字除其本音讀舒芮切和此芮切外，相傳還有所類、所律兩音，音義並與率字相同。率字《詩・采芑》與位聲之涖叶，古韻在微部，又《說文》膟字或體作膋，可見帥字確有一讀與率字同部。也許有人對於這種現象會考慮從時代先後予以劃分開來，須知現時所指稱的古韻，時代本是相當籠統的。

第二談陶、翿、滔、翛四字。據《說文》，陶从匋聲，匋从包省聲。包字古韻屬幽部，則依諧聲陶字古韻亦屬幽部。只是匋字音徒刀切，與包字音布交切聲母無關，許君之說似乎可疑。但《說文》謟字或體作詑，金文齊鎛之𩫖叔，容庚《金文編》引楊篤及楊樹達並讀𩫖為《說文》之鞄，𩫖叔即鮑叔，說至可取；可見匋从包聲之說實不誤。且陶字見於《詩》韻，〈清人〉叶「軸、陶、抽、好」，〈泮水〉叶「陶、囚」，所與叶韻諸字都在幽部，尤足見陶字古韻確在幽部。但從另一方面看，陶字在〈君子陽陽〉又與翿、敖二字叶韻。其中敖字的韻部沒有任何問題，〈終風〉叶「暴、笑、敖、悼」，〈碩人〉叶「敖、郊、驕、鑣、朝、勞」，〈鹿鳴〉叶「蒿、昭、恌、傚、敖」，〈車攻〉叶「苗、囂、旄、敖」，〈載驅〉叶「滔、儦、敖」，除滔字下文討論外，其餘並為宵部字；从敖聲的嗷字一見於〈鴻雁〉，叶「嗷、勞、驕」，也都是宵部字，可見敖的韻部屬宵部[7]。翿字从壽聲，應是幽部字，〈宛丘〉

7　段氏以〈桑扈〉「兕觥其觩，旨酒思柔。彼交匪敖，萬福來求」及〈絲衣〉「兕觥其觩，旨酒思柔。不吳不敖，胡考之休」，敖字分別與觩、柔、求及觩、柔、休為韻。依韻例，此字在奇數句，不必入韻，〈桑扈〉可與交字為句中韻；朱氏、江氏即不以為韻視之。

叶「缶、道、翿」，亦證其為幽部字。但《廣韻》陶、翿、敖三字同在豪韻，此詩既同在一章，依理應是當時即具叶韻的當然條件，後來《廣韻》收入一韻，正是其韻母相同的關係的保持。所以，陶、翿二字除屬幽部之外，又當有宵部一讀。同理，滔字从舀聲，舀聲屬幽部，〈江漢〉叶「浮、滔、游、求」，證明滔與幽部字叶韻，其音當屬幽部。但〈載驅〉叶「滔、儦、敖」，儦敖二字並屬宵部，而《廣韻》滔與敖同在豪韻，是滔字又當有宵部一讀。不過有必要為〈君子陽陽〉陶字作一交代。《釋文》此字音遙，相當於《廣韻》宵韻的餘昭切，這似乎是上文根據陶、翿、敖三字《廣韻》同在豪韻而推想陶字有宵部一讀的反證。其實這只是陸氏根據鄭箋「陶陶猶陽陽也」的注解，為了使陶字讀音具有與陽字雙聲的關係[8]，所作的選擇性讀法。據《禮記・檀弓》「人喜則斯陶」《釋文》陶字音徒刀反，足見陸氏非不知和樂貌的陶字可以讀徒刀反，所以後來的《廣韻》只在徒刀切的陶下云「喜也」，餘昭切下但云「皐陶」，是陸氏此依鄭箋選音之證。陶字本有餘昭、徒刀二音。〈君子陽陽〉陶陶為陽陽的轉語，其始自應讀同遙。〈檀弓〉陶字音徒刀反，顯然此音早便代表了和樂之義，因此陶字上古應有宵部一讀。且即以陶音同遙言之，皐陶即皐繇，䍃聲字〈清人〉叶「消、麃、喬、遙」，〈木瓜〉叶「桃、瑤」，〈公劉〉叶「瑤、刀」，〈黍離〉叶「苗、搖」，〈鴟鴞〉叶「譙、翛、翹、搖、嘵」，除翛字从攸聲一般以為幽部字，而我們正可以憑它在此詩與嘵字叶韻後又同入《廣韻》蕭韻的關係，認為至少也當有宵部一讀[9]，其餘都是宵部字，仍可以確定陶字實有隸屬宵部一音。

第三談釁字。《說文》說此字「从爨省，从酉，从分，分亦聲」。據《金文編》所收，影其一行見後附圖七，即可見《說文》所說並不足信，我們也就不能根據分聲去確定其韻部。分析此字，象兩手持皿傾水作沐浴狀，依其在金文讀同眉字之音求之，當與《說文》之沬同字。《說文》古文沬字作湏，从水从頁，與陳逆簠釁字同形，尤為明證。沬字从未聲，古韻在微部，則此字亦當在微部。《詩・文王》「亹亹文王」，〈崧高〉「亹亹申伯」，亹即此字異體，音無匪切，與尾同音，以此上推其古韻，亦當在微部。又沐浴之釁字又讀許覲切，如《周禮・女巫》之「掌歲時祓除釁浴」，《國語・齊語》之「三釁三浴」；又引申為《左氏・僖公三年傳》之「釁鼓」及《孟子・梁惠王》之「釁鐘」；更引申為罅隙義，其字作璺，音亡運切。凡此，都當列之於微部陽聲的文部。又金文此字用同《詩經》眉壽之眉，眉字〈碩人〉與荑、

[8] 參拙著〈試說詩經的雙聲轉韻〉一文。原載《幼獅月刊》四十卷六期，及一一七號幼獅期刊叢書《中國語言學論叢》。

[9] 用「至少」二字者，因此字《詩》韻僅此一見。其幽部之音，諧聲以外無證也。

脂、蠐、犀四字相叶，為脂部字，則此字又當有脂部一讀。

綜上所述，可見過去古韻學家只承認一個字在一個韻部的當然地位，顯然是有悖乎情實的。但如果說古詩中絕對没有「通用」[10]的現象，恐亦不合實際。如何來決定何者為本音，何者為通用？我想暫時可採如下的原則：凡《詩經》押韻而《廣韻》並不同韻的，如一屬脂，一屬微，或一屬之，一屬咍，則假定其為通用；若其《詩經》押韻而《廣韻》完全同韻或有同韻者，前者如陶、翿、敖，後者如滔、儦、敖，即定其為本音。我的意思，為展示古韻分部內容，簡單的古韻諧聲表是不夠的；必須根據可靠的《詩》韻，下參《廣韻》，切實的把各字應有的各韻部的讀音一一填列，變古韻諧聲表為「上古韻書」。

本文係應《中華文化復興月刊》之約而作。今年元月上旬，突然發現上下血壓高達一七〇至一二〇。二月十四日入榮總檢查，住十四病房十七牀。自周二至周二，前後八天。此平生第一次住院，而本文初稿六千餘字，又係利用十八、十九兩天不作檢查的空隙，伏牀寫成。因爲之記。

宇純三月一日于燈下

（本文原載《中華文化復興月刊》第十一卷第四期，一九七八，臺北。）

10 「通用」一名從江有誥，下同。

圖一

圖二

圖三

圖四

圖五

圖六

圖七

上古陰聲字具輔音韻尾說檢討

壹

古韻學者發現，《切韻》以來入聲獨配陽聲的現象，古韻則入配陰聲[1]，被視為《切韻》與古韻的顯著不同。這是否表示兩階段陰聲字有基本實質的差異，其始似乎未引起注意，大抵仍以中古陰聲字的觀念看待上古陰聲[2]。戴震《聲類表》卷首〈答段若膺論韻〉云:

> 僕初定七類者，上年改為九類，以九類分二十五部。若入聲附而不列，則十六部。阿第一、烏第二、堊第三，此三部皆收喉音。膺第四、噫第五、億第六，翁第七、謳第八、屋第九，央第十、夭第十一、約第十二，嬰第十三、娃第十四、戹第十五，此十二部皆收鼻音。殷第十六、衣第十七、乙第十八，安第十九、靄第二十、遏第二十一，此六部皆收舌齒音。音第二十二、邑第二十三，醃第二十四、諜第二十五，此四部皆收脣音。收喉音者，其音引喉。收鼻音者，其音引喉穿鼻。收舌齒音者，其音舒舌而衝齒。收脣音者，其音斂脣。

論及各部之收音，為早期古韻學家之最特出者。由今看來，有些話是不甚合理的，至少也是交代未清。戴氏心目中各陰、陽、入聲韻部間音值的異同究竟是怎樣的，實在無從準確測知。

現今大部分學者因為重視古韻各陰聲與入聲部之間保持一定的關係，劃然不混，以為陰聲字必具有與各入聲相當的不同輔音韻尾。此派可以瑞典漢學家高本漢為魁首[3]，而彼此間意見亦或略有不同。用先師董同龢先生古韻廿二部的類名約略敘述之：高本

---

1 見顧炎武〈音論中・近代入聲之誤〉。

2 如顧炎武〈音論中・近代入聲之誤〉及孔廣森《詩聲類》卷一。

3 西門華德以為上古陰聲具β，δ，γ韻尾，見趙元任先生譯高本漢〈上古中國音當中的幾個問題〉第三節Simon的〈韻尾說〉。

漢擬之、幽、宵、佳及魚之半收 -g 尾，脂、微及歌之半收 -r 尾，侯及魚、歌之半為開尾。胡適之先生以之、幽、宵、侯、魚、佳、祭的陰聲並為入聲[4]。李方桂先生及同龢先師意見最為接近，以之、幽、宵、侯、魚、佳的陰聲收 -g 尾，脂、微、祭的陰聲收 -d 尾；微、祭兩部少數字在較《詩經》為早的「諧聲時代」收 -b 尾，原為緝、葉的陰聲，至《詩經》時代 -b 變而為 -d；又少數微部字收 -r 尾；歌部則方桂先生擬-r尾，先師主張開尾，是其唯一不同。兩家擬音為現時學者所通用，方桂先生的擬音更有後來居上定於一尊的趨勢。

也有另一些學者從其他各不同角度出發，認為上古陰聲與中古並無差異，同為開尾。所見大致有林語堂〈支脂之三部古讀考〉[5]的〈駁珂羅倔倫之部收 -g 音說〉，魏建功的〈古陰陽入三聲考〉[6]，王力的《漢語史稿》和陳新雄兄的《古音學發微》。不過儘有這些反面意見，對陰聲字具輔音韻尾的主張並未產生任何作用。近年且更見徹底，没有一個陰聲字不擬具輔音尾的。

我個人是傾向於不具輔音韻尾說的，在敘述我的理由之前，先擬將過去學者所提這方面的意見作一檢討，以觀其然否。

林語堂駁高本漢之部收 -g 尾說，主要只是為了申明其之部元音為 ü 的主張。他所提出的「之部收 -g 音的假定，約有四五點困難」，從實際看來，其第一點說:

> 珂先生此說所根據最重要理由，在於借此可以解釋支、脂、之三部的不同。……但是這理由是不相干的。之部讀 -g 固然可以解釋其與脂部的不同，……假定之部讀 ü 音，也是一樣可以解釋這三部分用的疑竇的。

基本上便不是積極的經由實證以否定 -g 尾說的態度。其第二點說:

> 《詩經》之、哈部字與入聲字合韻的證據，是不能成立的。

此即使果如林氏所說，不能同時否定其他韻部陰聲與入聲合韻的現象，也便毫無意義；何況林氏就曾引到好幾首《詩經》韻例，如〈小宛〉叶克、富、又，〈蕩〉叶式、止、晦，〈潛〉叶鮪、鯉、祀、福等，其為陰、入合韻不容否認。却因林氏無端以為方言現象，而不予理會，可見只是強辯。其第三點說:

> 由諧聲偏旁觀察，也是很少收 -g 的痕迹。

「很少」並不等於「没有」，所以林氏也不免要說「只有“有、里、不”含有些微線

4　見《胡適文存・入聲考》。
5　《語言學論叢》，文星書店。
6　北大《國學季刊》二卷二十四期。

索可尋」，而且不是孤證，則林氏此點又顯為意氣之爭。第四點說：

> 以 -g 解釋，音韻並不諧協。

所謂音韻不協調，却並不在韻尾，而是在於高氏所擬的元音可有爭論。此點對於現時主張具輔音韻尾的學者而言是不相干的，故不深論。第五點說：

> 若是之、咍部收 -g 音，則此部平上聲的區別幾乎無法解明。……此部的字調應該一律。

此則誤認韻尾之收 -g 與聲調為一，而不知收聲相同仍可以有聲調之異；而且假定古詩叶韻習慣為平自韻平，上自韻上，無論其調值如何接近，也仍可以形成叶韻上的壁壘分明。

所以結論是，林說一無可取。

魏建功舉《詩經》中摹聲字，如喈喈、虺虺、鷕、吁、叟叟、蕭蕭等，以證陰聲部為純元音。這是一個新奇的想法。可惜的是客觀事物之聲未必都是開尾的，何況經過聽者的主觀感覺，又可以因人而異，所以也不能提供什麼證明。

王力說：

> 世界上没有任何一種語言的開音節是像這樣貧乏的。只要以常識判斷，就能知道高本漢的錯誤。這種推斷完全是一種形式主義。這樣也使上古韻文失掉聲韻鏗鏘的優點；而我們是有充分理由證明上古的語言不是這樣的。

王氏所說的證明上古語音不具輔音尾的充分理由是些什麼，一時得不到王書觀看，是否有專文討論，亦不得而知。就此文所提出的兩點，拿〈關雎〉詩為例：

> 關關雎鳩，在河之洲。窈窕淑女，君子好逑。
> 參差荇菜，左右流之。窈窕淑女，寤寐求之。
> 求之不得，寤寐思服。悠哉悠哉，輾轉反側。
> 參差荇菜，左右采之。窈窕淑女，琴瑟友之。
> 參差荇菜，左右芼之。窈窕淑女，鍾鼓樂之。

全詩八十字，除去陽聲十三字其音可以曳長者外，其餘陰聲五十八字，入聲九字，皆為促聲[7]，在習慣於後世陰聲字開尾音節的讀法之後再來讀此詩，確乎不免讓人有鏗鏘頓失的感覺。問題是倘使古人的語音本是如此，後人的感覺如何，自不能強古人而同之。無論語音系統如何，大概不會有人對自己的母語感到難聽的，南蠻鴃舌應該只

---

7 陰聲中河、差二字古韻屬歌部，依李方桂先生說收 -r 尾，故亦視為促聲。

是別人的印象。何況世界上據說也能找到全無開尾音節的語言[8]。所以王說也還可能被視為主觀色彩。

陳新雄兄說:

> 陰聲諸部若收濁塞音韻尾 -b、-d、-g，則與收清塞音 -p、-t、-k 韻尾之入聲相異，不過清濁之間，則其相差實在細微，簡直可將陰聲視為入聲，如此則陰入之關係當更密切，其密切程度當有如聲母之端 t 透 t' 定 d'，見 k 溪 k' 羣 g'，幫 p 滂 p' 並 b' 之視作古雙聲之可互相諧聲。然而不然，陰入之關係並不如此密切。《廣韻》陰聲之去聲，為古韻入聲部所發展而成，關係密切除外，《廣韻》陰聲之平上聲與入聲之關係，實微不足道。若陰聲收有 -b、-d、-g 韻尾，平上去與入之關係，當平衡發展，相差不至如此之大，易言之，即陰聲之平上聲與入之關係亦當如去入之密切。今既不然，可見收 -b、-d、-g 韻尾一說，尚難置信。又前代古韻學家向以入聲為陰陽對轉之樞紐。今若陰聲收 -b、-d、-g 韻尾，則陰聲當為陽入對轉之樞紐。因 -b、-d、-g 與入聲之 -p、-t、-k 同為塞聲，又與陽聲之 -m、-n、-ŋ 同為濁聲，易言之，即陰陽之關係遠較陽入關係密切。然而事實不然，陽入對應之關係遠較陰陽對應之關係為密切。何以言之？從上古到中古，入聲韻部多與陽聲韻部相配整齊，而陰陽聲韻部之相配則較參差。又近代方言中凡入聲失去韻尾後，其聲調多轉入其他各聲，以是言之，若陰聲有 -b、-d、-g 韻尾，則其失去韻尾，當起聲調之變化，今陰聲聲調既多未變，則陰聲有韻尾之說似亦難以採信。

此文共提出三方面理由。其中第二點，「中古入聲韻部與陽聲韻部相配整齊，而陰陽聲韻部之相配則較參差」，似不能證明「上古陽入對應之關係遠較陰陽對應之關係密切」。何況上古宵部無相配之陽聲，侵、談二部無相配之陰聲，可能是後期音變的結果，其始並不若是。例如上古魚部與陽部對轉，中古則魚韻無相對的陽聲，便是絶好說明；而位内蓋荔等字，主張陰聲具輔音尾的學者又正以為就是與侵談相配的陰聲。至於上古究竟陰陽入三者間關係孰為密切，還當從諧聲、叶韻、異文、假借等各方面蒐集實例，綜合觀察，然後庶幾可以肯定。不過一則材料彙聚不易，再則統計數字非有絶對的懸殊，仍然不能提供正確的答案，這方面我想暫時保留不談。其第三點，塞音韻尾的失落，是否一定引起聲調的變化，也似難以斷言，同樣不能構成堅強的論

---

8 浦立本曾指出老 mon 語没有開尾音節，李方桂先生及李壬癸兄亦發現臺灣南島語中的邵語元音之後皆有一喉塞音。並據丁邦新兄〈上古漢語的音節結構〉一文，載本文同期《集刊》。

證。但其第一點，從 p/b、t/d 及 k/g 出現聲母時的密切現象，觀察其出現韻尾時的接觸情況，以否定陰聲字具 -b、-d、-g 尾之說，私意則以為極具巧思。陰聲字具 -b、-d、-g 尾，則與 -p、-t、-k 尾的入聲但有清濁不同的細微差別，對於舒聲而言，同是促聲。收 -p、-t、-k 尾者謂之入聲，-b、-d、-g 尾亦可以入聲視之。是故胡適之先生即嘗謂為入聲；而方桂先生的〈上古音研究〉亦一則說「-b、-d、-g 等這種輔音是否真的濁音，我們實在没有什麼很好的證據去解決他」，再則說「語言上 -b 跟 -p、（案：原作 -p 跟 -b，今依文例改）-d 跟 -t、-g 跟 -k 等並不一定含有清濁等的區別」，可以想見二者關係之密切。且藉令二者發音上確有清濁之分，叶韻上不當形成平上去三聲唯去聲與入聲關係密切而平上則否的不同，應該是可以斷言的。今以清濁塞音之見於字首者關係之密切如彼，而見於字尾者則如此，兩相比照，確然可以顯現 -b、-d、-g 尾說的缺陷。

個人幸運，曾從同龢先師習聲韻，也曾全盤接受過 -b、-d、-g 尾的學說，且嘗以之授人。近年來因為接觸到一些現象，皆於此說扞格難容；尤其在中古音方面有了些新的體認，牽涉到 -b、-d、-g 尾的構想是否果有此必要，所以試為此文，以就正於並世對此有興趣的專家學者。所見未必皆是，或竟一無是處，但至少這都是不利於 -b, -d, -g 尾說的假象，若因此文引起學者的討論，從而將此等現象一一廓除清淨，使 -b、-d、-g 之說益顯其堅實光輝，則此文亦不啻對 -b、-d、-g 之說提供了助力，這便是我試寫此文的動機。

貳

從根本上講，個人以為上古陰聲字具輔音韻尾之說，只是導源於對中古音的不正確的了解。這是過去學者所不曾注意到的。蓋其先誤認中古入聲獨配陽聲，不配陰聲，及見上古入聲與陰聲有關，以為現象特殊，而又未能分辨此所謂陰聲其實多是去聲，涉及平上聲的為數甚少。於是不甚具語音知識的本土學者，只在訝異之餘將其事大書特書，而嫻習語音的西方學者，便從而為陰聲字設想出輔音韻尾，以闡釋上古和中古兩階段陰入聲關係之所以有此不同。究其實，陰聲字具輔音韻尾說，並無任何屬於上古時代的直接證據，而中古入聲亦非獨配陽聲不配陰聲。這現象顯示，只要我們能指明中古入聲獨配陽聲之並非事實，其自始至終又配陰聲，與上古陰陽入三聲相配之情形並無二致，則過去學者所訝然於中古上古兩時期陰入關係不同的心理即便祛除，而上古陰聲具輔音韻尾之說亦即自然解體。所以我要先就中古入聲獨配陽聲一點加以澄清。

日僧空海（七七四～八三五）《文鏡秘府論・天卷・調四聲譜》云:

諸家調四聲譜，具例如左:

平上去入配四方。

東方平聲平伻病別　　南方上聲常上尚杓

西方去聲祛麩去刻　　北方入聲壬衽任入

凡四字一紐。或六字總歸一紐。

皇晃璜　鑊　禾禍和　　傍旁徬　薄　婆潑紴

光廣珖　郭　戈果過　　荒恍侊　霍　和火貨

上三字，下三字，紐屬中央一字，是故名為總歸一入。

此明以一個入聲兼配陰陽二聲，即入為陰陽二聲之樞紐，亦即後世言古韻者二平同入之說。其下又云:

四聲紐字，配為雙聲疊韻如後:

郎朗浪落　　黎禮麗捩

剛㽘鋼各　　笄㶉計結

羊養恙藥　　夷以異逸

鄉響向謔　　奚篹咥纈

良兩亮略　　離邐詈栗

張長帳著　　知倁智窒

右方諸行亦並以入配陰聲。〔**同書〈西卷・文二十八種病・蜂腰〉劉善經引劉滔云:「四聲之中，入聲最少，餘聲有兩，總歸一入，如征整政隻、遮者柘隻是也。」亦一入聲配陰陽二聲之例。2000 年宇純補案。**〕相傳沈約有《四聲譜》之作。故《十韻彙編・魏建功序」引此云:

《調四聲譜》當然是空海筆削諸家重複所存留的“單號”，而這個單號必當是削存的沈約之作。

據此說，是六朝以來入不獨配陽聲，亦同時配陰聲之證。唯其中以以、異配夷、逸及以知配窒，與《切韻》分支脂之的系統不侔，讀者或以此疑其不得為沈約之作。此恐是方言音異，《切韻》時代固未必各地都有支脂之的區分[9]。

9　如全本《王仁昫刊謬補缺切韻》平聲韻目脂韻下云:「呂、夏侯與之微大亂雜。」上聲旨韻下云:「夏侯與止為疑。」去聲至韻下云:「夏侯與志同。」即其證。〔**空海所撰《萬象名義》一書，支脂之三韻大亂，其書據顧氏《玉篇》而作。又陸德明《經典釋文》此三韻亦紊淆不清。2000 年宇純補案。**〕

所謂中古入聲獨配陽聲，其依據，在《切韻》以屋配東董送，以屑配先銑霰，如此而已，但這是表面現象。《切三》歌韻云：

伽，無反語，音噱之平。

噱屬入聲藥，藥的平聲為陽，今云伽音噱之平，是又以藥配歌，為《切韻》入不獨配陽聲的鐵證。《漢書・雋不疑傳》「每行縣錄囚徒還」顏師古注「錄囚」云：「今云慮囚，本錄聲之去者耳，音力具反，近俗不曉其意，譌其文遂為思慮之慮，失其源。」這是說時人所言慮囚，即《漢書》之錄囚，「慮」本是錄的去聲，音力具反，今字作慮，慮屬御韻良倨切，音有小譌。是明言「力具」與「錄」為去入，亦入配陰聲之證。顏《注》成書於六四〇年，距《切韻》之成於六〇一年僅四十年，正與《切韻》為互證（案：《切韻》亦正以虞麌遇配燭韻，說見後。）此外，《切韻》作者陰陽入三聲相配的觀念，尚可於《切韻》書中的反切求得印證。我曾經在〈例外反切研究〉文中指出，不少偶一用之的反切上字與被切字間具有陰入、陰陽、陽入或同陰陽而但有平上去之異的關係，此如霍為化上字、陀為達上字、詰為棄上字（以上陰與入）、駒為恭上字、韓為何上字（以上陰與陽）、營為役上字、棖為宅上字（以上陽與入）、鞵[10]為蟹上字、胝為黹上字、慙為暫上字、盆為獖上字（以上同陰陽，但有平上去之異）。其中陰入與陰陽二者的關係，固可以見入配陰聲，即陽入與同陰陽的關係，也足以說明前者決非偶然的相涉。其後內子杜其容女士有〈由韻書中罕見上字推論反切結構〉[11]一文，用《廣韻》及《全王》二書之一見及二見上字，觀察其與被切字之間的關係，所得結果，切上字與被切字具上述四種關係者，計其大凡，《廣韻》一見二見各佔總數的三之一或四之一，《全王》各佔總數的二之一或三之一。此一數字，固然可以肯定反切的結構其始不必都如陳澧所說，上字但取雙聲；對楬櫫《切韻》陰陽入三聲相配入不獨配陽聲的實情，亦至為重要。今將其中具陰入及陰陽關係的反切摘錄於下：

1. 棄至　詰質利切二字《韻鏡》並見四等
2. 逸質　夷脂質切
3. 豻寒　俄歌寒切
4. 膗鐸　呵歌各切
5. 敕職　恥止力切

---

10 與鞋同。
11 見國立臺灣大學《文史哲學報》第廿一期。

6. 餌止　仍蒸吏切

7. 擰梗　拏麻梗切

8. 笡禡　遷仙謝切

9. 醝歌　酢鐸何切

10. 涑侯　速屋侯切

11. 巴麻　伯陌加切

12. 筆質　鄙旨密切二字《韻鏡》並見三等

13. 磨過　摸鐸卧切

14. 密質　美旨筆切二字《韻鏡》並見三等

以上《廣韻》一見上字。

15. 重用　柱麌用切

16. 勝證　詩之證切

17. 那歌　諾鐸何切

18. 餕證　里止甑切

19. 佗歌　託鐸何切

20. 唾過　湯唐卧切

21. 馱過　唐唐佐切

22. 澤旨　遵諄誄切

23. 俾紙　并清弭切二字《韻鏡》並見四等

24. 軷禡　白陌駕切

以上《廣韻》二見上字。

其中 1、2、4、6、10、11、12、14、16、18、21、22、24 共十三反切，與《全王》相同。在《全王》切上字亦一見或二見。此外見於《全王》者:

25. 恭鍾　駒虞冬反

26. 何歌　韓寒柯反

27. 焌術　翠至恤反

28. 笡禡　淺獮謝反

29. 必質　比旨蜜反二字《韻鏡》並見四等

30. 寐至　蜜質二反二字《韻鏡》並見四等

以上《全王》一見上字。

31.恐腫　區虞用反

32.盎宕　阿歌浪反

33.達曷　陁歌割反

34.頗歌　滂唐何反

以上《全王》二見上字。

前列表中，以真（諄）、質（術）配脂韻，計 1、2、12、14、22、27、29、30 諸切，共八次；以清配支韻一次，即 23 之「俾，并弭切」；以蒸職配之韻，計 5、6、16、18.共四次；以寒曷或唐鐸配歌戈，前者計3、26、33共三次，後者計4、9、13、17、19、20.21、32、34 共九次；以仙薛或庚陌配麻韻，前者計 8、28 共二次，後者計 7、11、24 共三次；以東屋配侯韻，一次，即 10 之「涑，速侯切」；以鍾燭配虞韻，計 5、25、31 共三次。這些切上字與被切字之間的關係，一方面固多可以由其出現之次數肯定之；另方面也都各具認定的理由，如支脂之三韻各有其相配的陽、入範圍，與古韻陰陽對轉若合符節，可見其非偶合現象。他如以寒曷配歌，以鍾燭配虞及以東屋配侯，亦並是古韻的對轉範圍；即如第 8 的「笡、遷謝切」及第 28 的「笡、淺謝反」，笡與遷、淺本身雖非古韻的對轉之遺，但《切韻》麻韻中字部分來自上古魚部，部分來自上古歌部，笡與遷淺間《切韻》時代具有陰陽關係，仍可從斷定。至於其又以唐鐸配歌及庚陌配麻，此雖於古韻無徵，由前引《切三》之「伽音噱之平」，亦可以肯定唐鐸九次與歌接觸，正是陰與陽的相轉，而庚陌與麻的三次交往，其為陰與陽的互用，亦從可類推。這種中古與上古的差異，當是語音演變後可有的現象。只要有適切的擬音，應該是不難解釋的。姑就歌韻同時配寒曷及唐鐸而言，同龢先師擬中古歌韻韻母為 ɑ，寒曷及唐鐸韻母分別為 ɑn、ɑt 及 ɑŋ、ɑk，便十足可以說明何以一歌韻同時配兩陽聲的道理。同理，若麻韻元音與庚陌及仙薛相同，等第又同，亦自可同時兼配兩個陽聲，是無須懷疑的。

早期韻圖《韻鏡、七音略》入配陽聲的排列，大抵更加深了中古入聲但配陽聲不配陰聲的印象。但「晚期韻圖」自《四聲等子、切韻指掌圖、經史正音切韻指南》以入聲兼配陰陽二聲的現象，也應該能給予我們新的認識。《經史正音切韻指南》的時代去《切韻》已遠，也許不值一提。《切韻指掌圖》題司馬光作，雖有疑為後人偽託的[12]，但全由誤會，在《指掌圖》本身，包括《序》文，並沒有任何可疑之隙[13]。《四聲等子》一書不題撰人，潘重規先生《韻學碎金》以為即智公之《指玄論圖》[14]，趙蔭棠《等韻源流》以智公即為《龍龕手鑑》作《序》的智光，時代在五代宋初，則此書時代固與所謂早期韻圖者相近。其書雖有十六攝之名，從其併江宕、果假、梗曾為三轉，只是為減少轉圖數看來，可知攝名乃前有所承，非其創作，則此書之全面以入配陰陽二聲，便更加值得重視。前文指出《切韻》實質上亦以入配陰聲，遡其源且可抵於六朝，是《等子》以來入配陰陽二聲的現象，非由後起的語音變化可從知。這固然告訴了我們，中古的入聲並非只配陽聲，更重要的是也告訴了我們，像中古那樣的陰聲字原就可以與入聲及陽聲相配，面對著上古陰聲與入聲的關係，實在無需訝異，當然也更無需發為他想。

叁

緊跟著應該討論兩個相互牽連的問題。第一，前文說陰聲字收 -b、-d、-g 尾，便不當形成陰三聲與入聲之間關係疏密不同的現象。但主張陰聲字具 -b、-d、-g 尾說的學者也有說法。他們認為這種現象可能是由於調值的或同或遠所造成，只需假定去與入調值相同，平上與入調值相遠，便能滿足了上述的現象。兩造各執一辭，究竟孰為是非？第二，前文所論中古陰聲與入聲的關係，表現的是「音轉」，即某一陰聲可以轉為某一入聲，或者某一入聲可以轉為某一陰聲，與上古陰入二聲的關係表現在諧聲和叶韻上者情形並不相同。謂可以音轉者可以諧聲，因為諧聲字所要求於聲符字的語音條件只是「取譬」，並不限於相等，此蓋理之所然，可以勿論；至於叶韻，依理當須韻母相同，今謂可以音轉者可以叶韻，無法不啟人疑竇，究竟真相如何，也當有明確交代。

要解開這兩個答案，問題涉及古人的叶韻標準，而何者可以叶韻，何者不可以叶韻，根本便没有絕對的客觀標準可言，主觀意識的不同，便可以大異其趨，自難為古人強定一界限。但從情理上講，也並非全無可以探討的途徑。

首先我要指出的是，詩文叶韻當以韻母的同近為其主要條件，聲調的相同只是次要條件。因此，字與字之間如果韻母不同不近，而只是聲調的相同，自無可以叶韻之理。反之，韻母相同或相近，雖其聲調不同，未必便不可以叶韻。這是我們在接近問題時第一個必須具有的認識。

---

12 如鄒特夫〈孫覿切韻類例序〉、趙蔭棠《等韻源流》、董同龢先師〈切韻指掌圖中的幾個問題〉。

13《指掌圖・司馬光自序》云：「予得旨繼纂其職。」此本言其編修《類篇》一事，說見潘重規先生〈集韻聲類表述例〉，刊香港新亞書院《學術年刊》第六期。論者誤解，以為司馬光既不嘗纂修《集韻》，遂疑此為《指掌圖》出於偽託之證。

14 見《幼獅學誌》第十四卷第二期。

其次，從漢語入聲的特質來看，收 -p 收 -t 收 -k 的入聲雖然都屬音位身分，對陰聲、對陽聲或者不同的入聲彼此之間，都具有辨義作用。但無論那一種入聲，實際上其 -p、-t、-k 只是一種勢態，並不明顯完整的讀出，簡單説便是塞而不裂，是為漢語入聲的特質。因此收 -p 收 -t 收 -k 的入聲，與其相當的開尾陰聲（案：此點詳下第柒節）實則只是舒促的不同，亦即長短音的不同。自六朝以來古人以陰入四聲一貫，便是基於這一道理。説這種陰聲可以與入聲發生叶韻的現象，應該是不難了解的。所以陸志韋的《古音説略》第二章也説：「韻文的體例滿可以用 -b、-d、-g 叶開音綴。」儘管陸氏是主張上古陰聲字具輔音韻尾的。不過畢竟因為陰入韻尾有開塞之別，不能視為具備了當然叶韻的主要條件，與韻母相同者自不可同日而語；因此其產生的韻例，如果不更有其他條件的促成，應該不是很習見的。這是第二個應具有的認識。

現在我便要提出個人對於詩的叶韻標準的看法。在韻母相同的條件之下，字調的相同與否，對於詩的叶韻而言，疑並非構成兩種截然不同的結果，一種是叶韻的，一種是不叶韻的；我的基本看法是，字調相同的固然是增加了叶韻的當然條件，字調不同的，未必便不可以叶韻。主要是要看詩的性質如何而定，因為詩本質上為歌為誦的不同應該可以產生不同的叶韻要求。關於此點，可以從聲調的作用上去了解。任誰都知道，聲調的作用主要是為了辨義。從此我們便不難想到，為了避免意義的淆亂，口語中必然是要求字調絕對正確；而專供口誦的詩，為求音節的和諧，對字調有相當嚴格的講求，必不得乖其各字的本調，其韻字亦須聲調一致，平自韻平，上自韻上，去入自韻去入，以成其音色的複沓美，而不稍寬假。齊梁時代的「永明體」是在此背景下孕育，唐詩的格律亦在此原則下形成，都可以明驗。至於本質上為歌唱的詩，如本屬歌謠的國風和配樂以歌的雅頌，便似不當以同調者為韻限。因為歌曲本身便是極其複雜的高低音的結體，字調本身的絕對音高出落在歌曲中，即使完全保持不變，亦未必能盡其原有的辨義功能，使聞者輒曉其意；何況為樂曲的美妙動聽，字調的高低根本便不容許百分之百的硬性要求保持，在幾個同調字相連出現的時候蓋尤不得不求其聲音高下的變化。所以在歌曲中，字調的高低不是絕對的重要，而不同調可以叶韻也便不以為異。元曲在這方面應該是可以作證的，可惜《中原音韻》的入聲作平、作上、作去，學者意見不同，有人以為本是入聲，有人則以為周氏受其自身方言所影響如此看待，而迄無定論。但暫依前項了解回觀第一問題，假令陰聲字具 -b、-d、-g 尾，則與收 -p、-t、-k 的入聲韻母過於相近，具備了當然叶韻的主要條件，其去聲固因調值同於入聲而多叶，其平上二聲與入聲間亦因調值差異不甚構成叶韻的阻力，而應當出現近乎去與入叶韻的實例（案：粵語入聲有高中低三調，粵曲叶韻則混然為一體，確然可證韻母同者調雖不同，不礙其叶韻。參下文引粵曲兩「急口令」）。如更依前引方桂先生對清濁二塞音韻尾的看法，尤不得不有此結果。今既平上去三聲與入聲間韻例形成絕對差異，此說所包含的重大缺陷，便已明若觀火，無法掩飾。反之，陰聲字無輔音尾，則與入聲韻有開塞之異，不具當然叶韻的主要條件，雖然非不可叶韻，終當屬不經見的特殊現象。但亦假定去與入同調值，則去入間因又具次要叶韻條件與平上二聲不同，便可以形成去與入獨多叶韻的情況，而正可以解釋平上去三聲與入聲間韻例之所以多寡懸殊。是故以陰聲字具不具輔音尾兩說相較，顯是後者有足以稱道的地方。

其次從可以音轉者而言：陰、入聲字既可以在某種固定範圍內互轉，則實際語言中由於時空因素的影響，即使在上古時期，一字同時兼具陰入二讀的可能是不容置疑的，情況特不若後世之複雜廣泛耳。更由於《切韻》之音不過是陸法言等人捃選的「精切」，被其削除的「疏緩」正不知凡幾。以《經典釋文》較《廣韻》，一字在《釋文》中具陰入二讀而不為《廣韻》兼收備蓄的，或恐不勝枚舉。即如《詩經・甘棠》便有二例。《釋文》云：「蔽，必袂反，徐方四反，又方計反，沈又音必。」又云：「茇，蒲曷反，徐又扶蓋反。」《廣韻》蔽字但音必袂切，其餘兩去聲及一入聲的讀法皆不載；茇字一音北末切，一音蒲撥切，並為入聲，而不載去聲之讀；是一但取去聲，一但取入聲。蔽與芾字結合為連緜詞，芾字《釋文》有方蓋、非貴二音，並屬去聲；《廣韻》亦但有方味切去聲一讀，沈讀蔽同必，顯然不是為遷就芾字而改讀，則其確然有入聲一讀可想而知。茇為韻腳字，與伐叶，伐字《釋文、廣韻》都僅有入聲一讀，又可見徐音茇字扶蓋反，並非叶韻說下的產物，而是其本來讀法如此。因此，自《切韻》看來為陰入通叶的韻例，未必不是陰或入聲的自為韻。《詩經》如此，先秦散文中陰入的通叶亦不妨作如是觀。這是一個相當重要的觀念，雖與前兩點所論相反，實際上殆是並行不悖的。

《詩經》時代離我們太遠，當時歌曲的叶韻標準究竟是怎樣的，理論上雖不妨有上述的看法，既不能起死者以質之，終是一謎。但是如果容許由近及遠，以實知之今推想待知之古，亦不難提供資料以旁證其時陰與入確乎可以叶韻。

姑以粵劇為例說明。粵劇的歌唱部分，通常按上下句分平仄叶韻，上句類用仄聲，不含入聲，下句類用平聲。但上句亦往往用平及入聲，下句亦間用入或他聲，實際是陰及入聲四聲通叶。而且可以注意的是，廣州話四聲有九調，尤可見調值的高低對於叶韻實在没有影響。本所傅斯年圖書館藏有一批俗曲，其中不少粵劇，我只隨手在第三十四、第三十五兩函中大致翻檢一下，便見到不少這種例子。先舉〈東坡遊赤壁〉全首唱詞部分為例，以了解一般情況。韻脚字以△、○別其上、下句。

> （總生首板）叫衙役與老夫赤壁之地△看看山明水秀遊覽不虚○[15]（慢板）想老夫原本是兩榜進士△出受了黄塘縣是个小小官兒○宦途中个个是趨炎附勢△有幾個為朝廷清正無私○想老夫在朝中被奸凌欺貶謫山東之地△做一個黄塘縣冷淡官卑○想當初兄弟們寒窗讀史△將鐵硯來磨穿纔步丹池○報國恩只有那忠心不二△又豈可與奸賊共理朝儀○吾的父蘇老泉才名大啟△吾賢弟是子由翰院名題○吾的妹蘇小妹是个聰明女子△吾妹丈秦少由多才多貌一介名儒○一家人食天禄有加無已△可見得我蘇門世代書詩○怪不得人傳我眉山秀地△俺兄弟魁多士金殿名知○（中板）路上那風光滿目無心觀視△又只見幾個村夫為名利晝夜奔馳○見漁翁半江中舒綸釣鯉△茫茫烟水樹色迷離○夕陽西墜晚烟起△斜陽夕照月掛松枝○秋風颯颯飄羅綺△梧桐葉落秋景依稀○蘆荻聲聲來報喜△牧童牛背唱歌兒○有樵夫和牧豎驅犢如飛△又只見天空雲靜星斗光移○前赤壁那曹操横槊賦詩△月明星朗烏鵲南飛○曹老賊在當年出言無忌△銅雀臺誇大口説道江南盡掃愿得二位嬌姿○怎知道與周郎陳兵赤壁△那孔明借東風火燒赤壁滿天紅燄海面流尸○若不是那老賊死期未至△守華容命關公放他行移○今日裏到此遊玩看看古人景緻△登臨不盡合歡離悲○倘若是俺東坡不來此地△怎知道當年老賊在此江湄○自古道欲窮千里目有層層賞識△奇花野樹共鬪芳菲○老蒼松有白鶴羣爭舞戲△枝頭上那黄鶯歌唱交飛○那西湖遊人楚楚繁華獻美△青山紅樹觸景生悲○又只見月明如晝銀河浮起△星光月朗水靜雲飛○蒹葭蒼蒼白露為霜都是三秋景致△長江浪暖天空雲靜斗換星移○今日裏赤壁湖與今非昔△緬懷古事費盡相思○叫家將把葡萄酒滿斟一巵△不登山上怎知天低○低下頭來忙忙瞻視△（收板）遊山不盡待等下會有期○

上句韻脚字為地、士、勢、地、史、二、啟、子、已、地、視、鯉、起、綺、喜、飛、詩、忌、壁、至、緻、地、識、戲、美、起、致、昔、巵、視，其中地、士、勢、地、二、地、視、忌、至、緻、地、戲、致、視為去聲，史、啟、子、已、鯉、起、綺、喜、美、起為上聲，飛、詩、巵為平聲，壁、識、昔為收 -k 之入聲，四聲

15 粵劇以魚虞等韻字韻之支齊微。

俱全。下句韻腳字為虛、兒、私、卑、池、儀、題、儒、詩、知、馳、離、枝、稀、兒、移、飛、姿、尸、移、悲、湄、非、飛、悲、飛、移、思、低、期，俱為平聲。此外，〈小青吊影〉韻腳字：

倚△思〇飾△離〇昞△時〇鄙△淒〇地△漪〇立△渠〇處△妃〇細△池〇比△衣〇疾△時〇淚△絲〇處△悲〇字△依〇

上句飾、立、疾三字為入聲，韻尾分收 -k, -p, -t。又如〈高秀蘭義結連枝〉韻腳字：

雨△詞〇知△躇〇起△歷〇氏△儒〇

上句知字屬平聲，下句歷字屬收 -k 之入聲。〈狡婦病鞋〉韻腳字：

椅△息〇氣△知〇……

息字屬收 -k 之入聲，在下句。凡此，皆屬同一類韻母的陰入四聲通叶。又如〈佛祖尋母〉韻腳字：

母△蕪〇祖△污〇數△無〇腹△苦〇母△途〇祖△孤〇父△勞〇府△虎〇父△逃〇路△呼〇府△孤〇母△塗〇苦△徒〇怒△烏〇訴△號〇好△蒲〇傅△徒〇父△途〇苦△無〇母△高〇素△蘆〇護△途〇佛△嘈〇路△徒〇報△扶〇路△都〇募△屠〇祖△塗〇護△無〇

上句腹、佛分屬收 -k 收 -t 之入聲，下句虎屬上聲。〈逼姪憐香〉韻腳字：

（旦唱）土△夫〇婦△姑〇路△滔〇故△嗷〇育△濤〇

（末唱）步△佛〇

育為收 -k 之入聲在上句，佛為收 -t 之入聲在下句。此又另一類韻母字的陰入四聲通叶。更如〈黛玉葬花〉韻腳字：

寶玉唱罵△芽〇下△華〇下△衙〇殺△家〇髮△華〇下△茶〇罷△琶〇

上句殺髮二字並屬收 -t 之入聲。〈再續紅樓〉韻腳字：

（旦唱）揸△麻〇他△化〇罷△殺〇罵△家〇發△假〇

揸、他並屬平聲，發屬收 -t 之入聲，在上句。化屬去聲，殺屬入聲，假屬上聲，並在下句。是所見第三類韻母字的陰入通叶之例。依此而言，說上古凡可以音轉者可以叶韻，論理是毋庸懷疑的。

另外又見到兩處急口令，這是一種屬於口誦的韻文，兩處皆用入聲，而不雜一個其他聲調的字。一見〈和尚着數〉，原文是：

（女丑扮龜婆上急口令）真正冇我法，摟髻妹就擸雜〇激到我伯爹，連隨掛臘鴨〇後至廿零歲，週圍放白鴿〇先上個幾年，跟倒個老插〇住埋個零月，遇着佢老夾〇進斗個陣時，着件雲紗大夾衲〇買副六綾仔，叫人把窜挖〇賣晒的傢私，兼同八寶塔〇三七未做埋，個時淫念發〇搵翻個靚仔，花名堂倌八〇立心太無良，真正係抵殺〇賣我落娼寮，又要送人客〇有的好淹尖，真正係冇法〇做左廿幾年，面皮起晒劄〇後至有個老龜公，原來係水獺〇大家去住埋，彼此相交搭〇買番的貨頭，開寨响呢撻〇

一見〈殺子報〉，原文是：

（禁子上急口令）人做禁子，講心福〇我做禁子，心唔足〇有人來坐監，當佢做地獄〇有錢俾，講相熟〇無錢俾，眼碌碌〇上搾牀，作大屋〇老糠搾出油，一味任佢哭〇任佢哭〇

以兩者與唱詞相比，顯示出口誦與歌唱的叶韻確然有所不同，與前文所作推論竟分毫不爽；而〈和尚着數〉的急口令 -p、-t、-k 三種入聲的不分，也顯示出漢語入聲韻尾只是一種態勢的特色；並有助於對《詩經》叶韻可能發生的狀況有所了解。

肆

古書中有一些所謂「徐言為二，疾言為一」的雙音節詞合音為單音節詞的現象，也可以幫助我們辨認 -b, -d, -g 尾說的優劣是非。顧炎武《音論》卷下〈反切之始〉云：

按反切之語，自漢以上即已有之。宋沈括謂古語已有二聲合為一字者，如不可為叵，何不為盍，如是為爾，而已為爾（宇純案似當作耳），之乎為諸。鄭樵謂：慢聲為二，急聲為一。慢聲為者焉，急聲為旃；慢聲為者與，急聲為諸；慢聲為而已，急聲為耳；慢聲為之矣，急聲為只；是也。愚嘗考之經傳，蓋不止此。如《詩》「牆有茨」，《傳》「茨，蒺藜也」本《爾雅》文，蒺藜正切茨字；「八月斷壺」，今人謂之胡盧，《北史・后妃傳》作瓠蘆，瓠蘆正切壺字。《左傳》「有山鞠窮乎」，鞠窮是芎，鞠窮正切芎字；「著於丁甯」，《注》「丁甯，鉦也」，《廣韻》丁中莖切，丁甯正切鉦字；「守陴者皆哭」，《注》「陴，城上僻倪」，僻音避，僻倪正切陴字；「棄甲則那」，那，何也，後人言奈何，奈何正切那字；「六卿三族降聽政」，《注》「降，和同也」，和同正切降字。《春秋・桓十二年》「公及宋公燕人盟于穀丘」，《左傳》作句瀆之丘，句瀆正切穀字。《公羊傳》邾婁，後名鄒，邾婁正切鄒字。《禮記・檀弓》「銘，明旌也」，明旌正切銘字；

〈玉藻〉「終葵，椎也」，《方言》「齊人謂椎為終葵」，終葵正切椎字。《爾雅》「禘，大祭也」，大祭正切禘字；「不律謂之筆」，不律正切筆字；「須，薞蕪」，薞蕪正切須字。《列子》「楊朱南之沛」，《莊子》「陽子居南之沛」，子居正切朱字。古人謂耳為聰，《易傳》「聰不明也」，《靈樞經》「少陽根于竅陰結于窻籠，窻籠者耳中也」，窻籠正切聰字。《方言》「鼅鼄或謂之蠾蝓燭臾二音」，蠾蝓正切鼄字；「壻謂之倩」，注「今俗呼女壻為卒便」，卒便正切倩字。《說文》「鈴，令丁也」，令丁正切鈴字；「鳩，鶻古忽反鵃張流反也」，鶻鵃正切鳩字；「痤，一曰族絫」，徐鉉以為即《左傳》之瘯蠡力戈反，瘯蠡正切痤字。《釋名》「韠，蔽膝也，所以蔽膝前也」，蔽膝正切韠字。王子年《拾遺記》「晉武帝賜張華側理紙」，側理正切紙字。《水經注》晏謨伏琛云「濰水即扶淇之水也」，扶淇正切濰字。《廣韻》「狻猊，獅子」，狻猊正切獅字。以此推之，反切不始於漢末矣。

《左傳・襄十年》「會于柤，會吳子壽夢也」，《注》「壽夢，吳子乘」。十二年《經》書「吳子乘卒」，服虔云：「壽夢發聲，吳蠻夷，言多發聲，數語共成一言。」按：夢古音莫登反，壽夢二字合為乘字。

宋宋庠《國語補音》「行玉二十瑴下」云：「按諸本二十字無作廿者，舊音獨出廿字，如此則當音入。顏子推〈稽聖賦〉云：『魏嫗何多，一孕四十；中山何多，有子百廿。』此其證。又以三十為卅，蘇合反，四十為卌，先立反，皆興於秦隸書之後，務從簡便，因各有音，大抵急言之耳。」

此文蒐材豐富，後來學者像俞正燮《癸巳類稿・反切證義》所收集者數量雖逾於此，但多不可用；可用者大抵不出此文範圍，故即依此文予以分析。從雙音節詞的第一音節與單音詞讀音關係而言，這些例可分兩大類，一則聲韻調全同，如胡瓠與壺、鞠與芎[16]、窻與聰[17]、令與鈴；一則主要為雙聲，其他例皆屬之。若但就第一音節自身之語音分析，則可為三類。（甲）屬陰聲者：不可為叵[18]、何不為盍、如是為爾、而已為耳、之乎為諸、者焉為旃、者與為諸、之矣為只、瓠蘆為壺、僻倪為陴、奈何為那、和同為降、句瀆為穀、邾婁為鄒、大祭為禘、不律為筆、子居為朱、蔽膝為韠、

16 鞠字一般有居六、渠竹、驅匊三音，並為入聲。鞠窮之鞠則固定讀平聲，見左氏宣公十二年《傳》，《釋文》僅起弓反一音，《集韻》丘弓切营芎鞠三者同字。

17 《集韻》東韻窻囱同字，與聰字同麤叢切。

18 不字本屬之部陰聲。《廣韻》尤韻甫鳩、有韻甫九及宥韻甫救三切並云「不，弗也」，為其本讀。

扶淇為濰、壽夢為乘、二十為廿、四十為卌，共二十二個。（乙）屬陽聲者：丁甯為鉦、明旌為銘、終葵為椎、蔆蕪為須、窻籠為聰、令丁為鈴、狻猊為獅、三十為卅，共八個。（丙）屬入聲者：蒺藜為茨、鞠窮為芎、蠾蝓為鼄、卒便為倩、鶻鵃為鳩、族絫瘯蠡為痤、側理為紙，共計七個。但其中有些問題，需要加以說明。甲類扶淇為濰一條，不但韻母不同，聲母相隔尤遠，應該剔除不計。其餘之矣為只一條，矣只古韻亦遠，似應改「只」為「止」字，《詩經・草蟲》「亦既見止，亦既覯止」，可以視止為之矣合音。其餘如和同為降、邾婁為鄒、子居為朱、丁甯為鉦、終葵為椎、狻猊為獅、蠾蝓為鼄、卒便為倩、族絫瘯蠡為痤、側理為紙等，或韻有不同，或聲有差異，或兩者俱有微別，但都顯然可以解釋為方音現象，顧氏以為合音，就音而言，並無過誤。只是下列幾點，仍需詳加申說。

一、蠾蝓為鼄　顧氏的根據是《方言》。《方言》卷十一云：

> 鼅鼄，鼄蝥也。自關而西秦晉之間謂之鼄蝥，自關而東趙魏之郊謂之鼅鼄，或謂之蠾蝓。蠾蝓者，侏儒語之轉也。北燕朝鮮洌水之間謂之蝳蜍。

這裏值得注意的有兩點。其一，鼅鼄没有單言鼄的。金文中雖見鼄字單用，但並不作鼅鼄解，自非鼅鼄可單言鼄之證。其二，此蟲各地名稱雖不相同，並是雙聲或疊韻的雙音節詞，而各名詞彼此之間又多具雙聲關係，疑並是雙聲疊韻轉語。郭云「蠾蝓者，侏儒語之轉也」，此說不必可信，但鼄不是蠾蝓的合音，該是可以斷言的。

二、鶻鵃為鳩　以音而言，鶻鳩雙聲，鵃字《說文》大徐音張流切，小徐音陟牛反，與鳩疊韻，顧氏以為合音，殆即由此。但《廣韻》鵃字收陟交、止遙二切，不見於尤韻，《玉篇》亦音丁交、止遙二音，便與鳩字韻母不同。〔**《萬象名義》音東堯反，《集韻》丁聊切鵃下云鶻鵃。2000 年宇純補案。**〕而鶻鵃又作鶻嘲，見《本草》，嘲鵃同陟交切，可見顧說非無可疑。且鶻鵃又名鶌鳩，見《爾雅》，鶌字音九勿切，與鶻字音古忽切音近，鶌鶻當是異文，故《詩・氓》毛《傳》云「鳩，鶻鳩也」，鶻鳩即鶌鳩，亦即鶻鵃；〈小宛〉之鳴鳩亦即此鳥之異名，並見鳩非鶻鵃之合音。而《方言》卷八云：

> 鳩，自關而東周鄭之郊、韓魏之都謂之鵖鷎。其鴿鳩謂之鸊鷎，自關而西秦漢之間謂之鵴鳩。其大者謂之鳻鳩，其小者謂之䳕鳩，或謂之鶻鳩，梁宋之間謂之鷦。

這是說鳩因小大不同，而有各種異稱，鶻鳩只是其異稱之一。此外尚有鳲鳩即鴶鵴，鴡鳩即王鴡，則鳩為鳥中之小共名，顧說確然無可採信。至鶻鵃命名之意，疑與鴶鵴同為狀聲詞，郝懿行、朱駿聲並謂鉤輈格磔之音轉[19]。鉤輈格磔古人本以摹擬鷓鴣之鳴聲[20]，鶻鵃、鶻嘲與鉤輈、格磔正並雙聲。若此則鶻鳩之鶻又當由鶻鵃而來。

三、卒便為倩、側理為紙　卒字可讀清母，與倩聲母同；便、倩一屬三等仙一屬四等先，韻母亦近。側、紙雖有照二照三之異，紙、理亦有支之之別，如從方音與《切韻》的差別了解，以為合音，沒有不可信之理。但這遠發生在反切產生之後，六朝人本多有以反切代替語詞之例[21]，倩字見於《史記・扁鵲倉公傳[22]》，紙字見《說文》，又明在卒便及側理之前，可見卒便、側理是故意依反切之理析為二音，而非由其合音而為倩、紙，與不可為叵、之乎為諸之類不可混為一談。

據此，顧氏所舉諸例以丙類為最少，表面有七，實際僅得蒺藜為茨、鞠窮為芎及族累瘯蠡為痤三條。蒺為收 -t 的入聲，藜的聲母為 l-，似乎還可以解釋收 -t 的蒺字本是一個陰聲字，因受第二音節藜字聲母的影響而書作蒺字。鞠字也可說是陰聲字受窮字聲母的影響，而寫成收-k 的入聲。學者又有引左氏僖公二十五年《傳》「勃鞮為披」的，也可以作如是觀。顯然第一音節為入聲的數量上無法與舒聲者相比擬。這無異告訴我們一個道理，收 -p、t、-k 尾的入聲是一種阻塞音，出現在第一音節，則一二兩音節間有一段阻塞過程，理論上不易形成兩個音節的結合。因此，假定上古陰聲字帶 -b、 -d、 -g 尾，為 -p、 -t、 -k 之濁音，其發聲之用力程度較 -p、 -t、 -k 為強，亦即其阻塞作用較 -p、 -t、 -k 為甚，更難使一二兩音節結合發展而為單音。此雖不敢說便是上古陰聲字不具 -b、 -d、 -g 尾的鐵證，至少說上古陰聲字不具 -b、 -d、 -g 尾較具 -b、 -d、 -g 尾之說為有利。-b、 -d、 -g 尾之為物，既純然為一假設，便沒有堅持的理由。

此外，還有兩點要特別指出。甲類中「何不為盍」一例，此是第一音節的聲韻母加上第二音節的聲母而成為收 -p 的入聲，與他例皆不相同。假若其第一音節的何字有輔音尾 -r，亦自不易與第二音節形成合音。而且「盍」的合音並不一定只從「何不」而來，「何不」與「胡不」、「遐不」音近義同，也可以認為是「胡不」和「遐不」的合音。胡、遐古韻屬魚部，如其韻尾收 -g，尤不易出現合音的「盍」。因此此條不僅說明了歌部不收 -r，亦不啻說明了魚部陰聲並不收 -g。同理尚有「不之為

19　見郝氏《爾雅義疏》及朱氏《說文通訓定聲》。

20　唐人李羣玉〈九子坂聞鷓鴣詩〉：「行穿屈曲崎嶇路，又聽鉤輈格磔聲。」鷓磔、鴣鉤分別雙聲，鷓鴣蓋即狀聲之名。

21　例見顧炎武《音論》下〈南北朝反語〉。

22　〈扁倉傳〉：「黃氏諸倩。」《集解》云：「倩，女壻也。」

弗」一例，為顧氏所未收，「弗」亦是「不」字的聲韻母加上「之」字的聲母而變為收 -t 的入聲，又說明了之部陰聲並不收 -g 尾。再者，後世「舅母」一詞合音為妗也可以用來作一比較。《集韻》沁韻妗下說，「俗謂舅母曰妗。」今方言中有用此字者，粵語即其一例。以粵語言之，舅字讀 k'ɐu，妗字讀 k'ɐm，顯然這便是舅字的聲韻母 k'ɐu 加上母字的聲母"m"，其原先的元音韻尾"u"受了"m"的同化而消失，遂形成了妗的讀音 k'ɐm。從這個例來說，很可以幫助我們了解到「何不」一詞是在什麼樣的情況下變成「盍」的。讀者很可能提出「叔母」為「嬸」的相反現象，叔字的 -k 尾便不曾阻止合音的出現。但任何事都可有例外，不合情理的事未必不可以產生；討論遠離我們的上古問題，恐怕只能從情理中道其常，而不可援特例以語其變。以舅母合音為妗與叔母合音為嬸兩相比較，自然是前者合於常理；但無論如何，叔母合音為嬸一例總不能用來證明古音 -b、-d、-g 尾之確然存在。另外一點是顧氏所舉「不可為叵」一例，不字屬不送氣的幫母，叵字屬送氣的滂母。從「不可」合音為「叵」，聲母則由幫變為滂，這現象似乎是不可理解的。但試看「可」字，正是屬於送氣的溪母，將「可」字的送氣成分加在「不」字上，幫就變成了滂，顯然「叵」字的送氣成分便是如此得來；驗諸脣吻，也很容易體會得出；但是如果「不」字附以 -g 尾，便無從得到「叵」字的讀音了。因此這一個例，我認為對主張上古陰聲字不具 -b、-d、-g 尾來說，實在能使人感覺到理直氣壯的。

結合以上所論各點，在面對上古陰聲字具不具輔音尾而加以選擇時，應該是能辨別一些方向的了。

伍

-b、-d、-g 尾說之難於成立，前文已經列舉了一些理由。就假說中三個塞音尾本身比較而言，則 -b 尾之不實，尤其彰彰可睹。

-b 尾之說，本來是連《詩經》時代都沒有的。學者因見微祭兩部少數陰聲字如內位蓋世等，與緝葉兩收 -p 尾的入聲部字如納立盍枼等諧聲上有交往行為，認為需要特殊解釋，於是 -b 尾誕生，而明言為較《詩經》時代為早的「諧聲時代」所獨有。要討論這個假說的是非，我想先要瞭解我國文字上的兩個現象。

其一，所謂諧聲字，亦即形聲字，其實多是轉注字。以《說文》一書而言，其中「从某某聲」之字本是二類。其一類，取表意及表音的符號各一結合為字，如江河，便是六書中的「形聲」。另一類則其始只有「某聲」的部分，不知經過多少歲月在增加了表意符號之後始成專字，這是六書中的「轉注」。轉注字和其聲符字有兩種不同的關係。一種是語言孳生，一種是文字假借。前者如「婚」、「娶」，本來只書昏、取二字，後來都加了女旁而形成婚、娶。後者如「貞」、「歲」，本來是借用鼎、戉二字，後來加上了卜或步旁而形成鼑、歲，再往後鼑形變為貞。形聲之法本由轉注而生，故形聲字多是轉注字。《說文》的小篆來源是秦《三倉》，可是秦《三倉》只有三千餘字，而《說文》多至九千餘，則大部分的所謂小篆，實際是許君將隸書翻成了篆書，而這些不在秦《三倉》之內的隸書文字便是秦漢以來的轉注字，其時代遠在《詩經》之後[23]，所以以為一切諧聲字時代都在《詩經》之前實在是一重誤解。換言之，諧聲上不同《詩》韻的現象，是否即意味著由於時代的不同所促成，非無問題，而 -b 尾之說也便特別顯得有加以檢討的必要。

其二，我國文字之制作，不由於一時，不由於一地，但其基本法則，則是人同此心心同此理，不出六書之外，而咸以象形為基礎。所以在早期，往往可見同一圖形代表了兩個或兩個以上的語言，而具不同的音義。如甲骨中，「☽」和「☽」既都可以讀月，也都可以讀夕；同一「帚」形，可以讀帚，也可以讀婦；而甲與七同一「+」形，田與周同一「田」形[24]，甚至鼓、喜、豈、壴四者同一「壴」形；不一而足。這些都是文字學上的問題，與音韻之學並無關係，自然無法希望從音韻上去獲得解釋。因此，如 -b 尾之說，是否有此必要？能否言之成理？都必須回過頭從文字學上試予觀察。

針對第一點，假定有關 -b 尾說牽涉到轉注字，似乎只需要說：這些轉注字的「聲符字」原有收 -p 收 -b 二讀，而其所以有此二讀，正是因為韻尾相近之故；至《詩經》時代，-b 尾在某種條件影響下音變為 -d，而字形上其中之一體則又增加了「意符字」形成轉注字。如内字，可以解釋說其先一讀 nuəb[25]，一讀 nəp，《詩經》時代 nuəb 變為 nuəd，另一讀的内字則轉注作「納」，則納雖是轉注字，對 -b 尾的推求，並無絲毫影響。但這只是理論上的可有一解，落實到個別文字的實際情況，便萬難自圓其說。即如内納二字，納字雖早見於《尚書・堯典》的「納于大麓」，及《詩經・烝民》的「出納王命」等，恐經後人的改作，其先並不若是。因為從音義上講，金文出現過很多納字，如克鼎的「出内朕命」即「出納朕命」，噩侯馭方鼎的

23 見拙著《中國文字學》第二、四兩章。

24 見成周戈。

25 用董同龢先師《漢語音韻學》擬音，下同。

「內豊于王」即「納醴于王」，但都是書作內字，無一作納者。〈烝民〉篇納字《釋文》云「或本作內」，正是其作納者為後人改之之證。但毛公鼎的「命女辥我邦我家內外」、諫簋的「王乎內史先册命」，內並為陰聲，內伯壺的內伯即芮伯，內公鬲的內公即芮公，亦為陰聲，與前云內字原讀陰、入二音者正同，而納是內字入聲一讀的累增字，與轉注字的現象亦最接近，並符合了前文所提出的解釋的條件。可是如果根據後來的納字收 -p，便推定陰聲的內原收 -b 尾，當知這一陰聲的讀法時代在兩周，與 -b 尾但見於《詩經》之前的説法自陷矛盾。即使假設這個內字在《詩經》時代是一個保持 -b 尾的特例，亦既與《詩經・蕩》篇叶「類、懟、對、內」、〈抑〉篇叶「寐、內」其音明屬微部相牴觸；且根本便不得視為特例，立位、世枼之類，情況大抵與此相同，分述如下。

位字於兩周古籍恆見，金文則未見此字。頌鼎云「王各大室，即立」，番生簋云「甹王立」，毛公鼎云「余一人在立」，凡當書為位字者甚多，而皆作立字，時代或在《詩經》之前，或在《詩經》之後。古書中如《周禮・小宗伯》「掌建國之神位」故書位作立，鄭注云「古者立位同字」，于省吾《詩經新證》讀〈大明〉篇「天位殷適」為「天立殷敵」，也使文意豁然可喻，都是《詩經》時代立位二字字形相同使用無别之證。依 -b 尾説學者之意，周代既無 -b 尾，便不該有此現象。但問題還不止此。周代已無的 -b 尾，當不會復見於漢代。東漢初譯 buddha 為浮屠為浮圖，固然可見其時浮字無-g 尾，也説明了當時並無收 -d 尾的陰聲字；方桂先生曾用漢譯 Alexandria 為「烏弋山離」證喻四聲母為 r，我們也可以從此看出離字不收 -r 尾，同時不譯烏弋為阿弋，又可見烏字不收 -g，阿字亦不收 -r。如此説來，其時 -b 尾尤當早已絕迹。可是今天所見漢人鈔寫的古書，如《黃帝四經》，凡位字只書作立，居然保留了兩周金文的習慣，這是不能不令人吃驚的，而其對於 -b 尾説的不利，也便最為突出。〔**內立二字考慮未周，詳〈再論上古音 -b 尾説〉，2000 年宇純補案。**〕

世枼的現象雖與上二例不同，其不足以證世字原具 -b 尾則無二致。《金文編》世下收𣏟字，注云：「或从木，與枼通，𪒠伯簋十世不諲。」又收笹字，云：「或从竹，且日庚簋用世孝享。」是以枻、笹為世字繁文。但枻下説「與枼通」，則涉及世與枼的讀音問題，説在周代收 -d 尾的世可以通收 -p 尾的枼，必為主張 -b 尾説學者所不能接受。依我看，容氏此説的確有待商榷。從字形上説，枻與枼並从一木一世，可能就是枼字的别構，而並非世字通作枼；即从竹之笹字，從《説文》枼从世聲的説法看，也可能便是《説文》从枼聲音讀與枼同的葉字。不過這不是必然的説法，枻與枼的關係也可能只同於《說文》的杍與柔，笹與箕可能只同於簶與簏，並是異字。關鍵在於金文別有上世下木的枼字，容氏《金文編》於齊鎛枼下云：「孳乳為葉，《詩・長發》『昔在中葉』，《傳》世也，齊鎛『枼萬至於辝孫子勿或俞改』。」此外有柏鼎的「永枼毋亡」、郘王子鐘的「萬枼鼓之」、王孫鐘的「枼萬孫子」及厵羌鐘的「永枼毋忘」，以與前文柑字相較，用法相同，可見柑實即枼字[26]，二者的關係同於棋與棊，而不同於杍與柔。至於笹字，音義既同於〈長發〉詩的葉字，可以視同《說文》箕字，也可能仍是枼字的異體，从竹與从木取義相同。但問題是枼、笹、葉何以義與世字相同？如果說是世的借字，則前二者見於周金文，後者見於〈商頌〉，〈商頌〉者，宋頌也，問題繞回來依然不能為主張陰聲字具輔音韻尾說的學者所同意；如果說這是沿習著《詩經》以前時代的假借習慣，其先正因兩者韻尾相近，亦苦於並無《詩經》以前的假借例，恐又為研究問題重視實證的學者所弗願為。

而且，果真《詩經》以前的諧聲時代有 -b 尾，後來在什麼樣的條件下演變為 -d 的，這個問題，不交代則已；想交代，可並不容易。同龢先師《漢語音韻學》第十一章曾經提出過解釋，原文說：

> 關於內字我們假定他由**nuəb→*nuəd，是**-b 受〔u〕的異化作用的結果，如中古凡乏諸字 b'juam（p）變現代廣州的 fan（t）。至於蓋由**kab→*kad，則是由於**-b 尾字少了，類化於內類字而來。

案：廣州話凡乏等字由 -m（p）變 -n（t），與稟品等字相同，確當的解釋，應為聲母與韻尾同為脣音而異化的結果，合口的“u”對凡乏的影響只是使重脣變為輕脣，稟品等字因為沒有合口成分，故保持重脣不變，此與先師所說內字的演變並不相同。何況根據方桂先生的意見，內字上古只是開口音，“u”的合口成分是至中古演變後的結果，李先生的意見如果對，就表示先師之說誤。至於說蓋字是在 -b 尾字少了以後類化的現象，此亦大成問題，先師在前引文字之前曾將微祭部陰聲與緝葉部入聲相互諧聲諸字列為一表，迻錄如下：

> 世 ɕjæi：葉 jæp
>
> 㾊 k'jɛp：瘱 ʔjɛi 瘞 ʔjæi
>
> 劦 ɣiɛp：荔 liɛi
>
> 盍 ɣap：蓋 kai

---

26 周名煇《古籀考》定柑為枼字。

内 nuAi：納 nAp

習 zjep：彗 zjuæi（彗古文作篲）

表中可見除内字而外，僅有彗字中古屬合口，其他皆屬開口。用彗與習相對，根據的是《說文》古文彗字从竹从習。可是照王國維的看法，《說文》古文也就是孔子壁中書，只是周秦間東土文字，時代不在《詩經》之前。王氏這一看法極其高明，可以找到許多有力的證據，讀者可以參考拙著《中國文字學》第四章的相關部分。所以用篲字來談 -b 尾，也跟前舉内納、立位的情形一樣，本身便是問題；不必說用來說明 -b 尾的如何演變了。

那麼，内納、立位、世枼的現象究竟是如何形成的？淺見以為：内立二字兼具陰入二讀，意義相關而並不相等，内字二讀聲母相同，立字二讀則聲母無關，結合這幾點來看，内字的二讀極可能由於音轉，即不帶輔音韻尾的陰聲轉成了收 -p 的入聲，或是收-p 的入聲轉而為不帶輔音韻尾的陰聲，而意義上又略有變化；或者即為了意義的改變而改讀陰聲為入聲，而其所以收音為 -p，此則為偶然約定現象，也可能與入字的讀音有關，其詳不可得說。立字的二讀，如果不向複聲母去附會，便當與月夕、帚婦等相同，由同一符號代表意義相關的兩個語言，本不屬聲韻學上的問題；後來陰聲的一讀加上人旁而形成累增的位字。至於世與枼，兩者聲母雖不同，但相關，諧聲字如式與弋、始與台都可為說明，意義又復相等，其情況極可能亦為音轉；而其後入聲一讀增加意符木或竹形成繁體（即累增字）的枻、枼、笹，《詩經》的葉字則可能是同音通假，也仍可能是累增字。

總之，從内、立、世等字實際情況看來，-b 尾之說既不能解釋任何現象，且處處碰壁，可見這是幾種輔音尾假說中包含問題最多的一個。

陸

-b、-d、-g 尾說雖係由諧聲和《詩》韻而來，究其實，則諧聲《詩》韻並不支持 -b、-d、-g 尾說，前節已從諧聲字上對 -b 尾說加以檢討，今更結合諧聲《詩》韻兩方面資料論之如下。

諧聲和《詩》韻給予我們的印象是，各陰、陽、入韻部之間有其一定的相配關係，亦即不同韻部間的諧聲和《詩》韻有其固定範圍，其關係用同龢先師的廿二部表示之為：

葉入　：談陽

緝入　：侵陽
之陰、入：蒸陽
幽陰、入：中陽
宵陰、入
侯陰、入：東陽
魚陰、入：陽陽
佳陰、入：耕陽
脂陰、入：真陽
微陰、入：文陽
祭陰、入
歌陰　：元陽

但諧聲和《詩》韻也有不在此限而不得不承認其為音轉者，前節所說內納、習簹、世枼、疢瘱諸字便不屬此表的關係範圍。這應該讓我們體會到，各陰聲部若附以不同的輔音韻尾，即等於桎梏了一個陰聲部可以同時和一個以上不同韻尾的陽或入聲相轉的能力，對於上述現象反不易解釋。因為收 -d 的陰聲自然只能配收 -n 的陽聲和收 -t 的入聲，沒有理由又可以和收 -m 收 -ŋ 的陽聲或收 -p 收 -k 的入聲相配。同理，收 -g 的陰聲也只能與收 -ŋ 的陽聲和收 -k 的入聲相配，而不可能又配收 -m 收 -n 或收 -p 收 -t 的陽、入聲。反倒是不帶任何輔音尾的陰聲，因為是中性的，只要在元音相同或極近的條件下，既可以配甲又可以配乙，而沒有一定的限制。以下是一些同時與一個以上不同部位韻尾的陽聲部或入聲部相轉的陰聲部字的實例。

一、之部陰聲　據《說文》：敏从每聲，存从才聲，麳从來聲，允从㠯聲，囍為艱字籀文从喜聲[27]，䢂从吏聲而讀若迅。異文假借有：《禮記・射義》「耄期」，〈大雅・行葦・傳〉引作「耄勤」，〈樂記〉「天地訢合」，鄭注讀訢為熹；左氏成公十三年《傳》「曹公子欣時」，《公羊》成公十六年作「公子喜時」；又左氏《春秋經》昭公十年「季孫意如」，《公羊》作「隱如」；《荀子・性惡》篇「驊驥」，楊注讀驊為騏；〈致士〉篇「隱忌雍蔽之人」，王念孫謂隱忌即意忌；《史記・孝文紀》「蘇意」，《漢紀》作「蘇隱」[28]。《詩》韻方面有：〈甫田〉叶止、子、畝、

27 囍字甲骨文本作鼖，从壴為聲。說見拙著《中國文字學》增訂本九十四頁注。籀文改作囍，表示周代喜囍音有關，與所舉他例可互參。〔**鼖从壴聲，見定本《中國文字學》二一〇頁。2000 年宇純補案。**〕

28 以上參王念孫《讀書雜志・荀子・致仕篇》。楊樹達《積微居小學金石論叢》增訂本有〈古音咍德部與痕部對轉證〉一文，可參。

喜、右、否、畝、有、敏，生民叶祀、子、敏、止。〔**敏从每聲，此蓋其時敏仍是之部字。2000 年宇純補案。**〕此外尚有龜字《廣韻》音居追、舉倫二切，《莊子・逍遙遊》龜手即皸手，《釋文》有愧悲、舉倫二音。這些都一方是之部的陰聲，一方是文部的陽聲，量多質備，没有理由不承認其為音轉的。

此外，之部陰聲字又每與侵部接觸。諧聲方面，有意从音聲，佩从凡聲[29]。叶韻方面，有《詩經・載芟》叶玆、今。都一方是之部陰聲，一方是陽聲侵部。不過〈載芟〉的韻必須略作説明，其原文是：

> 載芟載柞，其耕澤澤。千耦其耘，徂隰徂畛。侯主侯伯，侯亞侯旅，侯彊侯以。有嗿其饁，思媚其婦。有依其士，有略其耜。俶載南畝，播厥百穀，實函斯活。驛驛其達，有厭其傑。厭厭其苗，緜緜其麃。載穫濟濟，有實其積，萬億及秭。為酒為醴，烝畀祖妣，以洽百禮。有飶其香，邦家之光。有椒其馨，胡考之寧。匪且有且，匪今斯今，振古如玆。

末三句江有誥《詩經韻讀》以為無韻，陸志韋《詩韻譜》謂且字韻柞、澤，玆字韻以、婦、士、耜、畝。然此詩自首句「載芟載柞」至此前一句「胡考之寧」皆有韻，不應三句獨不入韻，且全本《詩經》無此例，是江説不然。所謂韻，是兩個以上韻母相同或近似的音節在相鄰近的句末複沓的出現，可以給人一種諧諧的感覺。若兩個韻母相同的字出現在兩個句子的末端，但其中間隔了許多末一字韻母不同不近的其他句子，根本不會讓人感覺到相同韻母的複沓出現，自然便無所謂叶韻了。若此詩柞澤二字在詩首，且字在詩末，中間相隔二十六句，即自「侯亞侯旅」，最後一個落魚部字的句子以下計之，亦多達二十二句，玆字至畝字句亦相隔十八句，豈可以為叶韻！是陸説亦誤。但自另一面觀之。此三句且且、今今已是兩個相同韻母的複沓現象，而古又與且同魚部上聲，則且、且、古三字的接連出現，不能無叶韻的感覺。玆與今同平聲，一屬之一屬侵，本不同部。但〈思齊〉詩叶式、入，〈六月〉詩叶急、飭、服、熾、國，為之部入聲與緝部通叶，緝是侵之入；〈小戎〉詩叶膺、弓、縢、興、心，〈大明〉詩叶興、心，〈閟宮〉詩叶乘、縢、弓、綅、增、膺、懲、承，為蒸侵二部通叶，蒸是之之陽；可見之、侵兩部元音相同。古書翌翼二字通用，《廣韻》同與職切，其古韻當並屬之部入聲，但翌从立聲，立古韻屬緝部，其諧聲背景當與〈思齊、六月〉二詩之叶韻相同。又《説文》濇字《廣韻》音色立、所力二切，推其古韻，亦

---

29 意从音聲，據小徐《繫傳》。佩从凡聲，據《初學記》卷廿六所引；大小徐並云从人凡巾。

一屬緝部，一屬之部入聲。並可證此詩玆、今為韻。〈思齊〉詩四章云：「肆戎疾不殄，烈假不瑕。」疾殄、假瑕分別為韻[30]，與此文匪且、匪今兩句同例，可以幫助肯定此三句為韻文。**〔今玆爲韻，余別有說，見近作〈讀詩雜記〉，收入《絲竹軒詩說》，2002 年宇純校稿補案。〕**

二、魚部陰聲　《說文》狜从去聲[31]，[illegible]（呼濫切）从去聲，粤從雩聲[32]，敢字小篆作[illegible]，古文作[illegible]，並从古聲，雖是後世的變體[33]，對魚部與談、葉二部可以互轉一點而言，實與前二例具等量的參贊之功。又[illegible]字古沓切，鉣字居怯切，《說文》並解云劫省聲；以狜字从去聲例之，即劫字亦當是以去為聲。[illegible]字又有近倨切一讀，可以作為證明。再者《說文》云盇字从大聲，大與盇聲母相遠，其說可疑。金文盇字作[illegible]，从盇之葢作[illegible]，則盇本當是从去聲。以上並諧聲方面魚部陰聲字與談葉二部字讀音互轉的例證。秦公簋有葢字，諸家多不識。據鉩文來去字作迲，疑葢仍當是盍之別構，原文云「葢葢文武」，葢葢蓋即赫赫之轉語。極可能「赫赫文武」為一習用語，赫赫受文武二字聲母的影響轉 -k 為 -p，書其字遂有作盍盍者[34]。此雖或係個別特殊情形，要可見魚葉元音相同，故往往形成音轉。《詩・雲漢》六章云：

旱既大甚，黽勉畏去。胡寧瘨我以旱？憯不知其故。祈年孔夙，方社不莫。

昊天上帝，則不我虞。敬恭明神，宜無悔怒。

表面上去、故、莫、虞、怒為韻，諸字並屬魚部陰聲。但其中去字文不成義，釋《詩》者多家，皆牽強迂曲不可用[35]。蔡邕〈上封事書〉云：「宣王遭旱，密勿祇畏。」即用此詩，而「密勿祇畏」便是「黽勉畏去」文句的改寫，陳喬樅以為魯《詩》，從文意而言，其說或然，但必非魯《詩》原文。因為此句必須入韻，畏與故、莫等字則韻母無干。現在將毛《詩》與蔡文對照著看，去字的音義顯然與怯字相當，却與故、莫等字叶韻。這個現象乍看似乎難解；今既知魚葉二部可以音轉，是此詩原即以怯字韻故、莫、虞、怒，蓋後人讀之以為不叶，去其心旁作去，遂形成文意的絕不可通，而論其韻則天衣無縫。近年出土之殘簡《六韜》有句云：「有知而心迲者。」迲字形式上是《說文》訓衣袂的袪字，讀陰聲去魚切，文義則是《說文》

---

30 江有誥云韻未詳，此从孔廣森說。

31 大小徐並如此。清人或疑當是劫省聲，非是。

32 小徐如此，大徐說以為會意。大徐不知音，每刪《說文》「聲」字。

33 金文敢字習見，無从古者，齊陳曼簠作[illegible]，近於古字，明从古者為後世變體。

34 郭沫若《殷周青銅器銘文研究・秦公簋韻讀》云：「葢則盇之繁文耳，葢葢則猶赫赫。」

35 鄭《箋》：「欲使所尤畏者去，所尤畏者魃也。」朱《傳》：「畏去，出無所之也。」屈翼鵬先師《釋義》：「畏去，謂畏旱而逃去也。」俱與此詩自言黽勉恭敬而遭旱之意不協。

訓多畏的怯子，故宋本《六韜》及《羣書治要》所引並作怯字，情形與此甚為近似，不過沒有叶韻的問題，看起來便簡單得多；但去怯二音可以轉換，亦即怯字可韻故、莫等字，於此不啻得一確證。然而，魚部字可與他部字音轉的情形還不止此。《說文》鬩从於聲讀入祭部、元部，膚从虍聲亦入元部，虘从虍聲入歌部，虧从虘聲亦入歌部，歌為元的對轉陰聲部，四者可以互證；此外又有於戲（見《詩・周頌・烈文》）同烏呼，戲呼二字為歌、魚通用之例；而郍（那）从談部的冄字為聲入歌部，又將魚部和元談的關係加緊扣實。這些現象必不是偶然發生的，但要如何去解釋，想來決不是 -b, -d, -g 韻尾所能為功的。〔〈雲漢〉去字的正解，參〈再論上古音-b尾〉。又《集韻》焱字以冉、以贍、夷益三音，兩屬談，一屬魚，不得為 -b 變 -d 之說，可與去字兼丘倨、去劫二音，及曄字从華等互參。又蹛字當蓋、當何、都甘三音，後者同襜字，分別釋其義云：「蹛，踶也；一曰蹛林，匈奴繞林而祭也。蹛，蹛林，匈奴地名。襜，襜襤，胡名；或作澹、蹛。」字訓踶，見《說文》，餘見《史記・匈奴列傳》，是一為本義，兩為借義；都甘之音，明出於當蓋、當何，非 -b 變 -d 可說，而其借用又不必在所謂「諧聲時代」。此可與郍（那）从冉聲互參。2000 年宇純補案。〕

因為有上述種種現象，所以我說諧聲《詩》韻並不支持 -b, -d, -g 尾說。

柒

從貳、叁、肆、伍、陸各節所述看來，上古陰聲字具輔音韻尾說基本上既是由誤解中古音而來，本身又缺乏任何直接證據，且缺點甚多，反是不帶輔音韻尾之說能滿足各種情況，既合情合理，亦有據有憑。兩說的優劣實在是極為明顯。那麼賸下來所要解答的便只有一個問題，上述各種陰陽二部間的交往，包括眾所共知的如之與蒸的對轉現象，究竟在什麼樣的情況下發生的？年湮代遠，希望將上古音細微的地方都交代清楚，自是決無可能；這還是把上古的語言看成一個大一統的局面，如果考慮到方言的可能存在，實際也是必然的存在，複雜的情況恐怕會讓我們感到無從著手。所以這裏只能作原則性的說明。

主張上古陰聲字不具輔音韻尾的學者，對古韻擬音有兩種不同的處理原則。其一是儘量將各韻部給以不同的元音，以照顧通常所見一個陰聲韻部不同時與一個以上不同韻尾的陽聲韻部發生對轉的現象。此見於陳新雄兄的《古音學發微》，以 a、æ、ɛ、ɐ、ɑ、ɔ、o、ə 八個元音分別給予歌、脂、微、支、魚、侯、幽、之八部。時下學者類傾向於儘量節省音標的態度，陳兄此法恐不易為人接受。我的看法是，多給予音標本身不一定便是不對，問題還是要看有沒有理由，有沒有必要，有沒有證據。本文既已指出如之、魚兩部陰聲字可以同時與一個以上不同韻尾的陽聲或入聲發生音轉關係，如其間元音不同或並不近似，便無法解釋此等現象，所以這種作法應該是不被考慮的。另一種作法是採取「單足以喻則單，單不足以喻則兼」的原則，必要時用複合之音，也就是在元音之後附以不同的元音韻尾，既以與單元音的韻部區別，彼此間亦賴以不同。此則見於王力的《漢語史稿》。此種辦法是否合理可取，我想還是讓我們先向中古音討消息。

在中古音方面，學者所擬各陰聲韻韻母參差不齊，沒有兩家全同的，但是有一共同點，除單元音之外，都有帶 -i 尾的複元音，也都有帶 -u 尾的複元音。這些不同韻尾的複元音包括以 i 或 u 為主要元音者在內，如果從陰陽入相配的觀點試予觀察，其間還有一個大致的界限，主要元音為 i 或收 -i 尾的與收 -n 的陽聲和收 -t 的入聲相配，而不配韻尾為 -ŋ 為 -k 的陽、入聲；不具此條件的其他陰聲字，則與收 -ŋ 的陽聲和收 -k 的入聲相配，而不配韻尾為 -n 為 -t 的陽聲入聲。這種現象當然是根據現代方言擬測古音的自然結果，不是有意的安排，因為講中古音大家都只注意到陽和入的相配，不甚知道或根本不知道陰陽入三聲的實際關係。正因為如此，某些學者的擬音在這個角度看來，便見其不成系統。如李榮與浦立本蟹攝各韻類收 -i 尾，而獨於佳韻例外，李擬為 ä，浦擬為 ae，即由於不知蟹攝為山攝的陰聲，佳韻的陽聲為刪韻，亦當收 -i 尾。又如陸志韋擬支韻為複合元音 ei，則坐不知支雖與脂之微同攝而實為清韻陰聲之失，不得擬為 -i 尾。更如高本漢、先師董同龢先生及周法高先生擬之韻元音為 i，亦由未能體察到之是蒸的陰聲，不得其元音為 i。只要把這幾處予以修正，則中古音凡 i 為元音或收 -i 尾者與韻尾收 -n 或 -t 之陽聲入聲相當，而必不與韻尾收 -ŋ 或 -k 者相當，形成絕對界限。這一界限對於擬測上古陰聲實有莫大的啟發作用。現在先把我根據《切韻》系韻書的罕見反切上字，並參考《等子》以下韻圖確實推尋出來的具陰陽對應關係的諸韻（請參第貳節）列表如下，以作進一步觀察。

東一等：侯
東三等：尤
冬　　：模
鍾　　：虞
真、臻：脂開口

諄　：脂合口
欣　：微開口
文　：微合口
寒　：歌一等、咍
桓　：戈、灰
刪　：佳
山　：皆
先　：齊〔《詩・東山釋文》：「熠火，惠丁反。」齊又配青。2000 年宇純補案。〕
仙　：麻三等、祭
唐　：歌一等
陽　：歌三等
庚　：麻二等
清　：支〔劉滔以征整政隻配遮者柘，方音或以清三配麻三，見前"補案"。〕
蒸　：之[36]

其中元音為 u 或收 -u 韻尾的侯、尤韻及元音為 o 的模、虞韻，或元音為 ɑ, a, e, ə 而不具任何元音韻尾的歌、麻、支、之諸韻配韻尾收 -ŋ 的東、冬、鍾、唐、陽、庚、清、蒸諸陽聲韻；而韻尾為 -i 或主要元音為 i 的脂、微、咍、灰　佳　皆、齊、祭諸韻配韻尾收 -n 的真、臻、諄、欣、文、寒、桓、刪、山、先、仙諸陽聲韻。這一現象顯然是由於"i"是一個最接近"n"發音位置而最不接近"ŋ"發音位置的前高元音。此外歌、麻兩韻除配韻尾收 -ŋ 的唐、陽、庚韻外，又配韻尾收 -n 的寒、桓、仙韻。這一現象又當是因為歌、麻兩韻的韻母是一個不帶任何元音韻尾的 ɑ 或 a，具有因應其後舌尖向上或舌根向上兩種不同陽聲的彈性，故歌可以配ɑn，也可以配ɑŋ，麻可以配 an，也可以配 aŋ。從此可以得到兩種啟示，不帶任何韻尾的單元音有肆應多種不同鼻音韻尾陽聲韻的能力，而元音為 i 或韻尾為 i 的陰聲則只能與收 -n 尾的陽聲韻對轉。在擬訂上古音的時候，只要把握住這兩個原則，便不難對上古音韻部作一大致擬測；則王力的辦法顯然是正確的了。此下是我對上古各韻部所給予的原則性

36 收 -m 諸陽聲韻本無相對之陰聲，此自上古以來如此。其他陰聲韻不知所配陽聲者有：魚、蕭、宵、肴、豪、幽、泰、夬、廢共九韻。蕭、宵、肴、號四者則亦自上古以來本無相當之陽聲。

擬音:

葉 ɑp	：	談 ɑm
緝 əp	：	侵 əm
之 ək, ə	：	蒸 əŋ
幽 əuk, əu	：	中 əuŋ
宵 ouk, ou		
侯 ok, o	：	東 oŋ
魚 ɑk, ɑ	：	陽 ɑŋ
佳 ek, e	：	耕 eŋ
脂 et, ei	：	真 en
微 ət, əi	：	文 ən
祭 at, ai 歌 a	：	元 an

明眼讀者一看就知道這是舊瓶新酒，沒有什麼自己的貨色。一言以蔽之，便是同龢先師的《漢語音韻學》加上了上述新的觀念，而其結果則大同於王力的《漢語史稿》。對於同龢先師的《漢語音韻學》而言，只有幽、宵、侯三部元音的不同。幽部的不同，主要是為了照顧幽與之的關係，而其字後世讀音又都有"u"的成分，所以擬作"əu"。宵部作"ou"不作"ɔ"，一方面是想照顧宵於幽、侯居中的地位，所以用侯的元音加幽的韻尾；一方面是想節省一個音位。侯部用"o"不用"u"，只是為了使這一套「上古音」中標準元音"u"與"i"的行為一致，都只作介音或韻尾，不作主要元音。這些當然都談不上有什麼把握，非此不可，不過婢學主人，能節省斯節省，能整齊斯整齊，如此而已。與王力《漢語史稿》比較，王氏併中於侵，本文幽仍有其對轉的陽聲部；此外則是宵、葉二部元音的不同，當然包括了與葉部對轉的談部元音。宵部作"ou"不作"au"，是有感於王氏的"o"元音只一用於侯部可能為一缺陷，〈常棣〉詩飫叶豆、具、孺，自然也是原因之一。葉部用"ɑ"不用"a"，從魚、葉二部的緊密關係而言，顯是值得堅持的一點。所以整個說來，這一套音沒有任何新穎動人之處，但其肆應力則極強，不僅可以解釋一切大家心目中以為正常的陰陽入三聲間的諧聲、叶韻、異文、假借，同時對發生於如之文、之侵、魚談、魚元等部之間目為特殊的現象，也可以自然獲得答案。在這裏我們可以看出，中古的陰聲實質上與上古陰聲一脈相承，有了對中古音的充分真實了解，便無需於上古陰聲字附以

-b, -d, -g 尾而處處碰壁。這一套擬音當然無法說就是上古音的真貌，任誰都可以改作，但一個重要的原則，陰聲字必須是開尾的。〔**上古擬音，〈上古音芻議〉略有修改。2000 年宇純補案。**〕

本文主旨至此已告寫罄，最後無可避免的還需討論一個問題，類似這樣的一套「上古音」，能否解釋自上古至中古的古今音變？

關於這一點，我想可分兩層回答，自其不盡可能的一面說，晚出如方桂先生的精心結構〈上古音研究〉，也便不知留下了多少問題不能解決，其他就不必說了。蓋去古久遠，誰也不能存此奢望；而其癥結固不在取不取消陰聲字的輔音韻尾。但自相反的一面說，讀者只需一閱王力的《漢語史稿》，便可以知道取消陰聲字的輔音韻尾之後，在解釋古今音變上即使不比有輔音韻尾簡單，却也不曾增加問題，或在面臨問題時較過去顯得無能為力。但這並不表示非將王氏的多種介音全盤接受不可；我的基本看法是，韻母的擬測，無論為中古音為上古音，都只能作原則性的說明，否則便嚴重的關係到合不合乎邏輯，而不是可不可能的問題。我們現在想像中的上古音所以複雜萬狀，有許多是人為因素，植基於對《切韻》音的錯誤觀念。大家一方面明知《切韻》所以分韻繁細，是因為兼包了「南北是非」，一方面却又依其分韻充分的給以不同的韻母擬音，淪入矛盾而不自知；且更從此出發，要為此等「中古音」一一求其上古之源，試問這如何能不令上古音「複雜萬狀」！我們不妨拿中古止攝為例作說明，支、脂、之、微四韻，學者没有不給予四種不同韻母的。其實站在《切韻》兼包南北是非的立場，就應當有如下的想法，假定當時四個韻在方言中有如下列之情形：甲地支脂不分，與之微為二；乙地支之不分，與脂微為二；或甲地支脂之不分，與微相對，乙地脂之微不分，與支相對，丙地則支脂不分，與之微相對等等，《切韻》便可以離析為支、脂、之、微四韻，而遍天下任何地方最多只有兩種讀音的不同。從基本上講，《切韻》分韻的標準之一也正是從分不從合[37]。所以一個止攝，只需有兩種不同韻母擬音，如 je 與 jei（合口音當然除外），便可以滿足《切韻》的四分；但是若要執著何者為 je，何者為 jei，自然便躊躇而不知所措。基於此，我認為中古的韻母擬音，只能以攝為提綱，擬定某攝元音為某或又某攝有某種韻尾即可，對內容複雜的攝將每一韻分別給以不同的韻母擬音，便可能違背了《切韻》的原意，也失去了自己的立場。如果這樣的去看古韻，其內容自然就簡單了不少。再說，上古也不可能没有方音之别，我們的歷史太長，疆域太廣，周代各地彼此間語音理應出現錯綜分歧的情

[37] 詳王仁昫《刊謬補缺切韻》韻目下小注，凡平上去入各韻諸家有分合歧出者，《切韻》從其分，無一例外。

狀。所以對於上古韻母擬音，也只能以韻部為提綱，作原則性的說明，其法一如擬中古音以攝為提綱者然，不必處處以中古音自擾，作過多音變上的顧慮；須知所謂「中古音」，原不過是一稍具眉目的“大渾沌”。

後　記

兩年前曾以此題在本所學術講論會提出討論，初稿則寫作於本（一九七九）年四月。五月間送《集刊》編輯委員會，經丁邦新兄審查，提出一些意見。其中特別是對原稿第三節舉小杜〈阿房宮賦〉及老杜〈朝享太廟賦〉為例，說明唐人仍以陰聲與入聲叶韻，以為大有問題。因請張以仁兄斟酌，亦以為宜加考慮。後經作者反復推敲，發現癥結所在，兩賦雖並二句一韻，標點如不得當，便會誤以不韻者為韻了。如老杜賦中「大輅每出或黎元不知豐年則多而筐筥甚實」，如讀出下多下逗，知下實下句，則以知與實為韻；其實此文只是兩句，知字並不入韻。因此將整個第三節刪汰，重新改作，並藉機將全文修改補充一過，增加了八千餘字的篇幅，成功現在的樣子，於此謹向兩兄表示謝意。

宇純誌　一九七九年九月七日

修訂稿完成之後，再送請以仁、邦新兩兄指教，以仁兄費了很大氣力，仔細披覽，斷斷續續，前後歷時一月有餘，諟正了文中不少錯誤字，及提供若干處文意上的斟酌，並私下與幾位同仁討論，為本文彙集了不少不同的意見，交我參考。經過再三研讀之後，覺得仍然是由於行文交代不清，因而引致種種疑議。但是除了第三節部分經過再次修改以求其更能表現自己的意見之外，其他的原文既不易改動，雖改動亦恐未必便能引人注意，又考慮到日後其他讀者也可能產生類似的懷疑，因此決定逐條作一簡要的說明。

同仁說：「用陳新雄說，以聲母關係之密切證韻尾之關係，似缺理論上之根據。任何語言之聲母與韻尾未必有平行關係。例如今漢語方言聲母有 n、ŋ 兩種者從不相混，而韻尾之 n、ŋ 則時常相混，彼此並不平行，未便引此證彼。」宇純案：世界上本沒有絕對可以比擬的事物，也似乎沒有絕對不可比擬的事物。這裏所比擬的是同屬漢語的兩個音素，不過其出現於字音有首尾之異；現象固未必平行，亦不見其必不當平行。且以情理而論，清楚明辨出現於聲母時發音不同的 p、b 在諧聲行為上混然為一體，却在只是一種勢態出現於韻尾時諧聲行為則幾乎壁壘分明，鮮見溝通，而我們面對此種情況竟能熟視無睹，私心總以為很可怪異。再說，同仁用漢語的 n、ŋ 出現於字首字尾的不同現象來説明陳文比擬 p、b 的不當，當然也用的是比擬法，二者之間是否行為當然平行，且不去計較；可是根據「聲母上從不相混的 n, ŋ，韻尾上却時常相混」，得到的結論究竟該是：「聲母上相混的 p、b，韻尾上更應該相混」呢？還是：「聲母上相混的 p、b，韻尾上便當相反的必不相混」？我的意思當然覺得前者較為自然，而此例便不啻為新雄兄文添增了助力。

同仁說：「韻尾如有 p/b, t/d, k/g 之分，其語音實際情形雖無法確指，而其區别必然存在。對押韻而言，因其部位、方法皆相同，致有互押現象。至於去入關係密切，平上則否，則為另一層次之問題，任何擬音系統皆有同樣問題，與陰聲字有無輔音韻尾並無特别關係；没有韻尾，問題仍然存在。」

宇純案：經過一再改易的本文第三節已經指出，叶韻當以韻母的同近為主要條件，聲調的相同只是次要條件。所謂主要、次要兩條件可能相當於同仁所説而未明言的兩個層次。依乎這一觀念去了解，我的結論仍然是無輔音韻尾之説為勝。

同仁說：「論中古入聲分别配陰陽聲，自是言之成理。惟所謂入聲配陰聲與上古之入陰互押關係性質截然不同。中古陰聲無韻尾而有入陰相配之關係，並不能反證上古入陰押韻亦無陰聲韻尾。」

宇純案：關於此點我要再一次的強調，據個人的了解，所謂上古陰聲字具輔音韻尾，只是對上古陰聲與入聲發生諧聲叶韻的現象的一種解釋，且是種因於其先對中古音韻系統的認識産生了偏差而來，本身便談不上有任何憑證。（案：陸志韋《古音説略》第三章〈中古陰聲字上古音有不收 -b, -d, -g 的麼〉説：「《切韻》的陰聲跟入聲 -p, -t, -k，陽聲 -m, -n, -ŋ 相對待。在中古他們是開音綴。在上古大多數可以配入聲，那就應當是 -b, -d, -g 了。」這簡單的幾句話，最能暴露 -b, -d, -g 尾説産生的心態及過程。）因此本文即根據過去學者所未能留意的真實的中古音現象推論上古音。除非我這基本了解犯了錯誤，本文談論上古音的方法態度便應當獲得絶對的被尊重，這對於本文而言是最重要的一點，其他本文所提出來的種種論證比較起來都是次要的。因此我的看法是，除非重新經由實證從上古的資料裏拿出 -b, -d, -g 尾來給人看，則儘管對本文所提出的論證抱持不信任的態度，都無助於 -b, -d, -g 尾說的建立。

同仁說：「舉韻書罕見上字證上字與被切字有陰入、陰陽關係，在《廣韻》一見一百九十五字中有陰入或陰陽關係者僅十四字；二見五十九字一百十八見中僅十字十見；《全王》一見一百五十字中僅六字，二見五十四字一百零八見中僅四字四見，以此比例言之，恐未必有多少意義。」

宇純案：所謂《廣韻、全王》多少上字中具陰入或陰陽關係僅幾字，實際應該注意的是上字與被切字具有疊韻關係的整個的數字，除去這些僅占少數的陰入、陰陽關係者外，尚有陽入及同陰同陽關係的，總數為：《廣韻》一見上字一九五比六二，約為三之一；二見上字五九字一一八見比二七字二九見，約為四之一；《全王》一見上字一五〇比七二，約為二之一；二見上字五四字一〇八見比三一字三三見，約為三之一。不過因為本文不在肯定這些反切上字與被切字之間的不尋常關係，其不尋常關係已由杜文肯定，本文只是利用杜文的結果，作為中古陰配入聲實例的一助，故但取其陰入及陰陽二者，其他弗及，即並其出現一見二見上字之總數字亦未列入，此點應該是不被誤解的。

同仁說：「用俗曲證押韻關係，而粵曲竟有 -p, -t, -k 尾互押者，可見俗曲押韻難以把握，只能從其嚴，不能從其寬。同時《詩經》數句為一小節，與俗曲長篇性質不同，《詩經》選用韻字較為容易。」

宇純案：本文用粵曲的韻例，只是要證明像中古以來開尾的漢語陰聲字固具有與入聲字叶韻的條件，既無意從其寬說 -p, -t, -k 三者上古可以通叶（《詩・六月》叶飭服熾急國、〈常武〉叶業作、《離騷》叶節服，上古亦並非沒有 -p, -t, -k 通叶之例。漢人韻文中此類例更多，可看《漢魏晉南北朝韻部演變研究》。）而韻字需要多寡的問題，也顯然對本文的作法不構成任何妨礙。

同仁說：「論雙音節詞合音，材料本身方言問題無法解決，恐不能有所證明。三十六條之中，因種種理由剔除十四條，其餘二十二條合音情形仍不一致，似有用零碎現象推翻有系統之諧聲、押韻關係之嫌。兩字之中上字有塞音尾，並不影響合音很可能丟失。」

宇純案：本文第肆節只是要從合音詞上來比較陰聲字有無輔音尾兩說的優劣。諧聲押韻的關係是事實，當然不會有人要去推翻；可是對此事實所作的解釋若無憑證且不合理，却不是不可加以檢討的。至於兩說的優劣，從常情判斷，自然是與其說有塞音尾也可能會丟失，無寧說本無塞音尾而容易自然形成合音。所謂方言問題，看不出對此節之主旨有何影響；其中有幾條涉及方言，也只需一看王仁昫《刊謬補缺切韻》韻目下所注諸家分合韻的分歧現象便自明瞭。再說「不可為叵」一例應不是有輔音韻尾說所能解釋的，這一個例值得我們特別注意。

同仁說：「第伍節討論諧聲關係未必早於《詩經》押韻，其實文字代表語言，語言分化而後文字孳乳，部分文字後出，可能語言中已有分化情形存在。」

宇純案：此節所論主旨不明，詢之以仁兄，亦謂言者本不具體。我在文中也曾有過設想，希望讓 -b 尾說在牽涉到轉注字時仍有一條出路，似乎只要說此等轉注字的「聲符字」原有收 -p 收 -b 二讀，至《詩經》時代 -b 尾在某種條件影響下音變為 -d，而字形上其中之一體則因增加了「意符字」形成轉注字，便可以滿足這一要求。同仁所說的或者便是此意。可是最後我面臨了問題，這只是理論上的可有一解，落實到個別文字上，無論内納、立位、世枼，都無法使 -b 尾說從此解釋中復活。可見討論離我們時代太遠的現象時，即或是十分理想的解釋，未必便能切合實際。

同仁說：「新擬音不能解釋何以之部 ə 與 ək 押韻而不與 ət, əp 押韻。此點為十數年前洋人指責王力擬音者，此一新擬音仍不能解釋。而 əi 與 ət, ai 與 at 這種擬音是否能構成良好的押韻；也值得考慮。」

宇純案：本文所擬上古音，以收 -i 收 -u 尾的陰聲分配收 -n 收 -t 或收 -ŋ 收 -k 的陽及入聲，其餘單元音陰聲則與三種陽及入聲皆配，如必須從音理上交代，則前者分别因發音部位相近，後者則是本可以自由銜接。其擬音大同於王力的《漢語史稿》，態度則可能全不相同。蓋王氏是根據音理設計，本文則是根據中古音以推論上古音，整個過程中不曾也不需考慮音理如何，中古音的以 -i、-u 分配 -n -t、-ŋ -k，是前賢的貢獻，本文不過曾就實知的陰入相配關係略有整齊而已；而根據中古推論上古，正是必須強調的本文寫作的基本態度。至於説何以 ə 只與 ək 押韻而不韻 əp、ət，很可能是由於發 ə 音時口腔通道或口型近於 ək 而不近於 əp, ət。但更重要的是千萬不可忽略，ə 所以與 ək 叶韻，不是因為兩者間具有當然叶韻的主要條件，而是因為去聲的 ə 與 ək 可能又具備了調值相同的次要叶韻條件，以致形成了表面上是 ə 與 ək 的叶韻，骨子裏却可説並不包括讀 ə 的平上聲（請注意中古平上聲字的總和，差不多是去聲的三倍）。所以如只就韻母本身而言，不涉及調值的同異，即但論叶韻的主要條件，不論其次要條件，ə 與 ək 的相叶，本非當然現象，嚴格説應該借用清人所創的「通韻」一詞來稱述，這也正是同仁所顧慮的像 əi、ət 或 ai、at 能否構成良好押韻的地方。再説 əp、ət 之所以不與 ə 叶，我的了解應該不是因為其間原不具叶韻條件，「不叶」的内涵可能只是「不見叶」，不具當然叶韻條件的而不見其叶韻，自不宜以此相責；且如魚部的陰聲字，既同時與 ɑk 及 ɑp 諧聲叶韻，在此一問題上，豈不正是足以讓我們釋然於心的？

末了，我要對同仁肯就本文提出討論，尤其是以仁兄的費時費力，讓我能借此更進一步表示自己的意見，敬致十二萬分的真誠謝意。

宇純再誌　十月二十三日

近日將此稿送請龔煌城兄指教，承龔兄熱心，為之仔細籌劃，先是建議將原先擬宵、侯、東三部所用的元音“ɔ”改為“o”，以與“e”元音相稱。次日更徹底建議改 e, o 為 i, u，而原先專作韻尾用的 i, u 則改為 y, w。前者是因為在所知的語言中，無有不用 i, u 為主要元音的；後者則是比較緬甸語所獲得的啟示。這些意見都非常寶貴，尤其是第二次的建議。只因本文基本上是從現知的中古音去了解上古，講中古音固然也有學者用 y, w 作為陰聲韻的收聲，一般則用 i, u。而且本文主旨只在討論上古陰聲字的韻尾問題；所擬上古音，不過因為一時的需要，姑用以説明一些現象。所以只在正文中把原先宵、侯、東三部的韻母擬音自 ɔ、ɔk, ɔu、ɔuk 及 ɔuŋ 改為 ou、ouk, o、ok 及 oŋ，其他則暫維原狀，而記之於此。謹向龔兄深致感謝之忱。

宇純　十一月十八日

（本文原載中央研究院《歷史語言研究所集刊》第五十本第四分，一九七九。）

再論上古音-b尾說

近代學者考論上古音，以為《詩經》時代與 -k、-t 尾入聲字叶韻的陰聲字，分別具 -g 或 -d 尾；而部分收音為 -d 的陰聲字與收音為 -p 的入聲字諧聲，表示在較《詩經》為早的諧聲時代其收音為 -b。我在〈上古陰聲字具輔音韻尾說檢討〉一文中，指出此說之不足信；對於後者，曾經用內、立等字為例說明。內、立二字兼具陰聲、入聲二讀，情況見於兩周，正是《詩經》的作成時代；見於《說文》中的納、位二字，都無可信的秦以前證據。兩周銅器銘文，凡應寫作納或位字的，寫的都是内或立字，似乎納、位二字其時尚未形成；位字書立的現象，更普遍見之於漢人鈔寫的古籍；經傳如《詩、書》中的納或位字，都可能出於後人的改作。因此我以為，根據《說文》納、位二字，便說《詩經》以前諧聲時代內、立二字的陰聲讀法收 -b 尾，不能視為具堅強理由。所以我於前文曾說：

> 內、立二字兼具陰、入二讀，意義相關而並不相等，内字二讀聲母相同，立字二讀則聲母無關，結合這幾點看來，内字的二讀極可能由於音轉，即不帶輔音韻尾的陰聲轉成了收 -p 的入聲，或是收 -p 的入聲轉而為不帶輔音尾的陰聲，而意義上又略有變化，或者即為了意義的改變而改讀陰聲為入聲，而其所以收音為 -p，此則為偶然約定現象，也可能與入字的讀音有關，其詳不可得說。立字的二讀，如果不向複聲母附會，便當與月夕、帚婦等字相同，由同一符號代表意義相關的兩個語言，本不屬音韻學上的問題；後來陰聲的一讀加上人旁，而形成累增的位字[1]。

當時顯然忽略了，像内納的例子，主張 -b 尾說學者仍可以說，其始内字所以兼具陰聲入聲二讀，正因為其陰聲之讀具 -b 尾，不然便不致出現如此情況；而兩周甚至更晚，内字兼具陰、入二讀，正是早期現象的保持。是故納字儘管晚出，對於 -b 尾說的建立，並不構成任何妨礙。這是我對此問題不得不重新加以思考的原因。

1 見該文第伍節末。

考 -b 尾之說，本是 -g 尾 -d 尾的延伸，如其先没有 -g 尾 -d 尾的構想，-b 尾的說法，必無自而生。今 -g 尾 -d 尾說既大有可商，而與緝、葉兩部字諧聲者，除緝、葉、侵、談之字外，不僅不以脂、微、祭三部陰聲字為限，且不以陰聲字為限，-b 尾之說非但於上古音韻結構上不能有所建樹，反使原本並無問題的局面形成無端的困擾。而學者所憑以建立 -b 尾說的依據，有的或並非諧聲字，或雖為諧聲字其時代則不在《詩經》之前，又且不得如內、立之字可作如上的解釋，有的甚至涉及錯誤的說解或錯誤的寫法，在在顯示 -b 尾說之不切實際。因此本文先要將《說文》中所有緝、葉兩部與緝葉、侵談以外各部相互諧聲之字完全列出，然後加以檢討，使學者徹底認清 -b 尾說究植基於何種情況之下。其中有些字也許不是主張 -b 尾說學者所希望見到所願意一起討論的；但在我看來，彼此間具共通性，原是息息相關的；如果不一起討論，恐難免不見大體而生障蔽。

1. 翊　飛皃。从羽，立聲。與職切[2]〔案立字力入切〕

2. 昱　日明也。从日，立聲。余六切

3. 喅　音聲喅喅然。从口，昱聲。余六切〔《集韻》又域及切〕[3]

4. 濇　不滑也。从水，嗇聲。色立、所力二切〔案嗇字所力切〕

5. 納　絲濕納納也。从糸，内聲。奴荅切〔案内字奴對切〕

6. 軜　驂馬内轡繫軾前者。从車，内聲。奴荅切

7. 眔　目相及也。从目，隶省聲。徒合切〔案隶字羊至、徒耐二切〕

8. 褢　俠也。从衣，眔聲。户乖切

9. 壞　古文壞。壞，敗也。从土，眔聲[4]。下怪切

10. 鰥　鰥魚也。从魚，眔聲。古頑切

11. 摯　握持也。从手，執聲。脂利切〔案執字之入切〕

12. 摰　至也。从女，執聲。〈周書〉曰大命不摯。讀若摯。一曰〈虞書〉雉摯。脂利、之入二切

13. 鏊　羊箠耑有鐵。从金，執聲。讀若至。脂利、之入、私列三切

14. 輊　抵也。从車，執聲。陟利切

15. 騺　馬重皃。从馬，執聲。陟利切

2　本文所據反切，其未標舉書名者，皆出《廣韻》。

3　凡本文所標同字異音，以其同義者為限。

4　古文壞字，《說文》云「从土，褢省」；今以《說文》褢下云眔聲準之，當可云眔聲，故從眔字列之於此。

16.鷙　擊殺鳥也。从鳥，執聲。脂利切〔《集韻》又之列切〕

17.䥝　禮巾也。从巾，執聲。舒芮切

18.暬　日狎習相慢也。从日，執聲。私列切

19.犨　羊名。从羊，執聲。讀若晉。即刃切

20.習　數飛也。从羽，自聲。似入切〔案自字疾二切〕

21.篲　古文彗。彗，埽竹也。从又持甡[5]。祥歲切

22.鼛　鼓鼙聲。从鼓，缶聲。土盍切〔案缶字方久切〕

23.枼　楄也，枼薄也。从木，世聲。與涉切〔案世字舒制切〕

24.媟　嬻也。从女，枼聲。私列切。

25.揲　閱持也。从手，枼聲。食列、與涉、徒協三切〔食列切下云又思頰切〕

26.渫　除去也。从水，枼聲。私列、士洽二切

27.茘　艸也，似蒲而小，根可作刷。从艸，劦聲。郎計切〔案劦字胡頰切〕

28.珕　蜃屬。从玉，劦聲。郎計切

29.㥦　靜也。从心，疢聲。於計切〔案疢字苦協切〕

30.瘞　幽薶也。从土，疢聲。於罽切

31.盇　覆也。从血，大聲。胡臘切〔案大字徒盖、唐佐二切〕

32.蓋　苫也。从艸，盇聲。古太切

33.㹤　多畏也。从犬，去聲。怯，杜林説㹤从心。去劫切〔案去字丘據切〕

34.胠　腋下也。从肉，去聲。去魚、去劫二切

35.曅　光也。从日，雩聲。筠輒切〔案雩字户花切〕

〔大徐本作从日雩，此小徐本。因小徐疑聲字爲後人誤寫，知有聲字爲原作。2000 年宇純補案。〕

36.籋　箝也。从竹，爾聲。尼輒、奴協二切〔案爾字兒氏切〕

共計三十六字。此外，尚有數字直接或間接涉及上述關係。直接的因《說文》未説為諧聲，學者亦不見闌入討論，間接的自不宜於此列入；又有學者以為 -b 尾例而實非形聲之字，都將於下文適當時機提出。現在便進行資料的分析。

首先討論的是前文未列入的位字。學者並以此字為 -b 尾證例，但大小徐本《說文》並云位字「从人立」，不云「立聲」；立音力入切，位音于愧切，二者不僅韻母絶異，聲母亦復無關。聲母的差異，自不妨從複聲母設想，却也沒有可信的憑藉。泣

5　説文於篲下云「从竹習」，今據段注「蓋七部十五部合韻」，列之於此。

从立聲讀溪母，可以為一線索；滿足此一現象，則可以擬立為 kl-，亦可以擬泣為 k'l-；如自泣、淚同義可能為轉語的觀點而言，取立為 kl-，顯然不若取泣為 k'l- 為好。莅涖二字从位而讀力至、力遂二音，可以為另一線索，然亦不構成位字具複母的不易之證，說詳下。是故持立位二字言 -b 尾，不能視為具有一定的理由。這是我撰寫前文時所忽略的。另一方面，文字學中有所謂「同形異字」的現象，如夕之於月，婦之於帚，憑藉聯想力以已有象形象意字喻其相關之意，代表另一語言更為一字[6]。位與立的關係，顯然與夕月、婦帚相同，本以一「立」字代表語音無關的兩個語言，一者力入切，一者于愧切，其後於後者加人旁而形成位字，本是文字學上的問題，不干於音韻之學。此則前文已有說明。

倒是經傳中有涖莅二字，如《詩・采薇》的「方叔涖止」，《儀禮・士冠禮》的「吾子將莅之」，不勝枚舉，為《說文》失收；其義為臨，其音力至切，又音力遂切。立為臨的入聲，而《周禮・鄉師》「執斧以涖匠師」，〈大宗伯〉「涖玉鬯」，〈司市〉「市師將涖焉」，鄭注云故書涖並作「立」，是立、臨、「立」涖莅三者一語之轉。涖莅二字本當以立為聲，即為立的轉注[7]字，疑為其別於泣涕或囹苙字而書立作位，後據位字為合口，故又有力遂切之讀；於《說文》則是竦字。許慎云：「竦，臨也。从立，隶聲。」[8]此立字陰聲一讀，似可援以為 -b 尾說證例，謂其本收 -b 尾，後世變 -b 為 -d，於是加隶聲而為竦。但此並非唯一的解釋。語音發生變化，特別是受方言所影響，理論上雖應有一定的對應秩序，有一定的變化範圍，如幠之轉為荒，于之轉為往，迎之轉為迓轉為逆，或如綴之有陟衛、陟劣二音，礩之有脂利、之日兩讀，無不井井有條，幾乎可以預見。亦有不盡如此者，如予余、陽、台、朕之並為我，汝、若、而、乃、爾、戎之並為你；或如彭亨之猶臭炊，綢繆之猶纏綿；以及楕之讀若芰，祥之讀若普，庳之讀若逋，棪之讀若導[9]，聲母上雖保持了雙聲的密切關係；論其韻母則有夐出意料之外者，不僅韻尾不必相當，元音亦可以大為不同。其中予台之為轉語，可從冶字从台聲而其音同予聲之野，得到明證。可見「立」、立儘可以為轉語，而不必其陰聲非有 -b 尾不可。何況此轉語之形成，是否在「較《詩

6 參拙著《中國文字學》一九八二年再訂本一〇二頁及一三〇頁，〔**定本 P.108 及 P.140，2000 年宇純補案。**〕並參先師戴君仁先生「同形異字」一文，見《戴靜山先生全集》。〔**宇純有〈廣同形異字〉一文，載臺灣大學《文史哲學報》第 36 期，1988。2000 年補案。**〕

7 拙著《中國文字學》以「因語言孳生而兼表意」及「因文字假借而兼表意」之字為轉注字。詳見再訂本拙著一一三頁至一一九頁。〔**定本 P.119 至 P.126，又 P.130。2000 年宇純補案。**〕本文所用轉注名稱義悉同此。

8 小徐本如此，大徐作从立从隶。案：隶之義為及，說為會意不顯。隶古韻屬微部，《廣韻》音羊至切，又音代，聲亦與來母近，疑當从小徐。

9 以上讀若，並據《說文》。

經》為早的諧聲時代」，初亦不可得知，是故即如莅涖之字，亦難為 -b 尾說所用。

於此似乎有一問題，予余、陽、台、朕之為轉語，音不同字亦不同，「立」、立之為轉語，音不同而字同，且前者義不異，而後者義殊，今以予余、陽、台、朕之轉語喻「立」、立之韻母不必相當，可謂取譬不倫。然而轉語通常所見雖皆異字，亦有書字不異者，兹舉數例如下：一《詩・小旻》篇：「國雖靡止，或聖或否。民雖靡膴，或哲或謀。」此詩以止與否韻，膴與謀韻，前者之部上聲，後者之部平聲。然膴从無聲，古韻屬魚部，今知膴字與謀字為韻者，以其韓《詩》作腜字，腜從某聲，古韻正屬之部，《廣韻》在灰韻。顯然腜為膴語轉，其始仍書膴字，其後方改無聲為某聲。同一情形，〈緜〉篇云：「周原膴膴，堇荼如飴。爰始爰謀，爰契我龜，曰止曰時，築室于茲。」亦以膴與飴、謀、龜、時、兹諸之部平聲字為韻，韓《詩》亦膴字作腜。兩詩所書雖是魚部的膴字，實際所代表者並是其轉入之部之音。二、〈小旻〉篇：「我龜既厭，不我告猶。謀夫孔多，是用不集。發言盈庭，誰敢執其咎。如匪行邁謀，是用不得于道。」《左氏・襄公八年傳》引此詩文字相同。其中第四句集字應入韻，然其古韻屬緝部，與猶、咎、道三字並隸幽部不能相叶。毛《傳》云：「集，就也。」雖似但釋其義，但集就二字雙聲，古韻就字正屬幽部，此詩集字當即以就字之音入韻，集就亦一語之轉。《韓詩外傳》卷六引此詩正作「是用不就」，是其明證。《吳越春秋》：「子不聞河上之歌乎？同病相憐，同憂相救。驚翔之鳥，相隨而集。瀨下之水，回復俱留。」亦讀集為就，兩者可以互參[10]。三、〈雨無正〉篇：「戎成不退，饑成不遂，曾我暬御，憯憯日瘁。凡百君子，莫肯用訊。聽言則答，譖言則退。哀哉不能言。匪舌是出[11]，維躬是瘁。」其中退、遂、瘁、訊、答、退、出、瘁叶韻，訊與答並是其轉語誶與對的讀音，〈桑柔〉詩便有「聽言則對」的句子。凡此皆清儒早有所見。此外如〈新臺篇〉云：「新臺有洒，河水浼浼。燕婉之求，籧篨不殄。」洒與文部浼、殄為韻，然洒从西聲，古韻應屬脂部，此以洒讀同文部先聲之洗，洒洗亦一語之轉。更如我於前一文所引〈雲漢〉之詩：「旱既大甚，黽勉畏去。胡寧瘨我以旱？憯不知其故。祈年孔夙，方社不莫。昊天上帝，則不我虞。敬恭明神，宜無悔怒。」全章兩句一韻，去、故、莫、虞、怒五字同在魚部。但去字如取來去義，則文不成辭。「黽勉畏去」實為「黽勉畏怯」；《說文》云怯字从去聲，若即讀去為怯，於韻又不合。此一矛盾現象顯示，古漢語中必有一義為怯而音同

10《尚書・顧命》「用克達殷集大命」，蔡邕石經集亦作就，以其不必讀集為就，僅附注參考。

11 案：《釋文》此出字音尺遂反，取其去聲一讀入韻。《廣韻》至韻：出，尺類切。

於去的母語[12]，本借去字兼代，即此詩去字用法；其轉語入葉部音去劫切，初亦書作去字，後乃加心而為怯。《方言》卷六：「抾、摸，去也。齊趙之總語也。抾、摸猶言持去也。」《廣雅・釋詁二》亦云：「抾、莫，去也。」《集韻》葉韻：「抾，去笈切，《廣雅》去也。」顯示來去之去語義引申為持而去之，音轉與怯同，後加手而為抾，無疑為此一推測之證明。胠字有去魚、丘據及去劫三音，亦可為其旁證。其餘尚有多字可以扶翼此說，詳見盇字下。至於「立」與立義不相同，此則視「立」訓臨為立的孳生義，其後又音轉為陰聲即可。臨字一方與立之音互為陽、入，一方又與「立」之義相同，以臨字介乎立、「立」二者之間，謂「立」、立具轉語關係，其事應屬十分顯白。據下文納與摯埶贄等字的分析，轉語之義不必相同，亦清楚可見。此外，如弑為殺的轉語，其始無弑字，但書作殺而易其讀為申志反，後加式聲而成弑字[13]，二者義亦有虐上與通稱之別，更與由立而「立」，終而為竦，情形完全相同；其所異只在於將弑字原先殺字的殳旁省去而已，此則與文字實質無關。由殺到弑的音變，韻母上可謂了無干係，以視立、「立」之異，且尤有過之。

其次，分析例一以下各字。

例一翊字及例二昱字，此與前文討論立位問題相關。翊字見於甲骨文，〔**《說文》訓飛皃之翊，本與翌日字了無關係，論翌日字之由來，原不應涉及《說文》翊字，但自始學者誤解，而未能分辨。2000 年宇純補案。**〕知其成在《詩經》之前，本作[illegible]，右為翼之象形初文[14]，借為翌日義，或加立聲，後其形同化於羽字而書作翌；其不加立聲之初文則廢絕不傳，別作从羽異聲之翼；或於[illegible]字加日作[illegible]，即說文昱字的初文。金文小盂鼎昱字作[illegible]，其間脈絡粲然可睹。二字並讀 -k 尾，而以立為聲，顯示學者以聲符為 -p 尾的諧聲字必具脣音韻尾，-p、-m 之外即為 -b，實是一偏之見。不然，凡此等字其始當同具 -b 尾，後世則變 -k 變 -d 不相同，其所以不同變化的語言條件必須交代，勢將形成困擾，豈非作繭自縛！此外例三的喅字及例四的濇字，兩者皆以 -k 尾字為聲，而其讀音或收 -p，又顯示學者以收聲為 -p 的諧聲字其聲符必具脣音-p、-m 或-b 之韻尾，亦並不切實際，與昱字可以互參。雖然《說文》段注懷疑濇字當依職韻所力切為本音，先師董同龢先生更疑心濇字讀色立切可能受澀

12 古書中懼、懅、遽三字疑與此母語有關。

13 詳拙著〈正名主義之語言與訓詁〉，載中央研究院《歷史語言研究所集刊》第四十五本第四分。

14 此從葉玉森說。學者或釋為羽，或釋為巤，或釋為葉，或釋為刀，並誤。羽與翼義同，知其翼而非羽者，以其於甲骨卜辭借為昱字，若為羽字，則聲、韻兩無可解，而翼[illegible]同與職切，自當以葉釋為然。

字影響[15]。然果如段説，色立切之音便無以解釋其所從來；反之，本讀色立切，可以謂所力切之音係依偏旁誤讀。至於澀與濇的關係，二者聲同義同，元音亦同，但有韻尾之異，當亦一語之轉，疑不得據其文字而孤立看待；《集韻》於色入切收濇翜澀同字，其關係之密切可知，雖其間或有 -k、-p 之異而不容割裂，既不必有 -b 尾為之交通，也不是 -b 尾所能為之交通得了的。收 -k 收 -p 同為入聲，自與陰、入之異不相同。但主張 -b 尾説學者固早於陰聲字有 -g 或 -d 尾之設，而 -g、-d 與 -k、-t 之間的差別又間不能容髮[16]；-k 與 -p 的往來既是事實，不容懷疑，-g、-d 與 -p 的往來似應被容許。然則上古陰聲字在傅以 -g、-d 尾之後，一切與 -p 尾的諧聲現象，當已不成問題，何需更有 -b 尾之想？

例五的納字及例六的軜字，並从奴對切的内字為聲而讀奴答切，自是 -b 尾説的標準例證。然内之一字既本有奴對、奴答二音，納軜二字可以説从奴對切的内字為聲，亦可以説从奴答切的内字為聲。納字經傳中通用之音義與内字音奴答切相同，無疑為納字實从奴答切内字為聲之説明。且以《集韻》言之，盇韻諸盇切之㕯、㰹、䟜、䋹，合韻奴答切之衲、鈉、軜、妠、抐，並《説文》所未收，恐不得俱成於《詩經》之前並取奴對切之内字為聲；而妠之義為娶女即内（同納）女，衲之義為補是内（同納）之轉注，抐為㨥之或體，蓋尤為諸字从奴答切内字為聲之明證。其見於《説文》者，如需字从而聲實際而是須音，淮字从隹聲實際隹是唯聲[17]，類此之例，固不一而足。然則此基本問題只在内字何以兼具陰聲入聲二讀，非有兩諧聲字可以從觀 -b 尾之迹；從轉語甚至從同形異字的觀點看來，内字兼具陰、入二讀，都不是非發為 -b 尾之奇想不可的。

例七的眔字，甲骨文作[illegible]和[illegible]，金文作[illegible]作[illegible]，其下端與隶字作隶無關，變化後偶有近似，許君遂據以説為隶省聲，蓋不難目驗。至於例八例九褱䍐二字，以聲符眔音徒合切，則其聲不類，韻亦有開合之殊。更看例十的鰥字，古韻屬文部，聲為見母，與褱䍐二字韻隸微部聲屬見系密切相關。此外，《説文》尚有一罤字，云「周人謂兄曰罤，从弟眔」，《廣韻》音古魂切，與鰥字音古頑切音近，故段注云：「鰥下曰从魚眔聲，則此亦可眔聲合韻也。」顯然四者所从聲符相同，而並不得音徒合切；不然，後二者入文部，現象更非 -b 尾説所能解釋的。

---

15 見《上古音韵表稿》第十二節 b 尾出現的範圍。

16 李方桂先生《上古音研究》云：「語音上 -p 跟 -b、-d 跟 -t、-g、跟 -k 等，並不一定含有清濁等的區別。」

17 曾伯簠淮夷字作潍，是其證。

《孟子・梁惠王》下篇云：「老而無妻曰鰥。」《禮記・王制》篇云：「老而無妻謂之矜。」《大戴禮・勸學》篇云：「矜寡孤獨不得焉。」矜與鰥義同，是故《說文》段注云：「鰥寡字蓋古衹作矜。」案：《說文》云矜从今聲[18]，有居陵、巨斤、巨巾三音，《釋文》又讀同鰥字，音古頑反，聲屬見系。《詩・菀柳》篇叶天、臻、矜，〈何草不黃〉篇叶玄、矜、民，〈桑柔〉篇叶旬、民、填、天、矜，所與叶韻之字，莫不隸於真部。真與文音近。金文眔字恆見，用為連詞，義與及字同。今、及二字除清濁為異，音相為平、入，以此言之，褱、⿰眔土、鰥、⿱眔馬四者所从聲符，其音似當同及字。及古韻屬緝部。褱、⿰眔土二字便可援以為 -b 尾之助。兩者間雖仍有開合之殊，可依李方桂先生〈上古音研究〉說，理解為後世的音變。

但鰥、⿱眔馬二字韻屬文部的問題，終於難有交代。更重要的是，矜與鰥究竟是何關係？《詩・鴻雁》篇云：「爰及矜人，哀此鰥寡。」矜人只是可憐人，與鰥同時見用，其義不等可知；〈何草不黃〉篇云「何人不矜」，又與此文義可互明。而前云《詩經》中凡與矜字叶韻之字莫不屬真部，究與鰥字韻隸文部者不同，是其音復有別。則矜寡自矜寡，不過義同鰥寡，或充其量與鰥寡為轉語而已，初非二字同音之證。《釋文》音矜同鰥，非後世的混合，便當為沈兼士於〈讀經籍舊音辨證發墨〉文中所倡言的「換讀」[19]。然則從矜字入手，似乎於褱⿰眔土二字从眔聲為 -b 尾說帶來了消息，其結果希望終歸於破滅。

另一方面，《公羊・隱公元年傳》云：「會、及、暨，皆與也。」《廣韻》暨字音其冀切，釋其義云「及也與也」，論者以為臮字之借義。《說文》云：「臮，眾之詞也。从乑，自聲。[illegible]，古文。」《廣韻》臮暨同音。案：臮、自聲不同類，古文作[illegible]，段注云：「此篆轉寫既久，今不可得其會意形聲。」今以為並是眔字譌體；金文眔字或作[illegible]，殆為其證。《廣韻》同紐又有洎字，云「潤也及也」，是亦金文[illegible]字之譌，「潤也」之訓疑是溉之假借用義，《說文》溉下云灌釜。暨字古韻屬微部，微文對轉，則金文[illegible]字音義當同暨字，《說文》褱、⿰眔土、鰥、⿱眔馬四者所从，其音亦與暨同，然則褱⿰眔土二字誠不得為 -b 尾說之助。

但相傳眔字徒合切之音亦無可懷疑；讀徒合切的眔字與金文用為連詞及褱、⿰眔土等字用為聲符讀其冀切的眔字，其始亦當是「同形異字」。故其見於諧聲字儼然兩個系

---

18 段注據漢石經《論語》、〈溧水校官碑〉及〈魏受禪表〉改矜為矝。案：今與矜聲母不同，古矜兢通用，今聲與兢韻近，仍當以今聲為是。作矝者蓋後人依韻改之，今不從。

19 文見《圖書季刊》三卷一二期合刊，其例如《周禮・天官・冢宰》「以擾萬民」，《釋文》云：「擾，而小反，鄭而昭反，徐、李尋倫反。」徐、李讀擾為馴。

統：聲屬端系者韻屬緝部，聲屬見影系者韻屬微、文部，互不相涉。玆將《廣韻聲系》所收諸相關字悉列於後，以供讀者覆案。

徒合切眔

遝 ⿺辶合遝

徒盍切⿰眔鳥 ⿰巤鳥⿰眔鳥鳥飛

⿰眔羽 ⿰巤羽⿰眔羽

徒協切⿰眔毛 同[illegible]

其冀切[20] 眔

古頑切鰥 鰥寡…又魚名

⿰金眔 ⿰金眔犁釬也

古幻切鰥 鰥視

户乖切褱 俠也苞也歸也

胡怪切⿰眔土 古文壞

此外，又有遝聲之⿰木遝、⿰言遝、⿺辶⿱罒眔音徒合切，嚃音他合切；褱聲之懷、櫰、⿰女褱、⿰鬼褱、⿰牛褱、⿰衤褱、瀤音户乖切，壞音胡怪切，瓌、櫰音公回切，⿰褱攵、壞音古懷切，以及鰥聲之⿰鰥攴音古渾切，壞聲之蘾音胡怪切。〔眔，甲骨文作[illegible]，象泣涕漣如形，為泣的初文，去急切，《說文》云「無聲出涕者曰泣」是也。假借為連詞之及，其立切；音轉入微部其冀切，即《說文》的⿱隶心字，經傳通用作曁；ə 元音前脣化（用李方桂先生〈上古音研究〉說）的結果，變讀合口，為褱鰥等字的聲符。相傳眔字有徒合切之音，由遝⿰眔羽之字看來，似無可疑；亦可能因去立切或其立切為送氣聲母的緣故，即用為遝⿰眔羽之字的聲符，不必其義如許君所說為目相及。往日對此字之認識未盡透徹，特述之如此。參見〈古漢語曉匣二母與送氣聲母的送氣成分〉貳之 22。矜從今聲，轉音讀同鰥，大抵與眔字音變相同。2000 年宇純補案。〕

例十一摯字，前云「从手，執聲」，此是小徐本，依大徐「从手从執」，便與 -b 尾說了無所關。例十二槷字《說文》云讀若摯，古書摯槷二字通用不別，或書為贄，則《說文》所失收[21]。《儀禮・士相見禮》「贄冬用雉」，《釋文》「本又作摯」，《書・西伯戡黎》「大命不摯」，《釋文》云「又作槷」，《說文》則槷下云「虞《書》雉槷」，而今本〈堯典〉作贄字，並其例。槷字大、小徐並云執聲，是摯

---

20 此切為本文所加。

21 《說文》於貞篆云「貝以為贄」，可見許君當時非無贄字。

埶二字確然涉及陰聲字與收 -p 尾入聲字的諧聲範圍。但《廣韻》執字在緝韻，執聲之蟄《詩・螽斯》篇叶揖字，可見執字古韻屬緝部無疑；摯字則古韻屬祭部，有〈天問〉叶「摯、說」及〈高唐賦〉叶「會、碣、磕、厲、澮、霈、邁、喙、竄、摯」的直接證據。摯執二字間不僅有陰聲、入聲之別，其元音亦異，是摯从執聲之說終不能全無所疑。案：《說文》執下云「捕辠人也」，其恆義則為執持，與《說文》摯下云「握持」義同；見於古書者，摯即為贄，為見面時所執持之物，亦為握持義的引申，摯執二字聲母相同，則摯當即執之轉語，其始蓋本作執，後乃加手以為區別。故實際摯是執字讀陰聲的轉注字，非祇是單純的取執字為諧聲。或加貝字為別，即是贄字。至於埶字，金文从之字或加止形作，或譌其形而為，如即字，即字，即字，即字，不一而足，則埶又當是執的形誤，初亦非从女而取執字為聲。是故《廣韻》埶字除脂利切而外，又音之入切，《莊子・在宥・釋文》贄字亦有之二反及豬立反二音，立與入同在緝韻），之入切即執之本讀，脂利切則其音轉；而表現於金文的埶執不分，容庚《金文編》即於執下收从女之埶字。然則摯埶並是執的轉語無疑，其元音既已有別，自不得要求其必須有相當之韻尾。至於《說文》訓埶為「至」，疑是誤其借義為本義，埶至並音脂利切。〔**埶訓至，即執字執一不二義。故《書・西伯戡黎》「大命不摯」，《傳》訓至，《詩・關雎・傳》「摯而有別」，鄭云「摯之言至也」。摯本由執字轉出，埶即執字，故並訓至。2000 年宇純補案。**〕

例十三至例十七鷙、騺、鷙、驇、帣五字，其中鷙、騺二字大徐作鷙、騺，說云執聲；段注亦改鷙字作鷙，又改鷙字形聲為从鳥从執，以為會意，徐灝則改鷙字从埶聲；帣字大徐云从巾从執，段改篆作帣，从埶聲。於是五者是否以執為聲，都成了根本問題。主為會意之字固無論，即使主為形聲，以埶聲古韻屬祭部，五字亦皆與 -b 尾說無關。大徐不解音，往往改易《說文》形聲之說，是文字學者的共同印象；清儒論形聲，又只管韻部，不論聲母，都有所蔽。何況易執聲為埶聲，因埶字讀疑母，與五者聲母俱遠，由知凡不以五字从執聲者，其說皆無可取。然此不謂五者並是 -b 尾說的證例。因其一，五者形成時代是否在《詩經》之前，不得而知。其二，上文對於摯埶二字的討論，知祭部有一來自緝部「執」的轉語。此五字之中，帣字大徐音輸芮切，小徐音輸袂反，《廣韻》亦有舒芮切一讀，是帣即帨字，帨字古韻屬祭部；《大戴禮・夏小正》「鷹始摯」，《詩・常武・毛傳「摯如翰」，摯用同鷙，《詩關雎傳》、《禮記月令》、《儒行》、《左氏昭公十七年傳》等釋文並云鷙本亦作摯，摯字古韻亦在祭部。可見此五字古韻必並隸祭部，以其聲符之「執」為執字轉入祭部以後之音，五字便不屬 -b 尾説的範圍。其三，鷙字除脂利切之音外，尚有之列切一讀[22]，鏊字亦除音脂利切，又讀私列切[23]，本於 -b 尾之説不利。〔**段改□字作□，其意是。□與帨實同字，爲 sŋ- 複母，故从埶聲。2000 年宇純補案。**〕

例十八暬字音私列切，不讀陰聲，而讀入聲，此不利於 -b 尾説者。段氏改暬為暬，清儒如桂馥、朱駿聲主張並同，《廣韻》私列切亦正是暬字[24]。見於《説文》者，薛辥、産彥、卸午、穌魚、魯吾、朔屰之例，並心母字从疑母字為聲，且並屬低元音範圍，以彼例此，此字本是从埶聲，與 -b 尾説初不相及。

例十九摯字音即刃切，為《説文》「讀若晉」一音之傳承[25]，當更非 -b 尾説所能交代。

例二十習字从自聲，例二十一古文彗字作篲，段氏以為七部與十五部合韻，兩者以-p 尾字與脂微部陰聲字互為聲符，更是 -b 尾説擁以自重的瓌寶。但習篲二字並於甲骨文無見，金文亦無，自聲、習聲之説無從取信。甲骨文有□字，《集釋》一書四見，其形並同。羅振玉釋為《説文》騽字，而解其左文為《説文》古文友字[26]，自陷於矛盾。至郭沫若、唐蘭始説為習聲；果如所釋，其時應無从自聲之習字，即自聲之習不得早過於周代，理不難想像。因甲骨文自字作□，□字必不得為自聲；且其時習字既作□，蓋不得又別有自聲之「□」。更何況自字古韻屬脂部，元音與習字不同，基本上便是問題。至於□之所以為習字，郭氏云：「此字分明从羽从日[27]，蓋謂禽鳥於晴日習飛。」亦能言之成理。又甲骨文有□字，或作反書，釋者多家；唐蘭以甲骨文□為雪字，《説文》雪字从雨彗聲，而□與□字上端同形，因釋□為彗字象形，獨為可取。從此二字看來，甲骨文□字从□的部分雖與彗字同形，實際為羽字，假令甲骨文時代有从竹从□的彗字，其字當屬合體象形，即於象形的□上加竹，為累增的寫法，與習字一無干係；則其時無从竹習聲之篲字，亦不難想見。是故據篆文習字及古文篲字便以為「諧聲時代」-b 尾之證，恐於事實不合。何況《説文》既云篲為彗字古文，古文為壁中書，王國維固已證其為周秦間東土文字，堅不可拔。所謂諧聲時代的 -b 尾，其時當早已絶迹，則篲字不僅不能為 -b 尾説之助，適足以明其説之不實。推之至於篆文習字，即令其成在《詩經》之前，自亦不能為 -b 尾説作證。

22 《集韻》之列切：「鷙，鳥擊也。」
23 《廣韻》私列切鏊下云田器，與《説文》義異。《集韻》私列切鏊字兼收羊箠耑有鐵及田器二義。
24 《廣韻》暬下云「晦也」，段改晦為侮，與《説文》義合。《集韻》乃云「暝晦」，誤甚。
25 據此音，疑執字尚有轉入脂部一讀。
26 《説文》古文友作□，金文或作□，解者以為从友从甘。《説文》古文譌誤。
27 甲骨文日字習見作□，亦偶有作□者。

例二十二⿱鼓合字，依《說文》所說，應是所謂 -g 尾與 -p 尾之間的諧聲關係，自不利於 -b 尾說。段注云：「缶聲不得土盍切。玉篇曰⿱鼓去，鼓聲也，七盍切；《廣韻》曰⿱鼓去，鼓聲也，倉雜切，皆即其字。缶者去之譌，去聲古或入侵部也。」去聲亦不得讀清母，故段又云：「然皆⿱鼓合之誤字耳。」案《說文》：「⿱鼓合，鼙聲。从鼓，合聲。」說文荅字从合聲，合字金文或讀同荅，如陳侯因資錞「合揚氒德」即「荅揚氒德」，與土盍之音近，段說蓋是。然則七盍切之音當是土盍切之誤，又轉「七盍」為「倉雜」耳。〔**⿱鼓去與去同爲次清音，以从豈俱切區字爲聲的貙字讀敕俱切例之，⿱鼓去从去聲無可疑。《萬象名義》亦作⿱鼓去字，與⿱鼓合別，此書出於原本《玉篇》，段後說誤。自陰聲收塞尾而言，此爲 -g 與 -p 之諧聲，不利於 -b 尾說。2000 年宇純補案。**〕

例二十三枼字，以祭部世字為聲讀與涉切，古韻屬葉部，故向來以為 -b 尾說佐證。但此字不得不與例二十四至二十六媟、揲、渫三字合看。媟等三字以枼為聲，並不讀陰聲，讀入聲而其韻尾收-t；揲字則於收 -t 之外，又有收 -p 一讀（案：渫字亦有士洽切一音，因其義別為水名，故不計），可見-p、-t之間可以直接往還，無待第三者的居中媒介。此一現象至少顯示，在祭部陰聲字傅以 -d 尾之後，已能滿足枼从世聲的諧聲關係，無待更有 -b 尾的設立。不然，媟等三字其始亦非屬 -b 尾不可，便須解釋後世與世字不同的音變條件，從而增加困擾。何況義為牑為薄的枼字，是否成於《詩經》之前無可考。金文則枼世二字用同，如吳方彝云「吳其世子孫永寶用」，伯作蔡姬尊云「其萬年世孫子永寶」，王孫鐘云「枼萬孫子」，邻王子鐘云「萬枼鼓之」；字或書作笹，如且日庚簋云「用笹孝享」；或又書作昱，如陳侯午錞云「永昱母忘」，陳侯因資錞云「昱萬子孫。」《詩・長發》篇「昔在中葉」毛《傳》云「葉，世也」，可見枼字當屬收音為 -p 的系統，不與世同字。然則枼與世又當以轉語關係看待。其始本並作世，後為其別而於收音為 -p 者加木作枼，或書作枻，見麩伯簋「十枻不黯」；或加竹作笹，或又加立聲作昱。其加立聲者，疑又音轉入緝部。上述諸器，時代遠者不逾東周，可見以枼从世聲為 -b 尾之證，是亦不切實際。至於《說文》訓牑訓薄的枼字，可能便是金文枼字的假借為用，而為許君所誤解；亦可能與金文枼字僅是同形，世字既本有轉入葉部之音，則謂此枼字从葉部世字為聲，便亦不構成 -b 尾之說。何況其成於何時不可考，若貿然持以為「諧聲時代」的 -b 尾證例，終覺有不能落實之感。以金文枼字不書作「葉」的情況看來，疑其成字在書枼為葉如〈長發〉詩者之後。蓋既書世枼字作葉，於是而義為牑薄的枼字以起。

例二十七、二十八荔、珕二字，亦向來為學者倡言 -b 尾說所援用。劦為《說文》

五百四十部首之一，大小徐並音胡頰切，與《廣韻》同。同部收恊、勰、協三字，亦並音胡頰切。段注云：「劦字本音戾，力制切，淺人妄謂與恊、勰、協同音，而不知三字皆以劦會意，非以形聲也。」並據《說文》劦下引《山海經》「惟號之山，其風為劦」，今《山海經》劦字作颲，郭璞音戾，以證劦之本音。《說文》劦下云「同力也」，恊下云「同心之和也」，勰下云「同思之和也」，協下云「眾之和也」，劦與恊、勰、協三字義亦相近，今三字下但云「从劦」，不云「劦亦聲」，以ㄐ、句、疋、厽、宁、㕛等部相較[28]，段說似確有可取之處，荔、珕二字即與 -b 尾說無關。然而《說文》於肉部脅下及手部拹下並云「劦聲」，不云「協省聲」，脅、拹二字並音虛業切，是許君當時劦字有收 -p 一讀無可疑。且甲骨文金文有㞧字，義為祭名，或即書作劦，學者以為合祭，音義同協，說亦不刊。從知劦字有胡頰切之音，又不僅許君之時為然，段說實無可取。但古文字中同形異字之例多見，此終非 -b 尾說不移之證；尤其在檢閱過《說文》及《說文》以外从劦聲的文字之後，更不能不有此看法。現依《廣韻聲系》一書所收諸相關之字，一一臚列於下，其見於《說文》者於下加案語：

胡頰切 劦 同力

　　　 㧊 㧊㹂

　　　 㡢 束帶

許欠切 脅 妨也

　　　 㜼 好貌

虛業切 脅 胷脅　案：《說文》云：脅，兩膀也。

　　　 㴌 同歙

　　　 拹 《說文》曰摺也一曰拉也　案：注文與《說文》合。

力智切 荔 荔支樹名葉綠實赤味甘高五六丈子似石榴出廣志又音隸

　　　 珕 刀飾也又力計切　案：《說文》云：珕，蜃屬。禮佩刀士珕琫而珧珌。

郎計切 荔 薜荔香草又羌複姓有荔非氏　案：《說文》云：荔，草也。似蒲而小，根可作刷。

　　　 栛 小榑木名

　　　 珕 刀飾又力智切

（以下第二主諧字及其被諧字）

28《說文》往往彙集音與義同時有關之字都為一部，於其隸屬字下並云「从某、某亦聲」，ㄐ、句、疋、厽、宁、㕛諸部並如此，參拙著《中國文字學》再訂本二八九頁。〔**定本 P.313。2000 年宇純補案。**〕

許欠切 虛業切 脅

虛業切 歙 歙氣　案：《說文》云：歙，翕氣也。

愶 以威力相恐也

嗋 口嗋赫莊子曰余口張而不嗋

熁 火氣熁上

㴕 水流

盧合切 搚 同拉

盧盍切 搚 摺搚相合

力智切 郎計切 荔

郎計切 𩗗 急風

共計一十六字，或因音義不同而分見數處。其中脅、歙、拹、荔、珕五字見於《說文》，音韻上形成兩個系統：前三者屬曉母或匣母，韻尾收 -p；後二者聲屬來母，韻屬陰聲，聲韻兩方略不相涉。不僅如此，即不見於《說文》之字，亦除搚、㛸及訓妨的脅字而外，莫不分別與此二系統相合。㛸字及訓妨之脅字音許欠切，為虛業切之陽聲，自與荔、珕不可同年而語，不能視為例外。搚字則實同《說文》之拹，本音當為虛業切，原不讀來母。知者，此字始見用於《公羊・莊公元年傳》「拹幹而殺之」，《釋文》云：「路合反，又作搚，亦作拉，皆同，折聲也。」路合反之音乃從拉字為讀，故下云「亦作拉」，拉字《廣韻》正音盧合切。然《說文》拹下云「一曰拉也」，是許君當時拹拉二字不同音之證。亦如《說文》又云「拹、摺也」，其始拹字自亦不與摺字同音。然而《集韻》落合切以拉、搚、拹、㩉、摺五者同字；《廣韻》盧合切收拉、搚、㩉三字相同，同紐又有摺字云「敗也」，與拉下云「折也敗也摧也」義亦無殊，實亦摺、拉、搚並為或體。可見搚字音盧合切，是許慎以後的誤讀。然則荔、珕二字音力智切，又與栛字同郎計切，以其聲韻並與餘字相遠，三者所从聲符必不與餘字相同可知；是一劦字本有胡頰、郎計二音無可疑，正亦前文所述同形異字之例。至於許君於恊、勰、協三字不云「劦亦聲」，此在《說文》固有其例[29]，原不足疑劦字無胡頰之音。

例二十九瘱字及例三十瘞字，从苦協切㾐字為聲而一讀於計切，一讀於罽切，論

29《說文》𠂢部：「𠂢，水之衺流別也。」音匹卦切；「衇，血理分衺行體中者。从𠂢从血。」「覛，衺視也。从𠂢从見。」兩字並音莫獲切，而並不云「𠂢亦聲」，與此同例。目部脈下云：「脈，目財視也。从目，𠂢聲。」其字亦音莫獲切，實與覛為同字，以知覛下非不可云「𠂢亦聲」。

其古韻雖無直接資料可憑，瘞字中古屬祭韻，自可定其古韻屬祭部，是以並瘱字而素為倡言 -b 尾説者所資取。瘱的聲符為夾，今亦依《廣韻聲系》所收各層次與夾聲有關之字列之於下，以觀究竟：

古洽切 夾 持也
　　郟 郟鄏地名又郟城縣……又姓……
　　筴 箸也鍼箭具又音頰
　　裌 同袷
　　鵊 鳥名
　　鞅 履根
古協切 頰 頰面
　　䩡 籀文頰
　　鋏 長鋏劍名
　　筴 箸筴又古洽切
　　梜 上同
　　莢 蓂莢榆莢又姓……
　　蛺 蛺蝶
　　唊 唊唊多言也亦作諴
　　秧 秧穧
古狎切 梜 木理亂
　　㡡 㡡屏
謙琰切 脥 腹下
苦協切 恢 快也
　　瘱 説文曰病息也
　　匧 藏也
　　悏 説文曰思貌
　　婡 得志婡婡又呼協切
苦洽切 帢 同帢
即葉切 睞 同睫
子協切 浹 洽也通也徹也浹辰十二日也
　　浹 浹渫又音狎

瓬半瓦

楚革切筴卜筮筴也

色立切翜疾飛

所甲切翜捷也

颰風疾

趃行趃趃

許兼切黬赤黑色

虛撿切婡婡姱性不端良又棄葉切少氣也

呼牒切婡少氣貌

呼洽切欶氣逆

胡頰切綊說文曰紝綊也

挾懷也持也藏也護也

俠任俠又姓…

浹浹渫冰凍

侯夾切狹隘狹

陜上同

峽巫峽山名

硤硤石縣亦州名…

庩廦也

齒夾齒曲生也缺也

眣相著

胡甲切浹浹渫冰相著

良涉切竦羸竦

（以下第二主諧字及其被諧字。）

古協切
古洽切
楚革切 筴

山責切挾籋挾捕鳥

苦協切疢

古洽切癦癦蹄足病

於計切瘱[30] 靜也安也恭也

於罽切瘞埋也

苦協切匧

　　愜心伏也又快也

　　悘上同

　　篋箱篋

去涉切㾜少氣也

山輒切㰭惕欲

侯夾切陿同狹

共五十餘字，或因音義不同而分見。其中莢、啗、鞅、睫、翜、梜、郟、瘱、俠、頰、恋、挾、婡、匧、綊、蛺、鬷、鋏、陜、庡、瘱、瘞、悘及頰之籀文䩡、匧之或體篋凡二十五字見《說文》。此五十餘字自韻母分之為二類，其一為收 -p 的入聲及收 -m 的陽聲，另一則中古屬收音為 -i 的陰聲，後者即瘱、瘞二字。此外又有讀楚革切的筴字及讀山責切的摵字，兩者同一系統。筴音楚革切，實是策的隸書變體，其字本从朿聲，不屬夾聲範圍，與書刺為刾為刺同例。夾聲之筴則音古協切，或音古洽切。兩者原不同字，故其義亦無關。摵字自以楚革切筴字為聲，都應剔除不計。自聲母分析之，則有三個系統：其一見影系，包括見、溪、影、曉、匣五母；其一精系，包括精母及審母生類；其一為來母。後者僅䀹一字，《集韻》音力協切，亦屬來母，云或體作㦁，㦁字通常音古咸切，與力協之音不合。以此字聲母不影響下文之討論，姑亦不予計入，則前列諸字聲母為二類。讀精母及審母者八字，系統上雖與夾聲遠隔，既非一見，韻母又與夾聲不異，理應無可懷疑。唯瘱、瘞二字同以瘱字為聲，韻母既與夾聲不合；聲屬影母，影母字在見影系諧聲字中本有自成一類的傾向，此五十餘字亦別無讀影母者，即其聲符之瘱字亦然，瘱、瘞兩字是否果以瘱為聲符，便難免啟人疑竇。另一瘱聲之㾜則音古洽切，聲韻並與夾聲系統相合。今案《廣韻聲系》悘下云：「案悘，《說文》作瘱。《漢書・外戚傳》為人婉嫕有節操，顏注云：瘱，通作嫕。桂馥《晚學集》云：嫕悘混淆，由來已久。」嫕字不見於《說文》，〈神女賦〉云：「澹清靜其愔嫕兮，性沈詳而不煩。」《文選》李善注：「嫕，已見《洞簫賦》，和靜貌。韓《詩》曰：嫕，悦也。《說文》曰：嫕，靜也。《蒼頡篇》曰：嫕，密也。」凡所徵引，時代皆在許君之前，云《說文》訓嫕為靜，今《說文》於瘱下云靜，而〈洞簫賦〉「其妙聲則清靜厭悘」下李注云：「曹大家《列女傳・注》

30 此字《廣韻》作悘，沈氏依《說文》列之於此，今改從《說文》作瘱。

曰，⿸广悘，深邃也，音翳。」⿸广悘則瘱省，是瘱嫕二字古人以為一字之證。《說文》無悘字，疑悘即嫕字，从心医聲，又累增女旁。医字古韻學者並謂在脂部，其實當在佳部，因於本文無影響，今置不論；其音為於計切，正與瘱嫕同音。更據《廣韻聲系》列與医聲相關字於下，以深入觀察：

於計切 医 藏弓弩矢器

嫕 婉嫕柔順貌

殹 擊中聲也

⿱殹土 塵也

瞖 目瞖

繄 是也賴縕走絲也

翳 羽葆也隱也奄也障也又鳥名似鳳

蘙 蘙薈

於其切 ⿸疒殹 羸也又乙賣切

烏奚切 鷖 鳧屬

翳 蔽也又烏計切

⿱殹言 相言應辭

嫛 人始生曰嫛婗出釋名

黳 小黑

⿱殹土 塵埃

⿱殹石 美石黑色

繄 是也辭也又赤黑繒亦戟衣也

烏懈切 ⿸疒殹 病聲

火佳切 ⿱殹口 笑貌

以睡切 ⿱殹貝 ⿱殹貝婩也

烏結切 蠮 蠮螉

凡十七字二十一見，除⿱殹口、⿱殹貝而外，無不讀影母。⿱殹口屬曉母，自與影母同一大類；⿱殹貝讀以睡切，聲既相遠，韻亦有開合之隔。《玉篇》云⿱殹貝或作⿰言睿，隸書叡或作𣪌[31]，从貝从目亦偶相亂[32]，疑⿱殹貝或是叡字的譌誤；叡字音以芮切，與以睡切音近。韻母方

---

31 見婁機《漢隸字源》。

32 如《漢隸字源・孫叔敖碑》賊字作⿰目戎。又如得字本从貝，余義鐘及中山王嚳壺並从目，隸書以下更無从貝者。

面，除贒字而外，又有蠮字音烏結切及瘱之一音於其切為特殊，其餘不出佳韻齊韻系統，而以後者為主流。蠮字出《方言》，原从醫聲作蠮，醫聲字入屑韻雖亦屬例外，於此要可以勿計；瘱字音於其切，或亦偶涉醫聲而韻誤讀。然則瘱瘞二字側於前列夾聲或医聲兩系列中，一者聲韻兩乖，一者聲韻俱合，所从如何，殆已洞若觀火。且自「右文」觀點言之，医為藏弓弩矢器，翳訓羽葆訓隱訓奄訓障訓蔽，瞖為目瞖，緊訓戟衣，蘙為蘙薈，瘞字義為埋，亦可見當與医聲為類。《說文》所以二字並从瘱聲者，疑隸書夾字作夹作夫，與矢字作失作夭形近，是以誤医聲為医聲，又因別有訓快的悘字，於是改書悘的誤字為㥷，又以其音同之故，遂並書㙊字為㾜；復因从广从疒偶有混同[33]，又或書㥷㾜為瘱瘞，許君遂據以迻寫為篆書。《說文》中篆書固多非秦篆所有，而為許君依隸書「篆定」者[34]。悘、㥷兩形分見前引《漢書・外戚傳》、《神女賦》、韓《詩》、《蒼頡篇》或下文引〈美人董氏墓誌〉嫕字偏旁，㥷字見前引〈洞簫賦〉及曹大姑《列女傳・注》，《廣韻》亦作㥷字；而《集韻》悘下云「恭也靜也」同《廣韻》㥷字，別收瘱字云「說文靜也或作嫕」，尤是悘、㥷、瘱三者同字之證。㾜之形見《集韻》蠮字或體螠之偏旁。故上述諸形，僅一㙊字未見而已。隸書方面，據《漢隸字源》所載，〈郎中馬江碑〉翳字作翳[35]，〈荊州從事苑鎮碑〉同，〈繁陽令楊君碑〉作翳，亦並是譌医為匧之證。此後隸書書医為匧的例時時可見，隋開皇十七年〈美人董氏墓誌〉嫕字作嫕，更是誤悘為悘的證明。時代雖遠在許君之後，未必前無所承。在在顯示瘱瘞二字原當以医為聲，絕不得為 -b 尾說所用。

例三十一盇字从大聲，例三十二葢字从盇聲，出入於葉祭二部之際，相反相成，宜其素為 -b 尾說者之所資。但大盇二字聲母無關，構成諧聲上的基本問題。自漢隸以來，盇字類書作盍，其上从去，葢字亦多作蓋，《說文》段注以為隸書之變。金文盇字作[illegible]，葢字作[illegible]，別有䟃字疑為盍字繁文，亦並與隸書从去相合。去盇二字聲同見影系，元音亦同，但盇字多一 -p 尾而已，則盇字本从皿去聲，小篆从血大聲，反是李斯等的改作[36]；疑或以去聲與盍蓋二字韻母不同，因據蓋與大字同韻附會盍从大聲，而从皿遂成从血。殊不知言韻雖大與蓋同，論聲則大與盍蓋反遠，轉不若「去聲」為近。〔**大字聲母的送氣成分，與盇字聲母相同，非不可作爲盇的聲符；但從金**

33 如《漢隸字源》庾一作痺，雁一作㾮。《說文》痽聲之膺之癄幾乎悉作膺作應，鷹亦作鷹。

34 詳拙著《中國文字學》再訂本三七七頁。〔**定本 P.408，2000 年宇純補案。**〕

35 〈郎中馬江碑〉建寧三年，〈繁陽令楊君碑〉熹平三年，〈荊州從事苑鎮碑〉則無年月。

36 李斯等改定之小篆，有時反不若隸書能保持傳統，其例如隸書光、章、戎、朝等字上承兩周金文之舊，小篆反遠。

文及漢隸看來，盇字原應从去爲聲。2000 年宇純補案。〕只因向來學者論諧聲字著眼點在韻，聲母則多不予理會，所以有此改易。正如籀文戴字本从弋聲，聲韻悉合，其後韻母演變漸遠，小篆遂改以韻母相同的𢦔字為聲，而𢦔戴聲母乃全然無關。以此言之，大聲之盇不僅不能為 -b 尾説張其軍，由於其成字在《詩經》之後的秦代，適足以搴其旗而斬其帥。蓋字的形成時代也許正在《詩經》之前，但大字在秦代既可以憑其無 -b 尾的條件成為盇字的聲符，蓋从盍聲又何嘗能為 -b 尾説助其陣？何況先秦古籍蓋盍二字可以通用，當以其時之語音為基礎，則 -b 尾説之不售，於此不啻又獲其證。更何況此字同時牽連到盍字从去聲的問題，去字據一般了解收音為 -g，便非一 -b 尾説所能為力。而葉部字以魚部陰聲字為聲者，盍字而外，尚有例三十三的狤字，和例三十四的胠字；又有前所未列《説文》説為从劫省聲的㡼和鉣字，前者口盍切，後者居怯切，也當是以去為聲。不僅如此，即劫字亦當是从去為聲；《説文》云：「劫，人欲去以脅止曰劫，从力去。」然劫之義只是以力奪取，不必以「人欲去」為條件，許君殆因誤認會意而塗附為説。此外，虩字从去聲讀呼濫切，古韻屬談部，談為葉的陽聲，無疑為葉部與魚部陰聲字諧聲的間接證例。故僅是《説文》一書所收，與去聲有關的形聲字，共有六至七字表現了魚葉二部音可互通。其於銅器銘文，中山王嚳壺銘云：「以内𢇍邵公之業」，鼎銘云：「氒業才[illegible]」，業並作𡗣，从丵，去聲；鼎銘又云：「憚憚㦘㦘。」㦘字作𢡺，其聲符之業亦从去聲；㦘㦘即《詩・雲漢》篇之業業，毛《傳》云「危也」[37]。《廣韻》㦘與業同音，云「㦘，懼也」。又秦公簋銘云：「保𤔲氒秦。」保下一字學者所未識，《金文編》見卷四去字下，云「《説文》所無」。今案仍當是業字，在此讀為嬖，或與嬖為轉語。《説文》云：「嬖，治也。虞書曰有能俾嬖。」經傳多書作艾或乂字，或訓定，或訓養，或訓相，皆義相成。《詩・南山有臺》云：「樂只君子，保艾爾後。」《書・康誥》篇云：「往敷求于殷先哲王，用保乂民。」保業與保艾、保乂並同。乂聲古韻屬祭部，此是葉部之業讀同祭部之嬖，與盍葢之通用同例，現象之發生見於《詩經》之後，故此一字，一面與盍怯等字並肩，證明非 -b 尾的陰聲字可以作為 -p 尾字的聲符；一面又與蓋字攜手，證明没有 -b 尾的時代，收 -p 尾的葉部字固與非 -b 尾的祭部字音可互通。此外，秦公簋又云：「[illegible][illegible]文武。」[illegible][illegible]為盍盍繁文，讀同赫赫，赫為魚部入聲，顯然亦可與上述諸去聲字互參。抑又不僅如此，表現魚葉二部互通的並不以去聲字為限。例三十五㬥字从雩聲而音筠輒切，即是一例。《説文》古文敢字作[illegible]，小

37 業㦘二字，並據張政烺〈中山王嚳壺及鼎銘考釋〉。

篆作𢼄，許君於篆文云古聲。金文敢字習見，無从古者，其始自不以古為聲；唯齊曼簠作𢼄，加點為飾而近於古字遂為古聲。古韻敢字屬談部，古字屬魚部陰聲，敢从古聲，與㨗字情形相同，無異再一次證明，不收 -b 尾的陰聲，固具有成為 -m、-p 尾字聲符的能力。是故即使盍字本於「諧聲時代」从大聲，亦未足據以倡為 -b 尾說。

然而上文曾引《方言》抾字，知去字有轉入葉部一讀，又因〈雲漢〉詩去字與故、莫等字叶韻而其義為怯，推知「古漢語中有一義為怯而音同於去的母語，本借去字兼代，其轉語入葉部音去劫切，初亦書作去字，後乃加心而為怯。」換言之，此葉部去字即為怯字的前身，而上述盍、狜、胠、厒、鉣、劫、㨗、㚘、𧇊諸字實際是葉部字的互諧，則前段所謂非 -b 尾陰聲字可為 -p 尾字聲符的證據，便失去了原先的意義。曅字義為日光，與雩之義為榮華為光華相通[38]，顯示曅字亦非止於偶然取雩字為其聲符，實亦具有語言關係。《說文》又有皣字，云「艸木白華也，从華从白」，受義於華，其字亦音筠輒切，無疑證明「華」即為曅之語根，即華字原亦有葉部一讀，與魚部匣母之華為轉語，於是曅字亦便失去與自盍至𧇊等字的互證能力。此一見解既可以貫通〈雲漢〉詩去字音義兩方面的矛盾，自盍至𧇊諸字的例外諧聲現象可以消除，胠字有去魚、丘據及去劫兩種韻母截然不同的讀音亦不覺其奇特，各方面俱能圓融無礙，相信最能掌握問題的核心。但對於 -b 尾說而言，却得不到半點利益。因為這些例都不發生在可用 -b 尾說解的範圍內，如此一來，像內、立、執、世等字的一字二讀現象，無疑也便不需有 -b 尾之設；似乎得之於此，而實已失之於彼。

例三十六籋字音尼輒切，又音奴協切，古韻當屬緝或葉部，而以爾為聲。據《詩・行葦》篇叶葦、履、體、泥、弟、爾、几，〈泉水〉篇叶禰、弟、姊，〈杕杜〉篇叶偕、邇，〈匏有苦葉〉篇叶瀰、鷕，〈載驅〉篇叶濟、瀰、弟，〈汝墳〉篇叶尾、燬、邇，所與爾字或爾聲字叶韻者，不出脂微二部陰聲範圍。此字也當列入-b 尾證例之林。但另一方面，爾為「如此」的合音，《詩・新臺》篇叶泚、瀰、鮮，此泚二字古韻屬佳部；《說文》爾下云「麗爾，猶靡麗也」，麗爾為疊韻連語，麗字古韻亦屬佳部；鼄下云「䵷鼄，詹諸也。《詩》曰得此䵷鼄」，今詩䵷鼄作戚施，施字古韻屬歌部，歌佳音近：則似爾字又當屬佳部。佳部陰聲屬於所謂收音為 -g 的範圍，自於 -b 尾說有礙。學者以爾聲入脂部，又著眼於其中古入支韻，因擬其上古韻尾為 -r。然 -r 尾的爾何以可諧 -p 尾的籋？亦恐不易回答，於是主 -b 尾說學者以爾聲之字不入脂部僅此一籋字，視為例外[39]，而不了了之。其實，與籋字同情形者尚有一茶

38 《說文》雩下云艸木華蕚下云榮，傘以其音義視之，其實只是一語，是故本文不加分辨。

字，只因《說文》失收，故未為學者所慮及。《莊子・齊物論》篇云：「苶然疲役。」《釋文》苶字音乃結反，又云「徐、李乃協反」，《廣韻》亦分見屑韻奴結切及怗韻奴協切[40]，後者與籋字同音，當是从艸尒聲。據《說文》，爾字本是从尒聲；此說或不必然，然爾尒二字古書或諧聲多通用，其音不異，則是事實。是故清代學者多主苶即說文薾字。《廣韻》薾字音奴禮切，為苶字音奴結切的上聲；同紐收闣字，云「智少力少」，即論者以為《莊子》苶之本字。可見籋字入緝或葉部，正是無獨有偶，並非孤立現象[41]，而其他所謂收 -b 尾之字，以各聲符分離而言，多亦不過一二字或二三字而已，自不可以例外視之。然而苶字既一方讀 -p，一方讀 -t，爾聲則學者主張其韻尾為 -r，與 -d 尾又異，如此複雜狀況，想來不是-b 尾說所能解釋得了的。

綜合以上所作分析，可更簡括為下列三點：

其一，前列三十六字以及文中補述之字，論其時代，僅例一例二翊昱二字溯其源可以抵於甲骨文，〔《說文》翊與翌日字無關，已見前"補案"。〕具有成於《詩經》以前的確實證據，但不屬 -p 尾與脂微祭三部陰聲之間的諧聲關係。內字陰、入二讀的語言轉成時代，應該可以斷在《詩經》之前，却由於語音的轉變並不以「韻尾相當」為其一定的規範，對於 -b 尾的學說終於無有所助。从大聲的盇字為李斯等統一文字時的改作。例二十及例二十一習簹二字的形成再早亦不能逾過西周；《說文》簹為壁中古文，壁中古文據王國維所考，只是周秦間東土文字。例九𪓐字同屬壁中古文，且非以徒合切眔字為聲。其餘時代則皆不可強指。是故偶因納、盇、習、簹的特殊諧聲，不論其是非背景，亦不考其所從來，只是懸想一「諧聲時代」，託為 -b 尾之說，却不知如盇簹之字，對此說便具有摧陷廓清的無比強力。

其二，例七眔字見於甲骨文，早於《詩經》時代却非諧聲之字。例十一摯字、例十二槷字及文中所述贄字，自語言而言為執的轉語，自文字而言為執的轉注字，並非但取執字為諧聲：況且執與摯槷贄之間元音既可不同，自無理由要求其韻尾必須相當。例二十三的枼與世，例三十五的𩁹與雩，亦並是轉語關係；不然，𩁹字果如《說文》所說，但取雩為聲符，因雩字屬於所謂收 -g 尾的魚部陰聲範圍，將予 -b 尾說以致命之一擊，更不是 -b 尾說所能容納的景象。此外不在三十六字之中者，學者舉位字為說，《說文》則說以為从人立會意，不主為立聲。許君說字不必不誤，但立位之

---

39 見先師董同龢先生〈上古音韵表稿〉第十二節。

40《廣韻》又音如列切，義並相同。

41《詩・長發》「有震有業」，〈雲漢〉「兢兢業業」，毛《傳》釋業及業業為危，業危一聲之轉。業古韻屬葉部，危古韻屬佳部，亦可與此參驗。

間聲母既並異，說為複聲母，又無資料可憑，似以視作同形異字為宜，其語音初不必互相關涉。

其三，形聲字之中，例一翊字〔**以翊視作翌字，則與昱實爲一字。2000 年宇純補案。**〕及例二昱字是 -p、-k 之間的諧聲，例二十四媟字、例二十五揲字及例二十六渫字是 -p、-t 之間的諧聲。-k、-t 與 -p 既可以互諧，-g 與 -k 或 -d 與 -t 之間又「並不一定含有清濁等的區別」，除非取消了上古陰聲字收 -g 或 -d 尾的說法，則一切陰聲字便應具有同於 -k、-t 與 -p 尾相互諧聲的能力，可見 -b 尾說之無立足餘地，實在不容辯解。例三的喥字及例四的濇字，可能是 -k 尾的自諧，更可能也是 -p、-k 之間的合諧。屬於前者，與 -b 尾無關；屬於後者，於 -b 尾說有害。例五的納字及例六的軜字，因内字本有陰、入兩讀，自可以解為从奴荅切的内字為聲，内音奴荅切與納字見用於古籍中之音義相同，無異為納字从奴荅切内字為聲之證；此外，妠、衲、抐三字亦可提供證明。至於内字所以有陰、入二讀，若非屬語轉現象，便可能為同形異字，要不必即與 -b 尾相關。例八褱字、例九霥字、例十鰥字，及不在三十六字之列的罤字，應並从眔字為聲，而或為微部字的自諧，或為微、文之間的合諧。例十三至例十七蟄、鞊、鷙、鷙、幣五字，實以音轉入祭部的執字為聲。不然執聲與諸字不僅韻尾不相當，元音已自不同，根本要失去諧聲身分。鷙與摯古通用，幣與帨音義同，肯定五者古韻確在祭部，祭與緝則必不得同元音。例十八暬字，如其从緝部執字為聲，為 -t、-p 間之合諧；从轉入祭部之執字為聲，則是祭部自諧；段改暬作暬，亦祭之自諧。例十九摯字音即刃切，恐只能為 -b 尾說的諍友。例二十翫字本為東周時東方古文，復有甲骨文羽字可以幫助斷定其時代晚出，使成為 -b 尾說的有力反證。例二十習字，亦極可能由甲骨文䎘字斷其製作不在《詩經》之前；更由於東周時習字可以成為翫字的聲符，而無論其成於何時，皆不足為 -b 尾說的羽翼。例二十七荔字及例二十八珕字，本从郎計切劦字為聲。郎計切之劦，與胡頰切之劦原是二字，其聲其韻皆絕不相蒙，此在諧聲系統上固表現明白，無一絲相混。例二十九之瘱及例三十之瘞本从医聲，為佳部字的自諧，因隸書夾矢二字形近，展轉譌医聲為瘱聲，諧聲系統上亦有顯明迹象可尋。例三十一盇字本从去聲作盇，小篆始改去聲為大聲。以其成字遠在「諧聲時代」之後，遂能令 -b 尾說無所託足。盇字以去為聲，有例三十三怯（同狜）字、例三十四胠字，以及不在三十六字之列的劫、房、鉣、䒧等字的平行現象相互印證；虚从去聲音呼濫切，亦可為間接扶持。來去字本有陰、入二讀，其陰聲假借以言「畏怯」，見《詩經・雲漢》，轉音即怯字。入聲音丘劫切，後加手為抾。自盇以下其餘諸字並以此丘劫切去字為聲符，故或為 -p 尾自諧，或為 -p 與 -m 互諧。若必謂盍以下諸字以丘據切去字為聲，除非取消丘據切去字的 -g 尾，-b 尾自無立錐之地。例三十二蓋字雖係从去聲的盍字為聲，其為葉部入聲與祭部陰聲相諧的關係不變。但李斯整理文字時大字既可憑其非 -b 的條件成為盇字的聲符，蓋从盍聲要不足發為 -b 尾的構想。何況經傳中盍蓋二字每見通用，當是以自周至漢的語音為其基礎，則蓋字不得有 -b 尾，尤其昭然若揭。例三十六的籋字及《莊子・齊物論》的苶字，可能是佳部陰聲字與緝部字的諧聲行為，屬所謂 -g 與 -p 的交往，自於-b 尾不利；即學者多主爾聲收 -r，恐亦於 -b 尾說有捉襟見肘之患。

總之，由諧聲字言 -b 尾，實際一無積極證據或堅強理由可以支持此說，却有不少有力的反證。過去學者只是偶然接觸到往來於 -p、「-d」之間的諧聲行為，以為情況特殊必須解釋，於是蒐集了一些表面看來為平行現象的字例，便提出了《詩經》以前諧聲時代曾有 -b 尾的學說。殊不知與 -p 尾字發生諧聲行為的特殊現象，原不以「-d」尾字為限，既別有 -p 與 -k、-t 的互諧，依一般了解且有 -p 與「-g」的互諧，顯然應與 -p、「-d」的接觸連結一起，作通盤考察，然後庶幾可望獲知其真實背景。然而學者所注意到的不僅只是屬於 P 與「-d」交往的諧聲字，即此諧聲之字亦只是依據《說文》，而不曾深入探討，以了解各字的實際情況。如此這般的 -b 尾，自是不具客觀基礎。

諧聲字可用以研治古音，《說文》一書對於古代文字的了解有其一定的參考價值，這兩點都無可疑。諧聲字却不是通向古音的唯一材料，《說文》對文字的解釋也不具絕對權威。希望從諧聲字上尋出來新的「古音」，首先還是要徹底瞭解諧聲字。諧聲字本身並不能言語，不同的看法可以於同一材料得出不同的理解。則如何始能認識清楚諧聲字的真面目，還需有其他材料和古漢語知識的配合，決不是單靠一本《說文》，便可以從諧聲字尋求古音，也不是一味的乞靈於音標，便可以為諧聲字解決問題。是故第一，《說文》以外的古文字材料必須充分利用，庶幾不致時或為《說文》所累；同時還需具備文字學知識，俾能於面對文字學者的不同說解知所取捨。文字上的問題，有的誠然有賴於音韻學的協力，然後能獲致真知，畢竟有的只是屬於文字學的範疇，需要適當的文字學理論去統屬，去處理。第二，古書和古器物的文字記載，實際便是古漢語語料。從事任何語言的研究，必然先要設法覓取語料，然後從而分析之。研究古漢語語音，自然也必須留意這些文字記載，俾從中攝取更多語料，以與《說文》諧聲字互參，甚至即憑以鑑定《說文》諧聲字的實質；而其中異文、借字及轉語三者，更是重要的資源，惜其不為時下學者所留意，致未能發揮其本有的功能。時至今日，諧聲字中容易見出的古音現象，差不多已被窺破，治古音而不從此等資源入手，求有以突過之，仍然只是環繞在《說文》諧聲字的表面上，憑藉音標設計古音，恐於古聲古韻的研究無多助益。

《說文》諧聲字的形成，本有早有晚，並非同一時間層面的產物。學者因偶見其中有脂、微、祭部陰聲字與 -p 尾字的接觸，其現象不一見於《詩經》叶韻，於是籠統懸想一「諧聲時代」，託為 -b 尾之辭。其實《詩經》所以不見此韻例，基本上雖是因為現象特殊，理不當有。今以漢人韻文準之，司馬相如〈封禪文〉叶「際、荅」，揚雄〈羽獵賦〉叶「轕、磕、岋、外」，遠在《詩經》之後，竟可以見此韻例，抑且無獨有偶，則三百篇中不一見，反似可以視之為「偶然現象」。至於 -k、-t 尾字或其他陰聲字，不必不與 -p 尾字叶韻，如司馬相如〈子虛賦〉叶「鰨、翼」，揚雄〈甘泉賦〉叶「節、業」，劉向〈九歎・遠逝〉叶「集、日」，班固〈答賓戲〉叶「石、蛤」，〈典引〉叶「業、作」，又叶「恪、亳、邑、德、繹」，張衡〈西京賦〉叶「桀、豁、列、業、巘、月」，〈舞賦〉叶「絶、雪、滅、輒」，焦延壽〈易林・乾之萃〉叶「薄、怯、鵲、格」，〈坤之剝〉叶「玃、妾」，〈比之豐〉叶「鵲、怯、格」，〈謙之屯〉及〈大壯之恒〉叶「妬、業」，〈臨之未濟〉叶「薄、妾、齚」，〈離之萃〉叶「作、業」，〈蹇之坤〉叶「郭、獵、獲」，〈豫之兑〉及〈臨之損〉叶「穴、節、入」，〈大畜之漸〉叶「實、邑、室」，〈睽之中孚〉叶「室、入、濕」，〈明夷之需〉叶「室、合、宿」，〈恆之蠱〉叶「側、乏、北、絶」等等[42]，更是不勝枚舉，亦與諧聲字 -p 可以諧 -k、-t 或其他陰聲字相同。則所謂《詩經》前諧聲時代有 -b 尾說之不實，尚復何疑！

脂、微、祭陰聲與緝、葉部之間的轉語，對於不能忘情於 -b 尾說的學者而言，也許會試圖以為扶傾匡危的支柱。俞敏於其〈論古韻合怗屑没曷部之通轉〉一文中，曾經舉出：

> 一、入内納，二、入汭，三、入枘，四、立位，五、卅世，六、盇蓋，七、合會，八、泣淚，九、接際，十、給氣，十一、執贄，十二、集雜萃最，十三、甲介，十四、答對，十五、乏廢，十六、匣匱，十七、及暨，十八、沓詍泄。

42 以上叶韻例，並據羅常培、周祖謨《漢魏晉南北朝韻部演變研究》。

共十八組例，可謂洋洋大觀。雖然俞氏不曾堅持此即 -b 尾之證，本文在討論立、位二字關係時亦曾舉予余、陽、台、朕及汝、若、而、乃、爾、戎與彭亨炰烋、綢繆纏綿之例，說明語音之轉變，初不必以具有相同發音部位之韻尾者為限；仍恐學者執著於納內、盍蓋之例，以為其始非有 -b、-p 之轉換不可解，特更據俞文申而論之。

語言產生音變，是否一定限制在韻尾發音部位相同的範圍內，因為現實古漢語中，如余陽台朕、汝若而乃、彭亨炰烋、綢繆纏綿的例隨處可見，顯然不是一個純粹理論所能統屬的問題；必須能從古漢語中將各韻部間轉語儘量輯出，依音排比，展示其韻尾上的整齊步調，然後始能令人信服。必不是先自肯定一模式，然後循線蒐集語料證成此模式，便以為事之本然。如《說文》云：「逮，唐逮，及也。」《爾雅・釋言》云：「逮，遝也。」《方言・三》云：「迨，遝，及也。」逮、遝二字並屬定母，古韻分屬微或緝部，顯然可以視為轉語，用以扶持 -b 尾之說。然而迨亦定母字，不得拒於逮、遝的轉語之外。是故《方言》又云：「東齊曰迨，關之東西曰遝。」即以為一語之轉。不僅如此，《廣雅・釋言》云：「遝、趙，及也。」趙字古聲紐亦屬定母，又當與逮、遝屬於同一轉語範疇。但迨字古韻屬之部，趙字屬宵部，學者以為其《詩經》時代韻尾並為 -g，可見逮、遝雖為轉語，却不得謂逮字嘗收 -b 尾。再就俞文所舉十八組例言之，其中卅與世、合與會、執與贄、集雜與最以及沓與詍泄，是緝部與祭部的關係，泣與淚及匣與匱是緝部與脂部或葉部與微部的關係，彼此間元音已自不同，若必要求其陰聲字非具 -b 尾不可，對於去其形成時代至少兩千幾百年的今人而言，恐怕誰也不得享有此權利。

俞文所舉十八組例，數字上確乎可觀。然而入内納、入汭及入枘三組，實際只是一個入納與内的基本問題，後二者則純屬内與汭或内與枘陰聲之間的關係。立位二字不僅韻母遠隔，聲母亦不同，其不得為轉語，上文已詳說。「共給」與「稍餼」語義關係至泛，據以斷給氣為轉語，應難見信於人。嚴格結合音義兩重標準以衡量此十八組例，如韻尾必須要求發音部位相同，彼此間元音蓋尤不得相異，於是前段所言卅世、泣淚各組亦不得計入。可以視為轉語的，便僅有：入納與内、盍與蓋、接與際、集雜與萃、甲與介、答與對、乏與廢、及與暨，共八組而已，緝與微或葉與祭適各居其半，不可謂多。微祭二部陰聲及緝葉二部字合計不下千五百字，其間具轉語關係而未為俞氏所察見者未必無有，遝、逮即是一例；然其不得為 -b 尾作證，亦既於遝、逮之例見之。此下擬更舉微祭二部以外陰聲或非陰聲字與緝葉部字具轉語關係，而其現象匪一可以相互扶持，以見緝微或葉祭間之轉語，誠不足以發為 -b 尾之說解。

第一，上文曾舉魚部陰聲與葉部之間的轉語，來去之去與持去之抾，其一；畏怯之「去」與怯，其二；胠字音去魚、丘據切，又音去劫切，其三；華與䛡，其四。此外蓋蓋讀同赫赫，蓋為盍繁文，赫屬魚部入聲，《說文》云㮇讀若芟，芟古韻屬談部，談為葉的陽聲，無疑並可為諸字之助。

第二，上文又舉就與集為轉語，就古韻屬幽部陰聲。《爾雅・釋詁》云：「就，終也。」《釋文》云：「就，如字。或作噈，子六子合二反。又作殧，同。」《廣韻》宥韻疾僦切殧下云「殧殄」，《集韻》合韻作答切殧下云「終」，現象與集字轉音同就平行。《詩・七月》篇「九月叔苴」毛《傳》云：「叔，拾也。」《說文》亦云：「叔，拾也。汝南名收芌為叔。」拾古韻屬緝部，叔屬幽部入聲，實際叔收一語之轉，故《集韻》宥韻舒救切叔與收同字，注云「穫也」，則為幽部陰聲；叔與拾的關係亦正與就、集相同，特聲母有清濁之異而已。《說文》云叔从尗聲，尗聲之茮或作椒，音即消切。〈離騷〉「馳椒丘且焉止息」，王逸云：「土高四墮曰椒丘。」《漢書・外戚傳・武帝傷李夫人賦》「釋輿馬於山椒兮」，《文選》謝希逸〈月賦〉「菊散芳於山椒」，李善注「山椒，山頂也」，朱駿聲以為「借椒為鑯，鑯即今尖字，尖椒一聲之轉」。鑯古韻屬談部，《廣雅・釋詁四》「鑯，鋭也」。曹憲音子廉反。《說文》兟下云「兟兟鋭意」，段注云：「凡俗用鑯尖字，即兟字之俗。」兟音子心切，古韻屬侵部，侵是緝的陽聲。是兟、鑯、椒並為轉語，而其音韻關係與集、就差近。《詩經・正月》「憂心慘慘」，毛傳云「慘慘猶戚戚」，慘戚二字分屬侵部與幽部入聲，情形亦近。又《說文》云：「歜，歍歜也。从欠，鼀聲。」古韻屬幽部入聲，鼀字或體之䵷則从陰聲之酋為聲。《廣韻》歜字音子六、才六切，又音子荅切，亦兼跨幽緝兩部，《說文》又收俗體作噈，段氏解為「會意包形聲」[43]，自亦可為集、就音轉之證。《說文》又云：「㰳，惄然也。从欠，尗聲。孟子曰曾西㰳然。」字音子六切，今《孟子・公孫丑》篇作蹴。朱駿聲云：「字亦作㗤。《方言・十》忸怩或謂之㗤咨。」《集韻》㗤字見子六切，又見作合切。並云「㗤咨，忸怩」，情形與歜字相同。此外，《說文》於㝭下云「讀若三年導服之導」，㝭古韻屬侵部，導屬幽部陰聲。《儀禮・士喪禮》「中月而禫」鄭注云「古文禫或為導」，《禮記・喪大記》「禫而內無哭者」鄭注亦云「禫或皆作道」。《說文》示部末收禫字，云「除服祭。从示，覃聲」，覃聲古韻屬侵部，禫字《廣韻》音徒感切。兩者又並為集就音轉之證明。《說文》又於㐁、沾二篆云「讀若三年導服之導」，㐁沾二字

43《說文》歍下云：「一曰歍歜，口相就也。」是故段氏說為會意包形聲。

古韻並屬談部，侵談音近。幽談音轉，元音不同，亦猶俞文所舉微葉或祭緝之間的轉語例。

至此，本文所要說明的已全部結束。最後總結一句，古漢語曾否有過 -b 尾的問題，渺遠難稽，無從回答。但如果說《說文》若干諧聲字表示諧聲時代有過 -b 尾，在我看來，實在一無憑證。

本文始作於一九八〇年底，約八千字，今改之如此。一九八三年四月五日宇純記。

《說文》：「甈，蹈瓦聲。从瓦，耎聲。」《廣韻》音盧協切（同紐又有䎕字，云耳垂。不見於《說文》，為本文漏列。耎聲屬元部，其字从之部而字為聲。《集韻》或體作㼝，見《通俗文》。此字亦顯然於 -b 尾說不利。一九八五年二月四日補記。

〔近年所撰〈上古音芻議〉，獲幽部與微、文兩部間四十餘組轉語例，大不利於 -g、-d 尾之說，-b 尾之說要可以勿論。2000 年宇純補案。〕

（本文原載國立臺灣大學《中文學報・創刊號》，一九八五。）

上古音芻議

一九九五年起，因為周法高先生的棄世，東海大學中國文學研究所漢語音韻方面課程，以及博士研究生相關論文指導，由我接替。於是我開了「音韻學專題」，中古音上古音各一學期，再一次有機會對上古音各問題加以思索。同時由於又講授《說文解字》，間嘗領悟了一些語音現象。漸漸在上古音方面形成若干意見，於此提出，佇候方家的指教。

壹、上古單一聲母及介音

單一聲母，自是對複聲母的稱謂。因為本文不打算討論複聲母問題，所以作此限定；但不意味在討論單一聲母時，絕不涉及複聲母現象。

自錢大昕以來，對上古音聲母的了解，很多地方突破了三十六字母的格局，取得輝煌成績。又自李方桂先生的〈上古音研究〉[1]，指出高本漢以下擬音系統分配不均勻的缺失，將其中僅出現於三等韻 j 介音前的諸多聲母予以取消，無疑為又一次的大步向前推進。個人由於在中古音聲類和等韻上有不同於一般的看法，近年又注意到《說文》諧聲中若干為人忽視的現象，從整體生態著眼，覺得方桂先生的聲母系統，也還有可以斟酌的地方。介音的稱謂，顧名思義，應是說介乎聲母與韻母之間，從聲母過渡到韻母的音韻成分，有人稱之為韻頭，更與聲母劃清了界限；反切結構所反映的，則往往是屬於聲母的部分。上古人們如何看待這一音素，無從窺測。本文將介音隨同聲母一起討論，主要是為表現聲母在韻類上的分配系統性；而為行文方便起見，更先要從討論介音入手。

從諧聲字的行為看，古人心目中開合的層次在洪細之上。同從一聲之字，洪細音之間往往一無區分，開與合的不同，則幾乎壁壘分明，顯示在表音的層面（對叶韻的層面而言），開合不同，無異於韻母的差別。所以討論上古介音，又要先從開合的問

1 《清華學報》新 9.1/2（1971）。

題談起。

言上古音，一般與中古音無異，以開合兩分。方桂先生可能採納了雅洪托夫[2]的意見，主張一切合口並自開口音變出（案：本文所引李先生意見，並據〈上古音研究〉一文而言）。因為有些現象賴此可得解釋，如幽部與微部文部間語文的關係（說詳第四節），私心以為有其可取之處。只是開口音變為合口音始於何時？如中古時期的開合口對立狀態完成於何代？尤其今日所言的周秦上古音時代，是否已形成開合口音對立的問題？仍然牽涉到對「上古音」的了解，以及其音值的擬訂，不容不再予詳議。

脣音自始無開合對立音，舌音齒音方面，照方桂先生的看法，亦僅後來屬於歌韻仙韻（舉平以賅餘調）及泰韻的字舌音有開合的對立，而不出歌祭元三陰陽聲對轉部範疇；齒音如支、脂等韻雖多有開有合，古韻似皆不同部，所以方桂先生擬定了 uar、uan、uat、uad 的韻母，却只認 ua 為複合元音，不以 u 為介音；其餘牙喉音的合口音，則構擬作舌根音及喉音圓脣聲母：k^w、kh^w、g^w、$h\eta^w$、η^w、$ʔ^w$、h^w，以為都從這些聲母變來。這一主張，淺見頗不謂然。舌音齒音讀合口的，實際除前述屬 a 元音的歌祭元三部，尚有屬 ə 元音的微部文部如隹聲、卒聲、豕聲、屯聲、𦎧聲、川聲之字，不過方桂先生認為，這些都是 ə 元音發生圓脣作用的結果，非起始即為合口音。然而，方桂先生給予 ə 元音的，還有之蒸及侵緝四部。侵緝無合口音，可以說是因為脣音韻尾的緣故，阻止了 ə 元音圓脣作用的發生；之蒸兩部舌音齒音亦不見合口音，ə 元音始終不見發生圓脣作用，則微部文部舌齒音之有合口，何以知其必是ə 元音發生了圓脣作用的結果？何況與𦎧聲、川聲同屬文部三等的刃聲、辰聲之字不讀合口音，方桂先生於介音 j 之後加一 i 元音成分，以 iə 為複合元音，說是在 i 後的 ə 不發生圓脣作用。問題是：一、如果不堅持一切合口都是開口的變讀，或者不堅持在周秦的上古音時代，開口變讀合口的情況還不曾發生，即以 juən 與 jən、iən 相對，則與另一組 juan 及 jan、ian 的對待，彼此成了平行現象，有沒有必要說 ua 只是複合元音，而必不可以 u 的成分作為介音解析？二、如 jiən 與 jian 的擬音，理論上自屬可能。在實際語言裏，既要與 jən、jan 分，又要與 iən、ian 別，無論視 ji 為複合介音，或視 iə、ia 為複合元音，究竟古漢語有沒有過如此細緻的區別，終是一謎。我曾經在解釋中古重紐上擬構過 ji 的介音，以別於 -j- 與 -i-，當時也覺得非此無解；及至後來明白了真相，將這套介音取消，想起來還不免暗自好笑。三、假如像 jiən 的擬音，i 加

2　參梅祖麟〈漢藏語歲、越，還、圜及其相關問題〉，《中國語文》，1992.5。

ə 的複合元音在阻止 ə 的發生圓脣作用十足有效，對於 ji 或 iə 的設計，也許不必予以懷疑。然而昌緣切的川字，方桂先生擬其音為*thjiən，却仍然讀作了合口；與昌脣切的春字為*thjən 不相同，而其為合口則一。依方桂先生的原意，*thjiən 與 *thjən 的不同，應入真諄為開合口的對立音，不料川字入了仙韻且為合口；加 i 成分的 *thjiən，可以表示與 *thjən 入真諄的不同，却毫無阻止 ə 元音發生圓脣作用的效力，因此方桂先生不得不在川字的擬音*thjiən 之後，加以（？）號表示無奈。同樣，昌兗切的舛字，為其別於尺尹切蠢字的*thjənx，不得不為*thjiənx；尺絹切的釧字雖無入稕韻的對立字，其字既入線韻，亦不得不為 *thjiənh，後來也都讀成了合口音，方桂先生所舉例字之中，如果列出此二字，必然也要在擬音後分別加以問號的。這樣顧此失彼的無可如何，未始非由自造。

更由《說文》諧聲字而言，如屯字以下，包括屯聲、春聲共十八字[3]，無一不讀合口；允字以下，包括允聲、夋聲共二十三字，亦無一不讀合口，何從知其先本都是開口音，且至周秦時代仍未變讀？方桂先生文中提到脣字，說是由 *djən 變而為 dzjuən，今即據此字加以檢討。《說文》辰字及从辰聲者共十八字，十七字讀開口，僅脣字為合口音[4]，似乎此說可信。但從文字學觀點，辰本是蜃的初文。蜃之為物，硬殼兩片張歙於外，軟體在中，人的脣舌似之，十八字中唯脣字讀合口為異，豈不意味脣本是从肉从辰的會意字！（案：同時請注意，展兩脣以示其所在，正是其字讀合口的形態。）則此例不啻說明，方桂先生擬脣為*djən，而擬振字晨字等為*tjiənh 與*djiən，兩方面恐都成問題，也許前者 j 與 ə 之間本有 u 的介音，初無待 ə 元音的發生圓脣作用，後者又不待 i 元音的設立，以阻止其圓脣作用的發生。更如方桂先生所列出的存字，《說文》云存从才聲，不僅才字讀開口，以才、在、𢦏為聲者二十一字，也一律讀開口，僅一存字例外；而从存聲的荐栫二字，《廣韻》同在甸切，亦為開口音，且都無說為从存會意的可能，則存字的合口係由開口變來，應該是可以確定的。不僅如此，荐字雖早見於《左傳・僖公十三年》的「晉荐饑」，栫字則以見於《說文》為最早，其次為《廣雅》，似乎還可以說，漢以前存字應仍保持其開口讀法未變。實際情形則亦並不若是。知者，在存二字雙聲同義，古韻分屬之部與文部，存原是在的轉語；從王念孫開始，即已發現之文兩部偶有音轉的現象。上古至中古，之部甲類字開

3　據《說文通訓定聲》計之如此，下同。

4　此外尚有漘鷐二字，分別與脣晨同音。後者實為晨字假借為用的轉注字，前者疑亦脣之引申義轉注增加水旁，俱未計入。又古書別有脤字，義謂祭肉，與蜃及裖字同音，別是蜃裖的轉注，與脣吻字不同，其異猶吟之與含，不得憑證脣吻字原讀開口。

口入咍，合口（含脣音，下同）入灰；丙類字（案：上古甲類、丙類，相當於中古的一等與三等，説見下）開口入之，合口入脂。咍灰的陽聲為痕魂，脂的陽聲為真諄。比較龜敏二字：龜字《詩・緜》叶飴、謀、時、玆，《易・頤》叶頤字，分明為之部字，《廣韻》則音居追切，不與飴、頤等字同入之韻；《莊子・逍遙遊》「不龜手之藥」，《釋文》云「龜，愧悲反，徐舉倫反」，愧悲同居追，舉倫則是居追的陽聲，更與飴、頤諸字相遠；但《廣韻》尤韻居求切收龜字，云「又居危切[5]」，同紐有龜聲的鬮字，而西域國名龜玆應劭音丘慈，並與〈緜〉篇的謀字同入尤侯系統[6]。敏字从每聲，每又从母聲，每母古韻屬之部；《詩・甫田》叶止、子、畝、喜、右、否、有、敏，〈生民〉叶祀、子、敏、止，是敏本亦之部字（案：《集韻》旨韻敏字有見於母鄙切一讀，義為疾敏），但《廣韻》入軫韻，音眉殞切，軫為旨的陽聲，現象與龜字音舉倫反平行。以在存二字與龜字敏字合看，不僅陰陽聲關係相當，開合口亦如出一轍[7]，可見存字確係自在字轉出，而其合口的讀音與其轉入魂韻，兩者具有不可分割的關係；即是説，在字所以轉入文部為「存」，正因其產生了合口。在字本作才，後加士聲；存字則是於才字加孫聲，為求字形之方正，而省去了系旁[8]。《説文》存字義為卹問，从子才聲的説法，因為在字也用為卹問之意，知其不然。《詩・出其東門》叶門、雲、存、巾、員，又以知在字轉而為「存」，必不晚於此詩。然則方桂先生擬存字上古音為*dzən，顯然了解錯誤。至於荐栫二字以存為聲而讀開口，並不能憑證存字原讀開口。《廣韻》二字雖僅在甸切一讀，《集韻》別並見於徂悶切，義與在甸切同[9]；而由荐字衍生的洊瑏二字，亦並見於才甸、徂悶二切。《左傳・襄公四年》荐字《釋文》云「又才遜反」，《爾雅・釋言》荐字《釋文》亦云「又徂遜反」，《易・坎卦、震卦》洊字《釋文》亦有在薦、在悶二音，為《集韻》所本。《集韻》洊字又見混韻粗本切，云「再也，《易》水洊至」。古籍荐薦二字通用不別，如《詩・雲漢》「饑饉薦臻」，薦字義同前引《左傳》「荐饑」的荐，《國語・

---

5 字下不釋義，但云「又居危切」，當與又音義同。所可證者，緩韻「卵，《説文》曰凡物無乳者卵生，盧管切」，果韻郎果切「卵，又力管切」；寒韻「看，視也，苦寒切」，翰韻苦旰切「看，又苦干切」；軫韻「牝，牝牡，毗忍切，又扶履切」，旨韻「牝，扶履切，又毗忍切」；泰韻「大，小大也，徒蓋切」，箇韻唐佐切「大，又唐蓋切」；並同義蒙上文省訓例。又「又居危切」，危屬支韻，因方音脂支不分。

6 謀字《廣韻》尤韻音莫浮切，實一等侯韻音，以上字定等第；侯韻末收呣字，見於《説文》，為謀字古文，是其證。尤侯並屬流攝。

7 脣音不分開合，敏字雖在軫韻，可以視為合口；而敏閔同音，閔从文聲，是為其證。

8 《説文》云在字「从土，才聲」，甲骨文金文在本作才，至金文或加士為聲。見拙著《中國文字學》，（臺北：五四書店，1994）；存从孫省聲，見拙著《説文讀記》，待刊。

9 《廣韻》慁韻徂悶切亦有栫字，義為木名，與《説文》訓「以柴木壅」不合，　故此但云《集韻》；在甸切栫下云「圍也，左傳云栫之以棘」，與《説文》義同。

魯語》引此詩即作荐字;《爾雅・釋天》「仍饑為荐」,《釋文》云李本荐作薦,並其例。薦字但有開口一讀,因疑荐讀合口為本音,開口則是讀同了薦字。只是《集韻》存字不僅有徂昆、徂悶二音,又見於才甸切,不知所本;既非徂昆、徂悶對立的開口音,或更是荐栫等字變讀開口以後的誤讀。〔《詩・正月》「昏姻孔云」,鄭《箋》「云,猶友也」,《廣雅・釋詁一》「云,有也」,云即友或有的轉語(參小作〈從音韻的觀點讀《詩》〉)。有聲之賄,《禮記・月令》叶事字,《周書・允文》叶記、在、里、吏、士、恥、喜等字;蚘即《説文》之蛕,《郭店楚墓竹簡・尊德義》用爲郵字,分明古韻屬之部,《廣韻》音呼罪或戶恢切。《集韻》侑、鮪二字有云九切及羽軌切二音,以及梅、禖、鋂等字《廣韻》入灰韻,並之部字與微部字合流,微是文的陰聲。凡此,都可與在存及敏字龜字的音變合看。圮字妃字从己聲,或音符鄙切或音芳非切,情形相同。2000 年宇純補案。〕

從上述各點看來,周秦上古音中不僅有 ua、uan 等音存在,應尚出現了 uən、juən 甚至 uə、juə 等音。因方桂先生必欲以 k^w、kh^w 等圓脣聲母代替牙喉音的合口,以致分明與 a、ra、ja、ia 相對的 ua,必當它複合元音看待,又不願直接給以如 uə、uən 的擬音,而替代以 ə 元音的圓脣作用作為解釋。表面上似乎是為一切合口音出於開口,或又為牙喉音合口由圓脣聲母演變的理念堅持,骨子裏或恐並 k^w、kh^w 等圓脣聲母的構想,只是為不欲使 g^w 之一音僅見於幽宵二部的韻尾而張其軍。淺見既於 -b、-d、-g 尾的學説期期以為不可,又考慮到即令一切合口出於開口,或者牙喉音合口出於圓脣聲母,亦不必周代尚無合口音,所以對方桂先生相關的措施一概不取,而逕於韻母採行開合口對立的擬音法。

接著討論上古音中的相對洪細介音問題。首先當然要就中古四個等韻的來源加以思考,其次便是中古重韻及重紐的現象,都必須一併處理。

中古的四個等韻,在一般學者的心目中,除去一等韻、二等韻、三等韻以及四等韻之外,齒音部分二等韻與四等韻又有真假之分,假二等韻與假四等韻實際為三等韻,嚴重影響到個別字的介音及整體聲母系統的認定。喉音的喻四字,也被視為屬於三等韻,自然也影響到其介音的了解(案:對中古音而言,還涉及同一韻中喻三喻四字分別何在的問題),都與上古介音甚至聲母的認知息息相關。然而這一切,都是因為昧於反切結構的部分意義所導致的誤解。一等韻情形與這些問題全無關係,撇去不談。二等韻以下,凡齒音字與喻四字,無不憑反切上字定等第。也便是說,以照二(舉照以賅穿牀審禪,下同)字為上字的屬二等韻,以照三字為上字的屬三等韻,以精系字及喻四字為上字的悉屬四等韻，一無例外；並無真假二、四等韻的區分，喻三喻四的不同，也只是表示三等韻與四等韻的差別。從韻圖而言，等與等韻完全重疊，凡字所在之等，即為其字所屬的等韻。所謂四個等韻的不同，對同轉俱為獨立的韻而言，元音而外，尚有介音的差異；對同轉而為相同的韻而言，則只有介音的差異。所謂四個等的介音差異，即是一等無介音，二、三、四等分別具 e、j、i 介音。其在上古，也當有四個不同介音的韻母類型，今以甲、乙、丙、丁稱之，分別相當於中古的一、二、三、四等。甲類無介音，丙類丁類分別具 j 或 i 介音，乙類則採方桂先生所擬的 r，為其既能表示中古 e 介音的原始形態[10]，又能表示乙類韻帶來母複聲母的來母成分。四個韻類所以不即謂之一、二、三、四等，為的是古人不必有等的觀念，而必無等韻圖。更重要的是，中古四個等具有表示韻母洪細遞差的意義。在元音及韻尾相同的情況下，實際以 j 起首的韻母其音較以 i 起首者為細；編製韻圖的人，可能一則著眼於四等俱為獨立韻的轉圖，元音洪細的不同四等較三等為細，一則為舌上及正齒兩類字可以銜接排列，而反將介音為 j 者列為三等韻。講上古音，這些情況完全不須考慮，所以改稱其韻類為甲、乙、丙、丁。

中古的重韻現象，大體而言，分別來自上古的不同韻部（當然也有不如此的）。如通攝（案：不含入聲，下云江攝同）東、冬、鍾三韻，東一等與鍾出於東部，冬與東的二、三、四等出於中部，四個重韻没有一個來源相同。東、中兩部的乙類字，共同發展成了江韻，也就是江攝，以《說文》而言，僅有一個崇字入東韻，與江韻的淙字為「重韻」，而淙字別有藏宗切一音，據此，可視冬韻藏宗切為淙字本音，江韻士江切為變讀（本音、變讀，說詳論古韻部分），崇字則保持其本來面目而入了東韻，於是唯一的「重韻」亦即不存在。又如止攝四韻，亦大抵支韻出於佳與歌部，脂韻開口出於脂部，合口出於微部及之幽二部的合口變音，之韻則出於之部的開口，也都來源各異；只微韻牙喉音合口有與脂韻同出於微部的字，如媿與貴及位與胃，全不見有何分化條件。據方桂先生例字中饋胃二字的擬音，四字應分別為*kwjiədh：*kwjədh、*gwjiədh：*gwjədh，一者 ə 前有 i，一者無有，這樣的差異，自是針對入韻不同所作的設計。究竟古漢語曾否有過這樣的辨義音，不得而知。前文提到川春二字的擬音*thjiən 與*thjən，對於入韻的不同雖然有了交代，在阻止川字變讀為合口方面，却並未成功。方桂先生的中古音也擬有 ji 的介音，如脂韻的夷及肆擬音為 jii，與同韻其他字之讀 i 或 ji，等於以長短元音為別，在其整體中古音的設計上顯得十分特別，

10 承龔煌城兄相告，語音有自 r 變 e 的可能。

亦不得不謂之一病。對於如媿貴之分入脂微，或如川春之分入仙諄，我則以為不妨視作方言音異所導致的結果，詳見下論古韻部分，原不必在介音上作過多的要求，至於有時而技窮。即以微部字分入脂微二韻言之，《說文》轒字《廣韻》見於至韻求位切，《集韻》同，後者又見未韻，音巨畏切，自然便是方音的不同。而全本王仁昫《刊謬補缺切韻》平聲韻目脂下云：「呂夏侯與之微大亂雜。」正是脂微二韻方音混淆的證明。《切韻》於此雖曾根據陽、李、杜三家書加以整理；天下滔滔，三家書又豈能盡得古音之正！以知如媿貴、川春之別，原不必向介音求其古音之不同。於此隨意更舉一例以為見證：次聲、齊聲、𠂔聲之字，古韻同屬脂部。《廣韻》分收咨資與䪡擠等字於脂或齊韻，前者即夷切，後者祖稽切，並屬四等，雖然韻攝不同，對古韻而言，與川春之分入山或臻攝，同可以視為重韻，見於即夷切的齍字，《經典釋文》多云「音咨」，《周禮・九嬪》則云「音咨，劉祖稽反」，〈司尊彝〉且但云「子兮反」，子兮同祖稽；又如《廣韻》即夷、祖稽二切亦齎字重出，義並為持；這些中古一字不同的音讀，溯其源頭，最早自然都只有一個。

至於重紐問題，其差異本是三等四等的介音不同[11]，於上古，自分別屬於丙或丁類，不待別議。

現將上古各單一聲母及韻類之分配狀況，依脣、舌、牙喉及齒之發音部位分述如下。

一、脣音　　據三十六字母而言，脣音八母上古僅有重脣四音，已經沒有討論的空間；少數學者居然還有意見[12]，無須理會。此重脣四母分別為*p、*ph、*bh、*m四音（案：各部位全濁塞音及塞擦音原為送氣讀法，別有專文討論），洪細四類韻俱全；開口合口無辨義作用，但丙類字習慣上形成介音 j 後接 u 與不接 u 兩類不同讀音，其接 u 者，即三十六字母中輕脣四母之所由出。舉*p 以例*ph、*bh、*m，示其韻類之分配及與中古音關係於下：

甲類韻	*pφ	→	pφ	一等
乙類韻	*pr	→	pe	二等
丙類韻	*pj/pju	→	pj/f	三等
丁類韻	*pi	→	pi	四等

11 本人自一九七一年撰作〈廣韻重紐音值試論〉以來，一直持此主張。該文以為三、四等重紐之介音分別為 j 與 ji 的不同。至一九八一年為〈論照穿牀審四母兩類上字讀音〉，修正四等之介音為 i。

12 大陸學者如王健庵、敖小平，見張慧美〈王力之上古音〉，東海大學中國文學研究所博士論文（臺中：東海大學，1996）第三章第一節。

二、舌音　此所謂舌音，指舌尖塞音、鼻音及邊音而言，包括中古端、透、定、泥、知、徹、澄、娘、日、來各母，及部分三等照、穿、牀三母之字。知等四母及日母分別出於端、透、定、泥，三等照、穿、牀三母也分別出於端、透、定，這些都是前賢的創獲。不過後者通常包含審、禪二母在內，並認為五者全出於端系。本文則以為僅限於照、穿、牀三者，且非全部如此，只是絕對多數，也有少部出於齒頭音的精、清、從，而必不可以視作例外。這不僅是從數量上著眼，實涉生態的整體性，不容忽視；審、禪二母則無論為二等三等，都從心、邪分別變化而來，說詳於齒音部分。至於兩者與端系所恆見的關係，如羶禪二字分別从亶或單為聲，單之一字有端禪兩母讀音，則涉及 t、th、dh 帶 s 或 z 複母或詞頭的問題，視情況或以端系字帶 s 或 z，或以審母禪母字帶 s 或 z，不能詳說。所以，上古舌音但有端、透、定、泥、來五母，分別為*t、*th、*dh、*n、*l 五音。

為了說明三等知系四母與照三系及日母的不同分化，方桂先生擬前者介音為 rj，後者為 j，與二等的知系介音為 r，共是三種面目。東海大學張慧美君從我作博士論文：〈王力之上古音〉，討論到這一問題。當時鑒於中古知系字二等三等不在同一韻中並時而見，以其上古可同具 r 介音，其後 r 變為 e，《切韻》或入二等韻，或入三等韻，後者因於同韻為少數，漸而為 j 介音類化，始有二等為 e 三等為 j 的不同；而同一三等韻中的娘日二母字，如語韻的女與汝，陽韻的孃與穰，也可以說其先前者由*nr 變 ne，後者由*nj 變 ȵj，其後 ne 亦因於韻中為少數變而為 nj，這樣可以省去方桂先生的一套*rj 介音。張君以此寫入論文，但心中時時繫念這樣的處理是否適當，後來終於悟出其中的破綻。中古不同韻的二等三等知系字，有源自上古同一韻部的，如江韻惷覩丑江切，之與鍾韻傭字丑凶切；絳韻幢字直絳切，之與用韻重字柱用切；麻韻觰字竹加切，馬韻緒（《廣韻》作緂，《集韻》緒緂同字）字竹下切，之與魚韻豬橥等字陟魚切及語韻貯褚等字丁呂切；庚韻棖敞二字直庚切，之與陽韻長萇腸場等字直良切；效韻踔字丑教切，之與笑韻朓字丑召切，又濯字直教切，之與召字直照切；黠韻竅奞娺鵽等字丁滑切，之與薛韻輟啜惙餟叕剟啜掇等字陟劣切；洽韻図字女洽切，之與葉韻聶字尼輒切；此必不得謂其上古同為 r 介音。

但是方桂先生設計的 rj 介音，也依然不得視作可以解決問題的方案，原因是其出現的機率不僅太過狹隘，且無道理可言。表面上如方桂先生所擬，聿字*brj-，鹽字*grj-，譖、芻、士、師等字分別為*tsrj-、*tshrj-、*dzrj-、*srj-，脣、牙、齒及舌音無不具備。實際上，可以擬作*brj- 的僅有一聿字，*grj- 的出現，鹽字而外，雖尚有少數字，兩者都是由於方桂先生的理解，喻四上古音為*r；這一意見則並不可取，說詳於下。至於聿字，據《說文》：「聿，所以書也。楚謂之聿，吳謂之不律，燕謂之弗。」從何知道聿的上古音為*brj-？（律字除一般音呂卹切，又讀同聿，不律即不聿，為筆的「徐言」。《詩・文王》「聿修厥德」，毛云「聿，述也」。後來形成另一個加彳旁的律字，見於《中庸》的「上律天時」，及《荀子・非十二子》的「勞知而不律先王」；《爾雅・釋言》也說「律，述也」。這三個律字都讀同聿，詳拙著《荀子論集・讀荀卿子三記》。聿律與述、循並同源語，可見聿的聲母為*zɦ，見下文，不得如李先生所擬。）且即使*brj-或*grj-的擬音可以成立，同為脣音牙音（含喉音）的幫、滂、明、見、溪、疑、影、曉（方桂先生併匣於羣，此姑不言匣）諸母，俱不一與rj相配，又豈不十分突兀！而莊、初、崇、生之恆與rj相接，則只是受了「假二等韻」說的誤導；所謂「假二等韻」，既只是韻圖的借地盤行為，便理不當有"rj"「既是二等又是三等」的介音的設計。然則，「rj」的介音，僅僅見之於舌音聲母之後，如此構想，其誰曰相宜！

是故，知二知三上古的不同，本文採取r、j介音之別，舉*t以例*th、*dh、*n、*l，示其韻類分配及演變如下：

甲類韻　*tϕ　→　tϕ　一等
乙類韻　*tr　→　ʈe　二等
丙類韻　*tj　→　ʈj　三等
丁類韻　*ti　→　ti　四等

至於照、穿、牀、日之出於舌音，則擬定為帶s或z複母或詞頭的t、th、dh、n，在介音j的影響下所出現的變化；因s及z為齒音，故皆變為齒音，情形與帶s或z複母或詞頭的牙音變為照三系字相同，參見下。舉例以言，如胝、絺、緻與脂、鴟、示，分別是*tj-、*thj-、*dhj-與*stj-、*sthj-、*zdhj-的不同；女孃與汝穰並是*nj-與*znj的差異（孃穰从襄為聲，可擬襄字為*sn-）。四者原都不屬單一聲母範圍。

三、牙喉音　三十六字母以見、溪、羣、疑為牙音，影、曉、匣、喻為喉音，除喻母為零聲母誤認作喉音，而喻三原本為匣母，其餘前者為舌根音，後者為喉音，發音部位不同而相近，無論為同源語，為異文假借，為諧聲，莫不渾然一體，不可分割。今從古人牙喉之分，給以不同部位的音標，見等四母為*k、*kh、*gh、*ŋ，影及曉匣為*ʔ、*h、*ɦ。喻三上古為匣母的丙類音，*ɦ下接介音j，與甲、乙、丁類之*ɦϕ、*ɦr、*ɦi四等俱足。喻四則上古為複母*zɦ，說詳見齒音部分。

方桂先生主合羣母匣母及喻三為一，學者從見現、間閒、解懈等本同為一字的角度著眼，以見匣母與牙音關係密切，反求諸影匣之間，却絶不一見此現象，以為此意可從[13]。由下列幾點看來，似並不如此。(一)喉音之有曉有匣，與脣音之有滂有並，舌音之有透有定，牙音之有溪有羣，以及齒音之有清有從、有心有邪，並以清與濁相儷，生態相同。今若合匣於羣，則喉音獨缺其相當的濁音。(二)合匣於羣，無疑因通常的了解，羣母但見於三等韻，而匣母獨缺三等音，兩者形成互補狀態。但眾所周知，喻三本是匣母的三等音，即方桂先生亦不持異見。而羣母但有三等音之說，原為誤解。支、脂等韻韻圖列四等的重紐羣母字，便是羣母的四等音。所以同一翹字，或音渠遙，或音祁堯；同一糾字，或音其小，或音其了，不一而足[14]。而《集韻》隊韻轒鞼二字巨內切，代韻隑字巨代切，很韻頣字其懇切，勘韻黔字其闇切，是為羣母的一等音；蟹韻箉拐二字狂買切，怪韻䶗字渠介切，删韻趯犍彋三字巨班切，山韻㹾字渠鰥切，諫韻趯彋犍槿四字求患切，麥韻趪闄二字求獲切，是為羣母的二等音。其中轒、鞼、頣、黔、彋、趯六字見於《說文》，前四者《集韻》的音切更有陸德明《周禮・儀禮音義》的根據，而箉、拐、㹾、趪四字亦已見收於《廣韻》，音與《集韻》不異，可見羣母原並非僅具三等音。匣與羣兩個本來四等俱全的聲母，自然没有可以合併的理由。(三)方桂先生所擬的音變律：

上古*g ＋ j-（三等）＞中古羣母 gj-

上古*g ＋（一、二、四等）＞中古匣母ɣ-

上古*gw ＋ j-＞中古喻三 jw-

上古*gw ＋ j ＋ i-＞中古羣母 gjw-

上古*gw ＋（一、二、四等）＞中古匣母ɣw-

首先是古漢語中曾否出現過 ji 介音的問題，前文已經表示過懷疑。其次，喻三既從匣母變出，匣母開合俱全，理不當喻三僅有合口音，不能因為*gj-已經給了羣母，便不考慮開口喻三的可能存在。事實上，《說文》中矣、焉、漹、炎、曄、皣、燁、饁八字，中古並是喻三開口音〔《說文》鴞字大徐于嬌切，小徐尤獢反（下字疑誤），《廣韻》同大徐，段注云「今讀許嬌切，非」。《詩・鴟鴞・釋文》鴞音于嬌反，《切三・全王》作于驕反，《萬象名義》音爲驕反，《說文》讀喻三開口實有九字。方桂先生擬鴞之音爲*gwjagw，同从号爲聲的號字則擬爲*gagwh，同一聲符之字，而

13 據龔煌城兄相告如此。
14 詳見〈論重紐等韻及其相關問題〉。

有圓脣展脣聲母之異，不知道要怎樣才能說得圓融。2000 年宇純補案。〕其中曄以下四字，方桂先生以為受韻尾 -p 的影響，發生了異化作用，所以合口變為開口，基本上與其一切合口音出於開口音的主張已是背道而馳。我在〈再論上古音 -b 尾說〉曾經推測，曄皣二字與華字具語言關係；即使不然，其字从華，當是以華字為聲，與盍怯劫㭘等字以去為聲相同。依方桂先生華字的合口源於圓脣聲母*gw的說法，曄皣燁本是開口字，只可說因韻尾為 -p，阻止了合口音的發生，而不可說因異化作用的緣故，使合口變讀成了開口。盍字从去聲而讀開口，道理與曄皣不異；用作語詞，相當於「何不」，即是何不二音的縮讀，何與害、曷為同源語，自是盍字本讀開口之證。饁以盍為聲，其先自然沒有讀合口的可能。至於曄的平聲炎字，《說文》中十餘从炎聲之字，如談、剡、琰、啖等，無不讀開口，而且從整個咸攝來看，沒有讀合口的字；同樣以脣音收尾的深攝，也不見讀合口的，有理由相信，此兩攝因為以脣音收尾，起始即阻止了合口音的發生和發展，炎字讀開口音，必然是其始如此。矣字讀開口，方桂先生說是「例外失去圓脣，因為是語助詞輕聲的原故」。語助詞輕聲的解釋，不知所本；或恐不僅有以今律古之嫌，即以今之漢語而言，亦未必能放之四海而皆準。《說文》說矣从已聲，捨此無解。已聲屬喻四，今讀開口音，無由說矣字原讀合口；《詩經》以止字為語尾詞，為「之矣」二字的合音[15]，是為矣字周代讀開口的鐵證。但矣字原似不讀喻三，而讀喻四，此例可不計，說詳下。焉字本義為鳥名，音於乾切，為開口音，借以為語詞音有乾切，其始當即讀開口，不因語詞輕聲變讀而然；漹从焉聲亦讀有乾切，而並非語詞，焉漹之讀開口非變音，無異又獲證明。其他如焉聲的蔫鄢嫣三字俱音於乾切，便已經不具徵引的意義。這一切都說明喻三原有開口之音，方桂先生寫下的演變律：*g ＋ j-→中古羣母 gj-，完全剝奪了喻三的生存空間，無疑為甚不合理；也便是說，匣母決不得與羣母併而為一。

匣羣二母中古既是兩個不同發音部位的實體，謂其上古源頭只有一個，如果沒有充分文獻上的證據，至少要在分化條件上說得圓融無礙。方桂先生的主張，不僅沒有任何證據，設想的演變律也頗有爭議；曾經注意到有舊二字的音變不同，無法作出合理解釋，見微知著，原應由此揚棄其理念，回歸匣母以應有的地位，却提出來連自己都不能肯定的理由用以說解。方桂先生是這樣說的：

> 有*gwjəgx 變成 jǒu，可是舊*gwjəgh 變成 gjǒu。這種不同的演變，似乎要看聲母的圓脣成分受異化作用失去的遲早。如果早，*gwj-就變成*gj→gi-（羣

15 說見拙文〈析詩經止字用義〉，《屈萬里院士紀念論文集》（臺北：學生書局，1985）。

母），遲的話，*gwj-→jw-（喻三）。不過為什麼有遲早之分，我們還不十分清楚，不過異化作用往往有不規則的現象。

至於從見現、解懈的同源詞角度，以為方桂先生的創意可從，私心亦覺猶待商榷。見系影系七母，發音部位或同或近，儘管疑母因係鼻音，與見、溪、羣為塞音發音方式不同，諧聲上大體自成一類（案此一現象亦見之於脣音舌音）；影母也因為只具緊喉過程，實際並不發聲的特質，有自為系統的趨勢，並未影響到七者之結為一緊密整體。是故前者既有如曉、膮、嘵、許、汻、皎、羲等讀曉母的字，又有如完、豲、獒、鋘等讀匣的字，並屬喉音；後者與牙音之間，亦既有以影母為聲讀見母的蠲，及讀疑母的鷁，又有為數更多以牙音為聲而讀影母的字，如翁、猗、倚、蛙、恚等，還有影與景本共為一字，以及區字兼讀溪影、臽字兼讀溪匣、虛字兼讀溪曉的一字二音現象，足以說明牙音與喉音關係之不可分割。見現、解懈等詞的同源，既非往來於羣與匣之間，初不過牙喉音整體關係之一端，再多的此種詞例，不表示匣與羣原是一音。影匣之間所以不見如見現的詞例，當是與上文所說影母不發音的特質相關，其背景一如諧聲字的自為系統，因而導致曉匣雖與影母同為喉音，而似轉不若與見母關係的緊密。然牙喉音七母的一體性不容疑；曉是影的清流送氣音，匣是影的濁流送氣音，以影為ʔ，以見為 k，曉匣可寫作 ʔh 及 ʔɦ，而必不得為 kh 與 kɦ，羣母則必然為 k 的送氣濁音 gh，匣與羣各不相干，實無可強合之理。何況影匣之間雖不見如見現的同源詞，却別有一字兼具影匣二音的現象。前舉焉字於乾、有乾二音，因後者為語詞義不相同不論；擭韄二字一虢切又胡誤切（《廣韻》韄又別音乙白切），䨼字憂縛切、一虢切又胡麥切，䵝字於六切又雨逼切，迂字憂俱切又羽俱切，義皆相同，用以說明聲母之相關，以視見現、解懈之類的同源詞，蓋略無差異。所以我仍主張，上古牙喉音為見溪羣疑影曉匣七音，並甲乙丙丁四類韻俱全。舉*k 以賅其餘，示其韻類之分配及演變情況如下：

甲類韻	*kφ	→	kφ	一等
乙類韻	*kr	→	ke	二等
丙類韻	*kj	→	kj	三等
丁類韻	*ki	→	ki	四等

其中匣母的丙類韻音*ɦj，因全濁擦音緊接半元音的介音，摩擦系數增強，至於使聲母消失，變而為喻母出現於三等的部分，以 j- 起首，與另一部分由*zɦ 演變而來以 i- 起首者對立，便是喻三喻四之分。

四、齒音　齒音中古有齒頭及正齒之分，齒頭音精清從心邪五母，正齒音照穿牀審禪五母。正齒音五母又各具兩類不相系聯的反切上字，即所謂照二照三之分；有的學者至於為此另立名稱，屬照二系的稱莊、初、崇、生、俟，屬照三系的稱章、昌、船、書、禪。於是中古齒音有三系不同讀音，這是現時大家的共識。上古音方面，自錢大昕以來，發現正齒音的照三系源出於舌頭，與照二系出於齒頭，兩者宗祧各異，更加深二類正齒音讀音不同的觀念，至於牢不可拔。

我從認識反切結構重新出發，以探究中古音，發現自陳澧以來對反切認知的偏差。反切的原本結構，由介音而言，無論為開合，為洪細，都有經由上字與經由下字表達的兩種不同模式。換言之，如陳氏所言，被切字的韻母包括介音在內，完全由反切下字表達的，只是其模式之一；此外，尚有由反切上字表示開合洪細的另一式。不僅如此，更有與直音法淵源甚深的早期反切，或上字與被切字韻母完全相同，只是聲調有別；或上字與被切字互具陰、陽、入三聲關係，適巧正是下字不能十足代表被切字韻母的時候。面對這樣的反切，如果不知道換個角度看待，一味依照陳澧的反切說去了解，必然不能得其正音；即使根據其他資料，如別本韻書或韻圖，獲知了正確讀法，亦必茫然不知所以。這種反切最為大家所熟知的，如黃練切縣，營隻切役，許戈切鞾，馮貢切鳳，以及薳支切為，駒冬切恭等，都是陳氏所說的「《切韻》之疏」。但果真為疏失，必不可能換個角度看便是正讀。所以我說，這樣的反切實可稱為「《切韻》之巧」。因為如果《切韻》没有這樣精巧的設計，像鞾字役字，便會由於没有適合的下字可用，而造不出反切來。照二照三所以上字不相系聯，為的正是二等有時只得齒音一字，如東韻的崇，脂韻的師，不從根本上先將上字分為照二照三兩類，然後憑以表示等第的不同，便將因無下字可用而無法製造反切。陸法言等能設計出這種辦法，解決無下字可用的困難，而於聲母的表達無礙，能不說是《切韻》精妙所在！不料自陳澧未徹底認識反切結構，又構想出系聯反切以求知聲類韻類的方法，得出了上字不相系聯即其聲母有異，下字系聯必是韻母相同的理念，於是形成照二照三讀音不同的錯誤認知。這樣的結果與字母家說不相容，陳氏曾經覺察到，並於《切韻考》試圖解釋，理由雖無可取，畢竟陳氏理會到此間所存在的矛盾。後人習慣了陳氏的反切說及系聯法，比陳澧更陳澧，只知照二照三為不同音，再無人關心何以字母家各自只有一個字母！陳氏所作的解釋是否合理，自然更加無人過問；照穿牀審禪五字，牀字獨屬照二，餘並屬照三，字母家何以能成此不倫不類的搭配，這樣眼面前的怪現象，也都能熟視無睹，絲毫不以為異。影響所及，韻圖分明都在二等之字，而說有或真或假的不同；於是所京切生，與所鳩切搜兩個結構完全相同的反切，却被認為有屬二等韻與屬三等韻的差別；而屬於「假二等真三等」的所字，與韻圖位置於三等的京字構成的反切，被切字的「生」，却是個如假包換的二等字，如此明顯的矛盾，居然也能安之若素，不稍致疑。這一切的一切，都是因為習慣了陳氏對於反切結構的認知，及其所創造的反切系聯法，以致完全喪失了面臨問題的警覺反省力。積非可以成是，不啻於此得其證明。上述種種現象，我在前此所發表的有關中古音小文[16]中都已說過。於此更舉新近所見《集韻》一例於次，以供學者參考。

《集韻》止韻從韻目以下，諸小韻依次為：止，諸市切；齒，醜止切；始，首止切；市，士止切；（耳，忍止切）滓，壯仕切；剩，測紀切；史，爽士切；士，上史切；俟，牀史切。自止至市屬照三，滓以下屬照二。其中最堪注意的是，士止切市及上史切士兩音。市上二字屬禪母，所以《廣韻》市字音時止切，《集韻》上字上聲音是掌切，去聲見時亮切，亦並屬禪母；此則竟然市下用士，而士下用上。市下用士，還可以疑心士為上字之誤；士下用上，終於無法別作解釋，以見兩者都是原作，並非後人誤書。於是這裏的理解只有一途；(一)方音牀禪不分；(二)照二照三音實相同。從整體反切而言，少數特例除外[17]，《集韻》照二照三之分，與《廣韻》略無異致。如士止切市字之例，《廣韻》中也有真字的側鄰切，情況相同。論者據《切韻》殘卷及王仁昫《刊謬補缺切韻》改側為職，但側職形不近，其異當是音所引起，問題本質依然存在。何況大徐《說文》真字音側鄰切，與真同音的禛蓁唇踬四字亦音側鄰切；大徐反切用《唐韻》，《廣韻》亦據《唐韻》增修，然則以側鄰切真字，必是《唐韻》的原面目，《廣韻》並未有誤。不僅如此，假如側鄰切本是誤音，切不出真禛等字的正讀，何至於《廣韻》作者及大徐一而再、更至於五次不能覺察出側字的錯誤？而今傳《切韻》殘卷《切三》執字音側什反，與《唐韻》以側鄰切真字，竟至先後合轍同軌；《刊謬補缺切韻》緝韻阻立反戢下云「俗呼之洽反」，洽為二等韻，之與洽不相配；《集韻》字見洽韻側洽切，然則所謂「俗呼之洽反」，是以之為側，謂戢字

16 除注 11 及注 14 中之〈論照穿牀審四母兩類上字讀音〉及〈論重紐等韻及其相關問題〉，其他如〈從臻櫛兩韻性質的認定到韻圖列二、四等字的擬音〉，〈切韻系韻書兩類反切上字之省察〉，〈中古的聲類與韻類〉，及〈支脂諸韻重紐餘論〉。於此特別指出：生字為二等音，本文送交本刊時，曾經有一位審查人提出不同意見，據早期韻書生字音所京反，至《廣韻》改音所庚切，表示此字原屬三等音，其後始變讀二等。但此說顯係誤解。知者，此字又有去聲一讀，《廣韻》不僅音所敬切，亦以三等敬為下字，並云「又所京切」，正與早期韻書的所京反相同。可見所庚與所京並無實質差異，所京反代表的也是二等讀音。此外，從性、姓、星、旌等字的語源或諧聲，以及生與產的語言關係，都可考見生字起始即為二等字。

17 如櫛韻齜字崱瑟切作食櫛切，陌韻齚字鋤陌切作實窄切，職韻崱字士力切作實側切等，詳〈論照穿牀審四母兩類上字讀音〉。

雅俗有入緝入洽的不同，非謂俗音強以根本不能相配的照三音切二等韻，至於拗折鋼牙，固又與《切三》、《唐韻》以側為之（各韻書執字並切之入）、為職相反相成。顯示照二照三之不相系聯，只是為製造反切之便的人為強予分工，上述反切，卻在不經意間留下了其讀音原本不異的真實訊息。據此以言其上古音源頭，如果提不出不同於中古的確實證據，其擬音自不得相異。〔顧炎武《音論·反切之始》所舉側理即紙、朱婁爲鄒，是照二照三同音之鐵證，因照二出於精，與精音近，故陽子居亦即陽朱。韻書字書中同字而有照二照三兩讀的，如《集韻》釗字莊交切，又之遙切，同爲周康王名；楚絞切抄下云掠，齒紹切鈔下云取，初交切抄鈔同字；《説文》鬻字大徐尺沼切，小徐齒沼反，而《廣韻》字見初爪切；其間自是二、三等的不同，不可能爲聲母 tʃ- 與 tɕ- 的差異。此外，我在〈例外反切研究〉文中所舉，《全王》笘字的「又充甘反」即倉甘反，軺字的「又似焦反」即市招反，盛字的「又似逕反」即承政反，《集韻》篘字的市甘切與徂含切本是一音，挾蜨二字的尸牒切與悉協切無別，這些反切的例外結構，都建立在照三本與照二同音，照二源出於精，與精音近的背景之上。又如《集韻》軺字存慈焦、時饒二音，潟鹵字讀七約、昌石二切，儼然三、四等的不同，實亦一音之孳乳，是故軺字的慈焦即《全王》的似焦，其所顯示的意義，與上述"例外反切"正亦相同。2000 年宇純補案。〕

這一方面，照二的源頭為齒頭音，已是無可置疑的共識。因此，中古照二系諸母 tʃe-、tʃhe-、dʒhe-、ʃe-、ʒe-，其上古音為*tsr-、*tshr-、*dzhr-、sr-、zr-，除禪二的中古音 ʒe- 及其上古音*zr-，將於下文討論邪母時説明外，其餘不須交代。照三出於舌頭音，雖然也是學者的一致看法，卻非全然如此，也有小部分出於齒頭音的精清從心邪，其中審禪二母，更全部分別為心與邪的變音，即使同時與舌頭音發生關聯，如禪字从單聲，單之一字有端、禪兩音，可擬為帶心母或邪母的複母或詞頭現象，與趙从肖聲、襑从尋聲、綏从妥聲等情形相同，應不得為審禪二母出於舌頭的説法；塞音的端透定泥，也必然不能產生擦音的審母或禪母。而部分照三系聲母源出於精系，表現在諧聲字、同源詞以及異文假借中者，十分明白。後者如《詩·車鄰》的「寺人之令」，毛《傳》云「寺人，內小臣」，而《周禮·序官》「寺人」鄭《注》云「寺之為言侍也」，寺侍二字分別屬邪母及禪三；《荀子·富國》既云「凡主相臣下百吏之俗」，又云「凡主相臣下百吏之屬」，俗屬音的關係同寺侍；師湯父鼎「矢臺彤欮」，臺為至繁文，矢臺即矢楷矢箭；《詩·采蘋》「于以湘之」，毛《傳》云「湘，亨也」，《釋文》音息良反，引三家湘作鬺。鬺即《説文》的䰞字，《集韻》

陽韻尸羊切收鬺為鬺字或體。同源詞所見有：(一)小與少。兩者義相關不待言，一私兆切，一書沼切，古韻同宵部，中古且同屬小韻，音的關係同湘與鬺。(二)銷與鑠。《說文》：「銷，鑠金也。」相邀切；「鑠，銷金也。」書藥切。二字古韻同宵部，互為平入。銷之轉為鑠，韻的部分，猶療與𤻲同字，一以平聲尞字為聲，一借入聲樂字為用，轉注加疒而為𤻲字。(三)世與卅。《說文》：「三十年為一世，从卅而曳長之，亦取其聲。」肯定了世與卅兩者間形音義三方面的關係，世字本用三個十字結合為形而略加變化，世的讀音亦從三十的合音卅以出。卅字蘇沓切，世字舒制切，正亦一心一審；韻部的不同，只是如字形的尾端曳長，強求一別而由緝入祭。(四)弒與殺。弒與殺意義的絶對差異，不煩說明。但正名之書的《春秋》經傳，竟每每書弒為殺，全賴《釋文》字字正其讀音，或說「殺，音試」，或說「殺，申志反」，分明弒是孔子的正名語言，即就殺字改音，當時不僅無其字，實際語言亦並無「弒」的說法，所以形成經傳書弒為殺的現象[18]。殺字所八切，與弒字亦一心一審，韻部祭與之的相遠，也正是有意的改造，情形與世卅不異。(五)飾與㕞。《說文》：「飾，㕞也。」又：「㕞，飾也。」飾字賞職切，㕞字所劣切，兩者聲韻母關係並同弒殺。(六)飤與食。此二字或有名詞動詞之分，或並為動詞而有自食及以物食人之别，古書則通行用食字，清楚可見飤字由食字分化而來。食音乘力切，牀母，飤音祥吏切，在不分牀禪的三十字母中，正為禪與邪之相當。(七)循與述。《說文》：「述，循也。」「循，行順也。」述字食聿切，循字詳遵切，聲母關係同食飤，韻母則互為陽聲入聲。(八)至與臻。《說文》：「臻，至也。」臻字側詵切，至字脂利切，古聲前者屬精；韻則分屬脂真兩對轉部，無疑為一語之轉。(九)帚與掃。《說文》：「帚，所以（從段補）糞也。」支手切；「埽，坌（據段改，各本作棄）也。从土帚。」穌老切。埽，今作掃。段注埽字云「帚亦聲」，其說是，帚掃二字但有名動之異，本是一語。㲉字既音之芮切，又音雖遂切，可為比照。(十)醜與寢。《史記・武安侯傳》「武安者貌寢」，寢，醜也。寢，七稔切；醜，昌九切。韻母關係參下文論侵、幽部分。(十一)炊與爨。《說文》：「炊，爨也。」又：「爨，齊謂之炊。」其音一昌垂切，一七亂切；韻則歌、元對轉。(十二)蓆與碩。《詩・緇衣》「緇衣之蓆兮」，《傳》：「蓆，大也。」蓆，祥易切；碩，常隻切。蓆、碩一語之轉。

諧聲資料較多，分類敘述於下。

甲、照三系字以精系字爲聲：（案：各字次第先後，一依《說文》，同从一聲者

---

18 詳拙文〈正名主義之語言與訓詁〉，中央研究院《歷史語言研究所集刊》45.4（1974）。

類屬。乙類中各字同此。）

1.叱，訶也。从口，七聲。昌栗切

案：七字親吉切，七叱二字一清母一穿三。此下諸例但注反切，聲母關係不一一贅述。

2.詩，志也。从言，寺聲。書之切

3.邿，附庸國。从邑，寺聲。書之切

4.時，四時也。从日，寺聲。市之切

5.侍，承也（案侍承雙聲對轉）。从人，寺聲。時吏切

6.恃，賴也。从心，寺聲。時止切

7.畤，天地五帝所基址祭地也。从田，寺聲。時止切，又諸市切

案：以上六字並以寺為聲，寺字祥吏切。

8.鬻，熬也。从䰜，芻聲。尺沼切

案：芻字測隅切。據《廣韻》字音初爪切，大徐尺沼切似誤；小徐音齒沼反，與大徐合，明此字實有穿母三等讀法，初爪、尺沼但有韻母等第的不同，聲母並無異音。

9.饟，晝食也。从食，象聲。餳，或从昜。書兩切

案：象字徐兩切。或體餳字从煬省聲，煬音義同傷字，《說文》云「煬，傷也」。又《爾雅・釋蟲》：「蟓，桑繭。」《廣韻》蟓字式亮切，又徐兩切，前者與饟字音但有上去之別。

10.竁，穿地也。从穴，毳聲。充芮切

案：充芮切，小徐亦音充芮反。《廣韻》祭韻無穿母三等字，字見楚稅切。《集韻》字音充芮切，與大小徐同；別有初芮切，而其下無竁字。可見充芮、楚稅為同一音位，韻母因人之異而有二等三等之不同，聲母無異音。《廣韻》又見線韻尺絹切，《集韻》同，為充芮切的陽聲。毳字此芮、楚稅二音。

11.幒，幝也。从巾，悤聲。職茸切

案：悤字倉紅切。

12.猲，犬猲猲不附人也。从犬，舄聲。式略切

案：舄與鵲同字，七雀切；又借用言履，音思積切。

13.準，平也。从水，隼聲。之允切

案：隼字思允切。

14.摺，敗也。从手，習聲。之涉切

案：習字似入切。

15.縒，偏緩也。从糸，羨聲。昌善切

案：羨字似面切，《廣韻》又音徐翦切。

16.纚，粗緒也。从糸，璽聲。式支切

案：璽字斯氏切。

乙、精系字以照三系字爲聲：

1.蕞，艸也。从艸，叕聲。麤最切

2.寂，塞也。从宀，叕聲。讀若〈虞書〉「竄三苗」之竄。麤最切

3.惙，謹也。从心，叕聲。讀若毳。此芮切

4.蝃，蟲也。从虫，叕聲。祖外切

案：以上四字並从叕聲。《說文》云「叕，讀若贅」，之芮切。

5.菽，菽茮也。从艸，尗聲。子寮切

6.宋，無人聲也。从宀，尗聲。前歷切

7.戚，戉也。从戉，尗聲。倉歷切

案：以上三字並从尗聲，尗字式竹切。

8.茁，艸初生出地皃。从艸，出聲。鄒滑切

9.齜，齚齒也。从齒，出聲。仕乙切

案：以上二字並从出聲，出字赤律切，又尺類切。《廣韻》茁字又側劣切，齜字又崱瑟切。

10.蓻，艸木不生也。从艸，執聲。姊入切

11.摯，羊名。从羊，執聲。讀若晉。即刃切

案：以上二字並从執聲，執字之入切。段注疑摯下讀若晉有誤，苗夔《說文聲訂》至謂晉是簪之譌，其意或然。《廣韻》簪字七感切，仍與執聲有精照之異。以矜从今聲音巨巾切例之，晉字不必誤。

12.蔎，香艸（段云當作艸香）也。从艸，設聲。識列切，又桑葛切

案：設字識列切。

13.啾，啾嘆也。从口，叔聲。子六切

14.踧，行平易也。从足，叔聲。子六切

15.裻，新衣聲也。从衣，叔聲。先篤切

案：以上三字並从叔聲，叔字式竹切。踧字《廣韻》又徒歷切，其本音當為 *sdh- 複母。大徐裻字冬毒切，是《説文》「一曰背縫」義讀音；此從段注取《廣韻》之先篤切。

16.呭，多言也。从口，世聲。余制切

17.齛，羊粻也。从齒，世聲。私列切

18.詍，多言也。从言，世聲。余制切

案：詍與呭當同字。

19.泄，泄水也。从水，世聲。余制切

案：泄字義又為漏泄，音私列切。

20.抴，捈也。从手，世聲。余制切

21.紲，系也。从糸，世聲。私列切

案：以上六字並从世聲，而不出余制、私列二音。喻四上古音為*zɦ-（説詳後），具邪母*z 的成分，邪為心的濁音，故諸字从世聲，或讀余制，或讀私列；世字舒制切。

22.趡，動也。从走，隹聲。千水切

23.崔，大高也。从山，隹聲（聲字依段《注》補）。胙回切

案：以上二字並从隹聲，隹字職追切。

24.速，疾也。从辵，束聲。桑谷切

25.鬻，鼎實惟葦及蒲。从鬲，速聲。餗，或从食束聲。桑谷切

26.欶，吮也。从欠，束聲。桑谷切

27.竦，敬也。从立从束；束，自申束也。息拱切

案：參上下文諸字，此當是从束聲，或語源於束，為亦聲字。《公羊・定公八年傳》「臨南駷馬」，《釋文》云：「字書無此字，相承用之，素動反。」从束而音素動反，可見此字从束，必有讀音關係。古韻侯與東對轉。

28.涑，瀚也。从水，束聲。速侯切，小徐相玉反

案：以上五字並从束聲（鬻字據或體之餗），束字書玉切。

29.循，行順也。从彳，盾聲。詳遵切

30.揗，摩也。从手，盾聲。《廣韻》詳遵切

案：以上二字並从盾聲，盾字食尹切。揗字大徐食尹切，小徐同，段云《廣韻》又詳遵切。

31.巡，視行也。从辵，川聲。詳遵切

案：《說文》：「輴，車約輴也。从車，川聲。」敕倫切。朱珔《說文假借義證》，引《金石錄・泰山刻石》「親輴遠黎」，《史記》作「親巡遠方黎民」，又〈嶧山碑〉有「寴輴遠方」，以為並借車約輴的輴為巡字。今謂秦刻石輴為巡字別構，與《說文》訓車約輴者為同形異字。至於《說文》敕倫切輴字所以从川為聲，或本讀*zth- 複母，或因透穿二母同有送氣成分[19]，故亦以川為聲，不能憑證川字本從透母變出。

32.馴，馬順也。从馬，川聲。詳遵切

33.紃，圜采也。从糸，川聲。詳遵切

案：以上三字並从川聲，川字昌緣切。

34.謝，辭去也。从言，射聲。辭夜切

案：射字神夜切，又食亦切。

35.訬，擾也。从言，少聲。一曰訬獪。讀若毚。楚交切

36.鈔，叉取也。从金，少聲。楚交切

案：以上二字並从少聲，少字書詔切。《說文》訬下云讀若毚，毚音士咸切，與少聲亦有精照之隔。又《集韻》小韻齒紹切收鈔字云取，巧韻楚絞切又收抄字云掠，抄與鈔同，是不僅與少聲有精照之殊，齒紹與楚交、楚絞正為穿與清的不同。

37.寺，廷也。从寸，之聲。祥吏切

案：之字止而切。

38.枮，枮木也。从木，占聲。息廉切

案：占字職廉切。

39.硃，碎石碩聲。从石，炙聲。所責切

案：炙字之石切。

40.潨，小水入大水曰潨。从水，眾聲。徂紅切

案：眾字職戎切，又之仲切。《廣韻》潨字又見在冬切及職戎切。

---

19 詳〈古漢語曉匣二母與送氣聲母的送氣成分〉。

41.䨇，雨聲也。从雨，真聲。即夷切

案：《廣韻》䨇為𩆶字或體，大抵後人以真聲與䨇音遠，而改替以資聲。資即讀即夷切。真字側鄰切，側等同於職，説之在前。

42.捇，裂也。从手，赤聲。采昔反

案：大徐呼麥切（小徐麾獲反，下字誤），為采昔反送氣成分分化的讀音。段注：《釋文》采昔反。見《周禮・赤犮氏》，《釋文》云「赤，如字，一音在昔反」，又「捇拔，上采昔反，徐呼陌反」。赤字本音昌石切。

43.絬，《論語》曰：絬衣長，短右袂。从糸，舌聲。私列切。

案：今《論語》絬字作褻，衣字作裘。舌字食列切。

上列兩類例，合計五十九字。前者十六字，情形單純，既是以精系字為聲而屬照三系統，無論此精系聲符字涉及舌音與否，都不影響此照三系字之原讀齒音。是以如七聲的叱、芻聲的𪎭，因七、芻二字與舌音無關，固無可疑；即使如自詩至畤六字以寺為聲，儘管寺的聲符「之」可能出於舌音，而寺聲的等及待字又明讀端或定母，也只表示之字原為 *st- 複母，詩畤六字仍然可以確認本讀齒音，後者四十三字以照三系字為精系字聲符，如藙㲉以㲋為聲，㲋聲之字不涉舌音，其字从祟，或云祟亦聲，祟字亦不諧舌音字，祟、㲋與藙㲉之間原只是齒音互相往來的諧聲行為，當屬無疑；然如蓺、趡、崔、䨇之字，僅是根據姊入、千水、胙回、即夷的反切，便説執隹真三字原讀齒音，與舌音無干，顯然與墊、褺、縶、蟄之分別讀都念、徒協、陟立、直立諸切，堆、推、魋之分別讀都回、他回、杜回，及顛、瑱、填之分別音都年、他甸、徒年，齟齬不能相容。其他如蔎字从設，磢字从炙，雖然不見與舌音相牽連，因而肯定其無舌音的源頭，總覺難以踏實。

然而儘管如此，至少對審禪二母分別為心邪的變音，無關於舌音一點而言，必是不生影響的。所以如蔎、𣪠、齛、泄（漏泄義）、紲、速、餗、敕、竦、涑、循、揗、謝、絬諸字，諧聲關係僅局限於審禪與心邪之間；呭、詍、泄（水名）、抴四字因喻四含邪母成分，仍是審與邪之間諧聲行為；其他如菽、宗、戚、啾、踧、訬、鈔七字，一方為審母，一方為精、清、從，也都不涉舌音。其中世聲、盾聲、叔聲雖有如跇、遁、督之字分讀徹、定、端母，別是端系字帶 s 或 z 複母或詞頭的問題，對審禪出於心邪的認定，略無妨礙。然則過去學者不加分辨，只説照三系字出於舌頭，實是太過籠統。

至於如蓺、趡、雈、霣等字的問題，從墊、堆、顛等字看，執、隹、真等字原先自為舌頭音。但值得注意的是，端與精音既根本相遠，元元本本或單一的 t- 音字，根本無成為讀 ts- 音字聲符的可能，則當如我在上文舌音部分所說，多數三等照、穿、牀三母，是上古具 s 或 z 成分的端、透、定的變音，執、隹、真所以成為蓺、趡、雈、霣的聲符，便是因為其所具 s、z 成分與精清從音近的緣故。但也可能是，具 s 或 z 成分的端透定，變作了近乎精清從讀法的正齒音，所以既有上述甲類的諧聲字，也有乙類的諧聲現象。從帶 s 或 z 成分的端系字及精系字為數之多，而兩者互諧之數寥寥無幾看，前者應不是原因所在；反之，從甲類諸字及看不出曾是舌音的叡、出、炙、眾可諧藪、茁、磣、潀的情形看來，後者的可能性顯然甚大。再往深一層推敲，因為如學者所擬中古照三系舌面塞擦音及擦音的讀法，也不能與精系字諧聲，又從可推定，這種近乎精系字讀音的照三系音，必是如學者所擬中古照二系 tʃ、tʃh、dʒh 的讀音。於是如徒渾、陟綸的屯字，既諧照三系的肫、春、純，又諧此尊切的邨，便絲毫不足為異。這一點在漢語語音史的研究上，意義十分重大。第一，由此可知，如中古三等照穿牀的正齒音早已出現於上古音中，較之由精系變化而出的二等正齒音，時代還要超前。第二，中古三等正齒音與二等正齒音讀音相同，所以字母家各自只一字母，無疑於此得到明證。至於執、隹、真同時又諧端系如墊、堆、顛之字，自可以解釋為一在 stj-變 tʃ- 之前，一在 stj- 變 tʃ- 之後，是由於時間層面的不同。

至此獲得的結論是，中古照三系聲母與照二系同為 tʃ、tʃh、dʒh、ʃ、ʒ 五音，其中三等 tʃ、tʃh、dʒh 三者各有兩個來源，絕大部分來自具 s 或 z 成分的*t、*th、*dh，小部分來自*ts、*tsh、*dzh，都是受介音 j 影響的結果；ʃ、ʒ 兩音，則全由*s、*z 分別變出，原因仍為介音 j 引致的分化。由於秦以前都是籠統的上古音時代，更由於漢語的歷史悠久，使用的地域廣闊，不同的時空層面，有不同的上古音面貌，中古時期的正齒音，有的已在上古音中出現，正齒音的化成，並非都是上古音之後的事，而由具 s 或 z 成分的舌頭音變出的正齒音，其時代竟還早過自齒頭音所變出者。這些淺見，與時下學者的認知，都是迥然不同的。

需要補充的是，方桂先生擬上古牀三及禪三並為*dj-，其後如何分化為二，並未寫下演變律。三十字母有禪無牀，《切韻》支紙寘（合口）、之止志、虞麌遇、宵小笑、陽養漾藥、尤有宥、鹽琰豔葉各韻有禪無牀，又偶有如準稕質術及禡韻之有牀無禪，呈現出互補狀態，很可以形成牀禪原本同一聲母的看法，則是方桂先生擬牀禪上古同為*dj- 的根據。但並非沒有相反的現象，以《廣韻》言之，如神臣、脣純、船遄、繩承、諹氏、紓野（承與切）、葚甚、示嗜、乘丞、贖蜀、舌折、射石、食埴共十三韻牀禪並見，古韻且是同部字，無法說明其分化條件，謂其上古同聲，私心以為不安，所以本文仍採上古牀禪兩分的立場。牀禪的兩分，實與從邪的分立本質不異。

最後討論邪母與喻四的問題。

中古邪母通常被認為只見於三等韻，這一觀念不僅誤解了中古音，更使上古聲母的認知受到嚴重影響。韻圖邪母一貫列在四等地位，便是邪母中古為四等讀音的證明。齊先蕭青添五個獨立四等韻所以不見邪母字，我於〈論重紐等韻及其相關問題〉小作中已指出，可能因為五者分別與祭仙宵清鹽的四等音極為接近，由於實際語音的化繁就簡，或者《切韻》作者的整齊劃一，所以出現這種現象，情形與羣母及喻四字不見於齊先等五韻相同。但如全本《刊謬補缺切韻》齊韻即黎反銻下云「又似奚反」，獮韻辥選反鏇下云「又因玄反」，正是邪母配齊韻先韻的反切結構。〔**請更詳該文末"補案"。2000 年宇純補案。**〕至於上古音，丙類韻的邪母字因受介音 j 的影響，變為三等的禪母，說已見上。乙類韻的邪母字，又因介音 r 的影響，變為二等的禪母。中古禪母有二等字，是先師董同龢先生的創獲；其後持相同見解的，有李榮的《切韻音系》。兩者根據相同，即全本《刊謬補缺切韻》之韻茬字士之反，漦字俟淄反；又止韻士字鋤里反，俟字漦史反，並兩兩對立（《集韻》山韻漦字棧山切，潺字鉏山切，情形相同）。士與鋤既為牀母二等字，之韻止韻又分別有時字市之反，及恃字時止反，為三等禪母音，自然漦與俟便是禪母的二等音，不能有第二種解釋；所以兩者互為上字，不與牀二字系聯。《廣韻》與《集韻》俟字雖已改用牀字為上字，茬、漦與士、俟仍保持兩反切，未予合併，顯然為不同音位。不僅如此，上古甲類韻原亦當有邪母音。照二既出於精，已知禪二有字，便不得一等無邪母；實際資料中，此雖不如乙類韻邪母之明確，仍然可於早期反切見其蹤迹。相關資料如下：

一、《王二》姥韻粗字似古反；

二、《全王》鐸韻在各反柞下云「又徐故反」；

三、《全王、王二》冬韻在宗反慒下云「又似冬反」；

四、《全王、王二》尤韻似由反慒下云「又似冬反」；

五、《說文》傮字段《注》云：「《玉篇》祀牢切」。

這些反切，實際所表示的也許只是邪從二母的混亂。所以粗字各韻書並音徂古反（切）；柞字見於暮韻音昨故反，《全王》與他書不異；尤韻似由反慒下的「又似冬反」，也可能相當於冬韻的在宗反，而冬韻的「又似冬反」，又可能即是針對尤韻的似由反而言，切下字冬為誤書；僧與殨同字，《集韻》豪韻財勞切收殨字，《玉篇》的祀牢切可能與財勞切相當，也可能牢是牛的誤字，《全王、王一》豪韻作曹反殨下云「又祀牛反」，《集韻》尤韻徐由切及字秋切並收僧殨二字。但值得注意的是，畢竟這些反切都是邪母配一等下字的結構，而《全王、王二》四等中的從邪却並非不分，如尤韻酋字字秋反，囚字似由反；鍾韻從字疾容反，松字詳容反，莫不涇渭分明，與《廣韻、集韻》略無不同，何以至於一等韻，從母便時誤用邪母，其間難道別無原因？何況冬尤二韻懵下兩云「又似冬反」，《王二》又與《全王》相同[20]，似冬與在宗既可為異音，冬字是否定為誤字，難作斷言；《玉篇》祀牢切牢字是否非牛字之誤不可，亦無由肯定。所以我以為，這些反切或者正表示上古甲類韻原有邪母字，較早韻書中還保留了可從可邪的讀法；後因字少，方言又或從邪不分，以致逐漸由從母定於一，而不再有這樣的反切可見。〔《十韻彙編・五刊》緩韻：鄹，亭名，詞纂反。《廣韻》鄹，《字林》云：亭名，辝纂切。《集韻》鄹鄹同字，緒纂切。據《廣韻》，是晉時有一等邪母音。《萬象名義》鄹音似短反，與辝纂反之音合。一體以邪母爲上字，尤其值得注意。又《禮記・禮運》「瘞繒」，《釋文》：「繒，似仍反，又則登反，又似登反。」儘管《集韻》收繒字於昨稜切，似登原亦邪母配一等的結構。2000 年宇純補案。〕

方桂先生著眼於羊又讀同祥，頌字有似用切及餘封切二音，以及徐从余聲、似从以聲等等現象，主張上古邪母與喻四同音，擬其音值為*r，並寫其演變律為：

上古*r- ＞中古 ji-（喻四等）

上古*r ＋ j- ＞中古 zj-（邪）

這一意見，頗為學者所信採；也有對其所擬分化條件不能滿意的，但提不出妥善辦法。我則以為此誠然有可議之處，述其理由於下方。

其一，過去學者大都同意邪母上古與中古相同，其音為*z，與心母為*s 兩者清濁擦音相對，正如喉音之有曉有匣。今以邪母為*r，既與心母不相副，也與喉音之有兩擦音生態不平衡。雖然方桂先生於喉音也取消了與曉母相對的匣母，以之併於羣母，本身問題重重，說已見前，不足援為理據。更從複聲母或詞頭的角度看，心邪出現得相當整齊，顯見原是一組相儷的語音，不容偏廢。舌音部分：具心母成分的有：亶（多旱切）聲羶字式連切，多（得何切）聲翄字施智切，叔（式竹切）聲督裻二字冬毒切，後者又先篤切；妥（他果切）聲綏字息遺切，丑（敕久切）聲羞字息流切，秀（息救切）聲誘

20《王二》雖亦號稱為《刊謬補缺切韻》，與《全王》頗有不同，情形與《王一》異，故相較而言之。

字敕鳩切；犀或屖（並先稽切）聲墀遲謘三字直尼切，稺字直利切，辛（息鄰切）聲庠字杜奚切，肖（私妙切）聲趙字治小切；戎（如融切）聲娀字息弓切，爾（兒氏切）聲璽字斯氏切，如（人諸切）聲絮字息據切，襄（息良切）聲囊字奴當切、孃字女良切、曩字奴朗切、釀字女亮切，叔聲惄字奴歷切，聶（尼輒切）聲攝欇二字書涉切；其聲母順次為*st、*sth、*sdh 及*sn。具邪母成分的也有：垂（是為切）聲諈字竹恚切、埵字丁果切，𦎫（常倫切）聲敦弴二字都昆切，單（都寒切）聲蟬字市連切、墠字常演切、禪字時戰切、單字又市連、常演、時戰三切，丁（當經切）聲成字是征切，寺（祥吏切）聲等字多肯切，又多改切；是（承紙切）聲緹字他禮切、踶字他甸切，垂聲唾字湯臥切，尋（徐林切）聲襑字他感切，石（常隻切）聲袥拓橐三字他各切；寺聲待字徒亥切、特字徒得切，是聲提題隄緹媞禔六字杜奚切，象（徐兩切）聲潒像二字徒朗切，殳（市朱切）聲投字度侯切，尋聲蕁字徒含切，習（似入切）聲慴字徒協切；𦎫聲犉字如勻切，旬（詳遵切）聲眴字如勻切；其聲母順次為*zt、*zth、*zdh 及*zn（案有時可能為聲符字為複母，如禪聲符單及等聲符寺，不細別）。牙音部分：具心母成分的有：歲（相鋭切）聲劌字居衛切；及（其立切）聲靸先立切；魚（語居切）聲穌字素姑切，埶（魚祭切）聲勢字舒制切，彥（魚變切）聲産字所簡切，堯（五聊切）聲燒字式招切，吾（五乎切）聲魯字悉姐切，午（疑古切）聲卸字司夜切，卸聲御字牛倨切，屰（宜戟切）聲朔字所角切，𡴀（魚列切）聲辥字私列切，埶聲褺褻二字私列切，辥聲櫱蠥孼三字魚列切，㬎（五合切）聲濕字失入切；其聲母順次為*sk、*sgh 及*sŋ。具邪母成分的也有：公（古紅切）聲松字祥容切、頌訟二字似用切，谷（古祿切）聲俗字似足切；臣（植鄰切）聲臤字苦閑切，又去刃切；睘（渠營切）聲還檈二字似宣切，旬聲惸字渠營切；臣聲嚚字語巾切，牙（五加切）聲邪衺二字似嗟切，㬎聲隰字似入切；其聲母順次為*zk、*zkh、*zgh 及*zŋ。可見擬邪母為*r，並不適當。

其二，邪與喻四合為一音，依方桂先生所擬分化條件，如羊與祥，上古分別讀*raŋ 及*rjaŋ，前者屬於本文所說甲類韻形態，其音最洪。中古則羊祥同入陽韻，韻圖且同置於四等，兩者韻母不得相異；即使如方桂先生之擬音有 jiaŋ 與 zjaŋ 之別，也同為細音，何從知道羊字上古與中古有絶對的讀音洪細不同？中古喻四的 ji-，其中 j 應是*r 的音變，i 代表的是四等介音。但同一*r，在可變 j 的情況下，竟至不受其下介音的影響，與之合為一個 j 音，而必變為 z，不知是否說得圓融？何況喻四與邪韻圖同見於四等，又何從知其上古有接不接介音 -j- 的差別，中古也有接不接介音 -i- 的不同？這些方桂先生全無交代。個人淺見，凡言上古音，應以確知的中古音為基礎，向上追溯；没有必須改動的憑證，即以中古音為上古音，而不輕言變革。不然，先自懸設一不可究詰的上古音間架，然後順著不可更易的中古音遷就，寫其所謂的演變律，將恐人執一辭，意見永遠不得交集。

其三，r 的音值，與來母的 l 音十分接近。方桂先生既以 r 為上古二等韻介音，同時又以之表示複聲母的來母成分，道理就在於此。但從喻四、邪母與來母之間的諧聲行為看，喻四與來母的交往僅有：鄰字畬（力稔切）聲餘針切，藥櫟二字樂（盧各切）聲以灼切，翊昱二字立（力入切）聲與職切，擸字鼠（良涉切）聲與涉切，又力葉切，以及律字聿（餘律切）聲呂䘏切，七字而已。邪母與來母之間，至於求其一例而不可得。而翊與昱本為一字，其始借[illegible]字兼代，[illegible]為翼字象形初文，或加立聲為[illegible]，或更加日字作[illegible]；其後前者譌[illegible]為羽而為翊字，後者省[illegible]而為昱字，實際僅六字。樂字除讀盧各切外，尚有五角、五教二音。喻四字每與牙音諧聲，疑母因發音方式特殊，於牙音四母中大致自成一類，但《說文》鎁从牙聲以遮切；又云厄从厂聲，厂字餘制切，厄字五禾、五果二切；又騃字从矣聲音五駭切，《廣韻》矣字雖音于紀切，其先實讀喻四（說詳後），亦喻四諧疑母之一例；再者，邪从牙聲又音似嗟切，情形又差堪與騃字比較。由此看來，藥櫟二字所以从樂為聲，或竟是因為樂字又讀疑母的關係，律字則未必非會意。然則邪與來全不見諧聲，喻四與來的往還也十分稀少，以 r 與 l 音值之近似，加以喻四及來母字之多見，情形實甚不相副，如此擬音之去事實過遠，當可斷言。

然則邪母必須拾回擬*z 的舊路，不作他想。喻四應如何擬音，一直令人困擾。受喻四歸定說的影響，圍繞著定母尋思，以喻四與定母同音，固不能闡釋後來演變的不同；即使以送氣不送氣區別，也與脣音牙音僅有一全濁塞音不同而窒礙難行。高本漢注意到喻四與齒頭音特別是邪母的密切關係，主喻四上古有二音，一為 d，一為 z。d 的缺陷既如上述，高氏雖然曾經擬構了脣音牙音的不送氣全濁塞音，但並不可取，亦可參見上文討論方桂先生所擬 rj 介音的聿鹽二字部分；至於 z 音的構想，私意以為頗具啟發性，却未引起學者的認同。譬如同龢先師的《漢語音韻學》，說高氏被材料所誤，在《說文》諧聲中，純粹零聲母諧精系字的只有三例，即涎 z- 與延 o-，睿 o- 與璿 z-，汓 z- 與游 o-；[21] 而就一般情形說，凡 o- 與 ts- 系諧聲的，如不兼有 k- 系字，即兼有 t- 系字。方桂先生從喻四與邪母的密切關係著眼，擬測二者的音值，可能曾受高氏的影響，但所提出來*r 的構想，却是不切實際，前文已有

21 原作：「次、羨 z-，o-／叡 o-：璿／汓 z-：游 o-」恐是排印錯誤，依意改之如此。

說明。於此，再要補充兩點。一是如同龢先師所指出的，喻四與精系諧聲，往往兼諧見影系字，如叵：洍：姬，容：俗：谷，羊：祥：姜，與：萸：舉，匀：旬：均。喻四古音為*r，勢必不能解釋這種一方為邪母，一方為見母的現象。方桂先生文中舉例適有姜羊二字，姜為*kjaŋ，而羊為*raŋ，試問此如何諧得？另一是未能顧及喻四與邪母及禪母（案含牀母）之間不可分割的整體關係。此不僅如前文所說，禪母源出於邪，喻四亦與禪母混然為一。諧聲所表現的：襩贖从賣（余六切）聲，襩字市玉切，贖字神蜀切，後者《廣韻》云「又音樹[22]」；鱅字从庸聲，音餘封、蜀庸二切；余字通常讀以諸切，義為人姓音視遮切，又蜍从余聲，以諸、蜀魚二切；野从予聲，羊者、承與二切；鋋从延聲，以然、市連二切；牏从俞聲，羊朱、常句、度侯三切；軺字餘昭、市昭二切；射字神夜、食亦二切（神夜切下云又音石，即指又食亦切而言），又羊謝、羊益二切；移字弋支、成兮二切；剡字以冉、時染二切；蛇字食遮、弋支二切；賸賸二字實證、以證二切；繩譝鱦澠四字从蠅聲；音食陵切；可見喻四與禪三的關係，無異於邪母。此外，二等禪母俟涘竢騃四字从矣聲，矣字中古音于紀切，其本音疑讀喻四，故从已為聲。可能因矣已二字都用於句末，有時且連用，不易分別，於是強改矣字讀喻三。矣字屬止韻，止韻平去二聲之及志韻，以及其陽聲入聲蒸、拯、證、職四韻，喻母並三等無字，僅四等有字，可見矣字與其聲符已字不同聲母，確乎可疑。更從待俟二字看，兩者不僅義同，古韻及聲調也都相同，參考前舉牏字有羊朱、常句、度侯三音，大抵俟待本同一語，讀 zdh 複母；俟从矣聲，猶之乎待从寺聲，並相當於牏从俞聲。矣字如本讀喻三，於上古為匣母，便不能產生俟涘竢騃四者的諧聲行為。然則矣字本讀喻四的懷疑，無疑理由是十分充裕的。至於《說文》埃唉、娭誒等字分別音烏開、許其切，騃字又音五駭切，也只是因為喻四字本可與見影系字諧聲（詳下），並非由於矣字本讀喻三。方桂先生因為沒有看到喻四與邪禪的一體性關係，擬前二者為 r，後者認為是 d 加 j 介音的演變結果，分別處理，缺失已見之於前。同龢先師為此擬了許多不同的複聲母，如叵*gd：洍*gz：姬*kz，或叵*gd：洍*gz：姬*k。我則以為只須將喻四擬作*zɦ，《說文》中喻四與精系（包括小部分照三系如醜从酉聲、茝从叵聲之字）、見系、影系及端系中的透定二母相互諧聲的現象，一概不需用複聲母作說明。因為凡與精系字的諧聲，有 z 的成分聯繫；凡與見系字影系字的諧聲，有匣母 ɦ 的成分聯繫。於是過去對於喻三喻四兩個不同來源字竟可以發生關係的無可理論，如剡棪琰从炎聲，餤从臽聲，豔从盍聲，鴥从穴聲，營瞥熒

22 神蜀切，疑與禪母同，《集韻》殊遇切收贖字。

褮塋縈鎣營从榮聲[23]，以及永羕、尤異、穴閱、鹹鹽之為同源語，栩與柔樣之為同物，「自環為私」之又作「自營為私」，由今看來，便成了當然現象。至於喻四與透、定二母的往還，則因透定並送氣音，清聲母送氣成分本同曉母，與 ɦ 相近；全濁聲母送氣成分又因受濁流影響，變同於 ɦ，所以往往與喻四諧聲，而後者且較多見，於是形成「喻四歸定」的錯誤認知。泥母字全不與喻四字發生關係，端母與喻四之間的諧聲，如移迻栘三字从多，耽眈酖默抌枕紞七字从冘，即集中於多冘二字之上。從多少、大小語言相對，以及《說文》「齊謂多為夥」看，頗疑多與大與夥為一語之轉。大古韻屬祭部，《釋文》於大多、大甚、大重、大厚、大遠的大字音勑賀反，或云舊吐賀反；《淮南・說林》「心所說，毀舟為杕」，注云「杕，舟尾」，《集韻》哿韻待可切杕與舵同字；又《集韻》浙汏字除音徒蓋切，又音唐何切。又大聲之馱即《說文》佗字，亦音徒河切。多與夥並歌部字。多字古或本讀全濁音，多與夥的關係，正如佗與何、提與攜、嘾與㔾、團與圜，以及渾沌、菡萏、號咷等詞的聲韻結構。冘字《說文》以人出冂說其形，學者疑其迂遠。楊樹達以為本是擔的初文[24]，而擔冘古韻不同部。我頗疑心耽眈所从之冘為枕字初文，與《說文》訓冘冘行皃之冘不同字。果如上文所說，端母字不與喻四字諧聲，便等於說透定二母所以多有與喻四字諧聲的狀況，正因為二者都是送氣音與*zɦ 的 ɦ 成分或同或近的緣故。〔此節論喻四上古當擬*zɦ 複母，尚有如下資料可為補充。喻四與邪、禪關係部分：誓字食列、時制、以制三切（除特別標明出處者外，並見《集韻》）；船字食川、與專二切；賸媵二字實證、以證二切；盾字豎尹、庾準、辝允三切；吮字豎兖、徂兖、以轉三切，《廣韻》徂兖切云「又徐兖切」；剡字除已列之以冉、時染二切，更有習琰、疾染二音。喻四字又讀匣母或喻三的：頤字何開、曳來、盈之三切；炎字于廉切，又與焰同字音以贍切；曰字王勿、王伐切，又通聿字余律切，轉注加欠作吹（詳《經傳釋詞・卷一》）；颭字王勿、允律二切；《說文》頁字大徐胡結切，小徐羊截反，後者與頁字今音合。此外，喻四字與精系及照三之間的諧聲行為，或一字二音，也應能支持*zɦ 複母的構擬。因為其中 z 的成分與邪同音，而照三本與照二音同，近於精系。此等例如：修从攸聲息流切（此下用《廣韻》音），倏儵从攸聲式竹切；譝澠繩从黽（蠅字象形）聲食陵切，鱦賸从黽聲實證切；瞚从寅聲與瞬同字，舒閏切；酉本是酒

23《說文》榮及營晉褮塋縈鎣營等字並云从熒省聲。金文榮字作[illegible]，象艸華之形，熒字及上述从𤇾之字並从[illegible]聲，即以榮為聲。參方濬益說。

24 見楊樹達《積微居甲文說》，北京：新華書局，1954。

字，借以爲地支字，酒从酉聲即由切，醜从酉聲昌九切；冀从異聲與孳爲語轉，冀字疾吏切，孳从子聲羊吏切；繳从敫聲之若切，敫字以灼切；伿从只聲支義、以豉二切。2000 年宇純補案。〕

至此，個人淺見以為，中古精清從心邪五母，上古與中古完全相同，仍為*ts、*tsh、*dzh、*s、*z 五音，且並甲、乙、丙、丁四類韻俱全。舉*ts 以賅其餘，示其分配狀況及演變情形如下：

甲類韻 *tsφ → tsφ 一等

乙類韻 *tsr → tʃe 二等

丙類韻 *tsj → tʃj 三等

丁類韻 *tsi → tsi 四等

此外，同龢先師發現部分照三系字與見系字諧聲，如赤、赦：郝，支、枝：岐，臣：臤，示：祁，旨：稽、耆，區：樞，耆：嗜，臤：腎，咸、感：鍼。這種字幾乎全與舌頭音無關（貙从區聲例外，說見下），先師為此擬構一套舌根前塞音及擦音，作為其上古源頭。方桂先生則全用帶 s 詞頭之法取代，如支聲庋居綺切為*sk-，跂去智切為*skh-，岐巨支切為*sg-，敮魚倚切為*sŋ-。我對此有幾點看法。一、誠如先師所見，這種字究竟數量不多，似無專立聲母的必要。二、其中部分可能為文字學問題。如支枝本是一字，由於枝必歧出，從意義的聯想，支或又為「歧」字，情形與月夕、星晶本共一形相同。示字甲骨文及《周禮》又讀同祇，大抵應作同樣觀。赤本有赫音，赫與赤本為一語；《周禮》赤犮氏，注云「猶捇拔也」，《集韻》捇赫同郝格切，是其明證。赤語轉為赫，猶臭（尺救切）語轉為臭（許救切），其他如坼（丑格切）與捇、芳與香、芬與薰、葩與花，並可以互參。以上說明先師所舉的字例，不必都為照三系字與見系字的諧聲。三、送氣音的成分，可以構成上述赤赫至葩花的同源詞，也可以產生不同發音部位的諧聲行為，如臬从皀聲讀若薄，乏从乏聲音直立切，眨从乏聲音土盍切，咆从包聲同謟字音大牢切，瞉从殸聲讀若孳，《集韻》音披尤切，樞从區聲實際也當是送氣音的關係，所以同以區為聲的貙字音敕俱切，可為憑證。四、凡此照三系字，除貙字外既都與舌音無關，貙从區聲又係因同送氣音關係，則此等字原當是齒頭音，必要時自當於見系字加舌尖擦音為詞頭，但不得如方桂先生所擬一律加 s，如臤从臣聲，腎又从臤聲，顯然應於臤字加 z 詞頭作*zkh。其演變與帶 s 或 z 成分的端系字變為正齒音正同。〔方桂先生後來在〈幾個上古聲母問題〉中，將與照三系諧聲的見系字改擬爲*krj-、*khrj- 等音，以配喻四的*grj-，放棄原先擬爲*sk-、

*skh-等的辦法。並說*brj-所以不見相配的清音，是因爲圓脣成分在很早期就把-rj-的-r-成分排斥掉了。其實*grj-、*brj-的擬音本來就沒有堅不可拔的理由；-rj-介音的構擬更是師出無名，與 r、j 分別相當於中古二、三等介音的理念不能相容，並說之在前。對於照三與見系的諧聲行爲，我寧採方桂先生〈上古音研究〉中的原案，爲其與端系字受 s、z 詞頭的影響變爲照三，可以互相參照。2000 年宇純補案。〕

同龢先師又曾經為明曉二母間的諧聲，推測其曉母為清的雙脣鼻音m̥。方桂先生更主張還有清的n以ŋ，以及清的圓脣ŋw。我於〈上古清脣鼻音聲母說檢討〉指出，明曉二母間的諧聲或通用，不出曉母合口音範圍，開口曉母字凡百二十有餘無此現象。可見兩位先生之所見，實由曉母字的合口成分所鑄成，並非古漢語曾經有過清的脣鼻音。方桂先生的增益，因為諧聲本質只是「取譬」，同部位塞音與鼻音並非絕對不可互相為譬，清的n、ŋ、ŋw的推測，似乎求之過深，且與清脣鼻音說形成矛盾，說見該文，自是同樣無可信採。譬如許字，從其从午為聲而言，應讀hŋ-；從其用同鄦字而言，則應為hm-，可見這種學說，是當不得真的。

綜合上來所述，本文以為上古單一聲母實際為:

脣音: *p、 *ph、*bh、 *m

舌音: *t、 *th、 *dh、 *n、*l

牙音: *k、 *kh *gh、 *ŋ

喉音: *ʔ、 *h、 *ɦ

齒音: *ts、*tsh、*dzh、*s、*z

共計二十一個，並甲、乙、丙、丁四類韻俱全。此外，中古喻四上古為兼具邪、匣兩成分的複母*zɦ。

貳、上古韻部及擬音

有關上古韻部及擬音的問題，近年所產生的意見，有下列幾點。

其一、論古韻應分幾部

究竟古韻應該分幾部，從以《詩經》韻為主的周代古音而言，我以為廿二部的劃分最為適當。不因為我曾經受教於董同龢先生，是董先生的學生，所以主觀如此。實因之、幽、宵、侯、魚、佳、脂、微、祭、歌、元、文、真、耕、陽、東、中、蒸、侵、談、葉、緝的廿二部，係自顧炎武以來的研究結晶，整體結構，除去宵部無陽聲，侵部、談部無陰聲，以及歌祭兩部同配一個元部，還留下可以探索的空間，其餘整齊嚴密，都已無懈可擊。而宵部陰聲原與談部互為陰陽，到周代因為音變而脫離了對當關係，其入聲亦葉部所分化，侵部陰聲則周代已轉入幽部，雖然都無法恢復原狀，遺迹固斑斑可考；至於歌與祭本為一部，更是了無疑義，說並見後。

或人主張併中於侵，或又倡中為蒸合口，而闕其幽之二部關係不論[25]，則陰多而陽少，自不可行。更有倡導陰、陽、入三分為部的，是則言之有理，已廣為學界所接受。但私心以為，三分的韻部，易授人等邊三角形關係的錯覺。實際情況則是，陰聲的去聲與入聲密不可分，故有僅具去入二聲的祭部，而陽聲與陰聲或陽聲與入聲之間則交通極少，兩者相去甚遠。陰、陽、入三聲既各自有其韻尾，以入合於陰，入與陰音值的不同，與入聲陰聲分立為部略無異致；而入與陰合，以別於陽，適可以表示三者間關係疏密有殊，是其分不若其合。我之所以主張古韻宜採廿二部之分，其故在此而已。清儒朱駿聲早有以入合於陰為分部的作法，如所謂頤的革分部，孚的復分部，小的犖分部，僅在陰聲之下立名，不務以入聲與陰、陽並列，最為有見。個人不敢擅立名號，仍從廿二部的類稱。

其二、論對轉旁轉及音有正變

對轉與旁轉（案：分指正對轉及近旁轉而言，下同），在一般學者心目中是等量齊觀的，尤以從事訓詁與文字研究，而並不深諳音韻的學者為然。然而對轉指的是某陰聲（含入聲，下同）韻部與其相對的某陽聲韻部之間音的轉換，兩者既同元音，又復韻尾具發音部位相同的對當關係，於是產生了韻尾的轉換現象。以之部與蒸部而言，如等字有多改、多肯二音，螣字有徒登、徒得二讀，能又同耐，登猶如得，徵在樂名音ㄓˇ，曾為語詞同則，給字轉音入蒸，耳字河東歸拯（齒字同），例證確鑿，一時不能備舉。在文字考釋與訓詁疏通上，無疑可據已知推未知，成為演繹的憑藉。所謂旁轉，則是指兩個陰聲韻部或兩個陽聲韻部之間音的轉換；無論前者後者，若非元音不同，即是韻尾發音部位異樣，不得隨意改換其元音或韻尾之某甲為某乙，是不待言諭的。學者於此，則一方面依從古韻分部的事實，一方面又於旁轉之說居之不疑，不悟其間的矛盾，輾轉譬諭的結果，等於打破了古韻分部的界限，使三百年來辛勤獲致的古韻分部成就，變為毫無意義。

---

25 前者如王力《詩經韻讀》，主張《詩經》時代中部與侵部為一，戰國始分作兩部。後者如郭雲生〈論詩經韻部系統的性質〉，認為周代西部方音中部是蒸部的合口音，見《安徽大學學報》，1983.4。

旁轉觀念的形成，自然不是全沒有原因的。《說文》及經傳中不同韻部間的或體、諧聲、叶韻及異文、假借等，便是其依據。問題是，再多的這種例子，都不能成立旁轉的說法。以下分兩方面作說明。

第一，有些例是不可靠的。譬如我曾經在〈有關古韻分部內容的兩點意見〉一文，舉出朝从舟聲、裘求同字以及帥从𠂤聲，三個分別屬於幽宵、之幽、微祭旁轉的例。其實小篆字是李斯等根據如金文的字形的改作，本不从舟，隸書楷書朝字的寫法幾乎與金文無異，便是鐵的證據。裘字本作，以象形，加又為聲。後誤寫旁的毛形於字兩側作，便成了小篆的裘字，於是許君有裘求同字之說。帥本作，象「設帨於門右」之形，所以與帨同字，後來同化於𠂤，於是許君說以為𠂤聲。𠂤字《說文》以來讀同堆，也是一重錯誤，原與師同字，古韻屬脂部，根本無法作為帥字的聲符。這裏再舉兩例，一是怓呶二字从奴聲，一是鳳朋同字。怓呶二字並讀女交切，《詩・民勞》怓字叶幽部的休逑憂休，〈賓之初筵〉呶字叶宵部的號，奴聲則古韻屬魚部，即使認為二字並屬宵部，中間仍有侯部之隔，如此而可以轉換，直是不須有古韻。原來這又是文字學的問題。怓呶本當以妞字為聲。妞从丑聲，丑聲古韻屬幽部，所以〈民勞〉怓與幽部字叶韻，〈賓之初筵〉因為是句中韻，或本不謹嚴，或方音呶與號本可相叶。妞聲所以誤為奴聲，甲骨文金文丑字作，與又字形近，而大豐簋、貉子卣丑即作，與又字略無不同，可以想見周代奴妞二字必然或近或同，而奴字習見，又適巧與怓呶二字雙聲，所以忸與吜便誤成了怓與呶，而許君以奴聲說之。《說文》不見妞字，蓋偶一失收，以紐、鈕、狃、杻諸字例之，丑聲之妞讀泥母無可疑[26]。《說文》：「鳳，神鳥也。从鳥，凡聲。，古文鳳，象形。鳳飛，羣鳥從以萬數，故以為朋黨字。鵬，亦古文鳳。」凡聲古韻屬侵部。《荀子・解蔽》「有皇有鳳[27]，樂在帝心」，正以鳳叶侵部心字，可證其古韻確屬侵部。《詩經・椒聊》以朋叶升，〈菁莪〉以朋叶陵；朋聲之崩〈無羊〉叶蒸雄兢肱升，〈十月之交〉叶騰陵懲，〈天保〉叶恆升承；朋聲之掤〈大叔于田〉叶弓，《左傳・昭公二十五年》以冰為掤；一切又都說明朋是蒸部字。而朋聲之字，包括崩掤，以及倗棚淜弸堋輣，小篆並从古文鳳字，與鵬字所从相同，似乎終於成為蒸侵旁轉的確證。然而甲骨文金文貝朋字作，金文朋生字作，即《說文》倗字，無疑又證明了許君誤說；

26 泥、透諧聲，如帑字有乃都切及他朗切二音，又態从能聲他代切，灘从難聲他干切，慝从匿聲他德切，餒从妥聲奴罪切。

27 原作「有鳳有皇」，依《讀書雜志》改。

朋本與鳳各為字，了不相干，《說文》中崩掤倗棚等字从古文鳳字為聲，原係出於許君的「纂定」[28]，古文與篆文本不同系統，篆文亦決無从壁中「古文」之理。早在乾隆時代的孔廣居，便曾對許君以鳳朋鵬為一字提出質疑；同治年間的徐灝，更說過許君誤信世儒之説，將偏旁中朋字書作𠟠的話，都是了不起的好眼力。

第二，《說文》中自然也有若干涉及不同韻部的諧聲字，而是無法予以否認的。如輗或作輨，兒聲屬佳部，宜聲屬歌部；蜜字或作鼏，宓聲屬脂部，鼏聲屬佳部；琨或作瑻，昆聲屬文部，貫聲屬元部，分別為陰聲、入聲、陽聲兩不同部互諧之例。《詩・車攻》五章「決拾既佽，弓矢既調，射夫既同，助我舉柴。」一四兩句脂佳互叶，二三兩句或是調字對轉入冬，而叶東部的同；或同字對轉入侯，而叶幽部的調[29]。〈齊風・南山〉「蓺麻如之何？衡從其畝。」《釋文》云「韓詩從作由，曰南北耕曰由。」分別為不同部的叶韻或異文，後者所涉韻部與調同二字相同，聲母則猶冀字从異聲，因為喻四上古為*zɦ複母，z與ts音近。至於假借例，即以帥字說明。《詩・野有死麕》叶脱帨吠，帥與帨同字，本音當屬祭部，音舒芮切。經傳則用為帥領、將帥之義，等同於率字，又當屬微部，音所類切。所以蟀字於《說文》同蟹字，而膟即為膟字或體。這一切便是旁轉說之所從來。但我認為這仍無法建立旁轉之說，諧聲字可能涉及方音，詩韻也可能有叶韻本質的問題，只不過為個別的語音現象，不可因此而動及兩個韻部的整體。我於〈有關古韻分部內容的兩點意見〉曾經指出：

> 過去古韻學者，從他們的分部內容看來，明顯的抱持一個相同觀念：一個字只能承認它在一個韻部中的當然地位，外乎此者，則為詩文作者的勉強通用。籠統一點的，或謂之合韻，或謂之轉音；仔細一點的，還按自己所了解的韻部間關係的疏密，由近及遠的區分為通韻、合韻和借韻幾種不同。但依我看來，其為委屈古人的語音，直是古韻學家久已揚棄的唐宋協韻說的復活。試想，古時並沒有韻書，詩文押韻全任天然。才情學力不足，容或有因音近而「通韻」者，若「合韻」、「借韻」之所指，其音已遠，安得與為趁韻之資？此其不可通者一。《詩經》是一部文學價值甚高的古詩總集，不一定是曾經聖人刪取的菁華；部分出於士大夫，即來自民間者也當經過王官的潤飾，不應有太多才情學力不足的問題不難想見。何況其中多的是朝會、宴

28 「纂定」一詞，為拙著《中國文字學》所杜撰，意指許慎根據其對文字形構的了解，將隸書改寫為小篆，並非實有秦篆的依據。

29 調同二字為韻，又見《楚辭・離騷》及《韓非子・揚榷》。銅从同聲而音同紂，也可為參考。

> 饗之歌，甚至於廟堂美盛德的頌，更那裏容得各式各樣的通轉借用？然而依古韻學家之說，全詩之出韻者，竟至更僕難數！此其不可通者二。以後世韻書論之，一個字可以同時屬於幾個元音不同的韻，其主因有二。一是古今音變，一是方言音異，經過長時期的積累統合，於是一字多音，司空慣見。《詩經》的時代當然較隋唐為古，但亦只是較古而已，西周以前漢語的歷史應遠比周至隋唐為悠久，豈得獨無其時的「古今音變」？漢語通行的地域幅員遼闊，又豈得獨無古代的「方言音異」？則當《詩經》時代，必然已有一字異音的現象，只是不如隋唐之於後為烈而已。然則古韻學家視一切《詩經》中不合自己韻部的協韻現象為勉強通用，又是一個不可通解的看法。

這些話如果沒有錯誤，只需將觀念一改，容許同一字可以出現於兩個韻部，不以同一諧聲偏旁文字僅能見之於一個韻部限制之，上述所有一字涉及兩個陰聲、入聲或陽聲韻部的現象，都屬個別文字所有；其背景也許仍然是由於音近，但不可據以類推其餘，謂之旁轉，使兩個韻部的界限泯滅，則是不容異議。仍從後世韻書看，《切韻》一字出現兩韻的，從來只視為個別字有此異音，決無據以通及兩韻或兩小韻，以為全部都可兩讀。看待古韻，亦當作如是觀。

另一方面，學者信奉歷史語言學的原則：相同條件的語音，不出現不同演變。凡不同語音演變，必逆推其不同語音條件，以為分化的說明。基本上這當然是正確的。但其理論基礎，應是以同一地區同一語言為對象而言，如果考慮到不同地區有不同方言，更經過可能發生的彼此影響與統合，或許便不是上述原則所能規範。先看下述二例。《方言》卷十一：「蠅，東齊謂之羊。」羊蠅雙聲且並為收 -ŋ 的陽聲，當是一聲之轉，不同方言的人聽齊人語，音如自己的羊字，於是用羊字書寫；在齊人的方言地區，其實寫的還是蠅字。《廣韻》陽韻與章切蛘下云「蛘，蟲名」〔《説文》：「蛘，搔蛘也。」蛘與癢同，余兩切。又《爾雅・釋蟲》：「蚍蜉，小者螘。」郭注：「齊人呼蟻爲蛘。」《廣雅・釋蟲》：「蛾、蛘，螘也。」曹憲蛘音羊掌反。《廣韻》餘兩切蛘下兼載蟻及搔蛘二義。二者俱與此蛘字不同。2000 年宇純補案。〕，正是《方言》的「羊」轉注加了虫旁，成為專字。對於《廣韻》一書而言，表面上收了蠅和蛘兩個不同文字，實際只是同一蠅字的兩個不同讀音；如果把《廣韻》當作一個方言地區看待，便是一個蠅字有兩個讀法。要問這兩個音是如何分化的？其不同的語音條件為何？因為只是方音的變異與綜合，自然任誰都講不出任何道理。這種現象，並非都要從遠古發展到《方言》所屬的漢代，或從漢代發展到《廣韻》才有可能出現。在周代早有相同的例，且是發生在實質上的同一方言地區。《詩經・汝墳》云；「魴魚赬尾，王室如燬。」燬叶尾字，古韻當屬微部，《說文》則从尾聲作娓，注云「娓，火也。詩曰王室如娓」[30]。《方言》卷十三云：「煤，火也。楚轉語也，猶齊言娓，火也。」煤字郭璞音呼隗反，與賄同音。揚氏之意，楚人說的煤，為火的轉語，與齊人說的娓為火的轉語不異。火與煤、燬娓同讀曉母，都只不過是一個音的轉變。火字今音雖為呼果切，在〈七月〉的詩裏與衣字相叶，原是微部字，與燬娓的讀音僅有洪細不同，〈周南〉地區詩人用燬或娓而不用火，必非其地無火字，而是火字已轉讀歌部，其原有的音另造了娓或燬字的緣故。《爾雅・釋文》郭注引李尋「燬，一音火」[31]，如此更等於說〈汝墳〉是用火字與尾叶韻，與〈七月〉以火叶衣相同，無異說明，同一地區同一語言可以不同的聲音與面貌出現，論其語音，初不過為一正一變。〔**煤从果聲，當是火字自微轉歌以後所造，本音呼果切；今音賄，則是火的本音。因火煤原爲一語，不過方音之異，不同地區人交流之後，字音不兔混亂，正如燬又有火、貨二音。微歌二部音轉之例，除下文匪與彼，所知尚有：一、綏从妥聲，綏妥二字古通用；二、衰本簑字，而用爲衰績義；三、梭从夋聲義爲織具，音蘇禾切；四、摧與莝同義，《集韻》收摧莝同字；五、韋之義爲皮，與皮一語之轉，詳〈古漢語曉匣二母與送氣聲母的送氣成分〉。2000 年宇純補案。**〕〈桑扈・采菽〉二詩的「彼交匪敖」與「彼交匪予」，《經傳釋詞》云「彼亦匪也」，《左傳、荀子》引之彼正作匪字，彼、匪音韻關係適與火、娓相同，可以互相參驗。因此，凡後世不同的音變，如果看不出其先有何分化條件，便可認作同一音的不同變化，正音與變音統合在同一方言區裏，原不必絞盡腦汁強作解人。以今國語音言之，《廣韻》桓、洹、貆、貛與完、莞、丸、紈、萑原本共一胡官切，今則桓洹等字保存匣母讀音，只不過濁音化清，完莞等字則聲母失落。同樣，換韻換字原亦與肒、垸同胡玩切，今亦聲母有h及零的不同。緩韻緩與浣、皖，潸韻睆與皖、莞，原亦但有胡管及户版二音，今則緩浣皖睆四字或讀 huan，或讀 uan，莞之一字則但有 uan 的一讀。何以有此差別，找不出任何原因；這是聲母方面。韻母方面，如碑本與陂同彼為切，今則碑讀 ei 而陂讀 i，聲母聲調都不相同；轡與祕本同兵媚切，今亦有 ei 及 i 之別，聲母同作兩分，也都無理可說。而沿、鉛、捐、鳶、緣五字原共一與專切，今則或聲、或韻、或調各不相同。可見少數字音偶有不可理解的，即宜以音變視之，古

30 《說文》娓篆下列燬字云火，段注以為乃後人所增，其說可信。

31 又《詩經釋文》云：「燬，郭璞又音貨。」

與今情況未必不同。

更從上古演變至中古的情形看：前節提到方桂先生對川春二字的無可如何，當然便是這類現象。又如幽部甲類字，中古大率入豪韻，也有讀入侯韻的，方桂先生注意及此，前者列舉告、考、道、草、造、寶、冒為例，後者列舉矛、牡、戊、茂等字，而加以說明：

> 這類侯韻字都是脣鼻音聲母，其特殊的演變顯然與之有關，也很像之部的脣音聲母字，有些也變成 -ǝ̆u。原因不詳。

豪與侯既同屬一等，冒與矛牡戊茂又同屬脣鼻音，其間不見有洪細開合之分，所以方桂先生說原因不詳。此外，幽部字入侯韻系統的，至少還有厚韻叟、瞍二字音蘇后切，並見於《說文》，又侯韻鱟字胡遘切，其字出《山海經》，在《說文》之前。鱟與告、考雖有牙喉音之殊，告聲的皓及浩音胡老切，便與鱟字同匣母，牙喉音的不同，未必便是鱟與告考的分化條件。叟瞍與草造之間，雖也有擦音與塞擦音甚至清濁之異，即以為分化條件，則可能其真並不若是。類此情形，我以為當以正音變音看待，而無待於求其不同而終至於束手無策。正音變音當如何認定的問題，依理一切自應依古音為斷，同者近者為正音，反之為變音；雖變音多正音少，亦不例外。但整體的演變，如上古魚部元音為 a，今國語凡甲類韻字讀 u，雖是變音，可以正音視之。以之、幽二部陰聲字為例，說其情形如下。〔變音之說，也許不如上文所言，以偶見的少數字爲限。山攝的重韻，山與刪古韻全無可分的迹象；仙與元也除元韻有少數來自文部的字，脣音有開合之異，牙喉音亦無分別之迹可尋；也似不必如方桂先生或加 -i- 以爲區別，即認作一正一變。其標準暫以韻圖刪配寒仙先爲四個等韻爲正，及《切韻》以元次欣、魂之間爲變。元韻無舌齒音，也許即是變音之證。又如顛、天、田、年四字，古韻屬眞部。自《切韻》收入先韻，今國語及方言莫不與先及仙韻字同韻母，自不妨以正音看待。但《集韻》四字別入諄韻，音典因、鐵因、地因、禰因四切，正與古韻相合，由知自《切韻》以下之今音，終是變音而已。2000 年宇純補案。〕

一、之部

甲類字　此類字後世以入咍韻（舉開賅合，舉平賅餘調，下同）為正音，脣音的明母或入侯韻為變音，如梅媒脢禖霉莓鋂（以見於《詩經》及《說文》為限，下同）音莫杯切，而謀牟侔音莫浮切[32]、呣音亡侯切；每音武罪切，而母畝鴟音莫厚切；每痗霉莓脢音莫佩切，而姆莓音莫候切。彼此間看不出其先有何語音不同，即諧聲偏旁亦不異，莫候切的莓，即是莫杯、莫佩切的莓，正變之說，無異得其明證。《詩經》父母字全與之部字叶韻，如〈小弁〉叶梓、止、母、裏、在，〈沔水〉叶海、止、友、母，〈北山〉叶杞、子、事、母等，不雜一個侯部字。但母與畝字入厚韻，大抵方音早已讀近於侯，所以金文母字用為禁止之詞，後書作毋字，古韻本屬侯部。因為或用魚部歌無（舞）字兼代，後來與無字同入虞韻。鸚鵡字本與母同音，後亦作鵡，音文甫切，行徑與毋字相同。可見母字在周代，因本義借義的不同，古韻分屬之或侯部。

乙類字　此類字依齒音（開口，無合口音）與脣、舌、牙、喉之不同為分化條件。前者入之韻的二等，後者入皆韻，形成互補狀態，自以入之韻為正音，入皆為音之變。豺字獨入皆韻音士皆切，與之韻茬字音士之切，及止韻士字音鉏里切不同。豺从才聲，茬从在聲，在為才字加注士聲的轉注字，分明其間不得有分化條件，當是方言音異所引致；古韻語無確切豺字入韻資料，〈巷伯〉六章：「彼譖人者，誰適與謀！取彼譖人，投畀豺虎；豺虎不食，投畀有北；有北不受，投畀有昊。」疑豺虎原作虎豺，以謀豺韻，食北韻，受昊韻。若然，豺字變讀，自非始於周代。此外，皆韻崽字音山皆切，當以思字為聲，思字古韻屬之部；注云「方言云江湘間凡言是子謂之崽，自高而侮人也」，字出《方言》卷十，「江湘間」，原作「湘沅之會」，無「自高而侮人也」句，而云「若東齊言子矣」，崽字郭璞音枲，末句「東齊言子」下注云「聲如宰」，前者為止韻四等音，後者讀一等海韻，並為本音，山皆切則是變讀。《廣韻》字又見佳韻，音山佳切[33]，則是《廣雅》曹憲音，而愈變愈遠。

丙類字　此類字以入之韻的三等為正音。脣音則或入脂，或入尤。前者：丕伾秠碩駓魾䰨音敷悲切，邳岯（同坯）魾䰨音符悲切；鄙啚娝痞音方美切，嚭秠音匹鄙切，否痞音符鄙切；備葡犕糒絥音平祕切。後者：不紑音甫鳩切，秠衃肧紑音匹尤切，罘芣音縛謀切；否不痞音方久切，紑音芳否切，又秠音芳婦切，婦負萯音房久切；富輻蕾音方副切，副福（同幅）音敷救切，莓音亡救切。兩者數量相埒。其中秠、否、痞三字重見於脂尤兩系統，前者重脣，後者輕脣，顯然開合不同即其分化所由。無異證實了本文前節所言，漢語開合雖無辨義作用，而實有開合不同的讀法。依

32　莫浮實侯韻音，詳注 6。

33　《廣韻》同紐有諰字，注云「語失也，又思耳切。」《說文》諰下云「思之意」，止韻胥里切諰字云「言且思也」，與《說文》義合。此別為一字，當又為思聲的崽字音轉讀佳韻之後所起。

方桂先生合口出於開口的說法，則入脂韻已為變音，入尤韻的更是變中之變。這種固定的合口讀法起於何時，無以考見。紑字〈絲衣〉叶俅字，俅字屬幽部；之幽兩部雖同有字入尤韻，但幽部字絕不見讀入之韻，由此看來，當是紑字周代有變入幽部之音，其原因應是央元音 ə 後產生了圓唇狀態的結果，說參篇末。

牙音與喉音方面，此類字除龜洧鮪痏蛕五字因讀合口變入脂韻，也有變音入尤韻的。如尤肬訧郵音羽求切，裘音巨鳩切，牛音語求切；有友右盍音云久切，久（案此久遠字）[34] 玖音舉有切；宥又右佑祐盍音于救切，灾疚[35] 音居祐切。其中裘字〈大東〉詩鄭《箋》只說「裘求聲相近」，《切韻》讀與求同是後來的演變，還可能受了《說文》裘求同字誤說的影響。方桂先生以為上古喻三為圓脣聲母，此說不可信，說之在前。又字友字以及从又聲的有字右字，與以有字右字為聲的各字，上古已變為合口音，從以有字為聲的洧鮪痏蛕四字入旨韻音榮美切，蛕字入灰韻音户恢切，賄字入賄韻音呼罪切，郁囿二字入屋韻音於六切或于六切；以及更重要的，有字古與或通，郁字用言文章貌轉注為彧種種情形看來，應足為說明。但同以有為聲的醢（籀文醢）字音呼改切，絠字音古亥切，又可見不必有聲字都變讀合口。其中洧鮪等四字與有友之間看不出本有不同的讀音（依方桂先生擬音，有與洧有*gwjəgx 與*gwjiəgx 的不同，這却是没有意義的，說見篇首），當是方音變化不同的結果。之部元音為央元音 ə，疑丙類字或 ə 後形成圓脣狀態，於是與幽部字同入尤韻，又或變開口為合口，韻尾 u（案詳下節）異化為 i 而入於脂韻。龜字自之部變入幽部，更因為產生合口介音而自幽部變入微部，其迹點滴見在，已詳之於篇首，無疑為此說的標準例證。長久的久，及以此久字為聲的玖字，應與止韻的紀字古為同音，故舊的舊及灾字，也應分别與志韻的忌及記字同音，《切韻》入韻不同，也許還可說是受了幽部的久及舊字影響。但如丘與欺、牛與疑，以及郵與飴，方音之外，恐别無說解。其中牛與疑的差别，依方桂先生的意思，當然便是 ŋw- 與 ŋ- 的不同。據今所知，自甲骨文以來，疑字於[illegible]加牛聲[36]，是疑牛聲母不得相異之證；如果說 ŋw- 與 ŋ- 可以互諧，等於說圓脣聲母的構擬，根本毫無作用。疑聲的嶷與疑同語其切，擬、薿、譺魚紀切，礙儗五

34《說文》：「久，從後灸之，象人兩脛後有距也。周禮曰久諸牆以觀其橈。」久字此義不見於韻字，但久聲之羑用為羑里字，或書作牖；羑又與羞同字，其或體从秀聲作誘，亦與牖通，是其古韻屬幽部之證。然久遠字習見於《詩經》韻脚，所與協韻皆之部字，又知久字古有之部一讀。今依本義、借義分屬幽與之部。久聲之字，玖與灾从之部久為聲（有《詩》韻可證），羑與灸則从幽部久為聲。柩籀文作匶，因舊字亦依本義借義不同分屬幽或之部，暫據漢人聲訓「柩之言究」歸於幽部。

35《說文》無疚字，羞下云貧病，即此字。〈采薇〉協疚、來，〈杕杜〉協載、來、疚，當為之部字。

36 甲骨文疑字作[illegible]，象迷途問津形，或加牛聲作[illegible]，小篆譌變為[illegible]。

溉切，並讀開口，又可證明疑字其始便是開口音。跽字入旨韻，音暨几切。此字應是渠之切其及渠記切忌的上聲，之、志二韻牙音四母俱全，止韻則獨缺羣母字，顯然跽字便是止韻羣母的變音，必不是方桂先生 jəg 與 jiəg 的不同所能解釋得了的。《全王》韻目脂下云「夏侯與之微大亂」，旨下云「夏侯與止為疑」，至下云「夏侯與志同」，無疑更證實跽字入旨韻，正是方言音異，《切韻》嘗加釐正而未能徹底的漏網魚。此外，冀及冀聲之驥字並見至韻几利切。《說文》：「冀，北方州也。从北，異聲。」金文有从[illegible]及从[illegible]二式，[illegible]當是[illegible]的變形，丘字可證；即以[illegible]象山丘形，甲骨文岳字可證。我國北方皆高地，故冀字从之；許君說為北方州，恐不為誤（清儒或疑之）。異聲之說，聲母以姬从匠、舉从與、姜从羊等為例，韻母以跽从忌為例，亦無由不信。但冀字古多用為幾幸義，即與幾同，借以為覬或饮字[37]，此則不僅可從知冀字入脂韻為變音，又知此一變音，是自周代以來即已轉入了微部。駿馬騏驥的名稱，見於《莊子》等書，以其二字為疊韻，應有助於冀字古韻原屬之部的認定。

此外，舌音有一治字入至韻直利切，注云「理也，又直之切」，與志韻值吏切無分化條件；而直吏切下治字重出，注云「理也，又丈之切」，兩處所注又切，並對治字又見之韻直之切而言，直之、直吏相為平去，直利切分明便是直吏切的方音變讀。《經典釋文》治字凡二百八十三見，除《禮記・緇衣》一云「音值」，其餘都音「直吏反」，直利切之為變音，當然便更加明顯。

丁類字　此類字中古入之韻的第四等，無變音；入聲亦全入職類的第四等，一無例外。

二、幽部

甲類字　此類字中古大率入豪韻，脣舌牙齒喉五音俱足。也有少數字入侯韻，即裒捊二字薄侯切，叟瞍謏廋四字蘇后切，棓字方垢切，戊茂貿袤楙懋瞀雺八字莫候切。因為兩者都有脣音，前文提到方桂先生曾欲求其分化條件而不可得。今以為入侯韻者為正音，入豪韻者為變音。前者字少，後者字多，這樣的認定似乎並不合理。語音的演變，有時確是不講道理的。之部乙類字，僅齒音入之韻，其餘並入皆韻，便是

[37] 段注：「假借為望也幸也，蓋以冀同覬也。覬者，饮幸也。」饮幸字古或作幾，幾覬並屬微部。《說文》：「饮，幸也。」居豙切，即幾字冀字音轉入脂部所造專字。《禮記・文王世子》「乃命公侯伯子男及羣吏……」，鄭注引《孝經援神契》：「大夫勤於朝，州里驩於邑」，《釋文》云：「驩，皇音冀。冀，及也。本又作愷，亦作驥。」冀作及解，是用同暨字，暨亦微部字，與饮同音；並諸驩字異文，亦冀聲豈聲字相通之證。

一例，從整體之部字入之韻及入皆韻作比較，自然仍是入之韻的多。如此看來，以之部乙類字入之韻為正音，並無問題。幽部甲類字入侯韻的雖少，也從整體幽部字入流攝與入效攝比較看來，這樣的認定，自然也無可疑。如果同時又想到，東韻的二、三、四等字源出於中部，而反是鍾韻的二、三、四等字從東部轉出，會更覺得，語音演變的不可捉摸，直如神出鬼没。

乙類字　此類字中古齒音見於尤韻的二等，間有讀入肴韻的，如爪字音側絞切，其變體的抓字音側交或側教切。其餘脣舌牙喉四音並見於肴韻，除脣音外並為偶見。齒音部分，似乎依聲母之清濁、送不送氣、或塞擦音與擦音之不同，形成入尤入肴的有條件分化。但嘐字既音側鳩切，又音側交切，嘐即《說文》之啾；瘷字既音側救切，又音側教切，瘷即《說文》之摮。可見上述現象不過偶然形成。當以入尤韻為正音，入肴的為音之變。

丙類字　此類字開口以入尤韻三等為正音。鵃字入宵韻音止遙切，本與周、舟等字條件不異而行徑不同，是為變音。朝字音陟遙切，又音直遙切，學者從《說文》舟聲之說入幽部，則與鵃字音變相同。但其字本不从舟聲，見於《詩經》韻脚，並與宵部字叶韻，原是宵部字，入宵韻自為正音；已約略言之於上。合口則經由微部文部而變入微文二韻，詳下論幽與微文音轉節。

丁類字　此類字齒音及喻四字入尤韻的四等，其餘脣牙喉音及來母入幽韻，舌音入蕭韻，形成互補現象。入蕭韻的當然為變音。入幽入尤的，其先蓋本是一音，後因方音的不同，入尤韻的亦為音變。蕭韻尚有蕭翛等字蘇彫切，聊寥等字落蕭切；湫字子了切，篠謏等字先鳥切；嘯歗等字蘇弔切；分別與尤幽二韻的脩、鏐、酒、滫、秀等字聲韻條件不異，當然也都是受時空因素影響的變讀。

《說文》䍃䚻二字並云从肉聲，肉字古韻在幽部，所以各家䍃䚻二字及䍃聲、䚻聲之字全部隸屬於幽部。但肉與䍃䚻二字音以周切聲母無關，不得為聲。䚻的意義為徒歌，古文字言與音往往不分，䚻當是从肉从言會意，从言猶从音，从肉猶从口；不逕以从口从音表意，可能是為與喑暗二字求别。䍃則當為䚻的轉注字。其先蓋借用䚻字，其後以缶字易言而為䍃。《說文》有从系䚻聲的繇，義為隨從，又有从繇聲的䌛蘨䍃等字；及别有从䌛聲的櫾䌛䌛，而不見䌛字。古書䌛字習見，《爾雅》「䌛，道也」，論者謂即《說文》的繇。大抵䌛繇本是或體，《說文》偶一失收，所以隸書䌛繇同字。又隸書的謠瑤亦作謠瑤，《集韻》遙歈蘨或作遙歈蘨，〈考工記・矢人〉「夾而搖之」，《釋文》本一作搖。凡此，俱見䍃䚻二字關係之密切。《詩・清人》

叶消、麃、喬、遙，〈白駒〉叶苗、朝、遙，《離騷》亦叶遙、姚；〈黍離〉叶苗、搖，〈鴟鴞〉叶譙、翛、翹、搖、嘵；〈園有桃〉叶桃、謠、驕；〈木瓜〉叶桃、瑤；其中除一翛字不見於《說文》，當是从幽部攸為聲，其先應與翛字同音[38]，而《廣韻》音蘇彫切，以知其早入宵部；其餘凡與遙搖謠瑤叶韻之字，古韻亦並屬宵部，可見䍃䍃二字及从其為聲之字，古韻都應改隸宵部。然而繇繇二字古與猶字相通，經傳及金文皆然；又或與由字互通。如《尚書・大誥》「猷大誥爾多邦」，《釋文》馬本猷作繇；《爾雅・釋水》「繇膝以下為揭」，繇與由同，即其例。猶由二字古韻並在幽部，從知繇繇二字又當有幽部一讀。《廣韻》尤韻以周切，及宵韻餘昭切繇字重出，正分別傳承了幽宵二部的周代讀法。此外，遙蘨二字亦重見於兩切下，《集韻》兩切下尚有䍃、䍃、櫾三字重出。顯然此六字應幽宵二部兼收。學者所為古韻表，幽部字無變入宵韻的，宵部字無變入尤韻的，都明顯不盡周到。

其三、論各韻部的擬音

各韻部應如何擬音的問題，首先要就陰聲字具不具塞音韻尾，加以討論。

我曾有兩文，專論*-b、*-d、*-g 尾學說的不能成立。在大陸，由於王力對此說的反對，現時已經漸漸得到學者的共鳴。回首臺灣，所知著文討論的，同調者僅陳新雄兄一人而已；仍以信奉此說的佔絕對多數。一般只是見為顯學而一意附和，少數則持漢藏語的比較觀點。藏語僅有公元後七、八世紀的資料，所有的一套 -b、-d、-g 尾，相當於漢語入聲的 -p、-t、-k，能否作為漢語陰聲曾有濁塞音韻尾的證明，自是大有問題。

我於第一文〈上古陰聲字具輔音韻尾說檢討〉曾經指出，*-d、*-g 尾的說法，主因學者有感於中古入聲只配陽聲，不配陰聲，上古則陰聲與入聲關係密切，至於不可分割，又且各韻部有其固定的相配入聲陽聲範疇。顯示上古陰聲的性質必有其不同於中古的地方，中古陰聲為開尾，所以上古必是塞尾的；入聲既收 -p、-t、-k，收 -p 的入聲無相配的陰聲，與 -t、-k 相配的陰聲，於是便認定原具*-d 或*-g 尾。其後，學者又於微祭二部發現了「諧聲時代」侵緝、談葉的陰聲字，以為原收**-b 尾，到《詩經》時代，**-b 變成了*-d，所以分別入了微或祭部。

其實以中古入聲不配陰聲的基本認知，本來便是誤解。所舉諧聲之例，中如位與

---

38 《說文通訓定聲》以翛為翛字形譌，若然，則翛當兼幽宵兩部讀音。

立，位本作立，即由立字因聯想而產生的同形異字，後為別嫌而加了人旁，二者聲韻本都不相及，所以許慎只說是从人立，以為會意，主張 -b 尾說者硬把它當作形聲看待。如枼與世，則是同源詞，而不必世字原非有 -b 尾不可；不然，集與就的關係，又將如何說解？我在〈再論上古音 -b 尾說〉中都一一作了說明，沒有一個例是真正站得住脚的。只是一個學說出之於大師級人物之口，不問其是非曲直，必定有人附和；而且日子一久，就成了真理，成了事實。有人提出不同意見，不管怎麼樣合理，也難得用心體會，只知一味設法破解。我在〈上古陰聲字具輔音韻尾說檢討・後記〉中，曾徵引陸志章《古音說略》之言：

> 《切韻》的陰聲，跟入聲 -p、-t、-k，陽聲 -m、-n、-ŋ 相對待。在中古他們是開音綴，在上古大多數可以配入聲，那就應當是 -b、-d、-g 了。

最簡單明白道出了陰聲塞尾所由建立的究竟。現時大家可能只知道上古陰聲字具塞音尾，却不知道其先這一段「心理建設」的過程，特別於此再複述一遍。一件事情的來龍去脈如何，總要弄個一清二楚；在這個問題上面，知其然而不知其所以然，是絕對不可以的。我自己受教於同龢先師，接受的便是這一學說，並有相當長的時段宣揚過這一理念。後來漸漸發現其窒礙難通，終而不得不決定背棄。先後兩文試申鄙見，前一文未安之處，後一文曾予修正；當然後一文也未必所言盡當，於此更提出兩點補充意見。

其一是，近來撰作〈古漢語曉匣二母與送氣聲母的送氣成分〉偶然間所觸發的。古人以呼吸二字言氣之吐納，呼字荒烏切，吸字許及切，如同龢先師所擬兩中古音 huo 及 hjep，驗之脣吻，可以發現與人類呼吸時發出的聲息絕相似。但這對呼字而言，必須是開尾的讀法；不然，huo 的後面繫以 -g 尾，便決不是這樣的感覺。如說 huo 的讀音只是巧合，何以吸字的讀音 hjep，竟亦如此神似？古人以曉母 h 音表喉間氣流聲，如《廣雅・釋詁二》諸言喘息之字：喘字昌沇切，喙字凶穢反（自此以下皆曹憲音），咶字虎夬反，欶字虎夾反，欸字漢佳反，歌字苦訝反。喙咶欶欸四字並曉母，喘歌二字並送氣音，送氣音即是含曉母成分，無一例外[39]；他如《說文》嘽下云喘息，他干切；噓下云吹，朽居切；吹下云噓，昌垂切；喟下云大息，丘貴切；哼下云口气，他昆切；嘅下云嘆，苦蓋切；嘆下云大息，他案切；亦不讀曉母，即為送氣音。可見呼吸二字讀曉母，必非偶然相會。至於吸為氣之吸入，而亦讀送氣音，則是

[39] 原文云：「喘、喙、咶、氣、欶、欸、歌、奄、䶐，息也。」王念孫云：「此條息字有二義，喘喙咶欶欸歌為喘息之息，氣奄䶐為休息之息。」氣字虛氣反，䶐字音姑，奄字讀影母，俱不在此列。

因為漢語不用吸入音，故即用送氣音表示。《說文》齅下云以鼻就臭，音許救切；齅與嗅同字，對轉中部音香仲切（見《集韻》），並讀曉母，可以互證，唯一的疑點也可賴以消除。連類所及，我又想到古人以嘬脣發長音的口技謂之嘯，所謂長嘯，此字見於《詩經》，其技今雖不傳，「嘯」是此技的狀聲詞，不得具塞音尾，必亦無可爭論。（《集韻》嘯字有息六切一讀，此音不見於《廣韻》以前各韻書，《經典釋文》亦無。《集韻》多去入互讀之字，此音當是去聲的變讀。）此外，近見有舉「烏呼哀哉」四字以反對陰聲字具塞尾說的，甚是有趣。四字連用，見於《詩經·召旻》。原文是：「烏呼哀哉，維今之人，不尚有舊。」連用四個清的陰聲平調字為嘆詞，取其可以長咏，以寄託無盡的感慨之意。若各縛以 -g 或 -d 尾，便是點金成鐵了！詩本是有感情的文學作品，如果令它讀起來處處如敲擊木石之聲，不知是否古人語言果真如此難乎為聽！

另一點是，陰聲字加以不同部位的塞音尾，原意是為限制其與入聲及陽聲轉換的範圍，用以解釋何以同元音的韻部並非彼此間都可以發生轉換現象。實際上我於前兩文已指出，之部與文、侵，幽部與侵、緝，以及魚部與元、歌、祭、談、葉之間都有交往現象。有些話没有說得透徹，也有後來陸續發現的，特別是幽部與微、文之間的接觸，更可用頻繁形容，為此再作說明。

敏从每聲，《詩經》兩次叶韻，反映出敏本是之部陰聲字。其中古入軫韻，包括黽字讀舉倫切與皸同字，主張塞音尾說者，自然認為是 -g 尾失落以後的事。但在字轉化為存字，情況不得相異，却已見之於〈出其東門〉與文部字叶韻（以上並見前節），是否要說在字於周代已失去韻尾，所以才轉音到了文部？可是〈小弁〉叶梓、止、母、裏、在，却又不免牴觸！

魚部字與元、歌、祭部發生關係，陸續又有所獲。《說文》「弙，滿弓有所鄉也；彎，持弓關矢也。」二字同影母；「幔，幕也。」《集韻》幔下收幕為或體；「筵，席也。」二字一喻四一邪母；「朅，去也。从去，曷聲。」字音丘竭切，與去字同溪母；當分別為轉語。又金文雩字同《尚書》的粵或越，爰字實从于聲（案爰的結構與受从舟聲同），蒦（乙虢切）字實从萑（胡官切）聲，虧字从虐（荒烏切）聲，虘（許羈切）字从虍（同虎）聲，以及䵼侯鼎「幽夫赤舄」幽夫同幽韍（分勿切），並其例。

至於幽部與微、文部音轉的例，如鬼侯即九侯，追琢、敦琢同彫琢，而敦字除音都昆切，《釋文》又音都雷反，或即云音彫，當然都說明陰聲字必不得具塞音尾。因為資料特多，立專節說明於後。

基於這些原因，使我堅信上古陰聲塞尾之説必非實情。參考眾作，以為上古各韻部的元音及韻尾，採取如下表之擬訂，最能照顧到各韻部間的關係，以及其演變至中古的狀況:

陰聲（含入聲，除葉與緝，不另立類名）	陽聲
之部　ə、ək	蒸部　əŋ
幽部　əu、əuk	中部　əuŋ
宵部　ɑu、ɑuk	
侯部　u、uk	東部　uŋ
魚部　ɑ、ɑk	陽部　ɑŋ
佳部　e、ek	耕部　eŋ
脂部　ei、et	真部　en
微部　əi、ət	文部　ən
祭部　ɑi、ɑt	元部　ɑn
歌部　ɑr	
葉部　ɑp	談部　ɑm
緝部　əp	侵部　əm

表中擬音與〈上古陰聲字具輔音韻尾説檢討〉所擬，大同而小異。原則上，仍以不帶韻尾及帶 -u 韻尾的陰聲，與帶 -k 尾的入聲及帶 -ŋ 尾的陽聲相配；而帶 -i 尾的陰聲，配帶 -t 尾的入聲及帶 -n 尾的陽聲。理由一如前文所説，不帶韻尾的陰聲，發聲時口腔通道及口型近於收 -k 收 -ŋ 的入聲及陽聲，不近於收 -t 收 -p 的入聲，及收-n 收 -m 的陽聲；而收 -u 收 -i 的陰聲所以分别配收 -k 收 -t 的入聲，及收 -ŋ 收 -n 的陽聲，自然是因為發音部位的顯然相近。同時不可忽略的是，説讀 -ə 讀 -ɑ 讀 -e 的陰聲可配讀 -ək 讀 -ɑk 讀 -ek 的入聲，並非説其間具備了當然的相配條件，而是因為這種陰聲字中，有一類去聲字與入聲調值相同，更由於漢語入聲塞而不裂的特性，使得兩者十分相似，而産生了密不可分的關係，至於形成祭部僅有去入兩聲的現象；調值不同的平、上陰聲字，實際與入聲關係十分薄弱，也所以發展為歌部以幾乎僅有平上二聲（説詳下），而與祭部兩分。有了這樣的認識，便可以對 -ə 與 -ək 等的相配，不致於産生疑義而加以排拒。

本表對前文的修訂部分，最突出的是歌部與魚部。原先擬歌、祭、元為前元音 a，魚、陽則為後元音 ɑ，但在 n 與 ŋ 前的低元音，應該是同一個音位，這樣的分別顯不合理；魚與歌、祭、元之間的交往不容否認，不啻自相反復。所以修訂歌祭元元音為 ɑ，以與魚陽一致，而擬歌部具 -r 尾以別於魚。不過這個 ɑ 只在無韻尾或韻尾為 -u、-ŋ、-k 之前保持原狀；在韻尾 -i、-n、-t 及 -r 之前，則變讀為 a。所以擬其標準值為 ɑ，而不為 a，為的是魚部陰聲如膚、甫、賦之類字，中古變讀輕脣，其先並非合口，主要元音必當是圓脣的。〔**本文擬音，ɑ 原並作 a，今改如此，並略言其故。2000 年宇純補案。**〕歌部具 -r 尾，自然是個現成辦法，觀點則與前賢不容許任何陰聲不帶輔音尾的態度全然不同。我所考慮的是，歌部一方面必須與魚部具有適當關係，一方面又要與祭部元部形成一結構整體。魚部如果可以縛以 -g 尾，歌部不需有 -r，已與魚部分別；但魚部縛以 -g 尾，等於斷絕了與歌祭元間的交通孔道。而祭部與歌部同配一個元部，是個不可改變但絕不合理的狀況。從《詩》韻看，歌部祭部間無叶韻之例，即羣經諸子亦然，没有理由可以合併。近年我始於《荀子・君道》發現一例，錄其相關文句如下：

> 今人主有六患：使賢者為之，則與不肖者規之；使智者慮之，則與愚者論之；使脩士行之，則與汙邪之人疑之；雖欲成功，得乎哉！是猶立直木而恐其景之不枉（不字以意加）也，惑莫大焉。語曰：「好女之色，惡者之孽也；公正之士，眾人之痤也。」循乎道之人，汙邪之賊也。今使汙邪之人論其怨賊，而求其無偏，得乎哉！譬之是猶立枉木而求其景之直也，亂莫大焉！

語曰以下四句，以色士、孽痤分別為韻，江有誥《先秦韻讀》失收，我作〈先秦韻讀補正〉[40]時亦未察及。原因是下文尚有「循乎道之人，汙邪之賊也」兩句，容易誤以為「語曰」二字所貫，而並不入韻，以致影響前四句叶韻的認定。成語通常皆兩句或四句，而汙邪二字承上啟下，明是荀子自己的文字[41]；換言之，前四句為韻文無可疑。但歌部字中古入果及假攝，與祭部陰聲入蟹攝不同，其源頭必已相異，即使荀子所引俗諺係自西周相傳，亦不得據以併歌祭為一。然而歌部字見為韻字者，除賀佐詈

---

40 見香港中文大學《崇基學報》2.2 及 3.1（1963）。

41 王念孫《讀書雜志》云：「循道之人與好女之色、公正之士對文，則循下不當有乎字；《羣書治要》無。」正由不明俗諺至「眾人之痤也」而止，自此以下為荀子言，故變其文以別之，《治要》不足據。今之注《荀》加新式標點者，「循乎道」二句並在引號之中。

三字今讀去聲，非平即上[42]，其餘亦僅餓羸寄臥販唾睡等七字為去聲，而不得韻文證其為本讀；祭部則但有去入二聲，二者必出一源。詈字見於〈桑柔〉末章，原文：

民之未戾，職盜為寇。涼曰不可，覆背善詈。雖曰匪予，既作爾歌。

江有誥《詩經韻讀》以可、歌二字三句一韻，與句讀不合，不可取。王念孫《古韻譜》云寇、可、詈、歌四字為韻，並有《大戴・保傅》叶跛、差、詈的互證，自是可信。但寇字不能入韻，盜寇二字句中不得分用，疑此句原作「職盜寇為」，意謂專務盜寇之所為，義同「職為盜寇」，因取為字叶韻而倒置。〈保傅〉跛、差二字屬平聲，此詩為、歌二字亦平聲，奇句可字或本不入韻，疑詈字原讀平聲，與慶字化字等相同，皆由平聲變為去聲。段玉裁〈六書音均表・第十七部〉云：「詈聲蓋在此部，讀如羅，〈桑柔〉一見，今入寘。」雖係基於其古無去聲的觀點，或亦所見大抵如此。佐字不見於《說文》，本由左字轉注加人旁而成，左字讀上聲臧可切，佐字讀則箇切，當是後世分別名動的破讀。至於賀字，《儀禮・士喪禮》「賀之結于後」，鄭注「賀，加也」。〈覲禮〉「予一人嘉之」，鄭注「今本嘉作賀」。《方言》卷七「賀，儋也」，與《說文》「何（負何字，音胡可切），儋也」同。疑賀字本有平上二讀，今音胡箇切，與上、下、后、厚等字原同讀上聲，因濁上變去，而兼有去調。《詩・下武》「四方來賀，不遐有佐」，相與叶韻的，正是原讀上聲的佐字[43]。如此說來，歌祭二部便大抵呈現了互補狀態，必是因為某種條件的不同，離析為二的。所以我採取了以 ɑr 對 ɑi、ɑt 的擬音，這個 ɑr 音，我看作如同國語 a 元音的儿化韻，與其他陰聲字或為開尾，或收 i、u 元音韻尾不同，而可以同時存在，没有系統上的問題。同龢先師不主歌部有韻尾，而於微部如火毀之字中古入歌韻支韻者給予 -r 尾，方桂先生則歌部與微部火毀之字都擬有韻尾 -r。歌部要不要有 -r 尾的問題，没有再談的必要。微部火毀之字施以 -r 尾，同為微部陰聲字，而有收 -d 收 -r 的不同，基本上便是犯了大忌。至於中古音的歧異，當然應歸之於方音的差別。不然，對同字異音或諧聲字中古歸韻超越古韻範圍的現象，如魚部虘字既音才都切，又音昨何切（鄌从虘聲，亦讀昨何切）；歌部貤字既音以豉切，又音以至切；或者如从魚部固聲的箇字音古賀切，从歌部也聲的地字音徒四切，是否都要擬以不同韻尾？中古支、脂、之、微四韻，其源頭本各不相同。然而《釋文》於〈何人斯〉「遑脂爾車」云「脂音

42《詩經》韻字今讀去聲者，尚有破、議、駕、義、地、化等字，據清儒以來所考，或本讀平聲，或平兼去讀，蓋亦自平破讀為去聲，可參周祖謨〈詩經韻字表〉及〈古音無上去二聲辨〉，《問學集》（北京：中華書局，1962）。

43 先師屈翼鵬（萬里）先生《詩經詮釋》云：「佐字古但作左。左，疏外之也。」

支」，於《爾雅・釋鳥》「桑鳸，竊脂」云「脂音之」，於《禮記・聘禮》「幾中」云「幾徐音畿，又音基」，面對這樣的直音，通常都是以方音不同看待，則如毀虺（許偉切）、尣[44]（呼恢切）火等其先條件不異，其後入韻不同之字，自無待設定不同韻尾。所以在我的擬音裏，-r 尾僅見於歌部。

對前文修訂的第二點是，改宵部的 ou、ouk 為 ɑu、ɑuk，以及改侯部東部的元音 o 為 u。後者是基於上文所說的基本原則，言上古音不應輕易更改中古音。中古音侯韻韻母為 -u，東韻元音及韻尾為 -uŋ，這樣的擬音是合理的；上古侯部和東部並沒有改易元音的理由，所以一切改如中古音。改宵部為 ɑu、ɑuk，則是因為宵部與談部葉部其先具陰、陽、入聲的關係。

宵部無陽聲，侵談兩部無陰聲，不應為漢語的原始狀態。關於侵部原有陰聲的問題，我在〈再論 -b 尾說〉文中，舉出集與就、拾與收[45]、慘慘與戚戚、禫服與導服，以及瞀字有子六、作合二音等例，以見侵緝與幽部關係之密，兩者的陰聲混入了幽部。章炳麟於《文始》一書早有「冬部字少，故幽之對轉語屬集于侵」的話，其例為：柔弱即栠弱、蘱莱即桂荏、猶豫即冘豫、導服即禫服，汓即是潛、游即是縿，以遙為淫、以鴹為鷣，劉而言綝、醜而為寑、孰而言飪、摯而言擔。又：叔之與拾、匊之與帀、勼之與合、鳩之與鴿、勠之與劦、絿之與急。其中除孰飪聲母不同，擔劦二字分屬談或葉部，其餘以為幽與侵緝之間轉語，並為可信。更由於〈小旻〉的集字非讀為就不可，《說文》又說「禫，讀若三年導服」，突顯其非一般轉語可比；又釗字《說文》訓刓，相傳有古堯、祈堯二讀，當是从刀金聲，本是侵部的陰聲，地名浩亹浩字古沓切，犙字師銜、山幽二切，嬻字矩鮪、舉夭、吉酉、兼忝等音，明見幽部陰聲字部分實自侵部的陰聲混入。風鳳入東韻三等，以颫字音皮彪切例之，恐仍與侵幽音近相關，中是幽的陽聲。《切韻》以侵承幽，疑早已了悟到二者的關係。侵部韻母為*əm，其陰聲疑原為**əw，與幽部韻母*əu 十分相近，所以混淆為一。韻尾 w 與 u 為不同音位，可與介音的 j 及 i 互參。

孔廣森《詩聲類・陽聲五中》曾經說，侵、覃、凡與宵、肴、豪、蕭等「可以互收」，又〈陰聲五中〉亦云宵、肴、豪與侵、覃、凡等「可以互收」，其意似猶謂侵部與宵部互為陰陽。但孔氏僅於〈陰聲五中〉舉出懆字兼入感韻一例，說明中又列舉

---

44 《廣韻》呼恢切虺下云虺頹，虺隤見〈卷耳〉詩，頹即隤字，隤从阜貴聲，則頹當从尣，故此從《集韻》虺字作尣。《說文》無尣字，虺義為虺蜥，从虫兀聲，與尣从尣虫聲不同，疑許君誤尣與虺同，故不見尣字。

45 收拾二字不僅韻部緝幽相當，分別以合或丩為聲，其聲母原亦當同 sk- 複母，其為一語之轉無可疑。

參聲與喿聲通作，以及禫服或作導服、道及或稱函及等例而已。前者顯是字形誤譌，隸書喿參二字同可作枲，而摻亦作操，是其明驗；後者則屬侵部與幽部之間的音轉現象，都不是宵部與侵部「可以互收」之說。章炳麟《國故論衡》云：

> 寒宵雖隔以空界，亦有旁轉。如〈大雅〉以虐謔灌蹻蕃謔熇藥為韻，《說文》訓毛曰艸覆蔓，《廣雅》訓蹻曰健，及夫榦之與稾，乾之與豪，翰之為高，乾之為槀，瑑之與兆，彖之與逃，讙之與囂，灌之與澆，囂之與號，柬選之與撟捎，偃蹇之與夭撟，其訓詁聲音皆相轉也。

龔煌城兄以為這表示，元部字有的曾是宵部的陽聲。從數量而言，宵元兩部關係不謂不密，只是漢語的轉語不必具陰陽入三聲關係，如第二人稱的爾、汝、若、而、乃、戎，無疑並為語轉，但除汝若、而乃前者互為陰入，後者古韻又相同外，韻母皆互不相干。也許宵元二部主要元音同為 a，因此相轉者較多，而不必屬元部的即是宵的陽聲。所以如上述諸例，健蹻之外有伉，榦稾之外有莖，翰高之外有亢有極，乾槀之外有枯，彖逃之外有遯，讙囂之外有譁有訩，灌澆之外有溉，囂號之外有呼，都不得不以轉語看待，論其韻部則不成對應系統。是故必要肯定元部字為宵的陽聲，非有若諧聲、叶韻、讀若、假借等足以說明韻母關係的資料不可。章氏所舉〈板〉詩叶韻一例，「老夫灌灌」屬章中第三句，奇數句不必入韻，古韻學家没有視灌為韻字的，唯一可用以說明韻母關係的，却絕不可靠，所以此說實不足取。

《文始》及《國故論衡》又載宵部與談部的轉語例，其說如：

> 高垚與广产同語，弱嫋與冉姌一名；斬即釗也，劖即剿也；消即殲也，稍即漸也；以詹為到，古之典言，稱儋曰挑，今之恆語；《廣韻》灝入感韻，而嬐亦入添韻。
>
> 撩之與攕，獠之與獵，剽之與砭，燿之與曄，敫之與曄，耶當變為弔當，豔冶變為姚冶。
>
> 談宵對轉，如《說文》訬讀若毚，爵弁之爵字本作纔，瀺灂同訓，嚵噍同訓，皆一語之轉也。
>
> 盍宵對轉，如砭轉為剽，啑轉為㪷，捷轉為鈔，獵轉為獠，攕轉為撩，是也。

煌城兄以為可證宵與談其先互為陰陽，這點却與鄙見暗合。其中斬釗或有齒頭與舌頭之分；今語的挑能否用說古語的儋，是一問題；嬐从簋聲，古韻屬幽部，明是舉錯了例；（《說文》嬐讀若糾糾葛屨，居夭切，又兼玷切，此應為幽侵相轉例。）詹到涉及至字，也許不必考慮；嘩嘩二字从華，却是衍華之聲為字，分明其源頭非宵部的燿與敫，而燿與嘩有喻四喻三之隔，即從聲母而言，亦不能指其必為同源。然而餘如撩攏、獠獵、㕞㨗、剽砭、嫋姌之類，其為轉語無可疑；更重要的是，《說文》訬讀若毚一例，訬之義為狡獪，與狡兔謂之毚音義相同，便將諸例韻母的關係緊緊扣聯，其互為陰陽聲，非泛泛轉語可比，不再有可以致疑的餘地。以下補充幾個字例，並對章氏所舉纔字例略作說明：

(一)《說文》：「㶣，火所傷也。从火，雥聲。焦，或省。」此字古韻學家如段氏朱氏都收於幽部。但嚼為噍或體，誚為譙別書，鷦鷯、鷦鷯為疊韻連語，〈鴟鴞〉叶譙、翛、翹、搖、曉，後三者都屬宵部，可見焦應為宵部字。雥音徂合切，葉部字如帀即入合韻，當以雥聲入葉部。諸家所以入緝部，疑誤從集字歸屬，集字實从三隹會意。此宵葉二部互為陰入的諧聲證明。章氏雖舉「噍噍同訓」一例，其《文始》謂㶣从雥為幽緝轉語，是自為矛盾。

(二)《廣韻》陷韻：「蘸，以物内水。莊陷切。」當是以醮為聲。醮字子肖切，古聲正同。此字雖不見於《說文》，因宵談關係本是早期古漢語語音現象，愈晚愈無交通之可能，當是古字之遺，如《廣韻》虞韻的㚔字，溯其源可抵於甲骨文的㚔（說見拙著《中國文字學》第三章第八節），故用以為說，可與焦从雥聲互發。

(三)《說文》：「箑，籥也。从竹，桀聲。」與接切；「籥，書僮竹笘也。从竹，龠聲。」以灼切。二字雙聲，當為轉語。又笘字《說文》云「潁川人名小兒所書寫為笘」，失廉切。以瞚从寅聲舒閏切，紓从予聲傷魚切，禓音以章、式羊二切，儵倏並从攸聲式竹切等例之，籥與笘蓋亦一語之轉。上古喻四為*zɦ-，審母為*s-，z與 s音近，故有此等例。《廣雅・釋器》：「箈、籥、箑、箳、笘、籨、篚也。」除籥、箑、笘三字音相關，餘則聲韻各不相及，無疑可以凸顯三者關係之非出偶然。

(四)《說文》：「肴，啖也。从肉，爻聲。」胡茅切。案肴不作啖解，啖當為脥字之誤。《廣雅・釋器》：「肌膚、肴脥、膎膴、膈膳、膂腱、脤膰，肉也。」並以二字相儷為讀，是其證。王念孫《疏證》云；「《北户錄》引《字林》云：脥，肴也。又引證俗音云，今内國猶言餅脥。」《集韻》陷韻乎韽切䭑下云「餅中肉」，或體作膁鐮臉，脥亦與䭑同，今字作餡。兼聲、監聲、臽聲、炎聲古韻並屬談部，與肴為語轉。曹憲音脥字達濫反，則誤依啖字或體之脥給音。說詳拙著《說文讀記》。

(五)《說文》：「纔，帛雀頭色也。从糸，毚聲。」案：此與「綟，帛戾艸染也」一例，分別以雀與戾為聲訓，戾即艸部莀字，本借戾或盭字為之，是宵談互為陰陽聲之證。段云：「今經典緅字許無，纔即緅字也，〈考工記〉：三入為纁，五入為緅，七入為緇。注：緅，今禮俗文作爵，言如爵頭色也。〈士冠禮〉爵弁服，注：爵弁者，其色赤而微黑如爵然，或謂之緅。依鄭，則爵緅纔三字一也。」案爵緅纔但為語轉，當以爵為其始稱，緅是轉入侯部的稱謂，與纔不同字，故鄭云「或謂之緅」。至鄭云「今禮俗文作爵」，〈冠禮〉經文既書爵字，漢時雖通行用緅，俗文作爵，正是禮失求諸野之説，未可以鄙薄視之。段氏既誤解鄭意，鄭説爵字意亦不免含渾，章氏舉以為例而無説，特為申述如此。

如上所言，宵部原來確當為談部陰聲，本音陰聲為**aw，入聲為**ap。其後**aw 受幽部影響變為*au，**ap 部分變讀為**aup，更因 u 的位置近於舌根，**aup 變為*auk；部分保留**ap 不變，於是成為宵部與談、葉的兩分。

其四、論幽部與微部文部的音轉

無論從文章結構及所關古音層面而言，這裏所要説的都應納入前節中，只因資料較多，於是專立為節。

幽部與微部文部間曾有過交通，自宋保《諧聲補逸》即已發現[46]，至章炳麟《國故論衡》又略有發明[47]；此外，似乎没有留意及此的。如楊樹達《積微居小學金石論叢・音韻之屬》中有〈古音對轉疏證〉及〈古音咍德部與痕部對轉證〉兩文，於幽與微文的關係全無所見。現將我於《説文》中獲得的資料列述於後，除音義相關之字類屬，如琱下列彫，翯下列誰，追下列逐，次第一依該書之先後。

1. 祈，求福也。从示，斤聲。渠希切

 案：段云：「祈求雙聲。」意謂二者語音相關；祈與求同羣母，古韻分屬微或幽部。

2. 琱，治玉也，从玉，周聲。都僚切

 彫，琢文也，从彡，周聲。都僚切

 案：琱彫實同一語，琢是其轉入侯部之音。《詩・棫樸》「追琢其章」，

---

46 宋保舉例，見下文差字條。

47《國故論衡》云：「幽欲對諄，脂隊欲對冬侵緝，不及，則適與其陰聲脂隊、幽隔越相轉。故彫弓為弤弓，琱琢為追琢，遲任為周任，翯昔為誰昔，由此也。」案：《廣韻》魂韻弤同弴字，都昆切，彫與弴確為語轉，然氏聲之弤不得同弴，弤是誤讀與弴同；齊韻都禮切弤下云舜弓名，方是弤的本音，蓋又從弴之聲轉出。餘詳下彫字條。周任見《左傳・隱公六年、昭公五年》及《論語・季氏》，遲任見《尚書・盤庚》，所引其人之言，各不相牟。劉寶楠《論語正義》云：「江氏永《羣經補義》疑即盤庚遲任，不知然否。」周與遲聲與韻均非嚴格相當，故本文不收。其餘兩條分詳下文琱及翯字。

毛云「追，彫也」，追彫一語之轉。《釋文》音對迴反。〈有客〉「敦琢其旅」，鄭云「言敦琢者，以賢美之，故玉言之」，《釋文》「敦，都回反，徐又音彫」，不僅敦與彫為語之轉，又直以敦之音同彫。舌音無合口四等音，故四等的彫音轉為合口而讀一等。〈行葦〉「敦弓既堅」，《釋文》「敦音彫，徐又都雷反」，與此同。

3.茅，菅也。从艸，矛聲。莫交切

案：《詩・東門之墠》「茹藘在坂」，毛云：「茹藘，茅蒐也。」《釋文》：「茹藘，茅蒐，蒨草也。茅，貌交反，又音妹。」《周禮・掌染》注：「染草，茅蒐橐蘆豕首紫莿之屬。」《釋文》：「茅，如字，劉音妹。」《儀禮・士冠禮》「韎韐」注：「韎韐，緼韍也。士緼韍而幽衡，合韋為之，士染以茅蒐，因以名焉。今齊人名蒨為韎（韐）。」《釋文》：「韎，音妹。茅，亡交反，一音妹。」《說文》韎下段注云：「《詩箋》云：韎，茅蒐染也；茅蒐，韎聲也。又《駁異義》云：齊魯之間言韎聲如茅蒐，字當作韎，陳留人謂之蒨。韋注《國語》云：茅蒐，今絳草也，急疾呼茅蒐成韎。此皆《詩箋》所謂茅蒐韎聲也。」參下蒐字條。

4.蒐，茅蒐，茹藘，人血所生，可以染絳。从艸鬼。所鳩切

案：據茅下所引段注，茅蒐急呼成韎，蒐字應有蘇內切或所類切的讀法，為所鳩切的變音，當以鬼為聲。許君以為會意，殆塗附為說。鬼字本音屬幽部，鬼侯即九侯，是其證，轉音入微。其字原讀 sk 複母，故蒐字从之音所鳩；从厶，正以表其聲具 s 成分。人死為鬼，疑死即 s- 的蜕變音。

5.𠃬，誰也。从口，𢆉、又聲。𢆉，古文疇。直由切

𦣻，詞也。从自，𢆉聲。〈虞書〉「帝曰𦣻咨」。直由切

誰，誰何也。从言，隹聲。示隹切

案：𠃬、𦣻同字，本借用𢆉字，轉注為𠃬、𦣻。《爾雅》：「疇、孰、誰也。」三者並一語之轉。孰字殊六切，誰字大徐示隹切，方音或牀禪不分，示隹與殊六雙聲，故《廣韻》音視隹切。𠃬、𦣻二字直由切，則誤從田疇字本義給音（案田疇一語之轉），《集韻》尤韻時流切𦣻下云「詞也」，為疇誰字之本讀。《廣韻》直由切疇下云「誰也，……田疇也」，《集韻》時流切疇下云「耕治之田」，是二義混讀之證。《說文》引虞

書，今字曷作疇，《史記・五帝本紀》作誰；《詩・墓門》「誰昔然矣」，《左傳・宣二年》「疇昔之年」，疇昔即誰昔。

敦，怒也，詆也。一曰誰何也。从攴，𦎫聲。都昆切

案：一曰誰何，為此字借用義，應讀同偏旁𦎫字常倫切，為誰的陽聲，由疇及孰之音轉出。

6. 趁，行速趁趁也。从走，夋聲。七倫切

案：《廣雅・釋室》：「趁，犇也。」曹憲音千繡反（段注引作子綏反，不詳所據）。王念孫云：「《廣韻》趁，進也。趁之言駿也。《爾雅》駿，速也。」《詩・清廟》「駿奔走在廟」，駿與趁同，《釋文》音峻，《廣韻》峻與迅同私閏切。王氏所引《廣韻》趁字見宥韻，音七溜切，與《廣雅》曹音合，七溜、七倫一語之轉，但趁从夋聲，應與駿同字，循千繡反之音，其字當如《集韻》宥韻千繡切趁的或體作趍，以叜為聲，叜即今之叟，因趁趍形近義同收為一字。《莊子・達生》云；「善養生者若牧羊然，視其後者而鞭之。」《釋文》云：「鞭，如字，崔本作趍。」即此字，「趍之」猶言「進之」，是驅之使進的意思。自崔譔不識古字，而云：「趍，匿也，視其羸瘦在後者匿著牢中養之也。」似以趍為廋，故云匿；又云「羸瘦者」，亦似由趍字以出。後人但知崔説為不辭，亦不得趍字之意，因臆改為鞭字。《廣韻》宥韻初救切遚下云「不進」，亦此字；進上衍不字，初救即千繡的變音。

7. 追，逐也，从辵，自聲。陟隹切

逐，追也。从辵，从豚省。直六切

案：追逐一語之轉，《集韻》逐又直祐切。聲母有清濁的差別，疑因追字又別有端母的讀音（見上）引致淆亂，追逐之追本讀濁聲。其幽部陰聲為攸字，本作𢼸，見甲骨文，从又持杖象逐人之形，《易・頤》「其欲逐逐」，子夏本逐作攸，可為證明。許君説追逐二字之形並誤。𠂤金文用與師同，古韻屬脂部開口，與追之音不合，當從楊樹達説，追从辵𠂤，逐从辵豕，一言逐人，一言逐獸。並可以取及隶二字互參。及字作𠬪，隶字作𣥰，前者从又从人，象自後及之；後者从又从尗，象持住獸尾，形義與追逐二字適相當。段氏據《韻會》引小徐「豚省」作「豕省」，改豕省為豖省聲。豖聲古韻屬侯部，與逐古韻屬幽部不合；省豖為豕，亦無義可言。

而小徐云：「遯者，走也；逐者，追也，豚走而逐追之，此會意也。」又可見「豕省」並非小徐所傳之本。

8.韗，攻皮治鼓工也。从革，軍聲。讀若運。王問切

案：《周禮・考工記》「韗人為皋陶」，注：「鄭司農云：韗，書或作鞠。皋陶，鼓木也。玄謂鞠者，以皋陶名官也，鞠則陶字從革。」賈疏：「玄謂鞠者以皋陶名官者，依先鄭從鞠為鼓木，還以鞠為鞠人之官，是皋陶名官也，鞠即陶字從革。若然，後鄭謂鞠人為皋陶，不取韗字為官名。」《釋文》：「韗，況萬反，眾家並音運。鞠音陶，徒刀反。」韗書或作鞠，後鄭以為鞠即官名，由陶字易阜為革，則韗人即鞠。韗从軍聲，古韻在文部，陶古韻在幽部；韗音王問切，聲屬喻三，陶音徒刀切，兩字聲母之關係，猶談从炎聲，及團圞為一語。

9.孰，食飪也。从丮，𦎫聲。殊六切

𦎫，孰也。从亯羊。常倫切

案：𦎫孰一語之轉，孰下段注云：「亯部曰：𦎫，孰也。此會意，各本衍聲字，非也。」𦎫之聲當由孰之音轉出，説詳後；其字則當先有𦎫字，蓋𦎫本音如孰，及語轉為常倫之音，於是以𦎫字專常倫之讀，於𦎫加丮為孰字，而讀殊六切。

10.隹，鳥之短尾總名也。象形。職追切

鳥，長尾禽總名也。象形。都了切

案：隹與鳥一語之轉，本無長短尾異稱，是以从隹从鳥之字多互作。隹音職追切，其聲本是帶 s 詞頭的端母變音，是為其證。字形的不同，當是語音分化後所採取的別嫌措施。

11.雕，𪇰也。从隹，周聲。都僚切

𪇰，雕也。从鳥，敦聲。度官切

案：𪇰雕一語之轉，𪇰本音都昆切。〈四月〉詩：「匪鶉匪鳶，翰飛戾天；匪鱣匪鮪，潛逃于淵。」鶉與𪇰同，本以鳶鮪、天淵分韻，因敦聲有都昆、度官二音，度官之音既與鱣（張連切）為韻，又與天、淵韻近，而誤讀鶉字度官切，並鳶字亦由與職切改讀為與專切。説詳拙文〈説匪𪇰匪鳶〉[48]。

[48] 見《王靜芝先生八秩壽慶論文集》（臺北：輔仁大學中文系所，1995）。

12.雔，祝鳩也。从鳥，隹聲。隼，或从隹一。思允切

案：雔字思允切，小徐聳尹反，音同，此誤依或體隼字又為鷹隼字給音。祝鳩之隼本讀同隹字，其先即書作隹，轉注加鳥而為雔字，或互易偏旁為鵻。《詩・四牡》「翩翩者雔」，《釋文》「雔音隹，本又作隹。」《爾雅・釋鳥》「隹其，夫不。」隹即雔字。《廣韻》職追切雔下云鳥名，並其證。《左傳・昭公十七年》「祝鳩，司徒也。」杜注：「祝鳩，鵻鳩也。」祝、雔語之轉。祝字古韻屬幽，有之六、職救二讀。《左傳釋文》云：「鵻本作鶽，即宵反。」則是誤字誤音，與雔誤作樵同。説參拙著《説文讀記》。《方言》卷八：「鳩，梁宋之間謂之鶽。」鶽亦鵻字之誤。

13.幽，隱也。从山丝，丝亦聲。於虯切

案：隱字於蟶切，古韻屬文部，幽隱一語之轉，與祈、求同例。《集韻》尾韻隱豈切扆下云「《博雅》扆、隱、翳也。」扆即隱之陰聲。又隊韻烏潰切扆下云隱翳也。則是其合口去聲。

14.脽，屍也。从肉，隹聲。示隹切

案：《説文》；「屍，髀也。」徒魂切，或體作脾作臀。脾从隼聲，隼即由隹字變化的或體鵻字[49]，以知脽屍為語轉，其先蓋讀 zdh- 複母。《全王、王二》尤韻職鳩反脽下云「尻，又時惟反」（《集韻》之由切收之），是脽字又有幽部一讀；字从隹聲而讀職鳩反，情形同蒐字。隹的形音本由鳥字分化，疑職鳩反脽字本作鳥。

15.𥁕，仁也。从皿以食囚也，官溥説。烏渾切

案：从皿食囚之解，頗涉奇思。凡許君採通人説而特著其名者，無不表示存疑之意。東下既引官溥説「从日在木中」，其前已有「从木」二字，以見許君所能認定的，僅是其从木的部分，便是明證。𥁕疑當與《説文》訓温器的鏂同字，从皿，囚聲。囚讀同幽囚的幽，與幽囚的囚異字同形（即一形而為幽、囚二字）。𥁕本音為於刀切，今讀烏渾切，是其轉入文部的讀音。《説文》；「媼，母老稱也。从女，𥁕聲。讀若奧。」烏皓切。𥁕

49 雔，《廣韻》職追切，大徐思允切。《説文》云「隼从隹一」，段注：「从一者，謂壹宿之鳥也。」蓋不得要領。此本借隹字為之，或加鳥作雔，又或加一作隼以別。更詳上文脾字案語。

本音於刀，故媪字从之而讀若奥；若本音烏渾，不得為媪字聲符。至於其餘从𥁕聲的溫熅慍轀緼等字，則成於其字轉讀烏渾切之後。

鑢，温器也。从金，麀聲。讀若奥。於刀切

案：《廣韻》於刀切爊下云「埋物灰中令熟」，當與鑢為同語。《廣雅・釋詁四》：「爊、煾：熄，熅也。」曹憲煾音恩，熄音烏回，熅音於云，四者又並為語轉。煾即《説文》的衮字，許君云：「衮，炮炙也，以微火温肉。」烏痕切。熄字《説文》云「盆中火」，熅即與温同，故《集韻》熅字又與温同音烏昆切。《集韻》既於烏昆切收煾熅同字，又於烏痕切收衮煾爊同字，於刀切亦收衮爊同字，明見諸字皆一語之轉；熄字又見迄韻紆勿切，由陰聲轉為入聲。又《説文》：「揾，没也。」烏困、烏没二切；「溾，没也。」烏恢切。《廣韻》慁韻奴困切抐下云「揾抐，按物水中」，義與爊為「埋物灰中」相通，揾溾亦當與爊為語轉。

16.管，厚也。从亯，竹聲。讀若篤。冬毒切

竺，厚也。从二，竹聲。冬毒切

惇，厚也。从心，𦎧聲。都昆切

案：竺與管同字，本借篤字為之，故《説文》云管讀若篤，轉注易馬為亯為二而為管或竺字，惇則是其轉入文部的讀音。

17.旭，日旦出皃。从日，九聲。讀若勖。許玉切

案：段注云：「按《音義》云許玉反，徐又許九反，是徐讀如朽，朽即好（案段改《説文》讀若勖為讀若好，故云然）之古音。朽之入聲為許玉反，三讀皆於九聲得之。不知何時許九誤為許元，《集韻、類篇》皆云許元切，徐邈讀。今之《音義》又改元為袁，使學者求其説而斷不能得矣。」段氏此據《詩・匏有苦葉》「旭日始旦」《釋文》而言。然陸氏云：「旭，許玉反，徐又許袁反，日始出大昕之時也。」《集韻》元韻許元切以煖字為首，同紐共四十字，旭下云「日始出大昕時，徐邈讀」，是明據《釋文》，因許袁音同許元，故收之其下，非如段説，誤許九為許元，又改元為袁字。《釋文》又云：「《説文》讀若好，《字林》呼老反。」是旭字實有陰聲一讀，然非有許九反一音之説。《呂覽・有始》「東南曰熏風」，《莊子・天下》「薰然仁慈」，《釋文》云「薰，温和貌」，熏薰二字即是旭字陰聲入聲的陽聲轉語，音許云切；徐邈音旭字許

袁反為其變讀。旭之音對轉文部應入文韻，但文部字亦間入元韻，前文鞾下引《周禮釋文》韗字音況萬反，即是一例。《廣韻》塤字見況袁切，或體作壎，菌字又見求晚切，困聲員聲熏聲古韻並在文部，《集韻》蕡字又見符袁切，賁聲古韻亦在文部，並其例。此外，小徐旭字音喧玉反，喧非習見上字，其字《廣韻》正讀況袁切，似與《全王》棖百切宅、封曲切轐一類；若然，則是許袁與許玉具陽聲與入聲關係之證。

18.采，禾成秀人所收也。从爪禾。穗，俗从禾，惠聲。徐醉切

案：《說文》於采下云「禾成秀人所收」，以秀與收為采字聲訓，與倉下云「倉黃取而臧之謂之倉」以倉黃及臧為倉字聲訓一例，以見采字古韻屬幽部，許君之時其音相承如此，是故褎下云「从衣，采聲」，袖為褎之俗體。古韻學家除朱駿聲外，並收采字於幽部，可謂信而有徵。但俗體采字从惠聲作穗，〈黍離〉詩叶穗、醉，〈大田〉詩亦以穗叶穉、穧、利，為不謹嚴之趁韻，其始當並作采字，則又采字早於周代有轉入微部的讀音之證明。

19.奧，宛也。室之西南隅。从宀，𢍜聲。烏到切

案：𢍜與奧音遠，疑本作□，象納薪蒸禾稈於奧之形，參拙文〈甲骨文金文𡴀字及其相關問題〉[50]之後記。此字意義三方面與微文部字具語言關係。其一，《廣雅・釋詁四》：「奧，藏也。」王氏《疏證》云：「奧之言幽也。《爾雅》西南隅之奧，孫炎注云室中隱奧之處。〈堯典〉厥民奧。《韓詩外傳》云：窺其户，不入其中，安知其奧藏所在。《文選・蕪城賦》注引《倉頡篇》云隩，藏也。」《廣雅》又云：「韞，藏也。」（案：此王氏據〈文賦〉注補）。《論語》「韞匵而藏諸」，馬注「韞，藏也」。韞或作緼，《易・繫辭》：「乾坤，其易之緼也。」虞注「緼，藏也」，王注「緼，淵奧也」。韞緼並於粉切，與奧雙聲。其二，〈小明〉詩「日月方奧」，傳「奧，暖也」。《老子》「道者，萬物之奧」，《釋文》「奧，煖也」。字或作燠，〈無衣〉詩「安且燠兮」，傳「燠，煖也」。〈天問〉「烏何燠之」，注「燠，温也」。奧燠與温一語之轉。其三，〈瞻彼淇奧〉詩傳云：「奧，隈崖也。」《說文》「澳，隈

50 見中央研究院《歷史語言研究所集刊》34 下册（1963）。

崖也。內曰澳，外曰隈。」又：「隈，水曲也。」奧澳與隈亦一語之轉，所謂內外之分，猶鳥與隹長短尾之別，不過為漢儒的正名主義訓詁而已。《說文》又云：「隩，水隈厓也。」隩澳實為一字。

20.幔，墀地以巾撋（各字書韻書無此字，《廣韻》奴案切幔下云巾捫，周祖謨校改捫字為撋，是也。幔即幔誤。）之。从巾夒聲。讀若水温䰟。乃昆切

案：段改篆文作幔，改夒聲為㲽聲，云：「許讀若䰟，大徐據《唐韻》乃昆切，《玉篇》奴昆切，蓋古温䰟之䰟讀乃昆切。《玉篇》、曹憲《廣雅》音、《廣韻》又乃回、奴回切，則乃昆之轉。……《莊子釋文》引《漢書音義》音温（一本作混），與乃昆一音相近。……乃昆之音，因於㲽聲。㲽者，古文婚字。……亦讀若閔。然則此為㲽聲，而非夒聲甚明。夒在尤幽部，轉入蕭宵肴豪部，斷不得反以乃昆也。」段氏不知㲽字為聲不得讀泥母，《漢書音義》音温，顯是誤解《說文》讀若之意，一本作混，又當為温的誤字。㲽聲可以讀為閔，為明母與曉母合口字間產生的特殊情況，無由證明乃昆切的幔為誤字。而夒音奴刀切，正與幔字雙聲為幽文轉音。參下擾字條。

21.傮，終也。从人，曹聲。作曹切

案：許君以終訓傮，傮終為一語之轉。終之語出於冬，甲骨文冬字作△，象結冰形，引申為終盡之意。冬字都宗切，其引申語終帶 s- 詞頭轉為職戎切，對轉幽部而為傮，音作曹切。此與蓺、瑱等字从執或真為聲而讀精母相同，詳前論上古聲母部分。《說文》「殌，大夫死曰殌」，殌為卒字轉注，《廣韻》術韻子聿切卒及殌下同訓終，卒又為傮的轉語。

22.裻，新衣聲。一曰背縫。从衣，叔聲。冬毒切

案：段注云：「此當依《玉篇》先鵠切。〈子虛賦〉翕呷萃蔡，張揖曰萃蔡，衣聲也。萃蔡讀如碎粲二音，裻亦雙聲字。」大徐裻字冬毒切，為「一曰背縫」義之讀音，《說文》褄下云「衣躬縫」，正音冬毒切，《莊子・養生主》以督字為之。《廣韻》冬毒切及先篤切並云新衣聲，裻碎一語之轉。

23.羑，相訹呼也。从厶羑。誘，或从言秀（案下當補聲字）。䛻，或如此。羑，古文。與久切

案：或體䛻下段注云：「从盾者，盾下曰所以扞身蔽目，蓋取自隱藏以招

人之意。」宋保《諧聲補逸》云：「諳，盾聲。羑在尤幽，盾在諄文，猶執从䇽聲，媪讀若奧𥁕聲，酎从寸聲。」相形之下，自以宋說為長[51]。盾字食尹、徒損二音，準韻無禪母，前者同禪母，禪出於邪，喻四古讀*zɦ複母，z 即邪母成分，後者正所謂喻四歸定之說，是諳从盾聲無可疑。但字既从盾聲，古韻當在文部，蓋本與「循循善誘」的循同字，為羑的轉語，其後迴讀與羑同。前舉敦或音同彫，趍讀千繡切，以及下文蜼或讀余救切，並與此同例。《廣雅・釋詁一》：「訹、謏，誘也。」曹憲謏字素了、三酉、三六、所六四音，古韻屬幽；訹音思律切，古韻屬微，訹謏亦當為轉語。《集韻》息有切則收訹謏同字，例亦相同。又誘从心母秀字為聲，誘與謏特聲有清濁之異，當亦為一語之轉。

24.碓，所以（二字從段補）舂也。从石，隹聲。都隊切

案：《說文》舂下云「擣粟」，擣字都皓切，疑碓之語出於擣，但有靜動之別。

25.凋，半傷也。从仌，周聲。都僚切

案：《廣韻》都聊切凋下云凋落，灰韻都回切磓下云落，疑凋磓一語之轉，參彫字條。

26.闟，開閉門户利也。从門，繇聲。旨沇切

案：繇聲與旨沇切不合，自大徐至段玉裁，多云未詳。小徐音職流反，而為孔廣居、錢坫等所譏。桂馥云：「當云从門从繇，門亦聲。」王筠以為其說或然。今檢《萬象名義》音之兖反，與大徐合，各韻書闟亦並在獮韻，小徐流當是沇之誤，或據繇聲而改之。以韻言之，繇聲而音旨沇切，與旭音許袁、幔音乃昆同例，蓋本音如帚，轉音入文。文部字中古入仙韻，有員、兖、沇、免、釧等字行徑相同。以聲言之，例以緻从敫聲音之若切，鬻从粥聲而有祝、育二音，亦無可疑。

27.擾，煩也。从手，夒聲。而沼切

案：《詩・葛覃》「薄汙我私」，《傳》云：「汙，煩也。」《箋》：「煩撋之，用功深。」《釋文》云：「撋，諸詮之音而專反，何胤沈重皆

51《說文》諳下但云「或如此」，不言其从盾形聲會意，宋氏據許君執从䇽聲、媪从𥁕聲之例，創為諳从盾聲之說，自視段說為高明。但執字䇽聲、媪字𥁕聲二說，並留補苴之隙，分見於上。酎下大小徐並云「時省」，段注據紂狩二篆「肘省聲」，改作「肘省聲」，又較宋說為強。余謂肘古作，象形並以一畫示意，後同化於寸字作，始有加肉之肘。酎紂狩三字原並从肘聲不省，與諳从盾聲無關。

而純反。」撋从閏聲，閏字如順切，古韻屬文部，當以而純反為正。撋撋一語之轉。

28.蜼，如母猴，卬鼻長尾。从虫，隹聲。余季切

案：段注云：「《山海經》注曰音遺，又音誄；注《爾雅》曰零陵南康人呼餘，建平人呼相贈遺之遺，又音餘救切，皆土俗輕重不同耳。左思〈吳都賦〉劉注引《異物志》説狖，與郭説蜼同，狖，余救切。正因蜼有余救一切，而別製字耳。」隹聲之蜼音余救切，可與脽蒐二字互參。然余救切當是狖字之音，其後混讀。狖則是犹的形譌。冘音餘針切，又音以周切，幽部部分字本是侵部的陰聲，《集韻》余救切狖之或體正作犹字。又《説文》舀字或體作抭與𦥷，抭𦥷為扰𦥷的譌誤。舀音以周切，與犹音余救切相為平去；又猶豫古或作冘豫，並其證。余季與余救為一音之轉。

29.錭，鈍也。从金，周聲。徒刀切

鈍，錭也。从金，屯聲。徒困切

案：錭鈍一語之轉，現象與彫敦、雕鷻平行。

以上共計二十九例，其中如奧、盄、𡚁等所涉及的，還並非一字二音或僅是兩字間的關係。此外，《禮記・明堂位》：「昔殷紂亂天下，脯鬼侯，以饗諸侯。」《史記・殷本紀》、〈周本記〉鬼侯並作九侯，太史公必然有其史料的根據，斷不得隨意改鬼字為九，而蒐字从鬼音所鳩切（見前），從知此一資料所代表的應為先秦的語音現象。於是如《説文》：「艽，遠荒也。从艸，九聲。詩曰至於艽野。」《廣韻》有巨鳩、渠追二音；《爾雅・釋草》：「中馗，菌。」《釋文》：「馗，求龜反，郭音仇，則字當作頯。」《廣韻》馗頯二字同見於巨鳩切及渠追切；嬀从簋聲許君云「讀若糾糾葛屨」，居夭切，廄从𣪘聲居又切，而簋𣪘同字音居洧切，其字又从九聲作朹（案：此一例至為重要，前文蒐媼等字所以採取如彼的觀點，便是基於有如這樣的字例，明示由幽入微、文）；以及其餘从九聲的軌、宄、氿，从咎聲的晷、厬，弅及从弅聲的踦、頯，《廣韻》收入脂韻之字，恐都不應視為僅是中古音現象，而可能是周代已經變入微部。〈釋草〉的馗字既有仇（巨鳩切）音，其轉音渠殞切的菌字數見於《莊子》，中間曾經渠追切的讀法，便是明證。

為徹底明瞭上述諸轉語語音演變的趨向，依各字讀音之同異，歸納其類別，以便觀察。

其一，彫琱與追敦（都回反）、茅與𦵏、蒐（所鳩切）與蒐（蘇内切）、𠷎𠷎疇與誰、攸

逐（直祐切）與追、鳥與隹、幽與㕡（烏潰切）、脽（之由切）與脽（示隹切）、㿻（於刀切）鑢與煨㵹、旭（許晧切）與旭（許袁切）熏薰（許云切）、采（褒聲符）與穗、奧澳隩與隈、擣與碓、凋與磓、犹與蜼、九侯鬼（舉有切）侯與鬼（居偉切）侯、艽（巨鳩切）與艽（渠追切）、馗（巨鳩切）與馗（渠追切）、頄（巨鳩切）與頄（渠追切），為幽部陰聲與微部合口陰聲的語轉，不含如軌氿晷跻中古無流攝讀音之字，共十九例。

其二，爊與煨（紆勿切）、僔與卒、羞與訹，為幽部陰聲與微部合口入聲的語轉，共三例。

其三，求與祈、幽與隱、爊與衺，為幽部陰聲與文部開口陽聲的語轉，共三例。

其四，𩫖與敦（常倫切）、趥趖（七溜切）與趖（七倫切）駿、鞠與鞞、雕與皸、脽（之由切）與戻、㿻（於刀切）鑢與㿻（烏渾切）熅、奧與韞緼、燠與温、䌛聲與闗、夒聲與㥏、誚與盾聲、擾與㨖、鋾與鈍、馗（巨鳩切）與菌，為幽部陰聲與文部合口陽聲的語轉或諧聲，共十四例。

其五，逐（直六切）與追、孰與誰、祝與雛、裻與萃，為幽部入聲與微部合口陰聲的語轉，共四例。

其六，孰與𦎫、筥竺篤與惇、旭（許玉切）與旭（許袁切）熏薰，為幽部入聲與文部合口陽聲的語轉，共三例。

上述四十六組字例，最容易注意到的為開合口的現象。上古幽部無合口音，凡幽部字無論陰聲入聲，全讀開口，微與文則有開有合，四十六組屬微與文之字，僅第三類祈、隱、衺三字屬開口，其餘四十三組都屬合口音。據方桂先生合口出於開口之說，此等轉語應為單向自幽轉入微、文；其中鳥與隹一例，以堆推魋之字分屬端、透、定證之，正是照由端出，為自幽轉微的內在證明。此外如茅从矛聲而劉音妹，旭从九聲而或音許袁，㥏从夒聲而今音乃昆，以及敦琢、敦弓之敦音彫，非以彫字音敦，當然都明顯支撐此一觀點。雖有祈、隱、衺三字約十五分之一讀開口的例外，衺字明涉第四類的鑢與熅，熅為衺的合口，也許衺又從熅變化。隱字雖然不見合口讀法，㕡明與隱相關，而有合口烏潰切一讀；㥯聲的饐《廣韻》有烏困、於恨兩切音，穩字亦音鄔本切，其字雖不見《說文》，與隱字同訓安，應是憑㥯字的引申義，隱是㥯的假借為用，似㥯字原有合口一讀。全然不見合口痕迹的，不過祈字一例。《爾雅·釋草》：「芹，楚葵。」芹字巨斤切，葵字渠隹切。《說文》：「蘄，菜之美者，雲夢之蘄。」祛豨切，為芹的陰聲，芹、葵、蘄三者並一語之轉，而葵為合口，《集韻》蘄字亦有胡對切一讀，為合口音。疑祈字或本有合口音，只是失傳而已。

其次注意到的是：幽部四十六字之中，屬於入聲者，僅五、六兩類共七例。而逐字別音直祐切，孰與誰一例涉及蜀字，祝字別音職救切，旭字也別有許晧切一讀，確然不見有陰聲讀音蹤迹的，僅𦎫孰的孰及篤、裻三字。如直祐、許晧的反切，讀者或將以後起見疑；但只須其有秦以前來源的可能，即使出於直六、許玉的讀音，仍可能成為追字及旭字許袁切音的源頭；而這種可能性却是無法根本排除的。然則這種陰聲絕多入聲絕少的現象，表示的當然是入聲有塞音尾，韻尾不容易發生變化，微部入聲與幽部韻尾不相同，所以幽部入聲極少轉入微部；文部情形自不得異。至於幽部陰聲所以多有轉入微文部者，自然又顯示因為幽部陰聲是開尾的，不然具有 -g 尾或 -gw 尾的幽部字，與入聲為 -k 為 -kw 者實無不同，也便没有時見轉入微部文部之理。-g 尾 -d 尾等的設立，本欲用以限制不同部位陰聲的交流，終不至有人根據如孰、篤的例，説施加了 -g 或 -gw 尾的幽部字，也同樣可以轉為微部的陰聲或文部陽聲。雖然轉語之間不必定具韻尾相當的關係，像上述四十餘組不出幽與微文之間的各種平行現象，以為不是某種語音演變規律，而等閒視之，得失如何，不難明白。

綜合上述兩點，幽部轉入微文部的音變可作如下的解釋：幽部陰聲為*əu，因為央元音前發生圓脣作用，形成 u 介音，使原來的 -u 韻尾異化為 -i，於是變為微部合口陰聲；更由 -i 變而為 -n，即是文部的合口音。這種情形，很容易聯想到之部陰聲字的轉入微文部。之部陰聲字讀音*ə，先是 ə 後產生圓脣作用，形成 -u 韻尾而音同於幽，再而 ə 前如上述幽部陰聲字產生介音 u，更而韻尾 -u 異化為 -i 變入微部、文部，其例如龜、存、敏，究竟兩次發生圓脣作用的機率較少，所以之部字如龜（居求切）、裘、尤、又、有、丘、牛、郵等轉讀入幽的，不勝枚舉；由此而更轉入微部文部的，却寥寥可數。

> 論上古音，聲與韻之外，自然尚有聲調的問題。對此我並無特殊創見，只是一向同意去入同調的四聲三調説。因為唯有此説始能解釋何以去入二聲關係特別密切。近來更體會到，四聲三調説不僅為一學術主張，實際可以提出證明。只是材料尚未蒐集，而此文自去夏經營成稿，旋即新學年伊始，開課以來，不容易有較完整時間從事撰作，斷斷續續修訂補充，於上學期末出示諸生，以為“音韻學專題”部分講義，暑假中再經推敲，終於底定，前後已歷時年餘；又恐篇幅過大，刊印不易，決定及此而止。有關聲調問題，將來專篇討論。宇純一九九七年八月二十一日晨于絲竹軒。

後　記

拙稿投《集刊》，審查人之一說了許多溢美之言，同時也提出若干意見，經過思慮，決定其中兩點於正文略予補充，其餘則以「後記」方式處理，共是五點。

一、「論之部字經幽部轉讀微文部時，多次提及-ə-元音前後會產生一個合口的u，這個產生的機理是什麼，能否加以說明？」案：淺見基本上以為，開合口的偶然產生變換，不必都要有理由，如國語的横與薛，便是例子。拙稿〈壹〉節中所舉龜字，《廣韻》有開合二音，而龜兹字音丘，龜聲的鬮音鳩與糾，都屬開口，可見其合口讀音應為變讀且並非因本是圓脣聲母而起，是明無機理可言之證。幽部九聲的鳩究讀開口，軌宄讀合口，以致方桂先生九字擬音*kjəgwx 之下，復擬為*kwjəgwx 而加問號，表示是否當為圓脣聲母疑莫能定，從知九聲之字確有自開口變讀合口的事實，而亦不必其先聲母即為圓脣。ə元音之前產生圓脣作用，本是方桂先生的說法，表面上似以舌音齒音聲母為音變條件；但漢語脣音本不分開合，牙喉音之讀合口者又已擬為圓脣聲母，所賸即為舌音齒音，是此條件說不能成立。央元音本是個不前不後、不高不低，以及不圓脣亦不展脣的中性音，設想其前或其後偶因口型的略微變動，發生圓脣作用而產生帶 u 的成分，似乎可以言之成理。愚見如此，不知其然否？

二、「論邪母中古為四等而竟不見於四等韻（宇純案：此所謂四等韻，相當於拙稿中的獨立四等韻），作者認為是其音與同轉三等（宇純案：此所謂三等，相當於拙稿所説二、三、四等合韻的四等）極為接近，為求整齊劃一，因此不再重出。但是試以仙先為例，兩韻其他精系字並存；何以不援邪母舊例同予整齊劃一，不易理解。」案：拙稿此節係引用拙文〈論重紐等韻及其相關問題〉中的話語，在「或者《切韻》作者的整齊劃一」之前，尚有「由於實際語言的化繁就簡」一句，並非以《切韻》作者的整齊劃一為唯一原因，且認為實際語言的化繁就簡可能性最大，故列之在前；只是又鑒於邪母字視精系其他聲母字特少，别有所疑，於是加此一句於後。

三、「本文不從全濁聲母不送氣之説，主張並、定、羣母為 bh-、dh-、gh-，但未説明其理由。以下兩點，便容易產生誤解。⑴依語言類型的觀察，凡具帶音塞輔音的語言，如有送氣音，大體必有不送氣音；如有不送氣音，則未必有送氣音。換言之，不送氣的帶音塞輔音較送氣的帶音塞輔音為常見。作者不考慮語言類型的常例，捨 b-、d-、g-、而就 bh-、dh-、gh-，必當有故。可否明示，以袪疑惑？⑵一般而言，

bh-、dh-、gh- 中的 h，音值實為 ɦ，不為 h。在高本漢、董同龢兩位先生的系統裏，因為別無聲母後的 ɦ 與之對立，寫作 bh-、dh-、gh-，以 h 表示送氣，並無問題。不過本文既然以 zɦ 表複聲母（喻四），似乎應該要釐清這個 ɦ 與 h 的性質為妥。否則如果讀者誤以 bh-、dh-、gh- 為複聲母，定非作者之所望。」案：前者，因為不是簡短篇幅可以說得明白，將別為文論述，故拙稿在擬上古脣音四母分別為*p-、*ph、*bh、*m 四音之下，曾加括弧注明：「各部位全濁塞音及塞擦音原為送氣讀法，別有專文討論。」所指專文，即稿中論陰聲字不具塞尾時所提到的〈古漢語曉匣二母與送氣聲母的送氣成分〉待刊稿，凡三萬餘言。此外，在論喻四擬音及與見系諧聲的照三系字擬音時，曾涉及該文的觀點及例證。所以此點只將題稱補入注中，不更加任何說明。至於後者，淺見以為 b-、d-、g- 後的送氣音所以為 ɦ，不為 h，只是由於聲母濁流的影響而然，本與次清聲母的 h 為同一音，即同一音位，bh 與 ph 兩個 h 發音的不同，並非一般使用語言的人所能覺察。正如一般說國語的人，總以為五虎的「五」便是五人的五，而不知實同無虎無人的「無」；即使分析語音的人，也必以五虎的「五」歸同五人的五，而不歸同無虎無人的「無」。所以 bh-、dh-、gh- 的 h，觀念上不同於 zɦ 中的 ɦ，前者只是與次清聲母不異的「送氣音」，後者則是複輔音聲母的第二成分；語音演變上，後者聲母失落而為 ɸ-，前者則無論如何變化，而俱不離其為塞音的本質。

四、「韻部擬音，主要元音獨無常見的 i 元音，稍乖語言類型的常理，不知有無說解？」案：拙稿各韻部元音的擬訂，主要是斟酌各家所作的選擇，稿中已有交代；名家如高本漢、王力以及同龢先師等，俱無以 i 為韻部主要元音的。唯獨方桂先生擬後來無入一等韻的佳耕、脂真四部元音為 i，所見蓋與審查人相同。但《詩經》多處佳與歌的協韻，非 i 與 a 的不同所能釋疑，學者已論及。脂與真或是唯一可以考慮給以 i 元音的兩韻部，而私意亦以為《詩經》中超過五十次的脂微協韻，與其擬為 -i、-əi，無寧為 -ei、-əi；至於同為具塞尾的 -id 與 -əd，更只能突顯 i、ə 元音的差異，不若 -ei 與 -əi 之能呈現尾音的相同，所以拙稿終於放棄了給予脂真二部 i 元音的考慮。i 元音在原始漢語中，也許曾經以主要元音出現過，用以處理以《詩經》為主的周代上古音韻部，似乎並不合適。〔從諧聲字看，《說文》恩从因聲，烏痕切；吞从天聲，吐根切；因、天古韻並屬眞部（方桂先生收恩、吞於文部，不詳其如何理解二字之構造）。若其上古元音爲 i，不當中古讀一等韻，由知方桂先生擬眞部元音爲 i，並不足取。又佳韻字類出佳部，脂部亦不少字入皆韻，佳皆二韻屬蟹攝二等，

擬脂部佳部元音為 i，亦不謂合理。2000 年宇純補案。〕

五、「論談部入聲的演化：或入宵，或在葉，其間不知有無條例可尋？」案：此間說不出有何條例。

最後，謹於此向審查人致以謝意，使拙稿在部分未交代清楚的地方，有一個補充說明的機會。

宇純一九九八年春節期間

（本文原載中央研究院《歷史語言研究所集刊》第六十九本第二分，一九九八。）

再　　記

一九九八年以此文送《歷史語言研究所集刊》，曾經兩位審查人核閱。其中一人提出若干問題，已逐一作答，刊見文末。其另一人，雖亦承謬許拙稿「屬於高水準研究，希望予以刊登」，所撰長篇報告，對宇純多方開導。除其中一條已依示修正（見下），餘則僅具函編委會，約略表示不能接受的原因，以供會議時參考之用。現將鄙意一一披露，並附審查報告於其後，冀望原審查人偶然間察及，明白宇純所以冥頑不肯受教的究竟，而曲予原宥。

1. 這一大節的諄諄告曉，顯然忽略了拙文所談的“上古音”，是自清代顧炎武以來以《詩經》為主要依據的周秦音。我没有時下諸君子一般的博雅，可以動輒根據非漢語資料言漢語，其音之見存時代，則邈焉不可聞問。本文開端雖没有對所指上古音的時代予以界定，文中既說：「只是開口音始於何時？如中古時期的開合口對立狀態完成於何代？尤其今日所言的周秦上古音時代，是否已形成開合口對立的問題？仍然牽涉到對“上古音”的了解。」其後又說：「又考慮到即令一切合口出於開口，或者牙喉音合口出於圓脣聲母，亦不必周代尚無合口音，所以對方桂先生相關的措施一概不取，而逕於韻母採行開合口對立的擬音法。」則我的“上古音”時代所指，其上止於周代，是十分清楚的。

正因為我所講的上古音，時代上有此限制，而我所見到的如《莊子》的龜手，即是後來的皸手，所以陸德明音龜字愧悲反，並云徐邈音舉倫反，明是周代的龜字已由之部經由幽部轉入了微部文部，便是 ə 元音前發生圓脣作用，韻尾 u 異化成 i 的結果。之部的有字音轉入文部為“云”，以及數十組幽部變入微部文部的字例，道理也都相同，其中不少例分明成於周代，且是脣、舌、牙、齒、喉五音俱全。這便是我不取牙喉音圓脣聲母，直於 ə 元音前加介音 u，及不視“ɯa”為複合元音的緣故。審查人列舉文部字演變到中古的情形，表示牙喉音構擬為圓脣聲母的優點。我的看法則是，魂、山、文、諄各韻中來自文部的牙喉音字，從諧聲偏旁尋索，無一絲原讀開口音的痕迹，無由知其本非合口音，更重要的是，看不出來周代都還不是合口讀法；而我前舉龜手之同皸手，“云之為友”見於《詩經・正月》的「昏姻孔云」（此條是今年補入的，審查人當然無由見到），以及敦、皸、隹、誰、趡、脽、穗、猝、幓、摻等字，舌齒音又明是因為 ə 元音前產生了合口，才從幽部轉入微、文部，或在微部產生新的語言。審查人的提示，當然無以說服我在為周代的上古音作考慮時，願意採取圓脣聲母的擬音法。審查人指出，「作者在文中說李先生骨子裏或恐並 k^w、kh^w 等圓脣聲母的構想，只是不欲 g^w 之一音僅見於幽、宵二部的韻尾而張其軍，實在是作者的誤會。」純從圓脣舌根音聲母與圓脣舌根音韻尾兩說的發生早晚而言，我的懷疑當然是錯誤的。但圓脣舌根音聲母說顯然於圓脣舌根音韻尾說有利，故自所以選用圓脣舌根音聲母的著眼點而言，未嘗不可以有此小人之心。

至於說方桂先生擬川字音，「只是一時的疏忽，只須改 jiən 為 jən，便可符合 ə 變 uə 的演變理論。」審查人似竟不知方桂先生加 i 介音的，還有另一層表示中古所以分別入不同韻的作用。如依審查人意見，改川字的擬音為 jən，便與春字全無分別，何以二字分入仙或諄韻，即無以解釋，而這正是方桂先生於川字加 i 音的本意。因為一個 i 介音不能在入韻不同及阻止變合口兩方面兼顧，這才有我的「表示無奈」的理解。方桂先生川字擬音的 j 後加 i，原意十分清楚，必不是他人可以指為一時疏忽，而代為改寫的。

2. 審查人建議改易注 10 中「語音有自 r 變 e 者」一語，為「語音有自 r 變 e 的可能」或「r 變 e 是可能的語音變化」，已遵示更改。我本不諳音，十餘年前，龔煌城兄見到拙文〈論照穿牀審四母兩類上字讀音〉擬中古二等韻介音為e，想到方桂先生上古二等韻擬作 r 介音，主動告訴我說，語音中有 r 變 e 的例，當時說話語氣肯定，所以拙稿其先措辭如彼。

3. 我雖不專治音韻，但先後涉獵音韻數十年，也在大學本部及研究所開講過音韻課程，不能不知重韻一詞的含意。就在審查人所指使用重韻一詞不當的前幾行文中說：「中古的重韻現象，大體而言，分別來自上古的不同韻部。如通攝東、冬、鍾三韻，東一等與鍾出於東部，冬與東的二、三、四等出於中部，四個重韻沒有一個來源相同。」兩次使用重韻一詞，便與審查人所說完全一致。而這裏所使用的重韻，及下文「於是唯一的重韻亦即不存在」，兩處都加有引號，與不加引號本有不同。意思是說，江韻的淙與東韻的崇古韻都屬中部乙類韻字，如一般按照歷史語言學法則的考慮，二字後來既不同韻，其先韻母應仍有區分，而又不知其不同何在，故稱之為重韻而加引號為之別。只是此下的解析，既視淙的本音為藏宗切，士江切為變讀，便不應又謂「崇字則以全濁聲母的不同為分化條件入了東韻」，自是一時的錯亂，已改為「崇字則保持其本來面目而入了東韻」。其餘審查人在此節所說的，基本上是由於彼此對中古所謂的「三等韻」認知不同，請參考下文第 7 節的說明。於此便不待辭費。

4. 此節所引拙文最後一句，今已更改為「其出現的機率不僅太過狹隘，且無道理可言」，並於文後扼要補充了何以為「無道理可言」的說明。至於「近來興起的重紐三等有 r 介音說」，與鄙意大相逕庭。自信我的中古四個等韻形態：-φ、-e-、-j-、-i- 介音的不同，可以協調《切韻》系韻書與早期韻圖所顯示的各種表面差異，可以解釋各種聲類韻類上的問題，也可以貫通其他相關的資料，不是任何異說所能搖撼的。所謂三等重紐介音為 rj 的新說，依我看來，凡所援用的梵漢對音或藏漢對音，其 r 介音只是相當於漢語的 j，並非顯示漢語的三等重紐介音應以 r 與 j 相加。故如丁邦新兄〈重紐的介音差異〉所舉訖與姞的介音韻腹同為 ri，或如龔煌城兄〈從漢藏語的比較看重紐問題〉所舉糞與閫的介音韻腹同為ru，訖與糞兩者皆普通三等韻字，以知區分普通三等韻與三等重紐為介音 j 與 rj 的不同，此意必不得然。

5. 關於第一點，我的看法是，儘管有他國清濁不全相副的例，不能以證漢語不可有相儷的清濁音；匣與羣既本是兩個四等俱全的聲母，便沒有合併為一的理由。

關於第二點，這又涉及整個中古音韻類認知的問題。同以《廣韻》反切下字系聯為背景的眾人一說，與我根據韻圖講中古音韻類，從數量上講只是一對一相等，何況是非對錯，又並不必能由持說之多者取勝呢！此點請參下文。審查人說支脂等韻無匣母字，其他的不說（詳小作〈論重紐等韻及其相關問題〉），《切韻》至《廣韻》真韻礥字的下珍反（切），應該是不能不承認的。韻圖列礥於匣四，《切韻・廣韻》礥下云「又下憐反（切）」，亦正是匣母四等讀音，以見下珍與下憐等韻形態並無差異，只不過韻腹不同而已。東韻雄字《廣韻》羽弓切，《集韻》胡弓切，後者與今方音合，羽弓當是匣變喻三前的結構，故與雄字同音的熊字《禮記・月令・釋文》音乎弓反。東韻一般以為一、三等合韻，實為一、二、三、四等合韻，所以與真韻重紐B

相同，正也有四等匣母音。至於說純四等韻無羣母，在審查人所列舉諸韻中確乎如此。但幽韻有羣母字，實亦純四等韻，只是審查人觀念想必也受一般說法影響，視作了三等韻，這且不談。我所說的翹字或音祁堯，糾字或音其了，分明為蕭篠二韻的羣母音。前者被審查人告誡了一番，等於說我不知《集韻》晚出，不可用以論上古。後者則說不知所本，無法評論。其實這一小節用的是拙文〈論重紐等韻及其相關問題〉，有注說明；可能審查人不屑一顧，而不知所從來。《集韻》翹字在宵韻，而以不屬宵韻的堯為下字，自是「顯然矛盾」，不足為據。但《經典釋文》兩次翹字及一次荍字音祁堯反，又一次翹下云「沈其堯反」，都以堯為下字。音義書是沒有"韻"的限制的，憑音給切，重在能得其音，而不計所用下字於《切韻》之韻是否有當。《集韻》的祁堯切，顯然受到《釋文》的影響，於是對其結構不僅不得斥其堯字誤用，反而要肯定其表示四等讀音的功能。審查人對此全無了解，當然無法體會我的想法。但《廣韻》笑韻翹下云「又巨堯切」，指的便是宵韻渠遙切，反切下字竟與《釋文、集韻》相同。審查人相信《廣韻》，對於這一又切，不知其能予接納否？至於糾字音其了，根據的也是《釋文》。此書為傳統讀書人正音之所賴，時代又在《廣韻》之前，亦不知審查人能否不說我，將《切韻》系韻書與《釋文》「混合使用，容易引起混亂」。

審查人說我為了證明羣母也有二等音，舉出篣、拐、攎、趫四字，但並不見於《說文》，不屬上古的字，不可用來研究上古音。我如果真是連這樣的常識都不具備，則不必說不配言學術，在學界混迹數十年，簡直就該切腹了結。實際文中尚有他例，而其中見於刪、諫二韻的趯彉二字並見於《說文》，不如審查人之信口直斷。而一等的鞼、犫、頍、斡四字，不僅見於《說文》，又且見於《周禮》或《儀禮》，《集韻》的讀音，正是據《釋文》收錄；彉字亦見於《爾雅・釋草》。拙稿所以特言篣等四字，為的是說明《廣韻》也收這種不見經傳之字，不獨《集韻》為然。至於四等韻之有羣母，即重紐 B 中的羣母字，更是舉不勝舉。由於審查人視作三等韻，顧亦莫可如何。

關於第三點，如曄、炎之字究竟如審查人所說，其先為合口，經過異化然後始為開口音？抑或如拙文所說，起始即因為閉口韻關係，根本阻止了合口音的發生？我的看法，自以後者可能性為大。因為異化現象的產生，起於音的不順於口，是自然的變化，並非人為的造作；便沒有理由說，其先可以忍受一段時期的詰屈聱牙，及後方始用異化來求得改善。

審查人在這一節結尾指出，李先生研究上古音，是從宏觀角度看，我批評李先生則是從微觀角度，由細微處指出一些例外現象。方桂先生是國際馳名的大家，我則無藉藉之名的小卒，這是自然的事。但一味從大處着眼，細微地方不注意，有時未必便得真相。如審查人說「喻三來自合口，應該没有懷疑的餘地」。除我文中所舉出諸字，是否合口音之變尚屬疑問外，後來又得一鴞字，从号為聲而音于嬌切，号字方桂先生的擬音為開口，不知對此將要如何交代？又如我論羣匣不可合併，除兩者皆四等俱全的觀點外，並曾從整體脣舌牙齒喉五音的生態着眼，衡諸僅從羣匣二母立說，不知是否也可算得眼界較為寬廣？

6. 此一節，審查人從構詞學說明羣匣二母應為一音。從其舉例看來，所涉便是破讀的問題，則有兩點必須注意。其一，破讀現象起於何時，是否可以用作上古音之證？其二，破讀後的音是否原先語音系統中所不曾有，而是由於構詞的需要，而產生的新的語音？或者兩音皆語音系統中所本有，只不過是利用破讀以改變詞義詞性？

前者，學者本有所論，不待深談，這裏只舉出一例。降字《廣韻》二見，江韻下江切云「降，降伏。又古巷切」，絳韻古巷切云「降，下也，歸也，落也。又音缸（案字見下江切），伏也」。兩音兩義不僅為眾人所熟知，亦為眾人所遵守。適巧一見母一匣母，與見現、解懈相同。但《詩經》兩次用降字入韻，一見〈草蟲〉，叶蟲、螽、忡、降；一見〈旱麓〉，叶中、降。前者又被貴族詩人鈔襲，入了〈出車〉，後面增添了兩個句子，以戎字入韻。從文意看，兩處都取降下義，必不得為降伏；所與叶韻之字則皆平聲，而必不得取古巷切之音。可見後人所熟知習行的降字二義二音，周人固無此別。舉一反三，降字不能為匣必併於羣作證，見現、解懈的說服力如何，可不問而知了。

後者據我的估計，審查人必不至於說，像匣母那樣的語音，是見母的見、解等詞因為構詞的關係，經由羣母所分化出來的，因為這樣的話十分難懂，則又如何能為羣匣必須合併使力呢？審查人說，「音韻轉換」與「方言音異」全然不同。在我看來，都是由於語音系統中先已有此不同的音，才會產生此不同的「音韻轉換」或「方言音異」，實在並無異致。破讀的方式，除改變聲母外，還有改變聲調之一法，平上去入的四聲為語音系統所本有，並非因構詞而產生新調。然則見現、解懈的例，初不過為為辨義而採取了見、匣相配的結構方式。可以表示牙音喉音的一體性，並不能表示匣與羣本是一音。匣與羣果然本是一音，便理不當没有見、羣相副的詞例出現，這道理原是十分簡單的。

7. 這一節，審查人指說我不解中古音的聲類與等韻種種，其實早在一九五一年大學三年級讀聲韻學時，從先師董同龢先生肄習的，與審查人之所言無有不同。中文系的聲韻學，幾乎是人見人怕的課，不及格者類有之，我所修得的學期成績，却是一百整分。寒假中的作業，便是後來的《韻鏡校注》，至今不少大學選作參考書，學者也常見引用。只是後來接觸到《切韻》各種殘卷及《全本王韻》、《廣韻》等書久了，漸漸體認到反切上字的選用，與被切字的介音往往相關，陳澧以來對反切的了解，初不過是反切結構模式之一。於是從〈論照穿牀審四母兩類上字讀音〉，識得照二照三原本聲母相同，到〈論重紐等韻及其相關問題〉，覺悟到韻圖等與等韻無歧義，以及反切上字的分類為的是區分重紐等等，而修正了原先的認知。至此，中古音中各種問題可以說都可貫通。上述後一文曾獲七十八、七十九兩年度國科會傑出獎。據所知，此一獎項必須經過三階段共六人審查全評為 A 等始能獲得，應可證明其所持論點，決不是淺薄幼稚的無根游言。

審查人說「二等只得齒音一字，《廣韻》似乎只東與脂韻一共三字。」實際是十一韻共十二字，詳見〈切韻系韻書兩類反切上字之省察〉。又說「真正發生了無下字可用的情形，則只須採取例外反切方法，以反切上字兼表介音，如恭字駒冬反，也就可以應付過去。以人為的方法，強將語言上本來不分的照二照三一分為二，是不大可能的。照二與照三原本有別，才未曾引起混亂。」首先要注意的是，恭字非無反切下字可用，何以要用駒冬二字作切？這豈不等於告訴了反切原有以上字定介音的一式？於是如審查人所舉菹、初用三等字為下字的例，也便可以從此得到初步了解，不待我來說明。其次，所謂「以駒冬切恭之法，應付無下字可用的情況」，說穿了便是照二照三所以兩分的成因。而凡照二照三的不同，無論同韻不同韻，都有介 e 與 j 之別，憑以劃分為兩類，何「不大可能」之有！但既是分類，使用時便須徹底奉行，偶一不慎，則分等於不分，失去其原先分類的意義。是故儘有同等反切下字可用，亦必不得採用陳澧所說的反切結構，以照三為上字，而結合二等下字以表二等讀音。另一方面，上字既決定了被切字的等第，下字如何配合，綽然有裕餘，二、三、四等都可不計較，於是而形成縬、琔等字之用六，菹、初等字之用魚或居，甚至如師字莊字之用夷用羊，都只表示二等音。審查人譏我不見輿薪，豈其然乎！

從「一般的看法」以下，對拙文的批評，基本上因為審查人對中古音韻類的認知，接受了一般的看法；這個一般的看法，根據的是《廣韻》反切下字的系聯；其背景，則是只知有陳澧所見的反切結構，而不知其他。但理則上反切的結構既不止一式，有的韻頭是交由上字表達，便不能根據下字系聯來講韻類。別的不談，如果相信下字的系聯，所謂支、脂諸韻的重紐便不得視為韻母不同。臻、櫛二韻分明為真、質的莊系字，是故《廣韻》把櫛韻穿母的刹字收在質韻，音初栗切，至《集韻》改隸刹字於櫛韻，而仍以質韻的乙字為下字；《經典釋文》更幾乎全部以真、質韻字為臻、櫛韻的下字。執意臻真、質櫛韻母相同，又將何以解釋臻櫛居然能獨立於真質之外？這些重要問題不得決，提出其他本不存在的疑問，於真知何補！但其中有兩點，仍願奉答如下。

一、「崇字與師字，放在韻圖二等的位置，便認為是二等韻，豈不是一字可以形成一韻？」我不甚知道「一韻」兩字的確切意義。如果指的是韻母，《切韻》中如歌韻的鞾字，廢韻的刈字，並明是一字一韻母；而崇的去聲有㓽字，倒反而不是一字一韻母。如果指的是一個獨立的叶韻單元，則《切韻》的拯韻，其先只有一個拯字；或本《唐韻》栘字亦獨為一韻，亦不足多怪！

二、審查人問，如把三等韻的精系字認為是四等韻，如何解釋與純四等韻的差異？答案是其差異自然在韻腹，如齎字脂、齊二韻的精母兼收（案這種字例甚多，不勝枚舉），便是好的說明。至於審查人以這樣的四等韻何以只與齒頭音結合為疑，此則明是誤解；不但支、脂諸韻有脣牙喉音，至韻還有舌音定母的地，質韻也有端母的蛭。《集韻》類似地、蛭的字更是多見。

最後說生字，此字《切韻》音所京反，《廣韻》音所庚切，審查人以為表示生原為三等字，至《廣韻》始變為二等音；並說上古耕部字二等入耕韻，三等入庚韻，《切韻》的所京反音正相合。依此說，庚韻同屬照二系統的鎗、傖、生三紐字，其二讀二等，其一讀三等，不僅各韻韻圖列二等的照系字無此例，論理語音系統也不當如此駁雜，故所知没有人有這樣的看法。生字又有去聲一讀，《廣韻》音所敬切，與《唐韻》同，審查人未引以為平聲原讀三等之證，想必是不知有此音。但《全王》音生（以不同調本字為下字，反切有此例，如《全王》用韻從字音從用反。）更反，與《廣韻》平聲音所庚切相同，本與所敬、所庚同為二等音。不然，已經變讀為生更反的二等音，不應至《廣韻》又回復讀三等。而最足以令審查人無話可說的，《廣韻》去聲生下云「又所京切」，當然指的便是庚韻的所庚切，其所用反切下字竟與《切韻》庚韻相同。然則所京同所庚，並是二等讀法，縱有粲舌，恐無以施其辯。審查人也可能並不知有此，可見考古之功不可不緜密，而審音之業亦不可不以考古為始階。此外，《集韻》雖晚出，在這一問題上，仍具參考價值。庚韻生字師庚切，映韻生字所慶切，兩者下字分屬二、三等，與《廣韻》相同；而梗韻所景切亦收生字，注云「育也，周時四乳生八子，陸德明説」。案：《論語・微子》：「周有八士：伯達、伯适，仲突、仲忽，叔夜、叔夏，季隨、季騧。」何晏注：「包曰：周時四乳生八子，皆為顯仕，故記之爾。」陸德明云：「生，所幸反，又如字。」幸為耿韻字，《釋文》庚耕二韻偶相混，而耿韻無齒音，故《集韻》收於梗韻，是所景同所幸，為生字讀二等音之又一確證。故其同一系統的胜字音側杏切，渻字音差梗切，都以二等的杏或梗為下字。又生産二字同聲同義，為一語之轉，産在産韻，屬二等，亦可以見生字當為二等音。然則我的了解，凡照二為上字，其字屬二等韻，不可因下字不同等而傅會為説，那裏還容得了懷疑！至於審查人從上古韻部的流向，落實生字當屬三等，此其意亦不可從。《廣韻》庚韻諻字虎横切，瞠字丑庚切，琤字楚庚切，梗韻瞥字烏猛切，四字並見《説文》，古韻同屬耕部，是其明證。

二〇〇〇年十二月宇純補作

〔審查人接受了反切系聯不合理的「大三等韻」觀念，堅不相信韻圖等與等韻完全重疊的説法。如果審查人有機會見到拙作〈上古漢語四聲三調説證〉，凡諸表所列，三等重紐與普通三等韻爲類，四等重紐與純四等韻及清韻爲類，前者如蹻字渠嬌、極虐二切，後者如鴂字居悸、古穴二切，辟字毗義、毗亦、蒲歷三切，僅一侐字音火季、忽域二切，因情況特殊而形成例外。相信審查人應會改變其觀念的。2002 年六月三十日宇純校稿時補案。〕

附錄——審查報告

此文是一篇專門討論上古音的論文。上古音的構擬牽涉到許多複雜的問題，學術界對此見仁見智，意見相當紛歧，幾乎對當中的每一個細節都有不同的意見，真理愈辯愈明，嚴肅而認真的討論對這一門學問都會有貢獻。此文是屬於高水準的研究，希望《集刊》能予以刊登，評審意見僅供作者參考。

1. 此文對李方桂先生（1971）圓唇舌根音聲母的擬測提出質疑，作者說「之蒸兩部舌音齒音亦不見合口音，ə元音始終不見發生圓唇作用，則微部文部舌齒音之有合口，何以知其必是 ə 元音發生了圓唇作用的結果？」

按：李先生並非主張 ə 元音在所有環境下都發生圓唇作用，而是認為只在 -t、-d、-n 等舌尖音韻尾前（即在微、文兩部）才發生圓唇作用，而且也僅限於舌音、齒音聲母後，在 -k、-g、-ng（之、蒸兩部），-kw、-gw、-ngw、-p、-b、-m 等韻尾前李先生也不認為發生過圓唇作用。

至於為何認為微、文兩部舌音、齒音後的合口是由開口變來的，這是要從整個音韻系統上才能看出的。因為 ə 元音在其他各部（如：之、蒸、幽、中、緝、侵等部）舌音、齒音之後都呈現開口音，只有在微、文兩部，才呈現合口音。換句話說，ə 元音諸部，*ə 與*uə 不構成對立，有*ə 就無*uə，有*uə 就無*ə，故認為二者只有一個來源。從音韻的一般原理來說，開合對立的兩韻中開口總是較基本的，應該是先有開口，然後才有合口，所以認為*ə 是原來的，*uə 是後起的。李先生考慮音韻分布的狀況，在討論微部時指出：

「微部在上古的音韻系統中是很特殊的。普通的情形是開口呼可以在唇、舌尖（包括*t-、*ts-等）、舌根音（包括*·-、*h-）等聲母之後出現，而合口呼只能在唇及舌根音後出現（參看前面的之蒸兩部的字），但微部字開口呼除去少數例外，幾乎沒有舌尖音聲母的字，而合口呼反常有舌尖音聲母字。這使我疑心這類合口呼是後起的……。換言之在兩個舌尖音之間的*ə 變為 uə 或 wə。這種情形也見於文部字。」

我們如果進一步檢查*ə 元音在 -t、-d、-n 前（即在上古微、文兩部中）開合對立的情形，可以立刻發現整個大勢是：開合的對立僅限於牙、喉音。

以文部為例，從上古演變到中古的情形如下：

開口　　　　　　　　　　合口

一等	痕韻（只有牙、喉音） 吞字例外	魂韻（除了脣、牙、喉音外尚 有舌、齒、及舌齒音）
二等	山韻（只有脣、牙、喉音）	山韻（只有牙、舌音）
三等	欣韻（只有牙、喉音）	文韻（只有脣、牙、喉音）
	臻韻（只有齒音）	
	真韻（脣、牙、喉音外尚有 舌音、齒音）	諄韻（牙、喉音外尚有舌音、 齒音、舌齒音）
四等	先韻（只有舌音、齒音）	先韻（無字）

以上各韻中，為何真、諄韻以外，開口與合口的對立只能出現在喉、牙音前，而不能出現在舌音、齒音前，令人難於索解。但是如果把喉、牙音的合口成分解釋為聲母的一部分（即假設圓脣喉、牙音的存在），則疑團自然冰釋。這是「圓脣舌根音說」產生的由來。作者在文中說李先生「骨子裏或恐並kw、khw等圓脣聲母的構想，只是為不欲使 gw 之一音僅見於幽、宵二部的韻尾而張其軍」，實在是作者的誤會。實際的情形是剛好相反，是圓脣舌根音聲母的說法提出在先（雅洪托夫 1960），而圓脣舌根音韻尾說提出在後（李方桂 1971）。

為了解釋真、諄韻與其他各韻在開、合上的不同行為，李先生著眼於同一聲符下不應有開合互諧的情形（例如：脣從辰聲）而提出了有*-jən與*-jiən之別的說法。依李先生的看法其先二字都是開口，後來前者演變為合口，至於後者仍然保持原來的開口，則是因為介音 -i-（-jiən 中的 -i-）阻止了圓脣作用的緣故。作者反對此說，把這種情形（如脣字）解釋為會意字，因而認為有開、合的對立。問題是：即使作者所有的文字解釋都成立，仍然無法去除的疑惑是：何以在舌、齒音後ə元音開合的對立僅能出現在真、諄兩韻，而不能出現在文部其他諸韻（如：痕、魂、山、欣、文、臻、先韻），也不能出現在之、蒸、幽、中、緝、侵等同樣具有元音*-ə-的諸部？李先生的觀點重視整個音韻的系統，作者的批評是指出例外的現象，以推翻這一歷經中外不少學者努力，得來不易的系統，兩種不同的研究態度，導致了仁智之見。

至於李先生只認為有複元音 ua，而不認為有複元音 uə，乃是因為在舌音與齒音聲母後 a 元音有開口、合口的對立（如單*tan：端*tuan，散*sanh：筭*suanh*），而 ə 元音却無開口、合口的對立（如只有合口敦、尊而無相對的開口音）。作者想從 juən, jən, iən 與 juan, jan, ian 的對比看出 uə 與 ua 之間的「平行現象」，可是平行現象只存在於開口的ən, jən, iən 與 an, jan, ian 之間，不存在於合口的 uən, juən 與 uan, juan 之間，上古音有 ua 而無 uə，其理在此。

另外作者也舉「川、舛、釧」三字為例，批評李先生擬音的缺失。作者指出李先生把「川」字擬音為*thjiən，「却毫無阻止 ə 元音發生圓脣作用的效力，因此方桂先生不得不在*thjiən的擬音之後，加以（？）的問號表示無奈」，繼而推論「方桂先生所舉例字無此（「舛、釧」）二字，如果列出，必然也要在擬音後分別加以問號的，這樣顧此失彼的無可如何，未始非由自造」。

其實，這些字（上古文部變入中古仙韻的字，文中雖舉了三字，因為是相承的平、上、去字，所以仍然算是同一種變化），自高本漢（1940:242; 1957:127）、王力（1957:97）以來都認為是例外的「不規則的變化」。董同龢先生雖未明白指其為不規則的字，但在他的《上古音韻表稿》（1967:220）中把「川、舛」二字（釧字不見於《說文》，故董先生未收）放在上古文部變入中古諄韻的表格裏，而在注中注明『「川」廣韻入仙韻』，視之為例外，用意至為明顯。李先生只須把「川」字的擬音由*thjiən 改為*thjən，便可以使它符合*ə＞ uə 演變的理論，至於「川」字為何不變入廣韻諄韻，而變入廣韻仙韻，則無論採用哪一家的擬音，都不能使它變成規則變化。李先生在擬音之後加問號是表示存疑，他對自己沒有把握的擬音，表示了謙虛的負責的態度。他的問號是不應該解釋為「表示無奈」的，「川」字的不規則變化，也不是李先生「自造」，它是早就存在，而一直困擾學者的問題。作者在文中提出「不妨視作方言音異所導致的結果」，我覺得是很好的解決方法，如果由此而打開藉韻書以研究古代方言的道路，將成為本文作者的重大貢獻。總結起來說，「川」字擬音的問題，只是李先生一時的疏忽，不能用來反駁李先生「在兩個舌尖音之間的*ə 變為 uə 或 wə」的主張。

2. 原文注 10 提到「語音有自 r 變 e 者」

按：r 變 e 只是可能的演變，古緬甸文的 -r- 變成現代緬甸文的 -j-，例如：mrang（馬）＞ $mj\tilde{ı}^{55}$（比較：載瓦語 $mja\eta^{21}$），$phru^{2}$（白）＞ $phju^{22}$，古藏緬語的*-r- 在西夏語變為二等介音*-i-（有別於三等介音*-j-）。在漢語中古音方面，因為已經以 -j- 代表三等介音，以 -i- 代表四等介音，所以為了有別於此二音作者擬測二等中古介音為 -e-，我覺得是一種合理的解決方法，尤其是在此之前已有王力在上古音階段擬測了二等介音*-e-，可以說已有先例可援，只是實際上並不是真正找到了 -r- 變成 -e- 的例子，所以若把「語音有自 r 變 e 者」的者字改為「的可能」或「*-r- 變 -e- 是可能的語音變化」，或許較為妥適。

3. 「江攝，以《說文》而言，僅有一個崇字入東韻，與江韻的淙字為“重韻”，可視崇字為例外」

按：「重韻」乃屬於中古音的概念，一般的用法是指在攝、等、開合都相同的情況下，還有對立的韻類而言。根據這樣的了解，東韻的崇字與江韻的淙字不能算是重韻，因為前者屬於通攝三等，後者屬於江攝二等，兩字不同攝，不同等。從上古音的觀點來看，崇*dzrjəngw（三等）與淙*dzrəngw（二等）也不衝突。這個例字顯示，作者認為「凡字所在之等，即其字所屬的等韻」，就上古音而言是錯的（關於這一點下文第 7 節還有進一步的討論）。字之所在只決定聲母，例如：照二系字來自上古*tsr-、*tshr-、*dzr-、*sr- 等音（上古無*zr- 音），韻圖一律列在二等，精系字上古音與中古音一樣（但是上古無*z- 音），是*ts-、*tsh-、*dz-、*s-、*z-、韻圖一律列在四等。「崇」字鋤弓切，韻圖列在二等，但是如反切下字所顯示，它是屬於三等韻。作者認為韻圖放在二等，它就是二等韻，所以才會發生一連串的糾葛。

4. 作者反對李先生*rj- 介音的擬測，他說「何況方桂先生設計的 rj 介音，也依然不得視作可以解決問題的方案，原因是其出現的機率太過狹隘」。

按：作者在前一頁所舉諸字在李先生的系統中，一在二等，一在三等，上古同樣有 r 介音，並不衝突。例如：

惷	*thrung	幢	*drung	觰	*trag
傭	*thrjung	重	*drjung	豬	*trjag

在李先生的系統中*tr-、*thr-、*dr-、*nr- 與*tsr-、*tshr-、*dzr-、*sr- 等複聲母可以直接出現在元音前（演變成中古的二等韻），也可以出現在介音*-j- 前面（演變成中古的三等韻），呈現均勻的分布。*trj-、*thrj-、*drj-、*nrj- 與*tsrj-、*tshrj-、*dzrj-、*srj- 等音韻結構，配合近來興起的「重紐三等有 r 介音說」，已使介音*-rj- 幾乎可以結合所有聲母，形成如*prj-、*phrj-、*brj-、*mrj-、*krj-、*khrj-、*qrj-、*nqrj- 等複聲母。這一發展，在我看來，已使介音*-rj- 的說法獲得更堅強的支持。作者否定介音 -rj- 的存在，其實 -rj- 中 -r- 是複聲母的第二個音段，如果能接受複聲母*pr-、*phr-、*br-、*mr-、*kr-、*khr-、*gr-、*ngr-、*tr-、*thr-、*dr-、*nr-、*tsr-、*tshr-、*dzr-、*sr- 等擬音，就沒有理由反對這些複聲母也能出現在介音 -j- 的前面。把*-r- 與*-j- 說成介音，或把*-r-（甚至於把*-r- 與*-j- 兩者都）說成是複聲母的一部分，只是對同一個語言事實的不同的描寫而已。

5. 反對李先生「合羣母匣母及喻三為一」的主張，理由有三：

一、「喉音之有曉有匣，與脣音之有滂有並，舌音之有透有定，牙音之有溪有羣，以及齒音之有清有從，有心有邪，並以清濁之相儷，生態相同。今若合匣於羣，則喉音獨缺其相當的濁音。」

按：以中古音清濁成對來論證上古也當有清濁成對，並沒有必然性。例如：現代法文 p 與 b，t 與 d，k 與 g，f 與 v，s 與 z，ʃ 與 ʒ 都清濁成對，但拉丁文却只有 p 與 b，t 與 d，k 與 g 清濁成對，f 與 s 就缺乏相對的濁音 v 與 z（拉丁文没有 ʃ 與 ʒ）。梵文 k 與 g，kh 與 gh，c 與 j，ch 與 jh，ṭ 與 ḍ，ṭh 與 ḍh，t 與 d，th 與 dh，p 與 b，ph 與 bh 等都清濁成對，但擦音 ś，ṣ，s，h 等都没有相對的濁音。原始印歐語 p、t、k、kw、x 都有相對的 b、d、g、gw、ɣ但 s 與 h 却無相對的 z 與 ɦ。這些例子告訴我們，以清濁應該成對來論證，没有很大的説服力。

二、反對一般所認知的「羣母但見於三等韻，而匣母獨缺三等音，兩者形成互補狀態」之説。認為「羣母但有三等音之説，原為誤解。」

按：作者把「支、脂等韻韻圖列四等的重紐羣母字」，認為「便是羣母的四等音」。可是一般習慣是把重紐（不管韻圖放在三等或四等的字都）認為是三等韻。而「羣母但見於三等韻，而匣母獨缺三等音」，便是根據這樣的了解而來，所以不能斥其為「誤解」。撇開名詞之爭不談，最重要的是，羣母與匣母形成互補狀態是無法否認的事實，例如：支、脂等韻有韻圖列四等的重紐羣母字，而無匣母字，而齊、先、蕭、青、添等「純四等韻」有匣母字，而無羣母字，匣母與羣母形成互補狀態。

作者説「同一翹字，或音渠遙，或音祁堯；同一糾字，或音其小，或音其了，不一而足」，作者舉這些反切，旨在證明，羣母既可以出現在重紐四等，如渠遙、其小（宵、小韻屬重紐四等），也可以出現在純四等韻，如：祁堯、其了（蕭、篠屬四等韻），而不管是重紐四等或是純四等，對作者而言都是四等韻。

在這裏首先要指出的是：作者研究上古音，《廣韻》與《集韻》兼收並蓄。而一般的作法，研究上古音都根據《廣韻》，而不使用《集韻》，這是因為歷史語言學的研究，原則上必須儘量用較古的材料，後起的讀音是又經過一番變化的音，必須審慎利用，尤其不可不加分辨，混合使用，否則的話，容易引起混亂。

以上面所引的反切為例，「翹」字音「渠遙切」是《廣韻》的注音，而「祁堯切」則採自《集韻》。大家都知道《集韻》的反切是經過修改增補，代表較後的階段，反切與歸字常常有不一致的地方。例如「翹、祁堯切」，照説「翹」與「堯」字應該在同一韻才合理，可是《集韻》把「翹」字放在宵韻，「堯」字放在蕭韻，顯然是矛盾。歸字與《廣韻》相同，而反切却相異。《集韻》把《廣韻》的反切根據當時的讀音修改了，可是歸字仍然照舊，未加以修改，才會發生矛盾的現象。《廣韻》的注音與《集韻》的注音代表不同時期的讀音，應該加以區分才對。根據《廣韻》的讀音，羣母只出現在宵韻（重紐韻），而不出現在蕭韻（純四等韻），應該是不必懷疑的事實，舉《集韻》的反切是不能作反證的。（關於「同一糾字，或音其小，或音其了」，不知所本，無法評論）。

為了證明羣母也有二等音，作者舉出鎊、拐、尶、趫等四字，並說這四字已見於《廣韻》，但一般研究上古音的人，都會特別留意所研究的字是否確為上古的詞彙，作者所舉四字雖然已見於《廣韻》，但是並不見於《說文》，據龍宇純先生《韻鏡校注》（P.112:5，P.160:3，P.261:8）的研究，這些字都是《廣韻》以前韻書所沒有的字。不屬於上古的字便不可以用來研究上古音，像這一類的字是上古羣母字（*g-）在一、二、四等韻中變成匣母（即發生*g->ɣ- 的語音變化）以後才從其它沒有發生此種音韻變化的地區重新引進來的，這樣的字不但不能用來反證*g->ɣ- 的變化，反而能用來支持此說（理由見下面第 6 節的討論）。

三、作者認為喻三也有開口音，因而與羣母三等開口音衝突，以證羣匣二母不可能同出一源。

按：有開、合對立的各韻中，喻三通常只出現在合口一邊（例外似乎只有焉漹：員圓一組，但漹焉都有影母於建切、於乾切又讀，喻三一讀是屬於不規則的例外現象），在上古幽、中、宵、緝、侵、葉、談各部（即以-kw, -gw, -ngw, -p, -b, -m 等音為韻尾的各韻）原則上沒有合口音，這個現象可以解釋為聲母的圓脣成分（*-w-）與韻尾的圓脣成分互相排斥，發生所謂的異化作用。如果在遠古時代這些韻中曾有過圓脣舌根音，在中古之前也必異化為不圓脣的舌根音，所以這些韻在中古只有開口，而無合口，是不足為異的。根據這樣的理解，把這些韻中的喻三開口字認為是從合口異化而來，我覺得是非常合理的解釋。這與 ə 元音在舌音、齒音聲母後，舌尖音韻尾前分裂為*uə，一點也不衝突。作者批評李先生說：「方桂先生以為受韻尾 -p 的影響，發生了異化作用，所以合口變為開口，基本上與其一切合口音出於開口音的主張已是背道而馳」，李先生從來沒有主張過「一切合口音出於開口音」，他只是主張「在兩個舌尖音之間的*ə 變為 uə 或 wə」，這與他另一個主張「凡是圓唇舌根聲母的字都受圓唇韻尾異化作用的影響，變成不圓唇的舌根音」，是不同條件下的不同的變化，兩者並不衝突。

研究古聲韻學李先生是從宏觀的角度看，作者批評李先生是從微觀的角度著眼，李先生從宏觀的角度提示的探索方向我覺得是一條正確的道路，作者從細微的地方指出一些例外現象，並不意味著李先生的系統出了問題，需要改弦易轍，全盤改動。就喻三來自合口而言，漢藏語的比較證據完全支持其說，應該是沒有懷疑的餘地的。

6. 作者反對李先生羣、匣、于同出一源之說。他說「見現、解懈等詞的同源，既非往來於羣與匣之間，初不過牙喉音整體關係之一端，再多的此種詞例，不表示匣與羣原是一音。」

按：高本漢主張匣母來自羣母，他在 1954 年 Compendium of Phonetics in Ancient and Archaic Chinese[1] 一文（P.275）中曾指出「上古漢語詞根(stem)中一種最常見的而且是確證了的音轉現象，就是不送氣清塞音和送氣濁塞音之間的音轉：k:g‘、t:d‘、p:b‘、ts:dz‘等等，例如，“乾”中古kɑn（干燥）和g‘iɛn（天），“分”中古pi̯uən（一份）和 b‘i̯uən（分離），“長”中古ȶi̯aŋ（成長）和ȡ‘i̯aŋ（長遠），“中”中古ȶi̯uŋ（中間）和“仲”ȡ‘i̯uŋ（老二），“曾”中古 tsəŋ（增加）和“層”dz‘əŋ（階層），有數以百計這樣的好例子。我們現在又在這裏發現：“見”中古kien（看見）和ɣien（被看見，出現），“解”中古 kai（解開）和ɣai（懈怠），“干”中古 kɑn（盾）和“扞”ɣan（扞衛），等等。如果我們把以上推導出的上古g‘認作是中古ɣ的起源（k〈看見〉：g‘〈出現〉，k〈解開〉：g‘〈懈怠〉，k〈盾〉：g‘〈扞衛〉），那麼這些字就自然而漂亮地排列在上述帶送氣濁塞音交替的一大類裏了。這個證據的確是決定性的。」

高本漢上面的論證容或有少許毛病（例如：「一份」與「分離」似乎是顛倒，而「乾」字兩讀，一在一等韻，一在三等韻，並不十分密合），但他的基本方法是正確的，此即歷史語言學上所謂的「內部構擬法」（Internal Reconstruction）。

上古漢語中不送氣清塞音和濁塞音（如：k：g，t:d，p:b，ts:dz 等）之間的音轉現象，具有構詞法（morphology 聶鴻音在上引書中譯為「形態學」）的功用，因為同樣的關係也見於見母（k-）與匣母（ɣ-）之間，由此而推斷曾經發生過*g->ɣ- 的語音變化。證明見母（k-）與匣母（ɣ-<*g-）之關係，原來也是不送氣清塞音和濁塞音的關係。我覺得這是相當堅強的證據。

但是作者似乎不認為這一類例子有什麼證據的效力。他舉了很多一字多音，包含

1 此書有兩種中譯本：張洪年譯 1972，中國聲韻學大綱，台北：中華叢書編審委員會；聶鴻音譯 1987，上古漢語音韻綱要，濟南：齊魯書社。以下引自聶鴻音的譯文。

影母與匣母（喻三字包括在內）的例字以後說這些字一字多音而「義皆相同，用以說明聲母之相關，以視見現，解懈之類的同源詞，蓋略無差異。」

按：關於「見現、解懈」的音轉關係，據周法高先生（1962:85-86）《中國古代語法——構詞編》的研究，濁聲母（現與懈）代表既事式，他說：

「見：視也，古甸切（清聲母，去聲，*kian/kien，' to see '）；既見曰見，一作現，胡甸切（濁聲母，去聲，*g'ian/ɣien，appear'）」

「解：釋也，古買切（清聲母，上聲，*kĕg/kai，' to unloosen '）；既釋曰解，胡買切（濁聲母，上聲，*g'ĕg/ɣai '（unloosened:）careless '）」

從上面的例子可以看出聲母清濁的關係有句法上的意義，與作者所舉的例子，如：「䵻」字有於六切，雨逼切，況逼切三音而語義無殊，都訓「羔裘之縫」，是全然不同的，前者是「音韻轉換」，後者是「方言音異」。就後者來說，作者也了解「這些中古一字不同的音讀，溯其源頭，最早自然只有一個」，但是前者却是自始即為兩個互相關連的不同的音。兩者都可以用來研究歷史音韻，但是推論方法就完全不一樣了。作者引《集韻》反切「代韻隑字巨代切」，證明羣母有一等字，因此不可能與匣母同出一源。但是隑字另有匣母「代韻户代切」一讀，兩種讀法意義完全一樣，這兩個《集韻》所錄，一字不同的音讀，溯其源頭，最早自然也只有一個，由此可見羣匣二母同出一源，匣與羣原是一音。

7. 作者說「照二照三所以上字不相系聯，為的正是二等有時只得齒音一字，如東韻的崇，脂韻的師，不從根本上將上字分為照二照三兩類，然後憑以表示等第的不同，便將因無下字可用而製造不出反切。」

按：「二等只得齒音一字」是相當例外的情形，《廣韻》似乎只發生在東韻與脂韻（脂韻開、合口各有一例）一共三字。大多數的情形二等都有二字以上，甚至有照二、穿二、牀二、審二、禪二，五字全部出現的情形（如止韻）。作者主張韻圖放在二等的字便是二等韻，可是二等與三等韻母（韻母包含介音）並不相同，為了要解釋二等字為何以三等字為反切下字（如：崇、鋤弓切；師、疏夷切），作者舉出二等只有一字的例外情況，認為使用三等字為反切下字是「因無下字可用」而發生。這種解釋站不住脚，只要看看與平聲東韻相承的入聲屋韻，照系二等有三字（縬、側六切，珿、初六切，縮、所六切），本來可以彼此用作反切下字，並非「無下字可用」，可是《廣韻》依然用三等韻的「六」字為反切下字，便可了然。

作者能注意到二等字只出現一次的例外情形，可謂「明足以察秋毫之末」，却不大願意去注意大多數情形，韻圖放在二等的字，即使有下字可用，也仍然用三等字為反切下字的事實（例如魚韻「葅、初、鉏、疏」四字，韻圖放在二等，儘管它們可以彼此用作反切下字，《廣韻》還是用牙音三等字作反切下字，如：葅、側魚切，初、楚居切，鉏、士魚切，疏、所葅切）。

如果像作者所推測，真正發生了「無下字可用」的例外情形，則只須採取「例外反切」方法，以反切上字兼表介音（如：恭、駒冬反），也就可以應付過去，根本不須為三、兩個例外而「將上字分為照二照三兩類，然後憑以表示等第的不同」。反切是一個一個分別造的，要以人為的方法強將語言上本來不分的照二、照三一分為二是「不大可能的」（improbable）。照二與照三在語言裏原本有別，一個一個分別造反切時有自然語言為依據，才未曾引起混亂。

一般看法，把「崇」、「師」等字看作三等韻，並不是沒有道理的。第一、這些字一般都用三等字為反切下字，或整個韻反切下字只有一類，所以不管韻圖放在二等或四等，都認為是三等韻的字。第二、韻圖把照二、穿二、牀二、審二、禪二放在二等的位置，而把精、清、從、心、邪放在四等，乃是遷就韻圖的格式不得不然，韻圖上齒音字都是如此安排，沒有例外。第三、從音韻結合的觀點來看，三等韻介音*-j-可以結合脣音、舌上音、牙音、正齒音（包含照二與照三）、齒頭音、喉音及舌齒音，只是不能與舌頭音結合而已。至於它與舌頭音原先也是結合，因為與舌頭音結合的音後來演變為正齒音照二（*tj-＞ tś-），所以我們一方面看到介音*-j- 不與舌頭音結合反而與正齒音照三系結合，另一方面看到一等韻只有舌頭音而無正齒音照三系。一、二等韻與三等韻聲韻的結合原來是非常整齊而均勻的。

可是如依作者的主張，「以照二字為上字的屬二等韻，以照三字為上字的屬三等韻，以精系字及喻四字為上字的悉屬四等韻，一無例外；並無真假二、四等韻的區分」，「凡字所在之等，即為其字所屬的等韻」，那麼有什麼樣的不合理的結果呢？第一、我們且看真正的二等韻聲母與韻母結合的情形。真正的二等韻如：江、皆、佳等韻韻母可以和脣、舌、牙、齒、喉音結合，各種聲母分布很均勻，可是如果只因為「凡字所在之等，即為其字所屬的等韻」而把三等韻照二系字認為是二等韻，那麼這樣的二等韻只能與照二系字結合，而不能與脣、舌、牙、喉音結合，聲母與韻母相配的關係呈現非常不規則的狀態。再看「崇」字與「師」字的情形，如果只因為它們放在韻圖二等的位置，便認為是二等韻，那麼這兩個二等韻（中古音）各只有一字，豈不是一字可以形成一韻？這些「二等韻」為什麼跟一般的二等韻大不相同呢？第二、同樣的疑問也可以適用於齊、先、蕭、青、添等「純四等韻」，在這些韻中，唇、舌、牙、齒、喉音都可以出現，聲母與韻母的結合也呈現均勻的分布。如果把三等韻而韻圖放在四等位置的精系字，因為韻圖放在四等便認為是四等韻，究竟要如何解釋它們與一般四等韻的差異呢？一般的四等韻，聲母與韻母的結合呈現均勻而整齊的狀態，而作者認定的「四等韻」却只能與齒頭音結合。這樣解釋，難於說通的地方還不僅如此而已，把韻圖放在四等位置的精系字認為屬於四等韻，而把它們從三等韻割裂出去，接著便又產生另一個疑問了：為什麼在《切韻》時代齒頭音（ts-，tsh，dz-，s-，z- 等音）不能出現在三等韻，不能與介音*-j- 結合呢？（按：現代漢語方言分尖團的地區尚保存這樣的結合，這是中古音的反映。）而且把三等韻的齒頭音字認為四等字，也會產生一字一韻的情形（如送韻只有一個清母字，韻圖放在四等）。

「凡字所在之等，即其字所屬的等韻」的主張，從上古音的觀點來看，也會引起困難，關於這一點在上面第 3 節已提過，在這裏需要補充說明的是，如果不區別真正的二等韻與韻圖雖然放在二等，其實是三等韻的字，便無法解釋一些從上古到中古有規律的變化。例如前面提過的「崇」字，韻圖雖然放在二等的位置，它却是不折不扣的三等字，放在二等的位置是因為聲母的關係。從語音演變的角度看，上古中部字，演變到中古，二等入江韻（如：淙*dzrəng），三等入東韻（如：崇*dzrjəng），這是有規律的變化。如果把「崇」字視為二等字，如何解釋兩個二等韻不同的演變呢？再看看作者提到的另一個字，「師」字，韻圖雖然把它放在二等的位置，它却是貨真價實的三等字（疏夷切），上古脂部字演變到中古，二等入皆韻（如：齋*tsrid），三等入脂韻（如：師*srjid），原來是有規律的變化。如果把「師」字認為是二等字，「齋」字也是二等字，如何解釋這種分歧的演變呢？作者說「可視崇字以全濁聲母的不同為分化條件」，師字的情形難道要視為「以塞擦音與擦音的不同為分化條件」麼？分化條件必須有音理上的基礎，像聲母的清濁、塞擦音與擦音的不同影響韻母的演變，似乎並不常見。總結起來，無論上古音或是中古音都不能光靠字在韻圖上的位置定其所屬的等韻。

作者問照二照三如果不同音，「何以字母家各自只有一個字母？」，理由很簡單，到了字母家造字母的時代，（在他們的方言中）照二與照三已合流了，已變成同音了，所以才會只用一個字母。作者又問，「照穿牀審禪五字，牀字獨屬照二，餘並屬照三，字母家何以能成此不倫不類的搭配」，理由也是跟上面所說的一樣，因為在他們的時代，照二與照三已變成同音，他們不覺得這種搭當有何不對。唐末所創的字母顯示，當時照二與照三已合流（merger），而幫系與非系尚未分化（split），這些現象都應該從語音變化的角度去了解，才能把握真相。「時有古今，地有南北，字有更革，音有轉移」，我們不能以字母家當時照二與照三不分，便推論自古便是如此。陳澧能悟到利用反切方法直接去探討中古的聲母系統，不能不說是他了不起的貢獻。

作者說「韻圖分明都在二等之字，而有或真或假的不同；於是所京切生，與所鳩切搜兩個結構完全相同的反切，却被認為有屬二等韻與屬三等韻的差別」。

按：《廣韻》並不是「所京切生」，而是「所庚切生」。一般編古音手冊的人（如：郭錫良 1986，丁聲樹 1966 等）便是據此而把「生」字認為是二等字。但是「生」字，《王二、切三、全王》都作「所京反」，「京」是三等韻，據此「生」字應該屬於三等韻，研究上古音應該利用較早的資料，應該以「所京切」為是。從上古到中古語音演變的角度看，「生」字應該也是「所京切」才合理，它是三等字。上古耕部字，演變到中古，二等入耕韻（如爭*tsring），三等入庚韻，「京」字是庚韻三等字，所以「生」字應擬音為*srjing。這一點之所以重要，乃是因為很多學者，包括王力與李方桂先生在內，都認為「生」字的演變不合規則（王力 1957:94；李 1971:51），現在由於發現它較早是作「所京反」，這一疑團終於獲得解開。由此也可知，如果不區別真正的二等韻（如耕韻）與佔據二等位置的三等韻（如庚韻三等的「生」字），我們將無法掌握音韻變化的規律。

結論

㈠建議　貴會接受。

㈡文稿送會評議以前，1.本人所提建議僅供參考。

2.不必再複閱。

古漢語曉匣二母與送氣聲母的送氣成分

——從語文現象論全濁塞音及塞擦音為送氣讀法

上古漢語全濁塞音並、定、羣三母及塞擦音從母，究竟送氣不送氣，兩種主張都有，至今似不能定案。高本漢及先師董同龢先生等擬為送氣音，此雖與其系統中別有不送氣的 b-、d- 等有關，其先不考慮予並、定、羣、從為不送氣音的理念，仍是值得提及的；陸志韋、李榮等則主不送氣。李氏《切韻音系》[1]曾特別就高氏列舉的五點理由，一一加以破解，並提出梵文字母對音、龍州僮語漢語借字及廣西傜歌，證成其不送氣說。時下學者多從語言類型的角度，以為漢語既只有一套全濁塞音及塞擦音，便當為不送氣讀法，理不應擬為送氣音。最先陸氏《古音說略》[2]說：「有了不送氣的，就没有送氣的。為上古音選擇符號，就不得不採取不送氣的，斷不能採取送氣的。」大抵即持同一語言理論背景。

也有一種理論，說「天下事没有絶對的」。引這話的意思，並非只是要向不可知之的例外求寄託，所知今漢語吳方言便是一個異數。趙元任先生所記的吳方言，全濁塞音及塞擦音便是送氣音，見《現代吳語的研究》[3]。〔**楊劍橋《漢語現代音韻學》二章一節：「到了八世紀不空和尚的《瑜珈金剛頂經釋字母品》，漢語全濁聲母字專門對譯梵文全濁送氣音，這說明當時漢語全濁聲母已變成送氣。」這裏可能仍然牽涉到方言的問題，不必八世紀前的漢語便沒有全濁聲母讀送氣的。又 1998 年在長春召開的“第五屆漢語音韻學研討會”，有李如龍、辛世彪〈晉南關中的全濁送氣與唐宋西北方音〉一文，惜未能見到。2000 年宇純補案。**〕學者也有記為不送氣的，疑其態度同王力，而非所聽吳語本是不送氣音。王氏於其《漢語語音史》[4]云：

> 濁母字送氣不送氣，歷來有爭論。我認為這種爭論是多餘的。古濁母字，今

---

1 科學出版社，北京，1956。
2 中華書局，北京，1985。
3 清華學校研究院，北京，1928。
4 《王力文集》第十卷，山東教育出版社，1987。

> 北京話平聲讀成送氣，仄聲讀成不送氣。廣州話也是平聲送氣，仄聲不送氣，長沙話平仄聲一概不送氣，客家話平仄聲一概送氣。在上海話裏，濁母字讀送氣不送氣均可。b 和 b‘是互換音位，d 和 d‘是互換音位，等等。從音位觀點看，濁音送氣不送氣，在漢語裏是互換音位，所以我對濁母一概不加送氣符號。

照這樣的說法，王氏固不以現代吳語全濁塞音及塞擦音只是不送氣音，講中古音，講上古音，如果說得出為送氣音的理由，王氏當不至為堅持某種學理而予以排拒。

李榮持以反對高說，及建立其不送氣說的各項理由，所涉漢語的部分，其背景或只是適巧都遇上了後世全濁塞音及塞擦音讀不送氣的方言，不能用以證明中古漢語之一體如此，自更不能用以證明上古漢語的原始形態。現代吳語當然同屬後世漢語方言。但值得注意的是，其全濁音送氣的讀法，即使非自古相傳，只須能認知不送氣的全濁音可以轉化為送氣音，因為今之所謂上古音，原不過為周以後文獻所顯示的周代音，理論上便不能排除其已由不送氣音轉化為送氣音的可能。然則，現知的上古音，究竟其全濁塞音及塞擦音為送氣音，抑為不送氣音，還是要讓材料自己去講話，任何語言理論都可能無法含概古今中外的一切語言。

這裏，謹提供一些訊息，作為討論問題的參考。據個人的觀察，在同源詞、聯緜詞、諧聲字，以及同字異音等古漢語語文中，往往發音部位不同（案：端、精兩系，本是發音方式的差別，為省文字的繁重，姑據古人舌音、齒音的不同稱謂，含括於中。下同）的兩音發生關聯，而其一為曉母，其一為他部位的次清聲母，或兩者都為不同部位的次清音，顯然其中次清聲母的送氣成分，便是這些現象所由構成的要素。因為送氣成分彼此固無不同，與曉母亦同為一音。是故以曉母為h，則脣、舌、牙、齒各部位的次清音，便分別為 ph、th、kh、tsh。不過通常觀念，ph、th 等是個單一音，有時只寫作 P‘、t‘，以與 P、t 等不送氣音相區別，並不曾注意到，在古漢語語文中，送氣成分可以顯示其獨立存在，與以曉母或其他部位次清聲母起首的另一音，產生某種特殊關係。這種現象，少數也可以見之於曉母與全濁塞音及塞擦音之間，或塞音及塞擦音之次清音及全濁音之間。由於今天流傳的字音，有的清濁或有誤差，據此而言全濁塞音及塞擦音原為送氣讀法，當然無法令人首肯。但同樣情形，可以習見於匣母與全濁塞音及塞擦音之間，或者兩個不同部位的全濁塞音及塞擦音之間，則以彼例此，說這是由於全濁塞音及塞擦音為送氣讀法，雖與語言類型說法相牴，似不能指為於理不合。全濁音的送氣成分自與次清相同，但受濁母的影響，h 濁化為 ɦ，ɦ

便是與曉母相對的匣母讀音，所以與其產生語文關係的正是匣母。這樣的分配，當然不是没有意義的。其中雖然也偶見涉及的為曉母或其他次清聲母，可能為後世的誤讀，也可能因為清濁送氣音本是同一音位。

個人有這樣的發現，可以追溯到二十年前，在慶祝屈翼鵬（萬里）先生七十壽誕的小作〈上古清脣鼻音聲母説檢討〉[5]中，論及《禮記・坊記》引《詩・燕燕》「先君之思，以勖寡人」勖字作畜的異文，有如下説明：

> 畜字許六、許救二音外，又讀丑六切，上古屬透母。透母為送氣聲母，送氣成分本與曉母相同，故此字兼具兩個發音部位全不相干的讀音。諧聲字中有透母與曉母的交往，如絺从希聲，音丑飢切，詑从它聲，音香支切，其理同此。甹从普丁切之甹為聲讀呼刑切，烹亨本同字，而一讀滂母，一讀曉母，也因為滂母為送氣音之故。

因為時間久了，個人記性又差，這個意思後來竟至完全淡忘。直到八十五學年末，我在東海大學中文研究所講授「漢語音韻專題」，討論到上古音中的清鼻音聲母，以該文作為教材，才赫然發現自己早就説過這樣的話。前乎此，還一直以為是近年來方有的覺察。

事情是這樣的，數年前閒讀《莊子》，至〈讓王〉的「道之真以治其身，其緒餘以為國家，其土苴以治天下」。因為用的是郭慶藩的《集釋》，錄了陸德明的《經典釋文》，不經意間接觸到土字的四個音切，大出意料之外。其原文是：

> 土，敕雅反，又片賈、行賈二反，又如字。苴，側雅反，又知雅反。司馬云：土苴，如糞草也；李云：土苴，糟魄也；皆不真物也。一云：土苴，無心之貌。

中所謂「又如字」，是説土字除前列三反語外，還可以讀習見之音，即相當於《廣韻》姥韻的他魯切，也便是今日所知的土字唯一讀法，《釋文》於土苴字則是置於第四位次。苴字以七余切或子魚切為常讀，屬魚韻，《釋文》則不列此二音，而別音側雅、知雅二反，顯然是為了取其與下字協韻的緣故；下字隸屬馬韻，所以苴字用馬韻音。此文每句以上三下四為韻：真字身字真部平，餘字家字魚部平，苴字下字魚部上[6]。苴字由子魚切轉為二等馬韻音，精母變照二，故為側雅反；又隨土字讀舌音，而轉為

5 見《屈萬里先生七秩榮慶論文集》，聯經圖書公司，臺北，1978。

6 江有誥《先秦韻讀》未收此條。我作〈先秦韻讀補正〉（《崇基學報》第 3 卷第 1 期，香港中文大學崇基書院，1963），其時亦未見及。

知雅反。土字本音為他魯切，屬一等音，為了與苴字疊韻，透母轉為徹母，故為敕雅反。凡此，都離不開當日的協韻說背景，原是可以理解的。至於土字的片賈、行賈二音，聲母上的差異，一時直如丈二和尚摸不到腦袋。經查《廣韻》，馬韻根本無滂母音，其胡雅切下無土字，不禁對《釋文》反切產生了懷疑。更檢《集韻》，則不僅丑下切土字注云「土苴，不真物」，又別出土字音片賈切，注云「土苴，不真物，一曰糟魄」，只不過亥雅切無土字，而別見於許下切，云「土苴，糟魄也」，分明與《釋文》行賈反相當。雖然其來源明顯便是《釋文》，至少表示今日所見的《釋文》，除行賈反一音與《集韻》有清濁之異，略不相符，其為宋人所見之本，則是無可致疑的。於是漸次聯想到畜字的徹母曉母二音，以及絺、䫄等字的諧聲現象，更加眼面前糟魄字出現在落魄的詞彙裏讀與拓同，終於體悟出《釋文》土字片賈反的讀音如何由丑下反轉化；以及行賈反的行字必是草書許字的誤鈔，可以憑《集韻》訂正；兩者分明都是由於土字本音的送氣成分所孕育。於是在古漢語語文環節上，自信有了重大發現。從此以後，這想法一直盤據於心中，適巧近年頻在東海講授《說文》，一字字讀來，陸陸續續見到不少相同詞例和字例。現將之彙在一起，分為同字異音、同源詞、聯緜詞及諧聲字四項，依次一一說明，以供對相關問題有興趣的學者參考，當然更希望獲得方家的指教。

但在此之前，擬先談另一語言現象，以見送氣聲母的送氣成分，並非僅止附著於塞音或塞擦音用以區別語音，在表達語意的功能上，與曉匣二母同有其獨立特行的積極存在意義。無疑亦可由以推測出全濁音的原始面目。只是這種看似「語言者，不馮虛起」的論調，本身便為可議，所以分開處理。名實之間的關係，初不過出於約定，莊子的「物謂之而然」，公孫龍子的「物莫非指」，我們的先人早有明訓。但主張正名的荀子，一方面受莊子學說的影響，不得不承認「名無固宜」的說法；一方面卻也提出「名有固善」的理論，以相頡頏，楬櫫了語音並非全然無義可言的大纛，亦不謂非言之成理[7]。基於這些認知，本文以為：如其具有共同語意的語詞具有共同的語音，必以為其間實不具任何意義，而僅是偶然的巧合，或者反為固執。所以我仍將在《說文》中發現的幾組原先羅列一起的資料，敘述於下。其順序先列清音，漸次而及於全濁音。許書的體例，同部中義同義近字往往相連比次，這是凡讀過《說文》的人所熟知的。

---

7 見拙文〈荀子正名篇重要語言理論闡述——從學術背景說明名無固宜說之由來及名有固善說之積極意義〉。（臺灣大學《文史哲學報》第十八卷，1969）。又收入《荀子論集》，（臺灣學生書局，1987）。

其一，口部訓息及義相關者：

嘽，喘息也。他干切

咦，南陽謂大呼曰咦。以之切

案：《集韻》咦字見之韻虛其切，云「呼也」，又見脂韻馨夷切，云「博雅笑也，一曰呼也，一曰南陽謂失笑為咦」。《廣韻》喜夷切云「笑貌」。夷聲之字例不入之韻，當以馨夷喜夷為正音；《廣雅・釋詁一》云笑，《廣韻》云笑貌，疑同《詩・氓》「咥其笑矣」的咥，《釋文》正云「咥音熙」。然此別是一義。《說文》以咦與嘽呬等字類列，注云「南陽謂大呼」，義無可疑。《集韻》馨夷切云「南陽謂失笑為咦」，失笑當為大笑之誤，蓋誤合《說文、廣雅》之義為一；虛其切云「呼也」，脂韻延知（案知當作脂）切云「說文南陽謂大呼曰咦」，是其明證。

呬，東夷謂息為呬。虛器切

案：段注云：「《方言》：呬，息也，東齊曰呬。〈釋詁〉郭注亦云今東齊謂息為呬。疑許襲《方言》，東夷當作東齊。」依段注以為古漢語例。

喘，疾息也。昌沇切

呼，外息也。荒烏切

吸，內息也。許及切

噓，吹也。朽居切

吹，噓也。昌垂切

喟，大息也。丘貴切

自嘽至喟，除嘽下唾字因義不近未錄外，凡九字，不屬次清送氣音，即讀曉母。呼噓二字讀曉母、陰聲、平調，其音象氣流自喉間經口腔而出，並略呈曳長之勢。（案學者多主上古陰聲具塞音尾，於此二字知其說不然。）吸字亦讀曉母，而為收 -P 的入聲，其音象引氣入喉，隨即緊閉雙脣，而戛然氣止。兩者摹擬人類呼吸的聲情，可以驗之脣吻，應不得為偶合。只是呼與吸氣有出入的不同，而同以曉母為聲首，不能盡似。這是因為漢語不用吸入音，凡吸氣之音只取其相近，而以曉母描寫。知者，齅字義為「以鼻就臭」，音許救切，對轉入中部為香仲切；歆，「翕氣也」，虛業切；歙，「縮鼻也」，許及切；並讀曉母。又鼽字巨鳩切，鼾字侯幹切，亦或為全濁送氣音，或為匣母，說詳於下，都可作為證明。其餘，與呼字吸字意義相關的嘽字咦字呬字喘字，或讀曉母，或讀次清送氣音；與噓字同義的吹字，也正讀送氣音。不僅如此，喟下云「大息」，音丘貴切；同部嘆下云「一曰大息也」，他案切；嘅下云「嘆也」，苦蓋切。�下原有唾字，云「口液也」，湯卧切，此雖義與息相遠，用兼名動，唾口液之時，必有強烈氣流自舌尖而出，其音適為舌尖送氣；無獨有偶，同義的吐字湯故切，義近的噴字普悶切，或聲母相同，或同送氣。凡此，恐並不得視作巧遘。又《廣雅・釋詁二》有訓息一條，各字及曹憲音如下：

喘、喙凶穢、咶虎夬、炁虛氣、欬虎夾、欸溪佳、歌苦訝、奄、齸姑，息也。

除奄齸二字別讀影母見母外，不讀曉母，即為次清音。《疏證》云：「喘、喙、咶、欬、欸、歌為喘息之息，炁、奄、齸為休息之息。」原來此合二義為一，奄齸二字並炁字義言休息，與喘息意不同，所以音亦別異；其餘六者，除喘字已見前，亦莫不與前列《說文》訓息諸字發音的特質相合。這種情況，如其仍然堅持語言約定論，而無視其與語義的關係，不知是否即能釋然於心？

只是《說文》既以息字說解諸字，而息下且以喘字作訓，其字則音相即切，不屬次清聲母範圍，似乎成了反證。語言自應以約定為常態，不能要求同語義者必有共同的語音。何況《說文》息下段注云：「口部曰喘，疾息也。喘為息之疾者，析言之；此云息者，喘也，渾言之。人之氣，急曰喘，舒曰息。」所謂舒曰息，就是靜態的氣息之息，也就是通常說「一息尚存」的息，這種息自然不能是送氣讀法，只能憑鼻及心去感覺，所以其字从自心會意，自的意思同鼻。

其二，欠部欠及吹以下相連諸字：

欠，張口气悟也。去劍切

案：張口气悟，謂張口氣自喉間洩出，故讀送氣音。

吹，出气也。昌垂切

案：此與口部重出，參上。

欨，吹也。況于切

歑，温吹也。虎烏切

歖，吹气也。於六切

案：段注云：「古音在一部，《玉篇》火麥切，是也。」

歟，安气也。以諸切

案：段注安气云：「如趣為安行，鷽為馬行疾而徐，音同義相近也。今用為語末之辭，亦取安舒之意。」徐鍇及清儒多人直以安气謂語助。義與其他諸字不同類，所以出音亦異。

歙，翕气也。虛業切

案：翕義為合斂，桂馥、王筠並主當作歙字。歙下云：「縮鼻也」，許及切，翕歙義實相通，歙吸音同義近。參前條說吸字。

歕，吹乞也。普魂切

欠、吹之間，原有「欽，欠皃」，去音切：「䜌，欠皃」，洛官切；「欯，喜也」，許吉切；共三字。前二者謂欠時之皃，非謂欠時之聲，欯字訓喜，義亦不類，故未錄。

其三，口部自咥以下諸訓笑之字：

咥，大笑也。許既切又直結切

啞，笑也。《易》曰笑言啞啞。於革切

噱，大笑也。其虐切

唏，笑也。虛豈切

四字之中，除啞字以喉塞音狀笑聲外，其餘三字四個讀音，兩個曉母，兩個全濁塞音，咥之一字二者兼具，可見全濁塞音指向送氣讀法。《廣雅・釋訓》有訓笑一條，其字及曹音如下：

唏唏虛几虛冀、歌歌呼可、喎喎火下、訌訌口、啞啞於百，笑也。

除去啞字，不讀曉母，即為次清塞音，尤可見全濁塞音原讀送氣。《說文》唏下原有听字，與笑義相關，但謂「笑皃」，非因其音宜引切而隱匿不錄。《繫傳》引〈上林賦〉「無是公听然而笑」，听當與齗同，謂其笑而齗露。《集韻》听齗同魚斤切，同紐齹下云「齒出皃」，而諄韻魚巾切齹下云「笑露齒」，然則听字宜引切之音亦不為無義。唯笑字不讀曉母或送氣音，自不能執以疑此。

其四，口部義言獸類啼號諸字（其中言禽鳥聲者不錄）：

嗁，號也。杜兮切

吠，犬鳴也。符廢切

咆，嗥也。薄交切

嗥，咆也。乎刀切

哮，豕驚聲也。許交切亦許角切

唬，虎聲也。呼訝切

案：《集韻》唬與虓猇同，云「虎聲」。《說文》：「虓，虎鳴也。」許交切。《廣韻》音同。大抵虓唬本各為字，其後混同，但都為狀聲詞，聲母不異。

以上諸字，不讀曉母匣母，即為次清或全濁音，無一屬全清或次濁，可見全濁塞音應為送氣讀法。嗁下云號，號字《廣韻》胡刀切，亦屬匣母。

其五，穴部穴及窐以下相連有空義諸字：

穴，土室也。胡決切

窐，空也。烏瓜切

案：段注云：「《廣韻》圭攜二音。」分見齊韻古攜、户圭二切，並云「甑下孔」。

㝱，深也。式針切

案：㝱即通行深淺之深，許君以深為水名，此以深字通行義釋本字。

穿，通也。昌緣切

寮，穿也。洛蕭切

穾，穿也。於決切

窫，深抉也。於決切

竇，空也。徒奏切

案：竇洞一語之轉；洞，徒弄切。又《說文》𨸏部：「隫，通溝也。讀若洞。」徒谷切，即此字入聲。

窡，空也。牽吊切

空，窡也。苦紅切

窒，空也。去徑切

空，空也。烏黠切

案：段注云：「鉉本作空大也，非是，今依小徐及《玉篇》，今俗謂盜賊穴牆曰空，是也。」

窩，空皃。呼決切

窠，空也。一曰鳥巢也。苦禾切

窻，通孔也。楚江切

自窐至窻相連十四字，㝱相對於淺而言，與空義究竟有隔，故發音不類；穾窫應同一字，與空主謂掘，發音亦異。窐字依《廣韻》讀匣母，古攜切一音或從圭字誤讀。其餘八字，窩讀曉母，穿窡空窒窠窻同屬次清送氣音；穿下云通，窻下云通孔，通字孔字亦為次清送氣音。穴字胡決切屬匣母，竇字徒奏切，轉音之洞字徒弄切，隫字徒谷切，同為全濁塞音，是全濁塞音宜為送氣音。窻即今之窗字，同義之户字向字一匣母一曉母，不一而足。又同部後有窬窖竂三字：

窬，穿木户也。一曰空中也。羊朱切

窞，坎中更有坎也。徒感切

竃，穿地也。充芮切

竃為次清送氣音。窬字讀喻四，喻四上古讀音，個人以為原當是 zɦ 複母，含匣母 ɦ 成分[8]。段注云：「孟康《漢書・注》曰：東南謂鑿木中空如曹曰腧。腧者，窬之或體。《玉篇》云：腧，木槽。是也。腧古音投音豆。」投字度侯切，豆字徒候切，與窞同屬定母。《説文》：「牖，穿壁以木為交窗也。」與久切，義與窬同而聲同喻四。窞下注中坎字苦感切，為送氣音。此外，散見於金部的銎字義為「斧斤穿」，曲恭切；土部壙字義為「塹穴」，苦謗切；《廣雅・釋器》云：「銃謂之銎」，《廣韻》銃字充仲切；並為次清送氣音。可見定母原亦應為送氣音。

其六，皿部缶部訓中空及同義諸字：

盡，器中空也。慈忍切

盅，器中虛也。直弓切

罄，器中空也。苦定切

罊，器中盡也。苦計切

兩全濁，兩次清，次清送氣，全濁應同。盡下盅下云器中空或器中虛，空虛二字一溪一曉，適可助説明：同時還可參見前條及下條。

其七，匚部與匱相連三字：

匱，匣也。求位切

匵，匱也。徒谷切

匣，匱也。胡甲切

三者義同，為受器物之稱，受器物必中空，一匣母，兩全濁塞音，後者為送氣讀法便與前者相副。匣下原有一匯字，云「器也」，胡罪切，因不詳何器未引。前此有匧字，云「椷藏也」，或體作篋，苦叶切，明為送氣音。椷下云「篋也」，二字互訓。大徐古咸切，當是取封緘義，可參考封、關、閉諸字，其本音如段注引《漢書・天文志》「間可椷劍」蘇林椷音函，變名詞為動詞故義為函容，《集韻》覃韻胡南切正收椷為函或體。其他意義相類者，「缿，受錢器也」，大口、胡講二音；「弢，弓衣也」，土刀切；「韜，劍衣也」，土刀切；「韣，弓衣也」，徒谷切（案别有之欲切一音，觀前後各字讀音，疑是誤讀）；「韔，弓衣也」，丑亮切；「韇，弓矢韇

8 詳拙文〈上古音芻議〉。

也」，徒谷切，「箙，弩矢箙也」，房六切；都指向全濁塞音為送氣讀法。

其八，刀部訓判之字：

副，判也。芳逼切

剖，判也。浦后切

辨，判也。蒲莧切

判，分也。普半切

剫，判也。徒洛切

刳，判也。苦孤切

相連六字，所知為送氣音，副剖判刳四字，餘二字並全濁塞音。此外，劈下云破，劈字普擊切，破字普過切；墲下云坼，墲字評訝切，坼字丑格切；𡍼下云坼，許其切；罅下云裂，呼迓切（案此當與墲同字）；捇下云裂，呼麥切；缺下云器破，傾雪切；屠下云刳，同都切（此疑與剫為一語）；釁之義為隙（案《說文》釋釁之義為血祭，二義相成），許覲切；隙之義壁際，綺戟切；縫之義隙縫，扶用切；組之義衣縫解，丈莧切（案《說文》縫下云「以鍼紩衣」，與衣縫義相成，故組又為補縫，即綻字）；垗之義為畔，治小切；畔之義田界，薄半切：凡此，不讀曉母或次清塞音，即為全濁塞音，合計前者十二字（案墲罅二字以一字計），後者七字；如果前者不得以為巧合，則後者應指向為送氣讀法。當然這裏也涉及注文中的分字府文切，裂字良薛切，際字子例切，解字佳買切，以及可以聯想到的離字呂支切，別字彼列切，四個全清，兩個來母，都不具送氣成分。但《說文》云：「際，壁會也。」段氏云：「際自分而合言之，隙自合而分言之，又引申為凡閒空皆曰隙。」是故際字讀全清，而閒空二字一為匣母一為次清塞音，都與隙為曉母有關，許君隙下壁際之訓，所言顯然為壁之隙縫。解字佳買切以外，別有胡賣切一音。《廣韻》於佳買切云「講也說也脫也散也」，胡賣切云「曉也」；《集韻》舉解切引《說文》「判也」，「散也」一訓則見於下買切「曉也」之下，散、判二義明顯相關，究竟其字本讀見母或匣母，無從決定。別字亦除彼列切，尚有皮列切一讀，段玉裁云：「今人分別則彼列切，離別則憑列切，古無是也。」實際都是六朝以後的強為之分，與解字敗字等同一行徑，其始究讀全清全濁，均無可考實。裂字離字為邊音，與全清塞音性質不同，從來、透二母往往諧聲看來[9]，或者竟與曉、匣及送氣聲母具同一表義功能；前文寮之義為穿而音洛

[9] 來、透兩母互諧字：誺字丑吏、洛代二切，鏈字丑延、力延二切，體字他禮切，瘳字丑鳩切，綝、郴二字丑林切，里字丑六、恥力二切，獺字他達切，寵字丑隴切，嘮字敕交切；厲字力制切。又离字丑知、呂支二切，離、醨、謧三字呂支切，可參觀。

蕭切，原因亦或在此。至於畔下云田界，而《說文》界下云「境也」，義雖可以相通，前者與垗自地域之分言，後者與境、疆自地域之竟言，各有取義，故畔與垗、界與境疆清濁相同。如上來所說，這組意義相關諸字，發音方式與曉母無關者，恐僅一分字而已。

其九，鼻以出納氣，《說文》云「所以引氣自畀也」，音父二切，為全濁塞音。古或謂鼻為自，疾二切，則全濁塞擦音，不謂不巧。更看鼻部中諸字：

齅，以鼻就臭也。讀若畜牲之畜。許救切

案：此即今之嗅字。

鼾，卧息也。讀若汗。侯幹切

鼽，病寒鼻窒也。巨鳩切

𪖐，卧息也。讀若虺。許介切

連部首共五字，兩曉母，一匣母，兩全濁塞音。齅與吸同引氣向內，其字音同曉母，可以互參，說之在前。鼾聲多濁音，其字讀全濁喉擦音，狀聲直可謂傳神。𪖐字段注云：「此與尸部屆音義並同，《篇、韻》皆祇云鼻息（《廣韻》屆下云卧息，段氏據𪖐下云鼻息言之），〈釋詁〉云𪖐，息也。」𪖐字讀曉母，與前引《說文》訓息諸字或讀曉母或讀次清送氣音相同。至於鼽字，病寒鼻窒，不禁時時引氣求通，甚者乃至舌根翹起，氣流受阻而呈濁音。其字音巨鳩切，除引氣送氣不合係因漢語不用吸入音緣故，有吸字、齅字可證外，無一不可實驗。然則，古漢語全濁塞音為送氣讀法，雖謂憑《說文》一鼻部甚至一鼽字可證，不為過分。

有關這方面的資料，及此而止。現將古漢語中，由次清及全濁聲母（案分別含曉母匣母，及除心母邪母）所構成的不同發音部位之同字異音、同源詞、聯緜詞及諧聲字的資料，依次分述於下。

壹、同 字 異 音

同字異音，原是漢字司空慣見現象。同形異字若月夕、帚婦[10]之類除外，通常詞性、意義的變化，或者文字的假借為用，甚至有因諧聲偏旁引起的誤讀[11]，都在聲、韻相近的範圍之內，不致成為無可理喻；早期因為字少，出現的聲或韻相遠的假

10 月、夕本同一形，後以中有無短畫為別；婦本從帚字分化，原無女旁，後加女以異其形，歸字从帚，帚仍為婦字。

11 如畸本讀同羈，今或讀同奇；嶼本讀同序，今讀同與；嫗本讀紆上聲，今或讀同歐；拈本讀奴兼切，國語音ㄋㄧㄢˊ，今或讀同占。

借，如以蠆為萬、以母為毋[12]，亦極為罕覯，可以視作例外，不予理會。至於同為一字，意義略無不同，韻母相同或不同而明為音轉，其聲母則發音部位絕無關係，此種情況，不應全無道理。適巧此時或一者為送氣音，一者為曉母或匣母，或兩者同為送氣音，並大抵清濁相副，然則其送氣音的送氣成分，必是兩音所由形成的主軸，應不待煩言。除篇首述及的畜、魄、土三字而外，所見者尚有：

1.茥

《說文》：「茥，艸也。从艸，里聲。」里之切。段注云：「《本艸經》曰：羊蹄，〈小雅〉謂之蓫，蓫即苗字，亦作蓄。《廣韻》一屋茥許竹丑、六二切。按茥讀許竹丑、六二切者，因茥蓄同物，而誤讀茥同蓄也。」今以為古韻之部字可入屋韻，里之切的茥又讀許竹丑、六二切，不必為誤讀。茥亦作蓄，茥蓄一語之轉，蓄則自幽部入屋韻，許竹之音出於丑六切的送氣成分，丑六則是里之的變音。

2.茜

《說文》：「茜，以艸補缺。從艸，西聲。讀若俠。」直例切。案：西字他紺、他念二音，許君云讀若俠（大徐俠作陸，無解不取），蓋本又讀定母收 -P 入聲，與俠（胡頰切）音為二，其後前者入轉為去，而為直例切。

3.訑

《說文》：「訑，沇州謂欺曰訑。从言，它聲。」託何切。案：《廣韻》戈韻音土禾切，又見支韻，云「訑，自多皃，香支切。」《孟子・告子下》「則人將曰訑訑」，孫奭《音義》云：「張吐禾切，蓋言辭不正欺罔於人自誇大之貌。」訑與詑同，兩音義似不異。〔**《廣韻》戈韻：「䑨，手足疾皃，去靴切。䖼，上同。」䑨不成字，當以它爲聲，《集韻》字但作䖼，可爲詑音香支切參考。2000年宇純補案。**〕

4.訮

《說文》：「訮，諍語訮訮也。从言，幵聲。」大徐呼堅切，小徐遏箋反。案：《廣韻》先韻呼烟、他前二切並有訮字，一云「訶也，怒也」，一云「訮訶皃」，孰為本音，孰為變讀，無從確定。幵字有苦堅、古賢二音，前者固可以無論，後者亦可與曉母及送氣音因部位相近而互諧（說參篇末）。

5.嗀

《說文》：「嗀，擊空聲也。从殳，宮聲。」徒冬切，又火宮切。段注云：「亦作嗀，枯公切。」

---

12 說見拙文〈有關古書假借的幾點淺見〉（第一屆國際訓詁學研討會論文集，1997）。

6. 音

《說文》：「音，相與語唾而不受。从丶从否，否亦聲。歆，音或从豆欠。」他候切。案：許說字形不當，此字即由否字分化，加丶以為區別。否音古韻不同部，不得為聲。《廣韻》候韻匹候切：「歆，語而不受。」歆即《說文》音字或體之歆易豆聲為音，他候、匹候一音之轉，與魄字土字的二讀相同。

7. 㲉

《說文》：「㲉，未燒瓦器也。从缶，㱿聲。讀若筩莩同。」苦候切。案：《集韻》此字有四音：候韻丘候切，屋韻空谷切，尤韻披尤切，虞韻芳無切，義並同；兩溪母，兩滂母，彼此聲不相及，而並為次清送氣音。雖係以溪母㱿字為聲，而不必溪母音即為其本讀。但《廣韻》收三音，溪母二讀同《集韻》，尤韻音甫鳩切，與《集韻》音異，從知甫鳩切必是誤音。《集韻》披尤切，與《全王、王一、王二》正合。

8. 缿

《說文》：「缿，受錢器也。从缶，后聲。」大口切，又胡講切。段注云：「胡講，音之轉也。大當作火。」案：《廣韻》厚韻未收此字，講韻胡講切記又音，《古逸叢書》本作「又夫口切」，《十韻彙編校記》云：「夫，澤存、楝亭兩本同作火，巾箱、符山堂兩本同作大。」《玉篇》音大口切，《集韻》見徒口切下。曉與匣清濁不同，胡講之音不應轉為火口，大字是。缿蓋如今之撲滿，錢自小孔投入，其名即受音於投；投字度侯切，故缿字有大口之音。

9. 极

《說文》：「极，驢上負也。从木，及聲。」其輒切。案：极即今之笈字，《廣韻》笈字有其立、其劫、巨業及楚洽四音，三羣母，一穿母，義並同。

10. 欪

《說文》：「欪，欪欪戲笑皃。从欠，之聲。」許其切。段注云：「此今之嗤笑字也。《廣韻》畫欪嗤為二字，殊誤。〈文賦〉曰：雖濬發於巧心，或受欪於拙目。李善曰：欪，笑也，與嗤同。」又於許其切下云：「按當赤之切。」案：段以欪嗤同字，清儒多為此說，衡之皎然可信。其字既以之為聲，其本音當如段氏所言為赤之切；但許其切亦非誤讀，實由其送氣成分所分化，例同前舉畜字土字，並參下文捇。《集韻》之韻虛其切收欪字，或體作咥（參前咦下案），是此讀不誤之證。

11. 獭

《說文》：「獭，小犬吠。从犬，敢聲。」荒檻切。案：《廣韻》又見闞韻下瞰切及陷韻楚鑒切，並云小犬聲。

12.奃

《說文》：「奃，瞋大聲也。从大，此聲。」火戒切。案：《廣韻》字作柴，怪韻許介切引《說文》，又與此字同見於紙韻雌氏切，注云「直大也，《說文》火介切，瞋大聲也。」

13.㥣

《說文》：「㥣，精戇也。从心，毳聲。」千短切。案：段注云：「《篇、韻》呼骨切。」

14.澩

《說文》：「澩，夏有水冬無水曰澩。从水，學省聲。」大徐胡角切，小徐士角反。案：《爾雅・釋水・釋文》云：「《字林》火篤反，郭同，又徂學反。」《廣韻》見士角、胡覺二切，《集韻》又收呼酷切。

15.灘

《說文》：「灘，水濡而乾也。从水，鷬聲。《詩》曰：灘其乾矣。灘，俗灘从隹。」呼旰切，又他干切。段注云：「《詩・釋文》引《說文》他安反，大徐益以呼旰切，非也。」案：小徐音鶱罕反，鶱當是騫之誤，騫罕同呼旰切。《全本王韻》翰韻呼半反灘下云水濡乾，《廣韻》呼旰切同；《詩・中谷有蓷》今字灘作暵，毛云菸皃，即水濡而乾義之引申，《釋文》音呼但反，是灘音呼旰切不誤之說。唯呼旰之音，不得以鷬為聲，本音當是他旰切，與態、綵、慝、聃分从能、奴、匿、冉為聲一例，因次清送氣音變演而為呼旰切。《爾雅・釋天》：「太歲在申曰涒灘。」《釋文》「灘，本或作攤，郭勑丹、勑旦二反。」是其字平聲透母讀音之外，尚有去聲透母讀音之證。

16.鰖

《說文》：「鰖，魚子已生者也。从魚，憜省聲。」徒果切。案：段注云：「《集韻、類篇》又翾規切。」

17.掌

《說文》：「掌，積也。从手，此聲。」前智切。案：《廣韻》寘韻疾智切掌下云「《說文》積也」，又奇智切亦收掌字，云「積也，又前智切」。

18.捇

《說文》：「捇，裂也。从手，赤聲。」呼麥切。段注云：「《釋文》采昔反。」案：見《周禮・赤拔氏》。《説文》：「坼，裂也。从土，斥聲。」丑格切。坼赤實同一字，《集韻》赤又見陌韻音郝格切。

19.墒

《説文》：「隓，敗城阜曰隓。从阜，𡍮（段云：許書左字蓋或古有此文，或叅左為聲，皆未可知）聲。墒，篆文。」許規切。案：《説文》：「陊，落也。从阜，多聲。」徒果切。《集韻》果韻杜果切收陊隓墒同字，是也，音參前鰖字。《集韻》吐火切墮下云墜，墮即墒字。《廣韻》墮亦音他果切，注云「倭墮髻也」，義與墜相因。

20.截

《説文》：「截，酢漿也。从酉，𢦏聲。」徒奈切。案：《廣韻》又見昨代切，義同。端、精兩系聲不相通，此以全濁送氣音為其轉變樞紐。

21.騞

《莊子・養生主》「奏刀騞然」，《經典釋文》：「騞，呼獲反；徐許嬖反；向他亦反，又音麥；崔云音獲，聲大於砉也。」其中許嬖與他亦兩音，皆四等音，一去一入；後者《集韻》為土益、他益兩音，實一音的演變。

貳、同 源 詞

同源詞的認定，除去意義必須相同，還須具有語音關係。後者通常認為可以包括三種情況：一聲韻俱近，二雙聲，三疊韻。聲韻俱近如走趨、創傷（以上同陰陽）、蓧苗（一陰一入）、耐能（一陽一陰）、迎逆（一陽一入）之類，其為同出一源無可疑。僅具雙聲的，如臞、脙，謨、謀，稈、稾，蠅、羊，爾、汝、若、而、戎，毰毸、婆娑，徘徊、彷徨。因為聲母發音部位及各種發音方式彼此間皆顯著不同，不易產生淆混，而舌的前後高低位置略有不同，便可以形成元音的差異，致使韻母產生變化，像這樣的例子，聲同韻異，顯然也應視作語同一源；至於如鳥隹、彫敦幽部與微文部之間的大量平行對應語彙[13]，其為同源之詞，自然更没有置疑的空間。如其僅具疊韻關係的詞彙，既與前一類情況相反，所謂「疊韻相迻」[14]的主張，理論上是不能成立的。但有兩點不在此限。其一，本由複聲母發展而來，如命與令，來與麥，或如

13 詳見拙文〈上古音芻議〉。
14 語見章炳麟《國故論衡》。

蘇與禦[15]、額與額，其先分別為 ml-、sŋ- 複母，從一音節演化而為單一聲母之二音節。其二，其一者為送氣聲母，一者為曉或匣母；或二者並為送氣讀音。後者正是本文此下所欲列述者。

1.芳與香

《說文》：「芳，香艸也。从艸，方聲。」敷方切。又：「香，芳也。从黍从甘。」許良切。案：段注改芳下香艸為艸香，與香訓芳相合。香即芳之送氣成分獨立為音。兩者韻母雖有開合之別，據李方桂先生〈上古音研究〉[16]所說，合口實出於開口，芳字原亦讀開口音。因係脣音之故，後變讀合口。

2.芬與薰

《說文》：「芬，艸初生其香四布也。从艸，分聲。」撫文切。又：「薰，香艸也。从艸，熏聲。」許云切。芬與薰和芳與香的結構相當，香的音出於芳，從知薰的音出於芬。《左傳・僖公四年》「一薰一蕕」，杜注：「薰，香艸；蕕，臭艸。」古人謂香為薰，香艸所以有薰之名，正如古人謂臭為蕕，而蕕又為臭艸。《說文》：「庮，久屋朽木。从广，酉聲。《周禮》曰『牛夜鳴則庮』，臭如朽木。」與久切。《廣韻》庮又與蕕字同以周切，是古人謂臭為蕕之證。

3.葩與雩、花

《說文》：「葩，華也。从艸，皅聲。」普巴切。又：「雩，艸木華也。从𠂹，于聲。荂，雩或从艸从夸。」況于切。或體荂下段注云：「〈釋草〉有此字，郭曰今江東呼華為荂，音敷。（純案：《詩・何彼襛矣・釋文》亦云「古讀華為敷」。）按今俗皆言花，呼瓜切。《方言》曰：華、荂，晠也。齊楚之間謂之華，或謂之荂。〈吳都賦〉曰：異荂蓲蘛。李善曰：荂，枯瓜切。」又《說文》：「蕚（今華字），榮也。」户瓜切，又呼瓜切。段注云：「俗作花，其字起於北朝。」案：雩華原同字，本音況于切或呼瓜切，為葩語送氣成分的獨立音節，後因分別名動，由呼瓜轉為户瓜。郭璞音荂為敷，敷近葩字之音，是荂音出於葩之證。李善音荂枯瓜反，《方言》郭注亦音誇，則又由呼瓜或普巴之音所轉出，仍為送氣音。

4.嚭、喜與喜

《說文》：「嚭，大也。从喜，否聲。《春秋傳》吳人有大宰嚭。」匹鄙切。段

15 《詩・女曰雞鳴》「琴瑟在御」，阜陽漢簡御作蘇；《荀子・議兵》「蘇刃者死」，蘇讀為禦。後者說見拙著《荀子論集・讀荀卿子三記》。
16 《清華學報》新 9 卷 1、2 期合刊，新竹，1971。

注謂「訓大，當从丕」，引《集韻》字一作嚭為證。朱駿聲云：「按《史記・伍子胥傳》伯嚭《論衡》作帛喜，《文選》（案見〈廣絶交論〉）作帛否；又按〈檀弓〉有陳太宰嚭，《漢書・古今人表》作太宰喜。从丕，喜聲，與大義方合。」案：二家說字从丕是，嚭即丕字，人名之丕，其送氣成分別為音，於是加喜聲而為嚭；其字又作嚭者，或涉喜字从口而誤，或後人據如《文選》注作否而改之。許君隸丕字於一部，故以嚭字隸屬於喜部，而云「从喜丕」會意，今本當出後人臆改；如本云「从喜，否聲」，不得訓其義為大。

5. 恐與兇

《說文》：「恐，懼也。从心，汎聲。」丘隴切。又：「兇，擾恐也。从儿在凶下。《春秋傳》曰曹人兇懼。」許拱切。案：兇恐二字韻同東部，聲調亦同，兇之音即從恐出，《春秋傳》兇懼即恐懼。

6. 臭與齅

《說文》：「臭，禽走臭而知其迹者犬也。从犬自。」尺救切。又：「齅，以鼻就臭也。从鼻臭。」許救切。案：齅本是臭的轉注字，故《集韻》許救切收臭字，而云「逐氣也」。

7. 赤與赫

《說文》：「赤，南方色也。从大火。」昌石切。又：「赫，火赤皃。从二赤。」呼格切。案：赤皃、赤色二義相因，赫即赤語之分化，書作二赤只為分別字形。《詩・簡兮》云「赫如渥赭」，義與言赤如渥赭無異；郝从赤聲音呼格切，捇从赤聲音呼麥切，又捇一音采昔反，采昔與昌石其先僅有介音之不同[17]，充分證明赤赫原是一語。

8. 熥與烘

《集韻》東韻他東切：「熥，以火煖物。」案：今謂以火煖物為烘，相當於《廣韻》呼東切訓「火皃」的烘字之音，即此熥字送氣成分之别為音節。

以上各組字例，並發生於次清塞音或塞擦音與曉母之間。

9. 咆與嗥

《說文》：「咆，嗥也。从口，包聲。」薄交切。又：「嗥，咆也。从口，皋

[17] 拙文〈上古音芻議〉指出，小部分照、穿、牀三等字出於精、清、從，審、禪二母則全是心、邪的變音，如采昔與昌石的源頭，只是*tshi- 與*tshj- 的不同。

聲。」乎刀切。案：兩字古韻並屬宵部，僅有甲類韻或乙類韻[18]的差異，即其聲調亦同，嗥當是咆的分音。《集韻》豪韻蒲褒切「嚗，鳴也」，肴韻蒲交切嚗為咆或體，然則咆嗥有同為一等的讀法。

10.方與斻

《說文》：「方，併船也。象兩舟省總頭形。」府良切。又：「斻，方舟也。从方，亢聲。禮天子造舟，諸侯維舟，大夫方舟，士特舟。」胡郎切。案：方字府良切，疑是方正字讀音，方舟字原讀並母甲類韻（參注[18]）。知者，閩南語開航的航音為 phaŋ，航與斻同字，即斻字用作動詞，與〈河廣〉詩言「一葦杭之」相同，phaŋ 便是方舟字的古讀，只是濁聲已經清化，聲調則為陽聲，可為憑證。許君云「方，併船也」，此是自字形言之；若由語源而言，則方之言並。是故《爾雅・釋水》「大夫方舟」，李注「並兩船曰方」，《莊子・山木》「方舟而濟于河」，司馬注亦云「方，並也」。此外，〈抑〉之詩云「天方艱難」，〈白華〉之詩云「天步艱難」，天方即天步，陰陽對轉，故〈桑柔〉之詩亦云「國步斯頻」；又彷徨字古本作方皇，都說明方字古有並母甲類韻讀法，而有此等假借為用。

11.皮與韋

《說文》：「韋，相背也。獸皮之韋，可以束物枉戾相韋背，故借以為皮韋。」宇非切。案：韋有皮義，即與皮為轉語，皮字符羈切，其聲之轉，猶咆與嗥及方與航。許君說皮从為聲，雖於字形不合無可取，其必取為字之音，韻同之外，或亦有其聲母的觀點。為與韋雙聲，韻則猶彼之轉語為匪，及妥與綏之通用不別。

12.佗、抲、馱與何、荷、賀

《說文》：「佗，負何也。从人，它聲。」徒何切。案：《集韻》哿韻待可切抲下云「擔也」，《廣韻》箇韻：「馱，負馱（正注文並作馱，从犬無義，當是从大聲，同紐收大字，是其明證），唐佐切。」即佗之上、去聲，是故《集韻》馱又見戈韻唐何切，與佗同音。又《說文》：「何，儋也。从人，可聲。」胡歌切；《廣韻》哿韻荷下云「負荷也，胡可切」，下出何字云「上同」；箇韻賀下云「擔也，胡箇切」；分別與佗、抲、馱三字音義相當，當出一源；故《集韻》抲字又與荷何同字，見哿韻下可切。抲即何字易人為手，在通行用何為姓氏及語詞之後。自徐鉉指出佗即《史記》橐佗字，學者都知道駝為佗俗書，而不知佗何本同一語。馱字不見於先秦古

---

18 拙文〈上古音芻議〉分上古音為甲、乙、丙、丁四韻類，分別為介音-ϕ-、-r-、-j-、-i-的不同，中古變為一、二、三、四等韻。

籍及《說文》，但大聲古韻屬祭部，祭與歌其始雖同一部，周代已歧分為二，大字用為太甚義，音義書或韻書相傳有箇韻讀法，《釋文》不云「徐讀」、「劉讀」，即云「舊音」，以此言之，馱以大為聲，而音在果攝，非後人所能造得，當是相傳古字，許君偶一失收而已。

13.遝與迨

《說文》：「遝，合也。从辵，眔聲。」徒合切。又：「迨，遝也。从辵，合聲。」侯閤切。案：二字古韻同緝部。

14.團與丸、圜

《說文》：「團，圜也。从囗，專聲。」度官切。又：「丸，圜也。从反仄。」胡官切；「圜，天體也。从囗，睘聲。」王權切。案：團丸圜三字古韻同屬元部，團丸二字且同為甲類韻，圜屬丙類韻（參注[18]）略有不同，當為一語之轉音；又變易而為文部之圓，中古與圜同王權切。《說文》摶下云「以手圜之也」，篿下云「圜竹器也」，並以圜字為聲訓，與團下云圜同，或許君早已體會出定匣二母間的聲音關係；摶篿並音度官切。

15.嘾與𢎘、含

《說文》：「嘾，含深也。从口，覃聲。」徒含切。又：「𢎘，嘾也。艸木之𠌶未發函然，象形。讀若含。」胡男切。案：嘾古韻屬侵部，𢎘屬談部，兩部音近；許君云𢎘讀若含，疑二字其時已讀同一音。《說文》含下云「嗛也」，嗛下云「口有所銜也」，蓋以含苞之含為𢎘字假借，則𢎘讀若含與墨讀若默同一例，銜含之含與𢎘實亦一語；又𢎘下所云「函然」之函，亦與𢎘含同語族。

16.道、覃與函

《荀子・禮論》：「道及士大夫。」楊倞云：「道，通也。言社自諸侯通及士大夫也。或曰道，行神也。《史記》道作蹈，亦作啗。司馬貞曰：啗音含，苞也。倞謂當是道誤為蹈，傳寫又誤以蹈為啗耳。」盧文弨云：「《史記集解》本道及作函及。」王念孫云：「楊注皆出於小司馬，其說道啗二字皆非也。道及者，覃及也。」又《史記・禮書》王氏《雜志》云：「錢氏曉徵《史記考異》曰：予謂函及者，覃及也。《說文》𢎘，嘾也。讀若含。函從𢎘得聲，亦與嘾同義。〈士喪禮〉中月而禫，古文禫作導。《說文》：棪，讀若三年導服之導。亦謂禫服也。導與禫通，則亦與覃嘾通。而啗又與嘾同音，是文異而實不異。念孫案：錢謂導與覃通，導及士大夫即覃及士大夫，是也。〈大雅・蕩〉曰：覃及鬼方。《爾雅》覃，延也。言社自諸侯延及士大夫也。函當為臽。啗字從臽得聲，是臽與啗古同聲。故鄒誕生本作啗，即臽之異文也。啗與覃古亦同聲，故鄒本之啗及即《詩》之覃及也。錢以函及為覃及，非也。函訓為容，非覃及之義；函與啗亦不同聲，若本是函字，無緣通作啗也。臽字本形與函相似，因譌為函。」案：古韻幽部侵部音近[19]，是故道及與覃及相同；至於道及《史記》或作函及或啗及，則因函聲臽聲古韻屬談部，侵談二部音相近，方言或混而不分，於是形成此一現象，不如王氏所解。炎聲古韻亦在談部，許君於棪下云讀若三年導服之導；西下許君亦云讀若三年導服之導，其古韻與函聲、臽聲、炎聲相同，是王說不行之證。聲母方面，道、覃、啗與函之不同，當因定母含匣母成分的緣故。啗从臽聲讀徒敢、徒濫二音，又正與啗、函為異文相互發明。

17.提與攜

《說文》：「提，挈也。从手，是聲。」杜兮切；「攜，提也。从手，巂聲。」户圭切。案：二字古韻同佳部，同丁類韻（參注[18]），且同聲調，僅開合為異；言古音者，有合口出於開口之說，而不必其先聲母為圓脣讀法[20]。

18.莛與莖

《說文》：「莛，莖也。从艸，廷聲。」特丁切；「莖，艸木榦也。从艸，巠聲。」户耕切。案：二字古韻同耕部，聲調亦同。

以上諸例，並發生在全濁塞音與匣母之間。此外，如《說文》：「掘，搰也。从手，屈聲。」衢勿切；又「搰，掘也。从手，骨聲。」户骨切。二字同古韻微部入聲，聲母一羣一匣，牙音與喉音雖本是混然的一體，搰的語言實由掘的送氣成分衍化而來。僅舉此二例，《說文》中相同現象未蓄意蒐討。

19.肧與胎

《說文》：「肧，婦孕一月也。从肉，不聲。」芳杯切；「胎，婦孕三月也。从肉，台聲。」土來切。案：不聲台聲古韻同之部。許說二字義略不同，初不過為正名主義的訓詁[21]，並非實有此分別。是故《爾雅・釋詁》郭注及《釋文》引《淮南子・精神》，並云「一月而膏，二月而胅，三月而胎」，而《文子・九守》云「三月而肧，四月而胎」，《文選・江賦》李注引《淮南子》云「三月而肧胎」，各不相同，

19 拙文〈上古音芻議〉，主張上古音侵部原有陰聲，其元音及韻尾擬作 -əw，與幽部 -əu 音近，周代已混為一幽部。韻尾以 -w 與 -u 別，猶丙、丁二韻類及中古三、四等韻介音之分別為 -j- 與 -i-。

20 李方桂先生〈上古音研究〉，主張中古音牙喉音的合口音，於上古並讀開口，其聲母為圓脣的 kw、khw……，與不圓脣的 k-、kh-……相對。

21 「正名主義的訓詁」，說見拙文〈正名主義之語言與訓詁〉（中央研究院《歷史語言研究所集刊》第 54 本第 4 分，1985）。

是為其證。二字讀音既與魄字土字不異，原是一名衍為二音，信無可疑。

上一例發生於不同發音部位的全清送氣聲母間。

20.防與唐、隄

《說文》：「防，隄也。从𨸏，方聲。」符方切；「隄，唐也。从𨸏，是聲。」杜奚切。案：《說文》唐下云「大言，从口，庚聲」，隄下云唐，自是唐字借用之義。防與唐古韻同陽部，唐字徒郎切，二字聲母關係與土字魄字及胚與胎大同，但有清濁之異，當語出一源。隄與唐雙聲，亦當為語轉。

21.陂與池

《說文》：「陂，阪也；一曰池（原作沱，依段注改）也。从𨸏，皮聲。」彼為切；「池，陂也。从水，也聲。」直離切。案：陂字大徐彼為切，《廣韻》同，小徐音彼移反，亦同，當是作阪義解的讀音，故《廣韻》但云「《書傳》云澤障曰陂」，而與阪字府遠切雙聲對轉。其「池也」一義，與陂阪字為同形異字，音不必同。《集韻》蒲糜切陂下云「陂池」，正與池字同讀全濁塞音；二字古韻既同在歌部，韻類及聲調並同，當為一語之轉。參防與唐條。

22.眔與及、臮

《說文》：「眔，目相及也。从目，隶省。」徒合切；「及，逮也。从又从人。」巨立切。又：「臮，眾詞與也。从㐺，自聲。」其冀切。案：《說文》：「隶，及也。从又，尾省，又持尾者，從後及之也。」徒耐切。隶之義為及，故釋眔之義為目相及，而說其形从目隶省。但眔字甲骨文金文作[illegible]、[illegible]、[illegible]諸形，其下決不得為隶省，目相及之義因亦無可取信。（小徐省下多「讀若與隶同也」一句，是直以眔為隶轉注，其形既不相合，隶音徒耐切，音亦不同，疑是後人所增。）據其字於卜辭及銘文用為連詞，音義與及或暨字相當，蓋本是泣字，象泣涕漣如之形，本音去急切，借用為及字，音巨立切；因聲母送氣成分為樞紐，轉音而為徒合切，於是有从眔聲音徒合切的遝字。兩音古韻並屬緝部。巨立切之音轉入微部為其冀切，用同暨字，而有《說文》的臮字。臮為眔字形誤，學者早有所見；許君引《尚書》臮字今本作暨，是眔字又讀其冀切的證明。《說文》隶下云「及也」，又逮下云「唐逮，及也」，二字同音徒耐切，據眔字由巨立切轉音為徒合切，聲母自羣母變定母，韻類自丙類變甲類（參注[18]），徒耐切的隶逮，顯然亦自其冀切的眔臮所轉成；其字則如《說文》所說，與眔的字形略無所關。

以上諸例，並形成於全濁塞音之間。

叁、連緜詞

連緜詞分雙聲及疊韻兩類，構成連緜詞的要素，自然便是聲母的雙聲或韻母的疊韻條件。前者不是本文所論及的。後者通常不更注意其彼此間聲母上的關係，實際如下所舉諸例，兩者間聲母上 h 或 ɦ 音素的重疊，顯然為其構成上不可缺少的要素；參考如葩花、芳香等字之間的孳生關係，即使説此類連緜詞的兩音節出於一音節的敷衍，不必即為妄言（參下符篖一例）。此點似不曾見學者有所論列，現將所見諸詞列述如下。

1.判渙

《詩・訪落》：「繼猶判渙。」《毛傳》云：「判，分；渙，散也。」案：判渙疊韻詞，不當分訓。判字普半切，渙字火貫切，古韻同屬元部，聲母 ph 與 h 有重疊關係。

2.伴奐

《詩・卷阿》：「伴奐爾游矣。」《毛傳》云：「伴奐，廣大有文章也。」《鄭箋》云：「伴奐，自縱弛之意也。」案：伴奐二字古韻同元部，為連緜詞，毛分別以廣大及有文章訓釋伴及奐字，不可取，文意似亦不合，當如鄭所改釋。《釋文》云：「伴音判，徐音畔；奐音喚，徐音換。」判、畔與喚、換有清濁之殊，姑據第一音列之於此，其濁音不更出。

3.婆妗

《説文》：「婆，婆妗也。从女，沾聲。」丑廉切；「妗，婆妗也。从女，今聲。」火占切。案：二字古韻同侵部，韻類聲調並同。

以上三詞，兩音節均在次清塞音與曉母之間（伴奐有異音，詳見上）。

4.徘徊

《説文》未收此二字。《荀子・禮論》云：「今夫大鳥獸……過故都則必徘徊焉。」楊注云：「徘徊，回旋飛翔之貌。」案：二字古韻同微部，《廣韻》灰韻徘字薄回切，徊字户恢切。

5.盤桓

《易・屯・初九》云：「盤桓，利居貞，利建侯。」《正義》云：「盤桓，不進之貌。」案：二字古韻同元部，《廣韻》桓韻盤字薄官切，桓字胡官切。盤或作磐、般、洀，音並同。

6. 彷徨

《說文》無此二字，本都用假借，或作方皇，見《荀子・禮論》：或作房皇，見《史記・禮書》，或作旁皇。彷徨見《莊子・逍遙遊》，為方皇轉注專字，故用以標目。二字古韻屬陽部，《廣韻》唐韻步光切彷及胡光切徨下並云「彷徨」。《荀子》楊注云「方皇猶徘徊也」。

7. 徬徨

《說文》：「稖，稖稈，穀名。从禾，旁聲。」薄庚切：「稈，稖稈也。从禾，皇聲。」户光切。案：《廣韻》庚韻薄庚切不收稖字，字見唐韻步光切。《廣雅・釋草》：「稖稈，穄也。」曹憲音旁皇，與《廣韻》同。是稖稈二字有讀韻母同者。

8. 畔援

《詩・皇矣》：「無然畔援。」《毛傳》：「無是畔道，無是援取。」《鄭箋》云：「畔援，猶跋扈也。」案畔援連緜詞，不當分訓，鄭說是。《釋文》：「援，毛音袁，取也，又于願反；鄭胡喚反，畔援，跋扈也。」畔援二字古韻同元部，畔字薄半切，援字當從鄭讀甲類韻（參注[18]）音；漢石經作畔換，是其證。《漢書・敘傳》「項氏畔換」，顏注「畔換，強恣之貌」，與《釋文》引《韓詩》說「武強皃」義同，亦與鄭君跋扈之意不異。

9. 跋扈

此詞首見《詩・皇矣》「畔援」鄭氏《箋》。《釋文》：「跋，蒲末反，扈音户。」古韻二字分隸祭與魚部，二部元音相同，特韻尾為異，而每相通轉[22]，仍可視作疊韻連緜詞（案可參考後權輿一詞）；今又知其聲母有ɦ音素的相同，兩音關係益密。且鄭云「畔援猶跋扈也」，畔與跋雙聲對轉，援與扈雙聲元音相同，跋扈與畔援當由一語孳衍為二。

以上諸例，兩音節環繞於全濁塞音及擦音之間，擦音音節在後。

10. 炰烋

《詩・蕩》「女炰烋于中國」，《毛傳》云：「炰烋猶彭亨也。」《鄭箋》云：「炰烋，自矜氣健之貌。」《釋文》：「炰，白交反；烋，火交反。」案：烋又為休美字，讀虛尤切（見《集韻》）或香幽切，而《釋文》此云火交反，正與炰字疊

22 拙文〈上古音芻議〉，主張魚、祭二部元音同為ɑ，魚部陰聲無韻尾，入聲收 -k，祭部陰聲收 -i，入聲收 -t，兩部通轉之例，如去與朅為轉語，金文的雩即《尚書》的粵或越，𨍭侯鼎的幽夫即幽韍，等等。

韻。

11.彭亨

此詞見《詩・蕩》「女炰烋于中國」《毛傳》，已見前條。《釋文》亨字音許庚反，彭字無音。《廣韻》彭字薄庚切，無異讀，《集韻》同，彭亨、炰烋聲母清濁相副，明是一語之轉。又《廣韻》薄庚、許庚兩切分別收憉、膨及悙、脝二字，云「憉悙自強」、「膨脝脹也」，並與彭亨音同義通，為彭亨的轉注字。

以上連緜詞由全濁塞音及曉母所構成，曉母音節在後。

12.虺隤

《詩・卷耳》「我馬虺隤」，《毛傳》「虺隤，病也。」《釋文》：「虺隤，呼回反，徐呼懷反；隤，徒回反，徐徒瓌反。」案：虺隤二字古韻同微部。

上列連緜詞亦由全濁塞音及曉母所構成，而曉母音節在前。

13.渾敦、渾沌

《左傳・文公十八年》「謂之渾敦」。杜注：「渾敦，不開通之貌。」《釋文》：「渾，户本反；敦，徒本反。」《莊子・應帝王》「中央之帝謂之渾沌。」《釋文》二字音同渾敦。案：渾敦沌三字古韻並屬文部。

14.餛飩、餫飩

《廣韻》魂韻餛及飩下並云餛飩，餛或作餫；餛字户昆切，飩字徒渾切。案：餫飩蓋即渾沌孳生語，轉注易以食旁表義。在不分匣與喻的方言區，或書作雲飩。

15.菡萏

《説文》：「菡，菡 萏也。从艸，函聲。」胡感切；「萏，菡萏，扶渠（渠，今作容，據段注改）華，未發為菡萏，已發為夫容。从艸，閻聲。」徒感切。案：菡萏二字古韻同談部。

16.號咷

《易・同人》「同人先號咷而後笑」，又〈旅〉「旅人先笑後號咷」。《釋文》：「號，户羔反；咷，道刀反。」案：號咷二字古韻同宵部。

17.笐篖

《方言・五》：「笐篖，自關而西謂之笐篖，南楚之外謂之篖。」郭注：「笐篖，似籧篨，直文而粗，江東呼笪，音靼。」案：笐字胡郎切，篖字徒郎切，二字古韻同陽部。南楚謂笐篖為篖，篖為單詞；江東呼笪，笪亦單詞。《方言》又云：「簟，其麤者謂之籧篨，自關而東或謂之篕棪。」簟亦單詞，其音徒玷切，與篖同聲，當為一語之轉。疑笪與簞、籧並是轉語，僅有韻尾 -m、-n（或 -t）、-ŋ 的差異。但《廣韻》當割切笪下云竹篾，不讀定母，疑是受笪笞字影響而失其正讀。（案《廣韻》旱韻多旱切笪下云持也、笞也，翰韻得按切笪下亦云笞也。）因籧與筕篖相同，而簞、笪又具有與篖為語轉的現象，前文云，「即使說此類連緜詞的兩音節出於一音節的敷衍，不必即為妄言」，這是一個極值得注意的例。此外，簅掞疑又為筕篖的轉音。《廣韻》胡臘切簅下云籧篨，是簅與筕具音轉關係。唯《方言》郭注掞音剡，恐是依其常見義誤讀。《集韻》琰韻以冉切掞剡同字，釋其義為銳利，與郭音同。炎聲之字如談淡惔郯之類，多讀定母，因疑簅掞之掞，本與篖字雙聲。更參下籧篨條。

以上諸詞由全濁塞音及匣母構成，而匣母音節居前。

18.籧篨

《說文》：「籧，籧篨，粗竹席也。从竹，遽聲。」強魚切；又「篨，籧篨也。从竹，除聲。」直魚切。案：籧篨二字古韻同魚部，與筕篖為對轉；而篨篖古同定母，籧筕雖有牙音喉音之別，因牙音喉音相近的整體性，實際只是送氣塞音與擦音的不同，籧篨無疑即是筕篖的音轉，籧與篨兩者間聲母之同具送氣成分，也便是兩者聲母的部分重疊處。《詩・新臺》「籧篨不鮮」，《毛傳》云「籧篨，不能俯者」，《國語・晉語》「籧篨不可使俯」，則是其粗竹席義的引申，蓋席粗則不易折屈。

19.芙渠、扶渠

《爾雅・釋草》：「荷，芙渠。」《詩・山有扶蘇》「隰有荷華」，《毛傳》：「荷華，扶渠也。」《爾雅・釋文》：「芙音苻，本或作扶。」案：芙扶苻同防無切，渠字強魚切，芙扶與渠古韻同在魚部。

20.雜遝、雜沓

《漢書・司馬相如傳》：「雜遝膠輵以方馳。」〈揚雄傳〉：「駢羅列布，鱗以雜沓兮。」案：雜字徂合切，遝沓二字徒合切，三者古韻並屬緝部。

以上三例，由全濁塞音或塞擦音所構成，發音部位全不相同，而同具送氣成分。又有下列三例，前二者一次清送氣音，一全濁送氣音，第二例韻母且不同部；第三例則其一為全濁塞音，其一為具 ɦ 成分的複母喻四，兩者韻部亦不同。

21.届屖

《說文》：「届，届屖，從後相躡也。从尸，臿聲。」楚洽切；「屖，臿屖也。从尸，乏聲。」直立切。案：臿聲、乏聲古韻同在葉部。

22.夸毗

《詩・板》：「無為夸毗。」《毛傳》：「夸毗，體柔人也。」案：夸毗二字毛不分別訓釋，《爾雅》收於〈釋訓〉中，前為籧篨、戚施，後為婆娑，並雙聲或疊韻詞，而夸毗二字古韻既不同部，聲母發音部位亦絶相遠；《釋文》夸字苦花反，毗字無音，其本音《廣韻》房脂切（案𣬈下引《說文》曰人臍也，今作毗），同紐收骳字，云「㰀骳，體柔」，即由夸毗轉注以成。由今視之，二字同為送氣音，聲母具有部分重疊關係，為廣義之雙聲，與戚施以齒頭塞擦音及擦音之相同視作雙聲無異。

23.權輿

《爾雅・釋詁》：「權輿，始也。」案：此詞出《詩・權輿》「于嗟乎不承權輿」，權字巨員切，輿字以諸切。前者全濁塞音，後者讀 zɦ 複母，全濁音送氣成分受塞音影響濁化，同於 zɦ 的 ɦ，形成兩音節的部分重疊；韻母則一元部，一魚部，兩者主要元音相同，結構與跋扈相彷彿。〈釋草〉又云「其萌虇蕍」，論者謂權輿為虇蕍之音借，不知虇與蕍韻母視權、輿又遠，虇蕍當出權輿之後，其第二音節已自魚部變入侯部。

肆、諧聲字

《說文》說諧聲：「形聲者，以事為名，取譬相成。」取譬，是說聲符與所諧之字，不必聲韻母完全相同；按之《說文》中形聲之字，往往如此。但既是音的譬況，亦自不得聲母或韻母兩方有任何一方的絕對遠隔，而必須是兩方兼顧。關於此點，我在拙著《中國文字學》[23]第三章第八節已經指出，諧聲字與聲符字的關係，聲和韻兩方面，與由《詩經》韻所得之古韻部，及以三十六字母為基礎，參考異文、假借等資料所得之古聲類，分別相合，無異得到了明證，於此不待贅言。《說文》諧聲字，表面雖然也能見到一些僅具疊韻關係，聲母全然無涉的例子，除去由於小篆的形變，或者許君的誤說，以及確知為複聲母或詞頭的原因（詳後），其餘大抵不出聲母同屬次清或全濁讀音範圍，包括曉母及匣母在內。從此等諧聲字看來，全濁塞音及塞擦音之為送氣讀法，其聲母方面的譬況，即憑恃 h 或 ɦ 的相同相近為之表達，已是十分顯明。前文所舉同字異音諸例，其始或即屬於此類，其後始產生與聲符字發音部位相同的另一讀音。現將此類字例，依《說文》次第先後述之於下。

1.犗

[23] 1994 年定本，總經銷：臺北五四書店。

《說文》：「㸗，牛羊無子也。从牛，𠷎聲。讀若糗糧之糗。」徒刀切。案：㸗原作𤛓，依段注改如此，从𠷎為聲，今字作犜。𠷎字直由切。大徐犜音徒刀切，《廣韻》又昌來切，據許書讀若糗，糗字去久切，並送氣音，與𠷎字或聲同，或同為送氣讀法。《集韻》去久切收犜字。

2.喙

《說文》：「喙，口也。从口，彖聲。」許穢切。案：彖字通貫切。《廣韻》豫字呼犬切；又㾓、殇、餯、䮵四字許勿切，並與此同，更參下文噧字。《廣韻》先韻祆从天聲音呼烟切，亦可參考。

3.啗

《說文》：「啗，食也。从口，臽聲。讀若與含同也。」徒濫切。案：臽字户䕾切，又苦感切。啗字除徒濫切，《廣韻》又有徒敢切一音。兩者發音部位不相及，而不脫 h 或 ɦ 音關係。許君云讀若與含同，猶龢下云讀與和同，直視二者為一字，更可見啗以臽為聲，聲母並非無關。參同源詞節「道、覃與函」條。

4.啖

《說文》：「啖，噍啖也。从口，炎聲。」徒敢切。案：炎字于廉切，上古屬匣母。

5.噧

《說文》：「噧，高氣多言也。从口，蠆省聲。」訶介切。案：段注云：「《公羊・襄十四年經》鄭公子噧，二《傳》作蠆。」是噧从蠆省之證。數名萬字本借蜂蠆字為之，後為其別，於蜂蠆字加虫旁，或省作蚩。蠆字丑犗切。又蠆與蠍同物，二字古韻同祭部，蠍字許竭切，正與噧字同聲，益見噧以蠆為聲，聲母上非無關係。《集韻》噧字許介切之外，又音他達切，許介、他達明是一音之變。

6.趮

《說文》：「趮，行也。从走，臭聲。」香仲切。案：臭字尺救切。參同源詞節「臭與齅」。

7.趩

《說文》：「趩，超特也。从走，契聲。」丑例切。案：契字苦計切，又苦結切。

8.趉

《說文》：「趉，走也。从走，出聲。讀若無尾之屈。」瞿勿切。案：出字赤律切，又赤季切。

9.遝

《說文》：「遝，迨也。从辵，眔聲。」徒合切。案：眔本音去急切，借用同及，音其立切，詳同源詞之「眔與及、㤩」。

10.甹

《說文》：「𠺕，聲也。从只，甹聲。讀若馨。」呼形切。案：段注：「謂語聲也。晉宋人多用馨字，若冷如鬼手馨、生此寧馨兒，是也。」甹字普丁切。

11.談

《說文》：「談，語也。从言，炎聲。」徒甘切。案：此與啖字同例。

12.訓

《說文》：「訓，說教也。从言，川聲。」許運切。案：川字昌緣切。訓从川聲，參饎从喜聲及赤赫同字。

13.謑

《說文》：「謑，待也。从言，伿聲。讀若餐。」胡禮切。案：《說文》：「伿，伿惰也。从人，只聲。」以豉切。喻四古讀*zɦ-複母，故謑以為聲而讀匣母*ɦ-。（只字諸氏切，上古讀精母*ts-，與舌頭音無關，故伿从只聲而讀喻四*zɦ-。）許君云謑讀若餐，其字生僻，今音尼戹切，其意不詳。（《廣韻》云：「餐，炙餅餌名。」與《說文》「楚謂小兒嬾餐」之義大異，或者尼戹切為餅餌名讀音，與《說文》餐字讀音不同。《集韻》則合「楚謂小兒嬾餐」及「餅屬」二義於尼戹切。）

14.詾

《說文》：「詾，往來言也。从言，匋聲。詯，詾或从包。」大牢切。案：詾又作詯者，段注云「匋聲包聲同在三部」；包字今音布交切，聲母與大牢之音不合。許君云：「包，象人褢妊，巳在中，象子未成形。」又云：「胞，兒生裹也。」二者當本為一字，後以包為包裹義，於是其音歧分為二。胞字音匹交切，為送氣音。包又與苞、匏通用，《集韻》蒲交切收包為匏或體，都可見包字原有送氣讀法，故詾或从包聲。

15.詘

《說文》：「詘，詰詘也。从言，出聲。」區勿切。案：詘从出聲，參前趉字條。

16.鞄

《說文》:「鞄，柔革工也。从革，包聲。讀若朴。」蒲角切。案：鞄又作鞫，以陶為聲，見齊鎛之鞫叔，鞫叔即鮑叔，鮑氏以官為氏，鮑用同鞄，是鞫與鞄同字之證。《集韻》巧韻部巧切收鞫與鞄同字。陶字徒刀切。參前謟字條。

17.齂

《說文》:「齂，卧息也。从鼻，隶聲。讀若虺。」許介切。案：虺字呼恢切，與許介切同曉母；隶字徒耐切。

18.鼛

《說文》:「鼛，鼙聲也。从鼓，合聲。」徒合切，案：合字侯閤切。

19.鼙

《說文》:「鼙，鼓無聲也。从鼓，咠聲。」他叶切。案：咠字七入切。

20.鼛

《說文》:「鼛，鼓鼙聲。从鼓，缶聲。」土盍切。案：段注：「《玉篇》鼕，鼓聲也，即其字。缶者，去之譌。去聲古或入侵部也。然皆鼛之誤字耳。」《萬象名義》亦作鼕字，恥闔反，書出原本《玉篇》，可據正。

21.饎

《說文》:「饎，酒食也。从食，喜聲。䊦，饎或从配。」昌志切。案：喜字虛里切，此與處字昌與切从虍聲同例，虍即虎省。或體以配為聲，配讀與之切，饎字上古為清母，不從透母來，*tsh與*zɦ音近，故或从配聲作䊦。

22.饕

《說文》:「饕，貪也。从食，號聲。叨，籀文饕，从號省。」土刀切。案：籀文疑从虎口食會意，李斯等改「唬」為號聲。號字乎刀切。

23.䍃

《說文》:「䍃，下平缶也。从缶，乏聲。讀若簿引曷。」土盍切。案：乏字房法切。

24.亳

《說文》:「亳，京兆杜陵亭也。从高省，乇聲。」旁各切。案：《說文》:「乇，艸葉也。从垂穗上貫一（小徐僅「穗上貫」三字），下有根。」金文作乇，小篆作乇為其變形，許說與字形不合。林義光云：「乇即甲宅之宅本字」。甲宅見《易・解・彖傳》，或本宅作坼（見《十三經校勘記》），《廣韻》坼字丑格切，《釋文》音勑宅反。今讀乇字陟格切，未得其音之正。

25.覃

《說文》：「覃，長味也。从㫗，鹹省聲。」徒含切。案：鹹字胡讒切，覃从鹹聲，猶談淡从炎聲。雖金文覃字作[illegible]，鹹省之說可疑。許說如此，姑存之。

26.樗

《說文》：「樗，木也。从木，雩聲。」丑居切。案：雩字户吳切，又荒烏切。（樗，經傳皆書作樗字。《說文》樗字別出，云「樗，木也。以其皮裹松脂。从木，雩聲。讀若華。檴，或从蒦。」乎化切。雩字羽俱切，又況于切。段氏互易樗樗二篆，今不從。）

27.杶

《說文》：「杶，木也。从木，屯聲。櫄，或从熏。」敕倫切。案：或體杶字从熏聲作櫄，熏字許云切。

28.楏

《說文》：「楏，木葉陊也，从木，毛聲。讀若薄。」他各切。案：毛字丑略切，與楏字他各切之音聲韻全合。段注：「陊，落也。小徐云此亦蘀字。」蘀字正音他各切。依許君讀若薄，楏从毛聲，與亳从乇聲同例。

29.樞

《說文》：「樞，户樞也。从木，區聲。」昌朱切。案：區字豈俱切。參後貙字條。

30.棽

《說文》：「棽，木枝條棽儷也。从林，今聲。」丑林切。案：今字居吟切，棽从今聲，似即以送氣音與見母相近而取譬，猶如見母與曉、匣二母間之互諧。但許君以今為今時字，說以為从亼乁會意，不可解。其字本作[illegible]，从倒口象含物之形，為含字初文；因借用為今時義，別於下方加口而為含字。中山嚳王鼎念字作念，从含心會意，是今本含字之明證。然則棽从今聲，緣於棽的送氣音與今（含）字聲母相同。別參岑及貪字。

31.髹

《說文》：「髹，桼也。从桼，髟聲。」許尤切。案：髟字必由切，與髹音許尤切聲不相及。今本髹下次麭篆，云：「麭，桼垸已，復桼之。从桼，包聲。」匹皃切。段注云「《篇、韻》步交切」。桂馥引《漢書・外戚傳》「其中庭彤朱而殿上髤漆」，顏師古注「今關東俗器物一再著漆者謂之捎漆，捎即髤聲之轉重耳」，並詳述髹漆之法。髤即髹字俗省，然則髹與麭當為或體，一从髟聲，一从包聲，髟包古韻同部，聲母亦同。其字本如匹皃、步交之音，許尤切則其送氣音之自為音節。

32.貪

《說文》：「貪，欲物也。从貝，今聲。」他含切。案：今本是含字，此原从含為聲（或从含貝會意）。詳參琴字條。

33.郝

《說文》：「郝，右扶風鄠盩厔鄉。从邑，赤聲。」呼各切。案：赤字昌石切。參饎字、捇字。

34.郗

《說文》：「郗，周邑也，在河內。从邑，希聲。」丑脂切。案：希字虛衣切。此與絺字同例，詳絺字。

35.郎

《說文》：「郎，汝南召陵里。从邑，自聲。讀若奚。」胡雞切。案：自字疾二切。

36.郯

《說文》：「郯，東海縣。从邑，炎聲。」徒甘切。案：此與啖談同例。

37.穎

《說文》：「穎，禾末也。从禾，頃聲。」余頃切。案：頃字去潁切，喻四之穎古讀*zɦ- 複母。kh 與 zɦ 差近，是以穎从頃聲，參連緜詞「權輿」。

38.糗

《說文》：「糗，熬米麥也。从米，臭聲。」去久切。案：臭字尺救切。參趨字。

39.窞

《說文》：「窞，坎中更有坎也。从穴臽，臽亦聲。」徒感切。案：此與啗字同例。

40.瘛

《說文》：「瘛，小兒瘛瘲病也。从疒，恝聲。」[24] 尺制切。案：《說文》無恝

24《萬象名義》：「瘛，胡計反，解，癡。」兩義分據《方言・十二》及《山海經・北山經・單張之山》郭注，或體作瘌。《玉篇、集韻》並收瘌、瘛同字。隸書制刧形近，《爾雅、說文》觢即掣字的形變，但《集韻》有別體之瘛，而不見瘛字，故仍據《說文》恝字收之。

字，忿下引《孟子》「孝子之心，不若是忿」，今本忿作恝，當是从心，丯聲，故與忿字為異文，恝字呼介切。

41.倓

《說文》：「倓，安也。从人，炎聲。讀若談。」徒甘切。案：此與啖字同例。

42.屖

《說文》：「屖，屖屖也。从尸，乏聲。」直立切。案：乏字房法切。

43.屈

《說文》：「屈，無尾也。从尾，出聲。」九勿切。段注：「九勿，當作衢勿乃合。」案：《廣韻》九勿切：「屈，屈產地名，出良馬，亦姓，楚有屈平。」不載無尾之義；而衢勿切云：「屈，短尾鳥。」故段說如此。此與趉从出聲同例，見前。

44.欿

《說文》：「欿，欲得也。从欠，臽聲。讀若貪。」他含切。案：此與啗字窞字同例，見前。

45.岑

《說文》：「岑，山小而高。从山，今聲。」徂箴切。案：今本是含字，故岑音徂箴切而以今為聲。詳參棽字。《說文》別有从金聲的崟字，音魚音切。金今二字《廣韻》同音，岑與崟聲符初不互易，而各顯宜適，不啻於今字之形義得其證明。

46.貙

《說文》：「貙，貙獌，似貍。从豸，區聲。」敕俱切。案：此與樞从區聲可以互參。〔論者謂：上古部分照三字專與舌根音字諧聲，不與端知系字諧聲。今觀區字既諧樞，又諧貙；出聲之字，如趉音瞿勿，詘音區勿，屈音九勿、瞿勿，咄音當沒、丁括，拙炪音職悅，出字《集韻》有尺僞、尺類、尺律、敕類四音，義並相同，皆送氣讀法，以知凡聲符之具送氣音者，不在此限。2000年宇純補案。〕

47.騁

《說文》：「騁，直馳也。从馬，甹聲。」丑郢切。案：甹字普丁切。此可與魄又讀同拓互參。

48.獫

《說文》：「獫，長喙犬也。从犬，僉聲。」虛檢切。案：僉字七廉切。

49.犯

《說文》：「犯，侵也。从犬，㔾聲。」防險切。案：㔾字胡男切。

50.炭

《說文》：「炭，燒木餘灰也。从火，屵聲。」他旱切。案：屵字五葛切，韻與炭字為祭、元對轉，聲亦似以炭的送氣音與疑母略近，例同曉、膮之字从堯，故炭字从屵聲。但屵亦形聲字，从厂為聲，厂音呼旱切，與炭音為近，今不直从厂聲，而遠取於屵，於理不合。甲骨文[illegible]與[illegible]形近，偏旁往往互亂，疑炭其始本作[illegible]，从火厂聲，因別有从山厂聲的[illegible]（《說文》屵字訓岸高），其後兩者混同為一屵形，而以屵下加火者為炭字。《說文》又別有从厂从㞢省的屵字，義為岸上見，讀若躍，疑亦與下方加火的炭字的形成相關。

51.惔

《說文》：「惔，憂也。从心，炎聲。」徒甘切。案：此與啖字从炎一例。

52.潁

《說文》：「潁，潁水也。从水，頃聲。」余頃切。案：此與穎字同例。

53.氾

《說文》：「氾，濫也。从水，㔾聲。」孚梵切。案：此與犯字从㔾聲同例，氾犯但有清濁之異。

54.洎

《說文》：「洎，灌釜也。从水，自聲。」其冀切。案：自字疾二切。《書・無逸》「爰洎小人」，則與息同字，俱為[illegible]的譌變。參同源詞節「眔與及、息」。

55.淡

《說文》：「淡，薄味也。从水，炎聲。」徒敢切。案：此與啖字同例。

56.魿

《說文》：「魿，鮺也。从魚，今聲。」徂慘切。段注云：「《廣韻》昨淫切，《玉篇》才枕、才箴二切。」案：此與岑岑等字同例。

57.扱

《說文》：「扱，收也。从手，及聲。」楚洽切。案：及字其立切。

58.捇

《說文》：「捇，裂也。从手，赤聲。」呼麥切。案：赤字昌石切。《周禮》捇拔氏本作赤犮氏，鄭云「赤犮猶言捇拔也」。《釋文》：「赤，如字。一音采昔反。」又云：「捇，采昔反，徐呼陌反。」

59.𢼸

《說文》：「㚼，人姓也。从女，丑聲。商《書》曰無有作㚼。」呼到切。案：丑字敕久切。今《尚書・洪範》㚼作好，丑與子古形略近，疑㚼即孜的形誤，原不从丑聲，姑據《說文》收之。

60.婟

《說文》：「婟，疾言失次也。从女，臿聲。讀若懾。」丑聶切，小徐丑輒反，音同。案：臿字楚洽切，婟臿並送氣音。參下鍤字條。

61.絺

《說文》：「絺，細葛也。从糸，希聲。」丑脂切。案：希字香衣切，故絺字郗字从以為聲。《說文》無希字，論者謂希與黹同，《集韻》早以為一字收於旨韻展几切，並云或亦作絺。《說文》：「黹，箴縷所紩衣也。」陟几切（小徐胝雉反，胝誤為眠），《廣韻》豬几切，音並與《集韻》展几切同，而與希字聲不相及。《說文》別有襹字，云「紩衣也，从衣黹，黹亦聲」，豬几切，且與黹字同音。許君既不以為一字，其義有「重衣」與「重紩」[25]的名、動不同，其音或有分別。以畜、詑、鷉、欪等字讀透曉二音例之，疑黹本讀透母，後世轉音為丑脂切：因誤讀與襹同，而為豬几切。金文黹作𢆶，象織文對稱形，希字篆文作㐅，㐅亦象織文，故希與黹同字。希今音香衣切，即黹字丑飢切送氣成分之自為音。《書・皋陶謨》「絺繡」，鄭本絺作希，是《集韻》希絺收作同字的張本，絺字正音丑脂切，《廣韻》丑飢切音同。《荀子・王制》「東海則有紫紶魚鹽焉」，紶為紟之誤，自王引之即已指出，紫字據金文〈曾伯簠〉黹字作𢆶，顯然便是黹的誤字，黹紟即絺紟，尤其可見黹字實有丑飢切之讀。絺从希聲，當然也便是由於透母送氣成分同於曉母的緣故。

62.蜨

《說文》：「蜨，蛺蜨也。从虫，疌聲。」徒叶切。案：疌字疾葉切。精與端本不相涉，此獨以疌為蜨之聲符，顯然是因為兩者並全濁音，同具送氣成分。

63.垍

《說文》：「垍，堅土也。从土，自聲。」其冀切。案：此與洎字一例。

64.鍤

《說文》：「鍤，郭衣鍼也。从金，臿聲。」楚洽切。案：《廣韻》葉韻：「鍤，綴衣針，丑輒切。」又洽韻楚洽切䤵下云「《爾雅》曰斛謂之䤵，郭璞云皆古

---

25 見王筠《說文句讀》。

鍤字」，下出鍤字云「上同」。依《廣韻》，郭衣鍼之鍤與鏟字異體之鍤為同形異字，後者音楚洽切，與臿字同音。前者音丑輒切，其字以臿為聲，自聲母言之，只是由於兩者同為送氣讀法。參㨗字條。

65.錟

《說文》：「錟，長矛也。从金，炎聲。讀若老聃。」徒甘切。案：此與啖談等字同例。

66.処

《說文》：「処，止也。从夂几，夂得几而止也。處，処或从虍聲。」昌與切。案：処加虍聲者，許君以虍義為虎文，相傳音荒烏切，實為偏旁中虎字的省作，虎音呼古切。參饎、訓、㧗諸條。

67.䚑

《說文》：「䚑，且往也。从且，豦聲。」昨誤切。案：豦字強魚切[26]。

68.險

《說文》：「險，阻難也。从𨸏，僉聲。」虛檢切。案：此與獫字一例。

以上共計六十八字，居《說文》諧聲字與聲符字不同發音部位之絕對多數。其他如妃从己居理切聲芳非、滂佩二切，圮从己聲符鄙切[27]，駮从交古肴切聲蒲角切，靦从見古電切聲他典切，涒从君舉云切聲他昆切，桱从巠古靈切聲與赬䞓同字敕貞切，唐从庚古行切聲徒郎切，噉从敢古覽切聲徒敢切，穨、隤从貴居胃切聲杜回切，造从告古到切聲七到、昨早二切[28]，癡从疑語其切聲丑之切，揖从咠七入切聲伊入切，共十三例，並一方為送氣音，一方為牙喉音，前者含次清及全濁之滂、並、透、定、清、從六母，除牙音之溪、羣不待計入，上古音之送氣聲母一應俱全；後者包括見、疑、影三音，亦凡牙喉音之不送氣音盡在於此。從送氣成分而言，兩者之互諧，等於牙喉音中各字母間之自相諧。然則，此等發音部位不同之諧聲字所以形成，必與其一方為送氣音脫離不了干係。

無可諱言者，《說文》中自有發音部位無干，且無關於曉、匣二母及送氣音；或

---

26 《說文》：「且，薦也。」實俎之初文，故段注云：「此不用且之本義，如豋豢不用豆之本義。」但段又云：「且往，言姑且往也，匆遽之意。」或豦為遽省，本取以表意，姑據豦聲說收之。又案豦字別音居御切，與䚑音昨誤切，關係同見與曉匣之互諧，說見下。

27 妃、圮二字从己聲之說，因己與妃、圮古韻分屬之或微部，兩者聲又不相及，學者多疑之。今以敏字例之，妃、圮古韻或本在之部，後始轉入微韻，仍從許說列之於此。

28 告本作㕀，疑本有告曉及行竈二義二音，為同形異字，造本以行竈字為聲，姑據許說列此。

雖含曉、匣二母或送氣音而並不能以之説解的諧聲字例。前者如更从丙兵永切聲古行、古孟二切，貉从各古落切聲莫白切[29]，袂从夬古賣切聲彌獘切，駁从交古肴切聲北角切，畝从久舉有切聲莫厚切，岡从网文兩切聲古郎切，羔从照之少切省聲古勞切，䅳从羔聲之若切，揣从耑多官切聲初委切，籔从竹張木切聲居六切，睞从夾古洽切聲即葉切，翜从夾聲色立、所甲二切，拾从合古沓切聲是執切，收从丩居求切聲式州切，箹从勺市若切聲北角切，朔从屰宜戟切聲所角切，戇从贛古禫、古送二切聲陟降切。後者如穴从八博拔切聲胡決切，駁从爻胡芳切聲北角切，箴从咸胡讒切聲職深切，綏从妥他果切聲息遺切，輴从真側鄰切聲口莖切等等，以及未能一一列舉者。但其中或則由於小篆形變及許君誤解，屬文字學處理範圍，或則涉及古音學，屬於音韻上如何看待的問題。前者如：更本作[illegible]，象鞭策馬股，為鞭字初文，故便字从以為聲音婢面切，《說文》古文鞭作[illegible]，即是[illegible]的變形；借以為「變」，又易讀而為「更」。籔字从竹表簡策，取「讀書論法」之意。睞从目从夾，意謂夾於目為睞，睞睫同字。駁字从爻，示意毛色雜而不純。戇字則誤讀同惷，故《集韻》陟降切戇惷為或體[30]。他如羔字因「羔小可炰，象羊在火上形」；揣本音常絹切，與木部訓度之椯同字；穴本象形；則前賢都早有成説[31]。後者如䅳、翜、拾、收、箹、朔、箴、綏、輴，原並為帶 s 或 z 詞頭或複母讀法，故中如䅳字又有古沃切一讀，用為春秋時齊地名書作禚，其異文作郜[32]，《釋文》分別音章略反、古報反；朔之讀 sŋ-，更有辥、孽、卸、御、穌、產、鏊、燒等一時不能備舉的平行字例為之扶持，没有可以置疑的空間。其聲母現象至今無可理解的，不過貉、袂、駁、畝、岡等為數極少之字，情形相同而為本文所不及列出者，實際寥寥無幾。如果没有尚未發現的原因，以例外視之即可，終不致因此少數字無解，確立諧聲字不須聲母相關的理論，而動及本文對上述近八十之數的諧聲，用曉、匣二母或送氣音作為聲母聯繫的觀點。〔此節説更本是鞭字，詳見近作〈從兩個層面談漢字的形構〉，於 2000 年 7 月 1 日“中央研究院第三屆國際漢學會議”發表；畝字的形構，該文亦有説明。近見《集韻》袂字有彌蔽、儒稅、古穴三音，義並爲袖。古穴切袂與袦同，云「博雅裪袦袖也」，即依曹憲音決收錄，疑袂字本音如此，通行用寫彌蔽切之音，而別有矞聲之袦。此字最早見於《方言》。儒稅之音，本《莊子・漁父・釋文》李軌之音芮，亦不得爲袂之本音，故並與夬聲聲母不合。

---

29 貉字別有下各切一音，同《說文》云从舟聲之貈，貈从舟聲，聲韻母都無可說。

30 上列諸字，撰寫中之《說文讀記》並有詳細説明。

31 揣字本《說文》段注，羔、穴二字據林義光《文源》。

32 《春秋・莊公二年・左氏、穀梁》作禚，《公羊》作郜；又，《莊公四年・左氏》作禚，《穀梁》作郜。

1998 年 10 月中央研究院《歷史語言研究所七十周年紀念文集》載馮蒸教授〈新學術之路〉一文，引述王靜如先生的一段話，對本文主張全濁音爲送氣音，應有幫助，錄之於下：「高本漢爲什麼把中古全濁聲母擬構成送氣音？他是根據印歐語演變的通例。濁送氣音的演變，一方面可以變成今音的送氣，一方面可以變成今音的不送氣，而古印歐語的不送氣濁音，則沒有這種演變。聯繫到漢語，在北京話中，全濁聲母平聲送氣，仄聲不送氣。北京話以外的其他方言中，也有這麼變的，與印歐語通則很像，所以他擬成濁送氣音。2000 年宇純補案。」

一九九八年七月一日定稿於絲竹軒

（本文原載《紀念許世瑛先生九十冥誕學術研討會論文集》，一九九九，臺北。）

上古漢語四聲三調說證

上古漢語具四聲，經過清儒江永、王念孫、江有誥、夏燮等人論述之後，已獲致學界的公認。齊梁時代興起的平上去入說，當時不僅用以各表一調類，也必然同時具有摹擬調值情狀的作用。時過境遷，至今除根據現代漢語可以知道所謂入聲，原先帶 -p、-t、-k 尾，其餘究竟怎樣的平，怎樣的上、去，以及入聲的高低讀法如何，都已全無可考。

現今學者，有主張上古漢語四聲的分別，可能來自不同輔音韻尾的演變，其先並非以調的高低為分；但同時又認為那是《詩經》以前時代的事，且在漢語本身，已無法推測得出[1]。究竟古漢語是否有過不以聲調區別語義的階段？不同聲調是否由不同輔音尾演變而來？因為本文討論的上古音，屬於以《詩經》為主材的周秦時段，自與這一問題不生關聯。從《詩經》叶韻著眼，雖以平上去入各自分韻為常態，亦時見異調相叶之例，尤其在平與上或去與入之間，有頗頻繁的交往，特別是後者，至於形成獨具去入二聲的祭部，及差不多僅有平上的歌部，顯示此時期四聲必是高低音的分別，而非輔音尾的不同。因為所謂叶韻，指的便是韻母尾音的諧給。沒有韻尾的，韻母尾音便是主要元音，具有韻尾的，韻母尾音便是韻腹與韻尾的結合音，韻頭是完全不須計較的。後者，韻尾相同的重要性，勝過韻腹。是故韻尾相同韻腹相近，可以相叶；韻腹相同韻尾相異，則不可以假借。《詩經》脂、微兩部幾至密不可分，而其他不同韻尾的兩部之間無此現象，無疑作了具體說明。依此看來，《詩經》時代的四聲，亦決不得為輔音韻尾的不同。

由於《詩經》叶韻平上、去入之間多有往還，段玉裁提出「古但有平入二聲，上聲備於《三百篇》，去聲備於魏晉的說法，頗為學者所接受。但此說之成立，必須對上去二聲如何自平入變出，能說得出其分化條件。段氏的說辭則只是：「平稍揚之則為上，入稍重之則為去。」如果平上去入是本有的四聲，用以說明兩兩之間的差異，

1　見李方桂先生《上古音研究》p.34，商務，1998。

是可以的；如其以為上去二調即是平入稍揚稍重的結果，則絕不可。因為後者只能形成不自覺的個別字偶然變讀，不能產生原本所無的新調；能變化出來新調的稍揚稍重的讀法，必是在一定的條件之下，自然演變而成。王力提出元音停留時間的長短不同作為條件，學者指出其缺點，在於對屬陽聲去聲的來源無法交代，是其說亦不得然。

其實，肯定《詩經》時代有四聲，與何以出現不同字調之間的叶韻，以及特多的平與上及去與入的韻例，兩者並非絕對衝突。譬如試作如下的設想，便覺順理成章：

一、平聲為平調；

二、上聲為升調或降升調，其最後的高度同於平；

三、去聲為降調，其最後的高度視平聲為低；

四、入聲調形同去聲，而具塞音韻尾。

在此設想下，平上去三聲韻母全同，只有聲調高低的差異，所以有相互叶韻的例子；而上聲尾音高與平同，於是平上之間有較多於平去或上去的次數；去入調值既同，雖然入聲具輔音尾，却由於其塞而不裂、只是一種態勢的特質，並不清楚發音，對沒有韻尾或收 -u 尾的之、幽、宵、侯、魚、佳六部字而言，聽覺上去聲與收 -k 尾的入聲無強烈差別，即使為收 -i 尾的脂、微、祭三部，也因 -i 與入聲 -t 尾發音部位相同而相近，於是又別有去入多互叶的韻例出現。這些都不是不可理解的。

此外，還有一點可以補充。《詩經》三百篇多用以歌唱，並非僅限於口誦。為滿足歌曲的音樂性，字音不能盡用本調，而必須作高低不同的調整，這本是司空慣見的事，則《詩經》偶有不堅持叶韻必須同調的作法，當然不足為異。用近體詩的叶韻與元曲作比較，此意最能突顯。

上述對於上古四聲的設想，自然無法肯定便是事實。但除去去入同一調值之說似乎全出虛構，其餘都可說是從平上去入四字的意義推測得來；而去入同調之說，看似虛構，却反而是其中最合理而可獲證實之點。過去，學者曾利用少數一字含去入二讀的現象，作為去入同源的憑依[2]，本文則擬用一字二調證成去入調值的相同。其構想是：將《集韻》中所有具平入、上入及去入的三種一字二音完全輯出，較其數量之多寡，如果大致相若，去入同調之說，自不得立；反之，三者之中以去入為多，且是比例懸殊，因為平上去三聲韻母相同，所以形成此一結果，必是其彼此間調值與入聲有或同或異的差別有以致之，外此不能有解釋。至於選用《集韻》，而捨棄研究古音恆

2 王力《漢語史稿》（山東教育出版社）p.133 列舉害、契、易、晝、食、識、亟、惡、復、宿、暴、溺等十餘字，證明先有入聲，然後分化為去入兩讀。

採的《廣韻》不取，為的是《廣韻》沿襲《切韻》的舊規，「捃選精切」的結果，許許多多不同讀音都遭到排拒；《集韻》則本質上即為廣蒐集，儘量保存不同的讀音。其時代雖較《廣韻》為晚，但僅僅三十年，決不得凡軼出《廣韻》的音切，都是這短時期的語音變化。何況其中言某音出某書某家，正可於《爾雅、方言》郭璞音、《廣雅》曹憲音或陸德明《經典釋文》等書獲得印證，時代並在《廣韻》之前。由以知凡《集韻》所見，都是蒐討得來的前代相傳音讀，没有不可以被利用的理由。

《集韻》收字繁雜，一字數音，十分常見；要將所有兼讀平入、上入或去入的字悉數輯出，並非易事。在此我要特別對北京首都師範大學中文系馮蒸教授表示謝意。去年九月我在北京大學中文系研究所講授上古音，每周三小時，為期三月，馮教授每次遠道騎單車前來指教，一個單程一個半小時；又熱心為我選購圖書，就中有一九八九年五月中華出版的《宋刻集韻》，末附四角號碼索引，任何字的不同讀音，如卷字湛字敦字的十三音，苴字的十四音，都可一索而盡。日人諸橋轍次的《大漢和辭典》，字下錄《集韻》音切至多，原以為完備可用，相驗之下，四者順次僅列其四音、十二音、十一音及十音。是故得之如獲至寶，不幾日便將所需各字所在頁碼行數完全錄了出來，同時又記下兼讀平上入、平去入、上去入三聲，及兼讀平上去入四聲的各字所在，以備參考。當時所得數字，平入413，上入146，去入820，平上入65，平去入133，上去入95，平上去入82。及至近來按圖索驥的結果，發現其中除偶有登錄錯亂，如以上入誤於平入等，需加調整外，尚有下列各情況都不合用，實際可用者與原數相差甚多。

其一，《集韻》所收字音的問題。如朸字，有渠斤（原誤巾）、六直、竭億、歷德四切（案自此以下，舉例儘量用平入聲）。一、三兩切云「漢侯國名」，聲母相同，韻則不相當，其字从木从力，似亦不得有渠斤切之音。六直切云「縣名，屬平原；一曰屋隅」，歷德切云「説文木之理也，平原有朸縣」，然則歷德切為本音，六直切則是假借為用。《詩・斯干》「如矢斯棘」，《釋文》云棘字「韓詩作朸；朸，隅也，旅即反」，六直與旅即同音，竭億與《釋文》棘字居力反音近，此據《漢書音義》的渠力反收錄。此外，不聞朸字有渠斤切的讀法。《漢書・齊悼惠王肥傳》「濟南王辟光以扐侯立」，服虔云「扐音勒，扐，平原縣也」，即《集韻》歷德切之音，扐與朸同，疑勒字或誤作勤，《集韻》遂收於渠斤切下，勤字正是渠斤切的建首。又如匚字有分房、甫玉二切，陽韻的匚，不應又有燭韻一讀，疑因籀文匚字作[illegible]，與曲字作[illegible]形似，匚的聲母加曲的韻母，便成甫玉切。更如犳字音伊堯、職略二切，前者云「《山海經》隄山有獸，狀如豹而文首」，後者云「獸名，出隄山」。實際伊堯切的犳字，原書作㹨，職略切的犳，見於底陽之山，此則《康熙字典》已經指出《集韻》的錯誤。

其二，有的一字二音，是由於《宋刻集韻》的誤刊。如霖字黎針、狼狄二切，入聲的霖原當作霦，以秝為聲。西字相咨、先齊、蕭前、乙却四切，入聲的西，義為「平量」，不詳；論其音，當是《說文》訓覆作為覆字義符，及作為賈字聲符的襾字的假借為用。莘字斯人、疎臻、作木三切，入聲的莘為丵字之誤。焇字思邀、師交、於列三切，入聲的焇當作焆。蝎字胡公、何葛、居曷三切，平聲的蝎當作蝩，从申，為虹的籀文。

其三，有的是由於《集韻》收了因義同換讀的音。如𠙵字元俱、子結二切，因𠙵的意思為隅，便讀同了隅。荃字蘇昆、逡緣、促絶、測劣四切，蘇昆本是蓀字的讀音，測劣是促絶的變讀，本文但取其逡緣、促絶二切。

其四，有的是由於索引編者不辨形近，將甲作乙。如王分切雲字的古文云，與他骨切从倒子的𠫓；呼光切从亡聲的巟，與他骨、陁骨二切从倒古文子的㐬；尸羊切从商的鬺，與陟革切从啇（同啻）的鬺；符袁切從番聲的䊩，與之六切由粥字變化的䊩，皆本不同形，索引編者分別以為𠫓、㐬、鬺、䊩四字。

其五，有的是由於索引編者不識同形異字，混二為一。如朱倫切從𦎧聲隸變的錞，與光鑊切從郭省聲的錞；芳無切从麃聲的省體鄜，與盧谷切从鹿聲的鄜；新玆切絲字的省體糸，與莫狄切的糸；舉欣切筋的省體竻，與力德切从力聲的竻；夷佳切从玉佳聲的珄，與虞欲切从佳玉聲的珄；田聊、都勞二切从木刀聲的杒，與莫卜切从刀木聲的杒。本是二字二音，並非一字二音。至於如下文所說的同形異字，便更不是索引編者所得而知的了。

此如陳留切義為動的妯，與佇六切妯娌的妯，二音相當，前者見於《說文》。依清儒以來的解釋，陳留切是妯的本音，動是妯的本義，佇六切的妯，則是假借為用，本字為儔，儔字正讀陳留切。見王念孫《廣雅疏證》，及朱駿聲《說文通訓定聲》。果如所言，妯娌字何不即讀陳留切？可見問題並非如此。娌字不見於《說文》，除言妯娌，無其他意義，當即為妯娌本字；然則妯亦當為本字，與《說文》訓動之妯原不相同，不過適同一形而已。是故本文不取。同樣情形，如烏昆切義為「疫」的瘟，與烏没切義為「心悶皃」的瘟；求於切腒字或體義為「鳥腊」的臄，與極虐切義為「切肉，一曰函」的臄；先彫切瀟字或體義為「風雨暴疾」的潚，與息六切義為「清」的潚；伊真切義為「水名」的洇，與一結切義為「水流皃」的洇；師交切義為「莦蓼，木枝竦」的莦，與朔角切義為「莦藋，藥艸」的莦；駢迷切義為「圜榼，一曰齊人謂斧柯」的椑，與毗亦切或蒲歷切義為「棺」的椑，其音皆自相當，亦並不為本文所錄。其中極虐切的臄字不又作腒，息六切的潚字不又作潚，是兩臄字及兩潚字不同字之證；莦字根本不見於《說文》，自亦無法依本字、借字的觀念處理。小作別有〈廣同形異字〉[3]一文，其理念可參考。

反之，下列情形則是本文所收的，用的正是本字、借字的觀念。此如蓬晡切義為「樸剽，縣名」的樸，與步木切樸的省體義為「木密，或曰樸棟小木」的樸；蒙晡切義為「胡人拜稱南膜」的膜，與末各切義為「肉間胲膜」的膜；彌并切義為「幽」的冥，與莫狄切《周禮》冥氏的冥；魚其切義為「九嶷山」的嶷，與鄂力切義為「小兒有知」的嶷，因為不得兩者都說為本字，是其一為轉調借用無可疑。至如鞠字《說文》釋其義為「蹋鞠」，音居六、渠竹二切；丘六切與鞠同字的鞠，義為「酒母」，丘弓切與营同字的鞠，義為「营藭，香艸」，則是先變聲借用為鞠，更轉調借用為营，兩個都屬假借為用的對應音，亦在本文收錄之列。

其六，索引據形編號，或體字類有不同檢碼，如颿與䬇，蜣與蜋，初登記時四字俱錄，今則但取颿、蜣兩字。

其七，音不相當，按兩面分說：

甲，聲母不同。如蚰字音夷周與佇六，瞜字音力求與許六，似乎可用「喻四古歸定」或複聲母聯繫，以為本出一音。但喻四上古決不得與定母音相同，初不過相近；而一字兼讀來曉二母，或來曉二母互相諧聲的例子，並為罕見，所以本文沒有這樣解釋。又如匑字居雄、丘六二切，鵯字賓彌、僻吉二切，兩者韻母平入相承，聲母亦僅有全清次清或全清全濁的不同，視作一音之變，或者認為其間原尚有一聲母全同的平或入聲為兩音的中介，而其音失傳，或《集韻》失收，都十分可能。可是如笘字，共有七甘、師炎、處占與託協、的協五音，平入之間，不僅聲母無一相同，即韻母亦不相當。又如髡字枯昆、五忽二切，韻雖相承，聲母則有塞音與鼻音的明顯差異；枯昆切合於大小徐《說文》的苦昆切或苦敦反，五忽切則正是兀字的讀法。頗令人疑心，古人遇字讀音，也似有各據經驗法則，依從偏旁揣摩的意思，不必每一音都有可靠的傳授。本文既然只是希望，通過大體的對比，辨別平上去三聲與入聲間的關係孰為疎密；三者與入聲間聲母不同的，又為共有的現象，不致形成有所偏頗的狀態，所以在

3 臺灣大學《文史哲學報》第 36 期，p.1～22。

選材時，一律採取聲母必須全同的標準，非此不錄。但下列三字，分別作了特殊的處理。(一)闋字吉了、狼狄二切。因翏聲之字多見見系及來母兩面讀法，經定為原係 kl- 複母，後來分作二音。(二)䇷字亡遇、吁玉二切。有鑒於明曉母多互諧，且有一字兼讀明曉兩母之例，詳拙文〈上古清脣鼻音聲母說檢討〉，故以為一音之變。(三)䮯字顯計與他歷、土益二切。根據送氣聲母字往往有相副的曉母音，如畜字丑救切與許救切，又敕六切與許六切（詳見拙文〈古漢語曉匣二母與送氣聲母的送氣成分〉。又案：畜字本文依徹、曉二母分收，見去入聲表），所以也認作是一個音的變化。

乙，韻不對當。所謂韻的對當關係，一般而言，即《切韻》一個韻的四聲相配。此在陽聲與入聲來說，如東董送屋、鍾腫用燭之類，原是大家所熟知的。但同一字兼讀陽聲與入聲的並不多見，恆見的每在陰聲與入聲之間；陰聲與入聲各韻如何相配，《切韻》可以說幾乎全沒有示意；入聲韻 34，陰聲韻 26，更似乎沒有相配的可能。《文鏡祕府論·天卷、西卷》中曾列舉陰、入相配的字例，《四聲等子、切韻指掌圖》更有完整的陰、入聲韻的組合。前者簡略，無從窺見全豹；後者晚出，不能據言《切韻》，自更無法憑以論上古漢語。學者在這方面似不見有所論述。我在〈上古陰聲字具輔音韻尾說檢討〉文中，曾經討論到《切韻》中陰聲韻與入聲韻如何相配的問題，提出了結論，但彼時既無法全面，也如《四聲等子》等書之不免籠統。實際上，四聲的相配，也有其時代性，時代不同，情形可能異樣。本文所要蒐集的，雖是《集韻》書中同一字兼讀平入、上入及去入的資料，因為其目的在討論上古聲調，便不能只以表示《集韻》時期陰聲入聲的相配關係，劃界自限；而必須一面考量到《集韻》各韻相配的可能，一面還要顧慮到各字的古韻來源。《集韻》同一韻中的字，可能不限於來自上古一個韻部；古韻源頭不同的各字，便可能有其不同的對應的韻。以齊韻而言，來自脂部的其入聲為屑韻，來自佳部的其入聲則為錫韻，所以批字為駢迷、蒲結二切，鍉字為都黎、丁歷二切。又如模韻字，其來自侯部的䇷字為蒙晡、莫卜二切，來自魚部的膜字為蒙晡、末各二切，前者入聲屬屋，後者入聲屬鐸，各不相同。更如同為號韻字，暴字薄報、蒲沃二切，眊字莫報、墨各二切，浩字居號、葛合二切，不僅浩與暴眊古韻不同部，而發展為不同的入聲讀音，即暴眊二字上古韻母應無不同，其後起的入聲讀法亦可以相異，都未可一概而論。不僅如此，兼讀陽聲與入聲的，也不能盡限以東董送必得配屋的範圍。如東韻來自幽部的鞠字，固然是丘弓與丘六二切，來自侵部的汎字，則是符風與扶法二切；元韻來自元部的宛字，固是於袁、於月二切，來自幽部的旭字，則是許元、吁玉二切。本文在資料的選取上，用的都是此一準則。因為有《切韻》系統與古韻部兩頭審核，這裏自然沒有主觀心態，更沒有循環論證的問題。於是如膊字的鋪枚、伯各二切，固然聲母的不同已於條件不合，更從韻看，灰韻與鐸韻之間，無論為中古，為上古，都不得相互轉換，自應捨棄。同理，如誘字的土禾、他谷二切，窼字的將由、子悉二切，雖其聲母及韻等相同，也都不為本文所採。抑又有進者，所謂韻，從韻母的觀念而言，還有等第及開合的差異，這便是本文檢驗韻是否對當的最後關卡。於是如歊字的虛嬌與呼酷、黑各，鶃字的倪堅與逆革，榅字的於云與烏没，琫字的蒲蒙與房六，頑字的五鰥與五忽，都因等第不同，無法視作只是聲調的改易，而未收錄。然而如鞪字的初佳、測劣，赶字的渠言、其月，因為自古以來，開合之間不具條件的變讀時時可見，却又決定採入。

這裏也有必須加以説明的：

(一)以《集韻》與《切韻、廣韻》相較，後者如支、脂、之三韻，分別與其源頭的佳歌、脂、之古韻部之間，疆域十分齊整，《集韻》則往往而亂，特別是溢出《廣韻》新增之字為然，但這並不表示《集韻》收字漫無標準，或者説是《廣韻》之後三十年間產生的語音混亂現象。實際上三韻通常早已混不能分。《經典釋文》共三次對《詩經・何人斯》及《爾雅・釋木、釋鳥》的脂字給音，一云「音支」，兩云「音之」，便是明證。因此，本文對如紕字的賓彌、必歷及頻彌、簿必兼收並蓄，為的是後者質與支古韻雖不相涉，於時音則支同於脂，其入聲入質韻，仍可以反映出古韻的對當關係。《爾雅・釋鳥》「鸒斯，鵯鶋」，鵯鶋本作卑居，郭璞鵯字音匹，正同紕字的簿必切，然則《集韻》此音未始非自前代所傳。又如堲字平聲津私切，入聲子悉、節力二切。即聲古韻本屬脂部入聲，故津私切的平聲，其入聲為子悉切；及後即聲轉入職韻，而堲字又有節力切的入聲讀法。尚有其他韻相混的，分別後文加注説明，這裏不一一敘述。

(二)現時學者一般所認定的三等韻，如支、脂、魚、虞之類，實際其齒音部分為二、三、四等合韻；又如支、脂的脣、牙、喉音重紐，也是三、四等合韻。所以，如上文紕字的賓彌切為支韻重紐B，即韻圖列於四等者，與四等錫韻的必歷切互為平入；又如支韻析字相支切，與錫韻的先的切互為平入。他如蟰字的先彫與息六，冥字的彌并與莫狄，並同此。

(三)前説韻的等第不同不取，但也有一例外。奥字及奥聲的隩、澳、薁、墺、膸、懊共七字，並讀於到、乙六二切，又燠字烏浩、於到、乙六三音，也以乙六對於到、烏浩。這是因為諸字古韻屬幽部，幽部入聲或入一等沃韻，或入屋韻三等。奥聲字入沃韻的，僅篶一字音烏酷切，又見屋韻亦音乙六切，而無號韻音。顯然諸字一等的去聲，轉為入聲習慣上即讀三等（或本是三等入聲，轉為去聲即讀一等，宵小笑三韻無奧聲字），故俱為本文所收。

（四），三等脣音字，在合口或圓脣元音的條件下，重脣變讀輕脣。鞴、茯二字平祕、房六二切，一輕一重，似開合不對應。前文已說過，開合口讀音的互易，有時無條件可言。這裏的輕脣讀法，自是後來的演變，其始兩音之異，只是入聲多一 k 尾。

最後的說明。本文取材，基本上完全依據索引，但也發現另一現象。根據僰字的編號，查得平祕、鼻墨二切，一云火乾，一云熬，意義相同而韻等相異。偶然試檢職韻，於弼力切得㷶字及稫、煏、僰三異體，義引《說文》火乾肉，當然便是僰字，其音正與平祕切相當。只因僰的寫法與僰不同，分處兩地，無以會通。更有呴字，居候切云雉鳴，又見居六切云雞聲，兩者韻等不同；經檢古祿切嗀下云雉鳴，即此字，自應收錄。書中類似情形未必無有，顯然不是本文所能一一深究的。

表　例

一、本文按平入、上入、去入、平上入、平去入、上去入、平上去入製為七表。

一、字音之列舉，先陰、陽聲，後入聲，反切下注韻目，支脂諸韻重紐分注A、B。

一、各表列字之先後，依《集韻》韻次，橫行而下。同韻之字，按韻圖三十六字母脣、舌、牙、齒、喉、半舌、半齒之次第排列；舌音舌上在前，齒音齒頭在前，正齒先二後三，並先開後合。同音字聲符同者類屬。

表一：平入

渢	符風東	扶法乏	鞠	丘弓東	丘六屋
鎔	餘封鍾	俞玉燭	綼	賓彌支B	必歷錫
綼	頻彌支B	簿必質B	焷	頻彌支B	毗亦昔[4]
析	相支支	先的錫	茎	陳尼脂	直質質
尼	女夷脂	尼質質	秜	女夷脂	尼質質
垔	津私脂	子悉質	垔	津私脂	節力職
蝍[5]	津私脂	節力職	崒	遵綏脂	即聿術

4　清、靜、勁、昔四韻脣、牙、喉音屬四等韻，故配重紐 B，此下不更作說明。

5　節力切收蝍為蝍字或體，即聲字自脂部入聲轉入職韻，故此字有津私、節力二音。

嶷	魚其之	鄂力職	鬐	魚其之	鄂力職
䶑	虛其之	迄力職	來	陵之之	六直職
稑	陵之之	六直職	抾[6]	丘於魚	去笈葉
跼	權俱虞	衢六燭	螸	容朱虞	俞玉燭
樸	蓬晡模	步木屋	帑	蒙晡模	莫卜屋
膜	蒙晡模	末各鐸	檡	同都模	達各鐸
批	駢迷齊	蒲結屑	鍉	都黎齊	丁歷錫
銕	田黎齊	徒結屑	溪	傾畦齊	苦穴屑
鶂	研奚齊	倪歷錫	棿	研奚齊	倪結屑
靫	初佳佳	測劣薛[7]	稭	居諧皆	訖黠黠
黖	英皆皆	乙黠黠	祴	柯開咍	訖德德
掀	許斤欣	許訖迄	赶	渠言元	其月月
宛	於袁元	於月月	旭	許元元	吁玉燭
搰	胡昆魂	胡骨沒	珊	相干寒	桑葛曷
鬜	丘閑山	丘八黠[8]	閒	何間山	下瞎鎋
焆	縈玄先	一決屑	緜	彌延仙B	莫列薛B
緜	彌延仙B	莫列薛B	荃	逡緣仙	促絶薛
絟	逡緣仙	促絶薛	換	而宣仙	如劣薛
篠	他彫蕭	他歷錫	敫	牽幺蕭	詰歷錫
蠨	先彫蕭	息六屋	寥	憐蕭蕭	狼狄錫
蹻	渠嬌宵A	極虐藥	燋	茲消宵	資昔昔
燋	茲消宵	則歷錫	掣	思邀宵	息約藥
跑	蒲交肴	弼角覺	爮	蒲交肴	弼角覺
鮫	居肴肴	訖岳覺	磝	牛交肴	逆角覺
籍	莊交肴	側角覺	箾	師交肴	色角覺
筲	師交肴	色角覺	庛	陟加麻	陟格陌

6 古韻魚、葉二部偶見關聯。如《詩經・雲漢》「黽勉畏去」句，以去字叶故、莫、虞、怒，畏去猶云畏怯，實以去字借用為怯字變入魚部的轉語。又胠字有丘於、口舉、丘據、乞業四音，見表七。業、葉二韻音近偶混，與此正互參。

7 凡照二系字屬二等韻，本無所謂真假二等之分，初佳與測劣可作平入看；開合之異，已說在前。

8 閒字入聲在鎋（見下），與鬜字入聲在黠不同，此因鎋黠音近偶相亂。表七莫拜切韎字入聲既音莫八切，又音莫轄切，是其明證。

若	人奢麻	日灼藥	蛘	墟羊陽	乞約藥
狂	渠王陽	局縛藥	冥	彌并清	莫狄錫
幎	忙經青	莫狄錫	螣	徒登登	敵德德
梂	渠尤尤	渠竹屋	莍	渠尤尤	渠竹屋
趜	渠尤尤	渠竹屋	鱐	思留尤	息六屋
粥	之由尤	之六屋	橚	疎鳩尤	所六屋
愢	於求尤	乙六屋	瞀	迷浮侯	莫卜屋
涑	先侯侯	蘇谷屋	磿	姑南覃	葛合合
趁	倉含覃	錯合合	鄪	徂含覃	昨合合
蹭	徂含覃	昨合合	韸	烏含覃	遏合合
媕	烏含覃	遏合合	颯	盧含覃	落合合
譫	之廉鹽	質涉葉	詀	處占鹽	尺涉葉
姑	處占鹽	尺涉葉	腌	衣廉鹽 A	憶笈葉 A
聑	丁兼添	的協帖	祐	丁兼添	的協帖
幨	丁兼添	的協帖	呫	他兼添	託協帖
詀	他兼添	託協帖	淹	於嚴嚴	乙業業
鹹	胡讒咸	轄夾洽			

表二：上入

趗	丑勇腫	丑玉燭	擈	普講講	匹角覺
顜	古項講	訖岳覺	覯	古項講	訖岳覺
辟	補弭紙 B	必益昔	峗	五委紙	魚屈迄[9]
茾	尹捶紙	允律術	桎	展几旨	職日質
薿	偶起止	鄂力職	剩	測紀止	測乙質
醷	隱已止	乙力職	廙	養里止	逸織職
溥	頗五姥	匹各鐸	轉	伴姥姥	白各鐸
昵	乃禮薺	乃吉質	菩	薄亥駭	鼻墨德
絯	下楷駭	下革麥	怖	芳廢廢	弗伐月

9 危聲字古韻屬佳部，峗字入聲在迄韻者，《集韻》之時，支與脂早已相混，此為後世的變音，用以觀察聲調間轉換的疎密關係，固與由古音觀察並無區分。

蠠	美隕準	莫筆質	笏	武粉吻	文拂物
伆	武粉吻	文佛物	�	撫吻吻	敷物物
頤	苦本混	苦骨没	刌	取本混	蒼没没
搰	户衮混	胡骨没	屵	語偃阮	魚列薛
囋	在坦旱	才達曷	攋	魯旱旱	郎達曷
軋	膺眼產	乙黠黠	蕊	子兖獮	租悦薛
嫋	乃了篠	乃歷錫	扚	丁了篠	丁歷錫
愵	丁了篠	丁歷錫	闋	吉了篠	狼狄錫
礵	先了篠	息六屋	蕩	武道晧	莫卜屋
夭	烏浩晧	胡沃沃	鴁	烏浩晧	烏酷沃
鄗	下老晧	胡沃沃	鄗	下老晧	曷各鐸[10]
縒	此我哿	倉各鐸	譜	側下馬	側革麥
苲	側下馬	側格陌	柞	仕下馬	賁窄陌
嚆	户瓦馬	胡陌陌	踷	爾者馬	日灼藥
肚	女九有	女六屋	狃	女九有	女六屋
沑	女九有	女六屋	莥	女九有	女六屋
瑦	是酉有	神六屋	鮑	於九有	乙六屋
噢	於九有	乙六屋	蓫	力九有	力竹燭
蔌	蘇后厚	蘇谷屋	碏	徒感感	達合合
噆	子感感	作荅合	罯	鄔感感	遏合合
魘	於琰琰	益涉葉	脥	謙琰琰B	詰叶帖
図	女減豏	昵洽洽			

表三：去入

矗	丑眾送	勑六屋	呻	去仲送	區玉燭
攏	盧貢送	盧谷屋	鴂	居悸寘B	古穴屑
辟	匹智寘B	匹辟昔	辟	毗義寘B	毗亦昔

10 鄗字下老切，既配胡沃切，又配曷各切，皆古音。鰝滈二字上聲與鄗同音，其入聲黑各切亦在鐸韻，可互參。表三中媢、楣、萺、旄四字同莫報切，旄字獨配墨各切，與餘者配謨沃切不同，尤為其比。拙文〈上古音芻議〉倡聲有正變之說，不必有不同的變化條件，此正其例；當以入沃為正音，入鐸為變音。

辟	毗義寘B	蒲歷錫	易	以豉寘	夷益昔
傷	以豉寘B	夷益昔	皕	兵媚至A	筆力職
柲	兵媚至A	逼密質A	痺	必至至B	必結屑
彈	必至至B	壁吉質B	蹕	必至至B	壁吉質B
篳	必至至B	壁吉質B	蔽	必至至B	壁吉質B
鞴	平祕至A	房六屋	茯	平祕至A	房六屋
僃	平祕至A	弼力職	蛂	毗至至B	簿必質B
飶	毗至至B	簿必質B	佖	毗至至B	簿必質B
妼	毗至至B	簿必質B	鞑	毗至至B	簿必質B
抋	毗至至B	簿必質B	脛	陟利至	陟栗質
啳	丑二至	勑栗質	跮	丑二至	勑栗質
秩	丑二至	勑栗質	墜	直類至	直律術
漆	七四至	戚悉質	嫉	疾二至	昨悉質
顇	秦醉至	昨律術	悴	秦醉至	昨律術
萃	秦醉至	昨律術	四	息利至	息七質
肆	息利至	息七質	駟	息利至	息七質
侄	脂利至	職日質	墊	脂利至	職日質
摯	脂利至	職日質	質	脂利至	職日質
礩	脂利至	職日質	出	尺類至	尺律術
溢	神至至	食質質	率	所類至	朔律術
衛	所類至	朔律術	帨	所類至	朔律術
曁	乙冀至A	億姞質A	侐[11]	火季至B	忽域職
位	于累至	越筆質	疫	以醉至	營隻昔
颲	力至至	力質質	莅	力至至	力質質
率	力遂至	劣戌術	膟	力遂至	劣戌術
淚	力遂至	劣戌術	類	力遂至	劣戌術
值	直吏志	逐力職	植	直吏志	逐力職
扻	側吏志	側瑟櫛	織	職吏志	質力職

11 侐从血聲，古韻在脂部，後與洫字同入職韻，而有《說文》閾字的古文闆。忽域與火季互為去入。

瑟	疎吏志	色櫛櫛	試	式吏志	設職職
識	式吏志	設職職	室	式吏志	式質質
檍	於記志	乙力職	蘙	於記志	乙力職
廙	羊吏志	逸織職	異	羊吏志	逸織職
蓂	羊吏志	逸織職	眲	仍吏志	而力職
紼	方未未	分物物	襏	方未未	分物物
祓	方未未	分物物	沸	方未未	分物物
第	方未未	分物物	炥	方未未	分物物
茀	方未未	分物物	佛	芳未未	敷勿物
岪	芳未未	敷勿物	炥	芳未未	敷勿物
勶	父沸未	符勿物	怫	父沸未	符勿物
疙	居氣未	戟乙質[12]	暨	居氣未	居乙迄[12]
钦	居氣未	居乙迄	乞	丘既未	欺訖迄
尉	紆胃未	紆勿物	罻	紆胃未	紆勿物
蔚	紆胃未	紆勿物	餼	許既未	許竭月
潙	許既未	許竭月	颶	于貴未	越筆質
箸	陟慮御	陟略藥	蹻	居御御	訖逆陌
蹠	章恕御	之石藥	帑	亡遇遇	吁玉燭
趣	逡遇遇	趨玉燭	續	辞屢遇	松玉燭
屬	朱戍遇	朱欲燭	觸	昌句遇	樞玉燭
束	舂遇遇	輸玉燭	贖	殊遇遇	神玉燭
屬	殊遇遇	殊玉燭	襡	殊遇遇	殊玉燭
慾	俞戍遇	俞玉燭	錄	良據遇	龍玉燭
肉	儒遇遇	而六屋	縸	莫故暮	末各鐸
慔	莫故暮	末各鐸	莫	莫故暮	末各鐸
度	徒故暮	達各鐸	遻	五故暮	逆各鐸
愕	五故暮	逆各鐸	蘁	五故暮	逆各鐸
厝	倉故暮	倉各鐸	錯	倉故暮	倉各鐸

12 暨、疙同居氣切，入聲一入迄，一入質，猶乙字質、迄二韻兼收。質迄音近，字或混讀。

秨	存故暮	疾各鐸	胙	存故暮	疾各鐸
索	蘇故暮	昔各鐸	堊	烏故暮	遏鄂鐸
涸	胡故暮[13]	曷各鐸	穫	胡故暮	黃郭鐸
擭	胡故暮	黃郭鐸	獲	胡故暮	黃郭鐸
輅	魯故暮	歷各鐸	酪	魯故暮	歷各鐸
路	魯故暮	歷各鐸	閉	必計霽	必結屑
辟	匹計霽	匹歷錫	蹩	蒲計霽	蒲結屑
僻	蒲計霽	蒲歷錫	躃	蒲計霽	毗亦昔
箄	蒲計霽	蒲歷錫	擮	彌計霽	莫結屑
鐵	彌計霽	莫結屑	蛈	他計霽	他結屑
掃	他計霽	他歷錫	鬄	他計霽	他歷錫
鬄	他計霽	他歷錫	䅠	他計霽	他歷錫
屟	他計霽	託協帖	揥	大計霽	徒結屑
嵽	大計霽	徒結屑	迭	大計霽	徒結屑
墆	大計霽	徒結屑	悌	大計霽	待亦昔[14]
計	吉詣霽	吉屑屑	劊	吉詣霽	吉屑屑
結	吉詣霽	吉屑屑	髻	吉詣霽	吉屑屑
擊	吉詣霽	吉歷錫	鴂	涓惠霽	古穴屑
訣	涓惠霽	古穴屑	觖	涓惠霽	古穴屑
趹	涓惠霽	古穴屑	鈌	涓惠霽	古穴屑
決	涓惠霽	古穴屑	炔	涓惠霽	古穴屑
赽	涓惠霽	古穴屑	契	詰計霽	詰結屑
挈	詰計霽	詰結屑	栔	詰計霽	詰結屑
肤	睽桂霽	古穴屑	闋	睽桂霽	古穴屑
聺	七計霽	千結屑	瞭	七計霽	千結屑
切	七計霽	千結屑	噎	壹計霽	一結屑
窫	壹計霽	一結屑	昚	顯計霽	顯結屑

13 模、姥、暮不分開合，其入聲鐸則有開有合，是故同為胡故切的涸與穫，其入聲開合不同，而各與其聲旁相合。

14 悌字入聲音待亦切，此是《集韻》的時音，與古音不合。參注 9。

䮶	顯計霽	土益昔	䮶	顯計霽	他歷錫
歖	顯計霽	馨激錫	䮶	呼惠霽	呼狊錫
膠	胡計霽	奚結屑	戾	郎計霽	力結屑
唳	郎計霽	力結屑	淚	郎計霽	力結屑
綟	郎計霽	力結屑	攦	郎計霽	力結屑
攦	郎計霽	狼狄錫	彆	必袂祭B	必結屑
鷩	必袂祭B	必列薛B	瞥	必袂祭B	必列薛B
瞥	匹曳祭B	匹蔑屑	潎	匹曳祭B	匹滅薛B
潎	毗祭祭B	便滅薛B	潎	毗祭祭B	蒲結屑
弊	毗祭祭B	蒲結屑	蹳	株衛祭	株劣薛
輟	株衛祭	株劣薛	畷	株衛祭	株劣薛
綴	株衛祭	株劣薛	腏	株衛祭	株劣薛
錣	株衛祭	株劣薛	艓	丑例祭	敕列薛
訐	居例祭A	蹇列薛	蹶	姑衛祭A	紀劣薛A
撅	姑衛祭A	紀劣薛	撅	姑衛祭A	居月月
劂	姑衛祭A	居月月	蟨	姑衛祭A	居月月
鱖	姑衛祭A	居月月	蹶[15]	姑衛祭A	居月月
甈	去例祭A	丘傑薛A	藒	去例祭A	丘傑薛A
愒	去例祭A	丘傑薛A	憩	去例祭A	丘傑薛A
揭	去例祭A	丘傑薛A	揭	去例祭A	丘謁月
㓺	去例祭A	丘謁月	碣	其例祭A	巨列薛A
櫭	其例祭A	巨列薛A	偈	其例祭A	巨列薛A
偈	其例祭A	其謁月	㞑	倪祭祭B	倪結屑
橇	祖芮祭	租悅薛	蕝	祖芮祭	租悅薛
脺	此芮祭	促絕薛	歲	須銳祭	相絕薛
涗	須銳祭	相絕薛	折	征例祭	之列薛
浙	征例祭	之列薛	靳	征例祭	之列薛
銴	征例祭	之列薛	䬠	征例祭	之列薛
察	初芮祭	初戛黠	蔡	初芮祭	初戛黠

15 此上七個从厥聲之字，入聲或讀紀劣，或讀居月，俱與古音相合，而不見有分化條件。參注10。

瘌	尺制祭	尺列薛	掣	尺制祭	尺列薛
啜	充芮祭	姝悅薛	啐	山芮祭	所劣薛
説	輸芮祭	輸爇薛	税	輸芮祭	輸爇薛
折	時制祭	食列薛	逝	時制祭	食列薛
晢	時制祭	食列薛	筮	時制祭	食列薛
蔧	于歲祭	王伐月	璏	于歲祭	王伐月
抴	以制祭	羊列薛	裔	以制祭	羊列薛
曳	以制祭	羊列薛	筻	以制祭	羊列薛
莌	俞芮祭	欲雪薛	列	力制祭	力蘖薛
鴷	力制祭	力蘖薛	鮤	力制祭	力蘖薛
冽	力制祭	力蘖薛	洌	力制祭	力蘖薛
迾	力制祭	力蘖薛	㤠	力制祭	力蘖薛
栵	力制祭	力蘖薛	茢	力制祭	力蘖薛
䅀	力制祭	力蘖薛	厲	力制祭	力蘖薛
巁	力制祭	力蘖薛	汭	儒税祭	如劣薛
芮	儒税祭	如劣薛	蜹	儒税祭	如劣薛
巿	博蓋泰	北末末	䟛	博蓋泰	北末末
怖	博蓋泰	北末末	茇	博蓋泰	北末末
昁	普蓋泰	普活末	犻	普蓋泰	普活末
䟛	蒲蓋泰	蒲撥末	胈	蒲蓋泰	蒲撥末
軷	蒲蓋泰	蒲撥末	茇	蒲蓋泰	蒲撥末
茷	蒲蓋泰	蒲撥末	韎	莫貝泰	莫葛末
祋	都外泰	都括末	汏	他蓋泰	他達曷
侻	吐外泰	他括末	兑	徒外泰	徒活末
奪	徒外泰	徒活末	萘	乃帶泰	乃曷曷
匃	居太泰	居曷曷	割	居太泰	居曷曷
鶡	居太泰	居曷曷	蓋	居太泰	居曷曷
蓋	居太泰	谷盍盍	郂	居太泰	谷盍盍
會	古外泰	古活末	鬠	古外泰	古活末
噲	古外泰	古活末	劊	古外泰	古活末

檜	古外泰	古活末	栝	古外泰	古活末
鶡	丘蓋泰	丘葛曷	渴	丘蓋泰	丘葛曷
磕	丘蓋泰	丘葛曷	磕	丘蓋泰	克盍盍
溘	丘蓋泰	克盍盍	瘖	丘蓋泰	克盍盍
稭[16]	丘蓋泰	渴合合	外	五會泰	五活末
稡	祖外泰	臧没没	蔡	七蓋泰	七曷曷
襊	取外泰	麤括末	蕞	徂外泰	攢活末
靄	於蓋泰	阿葛曷	藹	於蓋泰	阿葛末
懀	烏外泰	烏括末	嬒	烏外泰	烏括末
犗	虛艾泰	許葛曷	害	下蓋泰	何葛曷
會	黃外泰	户括末	瘌	落蓋泰	郎達曷
藾	落蓋泰	郎達曷	糲	落蓋泰	郎達曷
酹	魯外泰	盧活末	毨	魯外泰	盧活末
騂	魯外泰	盧活末	責	側賣卦	側革麥
簀	側賣卦	側革麥	嗌	烏懈卦	乙革麥
搤	烏懈卦	乙革麥	呝	烏懈卦	乙革麥
硊	烏懈卦	乙革麥	阸	烏懈卦	乙革麥
椵	胡卦卦	下革麥	澅	胡卦卦	胡麥麥
繣	胡卦卦	胡麥麥	扒	布怪怪	布拔黠
韎	莫拜怪	莫八黠	韎	莫拜怪	莫轄鎋
褹	女介怪	女黠黠	恝	居拜怪	訖黠黠
屆	居拜怪	訖黠黠	介	居拜怪	訖黠黠
忦	居拜怪	訖黠黠	忿	居拜怪	訖黠黠
芥	居拜怪	訖黠黠	聵	五怪怪	五滑黠
殺	所介怪	山戛黠	鎩	所介怪	山戛黠
褨	所介怪	山戛黠	鎋	下介怪	下瞎鎋

16 稭以上七個讀丘蓋切之字，入聲讀丘葛切，為祭部字之當然讀法；讀克盍切的，猶蓋字从盍聲，及蓋盍二字之古通用，亦古音之遺。唯有害聲的稭字讀渴合切，似於古音無可說，而亦不得為《集韻》的時音。我曾作〈說簠匿[illegible]匭及其相關問題〉（中央研究院《歷史語言研究所集刊》第 64 卷第 4 分，p.1025～1046），說[illegible]為害字初文，本義為盛食器，《詩經・七月》「饁彼南畝」的饁字，即此字的動詞用法，因害字通行用為傷害及何等義，而別造饁字以行。今得此字之音渴合切，無異證成了昔時的鄙說。稭字見於《說文》。

孛	蒲昧隊	薄没没	誖	蒲昧隊	薄没没
哱	蒲昧隊	薄没没	艴	蒲昧隊	薄没没
犻	蒲昧隊	薄没没	蝐	莫佩隊	謨沃沃
秣	莫佩隊	莫葛末	靺	莫佩隊	莫葛末
昒	莫佩隊	莫葛末	沕	莫佩隊	莫勃没
嚜	莫佩隊	密北德	㥚	吐內隊	他骨没
㖴	吐內隊	託合合	瑇	徒對隊	徒沃沃
內	奴對隊	諾荅合	軜	奴對隊	諾荅合
慖	古對隊	古獲麥	幗	古對隊	古獲麥
埣	蘇對隊	蘇骨没	淴	呼內隊	呼骨没
瑁	莫代代	謨沃沃	岱	他代代	惕德德
忒	他代代	惕德德	貸	他代代	惕德德
瑇	待戴代	徒沃沃	塞	先代代	悉則德
𡫼	先代代	悉則德	𣻹	胙代代	疾則德
扢	户代代	胡骨没	發	放吠廢	弗伐月
䑔	放吠廢	弗伐月	茀	放吠廢	分物物
袚	放吠廢	分物物	伐	房廢廢	房越月
茷	房廢廢	房越月	𣅽	房廢廢	房越月
瞂	房廢廢	房越月	訐	九刈廢	居謁月
杌	牛吠廢	魚厥月	軏	牛吠廢	魚厥月
濊	烏廢廢	於月月	紉	而振震	入質質
㠴	而振震	入質質	愠	紆問問	紆勿物
腯	徒困慁	陁没没	抐	奴困慁	奴骨没
搵	烏困慁	烏没没	妲	得案旰	當割曷
頇	魚旰旰	牙葛曷	鬢	則旰旰	子末曷
䕢	則旰旰	子末曷	按	於旰旰	阿葛曷
晼	烏貫換	烏括末	鶡	侯旰旰	何葛曷
䄼	胡玩換	户括末	𡾰	眠見霰	莫結屑
𣏌	扃縣霰	古穴屑	𢿱	芻眷線	測劣薛
魡	多嘯嘯	丁歷錫	杓	多嘯嘯	丁歷錫

迌	多嘯嘯	丁歷錫	滌	徒弔嘯	亭歷錫
糴	徒弔嘯	亭歷錫	噭	吉弔嘯	吉歷錫
噭	詰弔嘯	詰歷錫	嘯	先弔嘯	息六屋
皭	子肖笑	即約藥	爝	子肖笑	即約藥
嚼	才肖笑	疾雀藥	削	先妙笑	息約藥
覞	昌召笑	昌石昔	瀹	弋笑笑	弋灼藥
瞗	弋笑笑	弋灼藥	禴	弋笑笑	弋灼藥
趯	弋笑笑	弋灼藥	曝	披教效	匹角覺
皰	皮教效	弼角覺	貌	眉教效	墨角覺
藐	眉教效	墨角覺	卓	陟教效	竹角覺
踔	陟教效	竹角覺	罩	陟教效	竹角覺
啅	陟教效	竹角覺	鵫	陟教效	竹角覺
菿	陟教效	竹角覺	䍗	敕教效	敕角覺
淖	直教效	直角覺	濯	直教效	直角覺
掉	女教效	昵角覺	較	居效效	訖岳覺
悎	居效效	訖岳覺	斠	居效效	訖岳覺
覺	居效效	訖岳覺	樂	魚教效	逆角覺
㪿	所教效	色角覺	約	於教效	乙角覺
箹	於教效	乙角覺	學	後教效	轄覺覺
暴	薄報號	蒲沃沃	艒	莫報號	謨沃沃
相	莫報號	謨沃沃	萺	莫報號	謨沃沃
毷	莫報號	墨各鐸	誥	居號號	姑沃沃
郜	居號號	姑沃沃	浩	居號號	葛合合[17]
靠	口到號	枯沃沃	焅	口到號	枯沃沃
鑿	在到號	昨木屋	奧	於到號	乙六屋

17 浩字居號、葛合二切，一云「水名，在金城郡」，一云「浩亹，縣名，在金城郡」。案：《漢書・地理志・金城郡》「浩亹」，孟康曰：「音合門。」顏師古曰：「浩音誥。浩，水名也。亹者，水流峽，山岸深若門也。（案：原注云「浩亹水出西塞外」，未分說二字之義。）今俗呼此水為閤門河，蓋疾言之，浩為閤耳。」《集韻》與顏注悉合。顏注云疾言之浩為閤，通以今語，因連音變化，浩下接明母之亹，故韻尾為收 -p 之入聲，而音同閤。浩誥同居號切，閤音葛合切；孟康浩音合，合字亦有葛合切一讀，疑與顏音不異。但亦別有一解。浩从告聲，古韻在幽部，幽部陰聲字，部分本為侵部的陰聲，說詳小作〈上古音芻議〉，居號切的浩字又讀葛合切，其原因或在於此。

澳	於到號	乙六屋	薁	於到號	乙六屋
墺	於到號	乙六屋	膴	於到號	乙六屋
懊	於到號	乙六屋	隩	於到號	乙六屋
作	子賀箇	即各鐸	騂	盧臥過	盧活末
怕	普駕禡	匹陌陌	白	步化禡	薄陌陌
舶	步化禡	薄陌陌	驀	莫駕禡	莫白陌
貉	莫駕禡	莫白陌	踖	乃嫁禡	昵格陌
客	丘駕禡	乞格陌	唶	子夜禡	資昔昔
借	子夜禡	資昔昔	躤	慈夜禡	秦昔昔
耤	慈夜禡	秦昔昔	褯	慈夜禡	祥亦昔[18]
咋	側駕禡	側格陌	笮	側駕禡	側格陌
炙	之夜禡	之石昔	蹠	之夜禡	之石昔
齰	助駕禡	實窄陌	咋	助駕禡	實窄陌[19]
射	神夜禡	食亦昔	麝	神夜禡	食亦昔
螫	式夜禡	施隻昔	啞	衣駕禡	乙格陌
赫	虛訝禡	郝格陌	嚇	虛訝禡	郝格陌
鱯	胡化禡	胡陌陌	獲	胡化禡	胡陌陌
射	夤謝禡	夷益昔	矌	古曠宕	光鑊鐸
擴	古曠宕	光鑊鐸	掠	力讓漾	力灼藥
剠	力讓漾	力灼藥	鍑	方副宥	方六屋
鞴	方副宥	方六屋	輻	方副宥	方六屋
副	敷救宥	芳六屋	覆	敷救宥	芳六屋
鬠	敷救宥	芳六屋	伏	扶富宥	房六屋
復	扶富宥	房六屋	繆	眉救宥	莫六屋
畜	丑救宥	敕六屋	舳	直祐宥	佇六屋
疛	直祐宥	佇六屋	逐	直祐宥	佇六屋
簌	千繡宥	七六屋	鏽	息救宥	息六屋

18 從母、邪母本是不同的兩音，方音或不分從邪，故以慈夜、祥亦互為去入。

19 齰从昔聲，咋从乍聲，昔聲乍聲之字例不讀三等音，此以牀三為牀二，照系兩類上字本同一音也。《廣韻》二字並音鋤陌切，是其證。

祝	職救宥	之六屋	售	承呪宥	神六屋
畜	許救宥	許六屋	琡	許救宥	吁玉燭
肉	如又宥	而六屋	仆	匹候候	普木屋
朴	匹候候	普木屋	扑	匹候候	普木屋
轐	蒲候候	白各鐸	讀	大透候	徒谷屋
瀆	大透候	徒谷屋	啂	乃豆候	奴沃沃
搙	乃豆候	奴沃沃	耨	乃豆候	奴沃沃
穀	居候候	古祿屋	瞉	居候候	古祿屋
呴	居候候	古祿屋[20]	㱿	丘候候	空谷屋
蔟	千候候	千木屋	嗽	先奏候	蘇谷屋
握	於候候	烏谷屋	渥	於候候	烏谷屋
傝	他紺勘	託盍盍	懕	於艷艷 B	益涉葉 B
厭	於艷艷 B	益涉葉 B	䆿	都念㮇	的協帖
墊	都念㮇	的協帖	霵	都念㮇	的協帖
沾	都念㮇	的協帖	脅	虛欠釅	迄業業
熁	虛欠釅	迄業業			

表四：平上入

钀	魚羈支 A	語綺紙 A	魚列薛 A	
呰	津私脂	蔣氏紙	資昔昔	
壘	倫追脂	魯水旨	劣戌質	
著	陳如魚	丈呂語	直略藥	
取	逡須虞	此主麌	趨玉燭	
䚷	研奚齊	吾禮薺	倪結屑	
醨	憐題齊	里弟薺	狼狄錫	
顝	枯回灰	枯昆魂	苦猥賄	苦骨没
嵔	吾回灰	五賄賄	五忽没	
培	蒲來咍	簿亥海	鼻墨德	

20 居候切呴下云「雊鳴」；古祿切㗊下亦云「雊鳴」，或體為喣，不收呴字，居候切呴下不載㗊哷或體。案：《詩經・小弁》「雉之朝雊」，呴㗊並與雊同字，今據以採入。

听	魚斤欣	語近隱	逆乙迄
煴	烏昆魂	鄔本混	烏没没
儌	堅堯蕭	吉了篠	吉歷錫
漻	憐蕭蕭	朗鳥篠	狼狄錫
惹	人奢麻	爾者馬	日灼藥
歁	枯含覃	苦感感	渴合合
嬠	倉含覃	七感感	錯合合
馣	烏含覃	鄔感感	遏合合
滃	烏含覃	鄔感感	遏合合
盦	烏含覃	鄔感感	乙盍盍
厭	於鹽鹽 B	於琰琰 B	益涉豔 B

表五：平去入

魅	抽知支	丑二至	（丑吏志）	敕栗質
比	頻脂脂 B	毗至至 B	（毗義寘 B）	薄必質 B
咥	馨夷脂 B	許四至 B	闃吉質 B	
意	於其之	於記志	乙力職	
咈	芳微微	芳未未	敷勿物	
趨	逡須虞	逡遇遇	趨玉燭	
謨	蒙晡模	莫故姥	末各鐸	
阼	叢租模	存故姥	疾各鐸	
惡	汪胡模	烏故姥	遏鄂鐸	
霓	研奚齊	研計霽	倪歷錫	（倪結屑）
翳	烟奚齊	壹計霽	一結屑	
猰	烟奚齊	壹計霽	一結屑	
烓	淵畦齊	涓惠霽	一決屑	
踣	蒲枚灰	蒲侯侯	蒲候候	鼻墨德
峖	於寒寒	於旰翰	阿葛曷	
咽	因蓮先	伊甸霰	一結屑	
湮	因蓮先	伊甸霰	一結屑	

竁	昌緣仙	樞絹線	（充芮祭）	姝悅薛
莜	田聊蕭	徒吊嘯	亭歷錫	
激	堅堯蕭	吉吊嘯	吉歷錫	
獥	堅堯蕭	吉吊嘯	吉歷錫	
摽	紕招宵 B	匹妙笑 B	匹歷錫	
颮	蒲交肴	皮教效	弼角覺	
鉋	蒲交肴	皮教效	弼角覺	
趠	丑交肴	敕教效	敕角覺	
敲	丘交肴	口教效	克角覺	
磽	牛交肴	魚教效	逆角覺	
謞	虛交肴	許教效	黑角覺	
纛	徒刀豪	大到號	徒谷屋	
告	居勞豪	居號號	姑沃沃	
挌	丘加麻	丘駕禡	乞格陌	
皭	咨盈清	子肖笑	即約藥	
棱	閭承蒸	里孕證	六直職	
縐	甾尤尤	側救宥	側六屋	
勠	力求尤	力救宥	力竹屋	
翏	力求尤	力救宥	力竹屋	
飂	力求尤	力救宥	力竹屋	
鏉	先侯侯	先奏候	蘇谷屋	
妠	乃甘談	奴紺勘	諾荅合	
僬	吾含覃	五紺勘	鄂合合	
猒	於鹽鹽 B	於豔豔 B	益涉葉 B	
淹	衣廉鹽 A	於贍豔 A	憶笈葉 A	

表六：上去入

缺	犬縈紙 B	窺絹霽	苦穴結	傾雪屑
第	壯仕止	阻引軫	爭義寘	側瑟櫛
著	展呂語	陟慮御	陟略藥	

數	爽阻語	爽主麌	雙遇遇	所錄燭
作	總古姥	宗祚暮	即各鐸	
諲	於五姥	烏故暮	遏鄂鐸	
坒	部禮薺	毗至至 B	薄必質 B	
弟	待禮薺	蕩以止	大計霽	待亦昔
朏	普罪賄	滂配隊	普沒沒	
昢	普罪賄	滂配隊	普沒沒	
殨	户賄賄	胡對隊	胡骨沒	
能	曩亥海	乃代代	匿德德	
閡	下改海	户代代	紇則德	
狚	黨旱旱	得案翰	當割曷	
笪	黨旱旱	得案翰	當割曷	
怛	黨旱旱	得案翰	當割曷	
鶡	可旱旱	墟旰翰	丘葛曷	
篕	顙旱旱	先旰翰	桑葛曷	
鴂	吉典銑	涓惠霽	古穴屑	
緬	彌兗獮 B	眠見霰	莫結屑	
讞	語蹇獮 A	魚戰線 A	魚列薛 A	
媢	武道晧	莫報號	謨沃沃	
祰	古老晧	居號號	姑沃沃	
燠	烏浩晧	於到號	乙六屋	
徦	舉下馬	居迓禡	各額陌	
假	舉下馬	居迓禡	各額陌	
舍	始野馬	式夜禡	施隻昔	
囿	云九有	尤救宥	于六屋	
檿	於琰琰 B	於豔豔 B	益涉葉 B	
壓	於琰琰 B	於豔豔 B	益涉葉 B	
瞰	口減豏	口陷陷	乞洽洽	

表七：平上去入

噫	於其之	隱已止	於記志	乙力職
胠	丘於魚	口舉語	丘據御	乞業業
醵	求於魚	臼許語	其據御	極虐藥
拘	恭于虞	果羽麌	俱遇遇	拘玉燭
朐	匈于虞	詡拱腫	吁句遇	吁玉燭
倪	研奚齊	吾禮薺	研計霽	倪結屑
繢	胡隈灰	户賄賄	胡對隊	胡骨没
潰	胡隈灰	户賄賄	胡對隊	胡骨没
譆	許斤欣	許豈尾	許既未	許迄迄
驚	堅堯蕭	吉了篠	吉弔嘯	吉歷錫
摍	先彫蕭	先了篠	先弔嘯	息六屋
轑	憐蕭蕭	朗鳥篠	力吊嘯	狼狄錫
炤	之遙宵	止少小	之笑笑	職略藥
靤	蒲交肴	部巧巧	皮教效	弼角覺
皰	蒲交肴	部巧巧	皮教效	弼角覺
嗃	虚交肴	孝狡巧	許教效	黑角覺
梢	師交肴	山巧巧	所教效	色角覺
轑	郎刀豪	魯晧晧	郎到號	歷各鐸
傪	倉含覃	七感感	七紺勘	錯合合

據一至三表之統計，兼讀平入、上入及去入各字的總數（包含少數一字的兩見），分別為99、61及537個，約略計之：上入為平入的2/3，最少；去入為平入的5.5倍，為上入的8.7倍，而最多。如更從三者兼讀入聲的機率看，自《切韻》至《集韻》大抵上去聲字數相當，平聲則是上或去聲的兩倍，正確的對比，應兩倍上入及去入之數，然後與平入之數相較；則上入的122，反視平入為多，去入為上入的8.8倍，為平入的殆11倍。因為平上去三聲，無論為陰聲、為陽聲，韻母皆自相同，則所以形成各自與入聲關係疏密的不同，當然就在於調值。於是，去入同調的四聲三調說無疑得其明證。更由於表中所認定的各字對應聲調，從韻看來，除極少數屬中古現象，都與古韻相合，然則所謂四聲三調，又知為自周秦以來既已如此。

其餘四至七表，平上入 21，平去入 42，上去入 31，平上去入 19。除兼讀四種聲調因較難發生故為最少外，以平上入 21 為最少。以去易上，42 適為 21 的 2 倍；以去易平，31 亦為其 1.5 倍，其間數量之多寡，顯示與去聲的有無相關聯。也同時注意平上去三者總字數的相若或相差，這樣的差異，當然也不是偶見現象。

此外，尚有一現象也甚重要。在兼讀去入的文字中，有許多習見字，其異讀通常是不被知道的。如矗、四、肆、駟、質、出、位、淚、類、瑟、識、室、異、續、觸、慾、肉、愕、錯、索、路、閉、悌、計、結、擊、決、切、歲、折、稅、裔、曳、列、厲、芮、汰、割、會、檜、渴、外、屆、介、秣、伐、妲、按、嘯、怕、白、客、借、炙、射、副、伏、復、逐、鏽、售、瀆、耨、穀、握、渥、脅，或由去轉而為入，或由入轉而為去，或兩義皆同，或其一為借用，這種情形，在兼讀平入或上入者中，是不易見到或根本見不到的。生僻不習見的字產生異讀，也許不足為異；常見的字產生異讀，而其行徑出於一轍，都在去入之間，必因去入之間有其特殊相同的條件，適可與數量之多見相扶持。

二〇〇〇年十二月十五日宇純於絲竹軒

秀威經典　語言文學類　AG0183

龍宇純全集：二

作　　者 / 龍宇純
責任編輯 / 廖妘甄
圖文排版 / 彭君浩
封面設計 / 蔡瑋筠

出版策劃 / 秀威經典
發 行 人 / 宋政坤
法律顧問 / 毛國樑　律師
印製發行 / 秀威資訊科技股份有限公司
114台北市內湖區瑞光路76巷65號1樓
電話：+886-2-2796-3638　傳真：+886-2-2796-1377
http://www.showwe.com.tw
劃撥帳號 / 19563868　戶名：秀威資訊科技股份有限公司
讀者服務信箱：service@showwe.com.tw
展售門市 / 國家書店（松江門市）
104台北市中山區松江路209號1樓
電話：+886-2-2518-0207　傳真：+886-2-2518-0778
網路訂購 / 秀威網路書店：http://www.bodbooks.com.tw
國家網路書店：http://www.govbooks.com.tw

2015年4月　BOD一版
定價：15000元

國家圖書館出版品預行編目

龍宇純全集 / 龍宇純著. -- 一版. -- 臺北市 : 秀威資訊科技, 2015.04

冊 ;　公分. -- (語言文學類 ; AG0183)

BOD版

ISBN 978-986-326-312-8(全套 : 精裝)

1. 中國文字 2. 訓詁學 3. 文集

802.207　　103027564